W0041683

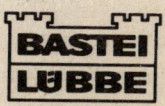

ANDRE NORTON / MARTIN H. GREENBERG (Hg.)

Fantasy auf samtweichen Pfoten

Zauber Katzen

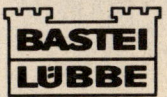

BASTEI LÜBBE

BASTEI-LÜBBE-TASCHENBUCH
Band 20 220

Erste Auflage:
November 1993

© Copyright 1989 by Andre
Norton and Martin H. Greenberg
All rights reserved
Deutsche Lizenzausgabe 1993
by Bastei-Verlag Gustav H. Lübbe
GmbH & Co., Bergisch Gladbach
Originaltitel: Catfantastic
Übersetzernachweis am Ende
jeder Geschichte
Lektorat: Reinhard Rohn
Titelfoto: Braldt Bralds
Umschlaggestaltung:
Quadro Grafik, Bensberg
Satz: KCS GmbH,
Buchholz/Hamburg
Druck und Verarbeitung:
Brodard & Taupin, La Flèche,
Frankreich
Printed in France

ISBN 3-404-20220-1

Der Preis dieses Bandes
versteht sich einschließlich der
gesetzlichen Mehrwertsteuer.

INHALT

Zauberkatzen – ein überaus wichtiges Thema

Vermutlich schon seit altersher existiert zwischen Schriftstellern und Katzen eine tiefe Zuneigung. In einem Großteil der Biographien über Doktor Johnson, den Weisen, Kritiker und Autor des achtzehnten Jahrhunderts, wird bis heute dessen testamentarische Verfügung zur Versorgung des ausgeprägten Haustyrannen Hodge zitiert, der Austern zum Tee über die Maßen schätzte.

Im alten Ägypten und in den Nordischen Mythen (der Wagen der Göttin Freya wurde beispielsweise von Katzen gezogen) galt die Katze als heilig, doch nachdem das Glück sie zunächst begünstigt hatte, verließ es sie dann abrupt. Ob sie jedoch in Tempeln verehrt oder später als Vertraute der Hexen grausamsten Foltermethoden ausgesetzt waren — die Katzen überstanden alles.

In den Märchen und Legenden, die von Katzen handeln, gelten sie nicht nur als geheimnisvoll, sondern im Hinblick auf Vernunft und Verständnis auch als der menschlichen Rasse überlegen. Da gab es die Katze, mit der Dick Whittington sein Glück machte, und auch den Gestiefelten Kater, der sich für den etwas dümmlichen und lebensuntüchtigen jungen Mann einsetzte, der seine Dienste geerbt hatte.

Vielleicht fühlen sich kreative Menschen so stark zu ihnen hingezogen, weil Katzen nicht nach menschlichen Maßstäben leben und sich nicht vorgeschriebenen Verhaltensweisen anpassen. Die Katze bleibt immer ein wenig jenseits der Grenzen, die wir ihr in unserer blinden Überheblichkeit setzen wollen. Eine Katze lebt nicht beim Menschen, der Mensch lebt viel eher bei der Katze.

Jedes Jahr kommen eine Unzahl von Büchern über Katzen heraus. Neben Garfield und Heathcliff, die auf ihrer häuslichen Unabhängigkeit beharren und das Mitleid der Katze mit dem Menschen zeigen, erscheinen auch herzerwärmende Geschichten in der Art, wie sie Autoren wie James Herriot geschrieben haben.

Im folgenden treffen wir weder Garfield noch Heathcliff, sondern andere, die eine ebenso ausgeprägte Persönlichkeit besitzen, um in ihrem Revier einen starken Eindruck zu hinterlassen. Das Thema der Vertrautheit mit Magie (wobei sie wesentlich praktischer sind als die Zauberer, mit denen sie leben) wird vollständig abgehandelt. Denn je komplizierter die Magie ist, um so stärker sind Katzen ihr seit undenklichen Zeiten verbunden.

Diese fünfzehn Geschichten handeln nicht nur von Zaubersprüchen, sondern auch von diplomatischen Beziehungen zu anderen Planeten, von verbotener Forschung, viel Technik und von Wächtern, die ihre Pflicht kennen und sie umsichtig erfüllen.

Katzen kommen in allen Gestalten, Farben und Größen vor, und sie ähneln sich in ihrem Selbstvertrauen und Einfallsreichtum. Es scheint dabei keine Katze zu geben, die der Situation, mit der sie konfrontiert wird, nicht vollständig gewachsen wäre. Mit anderen Worten, es handelt sich hier gar nicht um außergewöhnliche Katzen, nur um solche, die in ungewöhnliche Situationen geraten.

Andre Norton

Ins Deutsche übertragen von Karin Koch

WILANNE SCHNEIDER BELDEN

Das Tor
der Katzen

Feathers war das einzige Kätzchen aus Silks letztem Wurf, das noch kein festes Zuhause gefunden hatte, als der Mann kam, um einen Mäusejäger zu erstehen.

»Ist die nicht ein wenig klein?« fragte er forschend.

»Sie ist eine furchtlose Jägerin«, entgegnete Anja ihm. »Wir glauben nicht, daß sie besonders groß wird. Aber sind Sie nun an Größe oder Wirksamkeit interessiert?«

Der Mann lächelte. »Ich brauche einen Mäusekiller — und eine Katze, die auch keine Angst vor Ratten hat.«

»Ratten sind nicht gleich ausgewachsen«, erwiderte Anja.

Der Mann nickte.

»Sie können sich keine bessere Katze wünschen«, meinte Anja. Sie polsterte einen Tragekorb mit einer zusätzlichen Decke aus. »Lassen Sie sie nicht draußen herumstreunen — die Füchse werden sie erwischen. Ein geschützter Platz im Haus, ihre Decke beim Kamin im Winter, ein kühles Plätzchen im Sommer, Wasser und Pflege, soweit sie sie benötigt.«

»Nun, ich nehme sie, wenn sie mitkommt.«

Zeit, ein eigenes Zuhause zu haben, dachte Feathers. Aber noch war sie viel zu klein, um eine allein lebende Katze zu sein. Sie hatte sich gegen andere Bleiben gesträubt, wo man einen Babysitter, eine Schoßkatze und ein von anderen abhängiges Tier suchte. Dieser Mann jedoch wollte eine Katze, die jagte, und Feathers war einverstanden.

»Nimm jeden Morgen Gedankenverbindung mit mir auf«, mahnte Silk ihre Tochter. »Sonst mache ich mir Sorgen.«

Feathers wußte, daß sich ihre Mutter wegen ihrer geringen Größe sorgte. Sie willigte ein.

Feathers begann, die kleine Population von Nagern des lange unbewohnten Besitzes auszumerzen, den ihre Menschen wieder auf Vordermann bringen wollten. Der Mann, der ihretwegen gekommen war, kümmerte sich darum, daß gut für sie gesorgt wurde — obschon sie sich durchaus darüber im klaren war, nicht *seine* Katze zu sein. Das gesamte Anwesen gehörte einem Mann, der Master genannt wurde. Feathers war sich nicht ganz sicher, ob er von ihrer Existenz wußte. Sie würde ihn mit Zähnen und Klauen Mores gelehrt haben — wäre er nicht jemand gewesen, bei dessen Betreten eines Raumes sie sofort die Ohren nach hinten legte. Katzen *erkennen* Macht, ihre Werkzeuge und ihre Anwendung. Selbst junge und unerfahrene Katzen können instinktiv Gut und Böse unterscheiden. Feathers wußte, daß die Vorgänge in dem Teil des Hauses, der ausschließlich dem Master vorbehalten war, schlecht, falsch und böse waren. Sie spürte Dinge, die ihr langes Fell zu Berge stehen ließ. Ihre Lösung hieß, jeden Kontakt mit dem Master zu meiden.

Als sie zum erstenmal rollig wurde, hätte man sie einsperren sollen, um nicht zu riskieren, daß sie so jung trächtig würde. Aber niemand kam auf die Idee, im weiten Umkreis könnte sich eine andere Katze befinden, und nur wenige schenkten ihr genügend Aufmerksamkeit, um sich überhaupt ihres Zustandes bewußt zu sein.

Das Verhalten des Masters wurde immer seltsamer. Lichter in verzerrten Farben verbanden sich mit abscheulichen Gerüchen und ganz unbeschreiblich erschreckenden Geräuschen. Die Dienstboten wurden schweigsam, fürchteten ihren eigenen Schatten und tranken über den Durst. Sie traten längere Reisen an, wobei sie eigenartige Bündel mit sich schleppten. Leute von zweifelhafter Erscheinung und noch dubioserem Charakter kamen bei tiefster Dunkelheit zum Anwesen und verließen es rechtzeitig vor Sonnenaufgang. Der Master pflegte tage-, gar wochenlang zu verschwinden, um dann wütend zurückzukehren. Da sie inzwischen Junge erwartete, begrüßte Feathers seine Gegenwart noch weniger als sonst.

Sie kannte ihn und sein Verhalten als etwas Böses, vermochte jedoch ihre brennende Neugier nicht zu bezähmen. Wenn sie Gedankenverbindung zu Silk aufnahm, war ihre Mutter entsetzt. Von dieser Reaktion ebenso beunruhigt wie von ihrer eigenen untypischen Unruhe, willigte Feathers ein, sich zu bemühen, das Tun des Masters aufzudecken. Gewissenhafte Erkundungen jedoch verschafften ihr keinen Zugang zu seinem Arbeitszimmer. Jedes Mause- oder Rattenloch war mit einem

Material verstopft, welches ihr Übelkeit verursachte, sobald Feathers es roch. Dennoch war sie weiterhin auf der Hut.

Während sie eines Nachts die einzige Tür beobachtete, brachte ein Mann, der kam und ging (immer nachts, immer heimlich, immer auf einem Pferd mit umwickelten Hufen), drei weitere Männer zum kleinen Gut. Er geleitete die Männer zur Tür des Arbeitszimmers. Als sie hineingingen, tat Feathers es ihnen gleich, ohne daß es jemand bemerkte.

»Seid Ihr ganz sicher, daß Ihr das Tor ausfindig gemacht habt?« fragte der größte der Männer.

Der Master nickte. »Und die Voraussetzungen geschaffen, zu ihm zu bringen, wonach wir suchen. Es muß nur noch erprobt werden.«

Die drei Männer starrten einander an.

»Erprobt? Wie kann man erproben, ob irgend etwas hindurchkommen wird?«

»Indem man etwas in die entgegengesetzte Richtung schickt.«

Die Männer regten sich unbehaglich. Der Große legte die Hand auf sein Schwertheft.

»Wann?« fragte der dickste der Männer.

»Morgen ist die Nacht der Katze«, erwiderte der Master.

»Wieso der Katze?«

»Was wollen wir durch das Tor gelangen lassen?« fragte der Master — als müßte nur der grenzenlos Dümmste erinnert werden.

»Der Puma«, sagte der kleine Mann. Leise.

Die Männer nickten.

»Und die Gebühr für das Passieren des Tores?«

»Der Puma wird jemanden mitnehmen, den wir nicht brauchen.«

»Seid Ihr sicher, er wird derjenige sein, der . . . zahlt?«

Die Brauen des Masters zogen sich zusammen. »Du zweifelst an mir?«

Die Männer versicherten ihm, sie würden nicht zweifeln.

Am liebsten hätte Feathers kläglich miaut, gefaucht und gekratzt. Statt dessen kauerte sie am Boden, von Schrecken und Ekel erfüllt.

Nie hatte sie von Toren gehört, sie wußte nicht, wovon die Männer sprachen und hatte keine Ahnung, was ein Puma war. Aber was die Bezahlung betraf, so begriff sie. Die Männer planten einen Mord.

Was scherte es sie? Menschen kümmerten sie wenig. Und zu töten, um zu essen oder sich zu wehren, lag in der natürlichen Ordnung des Lebens. Zu morden, um etwas Unrechtes zu tun, jedoch nicht.

Eine Hand langte nach unten, packte sie hinten am Genick und ließ sie in einen Korb mit Deckel hineinfallen. Eine Stimme lachte in sich hinein. »Eine gute Wahl, scheint mir, um das Tor auszuprobieren. Eine kleine Katze zum Tausch für einen Puma.«

»Mutter!« schrie Feathers. Immerhin war sie noch keine neun Monate alt und fürchtete sich entsetzlich.

Alle lachten, und wäre Feathers keine Katze gewesen, sie wäre vor Angst ohnmächtig geworden.

In der nächsten Nacht sah sie gar nichts, hörte Dinge, die sie, wäre sie keine Katze gewesen, um den Verstand gebracht hätten, und wurde schließlich von jenen blutarmen, knöchernen, grausamen Fingern gegriffen und *durch* etwas hindurch gestoßen. Sie fiel in eine eisige Regenpfütze. In ihr starb eines ihrer Babys.

Bibliothekare sind im allgemeinen recht nette Leute. Welche Mängel und Macken sie als Individuen auch haben mögen, so sehen sie sich doch selten veranlaßt, alte Damen auf Fußgängerüberwegen umzufahren oder nach jungen Hunden zu treten.

Es war also nur folgerichtig, daß Judith Justin, als Bibliothekarin verantwortlich für das Buchmobil, bremste, als sie auf der regennassen Straße eine Katze ausmachte. Da sie seit mehr als zwanzig Meilen mit zwanzig Meilen pro Stunde gefahren war, unbequem vorgebeugt und ängstlich durch die verregnete Scheibe starrend, war die Gelegenheit, ein Päuschen einzulegen, Anreiz genug, ihre Furcht zu überwinden und das schwere Fahrzeug zum Halten zu bringen.

Etliche Kollegen unterstellten ihr gewisse Zauberkräfte — als ob Hexerei irgendeine Wirkung auf Maschinen oder andere Exemplare aus kaltem Eisen hätte. Judith bestand darauf, daß dieses Buchmobil sie mochte: Es startete, wenn sie den Schlüssel herumdrehte, ruckte ohne Zögern aus Sandgruben heraus und steuerte ohne den kleinsten Kratzer zwischen Hindernissen hindurch. Bei anderen Buchmobilen hatte es ständig platte Reifen, kaputte Benzinleitungen und durchgebrannte Scheinwerfer gegeben. Bei Judiths Bus nie. Daher griffen die Bremsen, naß wie sie waren, sanft und effektiv, so daß der Bus geduldig anhielt, damit die Katze die Straße überqueren konnte.

Judith schaltete die Innenbeleuchtung ein und öffnete die vordere Tür. Ein Lichtkegel ergoß sich in den regnerischen Nachmittag — dunkel, fast wie bei Nacht.

»Hier, Kitty!« rief Judith. Ihre eigenen Katzen beleidigte sie nie mit diesem Ausdruck, aber irgendwie wußten Katzen, daß Menschen mit dem Ruf: »Hier, Kitty!› Futter und Obdach anboten.

Das kläglichste Wehgeschrei, welches je aus einer Katzenkehle erklungen war, antwortete. Judiths Herz überschlug sich. Sie preßte das Gesicht gegen die kalte Windschutzscheibe und schielte hinaus. Jawohl, die Katze hatte kehrtgemacht und war unter den Bus gekrochen.

Judith stellte sich oben auf die kleine Treppe und rief abermals. Die Katze antwortete, kam aber nicht herauf.

Vielleicht hat sie Schwierigkeiten mit der ersten Stufe, überlegte Judith.

Die Bibliothekarin zog ihren Poncho über, schürzte ihn um die Beine und kauerte sich auf die unterste Stufe.

»Kitty?«

»Mmrrau.« Die Katze befand sich direkt unter dem Treppchen.

»Nun komm«, sagte Judith aufmunternd. »Ich helfe dir. Ich verspreche, ich trete nicht nach Katzen.«

Ein zerzauster Kopf auf einem langen dürren Halb tauchte unter der Stufe auf.

»Weiter«, ermutigte Judith sie. »Ich will dich nicht wie ein Kätzchen aufklauben. Du bist eine zu große Katze, als daß dir das guttäte.«

Die Katze blinzelte zu ihr hinauf. Zögernd kam sie hervor, bis Judith sie mit beiden Händen hinter den Vorderläufen umfassen konnte. Sie beugte sich hinunter.

»Das könnte weh tun«, warnte sie die Katze, weil sie nicht wußte, ob das durchnäßte Tierchen tatsächlich verletzt war oder nicht. »Ich versuche nur, dir zu helfen. Nicht kratzen.«

Ebenso hätte sie eine Pelzstola, die seit einer Woche in Eiswasser eingeweicht worden war, hochnehmen können. Judith seufzte.

»Armes Ding«, murmelte sie. Als sie ihre Hand halbwegs unter den Leib der Katze gleiten ließ, um sie zu stützen, bemerkte sie, daß das Tier mit Sicherheit trächtig war. Hochschwanger.

»Dies ist kein Wetter, um Kätzchen zu kriegen«, protestierte Judith. »Mal sehen, ob ich dich nicht wenigstens aufwärmen und trocken bekommen kann.«

Judith bewahrte eigenartiges Zeug im persönlichen Wandschrank auf: ihren Schlafsack und den Rucksack etwa, denn auf zweien ihrer Routen mußte sie übernachten. Die Company zahlte zwanzig Dollar für die Unterkunft, aber Judith konnte diese zwanzig Dollar gut gebrauchen. Auch konnte sie sich nicht erinnern, ihren Badeanzug und die Handtücher herausgenommen zu haben. Dieses Zeug schleppte sie den ganzen Sommer mit. Campingplätze besaßen Swimmingpools, und etliche Camps waren regelmäßige Anlaufstellen für das Buchmobil.

Judith sorgte sich wegen der Katze. Sie schien unverletzt zu sein, aber die Frau war keine Tierärztin und konnte nicht sicher sein. Als das Tierchen einigermaßen trocken war und sich auf dem Strandtuch vor dem Heißlüfter zusammenrollte, gab es ein Geräusch von sich, das Judith als ein heiseres Schnurren interpretierte.

Zumindest geht es ihr besser, dachte sie. *Eigenartig.* Dieses wundervolle dunkle federweiche Fell tarnte irgendwie das Animalische der Katze — verwandelte sie im Halbdunkel in einen unscheinbaren Schatten. Hübscher Pelz, schwarz mit rund einem Dutzend grauer Schemen, ohne ein klares Muster.

Dadurch, daß sie sich um die Katze gekümmert hatte, war Judith richtig warm geworden. Sie fühlte sich nun entspannt genug, um das Buchmobil in der Dunkelheit den Berg hinunterzusteuern. Nur noch acht weitere kurvenreiche, steile Meilen bis zur Kreuzung mit der Bundesstraße, weitere fünfundzwanzig über die Ebene, dann die letzte lange Strecke auf dem Freeway in die Stadt. Judith hatte angerufen, um zu sagen, daß sie versuchen wollte, dem Schnee ein Schnippchen zu schlagen, damit das Buchmobil nicht auf dem Gipfel festsaß. Die Koordinatorin hatte aber darauf bestanden, daß Judith von der Tankstelle an der Kreuzung und später noch vom Motel am Freeway aus anriefe. Laut Wetterbericht sollte das Tal frei sein. Wenn jedoch etwas schiefging, sollte Judith nicht versuchen, noch heute abend die Stadt zu erreichen.

Es lief nicht alles gut. Der Regen verwandelte sich in Schneeregen, und die Außentemperatur sank viel zu rasch. Die Landstraße wurde immer gefährlicher. Hätte sie nicht mehr Angst gehabt anzuhalten, hätte Judith aufgegeben. Aber irgendwelche verdammte Idioten taten, als besäßen sie neun Leben und als könnte keines von ihnen heute abend verloren sein. Drei Fahrzeuge kamen an ihr vorbei — eines entgegen, zwei überholten sie. Die beiden rauschten mit überhöhter Geschwindigkeit an ihrem Bus vorbei. Der Fahrer des einen Wagens, ein RV-Kleinlaster, schien zu fürchten, zu spät zu seiner eigenen Beerdigung zu kommen, war aber offensichtlich ein geübter Chauffeur. Manöver, die Judith als selbstmörderisch einschätzte, erwiesen sich lediglich als höchst gefährlich.

Sie schüttelte den Kopf. »Also«, meinte sie zu der Katze, »wenn die das können, kann ich das wohl auch.«

Die Tankstelle hatte bereits geschlossen, und Judith machte dem Jungen von der High-School, der am Wochenende als

Tankwart jobbte, keinen Vorwurf, ein wenig früher nach Hause gegangen zu sein. Sie wußte ja, wo der Pächter die Schlüssel zu den Waschräumen versteckte. Judith war naß bis auf die Knochen, als sie endlich zum warmen Bus zurückkehren konnte. Die Katze ließ erkennen, daß sie hinaus wollte, daher stopfte Judith sie unter ihren Poncho und ging mit ihr auf die windgeschütztere Seite des Gebäudes.

»Beeil dich«, sagte sie fröstelnd. Die Katze beeilte sich.

»Ein Teil meiner Angst kommt vom Hunger«, erklärte sie der Katze. »Ich wette, du hast ebenfalls Hunger.«

Die Katze miaute.

»Nun, irgendwas müßte da sein.«

Sie zog ihre Campingsachen an und wühlte in einer Schublade. Als Ergänzung zu Taschenlampen, Pflaster und weiteren ähnlichen Hilfsmitteln bei kleineren Notfällen hatte sie doch . . . *Jawohl, Schokoriegel. Alt, aber nicht zu alt.*

Leider aßen Katzen keine Schokolade. Was dann? *Aha!*

Vertrau auf Cal. Eine festverschlossene blecherne englische Keksdose. Wahrscheinlich Büchsenfleisch, denn als Diabetiker durfte Cal keine Süßigkeiten essen. Genauso war es. Die beste Sorte, nicht zu sehr gesalzen. Judith öffnete den Deckel und ließ die Katze ihr Abendessen von den Fingern schlecken.

»Wir halten beim Motel«, erklärte sie der Katze. *Positives Denken*, fügte sie für sich selbst hinzu. Von Sekunde zu Sekunde schien es unwahrscheinlicher, daß sie das Motel erreichten. Schließlich hatte die Erfahrung in diesen Bergen Judith gelehrt, daß die Schneegrenze unterhalb des Lifts der Bergstation liegen konnte. Sonntagnacht bediente niemand dort, und die Portion in Cals Dose würde sie nicht für ein paar weitere Tage durchbringen. Sie selbst würde wohl kaum verhungern, ehe irgendwer aufkreuzte, doch sie war sich nicht sicher, ob die Katze es schaffen würde.

Der Widerwille, sich selbst und den Bus der zweifelhaften Gnade des Wetters anzuvertrauen, hielt Judith davon ab, loszufahren. Sie erwog, hinaus in den Regen zu gehen und sich zu vergewissern, ob die Schneeketten da waren. Doch wo um alles in der Welt *sollten* sie sein, wenn nicht in ihrem Stauraum? Die Ketten anzulegen würde keine leichte Aufgabe sein, aber Judith würde sie meistern müssen, also würde sie es auch schaffen.

Judith prüfte, wieviel sie von der Straße erkennen konnte, indem sie angestrengt in die Dunkelheit starrte. Unglaublich, sie beobachtete Scheinwerfer, die zu einem Bus gehörten, der sogar noch größer war als ihrer: wie ein Greyhound. Er donnerte mit einer Geschwindigkeit vorbei, die sie zu der Frage veranlaßte, weshalb er nicht gleich flog.

Nun, wenn die das können, kann ich das wohl auch, sagte Judith sich selbst. Sie zog ihre Handschuhe an und drehte den Zündschlüssel um.

Der Bus erwachte brummend zum Leben. Langsam rollten sie auf die Straße.

Dieser Teil der Tour ist tatsächlich der leichteste, versuchte Judith sich zu ermutigen. *Immer geradeaus, und der Wind ist nicht stark genug, um Probleme zu machen.* Häufig fegten Sturmböen über die Ebenen, so heftig, daß das Bezirksbüro die Besuche des Buchmobils absagte. Aber die Bundesstraße war in gutem Zustand, meist dreispurig, manchmal gar vierspurig, und an diesem Ende des Tales konnte man die Lichter abgelegener Häuser ausmachen. Zu Judiths bemerkenswerter Verblüffung ließ sich das Radio dazu herab zu funktionieren. Judith grinste, entschied sich für Bach — und bekam ihre Musik. Sie schnaubte. Die Dinge schienen sich zum Besseren zu wenden.

Dann setzte der Schneefall ein.

Nach fünf Minuten wußte sie, es hieß Ketten oder aufgeben. Binnen einer knappen Stunde hatte sie alle Ketten über die Reifen gezogen und war kaum noch in der Lage, aus der Senke, die der Bus in der sich rasch aufhäufenden Schneebank geschaffen hatte, herauszufahren. Aber die Ketten waren neu und packten es. Judith rollte durch einen weiß wirbelnden Tunnel, der nur von Dunkelheit umgeben war, undurchdringlich wie Ebenholz oder Granit. Sie wagte nicht weiterzufahren. Sie wagte nicht anzuhalten. Sie wechselte in einen niedrigeren Gang und setzte die Fahrt fort. Denn solange der Bus es schaffte, würde sie fahren. Jede Viertelmeile brachte sie näher an den Freeway heran. Jede Drehung der Räder bedeutete einen Schritt, den sie nicht in Kälte und Schnee machen mußte, wenn der Sturm vorbei war. Und sie mußte vorwärtskommen oder sterben.

Der Mann besaß einen Namen, den die meisten Leute kannten, doch niemals wurde er anders angesprochen als der General. Er verdiente diesen Titel. Er hatte den unter wissenschaftlichem Aspekt entscheidenden Durchbruch geschafft und besaß Männer, die diese Information verwenden und in ein komplettes System verwandeln konnten. Was immer sie benötigten, der General erwarb oder entwickelte oder stahl es — vor seiner Zeit.

Als es vollbracht war, nannte er es den Puma. Der Name schien ausgesprochen angemessen. Der Puma war die Großkatze des nordamerikanischen Westens, das größte allein jagende Raubtier. Er schlich sich verstohlen an, explodierte dann in einem mächtigen Satz und schlug mit Kraft und Schnelligkeit zu. Ein schlafender Puma war jedoch harmlos — und wurde selten entdeckt, so raffiniert war sein Unterschlupf ausgesucht, so perfekt seine Tarnung. All diese Charakteristika ließen sich beim Puma finden. Er war tödlich, und er war stark, aber dennoch nicht annähernd so groß wie die vorherigen — Objekte — seiner Art. Er und sein Transporter sowie seine Startsysteme konnte man mit einem großen Bus vergleichen. Ebenso wie der Puma von etwaigen Verfolgern nicht gewittert wurde, so verbreitete dieser Puma keine nennenswerte Strahlung. Und nachdem er seine Arbeit getan hatte, würde sein Zielgebiet frei von Lebewesen sein. Unverzögert würden Truppen landen können. Das war der persönliche Verdienst des Generals.

»Morgen beginnen wir mit der Testreihe«, gab der General bekannt.

Irgend jemand bemerkte, daß die Wetterbedingungen nicht ideal seien.

Der General wies darauf hin, daß sich ein hungriger Puma keinen Deut um das Wetter scherte. Wenn dieser Puma in einem *Hurrikan* weder transportiert noch gestartet werden konnte, sollte er besser den Dienst quittieren.

Niemand erwähnte einen Blizzard, weil niemand an einen Blizzard dachte.

»Am Sonntag schlagen wir zu«, sagte der General. »Ich habe dafür gesorgt, daß der Testbereich frei ist. Bis auf uns. Irgendwelche Hinweise, daß es bei uns eine undichte Stelle gibt?«

Da aber nicht sein kann, was nicht sein darf, wandte auch jetzt niemand etwas ein.

Keiner schlug auch vor, besser eine Attrappe als Sprengkopf einzusetzen. Zu sehen, was der echte anrichtete, war bereits die halbe Miete bei dem Test.

Am Freitag morgen startete der Bus. Auf Anweisung hin ließ der Fahrer es gemächlich angehen, indem er mit fünfundfünfzig die Wüste durchquerte, die Berge mit vierzig erklomm und bei schwierigen Strecken runterschaltete. Sie sollten in einem Jagdhaus auf dem Gipfel des Berges übernachten und morgen früh die Fahrt ins Flachland antreten. Auf der Strecke zum Highway sorgten die Felsen rechts und links zumeist für einen schlechten, verzerrten Radioempfang oder überließen den Funkkontakt dem Zufall. Ein Gebiet von etwa zehn Meilen wies keine einzige menschliche Behausung auf. Ein heftiger Herbstregen hatte einen See entstehen lassen. Sie konnten also den Bus am Ufer parken und jedes Risiko vermeiden, wenn sie den Puma freiließen. Dann nur noch ein paar Meilen zum Freeway und ab zur Küste.

Doch dann hatten sie einen Platten, und der Fahrer stellte sich stur. Unter keinen Umständen würde er diesen Bus ohne ein ordentliches Ersatzteil lenken. Koppel den vierrädrigen RV hinten ab, nimm den Reifen mit zur Station und laß ihn flicken, komm zurück und verstau ihn. Sie würden um einen Tag hinter den Zeitplan zurückfallen. Der General war nicht erfreut, doch zu jedermanns Erleichterung war er auch nicht übermäßig verärgert.

Und so machten sie es.

Dann setzte der Regen ein. Und es begann jetzt, nach Schnee auszusehen. Sie mußten den Bus aus den Bergen ins Flachland bringen.

Etwa um vier fuhren sie los. Etwa auf halber Strecke durch die Ebene erwischte sie der Schnee. Inmitten des heftigen Schneegestöbers verlor der Fahrer völlig die Orientierung. Zum Zeitpunkt, als sie feststellten, daß sie im Begriff waren, in die Berge zurückzukehren, war es zu spät, irgend etwas anderes zu tun als abzuwarten.

Der General war gar nicht erfreut.

Jeden Morgen sorgte Silk sich mehr um Feathers Sicherheit. Die Kleine war zunehmend entschlossen, das Geheimnis des Mannes zu enträtseln, den sie niemals Master nennen würde. Silk begann, sich merkwürdig zu verhalten. Irgend jemand schlug vor, eine weise Frau oder einen Heiler nach den Ursachen für die Beschwerden der sonst so beherrschten Katze forschen zu lassen. Aber erst als sie eines Nachts mit einem Satz und wie ein Dämon heulend erwachte, nahm jemand diesen Vorschlag ernst. Daraufhin verlangte Anja, daß ein Mitglied jener rätselhaften Wesen hinzugezogen wurde, die neben ihnen in ihrem Revier lebten und sowohl mit Tieren als auch mit Menschen sprechen konnten.

Die Kunde verbreitete sich. Eine seltsame Frau erschien auf dem Gut. Silk traf sich mit ihr. Was sie Anja dann berichtete, schickte den schnellsten Reiter auf dem besten Roß zu einem anderen Ort — und das Gerücht breitete sich aus wie ein Lauffeuer.

Ein Mann wußte von den Toren und dem, was durch sie hindurchkommen sollte, und er kannte auch das Grauen, das von den Alizon ausgehen würde, da ihr Tor offen war, und daher nahm dieser Mann sein Pferd und ritt Tag und Nacht. Andere schlossen sich ihm an.

Sie kamen jedoch zu spät. Das Tor stand offen, der Ruf war

ergangen, und mit dem Tod mußte der Durchlaß bezahlt werden. Man bildete einen Verteidigungsperimeter zum äußeren Schutz gegen die Wesen, welche das Tor geöffnet hatten, und wartete ab.

Silk stolzierte mit erhobenem Schwanz umher und knurrte. Sie fuhr fort, kläglich zu maunzen. Ihr Fell ließ blaue Sterne sprühen, wenn ihr Schwanz peitschte.

Jenseits der aufgerichteten Steine — oder jenseits der Öffnung, die von den drei Steinen umrahmt wurde — herrschte ein sonniger Tag.

Judith war nicht mehr jung, und sie war nie hübsch gewesen. Einsamkeit war ein Fluch, den sie als Kind nicht hatte erleiden müssen — nicht bei elf anderen in der Familie. Als sie fortging und ihr Geld fürs College verdiente, war sie jeden Moment beansprucht. Als die Zeit kam, sich einsam zu fühlen, wußte sie damit umzugehen.

Das Reich der Phantasie war ein so viel schönerer Ort als die Realität, so daß Judith einen Großteil ihres Lebens dort verbrachte. Dieses Verhalten war sowohl durchdacht als beabsichtigt. Sie verfügte über einen klaren, scharfen Sinn für das, was war und was nicht war. Sie zog schlichtweg das vor, was nicht war. Das Leben aus Büchern genügte ihr. Eine wirkliche Befriedigung verschaffte ihr das zwar nicht, aber die Wirklichkeit bot noch viel weniger, so daß Judith sie längst bis auf das Beisammensein mit Freunden an die zweite Stelle verbannt hatte. Sie wünschte, sie könnte die Realität gänzlich ausschließen.

So wie sie ohne Erfolg versuchte, die sonnige Welt hinter den Steinen zurückzuweisen.

Die Katze ließ das jedoch nicht zu. Sie kam maunzend unter dem Armaturenbrett hervorgekrochen, um hinausgelassen zu werden. Entsetzt beobachtete Judith, wie bei dem Tier die ersten Wehen einsetzten. Die Katze kratzte an der Tür und schrie wieder.

»Nein, nein«, rief Judith. Sie griff nach der Katze, doch das

Tier riß an dem Gummiring in der Tür, wobei sie sich wand, um den Kopf in den Spalt zu zwängen. Sie würde sich umbringen — oder ihre Babys.

»Schon gut, schon gut«, brüllte ihr Judith zu. »Ich lasse dich raus. Warte einen Moment.«

Sie schob die Hände zunächst in die Ärmel ihrer Daunenjacke, dann unter die Träger ihres Rucksacks. Die Katze schrie weiter. Judith hob das Strandtuch auf, warf es über die Katze und stopfte Katze und Badetuch in den Rucksack. Plötzlich verstummte die Katze.

Beinahe hätte Judith innegehalten. »Nein, ich sagte, daß ich es tue«, flüsterte sie. *Diesmal bin ich total übergeschnappt*, dachte sie. *Ein Versprechen gegenüber einer Katze einzuhalten*.

Judith vermochte nicht, den Blick von dem strahlenden Rechteck aus Sonnenschein abzuwenden, den grünen, grasbewachsenen Hügeln, die Andeutung eines Flusses, die Wahrscheinlichkeit von Wiesenblumen, die ... Sie griff nach dem Hebel und öffnete die Tür. Die klemmende Hecktür ließ sich diesmal auch öffnen. Ehe Judith sich anders besinnen konnte, sprang sie hinunter in den Schnee und stapfte zum vorderen Ende des Busses. Sie konnte den Frühling riechen! Sie konnte warmen Wind auf ihrem Gesicht spüren!

Sie watete vorwärts, um durch das offene ... Tor? ... zu schreiten. Oder ins Leere?

»Nein«, sagte sie laut. Das wäre töricht. Sie hatte keinen Anhaltspunkt um zu wissen, was sich wirklich verbarg ... *dort*. Wenn überhaupt irgend etwas. Das Buchmobil hatte sie bis hierher gebracht; es konnte sie beide auch hindurchfahren. Sich in seinem Inneren aufzuhalten, das war der einzige Schutz, den sie hatte.

Judith erkannte, daß der oberste Stein sich gut einen Fuß oberhalb des Daches vom Bus befand, die seitlichen Steine des ... Eingangs ... waren gerade weit genug auseinander, um ihn hindurchzulassen — wenn sie den Seitenspiegel zurückklappte.

Als sie bereit war, konnte sie die Katze im Rucksack spüren.

Die Jungen schienen zu kommen. Ein qualvoll klägliches Miauen brachte Judith zu der Frage, ob das erste nicht schon da sei. Sie konnte nicht zurück.

Als sie wieder auf den Fahrersitz kletterte, verschloß sie nicht die Tür, sondern umklammerte lediglich das Lenkrad. Dann drehte sie den Zündschlüssel herum. Der Bus sprang an. Es war perfekt arrangiert, als wären die Dinge geplant — wie die Dinge in der Phantasie. Vorwärts im kleinsten Gang.

Die vordere Stoßstange berührte etwas Unsichtbares. Langsam gab es nach, als wäre es doch beweglich. Der Bus schob sich vorwärts. Judith hielt den Atem an. Die Katze schrie wieder.

Mit einemmal waren sie fast hindurchgerollt, als wäre der Bus ein Korken, der aus der Flasche kam ... und dann blieben sie stehen.

Die Hecktüren hatten nie richtig gepaßt. Sie hatten immer weiter vorgestanden als die Vordertüren. Der Bus saß fest.

Judith schaltete in den Leerlauf. Sie trat hinaus ins Gras. Alles dort unten war verschwommen. Sie konnte sehen und doch nicht sehen, daß der Bus einen großen Steinbrocken beiseite gestoßen haben mußte. Auf der anderen Seite des Steins befand sich ein durch ein gräßlich orange loderndes Flackern verborgener Gegenstand. Rasch schaute Judith weg. Selbst ein halber Blick darauf bereitete ihr Übelkeit. Sie blinzelte und sah auf. Was immer dort sein mochte, war in ein lebendiges blaugrünes Licht getaucht. Das verwirrte Judith völlig.

Sie spürte Zorn von dem bösen Wesen ausgehen. Es war nicht sie, die man erwartete. Judith hatte dessen Stelle eingenommen, und all die Zeit und Mühen des Wesens waren vergeblich. Man war entschlossen, das Tor freizumachen, und würde es erneut versuchen. Judith mußte den Bus sofort in Bewegung setzen. Warum diese vernünftige Forderung ihr bösartig erschien, wußte sie nicht, aber sie hegte keinerlei Zweifel daran.

Von anderen Geschöpfen, die schemenhaft auftauchten, empfand Judith ... Zurückweisung? Nein, sie wiesen sie nicht zurück, sie warnten sie. Sie durfte das Tor nicht freigeben. Dann würde das Böse an ihre Stelle treten. Sie mußte umkehren oder sterben, aber nein, sie *durfte* nicht umkehren!

Die Katze wand sich und schrie. Schwungvoll nahm Judith den Rucksack ab und stellte ihn vor dem Bus auf den sonnenwarmen Erdboden. Sie öffnete ihn und schlug das Handtuch zurück. Die Katze lag keuchend auf der Seite. Zwei kleine dunkle Wesen lagen dort, wo sie sie geworfen hatte. Judith berührte sie zart. Tote Kätzchen. Arme kleine Dinger. Sie hoffte, das nächste würde leben. Vielleicht, wenn sie es über die Nase beatmete oder eine Herzmassage versuchte.

Sanft und problemlos glitt das Kätzchen heraus. Die Katze keuchte einen Augenblick, richtete sich dann auf und musterte das winzige, feuchte Baby. Sie öffnete ihr Schnäuzchen und stieß einen nahezu unhörbaren Laut aus. Judith bemerkte, daß sie selbst weinte. Auch dieses Kätzchen war tot. Es konnten noch weitere kommen. Am besten nähme sie die toten jetzt weg, ehe die Mutter ihnen nachtrauern konnte.

Sie griff hinein. Die Katze hatte die Nabelschnur zerkaut und die Nachgeburt abgeleckt. Die leblosen Jungen waren immer noch warm und weich. Judith weinte weiter vor sich hin, obwohl sie wußte, es war besser für die Tiere, bei der Geburt zu sterben als eingeschläfert oder ausgesetzt zu werden. Aber die Kätzchen waren geradezu vollkommen und so unschuldig. Judith hielt sie in den Händen und schluchzte.

Sie mochte sie nicht auf die nackte Erde legen, um im Bus nach etwas zum Graben zu suchen. Daher legte sie die Kleinen, ohne nachzudenken, auf den mächtigen Steinblock.

Das Geräusch, die Vorstellung, in einer blutroten Flamme ertränkt zu werden, ließ ihr die Sinne schwinden. Als Judith wieder zu Bewußtsein kam, lag sie in weichem Gras, und die Katze miaute ihr ins Ohr. Judith setzte sich auf. Die Oberfläche des Steins war schwärzlich versengt — bis auf drei winzige, katzenförmig weiße Flecken. Das durch das orangefarbene Licht verborgene Wesen war fort. Worauf auch immer sie schaute, schien ihr klar und umrissen zu sein: zu real.

Die Katze miaute.

»Der Rucksack ist umgekippt.« Judith richtete ihn wieder auf.

Die Katze machte einen Satz und scharrte am Handtuch. Judith hob es behutsam heraus, wobei sie es so weit zur Gänze auf den Armen trug, wie sie konnte. Sie setzte es ab und schlug den Stoff auseinander. Zwei winzige schwarze und graue Kätzchen maunzten und zappelten. Die Katze wand sich zwischen Judiths Händen hindurch und kuschelte sich neben ihre Babys. Sie schnurrte.

Irgend jemand kicherte leise.

Judith drehte den Kopf so rasch herum, daß ihr wieder schwindlig wurde. Sie vernahm Stimmen und legte sich hastig hin.

Irgendwer sprach ihr irgendwas ins Ohr, was sich wie ungereimtes Gestammel anhörte; ihr Verstand jedoch interpretierte als: »Es ist zu früh. Laß ihr mehr Zeit. Komm jetzt erst mal weg hier.«

Nichts war wirklich; Judith war sich absolut sicher, tot zu sein. Dies war weder Himmel noch Hölle, obschon es Eigenschaften von beiden zu haben schien. Judith kannte keine anderen Möglichkeiten zur Grenzüberschreitung als die der Phantasie, des Irrsinns oder des Todes. Sie hatte nichts von all dem hier ersonnen; wenn sie also verrückt war, konnte sie dagegen nichts machen, aber falls sie tot sein sollte, würde es sie nicht kümmern. Diesmal richtete sie sich sehr langsam auf. Die Benommenheit schien gewichen zu sein.

Noch langsamer kam sie auf die Füße. Die wundervolle Frühlingswelt, die sie durch die Öffnung erblickt hatte, war überall um sie. Judith hielt sich am Buchmobil fest und begann, um den Bus herumzugehen. Der Bus endete einfach — hörte an der rückwärtigen Kante der Öffnung auf zu existieren. Sie ging weiter um die Steine herum und am Bus entlang zur offenen Tür. Sie stieg ein und trat an den Rücksitz unterm Fenster. Hinten vorm Heck des Busses wirbelten Schneeflocken herum; durch die Fenster drang Kälte.

Kopfschüttelnd kehrte Judith zum Fahrersitz zurück und starrte durch die Windschutzscheibe. Ein schwarzer Schatten kam durch das sonnige Gras auf sie zu gerannt. Er miaute kläglich, und die Katze, ihre Katze, wie Judith beinahe schon dachte, antwortete. Judith war längst jenseits von allem Erstaunen. Als der Schatten sich als große schwarze Katze entpuppte, schaute Judith einfach weiter zu. Die beiden Katzen begrüßten einander mit enthusiastischer Hingabe, die darin gipfelte, daß die große der kleineren eine gründliche Wäsche verpaßte. Frische Mama oder nicht, ihre Mama wollte ihr zeigen, wie glücklich sie war, ihren Sprößling zu sehen.

Judith barg ihr Kinn in den Händen und stützte sich auf die Ellbogen, um zuzusehen. Sie fühlte sich großartig: erleichtert und glücklich, sicher und geliebt.

Zehn Minuten später fühlte sie sich gar noch besser. Die große schwarze Katze setzte über den Steinquader. Dann machte sie einen zweiten Satz und landete neben Judith. So laut schnurrend, daß die Fensterscheiben klirrten, stieß die Katze mit ihrem großen Kopf gegen Judiths Bauch.

Das ist Liebe, dachte Judith verblüfft. Sie hatte sich schon gefragt, ob sie nicht ein wenig Angst haben sollte. Die ältere Katze war kaum kleiner als ein Ozelot und wirkte doch wie ein gezähmtes Tier. Trotzdem war sie keine Schmusekatze. Mit einer vorsichtigen Bewegung streckte Judith die Hände aus und strich der Katze über den Kopf. Das Tier schnurrte noch lauter.

»Silk!« entfuhr es Judith. Das Fell der Katze fühlte sich beim Berühren so weich an, daß sie unweigerlich nur an Seide denken konnte.

Die Katze wich ein wenig zurück, sah sie an und nickte.

Nickte.

»Dein *Name* lautet Silk?« erkundigte sich Judith.

Wieder nickte die Katze.

»Judith Justin«, murmelte sie.

Silk leckte ihr einmal die Hand.

Wenn sie mit einer Katze reden wollte, mußte sie einen Gesprächsstoff finden, der sie beide interessierte.

»Hast du die Babys gesehen?«

Silk war so schnell aus dem Buchmobil heraus, daß man meinen konnte, sie habe die Flucht angetreten. Immerhin bewunderten sowohl Judith wie Silk Feathers Babys.

Als dieses Mal jemand leise in sich hineinlachte, blickte Judith auf und lächelte. Der Mann war groß, bärtig und etwa in ihrem Alter. Und gekleidet war er, wie sich niemand, der Judith kannte, kleiden würde. Er roch eindeutig nach Pferd und Schweiß. Er streckte ihr die Hand entgegen, um ihr aufzuhelfen, und begrüßte sie auf Englisch.

»Mein Name ist Tregarth«, sagte er. »Nennen Sie mich Simon. Es ist hier ein geläufiger Name, wenn ich auch der erste bin, der ihn trägt.«

»Judith Justin«, erwiderte Judy.

»Bibliothekarin«, ergänzte Simon. »Dies ist ein Buchmobil, nicht wahr?«

Judith nickte verblüfft.

Der Mann schüttelte bedächtig den Kopf. »Was für eine Überraschung das gewesen sein muß«, sagte er leise, »wo sie doch den Puma erwarteten.«

»Den Puma?« fragte Judith.

»Ich schlage vor, Sie stellen den Motor ab und begleiten uns dort hinüber.« Der Mann deutete zu einem kleinen Hügel, wo plötzlich etliche Leute aufgetaucht waren. »Wir wollen warten, bis Sie sich wieder gefangen haben. Aber Essen und Trinken sind doch schon in Ordnung, oder?« Er grinste. »Und Erklärungen — zumindest, soweit wir sie geben können.«

Judith nickte und stieg endlich aus. »Herzlichen Dank für alles. Haben Sie irgend etwas, das eine Katze fressen darf?«

Wieder lachte Tregarth in sich hinein. »Vielerlei Sachen«, sagte er.

Nachdem alle Erklärungen gegeben worden waren, die gegeben werden konnten, und Silk und die Leute in ihre Unterkünfte zurückgekehrt waren, nachdem der Blizzard sich erschöpft hatte und Judith die Schrauben und Türangeln von der Hecktür entfernt hatte, so daß der Bus bewegt werden konnte, hockte sie mit Feathers und den Kätzchen auf dem Schoß auf der kleinen Treppe. Sie befand sich in Irgendwo, zwischen da und dort, wo alles weder real noch irreal war.

Sie grinste. »Halb unten auf der Treppe ist eine Stufe, wo ich sitze«, zitierte sie Milne für die desinteressierte Katze. »Es gibt keine andere Stufe wie diese.«

Nein, die gab es nicht. Der arme Bus litt unter enormen Belastungen. Wenn sie ihn nicht in die eine oder andere Richtung bewegte, würde er zusammenbrechen. Sie mußte jetzt eine Entscheidung treffen. Zurück zu den Büchern und dem Irrealen. Oder vorwärts ins Ungewisse?

Judith war kein Kind mehr. Sie wußte, daß das Ungewisse mit großer Wahrscheinlichkeit identisch mit der Realität der anderen Welt sein konnte.

Feathers richtete sich in ihrem Schoß auf, warf Judith einen Blick zu, als wäre sie mit einemmal zu einem verwesenden toten Fisch geworden, und hob mit ihrem Schnäuzchen eines der Kätzchen auf. So gut es in Anbetracht der Umstände ging, kletterte die Katze hinunter und stolzierte ins hohe Gras hinein, wobei sie in einem Ton schnurrte, der ihre Zufriedenheit zeigte.

Judith fühlte sich beraubt, vor den Kopf gestoßen und verlassen. Sie schmiegte das andere Kätzchen an ihre Wange und stand auf. Wie war es möglich, daß sie sich fühlte, als verlöre sie ihren einzigen Freund? Sie besaß einige enge Freunde dort draußen. Alles, was sie tun mußte, war zurückzukehren.

Doch sie folgte der Katze.

»Warte einen Augenblick!« rief sie. »Ich möchte noch etliche Sachen aus dem Bus holen. Geh nicht. Ich komme schon. Ich werde bleiben.«

Idiotin! schalt sie sich selbst. *Mit einer Katze zu sprechen, als könnte sie dich begreifen!*

Das tat die Katze aber, und Judith wußte es. Feathers kam zurück und wartete, während ihr Zweibeiner seinen Rucksack, seine Handtücher, den Badeanzug, die Harmonika und die

Gitarre, seine siebenundzwanzig Lieblingsbücher sowie jede Menge anderer Dinge holte, die ihr eventuell von Nutzen sein mochten.

Die Katze hockte hinter dem großen Steinquader und schnurrte.

»Okay, warte auf mich. Ich bin gleich zurück.«

Zum letztenmal drehte Judy den Schlüssel im Zündschloß des Buchmobils. Der Motor hatte große Schwierigkeiten anzuspringen. »Mach schon, alter Kumpel.« Judith strich über das Armaturenbrett. »Laß mich jetzt nicht im Stich.«

Sie schüttelte den Kopf. *Jetzt rede ich schon mit Maschinen*, dachte sie. Aber das war nichts Neues. Das hatte sie immer getan.

Ermutigt sprang der Motor an und erwachte mit protestierendem Husten zum Leben. Judy legte den Rückwärtsgang ein und setzte das Fahrzeug vorsichtig zurück. Als sich die vordere Stoßstange genau in Linie mit den Markierungssteinen befand, zog sie den Zündschlüssel ab, aber nicht die Handbremse an.

Judith stieg aufs Dach, legte sich hin und rutschte, mit den Füßen zuerst, nach vorn. Ihr Körper paßte kaum unter den oberen Stein. Dann ließ sie sich fallen und glitt auf den Boden. Schließlich stand sie auf, stemmte sich mit dem Rücken gegen den Bus und schob.

Als er zurückrollte, rannte sie so schnell, wie sie nur rennen konnte, und sprang hinter den Steinquader. Das Tor schloß sich.

Eine gewisse Zeit waren die Dinge höchst ungewöhnlich. Judy lag bei der Katze und den Kätzchen, bis sich alles wieder normalisierte ... vorausgesetzt, alles würde für sie von nun an überhaupt normal sein.

Judith stand auf. Für einen Augenblick ließ Feathers die Kätzchen liegen und sprang auf den Steinblock, um sich neben sie zu setzen.

Sie sahen drei Steine, nicht vier. Zwei standen hochkant, einer lag quer und schirmte sie ab. Was aus dem oberen Stein, dem Träger, geworden war, würde sich wohl nie aufklären, und es interessierte Judy auch nicht weiter. Sie interessierte nur, daß sie zwischen den beiden aufgerichteten Steinen Gras und Sonnenschein und Wildblumen sehen sowie Vogelgezwitscher hören und Wasser riechen konnte. Die Anomalie war gewichen, und das Tor ...

»Das Tor des Pumas!« stellte sie fest, als sie sich an Simons Erklärung erinnerte. »Der Puma hat nichts damit zu tun.«

Sie streichelte das Fell der Katze. Feathers schnurrte so laut, daß Judith sich fragte, was Leute auf der anderen Seite des Tores da zu hören meinten.

Die Katze schaute zu ihr empor und sprang dann hinunter, um sich zu ihren Kätzchen zu gesellen.

Judiths Blick wanderte von den Jungen zu den drei weißen Formen auf dem Stein. *Eine Signatur*, dachte sie. Bewußt weigerte sie sich, daran zu denken, was die glatte, schwarze Rußschicht verursacht hatte, die niemals von Regen abgewaschen werden würde.

»Das Tor der Katzen«, flüsterte sie sanft.

Sie legte alles, was sie zunächst nicht hatte schleppen wollen, auf den großen Quader und bedeckte es mit ihrem Poncho. Danach setzte sie die Kätzchen auf ein Handtuch oben im Rucksack und hielt ihn für ihre Mutter auf. Doch Feathers blieb sitzen.

»Nun«, murmelte Judith. »Du möchtest wohl lieber sehen, wohin du gehst, als woher du kommst?«

Feathers nickte.

»Wollen mal sehen, was sich machen läßt.«

Judy warf sich den Rucksack über und legte sich dann das zusammengefaltete Strandtuch über die linke Schulter, ehe sie sich hinunterbeugte. Die Katze sprang empor und kuschelte sich neben ihr Ohr.

»Braves Mädchen.« Judy rieb sich den Kopf am Pelz der Katze. »Auf geht's«, sagte sie.

Sie machten sich in Richtung des blaugrünen Lichts auf, wobei sie sich einen Plan zurechtlegte, der ihnen erlauben würde, wohlbehalten die Bereiche zu meiden, wo das Orange und das übelriechende Gelbgrün flackerten. Sie überlegte, ob es sie nicht beunruhigen sollte, daß man ihr erzählt hatte, einige andere . . . Bewohner . . . dieser Wirklichkeit könnten die Lichter sehen, aber das tat es nicht. Abgesehen von den einseitigen Gesprächen mit Katzen hatte Judith durchaus einen triftigen Anlaß, diejenige zu sein, von der sie sagte, sie wäre »berufen«. Irgendwo auf der Strecke zwischen hier und dem Licht, so war ihr erklärt worden, würde sie Essen und Unterschlupf und sonst was finden.

Judith seufzte einen langen, erwartungsvollen Seufzer. *Es macht mir wirklich nichts aus*, dachte sie. Sie hatte es geschafft, in der Realität zu existieren, aber trotzdem damals in ihrer Welt der Phantasie zu leben. Sie könnte sich selbst einreden, daß es auch hier genügte, wenn es denn sein mußte.

Feathers fauchte.

Judy lächelte. »Nein, es ist schon besser«, stimmte sie ihr zu und legte ihren Kopf auf das schwarzgraue Fell. *Es muß besser sein*, dachte sie. In ihrer Vorstellung tauchte wieder der Anblick der drei winzigen Körperchen auf, deren Tod ihr Wegzoll gewesen war. *Es ist nicht für mich. Für sie.*

Die Katze schnurrte wohlig an ihrem linken Ohr.

Ins Deutsche übertragen von Gisela Kirst-Tinnefeld
Originaltitel: The Gate of the Kitten
Copyright © 1989 by Wilanne Schneider Belden

CLARE BELL

Die

Staudammkatze

Die jungen Leute interessieren sich heute nicht mehr besonders für die Dämme. Ich meine die großen Staudämme − Grand Cortee, Shasta, Hoover −, die in der ersten Hälfte des Jahrhunderts gebaut wurden. In den dreißiger Jahren, als ich Ingenieur beim Black-Canyon-Projekt war, waren wir die Helden. Unsere Dämme versorgten die schnell anwachsende Bevölkerung des Westens mit Wasser und Energie. Jetzt hört man nur noch von der Verschlammung, die die Dämme in weniger als hundert Jahren in Wasserfälle verwandeln könnte. Es wird sogar davon gesprochen, die Staumauern abzureißen und die überfluteten Täler wieder der Natur zu überlassen. Vielleicht ist das eine gute Idee, vielleicht auch nicht. Okay, wir haben die Dammbauerei übertrieben und ein paar Sachen übersehen, die man hätte berücksichtigen müssen. Aber was die Abreißerei angeht − zumindest beim Black-Canyon-Damm sollten sie die Finger davon lassen. Sagt ihnen das vom alten Dale Curtis.

Sie denken jetzt, ich sei bloß ein seniler alter Kerl, der nicht vergessen kann, daß er an einem der größtem Dämme der Welt mitgebaut hat. Nun, manchmal werde ich schon sentimental, das will ich gerne zugeben. Aber ob Sie es wollen oder nicht, dieser Damm wird bleiben, niemand wird ihn abreißen. Das werden die Jungs mit dem Dynamit und den Bulldozern schon merken, wenn sie es versuchen.

Ja, zum Teufel, es ist ein guter Damm. Wir haben sie solide gebaut damals. Aber das ist nicht der Grund dafür, daß Black Canyon niemals fallen wird. Wollen Sie wissen warum? Weil dieser Damm beschützt wird. Glauben Sie nicht, daß ich Witze mache. Es ist eine Art magischer Zauber.

Ich weiß, Sie wollen jetzt wissen, was es damit auf sich hat. Machen Sie es sich gemütlich, und hören Sie zu. Es ist die seltsame Geschichte über ein paar Indianer und einige merkwürdige Vorkommnisse, die sich ereigneten, als wir den Black-Canyon-Damm gebaut haben. Und über den Rotluchs...

Die Leute sagen, ohne diese Katze wäre der Damm niemals fertiggestellt worden. Die Wahrheit ist, daß Black Canyon nicht nur unvollendet geblieben wäre; er wäre gebrochen, noch während sich das Staubecken füllte. Es gibt eine Plakette am Damm, auf der die Geschichte von Tonochpa und dem Kabel berichtet wird, das sie durch einen Tunnel gezogen hat, der für Menschen zu eng war. So jedenfalls steht es auf der Plakette, aber ich weiß es besser. Was die kleine Wildkatze durch den Tunnel geschleppt hat, war mehr als ein Bündel Drähte.

Meine Rolle in der ganzen Geschichte begann mit der Bestimmung im Bauvertrag, daß der Damm vor der Bauabnahme vollständig mit Instrumenten bestückt sein mußte. Die Bundesbehörden verlangten den Einbau zahlreicher Meßinstrumente wie Belastungsanzeiger, Dehnungsmesser und Thermometer, die schon während der Bauphase beobachtet werden mußten. All diese Instrumente mußten an eine zentrale Energiequelle und einen Meßwertaufzeichner angeschlossen werden. In dem ganzen Durcheinander des Baus (Black Canyon wurde in Rekordzeit hochgezogen) waren einige Einzelheiten übersehen worden. Die Betontypen kippten ihr Zeug so schnell in die Fundamente, daß sie nicht an Wartungsschächte oder Kabeltunnel dachten.

Ein paar Wochen nachdem ich meine Arbeit aufgenommen hatte und die Bescherung bemerkte, verfluchte ich sie heimlich und ließ provisorische Leitungen über die Außenmauer des Damms zu meinem Kontrollraum legen. Wir brauchten die Meßdaten der Instrumente, um zu sehen, ob irgendwo im Damm ungewöhnliche Belastungen auftraten, durch die er möglicherweise brechen konnte. Die Sache funktionierte, aber mir war klar, daß ich damit bei der Bauaufsicht niemals durchkommen würde. Diese Burschen neigten dazu, die Vorschriften streng nach Wortlaut auszulegen und nicht nach ihrem Zweck. Der Vertrag sah vor, daß die Kabel der Überwachungsanlagen durch Leitungsröhren innerhalb des Damms verlaufen mußten. Ich raufte mir über diesem Problem die letzten Haare, als ich Mike und Tonochpa begegnete.

Genau gesagt traf ich Tonochpa, bevor ich Mike traf. Ungefähr eine Minute vorher. Ich glaube, weder sie noch ich werden diese erste Begegnung jemals vergessen. Das gleiche gilt für eine bestimmte Hose, die ich zur Erinnerung an dieses Zusammentreffen aufgehoben habe.

Es war im Sommer 1934, einige Monate nachdem ich eingestellt worden. war. Die Sprengarbeiten waren weitgehend beendet, aber die Wände des Canyons flußaufwärts des Damms wurden noch begradigt. An manchen Tagen verschwand die ganze Baustelle in dichten Staubwolken. In den tief eingeschnittenen Canyon drang kein Windhauch, und das schwarze Basaltgestein speicherte die Hitze, bis es so heiß war wie ein Backblech. Wer sich an ein paar Sandkörnern nicht störte, hätte sich auf den Steinen Pfannkuchen backen können.

Um von dem Wohnwagen, der das Büro der Baugesellschaft beherbergte, zu der Hütte mit dem Meßwertaufzeichner zu gelangen, mußte man den großen Platz vor dem Betonwerk überqueren.

Damals hatten wir noch nicht die Betonlaster mit der rotierenden Mischtrommel, wie man sie heute überall sieht. Wir benutzten riesige Dieseltrucks mit über zwei Meter hohen Reifen und flacher Ladefläche, auf die gewaltige Stahlkästen montiert worden waren. Die Trucks sahen aus wie riesige Heuwagen, die Sitze waren ungepolstert und nicht überdacht. Sobald der Beton in den Kästen war, begann er zu trocknen, so daß die Laster möglichst schnell zum Einsatzort fahren mußten. Dies führte bei einigen Fahrern zu einem bemerkenswerten Fahrstil.

Einer von ihnen stellte sich auf den Sitz, um beobachten zu können, wie hinten die Kästen durch einen Einfülltrichter volliefen. Der flüssige Beton schoß so schnell hinein, daß er den Lkw nicht anhalten mußte. Der Riesentruck rollte langsam vorwärts, während er ihn nur mit seinem dreckigen Stiefel lenkte. Andere ahmten diesen Cowboytrick schnell nach, und die Ladezone gleich bald einer Rodeoarena.

Den Helm tief in die Stirn gezogen, das Klemmbrett mit meinen Papieren unter dem Arm, trat ich an diesem Tag zum täglichen Lkw-Ausweichen an. Ich hatte es schon fast geschafft, als ich sah, wie etwas den Hang hinaufschoß, der zur Baustelle führte. Ich erkannte wirbelnde Beine und lange Ohren. Man sah häufig Kaninchen auf der Baustelle, so daß ich mir nicht viel dabei dachte, bis ich bemerkte, daß noch ein anderes Tier hinter dem Kaninchen herraste. Es bewegte sich so schnell und wirbelte so viel Staub auf, daß ich nicht erkennen konnte, was es war. Ein Seil oder eine Leine schleifte hinter ihm über den Boden. Der Verfolger war hinter dem Kaninchen her und achtete nicht auf seine Umgebung. Das Problem war nur, daß das Kaninchen geradewegs auf die Trucks zusteuerte.

Ich wußte, daß das Langohr es schaffen würde. Ich hatte schon oft gesehen, wie sie einfach zwischen den rollenden Reifen herflitzten. Aber sein Verfolger sah aus, als wäre er das Haustier von jemandem, und behindert durch die nachschleifende Leine ...

Ich kann nicht behaupten, daß ich ein großer Tierfreund bin, aber ich hasse es wirklich, plattgefahrene Tierkadaver von der Straße zu kratzen. Während der ratternde Diesel des herannahenden Trucks in meinen Ohren dröhnte, schoß das Tier an mir vorbei, und ich sprang vor und setzte meinen Fuß fest auf die mitgeschleppte Leine.

Fast hätte ich das Gleichgewicht verloren, als etwas Pelziges gegen meine Schienbeine geschleudert wurde. Ich hörte ein ersticktes Miauen, und dann begannen scharfe Krallen mein Hosenbein so schnell zu zerfetzen, daß ich nicht einmal den Schmerz spürte. Zwölf Pfund Wüstenkatze zerkratzten mein Knie und näherten sich meinen empfindlichsten Körperteilen, als ich endlich reagieren konnte und versuchte, das Biest zu packen.

»Tonochpa, nein!«

Die Stimme des Indianers war angenehm und hatte nicht den Akzent, den die Navajo-Arbeiter sprachen. Der Mann hatte den Rotluchs gepackt, bevor ich es tun konnte. Und das war wahrscheinlich mein Glück, ich hätte möglicherweise ein paar Finger verloren. Ich bezweifelte, daß er seine alle behalten würde, aber der Luchs hinterließ nicht einmal einen Kratzer auf seinen dunklen Händen. Der Indianer sagte ein paar Wörter in einer Sprache, die ich im Gegensatz zu der Wildkatze nicht verstand.

Sie ließ von mir ab und sprang in seinen Arm. Ich richtete mich auf und sah mich einem kleinen stämmigen jungen Mann gegenüber. Er trug einen Overall ohne Hemd und einen verbeulten Helm.

Mit einem ohrenbetäubenden Hupen fügte der Betonlaster meinem Schaden den Spott hinzu. Der junge Indianer zuckte zusammen, hielt seine Katze fest umklammert und stieg den Hügel in Richtung Baustelle hinab. Ich folgte ihm, ohne genau zu wissen, warum. Ich war ziemlich durcheinander, meine Beine brannten, als wäre ich durch ein Dornengestrüpp gelaufen, und meine Hose hatte riesige Risse.

Als ich den Indianer einholte, sah ich, wie er die Wildkatze in den Armen wiegte. Irgend etwas schien mit ihr nicht in Ordnung zu sein, sie schluckte heftig und atmete keuchend. Ich hatte leichte Gewissensbisse, weil ich auf das Seil getreten war, obwohl ich ihr damit wahrscheinlich das Leben gerettet hatte. Ich sah die Sorge im Gesicht des jungen Mannes, als er versuchte, das Tier zu beruhigen. Ich berührte seine Schulter und deutete auf die Meßhütte auf der anderen Seite des Canyons.

Als wir die Hütte erreicht hatten, setzte er die Katze auf eine rohgezimmerte Werkbank und betastete das Fell an ihrem Hals. Ihr kurzer Schwanz zuckte auf und ab, während sie schwankend auf ihren langen Beinen stand, sich dann gegen den Indianer lehnte und mich wachsam beobachtete. Sie hustete ein paarmal, schüttelte ihr drahtiges Fell und schien dann in Ordnung zu sein. Ich glaube, der plötzliche Ruck der Leine hatte ihr kurz die Luftröhre zugeschnürt, und sie brauchte nur ein bißchen Zeit, um sich zu erholen.

Währenddessen hatte ich Gelegenheit, mich zu fragen, was sie hier überhaupt zu suchen hatte. Das Stechen und Brennen in meinem linken Bein erinnerte mich daran, daß sie nicht das einzige Opfer des Zwischenfalls war. Ich musterte ihr Herrchen und versuchte, autoritär zu wirken, so wie ein gereizter Weißer eben gegenüber einem nachlässigen indianischen Arbeiter aufzutreten hat. Aber irgendwie paßten wir beide nicht in unsere Rolle. Vielleicht lag es an der Katze.

Sie war klein für einen Rotluchs, zumindest wenn man die Felle zum Maßstab machte, die ich bei Freunden nach einem Jagdausflug gesehen hatte. Ihr Körperbau war kräftiger als bei einer Hauskatze, und ihr Kopf war unverhältnismäßig groß. Und durch ihre langen Beine wirkte sie beinahe wie ein Junges.

Der Indianer beugte sich über sie und flüsterte ein paar Worte in seiner Sprache. Sie hob die Nase und schnurrte eine Antwort.

»Sie entschuldigt sich bei Ihnen«, sagte er mit seiner weichen Stimme, die gut zu seiner übrigen Erscheinung paßte. »Ich ebenfalls. Man nennt mich hier Mike. Ich nenne sie Tonochpa.«

»Curtis«, stellte ich mir vor. Mein Versuch, einen barschen Ton anzuschlagen, hatte nur mäßigen Erfolg. »Dale Curtis. Freut mich, euch beide kennenzulernen.«

Tonochpa drehte den Kopf und spitzte ihre mit schwarzen Fellbüscheln besetzten Ohren. Tigerstreifen liefen über ihr Gesicht bis zur Nase, von der lange Barthaare ausgingen. Ihr gelbbraunes Fell hatte schwarze Flecken, die an den Beinen in Streifen übergingen.

Ich näherte mich ihr ein wenig, und da sie weder fauchte noch nach Katzenart einen Buckel machte, ging ich davon aus, daß sie mir freundlich gesonnen war. Sie drehte sich in meine Richtung, lehnte sich vor und zog die Schultern hoch. Mike packte mich am Ellbogen und zog mich zurück.

»Was ist los?« fragte ich. »Sie ist doch ganz friedlich.«

Mike schüttelte den Kopf. »Ein Rotluchs ist keine Hauskatze, Mr. Curtis. Tonochpa macht keinen Buckel, um Sie zu warnen. Sie sucht Blickkontakt und hebt die Schultern, um größer zu wirken.« Er schnalzte mit der Zunge, um die Aufmerksamkeit der Wildkatze auf sich zu ziehen, und streichelte sie dann. »Ich habe ihre Sprache gelernt. Sie sagt, daß sie sich an Sie gewöhnen wird, aber das braucht Zeit.«

Er lächelte schüchtern und sah mich dann ernst an. »Die Kratzer könnten sich entzünden, Mr. Curtis. Setzten Sie sich, ich werde die Wunden versorgen.«

Ich hatte schon nach dem zerbeulten Metallköfferchen mit

meiner Erste-Hilfe-Ausrüstung gegriffen. Ich setzte mich auf eine Apfelsinenkiste und hielt das Köfferchen bereit. Mike wühlte in der Seitentasche seines Rucksacks.

»Brauchst du nichts hiervon? Alkohol? Jod? Desinfektionspulver?«

Er schüttelte den Kopf. Das einzige, für das er Verwendung fand, waren ein sauberer Stofflappen und die kleine Flasche mit Alkohol. Ich krempelte mein Hosenbein hoch und säuberte die Wunden. Dann nahm er etwas, das wie das fleischige Blatt einer Agave aussah, zerbrach es und vermengte die heraustropfende Flüssigkeit mit einem Pulver. Die so entstandene Paste schmierte er auf die Kratzer. In Erwartung des schmerzhaften Brennens, das man von Jod oder anderen antiseptischen Mitteln gewohnt ist, hielt ich unwillkürlich die Luft an, aber ich spürte nur eine wohltuende Kühle, die nach und nach den Schmerz verdrängte.

Ich hatte erwartet, daß er die Wunde mit dem Stofftuch verbinden würde, aber er schmierte lediglich noch mehr von der Agavenmixtur auf mein Bein und wies mich an, still zu sitzen. Die Paste trocknete schnell und bildete einen dichten Film.

»Indianischer Verband«, sagte er. »Er hält, bis sich Schorf bildet, und fällt dann von selbst ab.«

Ich warf ihm einen langen Blick zu. Irgendwie war es dem jungen Indianer mit seiner ruhigen Art gelungen, die soziale Barriere, die Klassenzugehörigkeit und Hautfarbe zwischen uns diktierten, zu überspielen. Ich überlegte, ob ich sie wieder errichten sollte. Aber ich konnte nicht einschätzen, mit wem ich es eigentlich zu tun hatte, da ich so gut wie nichts von ihm wußte. Zwei Dinge waren offensichtlich: Er hatte irgendeine medizinische Ausbildung und arbeitete dennoch auf dem Bau. »Wer ist dein Vorarbeiter?« fragte ich. »Vermißt er dich jetzt nicht?«

Er nannte einen Namen, den ich noch nie gehört hatte.

»Und was machst du mit einem zahmen Luchs auf einer Baustelle?« fragte ich in dem Versuch, meine übergeordnete Stellung in der Hierarchie zu unterstreichen.

Er hob Tonochpa hoch und ließ sie auf seine Schultern klettern. »Sie ist mein Partner«, sagte er, als sei dies die selbstverständlichste Sache der Welt. Ich beobachtete, wie er das Ende ihrer Leine in eine Metallöse an seinem Overall einhakte. Dann schnalzte er mit der Zunge. Der Luchs schob die Verschlußlasche des Rucksacks beiseite und kletterte hinein. Die Lasche hob sich für einen Moment, und ich sah ihre achatfarbenen Augen hinausspähen.

Mike erklärte mir, daß er ein ›Kirschenpflücker‹ sei, also ein Hochwandbegradiger. Jeden Tag seilte er sich mit dem Felsbohrer, einer Brechstange und manchmal ein paar Stangen Dynamit auf einem kleinen Holzsitz über den Rand des Canyons ab. Obwohl das meiste lockere Gestein an den Wänden des Black Canyon schon weggesprengt oder abgemeißelt war, arbeiteten die Begradiger noch an den Fundamenten der Wassereinlauftürme, die hinter dem Damm errichtet wurden.

Das erklärte einiges. Die Hochwandbegradiger waren ein wüster Haufen, hochgeschätzt für ihre Kenntnisse und ihren Mut. Innerhalb bestimmter Grenzen konnten sie tun und lassen, was sie wollten, die Bosse drückten beide Augen zu. Ich nahm an, daß dies auch für ausgefallene Maskottchen gelten würde.

»Nimmst du sie wirklich mit da rauf?« frage ich. Ich konnte mir nicht vorstellen, daß es für irgend jemanden ein Vergnügen war, an einem Seil inmitten des Lärms der Bohrungen und Explosionen zu hängen. Für ein so sensibles und scheues Tier wie einen Rotluchs mußte es die schiere Hölle sein.

»Sie ist mein Partner«, wiederholte er. »Wir können uns aufeinander verlassen.«

Sie ist mein Partner. Das klang so einfach und selbstverständlich, aber für die Denkweise des Weißen Mannes doch befremdlich. Der Indianer mußte mir meine Skepsis angesehen haben.

»Tonochpa schützt mich vor Unheil. Andere Hochwandbegradiger haben Unfälle. Stürze. Verlieren Finger und Augen bei Explosionen. Ich nicht.«

Ich hatte ein paar anthropologische Bücher über Indianer gelesen. »Ist Tonochpa dein Totem?«

Ein kaum wahrnehmbares Lächeln glitt über Mikes Gesicht. Er warf mir einen eigentümlichen Blick zu. »Weil Sie versuchen zu verstehen, wenn auch nur wie ein weißer Mann und für die Zwecke des weißen Mannes, verrate ich Ihnen ein Geheimnis.«

Er führte mich zu dem Rotluchs, den meine Gegenwart nicht mehr zu stören schien. Ich hatte die zerfetzte Hose noch nicht vergessen, und die trocknende Agavepaste zwickte an den Haaren auf meinen Beinen, also näherte ich mich sehr vorsichtig. Er berührte die Katze unter dem Kinn, und sie hob folgsam den Kopf. Im gelbgrauen Fell ihres Halses bemerkte ich zwei seltsame, bogenförmig verlaufende Streifen, die ihren Ursprung jeweils in der Biegung des anderen hatten.

Mike strich mit seinem breiten, kurzgeschnittenen Daumennagel durch das Fell. »Sie hatte diese Zeichnung schon, als ich sie als halbertrunkenes Kätzchen nach einer Überschwemmung fand. Es ist das *Nakwatch*-Symbol, das Zeichen der Brüderschaft bei meinem Volk.«

Ich warf einen prüfenden Blick auf die Kennzeichnung am Hals des Tieres, amüsiert, daß der Indianer diese Sache so ernst nahm.

»Berühren Sie es. Sie haben sich das Recht dazu verdient.«

Das Recht, einen kompletten Narren aus mir zu machen, dachte ich. Ich fragte mich, warum ich ihn nicht einfach wegschickte. Ich dankte meiner privaten Vorstellung von Schutzgeist dafür, daß sich niemand in der Nähe der Hütte aufhielt. Als ich die Katze prüfend anstieß, war ich darauf gefaßt, daß sie Vergeltung üben würde, doch sie beäugte mich nur unablässig. Ihre schwarzen Pupillen schienen im Takt meines Herzschlags zu pulsieren. Als ich meine Hand zurückzog, senkte sie den Kopf und putzte ihre Kennzeichnung, als sei sie stolz darauf.

»Bist du ein *Hatathli*?« frage ich Mike und erinnerte mich an gewisse angelesene Kenntnisse.

Er lächelte nachsichtig. »*Hatathli* ist Navajo. Ein Medizinmann, der durch Zeichnungen im Sand heilt. Ich bin ein Heiler des Hopi-Stammes.«

Ich fühlte mich ziemlich unbehaglich. Ich hatte genug gelesen, um zu wissen, daß die Hopi und Navajo sich nicht sonderlich schätzten. Beide miteinander zu verwechseln, war ein gewaltiger Tritt ins Fettnäpfchen. Typisch für einen Außenseiter. Ich suchte bei einem anderen Thema Zuflucht.

»Nimmst du die Katze wirklich mit zu deinen Hochseilakten?«

»Ich würde nicht ohne sie in die Wand gehen. Wenn Sie es nicht glauben, besuchen Sie uns am nördlichen Einlaßturm.«

Sein Lächeln verwandelte sich in ein breites Grinsen. »Ich muß jetzt gehen, Mr. Curtis«, fügte er hinzu und nahm den Rucksack mit Tonochpa auf.

Sein Aufbruch traf mich unvorbereitet. Wir hatten noch einiges zu klären, vor allem den Zustand meiner Hose. Er folgte meinem Blick auf die Spuren, die der Luchs hinterlassen hatte, und erriet, was mir durch den Kopf ging.

»Bringen Sie die Hose mit, wenn Sie zum Bauplatz kommen.« Er zwinkerte mir zu. »Ich habe Erfahrung darin, Löcher zu stopfen, die Tonochpa gemacht hat.«

Ich verkniff es mir zu fragen, wie viele Löcher die Wildkatze schon gemacht hatte. Ich sah den beiden nach und kratzte die Stelle unter meinem Helm, wo das Haar allmählich dünner wurde. Demnächst würde ich der Baustelle des Nordturms einen Besuch abstatten, auch wenn es mich die Mittagspause kosten würde. Der junge Indianer und sein als Rotluchs verkleideter Schutzgeist hatten mich ganz schön neugierig gemacht. Ich mußte wissen, ob er mich zum Narren gehalten hatte oder nicht. Ich deponierte ein Fernglas in der Meßhütte und wartete auf eine Gelegenheit, in der ich Zeit genug hatte, einen Ausflug hinauf zum Rand des Canyons zu machen.

Einige Tage später erwischte ich den alten Laster mit der Nummer hundertsechzig, der zwischen den Arbeiterunterkünften und der Baustelle pendelte, rechtzeitig genug, um vor meinem Arbeitsbeginn an der Baustelle des Turms vorbeizuschauen. Weil die Fundamente für den Wassereinlaufturm aus der Canyonwand geschlagen wurden, war der einzige Weg zur Baustelle eine steile Zahnradbahn, die wir Affenrutsche nannten. Ich stieg zusammen mit ein paar Nachzüglern der ersten Schicht in die Bahn, und als die Affenrutsche sich ratternd in Bewegung setzte, klammerte ich mich an die festgeschweißten Rohre, die als Geländerersatz dienten.

Die Jungs, die mit mir nach oben fuhren, beobachteten mich aus den Augenwinkeln, während sie sich von ihren Trinkgelagen der vergangenen Nacht im nahe gelegenen Glitter Gulch erzählten. Sie spuckten über das Geländer und drehten sich Zigaretten. Ich fühlte mich so fehl am Platz wie eine Auster in der Wüste und begann, zwischen den dichtgedrängten Männern nach Mike Ausschau zu halten. Mich plagte plötzlich die unvernünftige Furcht, daß Mike heute blaumachte, krank war oder man ihn gefeuert hatte.

Rumpelnd kam die Affenschaukel schließlich zum Stehen, und die Arbeiter strömten zu einem Holzsteg, der am Sims des gewaltigen Basaltmassivs entlangführte, das als Fundament für den Wassereinlaufturm dienen sollte. Die ›Kirschenpflücker‹, mit denen ich gekommen war, schienen sich in Alpinisten zu verwandeln. Sie verschmähten den Holzsteg, kletterten über die Felsen und seilten sich ab zu ihren Arbeitsplätzen. Schon bald war ich allein mit dem Klirren der Meißel und dem rasenden Hämmern der Felsbohrer.

Ich näherte mich vorsichtig dem ungesicherten Rand des Stegs und spähte in die Tiefe. Ein Schauder durchlief mich. Normalerweise bin ich schwindelfrei. Ich bin auf genügend Brücken und Trägern herumgeturnt, um das zu wissen. Aber die Tatsache, daß hier ein winziger Fehltritt einen Sturz von einem halben Kilometer zur Folge haben würde, flößte mir neuen Respekt vor der Schwerkraft ein. Die Holzplanken des Stegs bogen sich bedenklich unter meinem Gewicht, und der Staub unter meinen Sohlen ließ mich langsam auf den Rand zurutschen.

Schließlich fand ich ein sicheres Plätzchen und suchte mit

dem Fernglas nach Mike. Da war er, eine kleine Gestalt im Overall, mit Helm und Rucksack. Er hing an einem langen Seil und hämmerte auf den zerklüfteten Felsen ein. Wahrscheinlich war er zu weit entfernt, um mein Winken sehen zu können. Aber es war ohnehin keine gute Idee, ihn abzulenken, und so beschloß ich, ihn einfach zu beobachten. Von Tonochpa war nichts zu sehen.

Der Indianer meißelte das Gestein weg, das vorher durch Sprengungen gelockert worden war, und bohrte dann Löcher für neue Sprengladungen. Nachdem er ein rechteckiges Gitter aus Löchern gebohrt hatte, machte er eine Pause. Er stemmte die Füße gegen die Wand und lehnte sich zurück über den Abgrund, als ruhe er sich auf einem Sofa aus. Als wäre dies ein Zeichen gewesen, rührte sich jetzt etwas in dem Rucksack, und der Rotluchs kam zum Vorschein.

Tonochpa kletterte über Mikes Schulter auf seine Brust und schmiegte sich an ihn. Der Indianer fütterte sie mit kleinen Stückchen von einem plattgedrückten Wurstsandwich, das er aus einer Tasche seines Overalls geholt hatte. Ich konnte erkennen, daß die Wildkatze behelfsmäßiges Gurtzeug trug, das mit einer Leine an Mikes Seil befestigt war. Trotzdem, dachte ich, auch ein kurzer Sturz würde immer noch einen ganz schönen Ruck in den Gurten bedeuten. Meine Kritik wich jedoch schnell der Faszination. Ich konnte das Glas kaum von den Augen nehmen. Es war ein großartiger Anblick, Mensch und Tier vereint in ihrem gefährlichen Balanceakt vor der Kulisse der Felsen, des Himmels und des Canyons.

Der Lärm der benachbarten Begradiger schien die Wildkatze nicht im geringsten zu stören. Sie saß auf Mikes Brust und spielte in seinem Overall, wie eine friedliche Hauskatze, die vor dem Ofen liegt. Als ein anderer Begradiger einen Zigarettenstummel nach Mike schnippte und ihn aufforderte, nicht mit der Katze herumzualbern, sondern weiterzuarbeiten, gähnte sie nur spöttisch und kletterte zurück in den Rucksack.

Ich beobachtete, wie Mike Sprengstoff in die Bohrlöcher stopfte, die Zündschnüre in Brand setzte und dann an dem Seil zog, damit ihn jemand heraufzog, bevor das Zeug explodierte. Es war ganz schön knapp. Ich sah gerade noch seine Füße meinem Blickfeld entschwinden, als eine große Staubwolke aus der Felswand stieg und ein dumpfes Grollen das Massiv erschütterte.

Ich ging vorsichtig den Holzsteg entlang und erreichte seinen Abseilplatz gerade in dem Moment, als die anderen ihm über die Felskante halfen. Sein Gesicht war durch eine Mischung aus Staub und Schweiß grau verschmiert; er sah aus, als hätte ihm jemand eine Fangopackung verpaßt. Er spuckte aus und grinste, als er mich erkannte.

»Hast du uns gesehen, Dale Curtis? Tonochpa und mich unten an dem langen Seil? Jetzt glaubst du es, oder?«

»Ich glaube es«, sagte ich.

»Hast du die Hose dabei, die sie zerrissen hat?«

Ich reichte ihm das Bündel in dem braunen Packpapier. Mike langte nach hinten, öffnete den Rucksack und ließ die Wildkatze heraus. Sie thronte auf seiner Schulter und musterte mich abschätzend. Ich hatte erwartet, daß sie nach der Explosion, die Mike ausgelöst hatte, etwas zerzaust und mitgenommen war, aber kein Härchen saß schief. Mike streichelte sie mit rauher Herzlichkeit. »Ich habe keine Angst, sie hat keine Angst«, verkündete er stolz. »Das beste Team in der Wand.«

Ein schrilles Pfeifen ertönte unten im Canyon und verhallte zwischen den steilen Wänden. Es erinnerte mich daran, daß meine eigene Arbeitszeit gleich beginnen würde. Ich mußte die Affenrutsche erreichen, bevor sie wieder hinunterfuhr.

»Du kommst mich noch einmal besuchen«, sagte Mike, als ich mich verabschiedete. »Dann bekommst du die Hose zurück. Geflickt. Abgemacht?« Er schnalzte mit der Zunge, und Tonochpa verschwand wieder im Rucksack.

»Abgemacht«, stimmte ich zu. Ich zuckte nicht mit den Wimpern, als er das Päckchen mit meiner Hose in den Rucksack zu dem Rotluchs steckte.

Ich vertraute mich der Affenrutsche an, um meine Hose abzuholen und dann noch ein paarmal, nur um Mike und Tonochpa zuzusehen. Mike hatte die Hose gut hingekriegt. Sie sah nicht gerade wie neu aus, aber er hatte die Risse mit kurzen kräftigen Stichen so genäht, daß die Nähte wahrscheinlich länger halten würden als der Rest der Hose. Die Reparatur meines Beins war ähnlich erfolgreich verlaufen. Die Wunden heilten schnell, und die getrocknete Agavenpaste löste sich von selbst, genau wie Mike vorhergesagt hatte.

Mein Problem mit der Verkabelung der Instrumente blieb bestehen, obwohl die provisorischen Leitungen gut genug funktionierten, um die endgültige Lösung zu verschieben. Täglich prüfte ich den heranwachsenden Damm mit Hilfe der Belastungsanzeiger und Dehnungsmesser auf Herz und Nieren. Durch diese Instrumente konnte ich feststellen, ob der Beton sich wie geplant verfestigte und ob Spannung sich an bestimmten empfindlichen Stellen konzentrierte oder sich gleichmäßig verteilte.

Die dünnen Linien des Beckmann-Aufzeichnungsgeräts formten Muster, zunächst auf dem Papierstreifen des Aufzeichners, dann in meinen Notizen und schließlich in meinem Kopf. Für mich bestand der Damm aus einer Fülle von miteinander vernetzten Daten, die ihn beinahe lebendig wirken ließen. Ich konnte beobachten, wie das riesige Bauwerk in Abständen von einigen Stunden regelrecht ›atmete‹. Ich konnte sehen, wie es sich als Folge der Temperaturschwankungen ausdehnte und wieder zusammenzog und sich den riesigen Mengen frisch gegossenen Betons anpaßte. Mir kam der Damm wie ein großes Betontier vor, das langsam erwachte, sich streckte und Kräfte sammelte, um den Fluß aufzustauen.

Die Informationsströme der Instrumente bewegten sich mit unterschiedlichem Spielraum zwischen bestimmten Parametern, die ich nach Erfahrungswerten festgesetzt hatte. Die Aufzeichnungsstifte wanderten über die Papierstreifen, doch sie bleiben stets innerhalb der erwarteten Grenzen, und es ergaben sich genau die Durchschnittswerte, die ich errechnet hatte.

Eines Morgens, etwa drei Wochen nach meinem ersten Besuch bei Mike und Tonochpa, stellte ich fest, daß die Werte eines der Belastungsanzeigers über Nacht angestiegen waren. Die Grenzwerte wurden nicht erreicht, aber es war doch auffällig. Ich überprüfte die Verkabelung, anschließend die Kalibrierung des Instruments. Alles war in Ordnung.

In den nächsten Tagen beobachtete ich die Aufzeichnung sorgfältig, immer bereit, die Bauingenieure heranzuziehen, wenn der Belastungsanzeiger ein echtes Problem signalisieren würde. Ich hatte diesen Anzeiger in der Nähe eines frischen Betongusses installiert, und ich mußte mich darauf verlassen, daß er es anzeigte, wenn der Beton nicht gut war. Die Aufzeichnungen stabilisierten sich, exakt im Bereich des neuen Wertes.

Ich begann mich gerade zu beruhigen, als ein zweiter Belastungsanzeiger im gleichen Bauabschnitt plötzlich ebenfalls höhere Werte anzeigte.

Ich benachrichtigte Nelson, den verantwortlichen Bauingenieur, und veranlaßte ihn, in diesem Sektor den trocknenden Beton zu überprüfen und chemische Tests zu machen. Alle Untersuchungen ergaben, daß der Beton sich genau nach Plan in den Formen verfestigte. Nelson empfahl mir — nicht allzu diplomatisch —, meine Instrumente zu überprüfen.

Ratlos kratzte ich mich am Kopf. War diese leichte Abweichung ein Grund zur Sorge? Die Meßwerte der Belastungsanzeiger waren immer gleichbleibend in der erwarteten Höhe geblieben, seit ich die ersten Instrumente in den Fundamenten des entstehenden Damms installiert hatte. Warum sollten sie sich jetzt ändern?

Ich beriet mich zunächst mit einem anderen Ingenieur, der eine spezielle Schulung in neuen Meßtechniken bei Großbauwerken hatte. Auch er zuckte nur mit den Schultern und fand, daß sich die Werte innerhalb akzeptabler Grenzen bewegten. Mein Boß sah sich die Aufzeichnungen an und meinte, ich sei übervorsichtig. Die Betoningenieure rieten mir zu Zuversicht — schließlich waren sie es letztendlich, die Black Canyon bauten.

Ich weiß, wie Grübeln die Arbeit behindern kann, also ließ

ich die Sache erst einmal auf sich beruhen und hörte auf, mir den Kopf zu zerbrechen. Ich verbrachte meine Mittagspause wieder mit Zeitunglesen, statt über meinen Meßwerten zu schwitzen. Ich hatte von dem Lokalblättchen nicht allzuviel erwartet, aber zu meiner Überraschung fand ich eine interessante Kolumne von einem Typ namens Ernie Pyle. Er schrieb kurz und bündig, kam direkt auf den Punkt, ohne überflüssige Abschweifungen. Er hatte sich wohl einige Jahre im Südwesten herumgetrieben und seine Erlebnisse in kleinen Episoden zu Papier gebracht und an verschiedene Zeitungen geschickt. Nach all den schlechten Nachrichten aus Europa und über die drohende Kriegsgefahr waren seine Berichte erfrischend zu lesen.

Andere Jungs auf der Baustelle fingen ebenfalls an, Pyle zu lesen, und ich erinnere mich daran, daß mein Boß meinte, dieser Kerl würde einen guten Kriegsberichterstatter abgeben, wenn es dazu käme. Richtig populär wurde der Schriftsteller bei den Baumannschaften, als seine ›Dammbauer‹-Kolumne erschien, in der er seine Eindrücke von einer anderen Baustelle, nördlich von Black Canyon, beschrieb. Ernie war mächtig beeindruckt gewesen von dem Arbeiter, der alleine mit einem Kabelhaken vom Grund des Canyons zum Rand hinaufgeklettert war. Ich fragte mich, was seiner Feder wohl entflossen wäre, wenn er einen Indianer getroffen hätte, der nicht nur genauso furchtlos seine Arbeit tat, sondern darüber hinaus von einem Rotluchs mit ähnlichen Tugenden begleitet wurde, der mit ihm an dem Hochbegradigerseil hing.

Nun ja, Ernie zog es in einen anderen Teil des Bundesstaates, von wo er über den Zustand der Straßen und Navajos berichtete, und so fanden Mike und Tonochpa nie Unsterblichkeit in seinen Kolumnen. Einen Zweck hatten Ernies Artikel jedenfalls erfüllt: Sie hatten mich daran erinnert, daß ich die beiden seit einiger Zeit nicht mehr besucht hatte.

Zu diesem Zeitpunkt waren die Arbeiten an den Fundamenten für den Wassereinlaufturm fast beendet. Die Affenrutsche wurde umgeleitet und führte jetzt oben auf den Felsenkamm statt auf den Holzsteg. Als ich oben ankam, traf ich Mike dabei an, wie er ein paar anderen Begradigern Kunststückchen von Tonochpa vorführte.

Mike setzte sie an das Ende eines Kühlwasserrohrs und schloß Wetten ab, ob sie hindurchkommen würde.

Ich hatte schon Hauskatzen gesehen, die die erstaunlichsten Verrenkungen zustande brachten, um durch eine enge Öffnung zu schlüpfen, aber dieser Rotluchs stellte sie alle in den Schatten. Obwohl Tonochpa zwei- oder dreimal so groß war wie eine Hauskatze, konnte sie sich durch die kleinsten Öffnungen zwängen. Sie schien sich dann in eine lange, flauschige Raupe zu verwandeln, und kaum war ihr Schwanz in der Öffnung des Rohrs verschwunden, tauchten am anderen Ende ihre Barthaare wieder auf. Mike strich gerade ein ganz nettes Sümmchen ein, als ich heranschlenderte.

»Hast du keine Angst, daß sie mal steckenbleibt?« fragte ich ihn.

Er grinste und schüttelte den Kopf. Unter dem verbeulten Helm leuchteten seine Augen in dem dunklen Gesicht. »Sie weiß, was sie tut. Wenn sie nicht durchkommen kann, probiert sie es gar nicht erst. Sie ist noch nie steckengeblieben.«

Er scheuchte die anderen Männer beiseite, nahm Tonochpa auf den Arm und ging mit mir in den Schatten eines Felsblocks. Dort setzten wir uns und betrachteten den stetig wachsenden Damm. Mikes Stimmung änderte sich, er wirkte auf einmal nachdenklich. Er fragte nach meiner Arbeit, wollte wissen, wofür die ganzen Instrumente in der Meßhütte gebraucht würden. Ich erklärte ihm ausführlich die Methoden zur Messung von Spannungen und Belastungen innerhalb des Damms und daß die Meßergebnisse aufgezeichnet werden mußten, um sicherzustellen, daß der fertige Damm die notwendige Festigkeit hatte.

Er warf mir unter dem Rand seines Helms einen durchdringenden Blick zu. »Ich wußte nicht, daß du ein Medizinmann bist.«

Ich blinzelte und schüttelte den Kopf, völlig überrascht von dieser Bemerkung.

»Hast du es selbst nicht gewußt? Denk darüber nach, was du tust. Du wachst über alles bei dem Damm, den wir hier bauen. Du benutzt den Zauber des weißen Mannes, um Schwächen oder schlechte Einflüsse festzustellen, und sagst anderen, was sie dagegen tun können.«

Ich wußte nicht, ob ich in Gelächter ausbrechen oder ihn ernst nehmen sollte. Es war schon eine merkwürdige Art und Weise, meinen Beruf zu beschreiben, aber irgendwie hatte er recht.

»Und wie ist es?« fragte er, nahm Tonochpa auf und streichelte sie. »Ist dieser Damm stark und fest?«

Er sah mir nicht direkt in die Augen, aber es kam mir vor, als könnte er die ganze Geschichte mit den wandernden Meßwerten, den kaum wahrnehmbaren Verschiebungen im Baukörper, die möglicherweise Probleme ankündigten, in meinen Gedanken lesen.

Ich weiß nicht warum, aber ich erzählte ihm alles. Die merkwürdigen Daten, meine Zweifel, die Versuche, meinen Boß und die Bauingenieure davon zu überzeugen, daß etwas nicht in Ordnung war.

»Das Problem ist, daß ich keine wirklichen Beweise habe. Nur diese kleinen Abweichungen bei meinen Messungen und so eine komische Ahnung.«

»Ahnungen«, sagte Mike. »Das ist das Wichtige, und darauf mußt du vertrauen. Es ist nicht klug von den anderen, ihrem eigenen Medizinmann nicht zu glauben. Ich hatte auch ein ungutes Gefühl wegen des Dammes. Ich werde dir zeigen, warum.«

Er fragte mich, ob ich mein Fernglas dabei hatte, und führte mich zu einem etwas abgelegenen Platz, wo die anderen Arbeiter der Turmbaustelle uns nicht sehen konnten, wir aber einen guten Blick auf die Arbeiten an der Staumauer hatten.

Ich blickte in die Richtung, die er mir wies, obwohl ich keine Ahnung hatte, wonach ich eigentlich Ausschau hielt. Ich beobachtete den Bautrupp in dem Bauabschnitt, der fast genau unter mir lag.

Ich hatte nie selbst Beton gegossen, aber ich kannte die Schwierigkeiten des Betonmischens und -gießens bei einem so großen Bauwerk. Ich hatte ein Gefühl für den Rhythmus dieser Arbeit entwickelt. Die verschiedenen Arbeitsgänge liefen in einer bestimmten Ordnung ab: Die Formen wurden errichtet, der Zwölf-Tonnen-Behälter wurde am Rand des Canyons gefüllt und über eine Seilbahn herangebracht, der Beton wurde gegossen und verteilt — all dies wurde von den Arbeitern schnell, ruhig und ohne unnötige Hektik erledigt. Aus diesem Grunde fielen mir auch kleine Unregelmäßigkeiten auf, wie zum Beispiel, daß ein Arbeiter innehielt, sich prüfend umsah, die Hand in die Hosentasche steckte und etwas in den grauen Betonmatsch neben einem Kühlungsrohr warf.

Und noch etwas fiel mir auf. Als der Mann mit der Hand sein Gesicht beschattete, bemerkte ich seine bronzefarbene Haut und ein markantes Indianerprofil. Mike faßte mich am Ellbogen.

»Nimm das Glas runter und dreh dich um«, sagte er ruhig. Ich gehorchte. Wir entfernten uns vom Rand des Canyons und lehnten uns an einen Felsen. Mike fragte mich, was ich gesehen hatte, und ich sagte es ihm. »Dieser Kerl war ein Indianer, stimmt's?« fragte ich. »Einer von deinem Stamm?«

»Nein, ich bin der einzige Hopituh auf dieser Baustelle. Die anderen sind Pima, Hualapai, Navajo.«

»Nun, es sah aus, als hätte er da unten irgendeine krumme Sache gemacht. Wir sollten runtergehen und seinem Vorarbeiter Bescheid sagen.«

»Nicht gut«, entgegnete Mike. »Ich kann dir sagen, was er finden würde. Etwas, das wie ein Kieselstein aussieht.«

Ich verstand überhaupt nichts mehr. »Warum sollte sich jemand die Mühe machen, einen Stein in den Beton zu werfen, in dem sich schon Millionen Kiesel befinden?«

»Kein Stein«, sagte der Hopi. »Kleine Kügelchen, die aus Knochen geschnitzt sind. Wurden benutzt, um Leute krank zu machen oder damit Unheil geschieht.«

»Er glaubt, er verhext den Damm irgendwie?«

»Nicht nur er«, antwortete Mike. »Andere auch. Von hier oben kann ich es sehen. Ich habe scharfe Augen. Und in der Stadt redet man davon.«

Ich ließ mir die Vorstellung einer indianischen Verschwörung gegen den Damm durch den Kopf gehen. Wenn irgendwelche Arbeiter versteckte Sprengladungen anbrachten oder andere Dinge taten, die dem Damm schaden könnten, nun gut. Aber ein Angriff durch Zauberei?

»Jetzt hör aber auf«, sagte ich. »Das geht mir zu weit. Ich habe dir die Sache mit dem Rotluchs geglaubt, aber du kannst mir doch nicht weismachen, daß irgend jemand mit Fetischen und Beschwörungen etwas gegen zigtausend Tonnen Stahl und Beton ausrichten kann.«

Für einen Moment dachte ich, daß er eingeschnappt war, aber er wiegte nur Tonochpa gelassen in der Armbeuge und kraulte die Stelle an ihrem Hals, an der sich der Nakwatch befand. Ruhig fragte er: »Und was sagt dir dein eigener Zauber, weißer Medizinmann?«

Die verdammten Meßergebnisse. Sie konnten alles bedeuten. Aber trotzdem konnte ich Mikes Erklärung nicht akzeptieren. Ich nahm es ihm ein wenig übel, daß er meine Zweifel ausnutzte, um mir diese haarsträubende Schlußfolgerung unterzujubeln.

»Es tut mir leid«, sagte ich, etwas barscher, als ich eigentlich wollte. »Ich glaube, wir sprechen nicht die gleiche Sprache, mein Freund. Außerdem muß ich jetzt wieder an meine Arbeit.«

»Ist schon in Ordnung. Du mußt abwarten und die Augen offenhalten. Dann wirst du schon sehen.«

Ich zuckte nur mit den Schultern und ließ ihn, seine komischen Ideen und seinen verdammten Rotluchs hinter mir zurück.

Es war kurz nach Mittag am darauffolgenden Tag, als ein Arbeiter von einem Baugerüst stürzte und in frischgegossenen Beton fiel. Obwohl sofort Helfer zur Stelle waren, die in der zähflüssigen Masse herumstocherten, konnte er nicht gerettet werden. Das Baugerüst war ziemlich hoch gewesen, und er mußte so tief eingesunken sein, daß er erstickte, bevor er sich an die Oberfläche kämpfen konnte. Nicht einmal die Leiche konnte geborgen werden, bevor der Beton in der Form hart wurde.

Einige der Männer fluchten zwar, aber die meisten zuckten mit den Schultern und gingen wieder an ihre Arbeit. Ich wußte, daß Arbeiter am Black-Canyon-Projekt als Menschenmaterial angesehen wurden. Sie hatten ihre Aufgabe zu erfüllen wie das Dynamit und der Zement. Es gab keine Arbeitsunterbrechung und erst recht keine Untersuchung.

Zwei Tage später gab es Probleme mit einem Betonguß oben auf dem Damm, das Zeug wollte nicht richtig trocknen. Während eine Menge Leute damit beschäftigt waren, die Ursache herauszufinden, brach ein Baugerüst zusammen, und zwei Arbeiter stürzten zu Tode. Das einzige, das man fand, war ein merkwürdiger Ring aus geflochtenen Yucca-Fasern und Federn, der oben auf dem immer noch wogenden Beton schwamm. Und ein weiterer Belastungsmesser begann, höhere Werte anzuzeigen.

Aus irgendeinem Grund kam Mike am nächsten Tag bei mir in der Meßhütte vorbei. Er hatte Tonochpa wie immer bei sich. Als ich zusah, wie er sie mit Stückchen von einem Wurstsandwich fütterte, fiel mir das Zwäng-dich-durch-die-Röhre-Spiel wieder ein, das er mit ihr oben an der Turmbaustelle veranstaltet hatte. Mir kam plötzlich eine Idee. Hatte nicht einer der Betoningenieure davon erzählt, daß sie eine Kühlwasserleitung durch den Damm gelegt hatten, um den Trocknungsprozeß des Betons zu beschleunigen? Mittlerweile wurde dieses Rohr nicht mehr genutzt, und ich konnte es als Kabelkanal für meine Instrumentenstrippen benutzen, wenn es mir gelang, sie irgendwie dort hindurchzuziehen. Das Problem war, daß die Röhre von einem Ende des Damms zum andern verlief und nur dreißig Zentimeter Durchmesser hatte. Ein Mensch hätte keine Chance, aber vielleicht konnte Tonochpa ...

Ich fragte Mike, ob sie es schaffen könnte. Ich sagte ihm, ich würde für ihre Dienste bezahlen.

»Sicher.« Er grinste.

»Ist sie kräftig genug? Sie müßte nur eine Schnur durchziehen, an der wir das Kabel festbinden, aber auch ein paar hundert Meter Schnur haben ein ganz schönes Gewicht.«

»Das können wir nur herausfinden, wenn wir es versuchen«, sagte Mike. Er streichelte den Rotluchs über den gekrümmten Rücken.

»Okay«, meinte ich. »Wie wär's heute in einer Woche? Wir machen es, wenn alle beim Mittagessen sind.« Ich erwähnte nicht, daß es meine berufliche Reputation nicht gerade fördern würde, wenn eine Horde von Kollegen bei diesem Stunt anwesend wäre, besonders wenn es schiefging.

Mike begann sich für die Aufzeichnungen des Meßwertrecorders zu interessieren und warf mir einen wissenden Blick zu.

»Glaubst du wirklich, daß das von ... Zauberei verursacht wird?« platzte ich heraus und fügte hinzu: »Komm bloß nicht auf die Idee, daß ich an solchen Hokuspokus glaube.«

Er zuckte nur mit den Schultern. »Für mich ist das hier Zauberei«, meinte er und zeigte auf die zahlreichen Instrumente mit den zuckenden Aufzeichnungsstiften. »Für dich funktioniert so die Welt. Vielleicht ist es genauso mit dem, was du indianischen Zauber nennst. Es ist auch ein Teil davon, wie die Welt funktioniert.« Er schwieg einen Moment. »Machst du dir Sorgen um den Damm?«

»Ja, zum Teufel! Du etwa nicht? Du hast dich doch für ihn abgerackert.«

»Ich habe dafür bekommen, was ich wollte«, sagte er. »Meinen Lebensunterhalt. Und damit ist es vorbei, wenn sie an der Turmbaustelle keine Hochwandbegradiger mehr brauchen.«

Ich blickte ihn an und war mir nicht ganz sicher, was er meinte. Ich hatte gesehen, wie hart er arbeitete und wie stolz er auf seine Arbeit war. Ich war davon ausgegangen, daß er wie wir alle auf der Baustelle von dem Moment träumte, in dem der Damm fertiggestellt war, Strom lieferte und der Landwirtschaft eine geregelte Bewässerung ermöglichte. Anscheinend hatte ich mit dieser Vorstellung völlig falsch gelegen. Es dämmerte mir, daß der Staudamm für die Indianer möglicherweise kein Segen war, sondern nur eine weitere Einbuße von Land bedeutete.

»Wenn du es so siehst, brauchst du dich doch nicht darüber zu sorgen, daß der Damm brechen könnte«, meinte ich herausfordernd.

»Mein Onkel lebt mit seiner Familie im Imperial Valley«, sagte er ruhig. »Du weißt ja, wieviel Wasser sich hinter dem Damm stauen wird.«

Ich wußte es und konnte mir sehr gut vorstellen, was für eine gewaltige Flutwelle nach einem Dammbruch über die Anbaugebiete unterhalb des Black Canyon hinwegfegen würde.

»Warum warnst du ihn nicht einfach?« fragte ich, bemüht, mir meine Verärgerung nicht anmerken zu lassen.

»Er hat mit seiner Familie zu hart für die Farm gearbeitet, er würde sie nicht aufgeben. Außerdem glaubt er, daß ich zu jung bin, um ihm Ratschläge zu erteilen«, antwortete Mike.

Ich seufzte und massierte mir den Nacken. Ich hätte wissen müssen, daß das Verhalten eines Indianers immer maßgeblich von der Sorge um seine Familie bestimmt ist. Für mich waren Verwandte immer nur eine Plage gewesen. Aber wichtig war nur, daß Mike und ich das gleiche Interesse hatten, wenn auch aus unterschiedlichen Gründen. Wenigstens würde er mir Tonochpa zur Verfügung stellen, um die Leitung zu legen.

Ich zeichnete weiterhin sorgfältig die Meßergebnisse auf. Dabei hoffte ich, daß diese Unterlagen nicht einmal Gegenstand einer Untersuchung sein würden; dann nämlich, wenn der Black Canyon Damm während der Aufstauphase brechen würde . . . Die Abweichungen blieben gering, und auch wenn sie an mehreren zusätzlichen Stellen auftraten, waren sie nirgendwo alarmierend. Ich fragte mich, ob die vorherberechneten Durchschnittswerte nicht zu niedrig angesetzt worden waren. Vielleicht ließen sich meine Erfahrungen mit anderen Projekten nicht ohne weiteres auf diesen Damm übertragen.

Dennoch hatte ich das beunruhigende Gefühl, daß der Damm selbst es war, der versuchte, mir durch die Kabel der Instrumente eine Botschaft zu senden. Daß er mir mitteilen wollte, daß irgendwo in der gewaltigen Masse aus Stahl und Beton etwas langsam außer Kontrolle geriet.

Die staatlichen Inspektoren kamen und gingen wieder, beeindruckt von der Geschwindigkeit, mit der der Bau voranging. Sie versicherten mir, daß meine Beobachtungen kein Grund zur Sorge wären. Mit einer Länge von fast zweihundertsiebzig Metern war Black Canyon der bis dahin größte jemals gebaute Bogenstaudamm, und man könnte nicht erwarten, daß die Erfahrungen mit kleineren Bauwerken sich hier uneingeschränkt bestätigten.

Wenn Männer, die es wirklich wissen sollten, der Meinung waren, daß der Damm sicher war, was sollte ich noch dagegen einwenden? Ich beschloß, mich um andere Dinge zu kümmern, zum Beispiel darum, die Instrumentenkabel durch das Kühlwasserrohr zu verlegen.

Es kam der Tag, an dem Mike wie versprochen mit Tonochpa in der Meßhütte auftauchte. Er wirkte unruhig und erzählte mir, daß er das Gefühl hatte, daß andere indianische Arbeiter ihn beobachteten. Als wir die Hütte verließen und uns auf den Weg machten, hätte ich schwören können, daß uns einige behelmte Indianer böse Blicke zuwarfen. Einer ging hinter uns her.

»Wovor, zum Teufel, hat der Kerl Angst?« zischte ich Mike zu. »Wir verlegen schließlich nur ein Kabel.«

Mike antwortete nicht. Ich hörte, wie er leise etwas vor sich hin sang. Ich fragte mich langsam, ob alle Indianer auf der Baustelle anfingen durchzudrehen. Vielleicht war jetzt wirklich nicht der richtige Moment für unser Vorhaben.

Als hätte Mike mein Zögern gespürt, nahm er mich am Arm und zog mich hinter sich her. Ich zuckte mit den Schultern und folgte ihm. Wir tauchten in einem Gewirr von Holzbalken und Sperrholzplatten unter, aus denen die Formen für die nächsten Betongüsse gezimmert worden waren. Er führte mich in einem raffinierten Zickzackkurs durch dieses Labyrinth aus Holzrahmen, um den Indianer abzuschütteln. Schließlich kamen wir zu einem Rahmen, der gegen einen fertigen Betonguß gelehnt war.

Das Ende der Kühlleitung ragte in einem halben Meter Höhe aus dem Betonklotz. Ich sah eine Sperrholzplatte auf dem Boden, hob sie auf und blockierte mit ihr den Weg, den wir gekommen waren.

Wir duckten uns in dem Verschlag, den die Sperrholzwände der Gußform bildeten: Mike, Tonochpa und ich. Hinter uns befand sich die Kabelrolle auf dem Abspulgestell, an das Ende des Kabels war die aufgerollte Schnur geknüpft. Mike holte noch etwas aus einem Rucksack, einen mit Symbolen verzierten Lederbeutel. Er machte eine Bewegung, als wollte er ihn Tonochpa umhängen und hielt dann inne.

»Heiliges blaues Maismehl ist in diesem Beutel. Es wird den Zauberbann zerstören, der diesen Damm durchzieht. Die Zauberer werden Bescheid wissen, wenn ich ihr diesen Talisman mitgebe«, murmelte er. »Sie braucht Schutz.« Er drehte sich um und sah mich sorgenvoll an. Schließlich gab er sich einen Ruck. »Binde das Seil an ihre Gurte, schnell.« Mit ein paar Knoten befestigte ich das Seil, während er Tonochpa hielt.

Plötzlich klopfte es gegen die Sperrholzwand neben derjenigen, die ich hastig zwischen zwei Pfosten geklemmt hatte, um unerwünschte Störer fernzuhalten, wenn wir mit unserem Plan begonnen hatten.

»Die Zauberer wissen, was ich tue«, flüsterte Mike. Geschickt knüpfte er den Beutel mit dem Maismehl an Tonochpas Halsband, gegenüber der Stelle, an der wir das Seil befestigt hatten. Er brachte sie dorthin, wo das Kühlungsrohr aus der Wand ragte. Dann bohrte er zu meiner Überraschung mit einem Messer ein winziges Loch in den Beutel. In meinen Augen war das Loch nutzlos, es war so klein, daß nur wenig Mehl herausrieseln würde, bevor es verstopfte. Mike lächelte nur und schüttelte den Kopf.

»Das Loch ist groß genug, um die Schutzkraft des Maismehls entweichen zu lassen«, sagte er.

Der Rotluchs schnupperte an der Rohröffnung, vermaß sie mit seinen Barthaaren. Mir schien der Durchmesser zu klein zu sein. Hatten wir uns verrechnet? Tonochpa schien meine Meinung zu teilen, denn sie zog den Kopf zurück und schien zurückweichen zu wollen. Irgend etwas ließ sie innehalten. Sie spähte in das Rohr und schob dann ihre Schnauze hinein. Nacheinander streckte sie beide Vorderbeine in das Rohr. Sie zwängte sich hinein und zog das Seil hinter sich her. Ich konnte nur mühsam einen Freudenschrei unterdrücken.

»Dazu ist jetzt keine Zeit«, sagte Mike scharf, während wieder jemand gegen das Sperrholz klopfte. »Die Zauberer wenden sich gegen uns.«

»Ich hoffe bloß, daß es nicht der zuständige Vorarbeiter ist, der wissen will, was in aller Welt wir hier treiben«, sagte ich. »Oder mein Boß.« Ich ergriff das schlingernde Seil und half beim Abspulen in das Rohr. Der Hopi bückte sich und zog eine Linie mit einem Pulver aus einem weiteren Lederbeutel. Sie verlief um uns und die Kabelspule herum bis zu der Betonwand. Er streute sogar etwas auf das Kühlungsrohr.

Auf der anderen Seite der Sperrholzwand erklang jetzt seltsamer Gesang, und ich bekam unwillkürlich eine Gänsehaut. Ich bemerkte, daß er Mike noch mehr zusetzte als mir. Er mußte sich regelrecht zwingen, weiter das Pulver zu verstreuen.

Er richtete sich auf und wischte sich den Schweiß von der Stirn. »Ich hoffe, das genügt, Dale Curtis«, sagte er. Ich war verblüfft. Tonochpa war sicher in dem Rohr. Niemand konnte ihr etwas anhaben oder sie herausziehen, außer an dem Seil, das Mike und ich bewachten. Ich fuhr damit fort, das Seil unter Tonochpas stetigem Zug in die Rohröffnung zu führen. Und plötzlich, im gleichen Moment, als der Gesang draußen lauter wurde, wurde das Seil schlaff.

»Verdammt! Entweder ist sie steckengeblieben oder sie hat Angst bekommen.«

»Nein.« Ich sah, wie Mike schluckte. Sein Gesicht war schweißgebadet. »Sie ist angehalten worden. Ich spüre, was geschieht.« Er riß den Rucksack auf und fing an, verschiedene Sachen herauszuholen. Einen weißen Lederschurz. Körperfarben. Tannenzweige.

»Weißer Medizinmann, du mußt mir jetzt helfen«, sagte er

64

und begann sich zu meiner Überraschung aus seinem Overall zu winden. Er riß sich das Hemd herunter und wand sich den Lederschurz um die Hüfte. Mit schnellen Fingerstrichen bemalte er seine Arme und Beine. Er hob das Kinn und drückte mir das Töpfchen mit der schwarzen Farbe in die Hand. »Mach mir das *Nakwatch*-Symbol auf den Hals, an die gleiche Stelle, an der Tonochpa es hat.«

»Nun mal langsam«, protestierte ich. »Ich habe bisher mitgemacht, weil ich wollte, daß mein Kabel verlegt wird. Wenn du jetzt mit diesem Hokuspokus anfängst, steige ich aus.«

Mike fuhr herum zu mir, aber sein Gesicht war ruhig. »Du kannst dich vielleicht selbst belügen, aber nicht mich. Dein Zauber sagt dir, daß der Damm bedroht ist. Und du glaubst an deinen Zauber.«

Damit hatte er mich erwischt. Ich hatte die gezackten Linien des Meßwertaufzeichners aufmerksam beobachtet, immer in der Hoffnung, daß eine von ihnen einen Grenzwert überschreiten würde und mir damit das Recht gab, eine Evakuierung zu empfehlen. Ich hatte Visionen davon, wie die Mauer brach, während die Arbeiter noch auf ihr herumkletterten, und wie sich das Wasser, das sich bereits angestaut hatte, ins Tal ergoß. Und wenn auch nur die geringste Chance bestand, daß Mike recht hatte . . .

Er deutete auf die Stelle unter seinem Kinn. Ich malte. Ich zeichnete ihm Streifen ins Gesicht und Flecken auf den Körper, damit er aussah wie eine Wildkatze. Als Mike anfing zu singen und stampfend zu tanzen, hörte ich auf.

Das Seil zuckte und bewegte sich wieder. Mike tanzte schneller, und sein Gesang wurde lauter. Das Seil wurde wieder schlaff. Ich fragte mich, was in aller Welt mit Tonochpa los war. Wenn sie steckenblieb, würde sie in dem Rohr sterben. Es würde keine Möglichkeit geben, sie zu befreien.

Mike tanzte wie in Trance, die halbgeschlossenen Augen zum Himmel gewandt. Plötzlich, als hätte ihn jemand geschlagen, senkte er den Kopf und öffnete die Augen. Er tanzte weiter und winkte mich heran.

»Zieh dein Hemd aus«, keuchte er. Er nahm die Farben, die ich immer noch in der Hand hatte, während ich das Hemd und Unterhemd abstreifte. Ich war noch damit beschäftigt, die Arme aus den Hemdärmeln zu ziehen, als er auch schon meinen Oberkörper weiß bemalte und braune Flecken hinzufügte. Dann folgte das Gesicht und das *Nakwatch*-Symbol auf meinem Hals. Ich muß einen tollen Anblick geboten haben, mit nacktem Oberkörper, den Helm auf dem Kopf und mit dieser wüsten Bemalung.

»Tanz!« kommandierte der Indianer, und ich versuchte mein Bestes, um seine kraftvollen, stampfenden Tanzschritte nachzuahmen. Plötzlich standen wir uns gegenüber. Ohne zu zögern, streckte er die Arme aus und legte zwei Finger auf die Stelle an meinem Hals, an der sich das *Nakwatch*-Zeichen befand. Genau dort verlief meine Halsschlagader. Er drückte so fest, daß es schmerzte. Ich wurde benommen, und weiße Punkte erschienen vor meinen Augen.

Er wies mich an, sein Zeichen genauso zu drücken, und so standen wir dann mit gekreuzten Armen da und drückten uns gegenseitig an die Kehle. Ich blickte ihm in die Augen und sah, wie sich seine Pupillen in enge Schlitze verwandelten. Mir wurde schwindlig, ich fühlte mich wie vom Boden losgelöst. Meine Beine trugen mich nicht mehr, wir sanken beide langsam auf die Knie.

Es war nicht der Boden, auf den ich gelangte, sondern eine feindselige Leere, die mich umfing. Mike war immer noch da. Ich hielte seinen Hals krampfhaft umklammert und spürte seinen schneller werdenden Puls ebenso wie meinen. Die Pulsschläge veränderten sich, als sie miteinander verschmolzen. Sie kamen jetzt von einem Herz, das viel schneller und wilder schlug als das eines Menschen. Sein dumpfer Schlag schien von den runden Stahlwänden widerzuhallen, die das Wesen umklammerten, in das Mike und ich uns verwandelt hatten.

Mike und ich existierten nicht mehr unabhängig voneinander. Wir hatten uns gemeinsam in den Rotluchs verwandelt — ich selbst war der Rotluchs geworden. Es stand außer Zweifel, daß ich nie etwas anderes gewesen war. Ich spürte, wie meine Barthaare die Wand des Rohrs berührten, fühlte den eiskalten Stahl unter meinen Pfoten, während ich mich langsam weiterschob. Ich spannte alle Muskeln an unter dem Gewicht des Seils, das ich hinter mir herzog. Und dann blieb ich stehen.

Ich hörte ein Rascheln und Quieken und das Getrappel von Füßen, das mir von den leise klingenden Metallwänden des Tunnels zugetragen wurde. Ein durchdringender Geruch stieg mir in die Nase, ließ mich erst die Lippen lecken und dann erschaudern, als er immer stärker und schließlich überwältigend wurde.

Eine Flut von Ratten und Mäusen ergoß sich durch das Rohr. Sie rannten mir zwischen den Beinen hindurch, an den Flanken vorbei und sogar über mich hinweg. Mich überkam die Gier nach Beute. Ich packte eine Ratte und schüttelte sie, doch dann fiel mir wieder ein, daß ich von jemandem losgeschickt worden war, der mir vertraute. Ich hatte jetzt keine Zeit, Beute zu machen.

Immer mehr Nagetiere schoben sich durch das Rohr. Ich konnte mich kaum vorwärtsbewegen, ohne auf eines zu treten. Als ärgerten sie sich darüber, daß ich sie ignorierte, begannen die Ratten und Mäuse, mich zu zwicken und zu beißen. Ich fegte sie beiseite, schob mich durch Berge graubefellter Körper, die den Weg blockierten, kratzte, scharrte und drängte mich vorwärts, immer unter dem Gewicht des Seils, das mein Partner an mir befestigt hatte.

Ein paar langschwänzige Nachzügler hasteten noch zwischen meinen Pfoten hindurch, dann war ich schließlich von den Plagegeistern befreit. Ich kroch weiter.

Ich fühlte die gebogene Wand des Rohrs auf meinem Rücken und fragte mich, ob der Tunnel sich verengte. Meine Pfoten schienen in der schmaler gewordenen Rinne, durch die ich mich bewegte, kaum noch Halt zu finden. Dann gab es ein seltsam quietschendes Geräusch, und eine ruckartige Erschütterung durchlief das Rohr, so als würde eine gewaltige Kraft die beiden Rohrenden in entgegengesetzte Richtungen verdrehen. Ich hörte das Kreischen des deformierten Metalls. Mühsam setzte ich eine Vorderpfote vor die andere, während der Druck der Tunnelwand auf meine Schultern sich verstärkte. Schließlich konnte ich die Vorderpfoten nur noch vor mich strecken und mich mit den Hinterpfoten vorsichtig vorwärtsschieben. Der Druck der Rohrwand steigerte sich immer noch, es war, als befände ich mich in den Windungen einer Riesenschlange.

Zuletzt ging es nicht mehr weiter, ich konnte nur noch ausgestreckt liegen, das kalte Metall hielt mich fest umklammert. Mein Herzschlag raste, und die nackte Angst packte mich. Warum hatte mein Partner mich hier hineingeschickt, wo ich im Kampf mit einem Gegner, von dem ich nichts wußte, vor Schrecken sterben würde? Dann schien plötzlich eine Stimme in meinem Kopf zu sprechen. Das Rohr besteht aus Metall, sagte die Stimme. Stahllegierungen haben einen ausgesprochenen hohen Dehnungswiderstand. Das Rohr würde sich niemals verdrehen wie ein ausgewrungenes Handtuch, egal wieviel Kraft auf die Endstücke wirkte. Das war unmöglich, und deshalb geschah es auch nicht. Es war nicht nötig, daß ich alle Einzelheiten verstand, ich mußte nur glauben, daß ich nicht mehr gefangen war. Und ich hörte die Stimme desjenigen, der mich in diese Finsternis geschickt hatte. Sie sagte mir, ich solle daran glauben, daß das Rohr mich nicht festhalten konnte.

Ich vergrub meine Schnauze zwischen meinen Vorderpfoten. Ein Teil von mir wußte, daß die Stimme recht hatte, aber als Tier hatte ich Angst. Ich konnte nur versuchen, mich davon zu überzeugen, daß mich das Rohr wieder freigeben würde und ich meine Reise fortsetzen konnte. Ich dachte an meinen Partner und an die andere Stimme, die mit ihm sprach. Diese Stimme wußte es. Diese Stimme verstand es. Und so glaubte ich schließlich, was sie sagte, obwohl ich wenig begriff.

Die Wände wichen zurück, ich erhob mich, schüttelte mich und ging weiter.

Ich hatte das Gefühl, schon eine Ewigkeit durch die dunkle Welt dieser runden Wände gekrochen zu sein, als ich etwas hörte, das mich erstarren ließ. Es war ein scharfes, flüsterndes

Geräusch, das durch das Rohr hallte. Ich lauschte angespannt, die Ohren nach hinten gerichtet, und spürte das Vibrieren des Geräusches in den Haarbüscheln meiner Ohren. Es kam von hinten, ein zischelndes Schwirren, das ich nur allzugut kannte. Ich hatte es einmal gehört, als ich eine große Klapperschlange überrascht hatte, die sich auf einem Felsen sonnte. Jetzt stieg mir auch der durchdringende Schlangengeruch in die Nase, und ich spürte, wie der stählerne Boden durch den Schweiß unter meinen Pfoten schlüpfrig wurde.

Die Klapperschlange war dicht hinter mir. Ich kroch schneller, um den Abstand zu vergrößern. Ein trockenes Geräusch, eine Mischung aus Knistern und Rascheln, ertönte jetzt unmittelbar hinter meinem Schwanz. Ich hastete Hals über Kopf durch das Rohr, in dem verzweifelten Versuch, der Schlange zu entkommen. Und dann spürte ich, wie das Seil, das ich hinter mir herschleppte, sich irgendwie veränderte. Seine Oberfläche, die gegen meine Flanke rieb, wurde rauher und schuppig wie Borke.

Das Seil bewegte sich nicht mehr allein aufgrund meines Ziehens. Es schien mit eigenem Leben erfüllt zu sein. Hätte ich nur in der engen Röhre meinen Kopf drehen können! Ich hätte den Riemen zerbissen, mit dem das Seil an meinem Gurtzeug befestigt war. Aber so blieb mir nichts anderes übrig, als so schnell weiterzulaufen, wie meine Pfoten mich trugen.

Jetzt veränderte sich auch mein Gurtzeug. Es wurde dicker. Ich spürte durch mein Fell, wie sich auf den Riemen, die meinen Körper umfingen, Schuppen bildeten. Ich schrie verzweifelt auf, als sie begannen, sich auf mir zu bewegen, sich um mich wanden und über mich krochen. Ich fühlte, wie das Kinn der Schlange durch das Fell an meiner Flanke glitt, und sie sich dann auf meinen Rücken schob. Mit aller Gewalt stemmte ich mich nach oben, um den Kopf der Klapperschlange gegen die Rohrwand zu schmettern.

Die Schlange kroch weiter, schlängelte sich über meine Schultern und zu meinem Hals herunter. Das Gefühl ihres Körpers und der Geruch, der von ihr ausging, ließen mich fast verrückt werden. Wild schlug ich um mich, riß mit meinen Krallen Schuppen von ihrer Haut und versuchte, sie mit den Zähnen zu packen, aber sie glitt immer weiter. Ich fragte mich, warum sie mich noch nicht gebissen hatte.

Plötzlich wußte ich es. Ich spürte, wie der kantige Kopf der Schlange prüfend durch das Fell unter meinem Kinn glitt, auf der Suche nach dem Lederriemen, an dem der Beutel mit dem blauen Maismehl befestigt war. Sie schlüpfte unter den Riemen und spannte den Körper an, um ihn zu zerreißen. Der Beutel fiel herab und die Schlange mit ihm.

Als die Klapperschlange endlich von mir abließ, sammelte ich alle Kräfte, um an das Ende des Rohrs zu gelangen. In der Ferne konnte ich schon Tageslicht erkennen. Meine Reise war fast beendet. Aber ich wußte mit einer Gewißheit, die nicht meine eigene war, daß ich meine Mission nicht erfolgreich beenden würde, wenn ich jetzt den Beutel mit dem Maismehl zurückließ.

Ich zitterte so stark, daß ich mich kaum auf den Beinen halten konnte. Ein Teil von mir schrie in einer alles verzehrenden Panik danach, so schnell wie möglich auf das Licht zuzulaufen. Aber ich dachte an denjenigen, der mich losgeschickt hatte, und ich wußte, daß ich ihn nicht im Stich lassen konnte.

Anstatt vorwärts zu stürmen, schob ich mich zurück, bis ich die Windungen der Schlange an meinen Hinterläufen spürte. Ich kroch mit allen vier Pfoten über sie hinweg, bis ich einen ledernden Gegenstand fühlte. Ich packte es mit den Zähnen und zog es von der Schlange weg.

Ein Schlag schleuderte mich an die Rohrwand, und zwei glühende Stiche drangen in meine Flanke. Die Klapperschlange hatte zugebissen. Ihr Gift brannte in meiner Hüfte, die Bißwunde schwoll schnell an und lähmte meinen rechten Hinterlauf. Ich packte den Beutel mit dem Maismehl fester und kroch auf den Lichtfleck zu, der vor meinen Augen verschwamm, während mein Körper immer schwerer wurde. Die Schlange ließ nicht los. Ich zog sie hinter mir her, und sie pumpte weiter ihr Gift in mich hinein. Ich konzentrierte mich völlig auf die

Bewegung meiner drei bleischweren Pfoten und auf den Lederbeutel zwischen meinen Zähnen. Den nutzlosen Hinterlauf schleppte ich nach.

Dann flackerte das Licht, auf das ich zutaumelte, plötzlich auf und erlosch. Mein Verzweiflungsschrei hallte durch das Rohr, aber in diesem Moment wich der Boden unter meinen Füßen, und ich stürzte, immer noch von der Schlange umfangen und voll von ihrem Gift, in die schwarze Leere...

Plötzlich kam ich zu mir. Der Helm, den ich immer noch trug, fühlte sich so seltsam an, daß ich ihn mit den Pfoten abstreifen wollte. Wo waren die Ledergurte geblieben, die ich getragen hatte?

Ich spürte, wie eine Hand mich schüttelte. Mein Kopf schwankte. »Dale«, zischte Mikes Stimme an meinem Ohr. »Sie ist durch. Beeil dich!«

Mir gingen immer noch Fetzen von Katzengedanken durch den Kopf, als ich mich taumelnd erhob. Mike hatte die Sperrholzwand zur Seite gestoßen und lief über den Holzsteg, der zur anderen Seite des Damms führte. Ich hastete hinter ihm her und wischte mir die schwarze Farbe aus dem Gesicht. Ich versuchte gar nicht erst zu begreifen, was geschehen war. Ich folgte einfach dem Indianer in seinem wehenden Lendenschurz.

Er sprang hinunter zu dem Gewirr aus Holzbalken und Stahlträgern, die für den nächsten Betonguß bereitstanden. An dieser Stelle endete das Kühlwasserrohr. Als meine Stiefel den Betonboden neben Mike berührten, sah ich ihn über den Körper des Rotluchses gebeugt. Mit letzter Kraft hatte die Wildkatze sich aus dem Rohr winden können. Ich sah die Spur des blauen Maismehls, die von dem Lederbeutel ausging und in der Tiefe des Rohrs verschwand.

Zuerst dachte ich, Tonochpa sei tot, dann bemerkte ich, wie ein Zittern ihren Brustkorb durchlief. Fluchend zog Mike etwas von ihrer Flanke weg. Es waren die vertrockneten Überreste einer riesigen Klapperschlange. An ihren Fangzähnen in ihrem plattgedrückten Kopf waren Blutspuren.

»Verbrenn das«, sagte er grimmig, als er die eingetrocknete Schlangenhaut wegwarf und Tonochpa in den Arm nahm. Ich bückte mich und hielt die Flamme meines alten Feuerzeugs an die Schlange. Sie mußte schon lange tot gewesen sein, denn ihre Reste brannten wie Zunder und zerfielen zu Asche.

Mike hielt den schlaffen Körper der Wildkatze in seinem Schoß. Mit sorgenzerfurchtem Gesicht massierte er mit dem Daumen ihre Brust. »Komm, Kleines«, stöhnte er. »Die Schlange war doch schon tot, du hast kein Gift in deinem Blut.« Ich stand ratlos neben ihm. Ich hatte gehört, daß manche Tiere so hoch entwickelt waren, daß sie an einem Schock sterben konnten.

Dann machte Mike etwas, das ich nicht erwartet hatte. Mit einer raschen Bewegung bedeckte er ihr Gesicht mit einem Stück von seinem Lendenschurz, legte die Lippen auf ihre Schnauze und blies ihr in langsamen flachen Zügen seine Atemluft in Mund und Nase. Er wiederholte das einige Male, massierte zwischendurch ihre Brust und horchte, ob sie wieder selbst zu atmen begann. Seine Augen waren feucht, und als ich bei der letzten Beatmung dachte, er würde anfangen zu weinen, befreite Tonochpa sich mit einer plötzlichen Bewegung von dem Stofftuch, öffnete die Schnauze und holte tief Luft.

Ihr Atem wurde regelmäßig. Die Ohren zuckten, dann öffnete sie die Augen und warf mir einen vorwurfsvollen Blick zu. So, als wüßte sie um die Rolle, die ich in diesem verrückten Abenteuer gespielt hatte. Auf Mikes Bitte holte ich die Kleidungsstücke, die wir abgelegt hatten, und seinen Rucksack. Er wickelte Tonochpa in mein Hemd und flößte ihr aus einem Tongefäß, das er in seinem Rucksack hatte, eine Medizin ein.

Vorsichtig löste er das Seil von ihrem Gurtzeug und reichte es mir. Ich ergriff es nur zögernd, in der Angst, daß es Schuppen bekommen könnte und sich in meiner Hand winden würde, aber es hing reglos herab. Es war nur ein Bündel von geflochtenen Fasern, an dem ich jetzt mein Kabel durch den Damm ziehen konnte — sonst nichts.

Und ich war jetzt wieder ein Ingenieur, dessen Wirklichkeit aus Instrumenten, Messungen und Aufzeichnungen bestand. Für einen Moment fragte ich mich, ob das, was ich erlebt hatte, eine Art Halluzination gewesen war. Ich konnte jedenfalls nicht abstreiten, daß jetzt das Seil und eine Spur von blauem Maismehl durch das Rohr liefen.

Tonochpa hatte meine Aufgabe erfüllt. Ich fragte mich, was sie noch getan hatte. Mike wiegte die Wildkatze, die sich langsam erholte, in den Armen, seinen Blick auf die Spur aus Maismehl gerichtet. Dann wandte er sich mir zu. »Der Damm ist jetzt sicher. Mein Partner hat seine Arbeit gut gemacht.« Sein Lächeln wurde ironisch. »Vielleicht zu gut.«

Ich kratzte mich am Kopf und wollte ihn fragen, was er damit meinte, aber er kam mir zuvor. »Wollen wir einmal sehen, ob der Zauber des weißen Mannes mir recht gibt«, sagte er. Mit Tonochpa im Arm kletterte er aus dem Strebengewirr der Gußformen. Ich folgte ihm, gespannt darauf, was der Meßwertaufzeichner anzeigen würde.

Mit offenem Mund starrte ich auf die Papierbögen. Die Aufzeichnungen der letzten Stunde glichen denjenigen eines Seismographen während eines Erdbebens. Aber für die letzten Minuten zeigte der Aufzeichner wieder dieselben soliden Grundwerte an wie vor den Abweichungen der letzten Wochen.

»Mein Gott«, sagte ich und blickte Mike an. »Jetzt muß ich es glauben.«

»Der Damm ist in Ordnung. Du bist ein Medizinmann, wie ich es gesagt habe. Du, ich und Tonochpa, wir haben ihn zusammen geheilt. Wir haben sogar noch mehr getan.«

Ich sah ihn fragend an. »Was denn?«

»Die Spur aus blauem Maismehl, die Tonochpa auf ihrem Weg durch den Damm gelegt hat, wird mehr tun, als nur bösen Zauber abzuwehren. Sie wird den Damm von allen Versuchen schützen, ihn zu zerstören.« Er hielt inne. »Um ehrlich zu sein, habe ich das nicht gewollt, aber es war der Preis, den ich für

die Sicherheit meines Onkels und seiner Familie zahlen mußte.«
Er schwieg und sah mir tief in die Augen. »Der Black-Canyon-Damm wird niemals fallen.«

Es kam nicht darauf an, ob ich ihm glaubte oder nicht. Wir hatten keine Möglichkeit, rückgängig zu machen, was geschehen war, selbst wenn wir es gewollt hätten. Worauf es ankam, war die Tatsache, daß ich meine Leitungen, wie vertraglich vorgesehen, verlegt hatte und jetzt die Instrumente dauerhaft anschließen und so meinen Job zu Ende bringen konnte.

Viel mehr gibt es nicht zu erzählen. Ungefähr eine Woche später sagte mir Mike, daß er die Baustelle verlassen würde. Jetzt, nachdem die Vorbereitungen für die Fundamente der Wassereinlauftürme abgeschlossen waren, wurden alle Hochwandbegradiger entlassen. Ich hielt das für einen schlechten Lohn angesichts dessen, was Mike alles für den Damm getan hatte. Aber wie er zutreffend bemerkte, hätte uns ohnehin niemand so eine unglaubliche Geschichte abgenommen.

»Alles ist so gekommen, wie ich es vorhergesagt habe«, sagte er bei unserem letzten Zusammentreffen philosophisch. »Die Staudämme sind für mich nur ein Arbeitsplatz, sonst nichts. Ich werde nach Washington rauf gehen, zu diesem neuen Grand Coulee-Projekt.«

Ich streichelte Tonochpa. Sie schien sich gut von den Anstrengungen erholt zu haben: nur zwei runde Narben auf einem kahlen Fleck an ihrer Flanke erinnerten an ihr Abenteuer. »Nimmst du sie mit?« fragte ich.

Er lächelte. »Es gibt eine Menge schöner Bergwildkatzen oben in Washington. Vielleicht findet Tonochpa einen Gefährten, was?«

Er öffnete den Rucksack, der Rotluchs kletterte hinein, und der Indianer schlenderte langsam über die Baustelle davon und verschwand in den Staubwolken. Das war das letzte Mal, daß ich ihn sah.

Es bleibt zu erwähnen, daß Black Canyon sich für einen Damm seines Alters verteufelt gut gehalten hat. Er hat mehr Wasser aufgestaut und mehr Strom erzeugt, als irgend jemand bei seiner Planung für möglich gehalten hat. Wissen Sie, ich habe wirklich mittlerweile das Gefühl, daß Mike recht hatte. Der Stausee wird vielleicht austrocknen, aber der Damm wird nie zerfallen. Vielleicht werden ihn die Leute in ein paar Millionen Jahren ausgraben und sich fragen, wie ein Bauwerk von Menschenhand so lange überdauern konnte. Nun, Sie und ich könnten es ihnen sagen, nicht wahr?

Ins Deutsche übertragen von Michael Ritz
Originaltitel: The Dam Cat
Copyright © 1989 by Clare Bell

ELIZABETH H. BOYER

Unheil in der Zauberschule

»Du bist der armseligste Möchtegern-Lehrling, den ich je in meiner Schule gehabt habe!« brüllte der Meistari und blinzelte durch den Ruß, der um ihn schwebte. »Schwachkopf! Du hast uns um ein Haar alle verbrannt! Bei allen Göttern, ich kann es nicht dulden, daß du dein Unwesen in meiner Schule noch weitere neunundachtzig Jahre treibst! Dem nächstbesten fahrenden Händler, der mir über den Weg läuft, werde ich deinen Lehrlingsvertrag verkaufen und dich loswerden, Agnarr Henstromsson!«

Agnarr nieste und machte sich daran, die geschwärzten Tiegel wieder in Ordnung zu bringen, wobei er noch mehr der darin befindlichen Ingredienzen verschüttete. Die Kohlenpfanne qualmte und stank immer noch vor sich hin, und unheimliche orange Flämmchen züngelten hungrig hervor, um sich erneut über die Robe des Meistari herzumachen.

»Ich kann mir nicht erklären, was schiefgegangen ist«, erwiderte Agnarr eingeschüchtert. »Vielleicht ein Wort an der falschen Stelle, vielleicht waren aber auch diese Trollknochen noch ein wenig feucht . . .«

»Es handelt sich nicht um ein kleines Versehen!« schnaubte der Zauberer, während der Rest der Lehrlinge selbstgefällig kicherte, sich zublinzelte, in die Rippen stieß und grinste. »Hier handelt es sich um generelle Unfähigkeit! Ein vollkommener Mangel an Befähigung zur Magie! Ich habe es satt, in die Luft gesprengt und in Brand gesetzt zu werden! Aus dir, Agnarr, werde ich nie einen Feuerzauberer machen! Ich verfluche den Tag, an dem meine Augen dich auf jener Messe erblickten! Dein Stammeshäuptling muß heilfroh gewesen sein, daß er dich losgeworden ist, und − nebenbei bemerkt − zu einem exorbitanten Preis. Trotzdem hätte ich mir nie träumen lassen, daß ausgerechnet der Clan Galdur mich übers Ohr haut!«

Agnarr richtete sich angesichts dieser Beleidigung entrüstet auf, war sein Clan doch dafür bekannt, die meisten und besten Zauberer im ganzen Reich von Alfar hervorzubringen. »Ihr seid nicht übers Ohr gehauen worden!« erklärte er trotzig und streifte sich die verkohlten Fetzen seiner Kapuze vom Kopf.

»Ich bin dazu geboren, Zauberer zu sein, und das werde ich auch. Laßt mich dieses Experiment noch ein einziges Mal versuchen. Beim dritten Anlauf habe ich meist Glück.«

»Bei den Resten meines Barts, nein!« brüllte Bjarnadr, dessen Augen vor Wut aus den Höhlen traten. »Du hast deine Chancen gehabt! Du bist ein Versager! Hinaus! Ich will dich hier nicht mehr sehen! Ich will nichts mehr mit dir zu tun haben!«

Agnarr schätzte mit einem kurzen Seitenblick die Entfernung zur Tür ab, bevor er Bjarnadr mit zornigem Augenfunkeln die Stirn bot: »Nun gut, aber ich denke doch, Ihr gebt zu schnell auf«, erklärte er hochnäsig. »Eines Tages wird es Euch leid tun, wenn ich nämlich ein besserer Zauberer als Ihr sein werde. Ich beabsichtige, mich der Gilde der Feuerzauberer anzuschließen und den Dokkalfar zu bekämpfen, und nicht, unnützen und langweiligen Unsinn vor einer Bande von begriffsstutzigen, kleinen Lehrlingen zu produzieren!«

Er hatte es fast durch die Tür geschafft, als ein zischender Flammenpfeil ihn einholte und seine Hose in Flammen setzte. Bjarnadr schrie ihm noch etwas hinterher, aber er war schon auf halbem Wege zur Pferdetränke, um seine brennende Hose zu löschen; so bekam er nicht alles mit, konnte sich jedoch vorstellen, daß es weiterhin um folgende Themen ging: seine nunmehr unerwünschte Gegenwart an Bjarnadrs Zauberschule sowie die unangenehmen Folgen, die eine Rückkehr für ihn haben würden.

Agnarr seufzte und wuchtete sich aus der Pferdetränke. Schon wieder vor die Tür gesetzt, und zu allem Überfluß würde er auch noch die Brandlöcher in seiner Hose ausbessern müssen. Agnarrs Rausschmiß war mittlerweile ein festes Ritual für Bjarnadr geworden, sehr zur hämischen Freude der anderen, vor allem der jüngeren Lehrlinge. Verwöhnte Gören allesamt, mit Talenten und Gaben gesegnet, die sie sich weder erarbeitet hatten noch verdienten, wohingegen er, Agnarr, sich verzweifelt anstrengen mußte, um auch nur den kleinsten Feuerzauber unter Kontrolle zu halten.

Als wenn das alles noch nicht genug wäre, brachte eine

nähere Untersuchung seiner Hose zutage, daß diese keine weitere Brandattacke Bjarnadrs mehr aushalten würde. Es war nichts mehr da, was man hätte flicken können, so daß Agnarr nichts anderes übrig blieb, als der Wiese, wo die Wäsche zum Trocknen hing, einen Besuch abzustatten und die Hose eines anderen Lehrlings zu entwenden.

Als Agnarr seine gestohlenen neuen Hosen überzog und seine Lage bedachte, erschien ihm das Ganze schon in einem wesentlich rosigeren Licht. Hier stand er, frank und frei mitten am Tag, und konnte sich am Sonnenschein freuen, während die sieben anderen angehenden Magier sich die Nasen über langweiligen Sprüchen wund rieben und stinkende Experimente ausführten. Ein weiterer wundervoller Ferientag lag also vor ihm, während Bjarnadrs Mütchen Zeit hatte abzukühlen. Üblicherweise dauerte es nur einen oder zwei Tage, bis der Meistari sich wieder beruhigt hatte und in der Stimmung war, es erneut zu versuchen. Schließlich war Agnarr ein Sohn des Clans Galdur, des Stammes der Magier. Irgendwo in ihm wartete ein überwältigendes Talent darauf, entdeckt und in die richtigen Bahnen gelenkt zu werden.

In der Zwischenzeit würde Agnarr sich unsichtbar machen und in Deckung gehen, bis er einem Lehrling auflauern konnte, der ihn über den Zustand von Bjarnadrs Laune informieren würde. Ein wenig unwohl wurde es ihm schon bei dem Gedanken, daß Bjarnadr bei jedem Rauswurf länger zu brauchen schien, um sich wieder zu beruhigen. Beim nächsten Mal, so nahm er sich fest vor, würde er härter daran arbeiten, genau das zu tun, was der Meistari ihn geheißen hatte, egal wie lächerlich und elementar das auch scheinen mochte, anstatt nach Abkürzungen zu suchen. Abkürzungen waren in allen Fällen die Ursache seines Versagens gewesen. Zunächst arbeitete er immer mit den richtigen Worten, Gesten und magischen Utensilien an einem Spruch — bis ihm dann plötzlich eine brillante Idee durch den Kopf schoß. Manchmal war es eine scheinbar geniale Abkürzung; manchmal war es ein ausgelassener Scherz, für den er die Worte des Spruchs kaum merklich verdrehte. Sein Galdur-Erbe und sein übergroßes, wenn auch noch ruhendes Talent ließen ihm einfach keine andere Wahl, als seiner Inspiration zu folgen. Ein- oder zweimal waren die Ergebnisse auch tatsächlich spektakuläre Erfolge gewesen, und er hatte wundervolle Elementarwesen des Windes, des Feuers, der Erde und des Wassers beschworen oder einen geistvollen Verwandlungszauber auf einen seiner Mitlehrlinge gelegt, der jeden zum Lachen gebracht hatte. Unglücklicherweise überwogen jedoch seine Mißerfolge die Erfolge bei weitem, und natürlich waren sie, wie es das Wesen eines jeden guten Mißerfolgs ist, von so abgrundtiefer Peinlichkeit, daß sie alles Gute, das Agnarr jemals in seinem Leben bewirkt hatte, zunichte machten und darüber hinaus bei Bjarnadr gehörige Zweifel an Agnarrs Zukunft als Magier weckten.

In solchen Zeiten der Bedrängnis pflegte Agnarr Bjarnadrs moosüberwucherte Ruinenfestung, die die Zauberschule beherbergte, zu verlassen und vorübergehend in Finns Gasthaus Asyl zu suchen, das etwa fünf Meilen entfernt auf der anderen Seite von Geltafell lag. Der alte Finn, immer froh über jede zusätzliche Hilfe, gab ihm Arbeiten wie Heumähen oder Kartoffeln ausgraben oder endlose Steinmauern wieder herrichten oder eine jener unzähligen Plackereien, die nötig waren, wenn man sich Haustiere hielt, die so arbeitsintensiv und dumm wie Schafe waren.

Der junge Finn jedoch hob fragend seine schwarze Augenbraue und brummte: »Schon wieder geflogen? Das ist jetzt das fünfte Mal, nicht war?«

»Ich habe nicht mitgezählt«, murmelte Agnarr und schützte große Eile vor; er habe die Schafe von Zecken zu befreien.

»Du solltest dich besser hinter deine Zauberei klemmen, Junge, sonst sammelst du für den Rest deines Lebens Zecken von Schafbäuchen«, fuhr der junge Finn mit einem oberlehrerhaften Funkeln in den Augen fort. »Und das wäre doch ein großer Verlust, oder nicht?«

Es reichte aus, um Agnarr kurzfristig auf die Idee zu bringen, er müsse sich unter Umständen ein anderes Asyl für jene Tage suchen, an denen Bjarnadr wieder einmal schlechte Laune hatte.

Gegen Abend, als die langen Stunden des nordischen Zwielichts heraufzogen und die Trolle in den rauhen Höhen von Geltafell brüllten und grunzten, kam ein Lastkarren in den Hof des Gasthauses gerollt, von einem monströsen, zotteligen schwarzen Ochsen mit gefährlich gewundenen Hörnern gezogen. Widerwillig trat Agnarr heraus, um das Tier in den Stall zu bringen, während die beiden Finns dem Reisenden ein ziemlich müdes Willkommen entboten. Er war groß und schlank und gut gekleidet, und eine weite Kapuze bedeckte sein Haupt, doch trotz dieser Verhüllung spürte Agnarr, das magische Kräfte von diesem Fremden ausgingen. Vielleicht spürte auch der Fremde etwas Ähnliches in bezug auf Agnarr. Jedenfalls musterte er ihn scharf und sagte: »Sieh dich mit dem Ochsen vor, oder er nimmt dich auf die Hörner. Außerdem keilt er wie der Teufel aus.«

Der Fremde machte sich über das reichhaltige Mahl und die Getränke her, die Finns Frau ihm auftischte, wärmte sich kurz am Feuer auf und verkündete dann, daß er in seinem Wagen zu schlafen gedenke, der wetterfest und mit allem Komfort ausgestattet sei. Agnarr fühlte sich unwiderstehlich dazu getrieben, ihm unter dem Vorwand, prüfen zu müssen, ob der Stall für die Nacht sicher verschlossen sei, nach draußen zu folgen. Als er in ausreichendem Abstand von dem Haus angelangt war, blieb der Fremde stehen und wartete auf Agnarr.

»Also, was wünschst du?« fragte der Fremde. »Du brennst geradezu auf einen magischen Gegenstand, nicht wahr? Willst du den Ring des Totenbeschwörers, den du unter die Zunge einer Leiche legen kannst, damit sie dir die Zukunft kündet? Runenstäbe, mit fast jedem Spruch versehen, den du dir vorstellen kannst, um Stürme, Trolle, Riesen zu rufen oder einen Schatz zu finden? Die Geheimen Namen aller Elemente und der Tiere dieser Erde, Unsichtbarkeitsroben, Schwerter der Macht, Gürtel der Stärke, Stiefel, die dich mit einem Schritt an die Enden der Welt tragen — ein wahrer Schatz an Magie jedenfalls

wartet in meinem Wagen auf dich. Und all die Zauber- und Lie-
bestränke, Destillate, Extrakte und Flüssigkeiten ...«

Agnarr schüttelte den Kopf, während der Fremde seine Auf-
zählung fortsetzte, um dann abrupt innezuhalten. »Was ist los?
Hast du kein Geld, um zu bezahlen? Dann gute Nacht!«

»Nein, nein, das ist es nicht«, widersprach Agnarr rasch. »Es
ist nur, daß ich noch nicht das Wissen habe, all diese Dinge zu
benutzen. Ich bin nur ein Lehrling. Und auch nicht gerade Meistari Bjarnadr Lieblingslehrling, wie ich zugeben muß.«

»Oh, du bist also nicht besonders gut, ist es das? Und du
denkst, ich könnte vielleicht etwas in meinem Wagen haben,
das dir hilft?« Der Fremde rieb sich sein schmales Kinn, und
seine Augen waren wie zwei Leuchtpunkte in der Dunkelheit.
»Möglicherweise habe ich ja etwas. Folge mir, und dann können wir sehen, ob wir ins Geschäft kommen.«

Das Innere des Wagens erinnerte Agnarr an Bjarnadrs Geheimen Raum, in den er bis jetzt nur wenige faszinierte Blicke
hatte werfen können. Regale reihten sich an den Wänden, mit
verlockenden kleinen Kästchen und Kistchen beladen, alle
sorgfältig mit farbigen Wachsstöpseln und Schnüren verschlossen, mit dunklen, dicht verkorkten Flaschen, runenübersäten
Krügen, bestickten Taschen und Säckchen, Kräuterbündeln,
getrockneten Eidechsen, Schlangen, Fledermäusen — und mit
Käfigen, in denen lebende Tiere hockten und mit glitzernden,
mißtrauischen Augen durch die Gitter lugten. Das einzig
Gewöhnliche hier war eine große orange-weiße Katze, die ihre
Körpermassen halb innerhalb, halb außerhalb eines Korbs dra-
piert hatte, in dem sie zusammengerollt und mit einer weißen
Pfote vors Gesicht gelegt schlief.

Allein durch die Gerüche fühlte Agnarrs Kopf sich an wie ein
Korken, der schwerelos auf den Wellen dümpelte. Verzückt sog
er den Duft ein, spürte Gefühle des Wiedererkennens und Stau-
nens in sich brennen, wußte, daß er nun tatsächlich in der Welt
war, in die er gehörte.

»Es sollte etwas Kleines und Unscheinbares sein«, überlegte
der Fremde laut, während sein Blick über die versammelten

Herrlichkeiten glitt. »Ich denke, du brauchst einen Vertrauten.« Er hob einen unappetitlichen, dürren Finger, um dem Wort Nachdruck zu verleihen.

»Natürlich! Das ist es! Er würde alle Sprüche kennen und mir dabei helfen, sie zu vollbringen, und der Meistari würde den Unterschied nicht einmal bemerken! Eine Ratte wäre ideal. Ich könnte sie in meiner Jackentasche halten.« Agnarr linste in einen Käfig, wo eine große schwarze Ratte die Zähne bleckte und blutrünstig an seinem Finger nagte.

»Nein, die alte Rotta ist nichts für dich. Du bist zu unerfahren. Ein Vertrauter kann dich übernehmen, wenn du nicht achtgibst, und dann bist du der Diener. Laß mal sehen, was ist mit dieser kleinen Grille? Ich glaube, die könntest du meistern.«

Agnarrs Erwartungen bezüglich eines Vertrauten wurden nicht durch die Grille und nicht durch die Maus oder den Finken oder die Eidechse erfüllt, die der Fremde ihm zeigte, obwohl er bei der Eidechse kurzfristig zögerte. »Habt Ihr nicht etwas Größeres?« verlangte er zu wissen. »All diese Tierchen sind so winzig!«

»Du könntest etwas Größeres gar nicht beherrschen«, belehrte ihn der Fremde. »Du bist erst ein Novize in der Kunst der Magie, und am Ende würdest du einen Meister haben, der weit schlimmer als der alte Bjarnadr ist.«

Agnarrs schweifender Blick blieb just in diesem Augenblick an der Katze hängen, und während er sprach, öffnete sich plötzlich ein großes grünes Auge und begutachtete ihn mit wachsendem Interesse. Die Katze stellte sich unvermittelt auf die Zehen, machte einen Buckel und gähnte wild, eine gequält wirkende Grimasse, die zwei gelbe Fangzähne entblößte. Dann setzte sie sich schwerfällig wieder hin und schielte schläfrig auf Agnarr. Das Tier stellte seine Schnurrhaare auf und begann, tief und dröhnend zu schnurren und die Krallen an seinen dicken weißen Pfoten behaglich ein- und auszufahren. Agnarr streckte eine Hand aus und streichelte den breiten, mit den Narben zahlreicher Kämpfe versehenen Schädel der Katze, woraufhin das Schnurren sich zu doppelter Lautstärke steigerte.

»O nein! Vergiß den alten Skuggi«, sagte der Fremde, bevor Agnarr auch nur ein Wort hatte sagen können. »Er ist zu viel für dich. Zu viel für fast jeden. Er akzeptiert mich nur, weil ich ihn regelmäßig füttere und ansonsten tun lasse, was er will.«

»Skuggi? Der Name paßt nicht zu ihm. Er ist kein Schatten«, entschied Agnarr. »Er hat eher die Ausmaße von zwei Katzen in einem Fell.«

»Beleidige ihn nicht. Er versteht jedes Wort, das du sagst, und trägt es dir bis an dein Lebensende nach. Und nun schlag ihn dir aus den Kopf. Er kann sehr grob und häßlich werden, nicht war, Skuggilein?«

Skuggi lächelte und rieb seine Backen an Agnarrs Arm, immer noch schnurrend wie ein Gebirgsdonner. Als Agnarr sich widerwillig abwandte, sprang Skuggi aus dem Korb, landete auf dem Boden und folgte Agnarr, um sich auf Schritt und Tritt an dessen Knöcheln zu reiben. Als Agnarr sich setzte, sprang Skuggi auf seinen Schoß und ließ sich dort mit besitzergreifender Miene nieder; immer, wenn Agnarr sich bewegte, gruben sich Skuggis Krallen sanft, aber unmißverständlich in seine Kleidung. Seine schläfrigen grünen Augen schienen vor Zuneigung geradezu zu leuchten.

»Ich glaube, er mag mich«, setzte Agnarr an. »Warum kann ich ihn nicht haben? Er würde mir nichts tun, da bin ich mir sicher.«

»Ich kann die Verantwortung dafür, was möglicherweise geschieht, keinesfalls auf mich nehmen. Ich werde das Vertrauen all der Zauberer, die ich beliefere, verlieren. Ich kann dir einfach nicht erlaube, ihn zu nehmen.« Er streckte die Arme aus, um Skuggi von Agnarrs Schoß herunter zu heben, doch die Katze legte ihre Ohren an und ließ ein tödliches Knurren hören, gefolgt von einem nicht minder bedrohlichen Fauchen. Ihr Gewicht schien sich zu verdoppeln, als sei sie durch die pure Willensanstrengung, sich nicht hochheben zu lassen, zu Blei geworden.

Agnarr glättete Skuggis knisterndes Fell, das sich steil aufgestellt hatte, woraufhin die Katze ihr Schnurren wieder aufnahm, allerdings einen wachsamen Blick auf den Fremden geheftet. »Ich werde ihn nehmen. Wieviel wollt Ihr für ihn haben?«

Der Fremde seufzte düster und preßte die Finger gegen seine Schläfen. »Ich kann kein Geld für Skuggi nehmen, ohne daß ich harte Einbußen erleide. Vermittelt dir das einen Eindruck davon, wie wertvoll er ist? Nimm ihn, wenn du es wagst, doch eines Tages werde ich vielleicht einen Gefallen von dir erbitten — wenn du es schaffst, so lange zu überleben. Alles, was ich in diesem Augenblick als Bezahlung verlange, ist eine kleine Sicherheit. Nicht mehr als eine Locke deines Haupthaars, um unser Geschäft zu besiegeln.«

Das war rasch und einfach getan, und Agnarr konnte nur mit Mühe seine Ungeduld bezwingen, nach Bjarnadrshol zurückzukehren und seine jüngste Errungenschaft zur Schau zu stellen. Am nächsten Morgen, nachdem er zur Abwechslung all seine Pflichten bereits vor dem Frühstück erledigt hatte, stolzierte er in die rußgeschwärzte Große Halle, die als Speise-, Hör- und Schlafsaal für die Lehrlinge diente. Skuggi folgte ihm auf den Fersen, peitschte mit seinem Schwanz hin und her und sog beifällig die Essensdüfte ein. Die anderen Lehrlinge unterbrachen ihr hohlköpfiges Plappern und starrten Agnarr wortlos an, als er seinen Platz an dem Tisch einnahm. Skuggi sprang erwartungsvoll auf den nächstgelegenen Tisch. Niemand sagte ein Wort, als Agnarr sich Hrifas Würstchen und Haferbrei aneignete und an Skuggi weitergab.

»Hey, Agnarr«, begrüßte Hrifa ihn geringschätzig. Da Agnarr im Rang der Lehrlingshierarchie direkt nach ihm kam, betrachtete Hrifa ihn als seinen gefährlichsten Rivalen. »Was machst du mit dieser Katze?«

»Ich gebe ihr zu frühstücken, du Tölpel«, kam die Antwort.

»Das ist an sich ungewöhnlich und daher verdächtig«, entgegnete Hrifa. »Handelt es sich dabei um einen deiner hoffnungslos verkorksten Versuche, einen Spruch zu beherrschen, oder ist es nur ein weiterer deiner absurden Streiche?«

Agnarr stieß einen ungeduldigen Seufzer aus. »Es geht dich

zwar nichts an, aber ich denke, es macht auch keinen Unterschied, ob ich es einer Bande von Kriechwürmern wie der hier versammelten erkläre oder nicht. Der Kater ist mein Vertrauter.«

Die Augen der Lehrlinge wurden ganz rund vor Erstaunen, und zahlreiche Messer, mit Würstchen gespickt und von Bratenfett tropfend, verharrten mitten in der Luft. Hrifa runzelte neidisch die Stirn und fragte: »Wo hast du ihn her? Ich glaube nicht, daß das fair ist. Der Meistari wird das nie dulden. Lehrlinge dürfen keine Vertrauten haben. Wie zum Teufel hast du ihn bezahlt? Sie sind entsetzlich teuer, wie ich gehört habe. Du mußt praktisch deine Seele an einen Zauberer oder einen Dämonen verkaufen, um an einen heranzukommen, und ich kann mir nicht vorstellen, daß irgend jemand deine Seele haben möchte, Agnarr.«

»Du scheinst zu vergessen«, erwiderte Agnarr gelangweilt, »daß ich mit dem Erbrecht des Clans Galdur geboren bin.«

»Galdur ist gar kein richtiger Clan«, schnaubte Hrifa. »Er ist nur eine Sippe. Nichts so Besonderes, wie du es gerne glauben möchtest. In Galdur gibt es genauso viele Kuhhirten und Wollfärber wie in jedem anderen Clan.«

»Möglich, aber es gibt entschieden mehr Zauberer als in den anderen«, schoß Agnarr zurück. »Und bei weitem bessere, deren einer ich eines Tages zu sein hoffe — und erwarten darf.«

Hrifa blickte ihn finster an. »Gib mir mein Frühstück zurück. Das ist kein Vertrauter. Ich kenne dich, das ist nichts weiter als einer deiner blöden Scherze.«

»Hol's dir doch, wenn du dich traust«, forderte Agnarr ihn mit scheinheiligem Grinsen auf.

Hrifa griff nach dem Essen, doch Skuggi plazierte eine Pfote mit eindrucksvoll ausgefahrenen Krallen demonstrativ auf dem Tellerrand, um sein Frühstück zu verteidigen, und beobachtete Hrifa leise knurrend aus dem Augenwinkel. Hrifas Hand zuckte zurück, was die anderen Lehrlinge zu einem fröhlichen Gelächter veranlaßte.

In einem Anfall von Großzügigkeit überließ Agnarr einen

Teil seines eigenen Frühstücks Hrifa — allerdings keinen besonders großen.

Als sie die Mahlzeit beendet hatten, fegte Bjarnadr in die Halle und verteilte Anweisungen, Rügen und in drohende Wendungen verpackte Ermunterungen; während er an den Sitzenden vorbei wieselte, konnte er es sich nicht verkneifen, mit seinen Knöcheln auf den einen oder anderen Kopf zu trommeln.

»Was ist das?« Abrupt hielt er in der Bewegung inne, blieb wie vom Schlag gerührt stehen, als sein Blick auf Agnarr und Skuggi fiel.

»Eine Katze, Meistari«, antwortete Agnarr wahrheitsgemäß und respektvoll.

Bjarnadr klatschte hinter seinem Rücken in die Hände. »Eine Katze, hört, hört. Vielen Dank für diese Information, Agnarr!«

Die Lehrlinge kicherten. Skuggi war voll und ganz von der Aufgabe in Anspruch genommen, seine makellose weißen Pfoten zu putzen, und wagte noch nicht einmal, einen verstohlenen Blick auf Bjarnadr zu werfen.

»Er ist ein Vertrauter«, bemerkte Agnarr so beiläufig wie er konnte.

»In der Tat! Und wo hast du ihn bekommen?«

»In Finns Gasthaus. Von einem fahrenden Magiehändler.«

»Ich verstehe. Und was hast du diesem Handelsmann dafür bezahlt? Mir war bislang entgangen, daß du so wohlhabend bist.«

Die Lehrlinge gingen dazu über, sich wissende Blicke zuzuwerfen. Agnarr ignorierte sie und antwortete: »Wir sind übereingekommen, daß ich ihn später entlohne und ihm im Augenblick nur eine kleine Sicherheit gebe. Alles, was er wollte, war eine Locke meines Haupthaars.«

Bjarnadr sog scharf den Atem ein und sandte eine hilfesuchenden Blick an die Decke. Er sprach sanft, mit bewundernswerter Selbstbeherrschung. »Ist es dir jemals in den Sinn gekommen, daß dieser Fremde dadurch, daß du ihm einen Teil deiner selbst gegeben hast, Macht über dich gewonnen hat, deren Ausmaße von seinen Fähigkeiten abhängen? Vielleicht wird er eines Tages diese deine Haarlocke an einen der zahllosen Feinde verkaufen, die du dir als fertiger Magier zweifellos gemacht haben wirst, einen Feind, der dir auf diese Weise großen Schaden zufügen könnte.«

»Er schien mir ein ehrlicher Bursche zu sein«, antwortete Agnarr. »Und ein sehr vertrauensseliger dazu, daß er einem kleinen Lehrling solch einen wertvollen Vertrauten überlassen hat«, fuhr Bjarnadr fort. »Hat er dir den Namen der Katze genannt? Vielleicht Miez oder Maunz oder auch Toby?«

»Ich kann Euch den Namen nicht verraten«, erklärte Agnarr. »Nur ich allein darf ihn kennen.«

»Ein Vertrauter teilt dir seinen Geheimen Namen selbst mit — nicht irgendein hergelaufener Magiehändler. Agnarr, dieser Scharlatan hat dir eine gewöhnliche Katze angedreht — im Tausch für etwas, das deine gesamte Zukunft als Zauberer zerstören kann. Du bist nach Strich und Faden betrogen und von diesem Kerl zum Narren gemacht worden, genau wie dieses lächerliche, überfütterte Vieh.« Er beendete seine kleine Ansprache mit einem markerschütternden Nieser und rieb sich seine gerötete Augen, während die anderen Lehrlinge vor Heiterkeit lauthals jauchzten. Hrifas Grinsen spiegelte hämische Befriedigung wider; er rieb sich die Knöchel seiner Hand, ohne Frage um anzudeuten, daß er Agnarr irgendwo auflauern und sich an ihm rächen werde.

Agnarr warf einen verstohlenen Seitenblick auf Skuggi, der seine Putzorgie aber noch nicht abgeschlossen hatte. »Er versteht genau, was Ihr sagt«, warnte er den Meistari. »Ihr beleidigt ihn besser nicht.«

Bjarnadr entfuhr ein erneuter Nieser. »Er ist nichts weiter als ein pelziger Schädling, und obendrein fett und dumm.« Skuggi, scheinbar unbeteiligt, begann, seine Hinterbeine zu säubern; die Lehrlinge taten sich durch eigene Kraftausdrücke hervor. All dies blieb ohne sichtbaren Effekt. Skuggi strafte sie alle mit völliger Mißachtung. Einen Augenblick lang verspürte Agnarr einen Anflug von Zweifel, der an seiner Selbstgewißheit nagte.

»Da siehst du es, er hat nicht ein einziges Wort verstanden«, trumpfte Bjarnadr auf. »Du bist betrogen worden. Und nun möchte ich dir eindringlich nahelegen, ihn loszuwerden. Außerdem bringt er mich zum Niesen.« Zwei weitere Nieser folgten.

»Einmal angenommen, er wäre doch ein Vertrauter, wie würde man seinen Namen herausbekommen?« bohrte Agnarr stur weiter.

»Die Geheimen Namen aller Dinge sind in ihnen selbst verborgen«, klärte Bjarnadr ihn zwischen zwei unterdrückten Niesern auf. »Du kannst seinen Geheimen Namen herausfinden, wenn du ihn sorgfältig und aufmerksam beobachtest. Und wenn er überhaupt einen hat. Und nun laßt uns mit unseren Experimenten fortfahren.« Er nieste und schritt schneuzend hinweg, nicht ohne einen letzten unfreundlichen Blick über die Schulter auf Skuggi zu werfen. »Heute werden wir ein kleineres Feuerelementar beschwören und es hoffentlich auch in Schach halten, während wir sicher und geschützt inmitten unserer Runenkreise stehen. Ich hoffe, daß ihr alle die Prozedur eingehend studiert habt.« Ein letzter Nieser blies ihm fast die Kapuze vom Kopf.

Agnarr warf einen zweifelnden Blick auf Skuggi. Es wollte ihm scheinen, als stoße der Kater bei jedem Nieser ein unterdrücktes Kichern aus, und mit Sicherheit stellte Agnarr ein kätzisches Lächeln fest, so als amüsiere sich Skuggi köstlich über Bjarnadrs Geschneuze. Er rieb sein Kinn an Agnarrs Hand und schnurrte. Nachdem Frühstück und Reinigung nun zu seiner Befriedigung abgeschlossen waren, rollte er sich zwischen den magischen Apparaturen des Tisches auf Agnarrs Umhang zusammen und machte, erschöpft von so viel Verantwortung, ein Nickerchen.

Der Tag entwickelte sich auf der Stelle vom Mißerfolg zur Katastrophe. Agnarr kratzte zwar seinen Runenschutzkreis um sich herum in den Boden und benutzte auch die richtigen Rezitationen, doch das Feuerelementar stieß trotzdem zu ihm durch, scheuchte ihn herum und setzte seine Kleider in Brand. Bjarnadr bannte das Elementar, die anderen Lehrlinge lachten sich schief, und Skuggi betrachtete das Schauspiel von der sicheren Warte des Dachbalkens aus. Inmitten des ganzen Aufruhrs vernahm Agnarr, wie eine ihm unbekannte Stimme ein paar Worte krächzte, und plötzlich war das Feuerelementar wieder da. Ein riesiger, brüllender Flammenball fand jeden, auch Bjarnadr, unvorbereitet. Die Lehrlinge flohen in Panik, während der Magier sich den Gewalten stellte, Feuerpfeile herausjagte und Sprüche brüllte. Als das Feuerelementar endlich gebannt war, war die ganze Halle rußgeschwärzt. Der weitere Unterricht für diesen Tag wurde abgesagt, damit man die Bescherung beseitigen konnte. Bjarnadrs Laune war furchterregend. Er stolzierte auf der Suche nach Agnarr durch seine Schule.

»Entspricht das deiner Vorstellung von einem Scherz?« röhrte er. »Mit einem Feuerelementar spielt man nicht! Du hättest jemanden zu Asche verkohlen können. Agnarr, ich weiß, daß du dafür verantwortlich bist!«

Klugerweise schnappte Agnarr sich seinen Kater und verbarg sich in der Spitze eines verlassenen Turms. Die alte Festung war ausgedehnt genug, um ihm mehrere geheime Verstecke zu bieten, wo er sich von Bjarnadrs Zorn und der Dummheit der anderen Lehrlinge verbergen konnte.

Mit einem Seufzer ließ er sich auf sein improvisiertes Bett aus schimmeligem Heu fallen. Skuggi benutzte Agnarrs Bauch als Matratze; bevor er sich allerdings niederzulassen geruhte, drehte er sich ein paarmal um die eigene Achse, um dann mit dem Schnurren und dem Ein- und Ausfahren der Krallen zu beginnen.

»Warum bloß redest du nicht mit mir?« Agnarr kraulte Skuggis Ohr, um ihn aufzuwecken. »Wenn du mir geholfen hättest, hätte ich nicht dieses verflixte Elementar beschworen. Trotzdem, es war eine meiner besten Arbeiten. Ein Jammer, daß es nicht geplant war. Komm schon, Skuggi — oder was immer dein wahrer Name auch sein mag —, ich brauche Hilfe, oder ich fliege endgültig von der Schule.«

Skuggi leckte einmal beruhigend über Agnarrs Finger, erhob

sich und ertrampelte sich einen anderen, bequemeren Ruheplatz auf Agnarrs Bauch. Er rollte sich ganz eng zusammen, schlief ein und weigerte sich, auf Agnarrs bohrende Fragen mit etwas anderem als einen schläfrigen Grunzen zu antworten. Ein warmer Sonnenstrahl machte auch Agnarr bald zu schläfrig, um noch lange über seine Probleme zu grübeln; auch er schlief ein, Skuggi wie ein warmer Stein in seiner Mitte zusammengekuschelt.

Als er gegen Mittag mit Hunger im Bauch erwachte, lag Skuggi zu voller Länge ausgestreckt neben ihm und reckte seinen mit orangenfarbenen Flecken übersäten Bauch in die Sonne.

Es war ein faszinierendes Muster aus Punkten und Strichen. Agnarr strich ihm mit der Hand über seine warmen Bauch, so daß Skuggi sich wollüstig räkelte, wodurch sein Fellmuster noch mehr wie eine pelzige Runenschrift aussah. Plötzlich erinnerte sich Agnarr daran, was der Meistari über die Geheimen Namen der Geschöpfe gesagt hatte, die in ihnen selbst verborgen waren. Er versuchte, Skuggi wieder in eine ausgestreckte Lage zu versetzen, um einen besseren Blick auf das Fellmuster zu erhaschen, doch Skuggi nahm Anstoß an dieser Umlagerung, wand sich hin und her und trat ungnädig mit beiden Hinterbeinen nach ihm. Da seine Würde so tief verletzt worden war, begann er sich mit deutlichem Ärger von Kopf bis Fuß zu putzen, als sei er durch die Berührung bis zur Unkenntlichkeit entstellt worden.

Agnarr beobachtete ihn lächelnd und gratulierte sich selbst. Sein Galdur-Erbe bestätigte ihn darin, daß er mit seiner instinktiven Vermutung richtig gelegen hatte, welche ihm sagte, daß Skuggis Geheimer Name auf seinen Bauch geschrieben war. Und er war sich darüber hinaus sicher, die beiden mittleren Buchstaben dieses Namens entziffert zu haben.

Die folgenden Tage waren nicht leicht für ihn. Bjarnadr beruhigte sich wieder, sobald die Halle gesäubert war, allerdings nicht für lange. Beim Essen, als Agnarr einen simplen Bewegungszauber anwandte, um das Brot in seine Reichweite zu ziehen, flog der Laib hoch in die Luft und landete mit einem deftigen Plascher in jemandes Suppe, während das Messer sich in eine tödlich rotierende Scheibe verwandelte und in direktem Flug auf Bjarnadr am Kopfende der Tafel zuwirbelte. Er holte es mit einem gut gezielten Feuerpfeil aus der Luft, war jedoch nicht sonderlich erfreut. Agnarr wurde für die Dauer einer Woche zum Küchendienst verdonnert. Nach dem üblichen Unterricht verzögerte dies seinen Feierabend um zwei lange Stunden, ganz zu schweigen davon, daß es nun auch mit seiner mittäglichen Verdauungspause aus und vorbei war. Skuggi leistete ihm in seiner Schande treu Gesellschaft, verprügelte alle anderen Katzen, derer er ansichtig wurde, und ergatterte zahlreiche Küchenreste. Am Ende der Woche war er so fett geworden, daß die Buchstaben auf seinem Bauch weiter als je zuvor auseinanderstanden.

Agnarr schien Katastrophen förmlich anzuziehen. Einfache Sprüche, die er zuvor beherrscht hatte, explodierten ihm ins Gesicht, und Sprüche, von denen er nie zu träumen gewagt hatte, glitten ihm scheinbar leicht von den Fingerspitzen, um dann allerdings in schlimmstmöglicher Form auf ihn zurückzuschlagen. Bjarnadr beherrschte sich mit großer und sichtbarer Anstrengung, obwohl es ihn zwei Umhänge und ein vollständiges neues Gewand mit Kapuze und Ärmeln kostete. Er saß Agnarr drohend im Nacken und ließ ihn nicht aus den Augen, was nur noch mehr Unheil nach sich zog. Die Niesanfälle kehrten in entscheidenden Situationen zurück, etwa wenn Bjarnadr ein kompliziertes Spruchkonzept erklärte, einen Lehrling schalt oder einen Zauber wob, der dann natürlich zur Gänze mißlang. Agnarrs zielloses magisches Talent griff Bjarnadr an, wenn er mit etwas anderem beschäftigt oder vollkommen wehrlos war. Sogar Agnarr erschrak mittlerweile über das aggressive Moment in seiner eigenen Zauberkunst, aber wie sehr er sich auch bemühte, die Zauberformeln kamen immer falsch heraus. Er dachte an die Haarlocke, die er dem Fremden übereignet hatte, und fragte sich, wer sie wohl nun besitzen mochte.

Der krönende Abschluß war dann, daß Agnarrs Wandlungszauber Bjarnadr kurzfristig zu einer knochigen schwarzen Ziege werden ließ. Glücklicherweise war die Wirkungsweise des Spruchs nicht permanent, doch er machte die Lehrlinge sehr ausgelassen und Bjarnadr sehr wütend.

»Es ist diese verflohte Katze!« brüllte er. »Alles ist schiefgegangen, seit du sie hierher gebracht hast. Wenn mir das Vieh noch ein einziges Mal unter die Augen kommt, bleibt von ihm und dir nicht mehr genug übrig, was der Lumpensammler zusammenkratzen könnte!«

»Aber er hilft mir doch!« protestierte Agnarr. »Meine Fähigkeiten brauchen nur noch den letzten Schliff!«

»Ich gebe dir den letzten Schliff mit meinem Stab!« wütete Bjarnadr und schwang denselben, wobei drohende schwarze Rauchwolken von ihm aufstiegen. Agnarr griff sich Skuggi und floh in sein Turmversteck, während der Kater ob dieser unwürdigen Behandlung jaulte und um sich trat.

»Skuggi, ich weiß wirklich nicht, was aus uns werden soll, wenn du mir nicht deinen Geheimen Namen nennst.« Agnarr warf Skuggi, der sich gerade zu einem kleinen Nickerchen in der Sonne ausstreckte, einen unheilverheißenden Blick zu. »Aber im Augenblick ist dein wahrer Name Unheil und meiner Fliegendreck.« Er stützte sich auf das Fensterbrett, um auf das moosbewachsene Dach der Großen Halle unter sich zu gucken. Wenn er in Schande zu seinem Clan zurückgeschickt würde, wäre das schlimmer, als wenn man seinen Lehrlingsvertrag an irgendeinen fahrenden Händler verscherbeln würde. Düster malte er sich eine Zukunft als Lehrling eines Holzfällers, eines Schiffsbauers, eines Metzgers und eines Schmiedes aus.

»Kopf hoch, so schlimm ist es auch wieder nicht«, ließ sich eine Stimme in seinem Rücken vernehmen, so daß er entsetzt herumwirbelte, um zu sehen, wer ihn in seinem Lieblingsversteck aufgestöbert hatte. Doch er erblickte nur Skuggi, der, noch halb im Schlaf versunken, ihn mit einem offenen Auge ansah. Er stürzte zur Tür und lugte in den Gang draußen, weil er einen miesen Trick von einem der anderen Lehrlinge fürchtete. Doch die enge Wendeltreppe lag dunkel und leer.

»Skuggi?« fragte er zögernd, und Skuggi begann zu schnurren und sich ein wenig zur Seite zu rollen. »Ich habe deinen Geheimen Namen erraten! Er lautet Unheil, nicht wahr? Trufla in der Alten Sprache. Ich hätte es mir eigentlich denken können, so wie du meine Sprüche vermasselt und Bjarnadr üble Scherze gespielt hast. Ich kann mich nur bei dir bedanken: Du hast mein Leben ruiniert. Als ein schöner Vertrauter hast dich entpuppt!«

Skuggi öffnete nun auch das zweite Auge und setzte sich mit einigen Schwierigkeiten auf. Seine Sprechstimme war quäkend und ein wenig heiser, genau so, wie er mit seiner Katzenstimme miaute. »Das war nicht mein Fehler, alter Junge. Es ist jener Zauberer, von dem du mich gekauft hast. Du hast in deinem Unterricht schon von Mord Leichenfresser gehört, nehme ich an? Einer der mächtigsten Magier von Dokkalfar?«

Agnarr blieb vor Staunen die Luft weg. »Das war Mord Leichenfresser? Auf mich wirkte er wie ein gewöhnlicher fahrender Händler.«

»Er ist ein alter Feind von Bjarnadr. Er ist derjenige, der deine Sprüche verkehrt und gegen Bjarnadr gesandt hat, und er hat mich und dich dazu benutzt, dank deiner großzügigen Haarspende. Wenn du ihm nicht Einhalt gebieten kannst, wird er deinen Meister töten oder in eine Wesensform verwandeln, aus der er Äonen lang nicht mehr entkommen kann.«

»Wieso kannst du mir das alles denn jetzt erzählen? Hört Mord dich nicht?«

»Nicht mehr. Nun, da du meinen Geheimen Namen gefunden hast, bin ich frei von ihm und gebunden, dir beizustehen. Er wird nicht gerade entzückt darüber sein, daß du meinen Namen entdeckt hast. Er hat nie gedacht, daß du dazu fähig sein könntest, und um ehrlich zu sein, ich auch nicht.«

Agnarr tat ein wenig beleidigt, war insgeheim aber viel zu stolz darauf, einen solchen Glückstreffer gelandet zu haben. »Ach nein, hast du das auch nicht gedacht? Schließlich stamme ich aus dem Clan Galdur.« Besorgt setzte er hinzu: »Was wird er deiner Meinung nach unternehmen?«

»Oh, er wird jetzt richtig gemein werden. Aber keine Angst, ich werde dir helfen. Sofort nach einem kleinen Nickerchen.«

»Nickerchen? Skuggi, nicht jetzt! Oder sollte ich besser Trufla sagen?«

»Schon gut, schon gut. Wir werden über die Sache reden. Bevor Bjarnadrs Wut verraucht ist, können wir ohnehin nichts anderes tun.«

Agnarr ging Bjarnadr den Rest des Tages über aus dem Weg, doch selbst am folgenden Mittag hatte sich der Meistari noch nicht abgeregt. Der Junge lugte hinunter und spitzte die Ohren, doch immer noch drangen zu viel schwarze Rauchwölkchen und gebrüllte Flüche aus der Großen Halle zu ihm hinauf, und auch die lauten Klapse und darauffolgenden gellenden Schreie der Lehrlinge verhießen nichts Gutes. Also übte Agnarr sich ein wenig an Sprüchen, die er bereits kannte, und Skuggi half ihm bei einigen neuen, das Ganze fehlerlos. Skuggi hockte sich neben ihn und ergänzte die fehlenden Worte, wenn sein Gedächtnis ihn im Stich ließ. Jede Form von Abkürzung oder Doppelung des Rituals untersagte er ihm streng.

»Beschäftige dich zuerst mit dem Basiswissen«, ermahnte Skuggi ihn, »dann weißt du genau, wann du kreative Querwege einschlagen kannst. Beim Beschwören von Elementaren bist du entsetzlich schlampig, da mußt du dich auf alle Fälle verbessern. Schließlich sind Elementarwesen die wertvollsten Verbündeten eines Zauberers. Ich werde dir Skotvopn vorstellen, ein reizendes kleines Elementar, das nach einem Magierpatron sucht. Es ist genauso jung und unerfahren wie du, aber sehr eifrig. Diese angemoosten alten Elementare, die Bjarnadr immer benutzt, sind so oft von unzähligen Magiern beschworen worden, daß sie darüber ein wenig verärgert sind.«

Am folgenden Tag hatte sich Bjarnadrs Stimmung wieder normalisiert, so daß Agnarr, der vor Erwartung platzte, es wagte, sich unauffällig in die Halle zu schleichen. Lässig und mit Skuggis Unterstützung gelang es ihm, Skotvopn zu beschwören. Es war ein klar und hell brennendes Elementar, ganz im Gegensatz zu den schmutzigroten Feuerbällen, die

Bjarnadr zu bemühen pflegte, und Skotvopn ließ sich überdies bereitwillig in jede Form verwandeln, die Agnarr wünschte, von großen, blitzähnlichen Pfeilen bis zu einem feinen Feuerregen. Als Agnarr sein begrenztes Spruchrepertoire durchexerziert hatte, kehrte Skotvopn zuvorkommend zu der Kohlenpfanne zurück, über der er als schillernde Flammensäule hockte, bis Agnarr ihn wieder auf seine Ebene zurückschickte. Es gab keine heimtückischen Explosionen, keine Gegenangriffe, keine abschwenkenden Feuerpfeile, die Löcher in Bjarnadrs kostbare Roben oder gar seinen Bart brannten. Agnarr konnte die Regung, vor Freude und Stolz auf und ab zu hüpfen, mit Mühe unterdrücken. Statt dessen nahm er eine bescheidene Haltung an, obwohl die anderen Lehrlinge ihn ehrfürchtig begafften und Bjarnadr vergnügt vor sich hin gluckste und sich zufrieden die Hände rieb. Hrifas Gesicht glich einer enttäuschten Gewitterwolke und zeigte, daß er bereits seinen unvermeidlichen Sturz auf den demütigenden zweiten Platz hinter Agnarr ahnte.

Agnarr sonnte sich in Bjarnadrs Lob und schwelgte in den zusätzlichen Tips, die sein Meister ihm angedeihen ließ. Er fragte sich, warum er so lange darauf verzichtet hatte, die Freuden eines Lieblingsschülers zu kosten. Seine derzeitige Befriedigung war jeder Genugtuung, die ein schlechter Zauberscherz ihm einbringen konnte, meilenweit überlegen.

Eines Abend, als er aufgrund seiner herausragenden Leistung früher freibekommen und sich in seinen Turm zurückgezogen hatte, um weitere fortgeschrittene Zaubersprüche aus Skuggi herauszuschmeicheln, vernahmen die guten Ohren des Katers die Geräusche von Karrenrädern und Hufen, die sich Bjarnadrshol näherten. Er hüpfte auf das Fensterbrett, um die Nachtluft zu riechen, und plötzlich richteten sich seine Haare von den Ohren bis zur Schwanzspitze auf.

»Folge mir, rasch!« zischte Skuggi, dessen Augen mit einemmal Funken sprühten. »Schwöre, daß du genau das tun wirst, was ich dir sage!«

Mittlerweile hatte Agnarr gelernt, Skuggis Anweisungen

nicht in Frage zu stellen. »Ich schwöre es«, murmelte er und fragte sich, wer in dieser Beziehung zwischen Lehrling und Vertrautem tatsächlich der Boß war.

Unbeobachtet schlichen sie sich in die Halle, während Bjarnadr seinen Gast willkommen hieß, den hochwohllöblichen Zauberer Godvildr, der der Schule mehrmals pro Jahr seinen Besuch abstattete. Er war nicht nur berühmt und mächtig, sondern auch noch freundlich zu niederen Zauberchargen wie Lehrlingen, indem er jeden von ihnen mit Namen anredete und ihnen ein schmackhaftes Gastgeschenk mitbrachte. Agnarr stellte sich am Schluß der Willkommensparade auf. Der Mund wurde im wäßrig. Sonst bekamen sie nie Kuchen, und diese hier waren mit Früchten gefüllt und quollen über von süßem Saft. Als er seinen Anteil erhalten hatte, schlängelte sich Skuggi um seine Waden und miaute, als bettele er, doch für Agnarr war es unmißverständlich deutlich, was er ihm sagte.

»Wirf es ihm ins Gesicht! Wenn du auch nur einen Krümel davon ißt, wirst du die nächsten beiden Tage schlafen!«

Agnarr verabscheute sich selbst für das, was er tat, aber folgsam warf er dem großzügigen Godvildr den Kuchen ins Gesicht. Die ganze Halle hielt vor Entsetzen den Atem an. Bjarnadr blickte äußert ungnädig drein, und eine kleine Rauchsäule wand sich aus seinen Ohren hervor.

»Das ist unser Agnarr«, entschuldigte er sich steif. »Er durchläuft gerade eine schwierige Phase. Ich fürchte nur, daß es noch schlimmer für ihn werden wird.« Bedeutungsvoll zog er eine Augenbraue in die Höhe.

»Ich weiß nicht, was über mich gekommen ist«, entschuldigte sich Agnarr ohne großen Elan. »Manchmal ist meine Macht einfach zu groß, und ich kann sie nicht mehr kontrollieren.«

Godvildr schaute Agnarr milde lächelnd an und strich sich die Krümel vom Kinn. »Das macht doch nichts«, sagte er gutmütig. »Ich war auch einmal jung. Manchmal zieht man Unheil geradezu an.«

Beim Essen kletterte Skuggi auf Agnarrs Schoß unter den

Tisch, eine Position, die es ihm wie üblich erlaubte, sich seine Beute vom Teller zu angeln.

»Skuggi!« flüsterte Agnarr. »Du ruinierst mit diesen bösen Streichen mein ganzes Leben! Laß mich nicht noch mal solchen Unfug machen!«

»Still!« zischte Skuggi. »Jetzt wird es interessant. Tu einfach, was ich dir sage, und nichts wird schiefgehen. Du hast es geschworen!«

»Ich muß verrückt gewesen sein«, brummte Agnarr. »Warum muß ich den guten alten Godvildr mißbrauchen?«

»Agnarr!« zischte Skuggi, als der Metkrug aus der Küche gebracht wurde. »Laß Bjarnadr nicht davon trinken, er ist vergiftet!«

Ein gutgezielter Bewegungszauber fegte den Becher aus Bjarnadrs Hand und schüttete den Inhalt über seine Robe aus. Bjarnadr fixierte Agnarr böse und bewegte die Lippen, doch Skuggi legte diesem hastig die Worte in den Mund, die den Spruch, was immer er bewirken mochte, abwendeten. Die magische Energie wurde in Godvildrs Truthahn abgelenkt, aus dem hohe Flammen schlugen, bevor er zu Asche verkohlte.

»Ein begnadeter junger Mann, dein Agnarr«, bemerkte Godvildr mit einem toleranten Kichern und machte sich daran, seinen Tischnachbarn einen neuen Becher Met einzugießen.

Skuggi flüsterte, Agnarr redete, und alles, was aus dem Krug floß, war Sand. Drückende Stille legte sich über den Raum; aller Augen waren auf Agnarr gerichtet, die der Lehrlinge in schreckensstarrer Bewunderung, die von Bjarnadr mit unverhüllter Wut. Godvildr lächelte nur traurig und schüttelte seinen Kopf. »Er muß sich irgendwie von diesen Anwandlungen befreien«, riet er. Man rief nach einem weiteren Krug, und diesmal schien Skuggi keine Einwände zu haben, daß er ausgeschenkt und getrunken wurde.

Wie Skuggi vorausgesagt hatte, fielen die anderen Lehrlinge, sobald sie ihre süßen Küchlein zum Nachtisch gegessen hatten, in tiefen Schlaf, so daß nur noch Agnarr mit Skuggi und die beiden Zauberer um den Tisch saßen. Sie machten es sich am

Feuer gemütlich, um ein Pfeifchen zu schmauchen. Godvildr lehnte seinen Stab gegen die Wand, der über und über mit eingekerbten Runen bedeckt war und oben in einem dunklen Rubinknopf endete.

»Ab ins Bett mit dir, Agnarr«, befahl Bjarnadr. »Und nimm auf alle Fälle dieses bösartige Katzenvieh mit dir. Ich werde mich morgen mit euch beiden beschäftigen.«

»Ich glaube, ich werde noch ein wenig bleiben«, erklärte Agnarr lässig und ließ sich auf einem Stuhl gegenüber von Godvildr nieder. Skuggi setzte sich wachsam auf die Hinterpfoten, beide Zauberer im Blickfeld.

»Laß den Jungen doch bleiben«, bemerkte Godvildr belustigt. »Ich mag seine Einstellung. Vielleicht hast du einen dir Ebenbürtigen gefunden, Bjarnadr.«

»Das kann ich alles noch in die rechten Bahnen lenken«, brummte Bjarnadr, krempelte die Ärmel zurück und löste die lange Pfeife aus dem Futteral, das er am Gürtel befestigt hatte. »Morgen, mit einer Haselgerte.«

»Das ist ein schöner Kater«, fuhr Godvildr fort und bot Bjarnadr Tabak aus seiner Dose an. »Einst besaß auch ich eine ganz ähnliche Katze. Er war ein ergötzlicher Gefährte, doch ich fürchte, daß es ein schlimmes Ende mit ihm nehmen wird. Das ist wohl so Katzenart, wie es mir scheint. Versuch mal dieses Kraut, Bjarnadr, es ist das Beste, das du je probiert hast.«

Skuggi schnurrte laut und rieb sein Kinn an Agnarrs zusammengeballten Fäusten. »Die Pfeife«, säuselte er. »Vernichte sie.«

Gefügig setzte Agnarr die Pfeife in Brand, bevor Bjarnadr einen Zug nehmen konnte, nicht ohne jedoch das Gesicht des Magiers zu schwärzen und seine Gewänder mit glühenden kleinen Kohlen und zersprungenen Tonstücken zu verunzieren.

Bjarnadr sprang mit einem Wutschrei auf und entfernte hastig die Überbleibsel seiner geliebten Pfeife, Agnarr wußte, daß es ihm nun ans Leder ging. Er machte sich daran, um sein Leben zu laufen, doch Skuggi stellt ihm ein Bein, so daß er stolperte und zu Boden fiel.

»Gut gemacht, Kater!« Bjarnadr packte Agnarr am Kragen

und schüttelte ihn, während Skuggi heulte. »Nun hab' ich dich, Agnarr! Schluß jetzt mit deinen lächerlichen Possen!«

»Jetzt, Agnarr!« rief Skuggi und schnellte empor, um Godvildrs Stab gerade in dem Augenblick, als dieser danach griff, aus der Reichweite des Zauberers zu treten. Eine laute Sturmbö aus heiterem Himmel enthüllte alles, was Agnarr wissen mußte, und ließ ihn vor Schreck nach Luft schnappen.

Agnarr wirbelte herum, um Godvildr von Angesicht zu Angesicht gegenüberzutreten, und sprach mit machtvoller Stimme aus ungeahnten Tiefen: »Fara af stad, birtu! Ich weiß, daß dein Name Mord Leichenfresser ist! Und nun befehle ich dir, deine wahre Gestalt zu offenbaren!«

Godvildrs mildes Lächeln zerbarst in eine böswillige Grimasse. Mit einer Rauchwolke und einem Schwall eiskalter Luft zerschmolz die Erscheinung von Godvildr und enthüllte Mord Leichenfresser, in schwarze Fetzen gekleidet, über und über mit den Amuletten und Fetischen der Totenbeschwörer bedeckt. Er zuckte zurück und schlug auf einen Schwarm unsichtbarer Kraftpfeile ein, die Agnarrs Worte freigesetzt hatten. Ohne sein Auge von Bjarnadr und Agnarr zu lassen, versuchte er, seinen Stab wiederzufinden.

»Verflucht sei diese Katze!« spuckte er und griff wild nach seinem Stab, auf den sich jedoch wiederum Skuggi stürzte, um ihn fortzuschieben. »Zur Hölle mit dir, Bjarnadr!«

»Gott kvold, Dreckfresser!« brüllte Agnarr, und mit einem gräßlichen Schrei ging Mord in Flammen auf. Auch Bjarnadr stieß, etwas verspätet, Zauberworte hervor, hob seinen Stab und attackierte Mord mit einer Kraft, die ihn gegen die Wand preßte. Dort zappelte er herum, schrumpfte zusammen und verdorrte, schmolz zu einem schwarzen Blutpfuhl zusammen. Sein Umhang, der Stab und die Amulette, von denen eins sich als Agnarrs Haarlocke entpuppte, blieben unversehrt. Bjarnadr hob die magischen Gegenstände vorsichtig mit dem Ende seines Stabs hoch und expedierte sie ins Feuer, wo sie wild knisternd verbrannten.

»Gut, das ist also das traurige Ende deiner Haarlocke«, fuhr er Agnarr barsch an, als die Arbeit beendet war. »Bis es beinahe zu spät war, dachte ich, es sei nur einer von deinen üblichen schlechten Scherzen. Du hast mich davon bewahrt, ein neues Exemplar in Mords Trophäensammlung zu werden. Oder war auch das wieder nur ein unheilvoller Zufall?«

Agnarr zuckte mit den Schultern. Seine Kehle war immer noch wie ausgedörrt, vor allem, wenn er sich die Lache ansah, die einmal Mord Leichenfresser gewesen war. Skuggi hockte sich mit Beschützermiene zu Agnarrs Füßen nieder, auch wenn die Schwere seiner Lider anzeigte, daß er einem Nickerchen nicht abgeneigt war. »Skuggi hat es mir offenbart. Er ist derjenige, der Euch gerettet hat. Mord hat ihn hergeschickt, um Euch zu verderben, aber ich habe seinen Geheimen Namen herausgefunden und mich zu seinen Meister aufgeschwungen. In etwa jedenfalls.«

Bjarnadr blinzelte und schneuzte sich, und ein Lächeln bahnte sich seinen Weg durch den Ruß. Kameradschaftlich legte er die Hand auf Agnarrs Schultern und drückte sie freundlich. »Nun, schon möglich. Wenn du mir versicherst, er sei dein Vertrauter, werde ich dir wohl glauben müssen. Ich bin überrascht, daß du seinen Blendzauber durchschauen konntest und ich nicht. Aber von Anfang an wußte ich, daß ich noch mal einen Zauberer aus dir machen würde — mit ein wenig Mühe und Geduld. Ich habe keinen Augenblick an dir gezweifelt, mein Junge, Nun, vielleicht ein- oder auch zweimal. Ich denke, es ist an der Zeit, daß du nun zu interessanteren Sprüchen übergehst und eigene Räumlichkeiten bekommst, getrennt von dieser Horde von hohlköpfigen Laffen. Ich spiele mit dem Gedanken, mir demnächst einen Assistenten zu nehmen, einen begabten jungen Mann mit einem außergewöhnlichen magischen Talent. Aber unter einer Bedingung — keine mysteriösen Unfälle mehr.«

Agnarr blinzelte zu Skuggi herunter, der zurückblinzelte und fragte: »Und uns unseren Spaß verderben?«

Agnarr warf ihm einen strengen Blick zu und antwortete bestimmt: »Natürlich, ich beherrsche meine Fähigkeiten nun.

Keine Unfälle mehr, Meistari. Ihr habt doch nichts gegen Skuggi einzuwenden, oder?«

»Natürlich nicht, mein Junge! Dein Kater ist willkommen!« erklärte Bjarnadr und beugte sich nieder, um Skuggis Rücken herzhaft zu klopfen, als sei der Kater ein Hund. Der gutgemeinten, aber unpassenden Geste folgt ein stürmischer Niesanfall. »Vielleicht kann er ja die Mäuseplage in der Spülküche beseitigen helfen. Komm mit, wir müssen jetzt, wo du vom Lehrling zum Assistenten aufgestiegen bist, einmal ein ernsthaftes Gespräch führen.«

Agnarr fand sich also in der beneidenswerten Position eines Assistenten wieder. In dieser Eigenschaft oblag es ihm, die niederen Dienste in der Schule zu überwachen — von denen er hinfort freigestellt war —, Eignungstests zu entwickeln, nachlässigen Lehrlingen Kopfnüsse zu erteilen, bei den Mahlzeiten zur Rechten des Meistari zu sitzen und was der angenehmen Pflichten mehr war. Seine Fähigkeiten stellten die von Hrifa in den Schatten, dessen Leben von nun an aus Enttäuschung und nagendem Neid bestand.

Skuggi trug ihm nie wieder auf, Godvildr Torten ins Gesicht zu schmeißen, und die Punkte und Striche seines Fells rückten noch weiter auseinander, wodurch die Runenschrift auf seinen Bauch schließlich völlig unleserlich wurde.

Ins Deutsche übertragen von Susanne Tschirner
Originaltitel: Borrowing Trouble
Copyright © 1989 by Elizabeth H. Boyer

BLAKE CAHOON

Der Tag
der Entdeckung

Es gibt eine Theorie, die besagt, daß Katzen tatsächlich Außerirdische aus fernen Galaxien sind.

Lyssa Tyler war sich nicht sicher, ob diese Theorie zutraf oder nicht, die Art jedoch, wie die langhaarige schwarze Katze sie von der anderen Seite des Raumes aus ansah, sagte ihr, daß diese Katze ein zu Empfindungen fähiges Wesen war.

»David, siehst du die Katze dort drüben? Sie starrt mich die ganze Zeit an.«

David Eisner riß den Blick von der attraktiven Studentin los, deren rotes Cocktailkleid nur das Nötigste bedeckte, um seine Aufmerksamkeit den Belangen seiner Professorin zuzuwenden. »Eine Katze?« Er schob seine Brille ein Stück höher und sah zur anderen Seite des Raumes hin. »Welche Katze?« Er runzelte die Stirn, was ihn mit seinen ohnehin an einen Habicht erinnernden Zügen noch mehr wie einen Vogel aussehen ließ. »Lyssa, du benimmst dich wieder paranoid«, tadelte er sie. Er sah auf ihre Hand hinunter, die ein leeres Martiniglas hielt. »Du willst sicher noch etwas trinken. Ich werde dir noch einen Martini holen.«

Ohne ein Wort ließ sie zu, daß er ihr Glas aus der Hand nahm. Während er dann auf der Suche nach neuen Erfrischungen in der Menge verschwand, ging sie in die entgegengesetzte Richtung, auf die Katze zu.

Sie war nur zwei Schritte weit gekommen, als Professor Drake regelrecht in sie hineinlief.

»Oh, meine Liebe, Sie müssen vorsichtiger sein«, rügte der alte Mann sie. Er hielt inne und sah sich mit traurigen Augen in dem Saal um. »Diese ganze Sache ist ja so tragisch. Dr. Belson war ein guter Mann. Seine Theorie des Molekulartransfers war brillant, wenn auch ein bißchen weit hergeholt. Gedenken Sie, seine Arbeit fortzuführen?«

Die Katze war verschwunden, und Lyssa konzentrierte sich vorerst ganz auf Drakes Gerede. Sie richtete sich zu ihrer vollen Größe von knapp ein Meter sechzig auf und straffte die Schultern, so daß sie für den Moment nicht auf gleicher Höhe mit Dr. Drake war, sondern aus einigen Zentimetern höher aus wütenden blauen Augen auf ihn hinabschauen konnte. »Zuerst einmal, Dr. Drake, stammt die Theorie des Molekulartransfers nicht von Ted Belson. Es war meine«, erwiderte sie heftig. »Und sie ist auch nicht weitergeholt. Einstein hat bewiesen, daß es andere Dimensionen gibt, die wir erforschen müßten, wenn wir eine Ahnung hätten, wie. Und die Frage, ob Belson ein ›guter Mann‹ war, ist an anderer Stelle noch nicht entschieden.« Sie erhaschte einen Blick auf ein flammendrotes Kleid, genau der Ton, in dem ihre Wangen leuchteten. »Sehen Sie diese Julie Anderson? Um Himmels willen, das hier ist die Gedenkfeier für einen Toten, nicht irgendeine dumme Cocktailparty der Fakultät!«

Drake schien von Lyssas Ausbruch befremdet, und David, der mit zwei Drinks in den Händen zurück war, beeilte sich, als Retter einzuschreiten. »Entschuldigen Sie bitte, Dr. Drake, Sie müssen Dr. Tyler vergeben. Sie hat eine Menge durchgemacht, Dr. Belsons Unfall und all das, Sie wissen schon. Hier, nehmen Sie einen Martini.« Er drückte dem kleineren Mann beide Gläser in die Hände und nahm Lyssas Arm. »Kommen Sie, Dr. Tyler, Sie haben immer noch eine Menge Arbeit mit dem Projekt.« Er warf Drake ein entschuldigendes Lächeln zu und bugsierte seine rotgesichtige, sich windende Professorin zur Tür hinaus.

Das helle Lachen von Julie Anderson in ihrem billigen Kleid klingelte Lyssa noch in ihren Ohren, als David den Wagen durch den Regen steuerte.

»Ich nehme an, du hast auch mit ihr geschlafen«, sagte sie anklagend und brach damit das Schweigen. »Mir ist nicht entgangen, wie du sie auf der Party angesehen hast — ich meine, auf der Totengedenkfeier.« Sie lachte laut auf. »Ha! Was für eine tolle Gedenkfeier! Sie haben Ted gehaßt. Weil sie neidisch waren. Weil er brillant war! Sie alle haben ihn gehaßt! Jeder einzelne von ihnen... außer Julie.«

»Und außer dir.«

Lyssa warf einen Blick zu dem jungen Mann hinüber, der attraktiv wäre, wenn er sich das blonde Haar schneiden lassen und auf Kontaktlinsen umsteigen würde, statt eine Brille mit eigentümlich getönten Gläsern zu tragen. »Ted und ich, das ist Geschichte. Ich meine, das war Geschichte. Und zwar, seit er mir meine Theorie gestohlen hat.« Sie schwieg eine Weile und starrte nach vorn durch die Windschutzscheibe, von der die Scheibenwischer unermüdlich den Regen wegfegten. Hohe Nadelbäume säumten das verlassen daliegende Band der Ausfallstraße. »Die Polizei glaubt, ich hätte etwas mit dem Unfall zu tun.« Ihre Stimme schien von weit her zu kommen, als sie weitersprach. »Der Wagen geriet außer Kontrolle... das Kliff... die Bremsleitungen...«

»Sie haben keine Beweise für diesen lächerlichen Verdacht«, sagte David.

»Nein«, stimmte sie zu. »Trotzdem, fürchte ich, macht es sich nicht eben gut, daß ich den hochgelobten Physikprofessor Theodore W. Belson öffentlich beschuldige, meine Theorie gestohlen zu haben, und er drei Tage später über ein Kliff und geradewegs in den Tod schießt.« David warf ihr einen Blick zu uns sah, daß sie lächelte. »Weißt du, wofür das W stand?«

»Nein, wofür?«

»Willard, genau wie in dem Film mit der Ratte. Das ist es auch, was Ted war: eine Ratte.«

»Der Mann in dem Film hieß Willard, nicht die Ratte.«

Immer noch lächelnd, wandte sie sich ihm zu. David wußte, daß es das Lächeln von jemandem war, der zuviel getrunken hatte. Er hätte es besser wissen müssen, als ihr auch noch einen vierten Martini zu holen. »Weißt du das sicher?«

»So sicher, wie ich weiß, daß du Ted nicht umgebracht hast. Du hast ihn immer noch geliebt.«

Das Lächeln verblaßte, und Lyssa, die sich unter Davids Blick unbehaglich fühlte, sah wieder nach vorn auf die Straße. Plötzlich zeichnete sich auf ihrem Gesicht Entsetzen ab, und sie deutete nach vorn und schrie: »Vorsicht, da!«

David wandte den Kopf und sah irgend etwa Schwarzes vor dem Wagen herschießen. Er trat auf die Bremse, und das Auto schlitterte über die gefährlich nasse Fahrbahn, um dann mit quietschenden Reifen zum Stehen zu kommen.

»Hast du sie erwischt?« Lyssa löste bereits den Sicherheitsgurt, schlagartig ernüchtert durch den Adrenalinstoß, der durch ihren Körper jagte.

»Nein, ich glaube nicht. Wo gehst du hin?«

»Nachsehen, ob sie in Ordnung ist.« Sie stieß die Tür auf, sprang in den Regen hinaus und suchte die Fahrbahn und die Büsche in der Nähe ab.

»Lyssa, du wirst ganz naß!« schrie David ihr nach, als auch er ausstieg. »Was zum Teufel war das überhaupt?«

»Ich glaube, eine Katze!« schrie Lyssa zurück, als sie die Böschung hinunterkletterte und im nassen Gras ausrutschte.

»Eine Katze?« wiederholte David. Er erinnerte sich an etwas, das Lyssa auf der Gedenkfeier gesagt hatte. »David, diese Katze starrt mich an.« Und hatte sie nicht auch auf der Beerdigung eine ähnliche Bemerkung gemacht? »David, siehst du diese schwarze Katze drüben bei dem Grabstein? Sie sitzt da einfach so bei diesem Regen und starrt ... starrt mich an.«

»Lyssa«, rief er ihr nach, als sie im Wald verschwand. »Sie ist inzwischen vielleicht längst weg.«

Er runzelte die Stirn und überlegte, ob er Lyssa folgen sollte.

Ted hatte eine Katze gehabt — eine schwarze Katze, die Einstein hieß. Sie war an dem Tag verschwunden, als Ted umgekommen war.

»Lyssa!« rief er noch einmal, ohne Erfolg. Er stieg wieder ins Auto und fuhr den Wagen an den Straßenrand, dann machte er sich auf die Sache nach Lyssa. Er brauchte nicht weit zu gehen; Lyssa kam bereits zurück, eine nasse, ängstliche schwarze Katze in den Händen.

Sie lächelte ihn strahlend an. »Sieh nur, wen ich gefunden habe — Einstein!«

David schien nicht überzeugt zu sein. »Es ist eine schwarze Langhaarkatze, sicher, aber ob das Einstein ist? Wir sind Meilen vom Campus entfernt.«

Die Katze zitterte, ihr schmutziges Fell ruinierte Lyssas Kleid, doch die schien das gar nicht zu bemerken. »Ich weiß einfach, daß er es ist.« Sie schritt zum Wagen zurück. »Komm, laß uns fahren. Einstein braucht ein gutes Fressen und ein Bad.«

David folgte ihr kopfschüttelnd und brachte den Wagen wenig später auf die Straße zurück. Lyssa wachte über die Katze wie eine Glucke über ihr Küken.

Aus den Augenwinkeln beobachtete David sie. »Dieser Kater ist vollkommen verdreckt. Er verdirbt dir all deine Sachen.«

Lyssa tat, als hätte sie ihn nicht gehört, und fuhr fort, die Katze zu streicheln, die laut und deutlich zu schnurren begann. Das Geräusch mischte sich mit dem Surren der Scheibenwischer und dem sanften Trommeln der Regentropfen auf das Autodach.

Tannen schwirrten an den Fenstern vorbei, Lyssa lehnte für einen Moment den Kopf zurück und schloß die Augen.

»Bist du in Ordnung?« David wußte, daß sich jetzt möglicherweise die Folgen des Zusammenwirkens von Alkohol und Adrenalin bemerkbar machten.

Sie öffneten die Augen und hob den Kopf, als die auf die draußen schnell vorbeiziehenden Bäume hinaussah. »Wer war es eigentlich, der gesagt hat: Wenn im Wald ein Baum umstürzt und niemand in der Nähe ist, um ihn fallen zu hören, stürzt er dann lautlos?«

»Sokrates?« David zuckte die Achseln. »Ich weiß es aber nicht. Philosophie war nie meine Stärke.«

»Wohin verschwinden all die Socken, die im Trockner verlorengehen?« Lyssa betrachtete immer noch die Bäume. »Und hast du schon einmal gesehen, wie eine Katze dasitzt und einfach vor sich hinstarrt, Stunde um Stunde? Als ob sie etwas wüßte, von dem wir keine Ahnung haben.«

»Ah! ›Katzen sind ein Volk geheimnisvoller Wesen.‹ Nun, das hat Sir Walter Scott gesagt. Wenigstens weiß ich das.«

»Es ist ihre Pflicht, alles zu sehen, alles zu hören««, sagte Lyssa. »Ein altes Sprichwort aus dem Mittelalter.« Sie streichelte Einstein. »Stimmt das nicht, mein Junge?«

Sie bogen gerade auf das Campusgelände ein, als David

sagte: »Du weißt, daß diese Katze Ted nicht zurückbringen wird?«

»Wenn diese Katze sprechen könnte, könnte sie uns sicher sagen, wer Ted umgebracht hat.«

»Ich denke immer noch, daß es nicht Einstein sein kann.«

»Schau mal, ich weiß, daß du die Katze bei der Beerdigung gesehen hast und die bei der Gedenkfeier auch. Und jetzt ist diese Katze aufgetaucht. Hast du eine Ahnung, was ich denke?«

»Irrtum — ich habe auf der Gedenkfeier keine Katze gesehen, nur bei der Beerdigung. Und wenn die Katzen auch alle schwarz waren, das hier ist nicht Einstein.«

»Woher weißt du, daß er es nicht ist? Ich kannte Einstein, du nicht. Außerdem magst du keine Katzen.«

»Ich mag Katzen wohl. Ich mag alle Tiere. Ich finde nur, daß Katzen...«

»...geheimnisvolle Kreaturen der Nacht sind?« Lyssa lächelte. »Das ist Einstein!«

»Versuchst du mir zu sagen, daß es sich bei all diesen Katzen um ein und dasselbe Tier gehandelt hat? Daß es immer Einstein gewesen ist? Wie soll er denn von einem Ort an den anderen gekommen sein?«

»Vielleicht hat er sich meine Theorie des Molekulartransfers zunutze gemacht«, erwiderte sie immer noch lächelnd.

Davids Blick wurde unwiderstehlich von der Katze angezogen, die aus glänzenden Augen zu ihm aufblickte. Das gleiche Lächeln, das auf Lyssas Gesicht lag, lag auf den Zügen des Tieres. »Sie schreiben diese Theorie immer noch Belson zu.«

»Nicht mehr lange«, entgegnete Lyssa, während David den Wagen auf den Labortrakt zusteuerte. Sie stieg eilig aus und schritt auf das Gebäude zu.

»Lyssa, warum machst du das? Du solltest zu Hause sein«, redete er eindringlich auf sie ein, als er sie im dritten Stockwerk eingeholt hatte.

»Was sollte ich zu Hause? Trübsal blasen? Um einen Mann trauern, der mich nicht nur sitzengelassen, sondern mir auch noch meine Theorie gestohlen hat?« Lyssa schüttelte den Kopf.

»O nein, das habe ich hinter mir. Jetzt ist es für mich an der Zeit zu handeln. Zu beweisen, daß Ted ein Betrüger war, daß seine Theorie in Wirklichkeit meine war.« Sie schloß die Labortür auf, und Einstein entwand sich ihr und lief in den dunklen Raum, zu dem sich die Tür geräuschvoll öffnete.

Lyssa machte Licht, das ein spartanisch eingerichtetes Labor erhellte, in dem es lange Tische, Reagenzgläser, eine Anordnung elektronischer Geräte und einige Computer gab. Sie durchquerte den Raum und trat hinter eine Reihe von Bücherregalen, vollgestopft mit Ordnern, verschiedenem Papier und einer Unmenge von Büchern. Ein merkwürdiges Modell, das einem Klettergerüst ähnelte, wie man es auf Kinderspielplätzen fand, war auf einem der Tische aufgebaut. Daneben befanden sich elektronische Überwachungsgeräte sowie eine umfangreiche Laserausrüstung. An dem Klettergerüst war eine horizontal verlaufende Stange angebracht, die auf eine Wand deutete, vor der ein durchscheinender Kunststoffschirm aufgezogen war.

Einstein war nirgends zu sehen. David machte sich jedoch keine Sorgen um die Katze, er sorgte sich um Lyssa. Er setzte sich auf einen Stuhl, als sie sich daranmachte, einige der Geräte einzuschalten. Die Stille des Raumes wurde bald von einem stetigen Summton gestört.

Lyssa studierte bereits ihre Aufzeichnungen, sah jedoch lange genug auf, um zu bemerken: »Du könntest dich nützlich machen.«

»Ich bin müde, es war ein langer Tag.«

»Nun, das spielt keine Rolle. Ich muß arbeiten. Ich will arbeiten. Phelps hat uns ein Ultimatum gesetzt, das nächste Woche abläuft. Es gilt, Resultate vorzulegen oder auf das große Geld zu verzichten. Ich bin also gezwungen zu arbeiten.«

David beobachtete, wie sie eifrig Notizen machte, während sie die Geräte kontrollierte. Ein leises Miauen erregte seine Aufmerksamkeit, und dann saß Einstein plötzlich vor seinen Füßen und gab zu verstehen, daß er Zuwendung oder etwas zu fressen wollte. David lächelte kaum merklich und klopfte auf seine Schenkel. Die Katze miaute zustimmend und sprang anmutig auf seinen Schoß, wo sie es sich sofort bequem machte. David strich über das trockene Fell, erstaunt darüber, wie sauber die Katze war und wie laut sie schnurrte. »Nun, Kumpel, ich könnte nicht sagen, ob du Einstein bist oder nicht, aber wie auch immer, willkommen in deinem alten oder neuen Zuhause.« Das Schnurren der Katze wurde noch lauter, als sie große grüne Augen weit genug öffnete, um den Menschen wohlwollend anzusehen, sie dann wieder schloß, ein Lächeln auf den Lippen.

»Dr. Tyler, Sie haben nicht nur zweimal gegen die von der Polizei verhängten Bestimmungen, was diesen Fall angeht, verstoßen, Sie haben auch mein Verbot mißachtet, sich weiter mit dieser Sache zu befassen«, tadelte Dr. Perry Phelps, der Direktor des Fachbereichs, sie scharf. Kein Wunder, daß jeder an der Fakultät ihn hinter seinem Rücken ›Schaumschläger‹ nannte.

»Dr. Phelps, Sie wissen, daß ich es war, die dieses Projekt gestartet hat, nicht Ted. Er hat es mir gestohlen und ...«

»Junge Dame, wir haben das schon tausendmal durchgekaut. Tatsächlich interessiert es mich nicht, wessen Theorie es ursprünglich war, da diese Frage jetzt ohnehin rein akademisch ist. Das Projekt ist tot. Es ist an dem Tag gestorben, als Ted umgekommen ist.«

»Aber das müßte nicht so sein. Ich bin so nah dran, ich weiß es. Sie müssen mir nur mehr Zeit geben. Sie müssen mich in mein Labor lassen.«

Perry legte seine Hände auf dem Schreibtisch übereinander. Und als sich sein Stirnrunzeln noch vertiefte, wirkte seine für ihn typische Armesündermiene noch überzeugender. »Sehen Sie, Lyssa, ich weiß, daß Sie und Ted einander nahestanden ...«

»O zum Teufel, Perry«, unterbrach Lyssa ihn heftig, jetzt, da die offizielle Rüge erteilt worden war und sie einander wieder beim Vornamen nannten. »Ted und ich, wir waren zwei Jahre lang zusammen, jeder hier weiß das. Vielleicht hätten wir eines

Tages sogar geheiratet, wenn er damit hätte aufhören können, jedem Rock nachzustellen, statt einfach nur seine Arbeit als Tutor zu erledigen. Ja, ich war wütend, als er mir sagte, daß das mit uns vorbei wäre, aber wir haben die letzten drei Jahre an diesem Projekt gearbeitet. Wir sind so nah dran. Wir . . .«

»Falsch, Lyssa. Sie waren so nah dran. Aber jetzt ist Ted nicht mehr da, und . . .«

»Und deshalb wollen Sie das Projekt abblasen? Warum? Weil die Theorie — lassen Sie mich nachdenken, wie hat sich der gute alte Dr. Drake noch ausgedrückt? — weit hergeholt ist? Ich weiß, daß sie weit hergeholt ist, aber, Perry, ich bin so verdammt nah dran. Alles, was ich brauche, ist der Rest der Zeit, die für das Projekt angesetzt war. Nur noch eine Woche, das ist alles. Ich werde in mein Labor zurückgehen und beweisen, daß es da draußen andere Dimensionen gibt.«

Perry betrachtete sie nachdenklich. »Es ist nur so, daß alles so, so . . . verworren ist. Und die Medien spielen die ganze Angelegenheit über Gebühr hoch, das mit dem Mord und allem anderen. Sie haben Ted bei diesem Dinner zum Gespött gemacht, und Ihre Anschuldigungen gegen Julie Anderson . . .«

»Mein Gott, Perry, ich hatte gerade von Teds Tod gehört, und da spazierte sie herein. Ich stand unter Schock.«

»Nun, ich verstehe das, aber . . .« Er wand sich auf seinem Stuhl.

»Bitte, Perry, nur noch eine Woche. Das ist alles, was ich verlange.«

Perry schien nicht eben glücklich, aber er lenkte ein. »Also gut. Aber wenn Sie in einer Woche, wenn die Zeit rum ist, keine Ergebnisse vorweisen können, dann wird das nicht nur hier Ihr letzter Tag gewesen sein. Dann werde ich dafür sorgen, daß Sie auch nirgendwo anders mehr Forschungsarbeit leisten werden.«

»Eine Woche, das ist alles, was ich verlange«, erwiderte sie nur und wandte sich zum Gehen.

»Es gibt eine These, derzufolge Katzen tatsächlich Wesen aus einer anderen Welt sind.«

»Und wessen These ist das?« fragte David, während er die Daten auf seinem Klemmbrett durchging.

»Meine«, antwortete Lyssa. Sie streichelte den auf dem Tisch sitzenden Einstein sanft, der sich daraufhin auf den Rücken rollte, um den ganzen behaarten Bauch für weitere Liebkosungen auszustrecken. Lyssa kam der Aufforderung nach, und Einsteins Schnurren wetteiferte mit dem Summen der elektronischen Apparate. »›Wenn ich mit einer Katze spiele, wer weiß dann schon, ob nicht ich eher für sie das Schmusetier bin als sie für mich.‹ Montaigne, 1580.«

»Interessante Theorie. Ich könnte sie glatt übernehmen.«

»Aber?«

»Aber ich habe selbst eine interessantere Theorie.«

»Oh, tatsächlich? Und wie lautet die, Mr. Eisner?«

»Nun, Dr. Tyler, sie leitet sich von Ihrer eigenen Theorie ab«, führte David in neckendem Ton weiter aus.

»Dann laß mich deine Theorie schon hören.«

»Ich glaube, Katzen sind wirklich universal-dimensionale Wesen.«

Lyssa lächelte. »Universal-dimensional, ja?« Er nickte, ebenfalls ein Lächeln auf den Lippen. »Du würdest dich ganz bestimmt nicht über meine Theorie lustig machen, daß es andere Dimensionen gibt, oder? Nicht, nachdem wir so lange daran gearbeitet haben, nicht wahr?«

»Nein, ganz und gar nicht, meine geschätzte Lehrmeisterin. Ich glaube wirklich, daß deine These meine beweisen wird.«

Lyssa musterte ihn für eine Weile, und seine Augen lächelten sie so an wie die Einsteins, wenn er zu ihr aufsah, während im stillen Katzengeheimnisse durch sein Katzenhirn schwirrten. »Und ich habe die ganze Zeit über gedacht, du würdest Katzen nicht mögen.«

David lächelte sie nur an, und Einstein schnurrte unter ihrer sanften Hand noch lauter.

»Zwei Tage noch, dann ist dieses Projekt beendet«, warnte Phelps, als er im Labor vorbeischaute.

»Zwei Tage sind alles, was ich brauche«, erwiderte Lyssa, den Blick auf ihre Unterlagen gerichtet, ohne es für nötig zu halten, ihm mehr Aufmerksamkeit zu schenken.

Phelps sah sich um, und sein Blick fiel auf mehrere Hamburger, die sich, kalt geworden, in ihren Pappschachteln in einem Papierkorb ganz in der Nähe stapelten. In einer Ecke schaute David Eisner, dessen Gesicht Bartstoppeln zierten, mit trüben Augen von seinem Computerbild auf. Neben ihm saß eine große schwarze Katze. Sie blickte in Phelps' Richtung und gähnte.

»Was macht das Tier hier? Es verstößt gegen die Vorschriften . . .«

»Die Katze hat Ted gehört«, sagte David, als würde das als Erklärung genügen. Lyssa unterbrach ihre Arbeit, offenbar bereit, für die Anwesenheit der Katze einzutreten, aber Davids Äußerung schien Phelps bereits befriedigt zu haben.

»Oh, nun dann . . .« Er sah sich vorsichtig um und bemerkte, daß die Katze ihn plötzlich anstarrte, einen verächtlichen Ausdruck in den großen grünen Augen. Phelps beschloß zu gehen.

»Guter Junge«, lobte David die Katze. Einstein sah zu ihm auf, als wolle er sagen: »Was sonst.« Dann versank er wieder in seinen eigenen Gedanken.

»Nun, wenn unsere Berechnungen stimmen und wenn wir die nötigen Berichtigungen korrekt auf den Versuchsaufbau übertragen haben, dann . . .«

»Wenn wir dann den Schalter der Laserkanone betätigen und der Versuchsaufbau stimmt, sollte es uns gelingen . . .« Nicht einmal David wagte es, die Worte auszusprechen.

»Dann sollte es uns gelingen, die Tür zu einer neuen Dimension zu öffnen«, führte Lyssa den Satz für sie beide zu Ende. »Bleibt nur die Frage, zu welcher Dimension? Welche Art von

Bresche schlagen wir? Was werden wir finden?« Ihre Augen glühten so erwartungsvoll wie die von Einstein, als sie über den Deckel ihres Milchshakebechers hinwegsah. Sie saugte kurz an dem Strohhalm, dann wurden ihre Züge weicher. »Du weißt, David, daß wenn es dich nicht gegeben hätte, du nicht all die Arbeit in das Projekt gesteckt hättest und nicht da weitergemacht hättest, wo Ted aufgehört hat... nun, ich weiß nicht, wie ich es dir sagen soll... Ich danke dir.«

David, der den letzten Hamburger an Einstein verfütterte, sah auf. »Du weißt, daß ich an dich glaube, Lyssa. Das habe ich immer getan, und deshalb wollte ich mit dir arbeiten. Ich habe ausdrücklich darum gebeten, dir zugeteilt zu werden.«

»Hast du das?« Sie lächelte. »Davon hatte ich keine Ahnung.« Sie betrachtete sein Gesicht und entschied, daß ihr sein Bart gefiel. Er schien zu David zu passen.

»Wahrscheinlich deshalb nicht, weil wir nie wirklich miteinander geredet haben, wie wir es tun, seit... seit Dr. Belsons... Ableben.«

Lyssa wischte die Kondenswasserperlen außen von ihrem Pappbecher und fuhr sich mit der Zunge über die Lippen. »Ich denke, ich war da ziemlich in etwas verstrickt, das ...«

»Ja, ich weiß.« Er stieß einen Seufzer aus. »Die Polizei ist bei der Suche nach dem Mörder auch immer noch keinen Schritt weiter.«

»Lieutenant McDonald hat gestern wieder angerufen, um mir zu sagen, daß ich die Stadt nicht verlassen darf. Falls der Versuchsaufbau nicht funktioniert und sich das Projekt als Flop erweist, werde ich nach dem morgigen Tag die Zielscheibe des Gespötts aller auf dem Campus sein. Dr. Phelps hat mir mitgeteilt, daß ich dann abgeschrieben bin. Hier und auch überall sonst.«

»Mach dir keine Sorgen. Die Anlage wird funktionieren«, meinte er zuversichtlich. Zu ihren Füßen war ein lautes Miauen zu hören. »Siehst du, Einstein stimmt mir zu.«

Lyssa lächelte. »Ja, das tut er, nicht wahr?« Sie bückte sich, und Einstein gewährte es ihr gnädig, ihm den Kopf zu kraulen.

»Mir ist aufgefallen, daß ihr, du und Einstein, euch in den letzten Tagen nähergekommen seid.«

»Er hat mir geholfen«, sagte David. »Tatsächlich glaube ich sogar, daß er es war, der mir die letzten Zahlen zugeflüstert hat.«

»Du meinst die Zahlen für die Berechnung unseres Versuchsaufbaus?« fragte Lyssa. »Hat das irgend etwas mit deiner Universal-dimensional-Theorie zu tun?«

»Vielleicht. Du warst es, die mich überhaupt erst auf solche Gedanken gebracht hat. Eine Sache wüßte ich jedenfalls immer noch gern. Wenn diese Katze tatsächlich Teds Einstein ist und wenn es wirklich ein und dasselbe Tier ist, das es aus dem Labor zum Friedhof, zur Totengedenkfeier und dann zu dieser Ausfallstraße geschafft hat, wie ist es dann von einem Ort zum anderen gelangt?«

Sie lächelte. »Vielleicht deine Universal-dimensional-Theorie? Oder meine Molekültransfer-These? Was, glaubst du, hat mich überhaupt auf den Gedanken gebracht, daß so etwas möglich ist? Meine Großmutter hatte eine Katze, die ungelogen in andere Dimensionen verschwunden ist. So bin ich zum Beispiel in ein Schlafzimmer gegangen, in das ich sie hatte laufen sehen, konnte sie darin aber nirgends entdecken. Dann bin ich die Treppe hinuntergegangen, und da war sie dann und putzte ihr Fell vor dem Feuer. Tja, und ich war sicher, daß die Katze nicht an mir vorbei die Treppe hinuntergelaufen ist.«

»Was dich allmählich auf die Idee gebracht hat, daß die Katze vielleicht etwas wußte, wovon wir anderen keine Ahnung haben. Ich habe deine Abhandlung darüber gelesen, erinnerst du dich?«

»Niemand hat sie ernst genommen. Außer Ted. Er war es, der daraufhin zu mir gekommen ist und gesagt hat, er wüßte, wie er an Geld für uns kommen könne, wenn wir meine These beweisen würden.« Sie kraulte Einsteins Bauch. »Natürlich hatte er dann nachher das ganze Geld und ich die ganze Arbeit. Ich war blind, ich war so in ihn verliebt. Er hat einen Narren aus mir gemacht.«

»Vorsicht, die Wände haben Ohren. Man könnte meinen, du hättest den guten Jungen wirklich unter die Erde gebracht.«

Lyssa sah zu ihm auf. »Aber du glaubst das doch nicht, oder?«

»Natürlich nicht.« Er stand vor ihr, und sie erhob sich langsam, seine Hände lagen auf ihren schmalen Schultern. Aus Augen, die grün und sanft waren, sah er sie an. Sie hatte das Gefühl, wie hypnotisiert in die grünen Tiefen zu versinken. Komisch, ihr war nie zuvor aufgefallen, wie grün seine Augen waren. Jetzt, da sein Gesicht sich ihr näherte, ertappte sie sich bei dem Gedanken, wie sehr seine Augen denen einer Katze ähnelten.

Seine Lippen berührten ihre, seine starken Arme hielten sie fest, beschützten sie.

Sie entzog sich ihm, ihre Wangen brannten. Sie wandte sich ab. »Wir . . . wir haben noch eine Menge zu tun.« Ihre Worten waren nicht mehr als ein Flüstern.

»Natürlich«, entgegnete er. Er bückte sich, um die leere Pappschachtel aufzuheben. Einstein saß inzwischen auf dem Computertisch und leckte sich ums Maul. Während er sich dann lautlos putzte, lag ein selbstzufriedener Ausdruck auf seinem Gesicht mit den langen Barthaaren.

Die Berechnungen waren abgeschlossen; alle Elemente des Klettergerüstes waren an ihrem Platz. Die Laserkanone war startklar.

David nahm letzte Justierungen vor. Lyssa setzte eine Schutzbrille auf. Einstein döste in einiger Entfernung auf einem Tisch zwischen einem Computer und einem Mikroskop.

Genau zu dem Zeitpunkt, als Lyssa den Laser einschaltete und die Geräte gleichmäßig zu summen begannen, beschloß die schwarze Langhaarkatze, von ihrem Nickerchen aufzuwachen. Lange Gliedmaßen wurden in die Luft gestreckt, grüne Augen blinzelten, wurden dann beim Anblick des roten Laserstrahls, der über den Gerüstaufbau glitt, weit geöffnet. Die Katze heulte kläglich auf.

Lyssa bemerkte es nicht sofort, sie war zu sehr mit der Überwachung des Versuchs beschäftigt. »Richte den Strahl auf unseren Intersektionspunkt«, wies sie David an, der nickte und die nötigen Einstellungen per Computer vornahm.

»Er ist fast da!« rief er, um das lauter werdende Summen zu übertönen. Der rote Laserstrahl tanzte zwischen den Stangen des Gerüsts, stieg dann langsam höher auf eine kleine Öffnung an der Spitze des kegelförmigen Aufbaus zu. Von dort wurde er auf den Kunststoffschirm geleitet, der zu schimmern begann und plötzlich ein Eigenleben zu entwickeln schien.

Einstein riß die Augen noch weiter auf und heulte erneut, diesmal viel lauter als zuvor. Er sprang vom Tisch und stieß dabei einen Halter mit Reagenzgläsern um, die klirrten und dann zerbrachen.

Der Lärm zog Lyssas Aufmerksamkeit auf sich, und zu ihrem Entsetzen sah sie, wie die Katze auf den Schirm zulief, das Fell stand ihr zu Berge, ihr Gang seltsam wankend.

»Nein, Einstein!« schrie sie, während David gerade die letzten Regulierungen durchführte.

»Lyssa, paß auf!« rief er, als der letzte Laserstrahl an Ort und Stelle fiel.

Der große Schirm, auf dem sich das unheimliche Glühen von einem zuerst nur kleinen Punkt aus mit jeder vorgenommen Regulierung immer weiter ausgebreitet hatte, war mittlerweile zu einem wirbelnden Strudel strahlender, greller Farben geworden. Der Anblick der wellenförmig wogenden Masse wirkte hypnotisierend; Lyssa vergaß vorübergehend das merkwürdige Verhalten der Katze, als sie wie gebannt auf den Schirm starrte. Die Luft hing plötzlich schwer im Raum.

»Mein Gott«, sagte David. »Sieh dir nur an, wie...« Er wurde unterbrochen, als Einstein ein letztes Mal aufheulte, was Lyssa aus dem Bann riß, dem sie verfallen war. Wieder wurde sie von Entsetzen gepackt. Die Katze machte einen Satz auf den wirbelnden Strudel zu und war plötzlich in der farbenprächtigen Masse verschwunden.

»Einstein!« rief Lyssa und stürzte sich fast wie die Katze in den Strudel, doch David war zur Stelle und packte ihren Arm.

»Nein, Lyssa, wir wissen noch nicht genug, um das zu riskieren.«

»Aber Einstein! Teds Katze!« stieß sie hervor.

»Sie ist verschwunden. Außerdem waren wir uns nie wirklich sicher, ob es Einstein war oder nicht«, entgegnete David.

»Es war Einstein«, beharrte Lyssa. Sie ließ den ausgestreckten Arm sinken und starrte auf den Strudel. »Ich würde zu gern wissen, wohin man dort gelangt. Ob Einstein in einer anderen Welt, an einem anderen Ort, in einer anderen Zeit ist?«

»Wir müssen das auf wissenschaftliche Art herausfinden«, entgegnete David entschieden. Er wandte seine Aufmerksamkeit den automatisch ausgedruckten Computerdaten zu.

Lyssa starrte immer noch auf den Strudel. »Wir wollten beweisen, daß es funktioniert. Nun, das haben wir geschafft. Die Frage ist jetzt, was fangen wir damit an?«

»Falsch. Die Frage heißt: Was ist es eigentlich?« widersprach David. »Und diese Zahlen hier geben mir nicht den geringsten Hinweis darauf.«

Lyssa drehte sich zu dem Computer um, doch im selben Moment, als sie das tat, schoß unvermittelt ein Blitz strahlenden Lichts auf sie zu. Sie schrie auf und taumelte rückwärts. David machte einen Satz nach vorn und erwischte sie, als etwas Schwarzes an ihnen beiden vorbeisauste und als kleines Häufchen neben dem Bücherregal landete. Während die zwei Wissenschaftler sich auf die Füße plagten, schaltete sich der Strudel von selbst ab, zusammen mit der Laserkanone. Plötzlich senkte sich Stille über das Labor, nur durchbrochen von einer dünnen Stimme, die sagte. »Mein Gott, mir soll noch einmal einer erzählen, er hätte eine harte Landung gehabt.«

Mit weitaufgerissenen Augen starrten Lyssa und David auf die kleine schwarze Kreatur, die sich redlich bemühte, sich wieder zu einer ansehnlichen Erscheinung zurechtzumachen. Das Wesen gehörte eindeutig zur Familie der Katzen, war völlig schwarz, genau wie Einstein, wies jedoch einen auffälligen Unterschied gegenüber seinen Artverwandten auf: Es hatte Flügel. Lange, durchscheinende Flügel, Schmetterlingen ähnlich.

Und das Wesen konnte sprechen.

Es sah zu ihnen beiden hinüber, aus Augen, in denen ein abschätziger Ausdruck lag. »Starren Sie mich nicht so an. Das ist unhöflich.«

Lyssa fand als erste die Sprache wieder. »Einstein . . . bist du es?«

»Sehe ich aus wie Einstein?« entgegnete die Katze, die eine eindeutig männliche Stimme hatte. Ihre Lippen waren kaum merklich geteilt, aber es war schwer zu sagen, ob die Antwort, die Lyssa und David vernommen hatten, hörbar ausgesprochen oder durch Gedankenübertragung übermittelt worden war. »Nein, das tue ich nicht. Er hat einfach den Weg zurück zu seinem Zuhause gesehen und konnte nicht widerstehen, ihn zu gehen.«

»Ein Zuhause? Ist es das, was wir geschaffen haben?« fragte Lyssa. »Wer oder was bist du?« wollte David wissen. Die Katze schien ihn anzulächeln.»Ich bin ein Pryliwyk.«

»Du siehst aus wie eine Katze mit Flügeln«, meinte David.

Der Pryliwyk musterte ihn, ein geheimnisvolles Funkeln in den strahlenden Augen. Dann wandte er sich Lyssa zu. »Sie sind eine intelligente Frau, Dr. Tyler. Trotzdem haben Ihre Berechnungen Sie in die Irre geleitet und hätten eine Situation heraufbeschworen, über die Sie keine Kontrolle mehr gehabt hätten. Die Katze, die Sie Einstein nennen, hatte die Aufgabe, die verhängnisvollen Fehler zu bereinigen.«

Lyssa konnte immer noch nicht glauben, was sie sah und was geschah. »Du kennst meinen Namen?«

»Natürlich. ›Es ist ihre Pflicht, alles zu sehen, alles zu hören‹, das haben Sie Dr. Eisner doch in seinem Wagen selbst gesagt, oder?«

»Nun, ja . . . aber —«

»Und Einstein hat auf Ihrem Schoß gesessen, erinnern Sie sich?« fragte der Pryliwyk.

»War Einstein ein Perli...?« wollte Lyssa wissen. David hatte sich inzwischen einen Stuhl geholt und gesetzt.

»Ja. Übrigens sind mehr als ein Drittel der Katzen auf Ihrer Erde Pryliwyks.«

»Ist das wahr? Aber die Katzen haben doch keine Flügel!«

Während er sprach, begann sich der Pryliwyk zu putzen. »Setzen Sie Ihre Brille ab.«

»Wie bitte?« meinte Lyssa, nahm jedoch ihre Schutzbrille ab. Augenblicklich waren die Flügel des Pryliwyks nicht mehr zu sehen; was dort saß, schien eine normale schwarze Hauskatze zu sein, die sich putzte, einen selbstgefälligen Ausdruck auf dem Gesicht. Die Katze sah zu Lyssa auf und miaute. »Deine Flügel sind verschwunden«, stellte Lyssa fest. Sie hielt sich die Brille wieder vor die Augen, und die Flügel waren wieder da.

»Es liegt an Ihrer Brille. Sie ist durch den Energiestrahl polarisiert worden, der durch den zwischen zwei Dimensionen entstandenen Spalt entwichen ist. Setzen Sie die Brille wieder auf, und Sie werden die Flügel sehen.«

Lyssa nickte zögernd, während sie langsam begriff. »Ja, aber warum habe ich die Flügel nicht gespürt, als ich Einstein gestreichelt habe?«

»Das menschliche Hirn tut sich schwer damit, etwas zu akzeptieren, das für es nicht zu erkennen und nicht zu verstehen ist.« Diese Bemerkung hatte David gemacht.

Der Pryliwyk sah zu ihm hinüber. »Das ist wohl die stark vereinfachte Form, es auszudrücken.« Er wandte sich wieder Lyssa zu. »Ihre Vermutungen waren richtig — es gibt andere Dimensionen als die Ihnen bekannten. Hin und wieder einmal passiert es, daß sich auf die eine oder andere Art Wege zu einer anderen Welt auftun. Entweder durch Menschenhand oder durch Verquickung natürlicher Umstände. Meistens können wir die Folgen dieser gelegentlichen Risse in Raum und Zeit kontrollieren und die Welten wieder in Ordnung bringen. Das ist unser Job. Pryliwyks sind Wächter; ihre Aufgabe ist es, alles zu sehen, alles zu hören. Ein weiser Zauberer namens Ambrose hat das ursprünglich so festgelegt«, erklärte der Pryliwyk. »Als Menschen jedoch beschlossen, in die natürliche Ordnung der Dinge einzugreifen, ist es zu unserer Aufgabe geworden, Fehler auszubügeln und alles wieder ins Lot zu bringen. So war das auch bei Ihrem Dr. Belson. Mit seinen Kalkulationen hat er sich geradewegs in große Gefahr gebracht. Er mußte aufgehalten werden.«

»Ihr habt Ted umgebracht?«

»Nein. Es war sogar so, daß wir ihn gerettet haben. Die Polizei hatte recht, die Bremsleitungen des Wagens waren durchtrennt, die Bremsen funktionierten nicht. Er versuchte, den Wagen vom Rand des Kliffs wegzusteuern, als einer unserer Agenten ihm vors Auto lief. Um die Katze nicht zu überfahren, riß Dr. Belson das Steuer herum und schoß über die Klippe, genau wie wir es geplant hatten.«

Lyssa starrte ihn entsetzt an. »Dann habt ihr ihn doch...«

»Nein, Dr. Tyler, wir haben ihn nicht umgebracht. Als der Wagen in die Tiefe stürzte, war da einer dieser Risse, von denen ich zuvor gesprochen habe, und dadurch haben wir Dr. Belson gezogen. Er hat den Unfall unbeschadet überstanden, sein Wagen nicht.«

»Dann lebt Ted?« Es war mehr, als sie zu hoffen wagte; Lyssas Augen strahlten plötzlich.

»Dr. Tyler, Dr. Belson hat Sie benutzt. Er hat Ihnen Ihre These gestohlen, er hat Ihnen den Laufpaß gegeben, und außerdem waren die defekten Bremsleitungen für Sie gedacht, und nicht für ihn. Dr. Belsons Lieblingsstudentin, Julie Anderson, hatte dabei die Hände im Spiel.«

»Wie bitte?«

»Denken Sie zurück, Dr. Tyler. Sie haben Dr. Belson auf dieser Dinnerparty lächerlich gemacht und hatten nicht viele nette Worte übrig, was Miss Anderson anging. Sie wollte Sie loswerden, also hat sie dafür gesorgt, daß die Bremsleitungen an Ihrem Wagen durchtrennt wurden. Sie konnte schließlich nicht wissen, daß Ted an diesem Tag Ihren Wagen nehmen würde. Sie hatte keine Ahnung, daß er einen platten Reifen hatte.«

»Wenn du erst aus dem Weg geräumt warst«, führte David weiter aus, »wäre Ted mit seiner Entdeckung ein reicher Mann geworden. Natürlich hatte Ted niemals vor, auf Dauer mit Julie zusammenzubleiben. Aber das wußte sie nicht, Ted hat nur mit ihr gespielt.«

Lyssa drehte sich zu David um. »Was weißt du über all das?«

David lächelte und sah in Richtung des Pryliwyks. Er erhob sich von seinem Stuhl, ging auf Lyssa zu und nahm seine Brille ab. »Hier«, sagte er. »Setz sie auf.« Verwirrt griff sie nach der Brille und probierte sie. »Sie ist eben nicht polarisiert worden«, fügte er sanft hinzu.

Was sie sah, waren Flügel, Flügel auf dem Rücken des Pryliwyks, und als sie David anschaute, klappte ihr Mund auf. »David, deine Augen!«

Davids Augen waren grün, grün wie Katzenaugen, aber es war mehr als das, es waren die Augen einer Katze. David hatte Katzenaugen.

»Die Brille verbirgt die Wirklichkeit«, erklärte er.

»Ich verstehe nicht. Wer . . . was bist du?« fragte Lyssa.

»Ein Hochschulabsolvent, der auf eine Wissenschaftlerin gestoßen ist, die im Begriff war, herauszufinden, wohin Katzen verschwinden; der ihr zugeteilt wurde, so daß er ihr helfen konnte, einen Weg von ihrer Welt in seine zu finden.« Er nahm ihr die seltsame, rotgerandete Brille ab und setzte sie sich selbst wieder auf. Sofort sahen ihr Menschenaugen entgegen, in denen Wärme und Zärtlichkeit lagen. »Der jedoch nie damit gerechnet hätte, sich dabei auch in die Wissenschaftlerin zu verlieben.«

Lyssa sah zu ihm auf, verwirrt und befremdet angesichts dessen, was um sie herum geschah. »David, ich . . .«

»Du mußt auch nichts sagen«, unterbrach er sie. »Ted lebt und ist in einer anderen Welt in Sicherheit und kann dort nach Belieben allen möglichen Frauen nachstellen. Du hattest recht, als du sagtest, er sei eine Ratte. Aber du warst so sehr in ihn verliebt, daß du zugelassen hast, daß er dich zerstörte.«

»Aber . . . wer bist du?«

Er lächelte auf sie hinab. »Mein richtiger Name ist Ambrose«, antwortete er ihr. »Und es gab einmal eine Zeit, da war ich ein Zauberer, der Verbindungen zwischen Welten geschaffen hat . . .«, fuhr er fort, und dann küßte er sie.

Ins Deutsche übertragen von Beate Stefer
Originaltitel: Day of Discovery
Copyright © 1989 by Blake Cahoon

JAYGE CARR

Wart

Wart kauerte sich hin und atmete kaum. Nur der cremefarbene Schwanz mit seiner schwarzen Spitze zischte ungeduldig in die Höhe.

»Wart ist wieder auf Beute aus.« Herrchen hörte sich amüsiert an. (Wart wünschte sich, Herrchen wäre etwas vorsichtiger. Sein starkes, dröhnendes Brummen hatte schon köstlichere Beute verscheucht.)

Frauchen lachte. »Wahrscheinlich ein Papierfetzen vom Computerausdruck.«

»Du kritisierst doch nicht etwa meinen Hausputz, oder?« hänselte das Herrchen. Selbst Wart konnte aus dem tiefen Menschenbrummen den übermütigen Spaß heraushören.

»Na ja . . .« Frauchen klang, als brummte sie ganz in Gedanken, während sie sich auf etwas anderes konzentrierte, nämlich darauf, wie Wart mit seinem Schwanz zuckte, während er sich an seine Beute heranpirschte. »Immer noch besser als Angst zu haben, daß bei der letzten Landung irgendwelche Schädlinge an Bord gekommen sind.«

Ein Schmatzlaut. Herrchen hatte gerade wieder dieses witzige, geräuschvolle Mund-Lecken vollführt, das Menschen wohl statt des anständigen Zungen-Leckens gebrauchten. (Obwohl sie auch das taten. Wart hatte sie schon öfter dabei gesehen. Aber seltsamerweise immer nur dann, wenn sie zusammen an ihrem Schlafplatz waren.)

Dann brummte er: »Ich bin sicher, daß du alles gründlich entseucht hast, Schatz.«

»Oh-ha«, sagte das Frauchen.

»Wieder was empfangen?« Das Herrchen starrte auf das lustige Fenster.

»Jere —« Frauchens Stimme hatte diesen bedeutsamen Ton. Wart drehte seinen Kopf herum. »Jere, es war *deine* Aufgabe, nach der letzten Landung zu entseuchen.«

Stille. Wart drehte seinen Kopf wieder zurück und streckte ganz, ganz langsam eine Pfote aus. Er hatte es fast, fast, nur noch . . .

»Verdammt!« Herrchen schrie fast. Wart schreckte bei diesem

Krach zurück, und seine eigene Bewegung wirbelte das Staubhäschen fort. Er erstarrte erst wieder, als das Herrchen fortfuhr: »Miri! Du warst an der Reihe mit Entseuchen. Da bin ich mir sicher.«

Stille. Zu hören waren nur Frauchens Krallen, die gegen das lustige Spielzeug klickten, das sie »Schlüssel« nannte.

»Du *warst* an der Reihe, Miri.«

Das Klicken nahm zu.

In einem anderen Ton: »Verdammt —« (Wart drehte sich um und sah, daß Herrchens Blick auf das lustige Fenster gerichtet war.) »Verdammt, es tut mir leid, Miri. Ich war mir so sicher, daß ich gar nicht auf den Gedanken kam, auf den Dienstplan zu sehen.«

Ein Seufzer. »Schon gut, Jere, dafür haben wir ja schließlich die Katzen. Letztes Mittel gegen Schädlinge.« Tiefes Durchatmen. »Ich wünsche nur, der Computer würde sich etwas mehr mit dieser Übersetzung beeilen.« Mit bewegter Stimme: »In diesem Raumsektor . . .« Wart bewegte sich wieder auf das Staubhäschen zu.

»Ich weiß.« Frauchens Stimme klang besorgt. Sie wiederholte Herrchens Worte und gab ihnen irgendwie einen ganz anderen Sinn. Bedeutung lag jetzt in ihnen. »In diesem Raumsektor . . .« Ein Schlucken. »Aber die Sendung war so stark, obwohl die Radarabtastung nichts anzeigt. Auch in den Schaufeln, die wir eingefahren und im Laderaum ausgekippt haben, ist nichts Ungewöhnliches. Es . . . Ich . . . Ich habe so ein unheimliches Gefühl, Jere. Ich möchte den Rest der Schaufeln einfahren und das Schiff ganz ruhigstellen.«

Das Herrchen zischte. Wart ignorierte es. Nur noch ein Stückchen. —

»Ich weiß, Jere. Ich weiß, was uns das kosten wird: verschwendeter Treibstoff für die Schaufeln — ganz zu schweigen von dem Stop und dem Neustart dieses Schiffes. Aber man wird uns nicht so leicht ausmachen können, wenn das Schiff ruhig liegt. Und ich . . . ich werde mich sicherer fühlen.«

Herrchen machte den Vogellaut, den sie auch Pfiff nannten.

»Eigentlich sollte ich ja der Wahrsager von uns beiden sein, Miri. Nun ja, mein Gorgio, vermeintlich hoffnungsloser Engel, wenn du dir da so sicher bist, dann machen wir's eben. Jetzt sofort.«

»Danke, Jere.«

Das Herrchen berührte wieder ihre Wangen. Dann: »Du mußt gut auf uns alle drei aufpassen, wenn ich Copilot sein soll.«

»Du bist der Pilot und für alles zuständig, wenn du willst, Jere. Ich möchte meine Konsole haben und mich auf die Übersetzung konzentrieren.«

»In Ordnung.« Geräusche von einem großen Körper, der in einen Sessel fällt. Wart ignorierte es. Schnapp! Triumph! Keiner von ihnen hatte es bemerkt. Als er das letzte Mal ein Staubhäschen gefangen hatte, hatte Frauchen gleich danach gegriffen und ihn angefahren: »Winston Churchill der Vierte...« was darauf hindeutete, daß sie wirklich verärgert war, ».. . gib das sofort her, das ist schlecht für dich.«

Erfüllt mit tiefer Zufriedenheit leckte Wart sich seine Schnauze. Der mächtige Jäger hatte...

»Mrrrr —« forderte eine andere Katzenstimme.

Wart fuhr zusammen.

Majestätisch wie immer stolzierte Grimalkin — kurz: Grey — in den kleinen Kontrollraum.

»Mrrrrr...«

»Hierher, Grey.« Herrchen klopfte sich auf den Schoß. »Spring nicht auf Miri —«

Aber Grimalkin wußte, welchen Befehlen sie gehorchte und welchen nicht; und wessen Schoß sie bevorzugte.

»Verdammt«, fluchte Herrchen und erhob sich aus seinem Sitz, behielt jedoch instinktiv die Hände an der Steuerung.

»Ist schon in Ordnung, Jere.« Gekicher. »Es ist immer noch Platz genug.«

Herrchen murmelte etwas, das Wart noch mehr zusammenfahren ließ.

Dann bemerkte Wart, wie Grimalkins Schwanz über den

Schoß schwang, als sie versuchte, ihr volles Perser-Ego zu präsentieren.

Zisch, zisch: Der Schwanz sauste hypnotisch vor und zurück. Zisch, zisch. Zisch, zisch. Buschig und geschmeidig bewegte er sich und war . . . oh . . . so . . . verlockend. Wart kauerte sich wieder hin. Zisch. Kroch einen Schritt vor. Zisch. Einen weiteren Schritt. Zisch.

In dem fast schon unterschallartigen Gebrumm des Schiffes, das Wart für den Atem des riesigen Schiffmonsters hielt, spürte er eine unmerkliche Veränderung. Wart zögerte.

»Ich werde die Energie von den Schaufeln ganz allmählich auf uns umschalten, Schatz, sie aber auf Zufallsantrieb draußen lassen. Die Geschwindigkeitsdrosselung wird ein paar Stunden dauern, aber ich möchte soviel Sprit wie möglich sparen. Wir werden die Schaufeln dann später wieder in Betrieb setzen und einfahren.«

»Danke, Jere.« Frauchen bewegte sich leicht, und der Schwanz nahm langsam wieder seinen Rhythmus auf.

»Wart!« Herrchen hatte seinen Jagdtrieb erkannt. »Wage dich bloß nicht!« Das war ein Ton, den man sich nicht widersetzen durfte. Wart setze sich sofort auf sein Hinterteil und fing an, sich eifrig zu putzen, ganz unschuldig und ignorant. Wer, ich? Was mache ich denn?

Herrchen unterdrückte ein Lachen, aber Wart konnte fühlen, wie der Menschenblick auf ihn fixiert war. Ganz genüßlich spreizte er seine Pfote und säuberte sich weiter.

»O mein Gott!« Das blanke Entsetzen in dieser Stimme ließ alle drei Zuhörer erstarren. Selbst Grimalkins Schwanz bewegte sich nicht mehr.

»Was ist?« Herrchen erhob sich hastig aus dem Sessel. »Schatz? Miri? Ist es soweit?«

Er beugte sich nach vorn und glitt mit seinen Armen unter ihre Knie und Schultern, als wollte er sie hochheben.

»Nein, Jere. Sieh doch! *Fredessers!*«

Wart wußte nicht, was Fredessers waren, aber er hatte schon mehrmals zuvor gehört, wie Menschen sie erwähnt hatten. Sie hatten dabei immer in einem Ton von ihnen gesprochen, den er selbst für diese heimtückisch stechenden Skorpione oder diese kleinen schleimigen Dinger benutzte, die einem das Maul verbrannten, wenn man in sie hineinbiß, oder auch für einen Schwarm von Summ-Tauchern.

»Der Teufel hole sie!« stieß er hervor. »Wo, glaubst du, verstecken sie sich?«

Wütend: »Ich weiß nicht. Ich habe über die gesamte Reichweite abgetastet —«

Ein dumpfer Aufschlag ertönte, als Herrchen wieder in seinen Sessel fiel. »Ich programmiere neu auf sofortigen Stillstand . . .«

»Schnell . . .« Ihre Stimme bebte.

»Versuch du, eine vollständige Übersetzung zu bekommen«, knirschte er zwischen seinen Zähnen hervor.

»Bin dabei. Möchtest du mit mir tauschen?«

»Nein. Du bist intuitiver als ich. Du machst mit der Übersetzung weiter. Die Maschinenarbeit funktioniert für uns beide ja fast automatisch. Sobald ich damit fertig bin, werde ich eine Warnung rausschicken.«

»Wenn in diesem Sektor eine Fredesser-Armada ist . . .«

»Aleko beschütze sie!«

»Jere! Ich habe eine Teilübersetzung! Ein Überfall! Ein größeres Schiff hat *sie* überfallen!«

»Gut! Zahlt es diesen niederträchtigen Kriechern heim!«

»Ich frage mich, warum wir nichts sehen können. Wo doch der Empfang so stark ist.«

»Es liegt außerhalb der Reichweite. Verdammt! Noch nicht einmal eine Angabe, aus welcher Richtung es kommt.«

Wart hielt das Herrchen nun für ausreichend abgelenkt, das heißt, seine Aufmerksamkeit galt nicht mehr WICHTIGEN Angelegenheiten, will heißen, ›Wart‹ selbst, so daß er nun einen weiteren Versuch in Sachen des so fabelhaft schwingenden Schwanzes starten konnte.

»Der Teufel hole sie«, murmelte Herrchen. »Wenn wir nur wüßten, wo ihre Heimatwelt liegt.«

Wart kauerte sich zusammen.

»Oder ihre Heimatbasen. Oder überhaupt *irgend etwas.*« Frauchen beugte sich trotz großer Katze und ebenso großer Bauchwölbung über ihr lustiges Fenster, und ihre Krallen klickten dabei wild gegen die Schlüssel. Dann kicherte sie. »Wenn eine computererstellte Übersetzung einer nonverbalen Sendung überhaupt zornig klingen kann, dann diese hier. Es hat sie erwischt.«

Verbissen: »Geschieht ihnen recht.« Wart wartete mit zuckendem Schwanz auf eine günstige Gelegenheit.

Wieder Gekicher. Frauchen bewegte sich leicht, und Grimalkins Schwanz verharrte — und startete erneut seinen langsamen Rhythmus. »Das andere Schiff lag vollkommen still, startete dann einfach und zog sie heran — wie eine Riesenschaufel, die den Schmutzfang säubert und wieder startet. Schlüürf.«

»Riesenschaufeln? Mach keinen Quatsch, Schatz.« Ganz beschäftigt: »Ich habe die Geschwindigkeitsdrosselung programmiert. Jetzt zeichne ich die Warnmeldung auf. Ich schicke sie . . .« Wart kroch näher an die schnellende, zuckende Versuchung heran.

»In jede Ecke dieses Sektors.«

»Erzähl der Großmutter nicht, wie man Eier aussaugt«, murmelte er. Und irgendwie, ohne den Blick von seinem lustigen Fenster abzuwenden, sagte er: »Nein, Wart.«

Wart entschied, daß, solange Grimalkin hier drin war, er woanders wohl mehr Erfolg hatte. Gleichgültig erhob er sich auf alle viere und schlenderte hinaus.

»Mrrrrrrr . . .« Grimalkin machte sich über seinen Rückzug lustig.

Wart ignorierte sie mit hohem, schwirrendem Schwanz.

Sobald er aus dem Kontrollraum war, mußte er sich entscheiden, was er machen wollte. Ein bißchen mehr erkunden, einer Duftspur folgen oder einfach einen langen Korridor finden und losstürmen.

Dieses neue Schiff war so viel kleiner als der Ort, an dem er als Kätzchen gewesen war. Aber er mochte Frauchen und Herrchen. Damals war er nur eine von vielen Katzen bei vielen Menschen gewesen. Hier gab es nur zwei Menschen und zwei Katzen. Außerdem wimmelte es von Gerüchen, alte, schwache Gerüche und neue, frischere, einschließlich der Faszination dessen, was Herrchen seinen ›Kräutergarten‹ nannte. Es gab hier so viele Dinge, die man gern haben konnte, wie zum Beispiel das Klimpern und Gefunkel an Herrchens Jacke, wenn er sich bewegte oder Wart mit der Pfote danach langte. Dann noch Frauchens Wärme — wenn Grimalkin diese nicht gerade gierig an sich riß... ja, natürlich, das war der Haken an der Sache... Grimalkin...

Wenn doch Grimalkin nur nicht so...

Was hatte Herrchen nur gemeint, als er etwas in der Art gesagt hatte wie: »Nur Geduld, kleiner Kamerad. Wenn du erst einmal alt genug bist, wird sie der Instinkt schon dahin bringen, wo du sie hinhaben willst...«

Wart hielt inne und wunderte sich. Er schnüffelte und rümpfte seine aristokratische Nase. Irgendwas war anders. Aber was? Dann wußte er es. Das Rumpeln hatte sich verändert — das war es. Es war viel ruhiger!

Viel, viel ruhiger!

Und... er fühlte sich so merkwürdig. Fast als ob...

Eine winziges Staubflöckchen schwebte vorbei. Wie schon oft zuvor stürzte Wart auch diesmal darauf los. Doch anstatt das Drei- oder Vierfache seiner eigenen Körpergröße in die Luft zu steigen, flog er höher und höher...

Wart landete in leicht geduckter Haltung. Als er einmal das Schiff verlassen durfte, hatte er die Flatternden in der Luft vorbeifliegen sehen und war nach ihnen gesprungen. Er hatte sich damals gewünscht, ebenso hoch steigen zu können wie sie. Nun konnte er es!

Er sprang erneut und miaute mißmutig, als er gegen die Decke schlug. An dieser Schwebesache war ja mehr dran, als er gedacht hatte!

Ein weiterer Sprung.

Und noch einmal. Nun hatte er den Dreh raus. Er mußte sich in halber Sprunghöhe einfach umdrehen und mit seinen Beinen oben genauso landen, als ob er unten landen würde und — Autsch! Er ›landete‹ an der Decke, doch als seine Beine sich krümmten, war er bereits wieder weggeschossen.

»MRRRRRRRR!« Das klang ganz so, als ab Grimalkin dicht hinter ihm war und diese neue Seltsamkeit überhaupt nicht mochte. Wart kicherte in sich hinein. Sie sollte leiden!

Ein weiterer Start, ja, so war es richtig. Nicht nach oben, nach vorne! Seht euch diesen Sprung an! Wart! König der Katzen! Unerschütterlicher Verteidiger . . .

Er sprang weiter und durchstreifte auf diese Art viel mehr, als er es gewöhnlich tat. Er machte sich gar keine Gedanken darüber, wie er wieder zurückfinden würde, denn er hinterließ Duftspuren, die viel, viel weiter auseinanderlagen als bei einem normalen Erkundungsgang.

Etwas Kleines flog langsam den Gang herunter. Wart starrte es an, sein Kopf war gespannt aufgerichtet. Es war ungefähr genauso groß wie er, aber dunkel und mit der seltsamsten Kopfform, die er je gesehen hatte. Es hatte auch Flügel wie die Flatternden. PFUI! Es roch ABSCHEULICH. Was für ein *Gestank*! Er wollte gar nicht erst versuchen, ihn zu identifizieren.

»Mrrrr?« provozierte er zögernd.

Pfffat! Bei diesem Geräusch sprang Wart in die Luft. Er hatte eigentlich zurückweichen wollen, doch mit seiner neuen Leichtigkeit flog er statt dessen seitlich nach oben, schlug gegen eine Wand und prallte von dort wieder in eine andere Richtung ab.

Ein Teil der Mauer explodierte. Wart, der wieder mitten in der Luft war, sah erstaunt auf die Trümmerstücke, die da herabprasselten, wo vorher die Mauer gewesen war.

Einer der Brocken traf das fliegende stinkende Etwas. (Es war schlimmer als ein Summ-Taucher! . . . oder war diese Kreatur so hart gegen die Mauer geschlagen, daß sie auseinanderfiel?) Es war anscheinend angeschlagen, denn statt gleichmäßig zu fliegen, jagte es unbeholfen und ziellos umher.

Wart duckte sich. Es purzelte durch die Luft, schlug wieder gegen eine Wand und prallte ab.

Es kam dicht an ihn heran; ganz unwillkürlich schlug Wart danach. Sowohl er als auch das stinkende Etwas wirbelten herum.

Ha! Ein neues Spiel. Wart drehte sich, hatte seine Füße wieder unter sich und begann von vorne.

TREFFER! Seine Pfoten trafen den GESTANK, der schlug gegen eine Wand und wirbelte herum. Wart drehte sich und begann von vorne.

AAUUUUUUTSCH! Irgend etwas biß in seine Pfote. Wart lief jaulend davon. Es schmerzte. Jeder Schritt tat weh. Er zog eine Blutspur hinter sich her.

Aber wenn er dieses Ding je wiedersehen sollte oder irgend etwas, das genauso roch, dann . . .

Es dauerte sehr, sehr lange, bis Wart eine Duftspur fand, die ihn zu Frauchen und Herrchen zurückführte.

Er war müde und hungrig, und seine Pfote tat schrecklich weh.

Er war zweimal stehengeblieben und hatte sie geputzt. Eine seiner Pfoten hatte einen Riß.

Er bemerkte nicht einmal, daß er durch eine offene Tür trat und sein Gewicht zurückerlangte. Auch wenn dies immer noch geringer war als bei Normal g.

Wart betrat das Schlafquartier und beschwerte sich inbrünstig.

Niemand war dort.

Er ging in den Kontrollraum.

Ja, dort waren sie.

Auch Grimalkin war dort. Sie leckte sich das Maul.

Wart lief hinüber zu Frauchen und rieb sich an ihr.

Sie kraulte ihn noch nicht einmal hinter den Ohren!

»MmmRRRRRR!« beschwerte sich Wart. Grimalkins Atem roch nach Fisch. Überheblich rülpste sie noch mehr Fisch in seine Richtung.

»MMMMMRRRR!« Wart sprang auf Frauchens Schoß.

»Nicht jetzt, Wart«, sagte sie abwesend. »Ich muß das übersetzt bekommen.«

»Ich kümmere mich um ihn.« Herrchen stand auf. »Arbeite du weiter.« Er beugte sich über Frauchens Schoß, hob Wart mit beiden Händen hoch und ging mit ihm aus dem Kontrollraum.

Wart schnurrte. Er wußte, daß er Futter bekommen würde, und zwar jetzt gleich!

»So, mein Freund.« Herrchen setzte ihn auf ein Regal, das im Eßzimmer ein- und ausgefahren werden konnte, und stellte ein Schälchen vor ihn. »Eine Sekunde noch ...« Dann löffelte er FISCH in das Schälchen.

Wart machte sich darüber her.

»Und Milch für einen heranwachsenden Jungen«, fügte er noch hinzu. »Die Diagnose sagt zwar, daß du nicht mehr wächst, Wart, mein kleiner Zwergenmann, aber wir hoffen trotzdem, nicht wahr.«

Wart schenkte Herrchens Gebrumm keine Aufmerksamkeit.

»Kleingeraten, so ein Quatsch.« Mit ungekünsteltem Brummen in der Stimme fuhr Herrchen fort: »Zwerg paßt da schon eher. Sie haben uns entdeckt, Wart, mein kleiner Mann. Sie haben uns entdeckt.« Ein Seufzer. »Ich frage mich, ob du auch wirklich reinrassig bist. Obwohl du so aussiehst. Ich gebe zu, als du ein wenig gewachsen warst, sah es nach einer ordentlichen Kreuzung aus Siam und Perser aus. Außerdem fand Miri deine verschiedenfarbigen Augen entzückend.« Ein Seufzer. »Ich wollte, daß sie alles bekam, was sie sich wünschte, selbst so etwas Kleines wie ein Kätzchen mit schlecht zusammenpassenden Augen.« Ein Schnaufen. »Aber diesem Schwindler habe ich's gegeben, als er versuchte, den Preis in die Höhe zu treiben, weil das angeblich so etwas Außergewöhnliches sei. Ist es gar nicht. Der Teufel soll ihn holen. Aber du bist ein braver Kleiner, nicht wahr, Wart? Du kannst nichts dafür, daß du nur aus Ersatzteilen zusammengesetzt bist, geschweige denn dafür, daß einige von ihnen nicht richtig funktionieren ...«

Seine Hand rieb genau über die richtige Stelle, und Wart

streckte sich unter dem Streicheln, hörte dabei aber nicht auf zu fressen.

»Teufel, aber du frißt doch. Ich verstehe das nicht. Wir haben dich nun zweimal durch die Diagnose geschickt. Keine Probleme und du frißt, als wärest du ausgehungert, aber du wächst nicht.« Ein Seufzer. »Du weißt, was ich tue, nicht wahr, Wart, mein kleiner Freund. Ich rede und rede, damit ich nicht daran denken muß, was da im Kontrollraum vor sich geht und wie nahe wir diesen mörderischen Fredessern sind. Ich habe einmal gesehen, Wart, was von einer Welt übrig war, nachdem sie damit fertig waren. Alles Asche. Da war keine Spur von Leben mehr. Aber keiner weiß warum, geschweige denn, wie sie es machen.«

Noch ein Streicheln. Wart unterbrach sein Fressen gerade lang genug für ein anerkennendes Mauzen.

»Man weiß über sie lediglich, daß sie eine Politik der verbrannten Erde verfolgen. Sobald sie jemanden aufspüren, der sich in einer Welt niederläßt, die sie zu ihrem Territorium zählen, wird abgebrannt. Völlig. Keine Gnade, keine Überlebenden. Das Problem ist, daß niemand weiß, was sie zu ihrem Territorium zählen, also weiß niemand, wo sie das nächste Mal auftauchen werden. Niemand hat je einen Fredesser gesehen. Gelegentlich empfängt man Sendungen und sieht die Ergebnisse. Sie brennen Welten nieder, Wart, mein Kerl, ganze Welten.«

Ein amüsiertes, leises Lachen. »Noch mehr? Wo packst du das nur alles hin, Wart?« Aber Herrchen löffelte noch eine weitere Portion in das Schälchen, und Wart machte sich auch darüber her.

»Es gibt keinen Überlebenden, der sie gesehen hätte und berichten könnte. Keiner der Gesandten, die wir in Begleitung bewaffneter Konvois oder in unbewaffneten Schiffen ausgeschickt haben, kam zurück. Nur der Teufel weiß, wie viele Unabhängige wie wir, die verschwanden, tatsächlich einem Fredesser in die Arme rannten. Niemand weiß es.« Ein humorloses Lachen. »Obwohl wir vielleicht klein genug sind, daß man uns ignoriert. Wenn es sich da draußen tatsächlich um so etwas handelt, dann kann ich das nur hoffen!«

Wart stieß höflich auf.

»Genug, kleiner Mann. Wenn wir bei unserer letzten Landung tatsächlich Schädlinge an Bord bekommen haben, dann hoffe ich nur, daß du noch hungrig genug bist, um dich um sie zu kümmern.«

Wart fragte sich, wo wohl die verwundete Stink-Kreatur steckte. Wenn er sie fände, sollte sie keine Chance mehr haben, ihn zu beißen. Diesmal würde er sie erschnüffeln. Diesmal . . .

Herrchen drehte sich um und schritt heraus. Wart überlegte, ob er folgen sollte, und entschied sich dafür. Vielleicht durfte er ja auf Frauchens Schoß und wurde ein wenig gestreichelt −

»Etwas Neues, Miri?«

»Eine Nachricht von der nächstliegenden Flottenbasis.« Ihr Brummen klang gekünstelt. »Sie bestätigen den Empfang der Warnung, bitten uns, vorsichtig zu sein und möchten, daß wir sie auf dem laufenden halten.«

»Das Übliche.«

»Bis auf eine Sache. Sie haben eine Computeranalyse über Unabhängige in diesem Sektor erstellt. Sie sagen, daß es einen unnormal hohen Prozentanteil von ihnen gibt, die sich in der letzten Zeit nicht angemeldet haben. Natürlich ist es schwierig, der Spur von Unabhängigen zu folgen, ich konnte den Spott heraushören, aber −«

»Zum Teufel!«

»Ich habe auch eine zweite Sendung empfangen. Das Übersetzen geht schneller, jetzt, wo wir von der Basis aus arbeiten können. Wenn man das Wenige, was wir für eine Basis halten, überhaupt so bezeichnen kann. Die Übersetzung ist natürlich noch unvollständig, aber nahezu sicher ist, daß es sich bei dem Schiff um ein Aufklärungsschiff handelt. Und es kam zu einem zweiten Überfall, ein kleineres Einzelschiff, und sie mußten ihr Schiff aufgeben. Nun versuchen sie, die größeren Schiffe zu kapern. Ich kann nicht sagen, welches, vielleicht beide. Es ist natürlich nur eine grobe Übersetzung, kein Vergleich mit dem

Stein von Rosette. Alle Übersetzungen sind bestenfalls Schätzungen.«

»Ich weiß.« Herrchen runzelte die Stirn. Wart entschied, daß es wohl besser sei, wenn er noch ein wenig auf Erkundungsgang verschwand. Er trottete hinaus.

Nichts Interessantes konnte er in der näheren Umgebung erschnüffeln, obwohl er ein Stückchen Computerausdruck fand und damit ein Weilchen herumspielte.

Dann beschloß er, seinen Erkundungsgang fortzusetzen.

Schnüffel, schnüffel. Die meisten Duftspuren waren ganz deutlich. Seine, Grimalkins oder die Spur der Menschen. Nichts Interessantes.

Wieder überquerte er eine unsichtbare Linie und spürte, wie sein Gewicht verschwand. Huuuiiii! Es machte Spaß, so herumzuspringen...

War das nicht eben die Spur des stinkenden Etwas?

Wart hörte auf zu jubilieren und atmete tief ein.

Einerseits ja, andererseits aber auch wieder nicht.

Es führte hier entlang...

War es in dieser oder in jener Richtung stärker? Wart galoppierte einen Gang entlang, entschied sich, daß es auf diesem Weg schwächer wurde, drehte sich um und nahm seine Fährte wieder auf.

Ja. Hier entlang! Es wurde stärker. Wart glitt in die Kauerstellung und bewegt sich so vorsichtig, wie er nur konnte.

Da sein Gewicht jedoch fast Null war (bei normaler Masse), war das leider gar nicht sonderlich vorsichtig. Er hatte sich noch immer nicht darauf eingestellt, daß er sich praktisch mit jedem Schritt an die Decke katapultieren konnte. Aber wenn er nun einfach entlang krooooch —?

Wenn man das so nennen konnte, wenn er die meiste Zeit über dem Fußboden schwebte und ihn kaum berührte.

Der Geruch wurde stärker. IGITT!

Wart glitt so gut er konnte weiter. Er mußte schon sehr nahe dran sein — ja! Vor ihm krabbelte irgend etwas mit kleinen, schnellen Schritten. Es hatte mehr Beine als er, Grimalkin und vielleicht noch die beiden Menschen zusammen. Es war auch viel kleiner als die andere Kreatur. Er war sich nicht sicher, ob er das ganze Ding in sein Maul bekommen würde. Aber vielleicht war es ja zu schaffen, wenn er zuerst die Beine ausriß.

Aber mit diesen Krabblern mußte man vorsichtig sein. Einige von ihnen besaßen Stacheln und konnten sehr schmerzhaft zubeißen.

Wart versuchte, noch etwas näher heranzukommen, um das Ding richtig scharf zu sehen.

Es bewegte sich zu schnell. Alles, was er mit Sicherheit wußte, war, daß es sich um einen stinkenden, vielbeinigen Krabbler handelte, der an einer Wand entlang lief.

Vielleicht schmeckte es ja gar nicht. Trotzdem, es war in SEINEM Revier, und ER würde ihm seinen Fehler schon klarmachen!

Außerdem machte es vielleicht Spaß, damit zu spielen.

Bevor er es fraß — oder aber auch nicht fraß.

Wart schob sich vorsichtig vor.

Das Ding verharrte.

Wart erstarrte, nur seine Schwanzspitze stand hoch und zuckte ungeduldig.

Wart hörte, wie sein eigenes Herz laut pochte, und das ›Atmen‹ des Schiff-Monsters — sonst nichts.

Poch, poch.

Poch, poch.

Der Krabbler bewegte sich weiter.

Wart bewegte sich weiter.

Der Krabbler *schiß* auf WARTs Wand!

Wart sprang.

Ein Schlag seiner Pfote schickte den Krabbler in die eine, seinen Dreck in die andere Richtung.

AAAUUUUUTSCHSCHSCH — diesmal war er in die Schulter und in die Pfote gebissen worden. GrrrrRRRRR! Wart holte aus, und wieder getroffen wirbelte der Krabbler weg.

AAAUUUUUTSCHSCHSCH — Dieser Biß galt seinem Bein, aber nun war Warts Katzenstolz gröblich verletzt. Kein pfotengroßer Krabbler würde SEIN Revier beschmutzen und IHN in die Flucht schlagen!

Das Problem war nur, daß er dieses seltsame Fliegen nicht gewöhnt war. Auch wenn Katzen springen konnten, fliegen konnten sie nicht. Wart schwang sich in die Luft und hörte ein seltsames Summen. Dann sah er es. Auch der Krabbler war in die Luft gesprungen.

. . . und heruntergekommen. WO WAR ER?

Wart schnüffelte − und drehte seinen Kopf in alle Richtungen −

Von den Wänden reflektierte ein grelles Licht, so daß er blinzeln mußte. Hätte er direkt in diese Richtung gesehen, dann wäre er wahrscheinlich für einen Moment blind gewesen − jedenfalls lange genug. Er wirbelte herum. Dort kam es. Wart sprang, und diesmal traf seine Pfote, hatte das Ding jedoch nicht gefangen, wie er es beabsichtigt hatte. Das Krabbelding flog durch die Luft und landete mit einem eigenartigen Knirschen.

Wart starrte es an, aber es bewegte sich nicht. Er pirschte sich heran − und stürzte fast. Zwischen einem Schritt und dem nächsten packte ihn sein Gewicht − die Menschen hätten ihm erklären können, daß er soeben in den künstlichen Gravitations-Abschnitt getreten war. Auch das Krabbelding hatte es gepackt. Es war aus einer beträchtlichen Höhe gestürzt. Es bewegte sich nicht.

Wart schlug es, so hart wie er konnte, gegen eine Wand.

Es prallte ab und lag dann da. Ruhig. Sehr ruhig.

Wart näherte sich erhaben und gab ihm einen kleinen Klaps.

Nichts.

Einen stärkeren Klaps.

Nichts.

Das machte keinen Spaß.

Aber vielleicht . . . er zerrte an einem Bein. Außen hart. Vielleicht war das Innere ja gar nicht so schlecht, trotz des Gestanks.

Aaaah, es war zäh. Wart quälte und mühte sich ab, bis er

schließlich den Dreh raus hatte. Ein Bein mußte man zwischen die Zähne klemmen, die Pfote auf den Körper legen und dann ziehen und zerren, bis das Bein herauskam.

BÄÄÄÄÄÄÄÄHHHHHH! Das Innere stank ja noch fürchterlicher als das Äußere! Er spuckte das Beinende aus seinem Maul und spuckte dann noch einmal, um diesen ekelhaften GESTANK loszuwerden.

Aus der Stelle, wo das Bein halb aus dem Körper gerissen war, sickerte irgendeine Flüssigkeit. EKELHAFT. Abscheulich. WIDERLICHER Gestank.

Wart wollte ganz unwillkürlich Erde darüber scharren.

Das Problem war nur, daß gar keine Erde da war. Es stank immer noch.

Wart wollte das Ding auch nicht ins Katzenklo bringen. Schließlich war ER es, der es benutzen mußte.

Aber wo konnte er dieses widerliche Ding loswerden?

Wart trat gegen den Körper. Würde es nur nicht so sehr stinken, dann könnte es richtig Spaß machen, damit zu spielen. Er trat ein zweites Mal dagegen. Es rutschte weiter.

Jetzt stanken Warts Pfoten danach. IIIHH! Aber vielleicht . . . Er trat so lange dagegen, bis er am Schlafzimmer war. Im Schlafzimmer stand eine große Topfpflanze . . .

Wart lehnte den toten Krabbler gegen den Topf. Er vergewisserte sich. Ja, jede Menge Erde. Die Menschen hatten ihm oft genug eins hinten drauf gegeben, um ihm die Benutzung der Pflanzenerde für seine eigenen Bedürfnisse auszutreiben. Aber hierbei handelte es sich um etwas anderes. Wart sprang auf den Topfrand, grub ein ordentliches Loch, sprang wieder hinunter, hob den Krabbler vorsichtig an einem Bein hoch und sprang wieder auf den Rand. Er ließ ihn hineinfallen und bedeckte ihn mit Erde.

Wart roch an seinen Füßen. Er trat auf der Erde herum, bis guter, echter Erdgeruch den abscheulichen Gestank verdrängt hatte.

Erst, als überhaupt kein Geruch mehr an seinen Füßen war, ließ Wart sich dazu herab, sie zu putzen. Dabei beschwerte er sich und spuckte, als ob die Erinnerung an diesen Geruch fortlebte.

Er war noch nicht ganz mit dem Putzen seiner Pfoten fertig, als ihm plötzlich schlecht wurde.

Er lief in Richtung Menschengeruch, doch ihm wurde immer schlechter und schlechter. Er schaffte es gerade zur Tür hinein, als die erste Welle kam.

»Was zum . . .« Herrchen drehte sich um.

Wart übergab sich.

»Wart kotzt.« Angewidert verkündete Herrchen das Offensichtliche.

»Du hast ihn überfüttert.« Frauchen konzentrierte sich immer noch auf das lustige Fenster.

»Er sieht immer noch wie ein Kätzchen aus, das unbedingt essen muß. Ich werde es wegmachen, mach du mit diesen Übersetzungen weiter.«

»Ich werde es wahrscheinlich nie wieder so gut haben wie jetzt.«

Aber Herrchen war bereits aus seinem Sessel aufgestanden und holte ein Blatt Papier aus dem Drucker, mit dem er erst einmal die ›Schweinerei‹ wegmachte.

Wart wollte helfen, es zu vergraben, aber er fühlte sich schrecklich.

Herrchen verließ mit dem Papier voller Erbrochenem den Raum und kam ein bis zwei Minuten später mit ein paar nassen Wegwerftüchern und einer Sprühflasche zurück. Mit den Wegwerftüchern beseitigte er den letzten Rest von Warts Erbrochenem und sprühe dann vorsichtig mit dem Desinfektionsmittel über die ganze Fläche.

Wart war ihm irgendwie dankbar dafür. Er mochte den Geruch zwar nicht besonders, den Herrchen benutzte, aber den sauren Geruch seines eigenen Erbrochenen mochte er noch viel weniger.

Danach legte Herrchen das Putzzeug auf die Tischplatte, schnappte sich Wart und ging Richtung Tür.

»Was ist, Jere . . .?« fragte das Frauchen.

»Mach du mit diesen Übersetzungen weiter. Ich werde unseren Kleinen noch einmal durch die Diagnose schicken.«

»Ich habe dir doch gesagt . . .« Aber er war schon fort.

Wart erkannte die Tür zur Diagnose. Er haßte sie.

Je weniger Worte man über die nächsten fünf Minuten verlor, desto besser.

Auf dem Weg zurück in den Raum, wo Frauchen saß, tupfte sich Herrchen Antiseptikum auf seine Kratzer. Wart blieb draußen im Gang und blickte ganz böse drein. Aber er fühlte sich noch zu miserabel, um sich allzuweit zu entfernen.

Grimalkin war während der heftigen Auseinandersetzung hinzugekommen und hatte Warts Misere mit spöttischen Bemerkungen kommentiert. Nun saß sie wieder auf Frauchens Schoß, aber Wart fühlte sich noch zu schrecklich, um auch nur im geringsten von dem hin und her schwirrenden Schwanz in Versuchung geführt zu werden.

»Lebensmittelvergiftung.« Herrchen ließ ich wieder in seinen Sessel fallen. »Merkwürdig. Vielleicht haben wir irgendeinen fremden Schädling an Bord.«

»Ich glaube, es ist alles übersetzt.« Frauchen schenkte Warts Misere oder ihrer möglichen Ursachen keine Beachtung.

»Sobald dies vorbei ist, werde ich entseuchen.« Dann richtete sich Herrchen kerzengerade auf. »Laß hören!«

»Wir werden es nie ganz vollständig bekommen, aber was ich habe, läßt sich ungefähr so zusammenfassen: Ein größeres, gewaltiges Schiff mit neuen Geheimwaffen, mit denen sie nie zuvor zu tun hatten, überfiel ihr Schiff. Ich glaube, den Fredessern gelang es, sich zu tarnen. Dann griff ein anderes, kleineres Schiff an, und es gelang nur einem von der Mannschaft, das Schiff zu verlassen. Ich glaube, er zerstörte es. Er wollte einen kleinen Fusions-Initiator — so wird es hier jedenfalls übersetzt, vielleicht ist es ja das, was sie auf den Planeten benutzen, ich weiß nicht — na ja, jedenfalls wollte er so ein Ding aufstellen. Es war jedoch nur ein Tragbares, und das war alles, was er schleppen konnte, und es mußte nahe am schiffseigenen Reaktor sein, um zu funktionieren. Die letzte Sendung sagt, daß er den Fusions-Initiator eigentlich schon aufgebaut hatte oder gerade dabei war, ihn aufzubauen, als er wieder dem kleineren Schiff begegnete. Er besaß nur eine begrenzte Anzahl von Waffen, wollte aber mit einem Breitstrahl-Laser ihren Schirm durchbrennen, und dann habe ich nichts mehr empfangen.«

»Und nichts auf unseren Bildschirmen.« Das war keine Frage.

»Null.«

Wart entschied, daß es an der Zeit war, ein kleines mitleidserregendes Stöhnen erklingen zu lassen.

»Wir werden nie erfahren, wie es ausging«, seufzte das Herrchen.

»Es sei denn, wir begegnen entweder dem Aufklärungsschiff oder der Armada, für das es gearbeitet hat, oder aber den Schiffen der Menschen. Vielleicht erfahren wir später etwas über sie, wenn sie zurückkommen und berichten.«

»Das Glück stehe ihnen bei«, sagte Herrchen. »Wenn es diesem Fredesser gelungen ist, sein kleines Bömbchen aufzustellen, werden wir überhaupt nichts mehr erfahren. Sie werden es nicht überlebt haben.«

Wart kauerte sich elend hin und stöhnte zum zweiten Mal.

»Du armer Kleiner.« Das Herrchen gab ihm ein Zeichen, aber Wart sah es nicht. »Oh, du armer Kleiner. Ich hab's ganz vergessen. Das ist ja deine blinde Seite, nicht wahr? Hier . . .« Herrchen stand auf, ging hinüber zu Wart, hob ihn sanft hoch und streichelte ihn zärtlich. Dabei murmelte er ganz leise: »Meine eigenen Leute. Haben kein Wort darüber verloren, was zwei verschiedenfarbige Augen bei manchen Rassen bedeutet. Blind auf einem Auge. Aber macht nichts, Wart, mein kleiner Kumpel. Dein Zuhause ist nun bei uns. Wir kümmern uns um dich. Und . . .« sagte er grinsend, ». . . du darfst dich um uns kümmern.«

Er setzte sich hin und nahm Wart auf seinen Schoß.

»Ich wünschte, wir wüßten es«, sagte Frauchen leise.

Wart schnurrte, als Herrchen ihn streichelte. Er wußte, daß er wieder einmal sein eigenes kleines Universum gerettet hatte. Und das nächstemal, wenn ein Papierfetzen, ein Staubhase, ein

Schädling oder irgend etwas anderes drohte: Er würde zur Stelle sein.

»Wieviel einfacher es da doch Wart hat«, sagte Herrchen und lachte. »Er muß sich keine Gedanken machen über Berserker-killer wie diese Fredesser.«

Auch Frauchen lachte und streichelte Grimalkin. »Oh, ich kann mir gut vorstellen, daß das Katzenvolk so seine eigenen Probleme hat«, sagte sie.

Wart rülpste und legte sich schlafen. Grimalkin, das einzige Wesen im Raum mit ausreichendem Geruchssinn, um diesen ekelhaft scharfen Geruch wahrzunehmen, grinste höhnisch. Keiner der Menschen konnte so einen schwachen Geruch wahrnehmen.

Genauso wie keiner von ihnen einen zerlegten Fredesser erkannt hätte.

So hielt das Herrchen zum Beispiel die winzigen Fragmente des Fusions-Initiators für Dreckstückchen, für Schmutzspuren der Katzen, als er sie wenige Schiffstage später zusammen-kehrte.

(Glücklicherweise war der einzige radioaktive Teil bei seiner Aktivierung schmutzumhüllt.)

Das Böse kann manchmal in erstaunlich kleinen Verpackun-gen stecken.

Aber, wie Wart bei seinen Runden durch das Schiff gesagt haben könnte: Auch das Gute steckt in kleinen Verpackungen.

Selbst in zwergengroßen Verpackungen.

Selbst in Warts.

Ins Deutsche übertragen von Dietmar Karlowski
Originaltitel: Wart
Copyright © 1989 by Jayge Carr

MARYLOIS DUNN

Gelbauge

Der Kater betrat die Burg durch die Katzenpforte, die in die Mauer neben der Küche eingebaut war. Auch die Hunde benutzten die Pforte sowie einige Mäuse, falls gerade keine Katzen hindurchschlüpften. Als er die Öffnung passierte, hatte er den Geruch der Eindringlinge in der Nase. Er überlegte, daß es für alle in der Burg besser wäre, wenn sie die Öffnung zu klein für die großen Hunde gemacht hätten. Einige wenige Katzen würden reichen, um die Anzahl der schädlichen Mitbewohner gering zu halten. Doch mit dem Kommen und Gehen der Hunde, die ihre Flöhe, ihren Dreck und ihre alten Knochen mitbrachten, gab es keine Möglichkeit, die Eindringlinge unter Kontrolle zu halten.

Er ging in die Küche, setzte sich unter einen Tisch und wartete auf sein Almosen. Die Köche waren wie die Hunde. Sie kamen und gingen. Er wußte nicht, warum und wohin, und kümmerte sich, ehrlich gesagt, auch nicht darum. Es gab immer einen, der ihm etwas unter den Tisch fallen ließ. Gelegentlich fand sich ein Koch, der seine Vorlieben herausfand, zur Zeit aber war er schon zufrieden, wenn er Zwieback erhielt, der nicht zu hart zum Kauen war.

Die andere Möglichkeit war, das oberste Gemach des Turmes zu ersteigen, wo die weiße Katze herrschte. Jeden Abend bekam sie nur das Beste vorgesetzt. Sie hatte ausgesuchtes Fleisch, Leber, Nieren und Kalbsbries, feingehackt oder in Butter gedünstet. Manchmal auch roh. Immer delikat.

Die weiße Katze mochte ihn und war freigebig. Es verletzte jedoch seinen Stolz, wenn er zu oft die langen Treppen zum Turm hinaufstieg. Er wollte nicht als Bettler erscheinen.

Natürlich hätte er jederzeit jagen können, doch Ratten und Mäuse waren ausgesprochen dreckige Wesen. Und meistens lebten sie in der Burg neben oder mit den Hunden und rochen wie Hunde. Wenn er jagte, dann ging er vor die Burgwälle, wo es Hasen gab und fette, wohlschmeckende Feldmäuse.

Heute aber war das Wetter zu schlecht, kalt und naß, und seine Hasenjagd mußte er in den Wind schreiben. Er grummelte, als er die Burg betrat, und verzog sich zunächst in die

Küche, gespannt, was man ihm anbieten würde. Während er darauf wartete, daß man ihn entdeckte, fing er an, sich zu putzen. Er begann an den Schultern und arbeitete sich hinunter, schleckte sorgfältig, bis alle vier Pfoten sauber waren und er sich der Spitze des Schwanzes zuwenden konnte. Dabei drehte er sich fast vollständig um, legte eine Vorderpfote auf den Schwanz, um ihn festzuhalten, und begann mit der Säuberung.

Ein Ritter in klirrender Rüstung kam in die Küche, begleitet von vier Hunden, die sabberten und den ganzen Boden mit Wasser bespritzten. Sie nahmen die Anwesenheit des Katers durchaus wahr, versuchten jedoch nicht, unter den Tisch zu kommen, unter dem er saß. Sie waren keine Idioten.

Eine kleine Hündin legte sich neben den Tisch und beobachtete den Kater mit ihren gelben Augen. *Haben sie dich gefüttert*, fragte sie.

Noch nicht, erwiderte der Kater. *Wie war eure Jagd?*

Die Hündin nagte mit ihren kleinen Vorderzähnen an den Kletten, die sich zwischen ihren Zehen verfangen hatten. *Nicht besonders gut*, sagte sie. *Als der Regen begann, war es schwer, eine Spur aufzunehmen. Einige dieser dämlichen Hunde folgten einem winzigen Hasen. Ich wußte, es war zwecklos, und hatte eine bessere Spur. Dafür empfing ich einen Schlag auf die Flanke. Wäre es nicht der Herr gewesen, ich würde ihn für ebenso dämlich halten wie diese Hunde.*

Was habt ihr gejagt?

Hirsche, sagte der Herr, würden wir verfolgen. Wir stießen auf einige alte Spuren. Wir haben zu oft zu nahe der Burg gejagt. Das Wild zieht fort. Wir sollten es auch tun.

Ich hätte mich mit einem kleinen Hasen zufriedengegeben, sagte der Kater.

Gelbauge sah ihn sanft an. *Komm einmal mit mir. Ich werde dir einen jagen.*

Der Kater antwortete nicht, dachte sich aber, er müßte nahe dem Verhungern sein, bevor er mit einem Hund jagen würde.

Die Hündin öffnete den Mund und schnappte mit eingerollter Zunge nach Luft. Der Kater wußte, daß sie über ihn lachte.

Eine Küchenmagd trottete herbei, versetzte der Hündin einen Schlag und sagte: »Na, Kater, belästigt dich dieser Köter?« Sie trat die Hündin ein zweites Mal, und der Kater sah sie mit den anderen in der großen Halle verschwinden. Seltsam, dachte der Kater. Die Hunde registrieren sonst kaum meine Anwesenheit. Sie hier benimmt sich fast wie eine Katze. Sie sieht auch nicht aus wie die anderen. Kleiner. Hellere Farbe. Schlanker. Gelbe Augen. Katzenaugen. Seltsam.

Dann hatte er keine Zeit mehr, über die Hündin nachzudenken. Die Küchenmagd hatte ihm eine Schale mit frischer Milch und einigen Fleischstückchen gebracht. Für das Abendbankett wurde die gebratene Keule zerteilt, und sie hatte davon einige Reste für sein Abendessen abzweigen können.

Nachdem er gegessen und seine Schnurrhaare geputzt hatte, begab er sich in die große Halle, wo in einem mächtigen Kamin ein loderndes Feuer brannte. Die Sonne war untergegangen, und durch die Fenster drang kein Licht mehr, trotzdem sprang der Kater auf seinen liebsten Ruheplatz. Vom offenen Feuer kam genügend Hitze zu ihm herüber auf das Fensterbrett. Er liebte es, sich auf dem Kissen einzurollen, die Pfoten unter die Brust geschlagen, und aus seinen zusammengekniffenen Augen zu beobachten, was in der Halle vor sich ging. Keiner beachtete ihn hier. Er wurde wie das Fenster selbst zu einem Gegenstand.

Der Ritter, der gemäß der Herrin regierte, war am Reden. »In diesen Nächten ist etwas draußen, das ich nicht mag. Spürt Ihr es nicht, Claire?«

»Ich spüre, daß der Winter naht. Mehr nicht.«

»Vielleicht solltet Ihr Eure Kräuter entzünden und Eure Kristalle befragen. Draußen ist etwas. Ich spüre es. Die Hunde spüren es. Etwas Übernatürliches.«

Die Dame lachte. »Übernatürlich? Was erscheint Euch übernatürlich, Ruger?«

»Das Wild hat die Gegend verlassen. Die Hunde spüren es. Sie wittern nicht mehr die Hirsche, weil sie keine mehr finden. Wenn ich nicht mit einigen Männern losziehe, um die Ursache dieser Unruhe herauszufinden, können wir uns für den Rest des

Winters von Hasenfleisch ernähren. Eine Aussicht, die ich nicht schätze.«

»Ebenso ergeht es mir, mein Lieber. Ich hätte gleich wissen müssen, daß es Euer Magen ist, der diese Unruhe verspürt. Das Wetter ist zur Zeit fürchterlich. Erlaubt mir, meine Mittel zu befragen. Gönnt Euch und Euren Männern eine kurze Zeit der Ruhe, bis das Wetter aufklart, und bis dahin bin ich vielleicht in der Lage, Euch zu sagen, wonach Ihr suchen müßt.«

Er nahm ihre Hand und küßte sie leicht.

Viele Menschen waren im Saal. Das Gespräch zwischen Herr und Herrin, dem sie lauschten, hatte die meisten verstummen lassen. Nachdem es geendet hatte, begannen sie wieder zu reden und zu lachen. Ritter, die Damen suchten. Ritter, die sich an Lügengeschichten über glorreiche Taten ergötzten. Der Kater fragte sich, was sie wohl tun würden, wenn sie wirklich einmal einem lebendigen Drachen begegneten. Belustigt legte er seine Schnurrhaare an die Wangen.

Eine feuchte Nase kam über das Fensterbrett und berührte seine eigene. Der Kater öffnete die Augen und setzte sich augenblicklich auf. *Oh*, sagte er, als er die gelbäugige Hündin erblickte, die zu ihm heraufschaute. *Was willst du?*

Das scheint mir ein guter Platz zum Beobachten zu sein, ohne selbst beachtet zu werden. Ist für mich auch noch Platz?

Bestimmt nicht. Der Sims ist kaum breiter als ich. Außerdem zweifle ich, und der Kater reckte seinen Hals, um die Größe der Hündin abzuschätzen, *ob du alleine hier Platz finden würdest.*

Schade, seufzte die Hündin und legte sich unter das Fensterbrett. *Die Hunde sind drüben beim Feuer und kratzen ihre Flöhe. Sie essen Knochen, die ich nicht einmal vergraben möchte. Sie stinken, weißt du?*

Ich weiß, murmelte der Kater, nicht sicher, ob die Hündin die Knochen oder die anderen Hunde meinte. Nach langem Schweigen sagte der Kater: *Warum sprichst du mit mir? Hunde reden sonst nie mit mir.*

Ihre Schuld, nehme ich an. Ich weiß nicht warum. Du scheinst mir ein vernünftiger Geselle zu sein. In meinem Dorf waren Hunde und Katzen Gefährten, nicht Feinde. Ich vermisse mein Zuhause.

Ich dachte mir gleich, daß du anders bist als die anderen. Wo ist dein Zuhause?

Die Hündin seufzte erneut. *Der Name des Dorfes lautet Timbaca, doch das, denke ich, wird dir nichts sagen. Es war ein warmes, sonniges Land, und das Wild unterscheidet sich sehr von demjenigen in dieser Gegend. Ich kam über ein großes Wasser und fuhr auf mehreren Schiffen. Es war eine lange Reise. Der Herr erwarb mich auf einem Markt. Er nannte mich einen Leopardenhund und meinte, ich eigne mich gut zur Zucht. Bislang aber habe ich mich mit noch keinem von diesen Idioten gepaart. Und wenn es nach mir ginge, werde ich es auch nicht tun. Niemals.*

Der Kater, der noch nie ein größeres Gewässer gesehen hatte als den Fluß, der durch die Burganlage floß, und der nicht wußte, was ein Schiff war, fand die Geschichte der Hündin interessant. Ein Leopardenhund. Er hatte von Leoparden gehört. Sie waren ungeheuer große Katzen mit Flecken. Legenden eigentlich, wie die Geschichten von Drachen. Aber er hatte die Legenden gehört. Kein Wunder, daß sie anders aussah. Wenn sie wirklich eine Mischung aus Leopard und Hund war, dann verwunderte es nicht, daß sie klüger war als der Rest.

Da du nicht in unserem Land heimisch bist, wird dir wohl nichts Ungewöhnliches aufgefallen sein. Der Herr sprach von etwas ›Übernatürlichem‹. Ist dir etwas ›Übernatürliches‹ aufgefallen?

Gelbauge gähnte nachdenklich. *Schwer zu sagen. Vielleicht.*

Der Kater legte sich wieder hin und schob die Pfoten unter.

Gelbauge sagte: *Ich bin jetzt seit einigen Monaten hier. Ich kenne das Wild, das der Herr jagt. Während die anderen Hunde den Hasen jagten, stieß ich auf eine Spur, die ich nicht von hier kenne. Sie erinnerte mich an Zuhause.*

Ein Wesen wie du selbst? fragte der Kater.

Gelbauge richtete sich auf, um dem Kater in die Augen zu sehen. *O nein. Wir nannten es ›Blattohr‹. Die Menschen nann-*

ten sie ›Tembo‹. *Wüßte ich nicht, daß es hier keine gibt, so würde ich sagen, daß die Spur, die ich gefunden habe, zu einem Blattohr gehört.*

Ich kenne weder ein Blattohr noch einen Tembo, sagte der Kater. *Kann man es essen?*

Nicht in zehn Jahren, gähnte Gelbauge und lachte. *Blattohren sind groß. Hoch wie die Balken in diesem Raum. Höher als das Burgtor. Sie sind so hoch und so breit, daß sie nicht einmal durch das große Tor im Bergfried passen würden.*

Der Kater bekam große Augen. Nur schwer konnte er sich etwas so Großes vorstellen, das nicht durch dieses hohe und massive Tor gehen würde. *Ein Tier?* fragte er.

In meinem Heimatland leben sie in Herden, wie die Rinder oder Hirsche hier. Der Fußabdruck und der Geruch waren eindeutig. Zunächst dachte ich, ich würde mir alles einbilden, doch die Spur war klar. Abdruck nach Abdruck. Ich fluchte, als mich der Herr zurückrief und schlug, weil ich nicht den anderen Hunden gefolgt war.

Sah er nicht die Spur?

Sie war auf flachem Gras. Menschen scheinen weder so gut zu sehen noch so gut zu riechen wie wir.

Nein, stimmte der Kater zu. *Sie haben viele Schwächen. Diese beiden sind nur besonders offensichtlich.*

Beide waren in das Gespräch vertieft und achteten nicht auf die Frau, Claire, die auf sie zukam. »Verschwinde. Laß meine Katze in Ruhe, du dreckiger Hund.« Sie schlug die Hündin, und Gelbauge verzog sich zu dem Pack, das an der Feuerstelle lag.

Die Frau streichelte den Kater und murmelte unsinnige Worte zu ihm, während er unter ihrer Berührung schnurrte und sich räkelte. Ein kleiner Preis, dachte er, den er für die Annehmlichkeiten zu zahlen hatte. Wenn sich die Frau nur um seinen Magen ebenso sorgfältig kümmern würde wie um den der weißen Katze. Doch er mußte für sich selbst sorgen. Nun gut. Er erhob sich und rieb seinen Kopf an ihr.

»Ah, was bist du nur für ein Liebling«, sagte sie.

»Könntet Ihr mich nicht ebenso herzlich liebkosen wie das

Vieh.« Die Stimme Rugers war kalt und gereizt. »Kommt, ich habe ein Geschenk für Euch.«

»Diese Katze ist mir sehr lieb und teuer. Haltet Eure Hunde von ihr fern.« Sie gab dem Kater einen letzten Klaps, legte ihre Hand auf den Arm des Mannes und erlaubte ihm, sie aus dem Saal zu geleiten.

Der Kater sank zurück auf das Kissen und begann sich zu waschen. Die Hände der Frau rochen nach abgestandenem Fett und saurem Wein. Eine weitere Schwäche der Menschen war, daß sie sich selten wuschen.

Als er sauber genug war, sprang er hinab und schlich durch den Raum zum Kamin, wo die Hunde lagen. Sie nagten an den Knochen, die ihnen vom Tisch zugeworfen wurden, und würdigten ihn kaum eines Blickes. Sie knurrten nicht einmal. Gelbauge kam näher, und der Kater fragte: *Weißt du, wo das Turmgemach ist?*

Dort, wo die Frau ihren Zauber ausübt?

Ja.

Das weiß ich.

Triff mich dort, wenn alles ruhig ist. Ich möchte, daß du jemand anderem von dem Tier erzählst, das größer ist als das Burgtor.

Vergiß nicht, ich habe es nicht gesehen. Was ist, wenn ich mich irre? Es gibt keinen Grund anzunehmen, daß sich in diesem Teil der Welt Blattohren aufhalten.

Sie weiß in allen Dingen Bescheid. Sie wird wissen, ob du es dir nur einbildest oder ob es wirklich so ist. Der Kater blickte sich um. Die Hunde nahmen von ihnen keine Notiz, dann stand er auf und schlenderte langsam fort.

Er hielt sich einige Zeit in der Küche auf, wo es warm war und voller guter Gerüche. Er wartete, bis das Haus in Schlaf fiel, dann stieg er in das Turmgemach hinauf. Die Tür war einen Spalt weit offen, er schlüpfte hinein und sah sich um.

Die weiße Katze beobachtete ihn von ihrem mit Pelz überzogenen Bett aus, das sie manchmal mit der Herrin teilte. *O Kater, was führt dich zu mir herauf in den Turm? Welche Absicht steckt denn diesmal dahinter?*

Er sprang auf das Bett und leckte sie zur Begrüßung. *Du weißt ganz genau, es ist noch nicht so lange her, daß ich das letzte Mal hier war. Soweit ich mich erinnere, brachte ich dir eine lebende Feldmaus zu deiner Unterhaltung und einen kleinen Imbiß. Glaubst du, daß dahinter eine Absicht verborgen war?*

Sie legte die Schnurrhaare an die Backen und leckte ihn. *Du hast recht, natürlich. Du weißt, ich bin von Natur aus argwöhnisch.*

Sie sprachen über belanglose Dinge, bis der Kater die Krallen von Gelbauge auf den Steinstufen außerhalb des Zimmers vernahm. Gelbauge steckte den Kopf durch die Tür, und die weiße Katze sprang auf, alle Haare gesträubt. *Wie kannst du es wagen, hier einzudringen. Verschwinde!*

Ruhig, ruhig, sagte der Kater, *das ist eine neue Freundin von mir, die eine seltsame Geschichte zu erzählen hat. Der Herr meint, übernatürliche Kräfte seien außerhalb der Burg am Werk, und diese Hündin hat vielleicht einiges dazu zu sagen. Wirst du ihr zuhören?*

Die weiße Katze ließ sich nieder, nicht alle ihre Haare aber glätteten sich. *Kater, du schließt seltsame Bekanntschaften. Also komm herein, Hündin, und erzähle deine Geschichte.*

Gelbauge erzählte nochmals von dem Dorf im Süden und den großen Herden der Blattohren, die es dort gab. Sie erzählte, wie sie die Spur gefunden hatte, und daß dort eigentlich keine sein dürfte. *Der Kater sagte, du seist weise. Du wüßtest, ob dies wahr sei oder ob ich es mir nur einbilde.* Sie ließ sich neben dem Bett nieder und wartete auf die Erwiderung der weißen Katze.

Ich bin geschmeichelt durch das Vertrauen des Katers. Von dem wenigen, was du mir erzählt hast, kann ich nicht entscheiden, ob deine Geschichte wahr ist. Wie sollte ein Blattohr hierher kommen? Was machen sie? Sind sie zu etwas nütze? Reiten die Menschen auf ihnen, oder spannen sie sie vor den Pflug oder gebrauchen sie sie als Lasttiere?

O nein. Dazu sind sie zu wild. Ich habe niemals ein zahmes Blattohr gesehen. Sie sind wild und reißen die Dorfzäune nieder, manchmal sogar die Häuser. Manchmal wird einer getötet. Das Fleisch schmeckt sehr gut. Ansonsten weiß ich nicht, wozu sie gut sein sollen.

Mir scheint es sehr unwahrscheinlich, daß jemand mit einem Schiff oder durch Zauberei ein Blattohr hierher bringt. Was sollte der Zweck sein?

Könnte nicht ein Feind eines gebracht haben, um die Burgmauern niederzureißen? fragte der Kater.

Es gibt einfachere Mittel, Krieg zu führen. Dazu bedarf es keiner seltsamen Tier. Ich denke, wir brauchen mehr Informationen. Hündin, bist du in der Lage, die Spur wiederzufinden und ihr vielleicht zu folgen?

Gelbauge leckte nachdenklich ihre Vorderpfoten. *Ich glaube schon. Die Spur schien frisch, und die feuchte Kühle der Nacht wird den Geruch noch verstärken. Wenn ich sofort gehe, wird der Herr dann böse auf mich sein?*

Wenn du jetzt gehst, sagte der Kater, *wer soll denn davon erfahren? Hast du Angst, alleine zu gehen?*

Die Hündin richtete sich auf. *Nein. Ich bin schneller als alles in diesen Wäldern. Ich habe nichts zu fürchten außer den Herrn, und wenn ich sofort gehe und vor der Morgendämmerung zurück bin, wird niemand davon erfahren.*

Gelbauge trottete zur Tür, blickte über die Schulter zurück zu den beiden Katzen und verschwand ohne ein weiteres Wort.

Wird sie wirklich gehen? fragte die weiße Katze.

Ich denke schon, sagte der Kater. *Sie ist anders als die meisten Hunde. Mutiger.*

Sie hörten Schritte auf der Treppe, und der Kater sprang unter das Bett, wo er das Zimmer überblicken konnte, ohne selbst gesehen zu werden.

Claire betrat den Raum. Minutenlang gurrte sie mit der weißen Katze, dann begab sie sich an den Tisch, wo sie ihren Zauber ausübte. Sie rückte eine große Steinschale an die Tischkante und füllte sie mit Kräutern, die sie Ledertaschen und hölzernen Kästchen entnahm. Mit einem Feuerstein schlug sie Funken und blies solange, bis eine kleine Flamme die trockenen Gräser entzündete. Aromatischer Rauch füllte den Raum und durchzog die Luft mit bläulichem Nebel.

Der Kater sah, wie sie einen weißen Lederbeutel aus ihrem Ärmel zog. Ihm entnahm sie einen roten Kristall von der Größe eines Hühnereis. Sie hielt ihn an das Licht, drehte ihn langsam zwischen ihren Fingern und betrachtete all seine Facetten.

»Macht«, sprach sie, »ich spüre deine Macht. Woher kommst du? Was ist deine Geschichte? Welche Schönheit! Welche Macht! Wie konnte nur jemand dich gegen ein Pferd eintauschen, selbst wenn es ein gutes Pferd war? Sie wußten nicht, was sie in Händen hielten.«

Der rote Kristall schien von innen heraus zu glühen. Wenn sie ihn drehte, durchstachen rotglühende Blitze, hell wie frisches Blut, die dunklen Ecken des Raumes.

Der Kater zog sich tiefer in die Dunkelheit unter dem Bett zurück. Er wußte, es war Zauberei, und er wünschte sich, die weiße Katze wäre mit ihm unter dem Bett, damit sie ihm erklären konnte, was hier vorging.

Nachdem das Feuer erloschen war, räumte die Frau den Kristall weg und kam zum Bett herüber, das knarrte, als sie sich hineinlegte. Der Kater konnte sie mit der weißen Katze reden hören. »Wie vieles von dem, was du siehst, verstehst du, meine hübsche Schmusekatze? Was könntest du mir erzählen, wenn du nur reden könntest? Ich wollte, ich wüßte es. In deinen Augen liegen so viele Geheimnisse. Und auch Intelligenz. Ich weiß es. Könntest du mir von dem Riesen erzählen, den ich um unsere Burg herumschleichen sah? Vielleicht ist es ein Drache. Ich habe niemals einen gesehen und bin auch jetzt nicht begierig, einen zu sehen. Doch da draußen ist etwas. Es kommt aus dem Osten. Soviel erzählte mir der Kristall. Begleitet von einem Zauber, der so stark ist, daß ich nicht weiß, ob ich es mit ihm aufnehmen kann. Ich wünschte, ich könnte mit meinen Schwestern im Süden reden. Sie könnten mir erzählen, was zu tun ist. Wir müssen nachdenken, Schmusekatze. Wir müssen nachdenken.«

Im Zimmer wurde es still. Nach einer Weile schlüpfte der Kater hinaus und die Stufen hinab, um an der Tür auf die Rückkehr Gelbauges zu warten.

Die Küche erwachte früh zum Leben. Feuer wurde entzündet. Das Morgenmahl wurde an die Leute verteilt, die auf dem Weg zur großen Halle waren. Der Kater hoffte, jemand würde eine der Schalen für ihn unter den Tisch stellen.

Er dachte über die Leere in seinem Magen nach, als Gelbauge sich durch die Katzenpforte schleppte ihn erblickte und erschöpft neben ihn fallen ließ.

Und? sagte der Kater, ungeduldig über die lange Stille.

Gelbauge sagte: *Wenn ich den Aufstieg schaffe, dann laß uns zum Turm gehen. Ich will die Geschichte nicht zweimal erzählen.*

Verärgert peitschte der Kater mit seinem Schwanz. Immerhin hatte nicht die weiße Katze, sondern er die ganze lange Nacht in der kalten, zugigen Halle auf die Rückkehr Gelbauges gewartet. *Einverstanden*, sagte er, *ich lege keinen Wert darauf, sie zweimal zu hören. Am besten du suchst dir jetzt ein gutes Versteck zum Ausruhen. Du siehst fürchterlich aus. Ich gehe nun hinauf. Komme nach, wenn du wieder dazu in der Lage bist.*

Der Kater stolzierte grummelnd fort. Er wußte nicht einmal, ob sie die Spur wiedergefunden oder das Blattohr gesehen hatte. Wenigstens soviel hätte sie ihm verraten können. Er wich den Füßen der Leute aus, die die Treppe herabkamen. Menschen werden immer ungehalten, wenn sie in ihrem Ungeschick auf eine unschuldige Katze treten, die sich die Stufen hinauf bewegt.

Vor dem Turmgemach wartete der Kater, bis die Herrin es verließ. Dann drückte er mit der Nase die Tür auf.

Die weiße Katze saß auf dem Arbeitstisch und schleckte an einer Schale mit Brei. Als der Kater auf den Tisch sprang, wich sie zurück und zeigte an, daß er sich bedienen dürfe. Sie setzte sich abseits und putzte sich, während er die Schale leerte. Das Essen war besser, als er es gewohnt war, Rahm war beigefügt und etwas, das es versüßte. Die weiße Katze wartete geduldig, bis er mit dem Essen fertig war.

Ist die Hündin zurück? fragte sie.

Ja, verdreckt und voller Kletten und Nadeln. Sie muß einen langen Weg hinter sich haben, denn sie war zu müde, die Treppen hochzukommen.

Hat sie das Tier gefunden?

Sie wollte es nicht zweimal erzählen, sagte der Kater steif.

Die weiße Katze leckte ihre Pfoten und putzte die Ohren. *Sie hätte es dir erzählen können. Unsensibel. Typisch für Hunde.*

Ich denke, sie kann nichts dafür. Hat die Frau dir von ihren Visionen erzählt? fragte der Kater.

Nichts Brauchbares. Sie schien sich vor dem roten Kristall zu fürchten. Die weiße Katze schnüffelte am weißen Lederbeutel. *Ich konnte nichts Ungewöhnliches an ihm finden, außer der Farbe.*

Hast du schon einmal ihre Visionen gesehen?

Ich glaube nicht. Nicht dieselben Dinge, die sie sieht.

Der Kater blickte zum weißen Lederbeutel. Er wünschte sich, einmal selbst in den roten Kristall zu schauen. Er hatte solch fürchterliche Blitze aus rotem Licht von sich gegeben. Vielleicht war es klüger, ihn bedeckt zu lassen.

Sie hörten auf den Stufen das langsame, tapsende Klicken der Krallen, und Gelbauge schlüpfte in das Zimmer. Sie sah besser aus. Der Schlamm war getrocknet und abgefallen. Einige der Kletten waren aus dem Fell gezupft, und eine leichte Wölbung ihres schlanken Bauches sagte dem Kater, daß sie etwas zu essen gefunden hatte.

Beide Katzen sprangen vom Tisch und machten es sich auf einem geflochtenen Teppich bequem. *Und?* wiederholte der Kater.

Hast du das Blattohr gefunden? fragte die weiße Katze.

Gelbauge legte sich vor ihnen flach auf den Bauch, die Pfoten lang gestreckt und blickte die Katzen an. *Es war nicht einfach.*

Ich fand die Spur, doch der Regen hatte mehr weggewaschen, als ich gedacht hatte. Sie leckte abwechselnd ihre Pfoten. *Das Blattohr macht einen Schritt, wenn ich zehn mache. Ich folgte ihm hinauf in die Berge und hinab ins nächste Tal. In einer kleinen Mulde, überdacht von dichten Bäumen, sah ich ein schwaches Licht, ein Feuer. Als ich näher kroch, sah ich den Herrn und das Tier. Es roch wie ein Blattohr, glich aber nicht ganz den Blattohren in meiner Heimat. Es war nicht so groß, die Zähne waren kürzer und die Ohren kleiner. Es war mit dem Menschen vertraut, ganz anders als die Blattohren, die ich kenne.*

Die weiße Katze war weniger an Beschreibungen als an Fakten interessiert. *Konntest du dich mit ihm unterhalten? Woher kommt es? Wie kam es hierher? Du hast doch Fragen gestellt oder?*

Besser noch. Der Mensch rief mich und lud mich ein, das Feuer mit ihm zu teilen. Er ist der erste Mensch, den ich kenne, der sich direkt mit mir unterhielt. Versteht ihr, so einer war das.

Der Kater erinnerte sich ebenfalls an eine solche Person, wollte aber Gelbauges Geschichte nicht unterbrechen und schwieg.

Er stammt aus einem Land im fernen Osten und wurde zu uns gesandt, um ein Juwel von hohem Wert zu suchen. Es wurde aus seinem Heimatland geraubt und viele Male verkauft, bis es ihm gelang, es hier bei uns aufzuspüren. Er besitzt einen grünen Stein, den Bruderstein zu dem roten, der gestohlen wurde. Der grüne Stein funkelt, wenn er sich in der Nähe des roten befindet. Er zeigte ihn mir. Nun funkelt er in seinem Lederbeutel.

Ein weißer Lederbeutel? fragte die weiße Katze.

Gelbauge blickte sie erstaunt an. *Woher weißt du das?*

Die weiße Katze schaute auf den Kater und schloß ihre Augen. *Ich habe Mittel und Wege,* sagte sie.

Der Kater verbarg sein Lächeln.

Glaubt er, daß der rote Stein sich in der Burg befindet? fragte die weiße Katze.

Er fragte mich, ob ich ihn gesehen hätte oder von ihm gehört habe. Ich verneinte natürlich.

Natürlich, murmelte die weiße Katze.

Wenn er erfährt, wo er ist, wie will er ihn dann zurückbe-kommen? fragte der Kater.

Das sagte er mir nicht. Doch er ist der Suche überdrüssig, und er verfügt über einen starken Zauber. Ich glaube, er könnte ihn durch Zauberei zurückholen, oder er bedient sich des Blatt-ohrs und reißt die Tore nieder, um hereinzukommen und ihn zu holen. Dazu wäre er in der Lage, wie ihr wißt. Gelbauge zog die Wimpern nach oben, ihre Augen erschienen größer und runder, und weise nickte sie. Sie hatte wilde Blattohren gesehen. Sie war überzeugt, daß es für sie ein leichtes wäre, die Burgmauern zu durchbrechen. Bestimmt könnten sie das Tor zerschmettern.

Nehmen wir an, er erhält ihn zurück. Was hat er dann mit denjenigen vor, in deren Besitz er sich nun befindet? fragte der Kater. *Würde er sie belohnen oder bestrafen?*

Davon erzählte er nichts. Er sagte mir aber, er verstehe gut, daß ich mich danach sehne, mein Heimatland wiederzusehen. Ihm ergeht es genauso, auch er würde gerne nach Hause zurück-kehren. Ich glaube, er würde einfach den Stein nehmen und von hier weggehen.

Wie würde er von hier weggehen? fragte die weiße Katze.

Ich weiß nicht, wie er herkam. Ich denke durch Zauberei. Und genauso würde er, nehme ich an, auch wieder nach Hause zurückkehren.

Eine vernünftige Antwort auf eine unnötige Frage, dachte der Kater. Er sagte: *Freundin, fühl dich nicht verletzt. Die weiße Katze und ich haben etwas unter vier Augen zu bereden. Ruh dich derweilen solange aus, bis wir wieder zurückkommen.* Er erhob sich und stieß verstohlen die weiße Katze an.

Sie starrte ihn an, dann erhob sie sich und folgte ihm in ein kleines Vorzimmer, wo sie von der Hündin nicht gehört werden konnten.

Der neue Kristall der Herrin ist der rote Stein, den der Mann aus dem Osten sucht, nicht wahr? fragte der Kater.

Ich bin mir ziemlich sicher. Was, meinst du, geschieht, wenn er ihn nicht zurückerhält?

Der Kater leckte an seinen hinteren Zehen und wirkte nachdenklich. *Er ist nur ein Mann mit einem Blattohr. Ich glaube, unsere Burg kann sich selbst verteidigen. Aber wir beide, du und ich, haben mächtige Zauber gesehen. Wenn er seine Zauber gegen uns einsetzt, dann läßt sich nicht vorhersagen, wieviel Unglück über die Burg und ihre Bewohner kommen wird.*

In dir steckt außerordentlich viel Weisheit, Kater. Ich stimme dir zu. Vielleicht sollten wir das Juwel diesem Mann zurückgeben. Doch zuerst möchte ich sicher sein, daß der Stein auch wirklich ihm gehört. Wie können wir das herausfinden?

Der Kater spuckte eine Klette aus. *Gelbauge scheint sich sicher zu sein, daß es einen roten Stein gibt. Wir vermuten nur, daß jener es ist. Ich sehe keine andere Möglichkeit, als zum Weisen aus dem Osten zu gehen und mit ihm zu reden. Wir könnten den Stein mitnehmen und ihn so lange verborgen halten, bis wir sein Lager erreicht haben. Sind wir überzeugt, daß er ihm gehört und will er uns friedlich verlassen, falls er ihn wieder hat, so können wir ihm den Stein überreichen. Das wäre nur ein kleiner Preis, den wir für den Frieden zu zahlen haben.*

Der Stein gehört dir nicht, sagte die weiße Katze. *Und die Burg verlasse ich nicht.* So, wie sie das *ich* betonte, war dem Kater klar, daß sie es auch so meinte. Sie war noch niemals vor den Mauern der Burg gewesen und wollte auch jetzt nicht gehen.

Was wird die Herrin sagen, wenn ihr neuer Kristall verschwindet?

Erklär das dem Mann aus dem Osten. Vielleicht hält er eine Lösung bereit.

Einverstanden. Reden wir mit Gelbauge und warten ab, was sie dazu zu sagen hat.

Gelbauge meinte, die Reise wäre zu lang, um sie in so kurzer Zeit ein zweites Mal zu machen, der Stein wäre vielleicht nicht der richtige, der Herr würde sie gehörig verprügeln, wenn er von ihrer langen Abwesenheit erfährt, und vom Mann aus dem Osten würde weniger Gefahr drohen als von ihrem Herrn.

Kurz, den Kater beschlich das Gefühl, daß Gelbauge nicht mehr gehen wollte.

Was ist, wenn ich dich begleiten würde? fragte der Kater schließlich.

Gelbauge dachte einen Moment lang nach. *Es wäre nicht schlecht, die Sache aufzuklären. Ich glaube nicht, daß der Burg Gefahr droht. Wenn ich mich jedoch irre . . .* Sie ließ den Satz offen. *Gut. Aber nicht vor der nächsten Nacht.*

Die beiden Katzen stimmten überein, daß es eine gute Idee sei, erst nach dem Abendessen zu gehen. Der Herr würde dann höchst unwahrscheinlich nach seinen Hunden schauen. Sie waren froh, daß er diesen Tag die Burg nicht verlassen hatte.

Der Kater blieb den größten Teil des Tages bei der weißen Katze. Erst nachdem das Abendessen aufgetragen worden war, verließ er sie.

Gelbauge wartete an der Katzenpforte. *Es ist höchste Zeit.*

Der Kater, der in seinem Maul den weißen Beutel mit dem Kristall die Stufen herabgeschleppt hatte, verzog sich unter einen breiten Tisch und ließ sich in dessen Schatten nieder. *Ich habe es die Treppen herabgeschafft, ich kann es aber nicht durch den Wald tragen. Solch weite Entfernungen sind für mich alleine schon hart genug. Kannst du es nehmen?*

Die Hündin kam zum Kater unter den Tisch und packte den Beutel zwischen ihre Zähne. *Das sieht ja fürchterlich aus. Schau, am Beutel sind lange Riemen, die mit einem Knoten zusammengebunden sind. Kannst du sie über meinen Kopf ziehen, wenn ich meine Nase durch die Schlaufe stecke?*

Gute Idee. Warte, ich kann den Knoten hochhalten, bis du mit deiner Schnauze durch bist.

Gelbauge und der Kater mühten sich, bis die Schlaufe über ihren Kopf gezogen war. *Vorsicht. Reiß mir nicht die Ohren ab. Gut so. Es ist ein wenig eng, aber nicht unangenehm. Ich glaube nicht, daß wir es wieder herunterbekommen. Fällt es auf?*

Der Kater stimmte zu, ja, es fiel auf. Seine Schnurrhaare legten sich an die Backen, und seine Augen funkelten. *Warte hier, bis du in der großen Halle Unruhe vernimmst. Dann schlüpfe hinaus und durch das Tor. Ich werde so schnell wie möglich nachkommen.*

Gelbauge sah den Kater mit hocherhobenem Schwanz der großen Halle zu stolzieren. Kurze Zeit später hörte sie einen Hund aufjaulen. Der Aufruhr, bellende Hunde, die sich gegenseitig verfolgten und miteinander kämpften, ließ die Küchenhilfe in die große Halle eilen, um nach dem Rechten zu sehen. Die Hündin schlüpfte durch die Tür, wie der Kater es ihr angewiesen hatte, blieb im Schatten, bis sie das Tor erreicht hatte, und zwängte sich durch den engen Spalt zwischen Tor und Boden.

Kurze Zeit später kam der Kater, völlig außer Atem und die Haare noch aufgestellt. *Kennst du den schwarzen Rüden, der sich für den Anführer des Packs hält? Ich schlug meine Krallen in seine Schwanzspitze und versteckte mich unter einem Tisch. Er sprang den nächstbesten Hund an. Sie jagten sich durch die ganze Halle, die Menschen rannten herum und versuchten, sie zu beruhigen. Essen wurde umgeworfen, Wein verschüttet. Es war ein schöner Krawall.*

Man hörte es. Ich kann das arrogante Vieh nicht ausstehen. Komm, es ist besser, wenn wir hier verschwinden. Wir haben einen langen Weg vor uns. Ich werde langsam gehen.

Ich bin wieder in Ordnung, sagte der Kater. *Geh du nur dein Tempo, ich komm schon hinterher.*

Nach einer langen Strecke, die sie mit ziemlich hoher Geschwindigkeit zurücklegten, mußte der Kater Gelbauge Einhalt gebieten. *He, du hast recht. Meine Beine sind nicht so lang wie deine. Werd bitte langsamer.*

Die Hündin stoppte und ließ den Kater aufschließen. *Verzeih, aber es ist ein weiter Weg.*

Gelbauge verminderte die Geschwindigkeit und erlaubte dem Kater, das Tempo zu bestimmen. Es war tief in der Nacht, und der Mond stand hoch am Himmel, als sie endlich anhielten. *Leise,* sprach Gelbauge, *gleich hinter diesem Bach hatten sie letzte Nacht ihr Lager aufgeschlagen. Vielleicht sind sie noch wegen dem Regen dort. Ich bleibe mit dem Kristall hier im*

Schatten, während du in das Lager gehst. Ich denke, er wird dich freundlich empfangen.

Mag das Blattohr Katzen? fragte der Kater.

Es schien mich gar nicht bemerkt zu haben. Ich zweifle, ob es dich überhaupt wahrnimmt.

Gut, murmelte der Kater, *ich bin mir nicht sicher, ob ich ein Wesen treffen möchte, das so groß ist wie ein Burgtor.*

Sie sahen das Feuer, als sie aus dem Bachbett emporstiegen und sich leise im nahen Gebüsch verkrochen. Und sie sahen den Mann, der in einem über dem Feuer hängenden Topf rührte.

Ich wünsche mir, es wäre ein Topf mit fetten Feldmäusen, sagte der Kater.

ICH ESSE KEIN FLEISCH. Der Mann hatte die Bemerkung des Katers aufgenommen und blickte zum Gebüsch, wo sie sich versteckten. WAS ICH HABE, WILL ICH GERNE TEILEN. KOMM HER ZU MIR.

Der Kater trat in das Licht des Feuers, den Schwanz in freundlicher Absicht erhoben. Er ging hinüber zu dem Mann und ließ sich vor ihm nieder. *Wie kommt es, daß du mich verstehst und unmittelbar zu meinen Gedanken sprechen kannst? Nur wenige Menschen können das.*

IN MEINER KULTUR GIBT ES VIELE, DIE DIE FÄHIGKEIT BESITZEN, SICH MIT UNSEREN MITGESCHÖPFEN ZU UNTERHALTEN. Der Mann überreichte eine Schale, die er aus dem Topf über dem Feuer gefüllt hatte. Heißer Dampf stieg auf, sein Duft war verführerisch.

Zurückhaltend schnupperte der Kater daran und spürte, wie ihm das Wasser im Munde zusammenlief. *Danke. Laß es ein wenig auskühlen. Wo liegt dieser wunderbare Ort, wo Menschen uns Respekt entgegenbringen?*

KENNST DU DEN OZEAN?

Was ist ein ›Ozean‹? Ist es das große Wasser, das meine Freundin, die Hündin, überquerte, als sie zu uns kam? Kamst du auf einem ›Schiff‹?

WENN DU NICHT WEISST, WAS EIN OZEAN IST, DANN FÄLLT ES SCHWER ZU BESCHREIBEN, WO MEIN LAND

LIEGT. HILFT ES, WENN ICH SAGE, ES LIEGT HINTER DEM ORT, WO DIE SONNE AUFGEHT?

Der Kater wickelte seinen Schwanz um die Vorderpfoten. Das Feuer wärmte seinen Rücken. *Das sagt mir, daß es im Osten liegt und sehr weit weg ist. Kann das Blattohr auf einem Schiff fahren?*

MEIN GEFÄHRTE UND ICH REISEN MANCHMAL AUF EINEM SCHIFF. MANCHMAL AUF NOCH WUNDERBARERE WEISE. DIE HÜNDIN ERZÄHLTE MIR, DASS ES VIEL ZAUBEREI GIBT IN DIESEM LAND. KONNTE SIE NICHT MITKOMMEN?

Seine Augen waren auf das Gebüsch gerichtet, wo Gelbauge lag. Der Kater vermutete, daß er von ihrer Anwesenheit wußte. *Doch, sie führte mich hierher. Sie wird später kommen. Ein Weiser bat mich, dich nach dem Stein zu fragen, den du suchst.*

ICH HABE ES DER HÜNDIN ERZÄHLT. ES HANDELT SICH UM EINEN STEIN VON GROSSER MACHT, DEM BRUDERSTEIN ZU DIESEM HIER. Er entnahm seiner Tasche einen weißen Beutel, der exakt dem glich, den Gelbauge trug. Er ließ den Stein in seine Hand gleiten, und sofort begann dieser zu glühen, als brenne in ihm ein loderndes Feuer. SIE STAMMEN AUS EINEM TEMPEL, EINEM ORT DER VEREHRUNG. DIE PRIESTER IN MEINER HEIMAT GEBRAUCHEN SIE, UM DAS WETTER ZU BEEINFLUSSEN. OHNE DIESE BEIDEN STEINE IST IHR ZAUBER OHNE WIRKUNG. UNSERE ERNTEN VERDORREN, WEIL ES AN REGEN MANGELT. DIE MENSCHEN LEIDEN AN HUNGER. ICH WURDE GESANDT, UM DEN VERLORENEN STEIN ZU SUCHEN UND IHN AN SEINEN ANGESTAMMTEN PLATZ ZURÜCKZUBRINGEN. KANNST DU MIR HELFEN?

Zu welchem Preis?

PREIS?

Du bist nicht hier, um diejenigen zu strafen, die den Stein genommen haben?

DAS IST BEREITS GESCHEHEN. DOCH DER STEIN GELANGTE IN HÄNDE, DIE UNSCHULDIG WAREN AM

RAUB. ICH BIN IHM GEFOLGT, UM IHN WIEDER ZURÜCKZUBRINGEN.

Ich nehme an, du verfügst über Zauber.

DEINE WAHRNEHMUNG TRÜGT DICH NICHT.

Der Kater hob die rechte Pfote und leckte die Tatze. *Natürlich. Warum verschaffst du dir den Stein nicht durch einen Zauber?*

WENN DU DICH MIT ZAUBER AUSKENNST, DANN WEISST DU, DASS MAN EINEM STEIN MIT GROSSER MACHT KEINEN GEGENZAUBER ENTGEGENSETZEN KANN, OHNE DIE GEFAHR HERAUFZUBESCHWÖREN, DASS DER STEIN DABEI ALL SEINE MACHT VERLIERT. ICH KANN ES NICHT RISKIEREN. ICH MUSS DEN STEIN AUF NATÜRLICHE WEISE ZURÜCKGEWINNEN, DURCH HANDEL VIELLEICHT.

Du beabsichtigst nicht, der Burg oder ihren Bewohnern Schaden zuzufügen?

NEIN.

Ich glaube dir, sagte der Kater. *Wir haben den Stein mitgebracht. Wir hörten, daß unser Herr auf dem Markt ein Pferd für ihn bezahlt hat. Unsere Herrin gebietet über große Zauber. Letzte Nacht nahm sie den Stein heraus, und er verstrahlte im Raum ein Licht wie Blut. Sie weiß, daß er ein sehr mächtiger Stein ist, kennt jedoch nicht seinen Zweck. Sie wird sehr böse sein, wenn sie erfährt, daß er fehlt. Wenn wir ihn dir geben, werden wir unsere Herrin sehr verärgern.*

DARF ICH EINE LÖSUNG VORSCHLAGEN?

Bitte, wir wären froh darüber.

Der Kater rief Gelbauge, die mit hängender Zunge und wedelndem Schwanz aus dem Gebüsch kam. Sie setzte sich neben den Kater. Der Mann machte keine Anstalten, sich den Stein zu greifen, obwohl der Beutel in Sichtweite hing.

Er faßte nach hinten und brachte eine große Tasche zum Vorschein, in dessen Inhalt er wühlte. Schließlich zog er einen Beutel heraus, der den anderen beiden glich, nur war er aus Silberbrokat. Der Inhalt ließ er in seine Handfläche fallen. Es war ein weiterer roter Stein. Er funkelte im reflektierten Licht des Feuers, doch gingen von ihm keine blutroten Blitze aus.

DIESER STEIN BESITZT KRÄFTE EIGENER ART. ER IST JEDOCH KEIN BRUDERSTEIN ZUM SMARAGD. ER IST GESCHNITTEN WIE DIE BEIDEN ANDEREN UND WIEGT AUCH BEINAHE SO VIEL. GLAUBT IHR, SIE WIRD DEN UNTERSCHIED BEMERKEN?

Die beiden Tiere schauten sich an. Der Kater vergrößerte unmerklich seine Pupillen. *Schaut für mich gleich aus. Sie hat ihn nur einige Male gesehen. Ich glaube, er könnte durchgehen. Was meinst du dazu?* Er blickte Gelbauge an.

Ich glaube auch. Ich wäre bereit zu tauschen. Sie hielt still und ließ den Mann den Beutel von ihrem Hals nehmen. Er tätschelte sie freundlich. ICH BIN NICHT HIER, UM ZU STRAFEN, SONDERN UM ZU BELOHNEN. Er nahm den Stein aus den Beutel. Das grüne und rote Feuer der Steine zwang den Kater und Gelbauge zu Boden, sie bedeckten ihre Augen. Er legte die Steine zurück in den Beutel, tat jedoch seinen Stein in den brokatenen und den Stein, den er ihnen gegeben hatte, in den Lederbeutel, den die Hündin getragen hatte. Bevor er ihn ihr wieder um den Nacken legte, verlängerte er die Riemen, so daß sie sich leicht davon befreien konnte, wenn sie in der Burg angekommen waren. ICH HOFFE, DAS IST SO IN ORDNUNG. ICH WILL NICHT, DASS IHR WEGEN MIR LEIDEN MÜSST. WIE DARF ICH EUCH BELOHNEN?

Der Kater schnellte den Schwanz hoch. *Eine Katze braucht nicht mehr als eine gute Mahlzeit am Tag, einen trockenen Platz zum Schlafen und ein wenig Achtung. Ich habe dies alles bereits. Du kannst mich mit einem Ritt auf deinem Tier zurück zur Burg belohnen. Es ist ein weiter Weg.*

EINE BESCHEIDENE BITTE, DIE DIR GEWÄHRT SEIN MAG. HÜNDIN, WAS KANN ICH FÜR DICH TUN?

Gelbauge schaute traurig auf den Kater. *Es macht mich sehr traurig, dich zu verlassen, Kater. Du bist ein guter Freund, und wir verbrachten zusammen eine schöne Zeit. Aber ich vermisse mein Zuhause. Ich möchte, vor allem anderen, in meine Heimat zurückkehren.*

Der Mann lächelte. ICH KENNE DAS GEFÜHL. KATER, WENN ICH EUCH BEIDE AUF DEN RÜCKEN MEINES TIE-RES SETZE UND ZUR BURG REITE, KANNST DU DANN DEN STEIN DAHIN ZURÜCKBRINGEN, WOHIN ER GEHÖRT?

Natürlich, sagte der Kater.

DANN WOLLEN WIR AUFBRECHEN. ICH KANN ES, WIE DIE HÜNDIN, KAUM ERWARTEN, WIEDER NACH HAUSE ZU KOMMEN. MEINEM GEFÄHRTEN GEHT ES EBENSO. WARTET HIER, RUHT EUCH AUS, ESST. ICH WERDE PACKEN UND ALLES FERTIG MACHEN.

Niemals vergessen wird der Kater die Reise durch die Wälder zurück zur Burg. Kleinere Bäume auf ihrem Weg wurden nie-dergewalzt, und hin und wieder hob das Tier seine lange Nase und ließ eine Trompetenfanfare erklingen, die das Trommelfell zu zerreißen drohte. Sie ritten in einem kleinen Haus, das mit feiner Seide verziert und mit goldbrokatenen Kissen ausgelegt war. Das Tier bewegte sich schaukelnd vorwärts. Der Kater mußte sich mit seinen Krallen festhalten, um nicht herunterzu-fallen, Gelbauge wurde von dem Mann gehalten. Der Kater wünschte sich, er hätte nicht zusammen mit der Hündin den Rest des Eintopfes ausgeschleckt, den der Mann ihnen gegeben hatte. Dann erreichten sie den Waldrand nahe der Burg.

Es gibt noch etwas, worum ich dich bitten möchte. Aller-dings weiß ich nicht, ob du es erfüllen kannst, sagte der Kater, als sie am Rande des Waldes anhielten.

SAGE ES, erwiderte der Mann.

Der Herr sagte, das Wild sei aus unseren Wäldern ver-schwunden. Kannst du etwas dafür tun, daß es wieder zurück-kehrt und wir nicht hungern müssen?

ICH ESSE KEIN FLEISCH, wiederholte der Mann. DOCH WENN DU DIES WÜNSCHT, SO SOLL ES DIR ERFÜLLT SEIN. ICH HABE DEN BEUTEL UM DEINEN HALS GEBUN-DEN. SCHAFFST DU ES VON HIER BIS ZUR BURG?

Kein Problem, sagte der Kater. Er sprang und landete auf allen vier Pfoten. Er drehte sich um und wollte sich verabschieden, sah aber nur noch den Wald. Ein Schauer ging durch ihn, und sein Haar stellte sich auf. Deutlich erkannte er die Spuren des Blattohrs, von dem Tier selbst aber war nicht zu sehen. Beim Auge einer Ratte, murmelte er zu sich, eine solche Zauberei habe ich noch nie erlebt.

Als er durch das Tor in die Katzenpforte huschte, zeichnete sich am östlichen Horizont bereits die Morgendämmerung ab. In der Küche herrschte geschäftiges Treiben, auf der Treppe allerdings war nur wenig los. Unbemerkt gelangt er in das Turmgemach. Die Tür stand wie gewöhnlich einen Spalt weit offen. Die Herrin schritt auf und ab, während sie sich ankleidete, durchsuchte Schubladen und wühlte in Kleidern.

»Ich weiß doch, daß ich ihn auf den Tisch gelegt habe. Wo kann er denn nur sein?«

Der Kater wartete, bis sie ihm den Rücken zukehrte, dann eilte er unter das sichere Bett. Die weiße Katze sah ihn, wartete auf einen günstigen Augenblick und sprang zu ihm hinab. *Habt ihr es geschafft? War es sein Stein? Wird er der Burg Schaden zufügen?*

Wir fanden ihn. Es war sein Stein. Er ist ein freundlicher Mann, der niemanden Böses tut. Nun ist er weg. Sucht sie nach dem Stein?

Ja, seit der letzten Nacht. Wohin ist er gegangen?

Das weiß ich nicht, Verschwunden. Er sagte, er habe mächtige Zauber, also nehme ich an, er bringt Gelbauge in ihre Heimat und kehrt dann in sein Land im Osten zurück.

Gelbauge ist auch fort?

Einfach verschwunden. Als ich vom Blattohr sprang, lösten sie sich alle in Luft auf.

Kater, du bist so klug. Du hast die Burg gerettet, die Gefahr abgewendet und bist unversehrt zurückgekommen. Wenn wir nur eine Möglichkeit fänden, sie wieder zufriedenzustellen. Wir können ihr nicht sagen, was geschehen ist.

Das müssen wir auch nicht. Der Mann hat daran gedacht.

Hier, zieh den Beutel von meinem Hals und lege ihn an die Bett-
kante, wo das Laken überhängt. Früher oder später wird sie ihn
finden. Er enthält einen Stein, der dem anderen sehr ähnlich ist.
Der rote war der Bruderstein zum grünen. Zusammen erzeugten
sie ein Feuer, das deine Augen blendete. Ich bin froh, daß er nun
nicht mehr hier ist. Dieser Stein ist sehr viel ruhiger.

Die weiße Katze näherte sich ihm, schnurrte und leckte seine
Ohren.

Niemals in seinem Leben war er so schläfrig gewesen wie
jetzt. Der Platz schien ihm für ein kleines Nickerchen so gut wie
jeder andere zu sein. *Ich weiß*, sagte er und schloß die Augen.
An den morgigen Tag verschwendete er keinen Gedanken. Für
heute jedenfalls hatte er sein Abenteuer gehabt.

Ins Deutsche übertragen von Karl-Heinz Ebnet
Originaltitel: Yellow Eyes

DONNA FARLEY

Irgendwo
muß es doch sein

Eine Viertelstunde vor Mitternacht thronte ich, den Schwanz säuberlich um meine Pfoten geschlungen, auf einem Trockner in dem leeren Waschsalon — leer bis auf mich und den Lehrling des Magiers.

Um uns herum summten und klapperten mehrere Trockner und die einzige noch nicht defekte Waschmaschine wie eine Herde mechanischer Kühe, die an einem besonders ungenießbaren Futter mampften. Im Augenblick fraßen sie gerade Jacks Schmutzwäsche, die sich die letzten drei Wochen über angesammelt hatte, während sein Onkel, Meister Hugh, auf der Magierversammlung gewesen war.

»Das ist für dich, Katze«, erklärte Jack und schob mir feinfühlig eine Sardelle ins Maul. Der Junge hatte genügend Verstand, daß er mir nicht zumutete, aufzustehen oder wie ein Zirkushund auf meinen Hinterbeinen zu tanzen, wie meine ›Besitzerin‹, Miss Parke, es manchmal tut. Ich ließ den salzigen Leckerbissen in den Mund gleiten, dann beobachtete ich erwartungsvoll den Jungen, während er in seine Pizza biß.

Er war ein etwas dicklicher Teenager, der, wäre er eine Katze gewesen, aufgrund seiner Haarfarbe bestimmt den Namen ›Karotte‹ erhalten hätte. Ähnlich hatte meine ›Besitzerin‹ mich wegen meines schönen Haarkleids in Orange, Creme und Schwarz ›Falter‹ getauft, ein Fellmuster, das Katzenkenner Schildpatt oder Torty nennen. Aber ich bin keine gewöhnliche Schildpattkatze. Ich bin ein Schildpattkater. Und das bedeutet, daß es mich eigentlich gar nicht geben kann.

Nun gut, ich habe ein klein wenig übertrieben. Katzen neigen bisweilen zu Übertreibungen. Auf alle Fälle jedoch bin ich ein ausgesprochen seltenes Exemplar, und das ist zur Abwechslung einmal nicht übertrieben.

Sie müssen nämlich wissen, daß im kätzischen Universum dreifarbige Fellmuster für Damen reserviert sind. Ein Torty-Kater ist in dieser Weltordnung eigentlich nicht vorgesehen. Doch alle Jubelmonde einmal (und unter einem solchen erblickte ich das Licht der Welt) wird das Unmögliche möglich.

Schildpattkater sind magisch.

Sie denken nun womöglich, ich übertreibe schon wieder. Meinetwegen, niemand zwingt Sie dazu, meine Geschichte zu glauben oder sie sich auch nur anzuhören; das juckt mich und meine Schnurrhaare nicht im geringsten. Wir Katzen scheren uns keinen Deut darum, was Menschen von unserer Art halten, außer vielleicht, um uns hin und wieder über euch zu amüsieren. Was ist auf Katzentreffs am Gartenzaun nicht schon alles darüber gemaunzt worden, was Menschen für seltsame und merkwürdige Vorstellungen über die Gattung der Felidae hegen. Ach ja, Eliot hat vielleicht dunkel etwas durch ein Glas gesehen — ›jellicle‹ ist ein durch und durch kätzisches Wort, obwohl es mir ein unlösbares Rätsel bleibt, wo er es auftreiben konnte. Aber im Gegensatz zu Eliot ist Lewis Carroll der einzige Mensch, der jemals eine richtige Katzengeschichte geschrieben hat. Was indes weder er noch seine Illustratoren jemals verstanden haben, ist die Tatsache, daß die sogenannte Cheshire- oder Grinsekatze in Wahrheit ein Schildpattkater war.

Zauberer jedoch wissen das, und deshalb gehen wir Torty-Kater ihnen aus dem Weg. Ich allerdings hatte das Pech, daß einer in die Wohnung über mir einzog.

Meister Hugh war fett, mit sich lichtendem Haar und buschigen Augenbrauen, und er war selbst für einen Magier außergewöhnlich übellaunig. Wenn zum Beispiel Jack auf Zehenspitzen ein wenig zu laut die Treppen heraufstieg, wenn er von der Schule kam, und so seinen Meister zehn Minuten früher als gewünscht weckte, war es nicht undenkbar, daß Hugh den Jungen vorübergehend in eine Maus verwandelte, auf daß Samantha, seine Vertraute, an ihm ihre Jagdinstinkte schulen konnte. Glücklicherweise für Jack enthielt Hughs Spruchrepertoire keine Zauber, die tödlicher als der Mäusespruch waren. Um aber nun den letzten Zweifel bezüglich Hughs Charakter zu beseitigen, lassen Sie mich kurz erzählen, was ich mit meinem eigenen Auge beobachtet habe (mit dem blauen, das psychische Phänomene wahrnimmt): Seine Aura hatte die Farbe alten Motorenöls in einem Pendlerbus, mit Spritzern seit sechs Monaten ungewechseltem Bratfett aus einem China-Restaurant und ein paar roten Tupfern wie dem Lippenstift einer Nutte aus dem dunkelsten Sperrbezirk.

Man sagt, daß Vertraute die Persönlichkeit ihrer Meister widerspiegeln. Samanthas Ego, Hughs schwarze Katze, noch unter dem Ego eines getretenen Hundes. Überdies war ihr magisches Talent kaum der Rede wert, so daß ich keine Probleme hatte, ihr Maul mit einem Schweigezauber zu versiegeln, als Hugh und Jack in die Wohnung über der von Miss Parke einzogen — mit dem Effekt, daß der Zauberer in Unkenntnis meines wahren Wesens blieb. Danach machte ich einen weiten Bogen um Hugh und Samantha (manche schwarzen Katzen gelten zu Recht als Unglücksbringer); mit Jack war es allerdings etwas anderes. Natürlich war es ein dummer Fehler, aber ich habe nun mal eine Schwäche für Sardellen.

Jack bemerkte, daß ich ihn beim Essen beobachtete, lächelte — ein Grinsen, das der Grinsekatze würdig gewesen wäre — und warf mir eine weitere Sardelle zu.

»Was hältst du davon, mein Vertrauter zu werden, Katze, wenn ich meine Lehrlingsausbildung beendet habe?«

Ich verschluckte mich heftig, und er klopfte mir auf den Rücken. Mißtrauisch beäugte ich ihn und legte meinen Schwanz enger um die Pfoten.

Er aß weiter von seiner Pizza. »Onkel Hugh sagt, daß Katzen schwarz sein müssen, um gute Vertraute abzugeben. Ich persönlich bin allerdings der Ansicht, wenn sie alle so wie Samantha sind, können schwarze Katzen nur eine verkommene Moral und keineswegs Verstand gemeinsam haben.« Er bot mir eine weitere Sardelle an, die ich mit einem wohlwollenden Schnurren annahm. Er verfügte über eine gute Menschenkenntnis (oder sollte ich besser Tierkenntnis sagen?), wie naiv er auch in anderer Hinsicht sein mochte. Und, ganz im Gegensatz zu seinem Meister, verfügte er über die Gabe des psychischen Kontakts zwischen den Spezies, mit anderen Worten, Tiere mochten ihn einfach, sogar Samantha. Überflüssig zu erwähnen, daß dieses Talent natürlich keine Auswirkungen auf Schildpattkater hatte. Ich war nur wegen der Sardellen und wegen der warmen

Vibrationen des Wäschetrockners unter meinem Hinterteil hier.

»Ich zeige dir was, Kumpel«, sagte Jack und zog ein paar babyblauer Socken mit schwarzen Stickereien aus dem stinkenden Wäschekorb, dessen Inhalt noch der Reinigung harrte. Er zog seine Schuhe und Socken aus und die babyblauen an und baute sich mit schwungvoller Gebärde vor mir auf. »Tatatata! Da staunst du, was, Katze?«

Ich zwinkerte mit den Augen. Seine Gestalt war zu einer geisterhaften Nebelwolke verschwommen. Offensichtlich handelte es sich um magische Socken, die ihren Träger unsichtbar machten. Ich konnte ihn natürlich noch als Umriß ausmachen, aber ich schwöre, für Menschen und fast alle Tiere war er vollständig unsichtbar.

Ich entschloß mich, mitzuspielen, da ich meine Chance auf weitere Sardellen witterte. Also reckte ich mich auf allen vieren empor und gab vor, verwirrt nach ihm zu suchen, während er einfach dort stehenblieb, die Arme vor der Brust verschränkt. Dann vollführte ich einen schnellen Satz zu der Bank, auf der die Pizza in ihrer Schachtel wartete, und bediente mich.

»Hey!« Er schnappte mir die Schachtel vor der Nase weg, und ich sprang wieder auf meinen Trockner, die Augen fest auf das Fressen gerichtet, während er die Socken wieder auszog und in den Wäschekorb warf.

Als seine Erscheinung sich wieder verfestigt hatte, ließ ich erwartungsvolle Blicke zwischen der Pizzaschachtel und ihm und wieder zurück gleiten. Mit resigniertem Augenaufschlag überließ er mir schließlich jenes Stück, in das ich bereits meine Krallen geschlagen hatte.

»Ich glaube, daß die Unsichtbarkeitssocken meines Meisters dich nicht allzusehr beeindrucken, stimmt's?«

Ich ignorierte ihn mit vollendeter kätzischer Arroganz und konzentrierte mich ganz darauf, die Sardellen aus dem Mozzarella zu picken. Natürlich war ich nicht beeindruckt — ich kann mich ohne die Hilfe von solchen blöden Socken unsichtbar machen.

Jack seufzte, schnappte sich den Wäschekorb und brachte ihn

zu der Waschmaschine, die geschleudert hatte. Er zog die nassen Klamotten heraus und warf sie neben mir auf den Trockner. Dann leerte er den Inhalt des Wäschekorbs in die Waschmaschine, füllte das Waschmittel ein und setzte die Maschine in Gang.

Ich knabberte glücklich an meinem Pizzastück, während er die verschiedenen Programme einstellte, bis er schließlich den letzten Wäschehaufen in den überdimensionalen Hochleistungstrockner, auf dem ich hockte, werfen konnte. Ich leckte mir die Lippen, rollte mich zusammen und genoß die warmen Vibrationen der Maschine. Die Uhr zeigte Mitternacht.

Jack stützte einen Ellbogen auf die Maschine und kraulte mich mit der anderen Hand an jener perfekten Stelle hinter dem linken Ohr. »Wenn ich es nicht besser wüßte, Falter, würde ich dich für eine magische Katze halten«, sinnierte er

Ich blieb cool, doch der Ton seiner Stimme behagte mir ganz und gar nicht. Früher oder später würde Jack es herausfinden, und wenn das der Fall war, würde sein Onkel mich haben wollen. Ich würde Männchen machen müssen oder wie diese vipernbäuchige Samantha enden. Ungehalten schniefte ich ob dieser Vorstellung. Ich würde eher von zu Haus weglaufen, als mich von ihnen fangen zu lassen!

»Weißt du, Falter, ich spiele mit dem Gedanken, von zu Hause fortzulaufen«, fuhr Jack fort.

Ich konnte es nicht verhindern, daß meine Augen plötzlich weit aufsprangen. Verfügte er auch noch über Telepathie? Wenn dem so war, schien er sich dessen jedoch genauso wenig bewußt zu sein wie seiner Gabe der Tierfreundschaft. Doch eine Sekunde später brachte irgend etwas meinen sechsten Sinn wie ein Notruftelefon zum Klingeln. Ich schnellte auf alle viere, stellte Schnurrhaare und Ohren auf und vollführte einen kurzen Kreisel mit meinem Schwanz.

»He, was liegt an, Katze?«

Der Trockner rumpelte sich zu einer Ruhephase vor; ich sprang auf die Bank, wo ich in der leeren Pizzaschachtel landete, und wandte mein Gesicht der Trocknerklappe zu.

»Oh, die Wäsche ist durch«, bemerkte er, als erkläre das mein Verhalten, und machte sich daran, die Klamotten zurück in den Wäschekorb zu stopfen.

Ich sah genau zu, wie er mit Sternchen bedruckte Unterhosen (Hughs), Wollpullover (seine eigenen) und Socken in dicken Knäueln herauszerrte und sie achtlos in den Korb warf. Als letztes fischte er eine einsame babyblaue Socke aus der Trommel. Jack runzelte die Stirn und begann, den Wäschekorb zu durchwühlen.

Sie müssen dazu wissen, daß Waschsalons heutzutage einige der wenigen Orte auf Erden sind, an denen hin und wieder Dimensionstore auftauchen. Schon gut, lachen Sie ruhig. Sogar die Zauberer wollen es nicht wahrhaben. Sie haben zu viele Vorurteile gegen die moderne Technik, um aus dem Offensichtlichen ihre Schlüsse zu ziehen. Aber versuchen Sie doch mal, eine stichhaltige wissenschaftliche Theorie darüber aufzustellen, wo sich alle jemals verlorenen Socken befinden!

Jacks Gesichtsausdruck wurde langsam panisch. »Oh«, stöhnte er und steckte seinen Kopf in die Trockentrommel, um besser sehen zu können. Dann versuchte er dasselbe mit der Waschmaschine. Dann mit allen anderen Apparaten, die herumstanden. Dann hinter und zwischen den Maschinen. Ich peitschte ungeduldig mit meinem Schwanz.

»Tu doch was!« flehte er mich an.

»Was denn!«

Er starrte mich an (und von Katzen heißt es, sie könnten Augen so groß wie Untertassen machen!), und dann plötzlich wandelte sein Gesichtsausdruck sich zu jenem Cheshire-Katzen-Grinsen, und seine grünen Augen sprühten Funken. Ich kann es nicht beschwören − aber vielleicht ist er in einem seiner vergangenen Leben tatsächlich eine Katze gewesen.

»Aha! Wußte ich's doch, daß du eine magische Katze bist!« Ich putzte mir intensiv das Gesicht.

»Falterchen , alter Junge, altes Mädchen, du mußt mir dabei helfen, diese Socke wiederzufinden. Bitte, Mädchen? Komm schon, ich kauf dir auch eine extra große Sardellenpizza.«

184

Ich schenkte ihm ein herzhaftes Gähnen. Ich kann heute nicht mehr genau nachvollziehen, warum ich zu ihm gesprochen hatte, aber wenn ich die Pranken des Magiers von meinem schönen dreifarbigen Fell forthalten wollte, wäre es keine schlechte Idee, seinen Lehrling als Verbündeten zu gewinnen.

»Falter, Kleines, Mädchen...«

»Ich bin kein Mädchen«, erklärte ich scharf, erhob mich und machte mit hochgerecktem Schwanz eine anmutige Drehung, so daß er sich selbst ein Bild machen konnte.

»Donnerwetter, ich dachte, alle Calico-Katzen seien weiblich —«

»Schildpatt«, berichtigte ich ihn. Was für ein Abgrund an Unwissen tat sich da vor mir auf, und das bei einem ansonsten so begabten Jungen! Offensichtlich war Hugh nicht nur bösartig, sondern auch noch ein hoffnungslos inkompetenter Lehrer. »Schildpatt- oder Torty-Katzen sind alle weiblich. Außer einmal alle Jubeljahre, da wird ein Schildpattkater wie ich geboren. Wir sind hochmagisch.«

»Schön.« Er setzte sich rittlings auf die Bank und beugte sich herunter, bis sein Gesicht auf einer Höhe mit meinem war, das ich zu putzen fortfuhr. Nach einer Minute platzte es aus ihm heraus: »Hörst du jetzt endlich mit dieser blöden Putzerei auf — Onkel Hugh schneidet mir die Ohren ab, wenn ich diese Socke nicht wiederfinde!«

Ich fixierte ihn mit meinem blauen Auge. Seine psychische Aura war von einem tiefen Blau und natürlichem Grün. »Ich bezweifle, daß er Verwendung für deine Ohren hat. Für dein Herz vielleicht, oder deine Eingeweide, aber nicht für deine Ohren«, belehrte ich ihn.

Er verzog das Gesicht und schüttelte sich, wobei seine Aura an den Rändern einen gelblichen Schimmer annahm. Natürlich verdankte sich die Vorstellung, Hugh über die Eingeweide seines Neffen gebeugt zu sehen, dem bereits geschilderten Phänomen kätzischer Übertreibung. Das nehme ich zumindest an.

»Ich könnte vielleicht in der Lage sein, dir zu helfen«, erklärte ich. »Aber das hat seinen Preis.«

»Einen Preis! He, ich dachte, wir wären Kumpels!«

Ich maß ihn mit einem vernichtenden Blick. »Katzen — und ganz besonders Schildpattkater — haben keine ›Kumpels‹.«

Jack stöhnte und fuhr sich fahrig mit den Fingern durchs karottenrote Haar. »Gut, Was willst du?«

»Ich will sicherstellen, daß dein Onkel nie herausfindet, daß ich ein Schildpattkater bin.«

»Aber wie kann ich das garantieren? Natürlich würde ich selbst es ihm nie sagen, aber —«

»Aber meine sogenannte Besitzerin könnte ein Wort darüber fallenlassen, oder Samantha könnte einen Weg finden, den Schweigezauber, den ich ihr aufs Maul gebunden habe, zu brechen.«

»Ich wüßte nicht, wie wir auch nur eine dieser Möglichkeiten wirkungsvoll ausschließen könnten. Warum bleibst du noch hier? Du wärst sicherer, wenn du von zu Hause fortlaufen würdest — Hölle, das würde ich auch gerne«, setzte er düster hinzu.

Ich zuckte mit den Schnurrhaaren. Warum Jack diesen freundlichen Ort verlassen wollte, ging mich nichts an, aber ich würde dann meinen Verbündeten verlieren. »Ich wàr zuerst hier, bevor dieser Zauberer einzog. Ich beabsichtige nicht, mein Territorium kampflos aufzugeben.«

Jack nickte bedächtig. »Ich kann es dir nicht übelnehmen. Aber wie kann ich dir helfen?«

»Nun, fürs erste kannst du mich warnen, wenn du irgendwelche Anzeichen entdeckst, daß er mißtrauisch geworden ist. Dann werde ich rasch einen Plan entwickeln.«

»Großartig. Und wo das nun geregelt ist, was zur Hölle ist mit meiner Socke passiert?«

»Sie ist durch das Kaninchenloch gefallen«, teilte ich ihm mit und reckte mich ein wenig.

»Wodurch?«

»Also bitte, natürlich durch den Trockner, aber sie liegt nun genau dort, wo sie liegen würde, wenn sie durch das Kaninchenloch gefallen wäre.«

»Wie soll das . . .«

»Schau. Wenn du sie zurückhaben willst, mußt du ihr folgen. So einfach ist das.«

»Du willst, daß ich da hineingehe?« Er trommelte mit dem Finger auf den Trockner.

Ich beäugte ihn fachmännisch. Obwohl er ein wenig pummelig war, hatte er doch noch nicht die Größe eines Erwachsenen, und außerdem war der Trockner ein extra großes Exemplar. »Wir sollten es versuchen.«

»Ich nehme an, du weißt, was du tust«, murmelte er unschlüssig.

»Das ist mehr, als ich von dir behaupten kann«, grollte ich. »Man stelle sich nur vor: Wirft ein Paar magischer Socken direkt in ein Dimensionstor!«

»Ich hab' immer noch die andere«, versetzte er trotzig und hielt die einsame blaue Socke hoch.

Ich sog verachtungsvoll die Luft ein. »Was würde es dir nützen, halb unsichtbar zu sein?«

»Gut, du hast gewonnen«, erklärte er düster und stopfte sich die Socke in seine Jeanstasche. Er öffnete die Trocknerklappe und holte einmal tief Luft. »Onkel Hugh hat mich schon einige sehr merkwürdige magische Prozeduren machen lassen, aber dies hier setzt allem die Krone auf. Muß ich ihn vorher anstellen?«

»Nur hereinspaziert! Meine eigene Magie wird uns in Bewegung setzen.«

Er kroch hinein, und als er sich zurechtgesetzt hatte, sah er so unglücklich wie ein Schäferhund in einem Pinscherkorb aus. Ich stolzierte ebenfalls herein und fand ein Fleckchen in seinem Schoß, gegen alle möglichen Unbilden durch seinen zusammengekauerten, gut gepolsterten Körper geschützt.

»Aua! Paß doch auf, in was du deine blöden Krallen schlägst!«

»Und los geht's!« gab ich zur Antwort, und mit einem Schwanzwedeln brachte ich uns auf Kurs.

Ich fürchte, daß es eine recht unruhige Fahrt für Jack war, für mich, der ich mich in seinem Schoß zusammengerollt hatte, war sie jedoch sehr bequem. Er gab einen guten Stoßdämpfer ab.

Die Dimensionsreise war ein großer Spaß, so als wirbele man mit fünfhundert Kilometern pro Stunde durch ein Kaleidoskop. Wir landeten allerdings ausgesprochen sanft unter einem pink-farbenen Himmel inmitten einer weiten, rollenden Ebene von wollartiger Beschaffenheit und unendlichen verschiedenen Farbtönen. Es war so gemütlich, daß ich mich versucht fühlte, mich zusammenzurollen und ein kätzisches Nickerchen zu halten, aber statt dessen beobachtete ich Jack, der sich krümmte, als würge er soeben einen Fellballen hoch.

Er hob mir sein Gesicht entgegen, das ziemlich grün war. »Esse niemals«, belehrte er mich, »niemals eine Sardellenpizza, bevor du eine Reise durch den Trockner machst.«

Er setzte sich auf und ließ den Blick schweifen, so daß ich kurzfristig schon dachte, es ginge ihm nun besser, doch dann sah ich, wie seine Kinnlade, langsam und stetig wie ein hydraulischer Lift, nach unten klappte. Seine Augäpfel sprangen fast aus ihren Höhlen, als er seinen Kopf nach links und rechts und wieder zurück wandte und die Szenerie in sich aufnahm. Dann richtete er seine Augen wieder nach unten auf den Boden zu seinen Füßen, sank plötzlich auf die Knie und griff sich beide Hände voll mit den vielfarbigen Garnröhren.

»Ahhh! Hier müssen ja Millionen von Socken liegen!« Er schleuderte sie in die Luft und richtete sich auf, sank wieder zu Boden, unter Myriaden kleiner menschlicher Fußwärmer aller Stilarten, Größen und Farben.

Ich selbst hatte mir einen solide gepackten Stapel auserkoren, den ich so lange mit den Krallen bearbeitete, bis er für mich bequeme Formen angenommen hatte; dann legte ich mich mit eingerolltem Schwanz nieder. »Billionen, würde ich sagen.«

»O mein Gott«, keuchte er und sank erneut nieder, den Kopf in den Händen vergraben. »Vielleicht gebe ich die Zauberei auch ganz auf und schließe mich irgendwo einem Zirkus an.«

Er stöhnte auf und sah sich nochmals um. »Wo sind wir hier?«

»Im Tal der Verlorenen Socken«, beschied ich ihn, hart am Rande des Schnurrens, denn hier war es wirklich höllisch bequem. »Du wirst hier nicht ein einziges zusammenpassendes Paar finden.«

»Eine ganze Welt aus nichts als verlorenen Socken?«

»O nein. Das hier ist nur ein Teil des Ganzen. Dort hinten findest du die Strände der Verlorenen Knöpfe, den Wald der Verlorenen Wege, die Marschen der Verlorenen Murmeln und die Höhlen der verlorenen Stimmen, um nur einige zu nennen.«

»Verlorene Stimmen? Komm, komm!«

»Sie pflegen«, räumte ich ein, »in der Tat beweglicher zu sein als die eher soliden Gegenstände, die in dieser Dimension landen.«

»Wie heißt diese Dimension? Onkel Hugh hat mir nie etwas von diesem Ort erzählt.«

»Oh, ich bin sicher, daß er das getan hat«, schnurrte ich, denn ich fühlte mich nun endgültig im siebten Katzenhimmel. »Hat er nie, wenn du etwas verloren hattest, zu dir gesagt: ›Nun gut, Jack, mein Junge, irgendwo muß es doch sein‹? Hier ist Irgendwo!«

Er starrte mich an. »Komm, mach mal Pause!«

Ich jedoch fixierte ihn nur als halbgeschlossenen Augen. Auch schien es mir, als hätte ich hinter ihm in dem Berg von Strümpfen und Socken eine Bewegung ausgemacht.

Plötzlich klingelte bei mir ein Sechs-Sinne-Alarm, und ein köstlicher Schauer purer Erregung rann mein Rückgrat entlang.

Himmel! Meine Nase zuckte ob des unverkennbaren Dufts. Langsam erhob ich mich auf alle viere und begann, lässig auf den Berg von Strümpfen zuzustolzieren, während mein vortrefflicher Sehsinn mir jede Menge raschelnder Bewegungen im Augenwinkel meldete. Jack war mittlerweile so still geworden, wie ein Mensch nur sein kann, und beobachtete mich schweigend.

Ich näherte mich der Bewegung auf eine Katzenlänge und wartete, daß ihr Urheber sich erneut verraten würde. Plötzlich glitt eine grüngefleckte Socke von der Spitze des Stapels. Ich schnellte vor, tauchte in den Haufen ein, mit jeder Faser meiner Nerven und Muskeln auf die Beute konzentriert. Meine Kiefer schlossen sich um einen pelzigen Leckerbissen, und triumphierend sprang ich mit meiner Trophäe hoch, um sie Jack zu zeigen.

»Ooh — autsch! Laß mich los! Ich bin die Königin der Mäuse, das wird dir noch leid tun!« quiekte das winzige Nagetier.

»Falter!« Jack eilte zu mir und griff nach der Maus. »Aus! Sie spricht ja!«

Wütend hielt ich sie fest.

»Iiihk!« kreischte die Maus. »Oh du gewaltiger Herr der Tiere, ich flehe dich an, errette mich aus den Fängen deines Vertrauten!«

Ich spuckte sie direkt in Jacks Hände aus, die sich beschützend um den kleinen braunen Körper schlossen. »Ich bin nicht sein Vertrauter«, stellte ich indigniert fest und verpaßte Jacks Unterarm einen gutgezielten Krallenhieb. Ich hatte meine gute Laune endgültig verloren — wahrscheinlich hatte sie sich in einen weitentfernten Landesteil des Irgendwo verflüchtigt.

»Autsch!« schrie Jack, ließ aber die Maus nicht los. »He, Falter, schau — sie hat ein goldenes Krönchen auf dem Kopf! Sie ist wirklich die Königin der Mäuse!«

Ich betrachtete das Wesen kalt, wobei ich mir die letzten Maushaare von der Schnauze leckte. »Es ist ein verlorener Ehering«, erklärte ich mit aller Verachtung, die ich aufbringen konnte.

»Oh, du überaus großzügiger, wundervoller, gnadenreicher Meister der Tiere!« säuselte die verabscheuungswürdige Winzkreatur, während sie auf Jacks Hand herumschwarwenzelte, seine Finger mit ihren Miniaturpfötchen liebkoste und seine Handfläche über und über mit Küssen bedeckte. Jack setzte sein Cheshire-Katzen-Grinsen auf. Es ließ mein Haar buchstäblich zu Berge stehen.

»Was für ein hübsches kleines Tierchen!« sagte Jack und streichelte das Nagetier mit einem Finger.

»O du begnadeter Magier und Herr aller Tiere! Die Mäuse meines Volks werden für alle Zeiten deine dankbaren und dich liebenden Sklaven sein!«

»Uh, herzlichen Dank«, erwiderte Jack, »aber glaubst du nicht, sie könnten etwas dagegen haben?«

»O nein«, quiekte die Mäusemonarchin und rückte sich die Krone gerade. »Nicht, wenn sie dich einmal kennengelernt haben. Sie werden wissen, wer du bist!«

»Mäuse haben so gut wie keine Magier-Resistenz«, führte ich aus.

»Was meinst du, Falter? Ich gebrauche doch keine Sprüche — Hölle, ich kenne ja auch kaum welche.«

»Oh, du wunderschöner König von allem, was sich bewegt! Ein Herrscher wie du braucht keine Sprüche!« säuselte die Mäusin und vollführte endlose Verbeugungen und Kratzfüße auf Jacks Handfläche. Dann huschte sie schnell seinen Arm hoch, kauerte sich auf seine Schulter und knabberte liebevoll an seinem Ohrläppchen.

»Was?« lachte Jack.

Ich hüstelte. »Du bist ein Empath, du Blödmann.«

»Ich bin was? Ich dachte eigentlich, ich sei Zauberlehrling und Teilzeitstudent.«

»Du besitzt ein natürliches magisches Talent, das jeden Spruch, den dein Onkel dir beibringen könnte, an Effektivität weit übersteigt. Du weckst Gefühle wie Sympathie, Zuneigung, ja Gehorsam in Tieren.«

»Heiliger Strohsack!« entfuhr es ihm. Er zuckte zusammen und zog die Schulter hoch, denn die Mäusekönigin kitzelte ihn am Ohr. »Du meinst, ich muß nur ›Hüpf‹ sagen, und sie fragen nur noch, wie hoch?«

»So einfach ist es nun wieder auch nicht«, entgegnete ich, während ich ein Ohr auf Empfang stellte. »Offensichtlich ist der Effekt um so größer, je geringer die Intelligenz des in Frage stehenden Tiers ist.« Ich bohrte meine Augen in die alberne Maus, die natürlich nicht merkte, daß sie soeben beleidigt worden war. »Warum versuchst du nicht, ob sie dir beim Auffinden deiner Socke irgendwie behilflich sein kann?«

»He, das ist eine großartige Idee«, freute sich Jack. Er fischte die einzelne blaue Socke aus seiner Tasche und hielt sie empor. »Winzkönigin! Ich muß die hierzu passende Socke finden. Wir werden damit beginnen, daß dein Volk alle blauen Socken, die es finden kann, hierher bringt und zu einem Stapel auftürmt. Dann gehen wir sie gemeinsam durch, bis wir die richtige haben. Na, wie hört sich das an?«

Er pflückte sie von seiner Schulter und nahm sie wieder in die hohle Hand, damit sie die Witterung der Socke aufnehmen konnte. Sie wirkte reichlich verwirrt, und ich wußte natürlich auch, warum. Für einen Empathen waren Jacks wissenschaftliche Kenntnisse über die Tierwelt erstaunlich gering.

»Was für eine kluge Idee, Jack«, flötete ich sarkastisch, »doch leider sind Mäuse farbenblind.«

»Oh.« Er plazierte das Nagetier wieder auf seiner Schulter und warf einen verzweifelten Blick auf das Tal der Verlorenen Socken. Er stopfte sich die magische Socke wieder in die Jeans, setzte sich hin und preßte beide Fäuste auf die Schläfen. »Denk nach, Falter, denk nach — gibt es sonst noch irgend jemanden in deinem komischen Irgendwo, der uns helfen könnte? Eine Tierart, die wie die Mäuse in großer Zahl vorkommt, aber verdammt noch mal nicht farbenblind ist?«

Ich blinzelte. Trotz allem hatte der Junge Köpfchen. »Singvögel«, antwortete ich. »Auf dem Berg der Verlorenen Noten.« Ich leckte mir die Lippen. Die Jagd auf geflügelte Beute war eine größere Herausforderung als die auf vierbeiniges Futter.

»Phantastisch! Geh'n wir. Und wenn wir dort ankommen, Falter, vergiß nicht, daß du die Vögel nicht jagen sollst!«

Ich warf ihm einen wütenden Blick zu, aber er bemerkte es nicht, so daß ich mich zu fragen begann, wie groß sein Empathie-Talent eigentlich war.

»Piepmätzchens Ort ist dort entlang«, zwitscherte die Maus. »Ich werde es dir zeigen, geliebter Herr!« Sie stieß Jack am Hals an, während sie mich frech von ihrem sicheren Platz auf seiner

Schulter ansah. Ich bleckte die Zähne, und schon huschte sie in seinen Kragen.

»Hör zu!« forderte Jack, als wir vorwärts keuchten. Mehrere Meilen lang durch kniehohe Sockenstapel zu waten, stellte die Kondition eines leicht übergewichtigen Zauberlehrlings und die Geduld eines Schildpattkaters auf eine harte Probe.

»Ich höre sie schon eine ganze Weile«, teilte ich ihm mit, meine Nase hoch in die Luft gereckt. Unerfreuliche, dünne, tschilpende Geräusche — jeder, der Vogelgezwitscher für Musik hält, hat noch nie einen guten Katerchor miauen hören.

Vor uns türmte sich ein bedrohlicher grauer Berg auf, ein riesiger, massiver Hügel, der aussah, als sei er aus aufeinandergelagerten Schichten schiergrauen Eiscremes gebildet. Von seiner Oberfläche standen wie die Borsten eines Stachelschweins zahlreiche hohe, schwarz Pfosten empor, zwischen denen fünf schwarze Schnüre gezogen waren, die sich von Pfosten zu Pfosten wie Telegrafenleitungen den ganzen Berg hinauf bis auf dessen Spitze zogen. Die Vögel in den verschiedensten Farben, von Scharlachrot über Blau bis Gelb schillernd, flatterten von Schnur zu Schnur und pickten die Noten auf, die wie reife schwarze Kirschen daranhingen. Als wir uns dem Berg näherten, beobachtete ich, wie ein saphirblauer Vogel vier Noten nacheinander abrupfte, verschluckte und anschließend mit der Eröffnung von Beethovens Fünfter aufwartete. Nun ja, wer wird schon von einem Vogel Originalität erwarten.

Da ich in meiner übergroßen Güte der Bitte gedachte, die Jack bezüglich der Vogeljagd vorgebracht hatte, mußte ich mich wohl oder übel anderweitig amüsieren. Ich sauste auf die Spitze des nächstgelegenen Mastes und balancierte wie ein Seiltänzer auf der obersten Schnur, um dann mit zirkusreifer Gebärde die Noten herabzuschütteln. Die jazzartigen Töne, die entstanden, als die Notenflut auf die steinige Oberfläche des Berges prallte, erfreuten mich. Das war besser als eine Jam Session unter dem Gartenzaun!

»Falter!« rief Jack, und aus reinem Reflex sprang ich herüber und landete zielsicher zu seinen Füßen. Er bedachte mich mit einem ziemlich anmaßenden Blick, als sei er die Katze und mir ebenbürtig, und wandte seine Aufmerksamkeit dann dem saphirblauen Piepmatz zu. Er steckte beide Finger in den Mund, pfiff und schrie: »Hierher, Vögelchen!«

Der Vogel flog sofort auf seine Schulter, und Jack bot ihm als Ersatz für eine Stange seinen Finger an. »Phantastisch! Falter, warum habe ich nur vorher nie diese Art von Reaktionen hervorgerufen? Gut, Tiere haben mich immer gerne gemocht, sogar die alte Samantha — aber dies hier!«

Meine Augen durchbohrten den Vogel, der noch einmal den Beethoven zum besten gab. Langsam ruckte mein Schwanz hin und her. »Das Irgendwo ist ein Land der Magie. Ich glaube, du müßtest verdammt hart an deinem Talent arbeiten, bevor du erwarten könntest, in der irdischen Welt solche Resultate zu erzielen.«

Der Vogel legte nur wenig mehr Würde an den Tag als die Maus. Begeistert umschwirrte er Jacks Haupt und trällerte ihm Beethoven vor, der durch die Wiederholung nicht gewann. Glücklicherweise erwies sich dies indes nur als Ouvertüre zu dem, weswegen wir eigentlich gekommen waren. Nachdem Jack seine Forderungen vorgetragen hatte, erklärte der Piepmatz, er und seine Artgenossen seien entzückt, uns bei unserer Suche helfen zu können. Wenige Augenblicke später erhob sich der ganze Schwarm mit Flugziel Tal in die pinkfarbenen Lüfte. Die Aufgabe dort, so versicherte der Bläuling uns, sei bereits getan, wenn wir dort wieder ankämen.

Erstaunlicherweise hielt das Wesen Wort (bei Vögel kann man nie wissen; ihre Gedanken sind überaus flatterhaft). Lange bevor wir dort ankamen, entdeckten wir den babyblauen Riesenstapel, der im Mittelpunkt des Tals dräute. Ich zuckte einmal mit den Schnurrhaaren und beobachtete Jacks Reaktion, doch er schien unverzagt zu sein, stiefelte fröhlich durch das Sockenmeer und pfiff dabei Beethovens Fünfte. Als wir den Fuß des schlachtschiffgroßen Stapels erreichten, winkte er dem

Vogelschwarm über unseren Häuptern glücklich zu und gab zuversichtliche Rufe von sich, während die letzten babyblauen Exemplare eingeflogen wurden.

»Dank euch, Kumpels!« erklärte er jovial. Die Vögel kehrten mit Ausnahme des kleinen Blauen, der sich auf Jacks zweiter Schulter niederließ — die andere war noch von der Obermäusin besetzt —, zu ihrem Notenberg zurück. Jack zeigte seine magische Socke erneut der Mauskönigin und wies dabei besonders auf die Unsichtbarkeitsrunen hin, die in die Seitenpartie eingewoben waren.

»Geht den Stapel von unten nach oben durch. Winzkönigin — du und dein ganzes Mäusevolk.«

Der Sockenberg begann zu zittern, als der Mäuseschwarm um ihn herumtanzte. Die Nager zogen eine Socke nach der anderen heraus, begutachteten sie und warfen sie nach hinten, wo sie sich zu vielen kleinen Stapeln auftürmten. Meine Schnurrhaare zuckten unwillkürlich, als ich ihre Aktivitäten beobachtete. Es war so unerträglich langweilig, nur zuzusehen und nicht zu jagen. Jack setzte sich und streichelte beruhigend meinen Rücken, während wir warteten. Der Stapel sank in sich zusammen, und Jack wurde immer verzagter.

»Mrrff«, brummte ich verärgert, denn nun, da seine Aufmerksamkeit abgelenkt war, streichelte er mich weniger hingebungsvoll. Er kraulte mich unter dem Kinn.

Schließlich war der Stapel dem Erdboden gleichgemacht, und unsere Umgebung sah aus wie ein babyblauer Mondkrater mit hochaufragenden Wänden. Als Jack sich langsam erhob, pfiff der blaue Vogel einen nunmehr recht halbherzig vorgetragenen Beethoven.

»O Meister«, wimmerte die Mäusekönigin den Tränen nah, »was für eine armselige Hilfe wir dir gewesen sind! O großer Herr aller Tiere, ich flehe dich an, vergib uns!«

Jack spuckte eine beachtliche Fluchfolge in der Art von »bei Beelzebubs Bauchblubbern« hervor, Verwünschungen, die er von seinem Magieronkel gelernt hatte und die für menschliche Ohren gewiß recht beeindruckend klangen, bei Katzen jedoch nur ein müdes Gähnen hervorrufen würden. Die Maus weinte, und der Vogel sang seine sattsam bekannte Melodie als Trauermarsch.

Durch die schiere Menge von potentieller Beute erregt, wandte ich meinen Blick ab und richtete ihn auf den Horizont. Ich entdeckte einen sich uns nähernden Vogelschwarm, der ein irdisches Wesen durch die knöcheltiefe Sockendecke auf uns zu trieb. Alle sechs Sinne auf den Neuankömmling gerichtet, muß ich zu einer unerfreulichen Schlußfolgerung kommen.

»O Bastet, steh uns bei! Es ist ein Hund«, stieß ich voll Abscheu hervor.

Immer noch von den Vögeln gejagt, torkelte das häßliche Wesen über den — für ein Exemplar der Gattung Hund — nur schwer zu meisternden Sockenbelag auf uns zu, fiel des öfteren auf seine triefende Nase und sackte schließlich als schmutziggelber Haufen zu Jacks Füßen zusammen. In seinem Maul hielt er eine blaue Socke.

»Ist sie das?« rief Jack, dessen hoffnungsvoller Gesichtsausdruck plötzlich wiederkehrte.

Der Hund ließ die Socke fallen, sprang bellend hoch. »Jawohl, Sir! Nein, Sir! Das ist sie, Sir!« wand sich und sabberte Jack glücklich das Gesicht voll.

Die Maus kreischte, und der Vogel schrillte seinen Beethoven nun im Stakkato, was wie eine Langspielplatte mit Kratzer klang.

»Aus!« brüllte Jack gellend und griff sich die Socke.

Winselnd ließ der Hund von ihm ab, und Jack tätschelte seinen häßlichen Kopf, während er die Socke untersuchte. »Guter Junge!«

»Falter!« schrie er. »Das ist sie zwar, aber sieh sie dir nur einmal an!«

Ich linste auf die Socke, und natürlich war mir sofort klar, was geschehen war: Der stumpfsinnige Köter hatte so lange auf dem Wollgewebe herumgekaut, daß die Unsichtbarkeitsrunen beinahe nicht mehr zu erkennen waren.

Jack zog sich eine Socke und einen Schuh aus und probierte

die wiedergefundene Fußbekleidung aus. Kein Zweifel, der Zauber auf der Socke war zerstört.

»Macht nichts, Falter«, erklärte Jack sarkastisch, »Vielleicht kennst du ja einen guten Wanderzirkus, dem ich mich anschließen kann.«

»Wie rasch Menschen sich doch entmutigen lassen«, tadelte ich. »Die Socke hat ihre Magie verloren, nicht wahr?«

»Richtig, du hast den Nagel auf den Kopf getroffen, und ich werde meinen Kopf verlieren, wenn Onkel Hugh dahinterkommt!«

»Der Punkt ist doch der«, erklärte ich ihm mit unendlicher Geduld, »daß alles, was verlorengeht, schlußendlich im Irgendwo landet. Wenn wir lange genug suchen, finden wir auch die unsichtbare Magie wieder, die einst die Runen an die Socke gebunden hat.«

»Falter«, entgegnete Jack langsam, »du willst mir doch nicht etwa erzählen, daß wir nach etwas Unsichtbarem Ausschau halten müssen?«

»Ich denke, genau das sagte ich«, erwiderte ich naserümpfend.

»Falter, wie kann man denn etwas Unsichtbares finden?«

»Sieh«, erläuterte ich ihm, »wenn du jemals mehr werden willst als der Amateurmagier, der dein Onkel ist, dann mußt du dich von der Angewohnheit zu starren Denkens befreien. Schließlich hat er dir noch nicht einmal was über die Existenz des Irgendwo erzählt, oder?«

»Ja, stimmt schon, ich habe auch manchmal daran gedacht, mir einen neuen Meister zu suchen — und nicht nur aus diesem Grund.«

Gereizt peitschte ich mit dem Schwanz. »Eins nach dem anderen.«

Jack seufzte. »Okay, ich habe angebissen. Wie stellen wir es an, das Unsichtbare zu suchen?«

»Zunächst zeig mir einmal die Runen auf der anderen Socke«, beschied ich ihn.

Er legte das Paar in ausgestrecktem Zustand nebeneinander,

so daß wir die mystischen Buchstaben, die vom Aufschlag bis zum Knöchel verliefen, betrachten konnten. »Waren sie beide identisch?«

Er nickte. »Er hat sie anfertigen lassen. Socken sind billiger als Umhänge, obwohl ich gehört habe, daß Umhänge länger halten.«

Ich rümpfte die Nase. Man kann nur Mitleid empfinden mit diesen Kreaturen, die weder eigene Magie noch ein eigenes Fell haben und sich armseligen Ersatz für beides schaffen müssen.

»Dann nehme ich einmal an, daß du keine Ahnung davon hast, wie der Spruch gewoben wurde. Macht nichts, es gibt immer mehr als nur einen Weg, einer Maus das Fell über die Ohren zu ziehen«, philosophierte ich mit einem kurzen Seitenblick auf das kleine Nagetier auf Jacks Schulter, das sich nun rasch in seinem Hemd versteckte. »Zunächst müssen wir die Runen selbst flicken. Dann gehen wir daran, den Unsichtbarkeitsspruch wieder einzufangen.«

Wieder wateten wir durch die Sockenflut, diesmal jedoch in entgegengesetzter Richtung, auf die Ebene der Verlorenen Macht zu. Wir erreichten die Außenbezirke von dem Marmorprunk des Alten-Griechen-Viertels, von wo ich die Gruppe (ja leider, Hund, Vogel und Maus waren immer noch bei uns) in die Religions- und Mythologie-Abteilung führen wollte, als Jack sich hinsetzte.

»Falter«,sagte er gähnend, »ich glaube, wir schaffen es nicht rechtzeitig, den ganzen Wäscheberg zu beseitigen, bevor Onkel Hugh am Morgen wieder nach Hause kommt.«

»Sei nicht so begriffsstutzig«, entgegnete ich. »Was verlieren die Leute deiner Meinung nach häufiger als alles andere?«

»Weiß ich nicht — Socken vermutlich, nach der Größe des Tals zu urteilen.«

»Zeit, du Mäusehirn«, erklärte ich. »Da oben zwischen den Wolken fliegt genug verlorene Zeit herum, um dich ein Leben lang zu versorgen. Auf unserem Nachhauseweg sammeln wir uns einfach davon etwas ein.«

»Wow!« Seine grünen Augen wurden riesengroß.

»Trotzdem schlage ich vor, daß wir uns jetzt in Bewegung setzen.«

»Okay«, entgegnete er. »Bei Fuß, Kläffer!« fügte er hinzu, was der gelbe Köter auch tat, als habe ihn Jack darauf trainiert. Ich schauderte. Das Talent, das mein naiver junger Nachbar da in den Schoß gelegt bekommen hatte, war größer, als ich anfangs vermutet hatte.

Es gelang mir, Jack durch die Straßen des Alten-Griechen-Viertels zu zerren, ohne daß er mit jedem hergelaufenen Tom, Dick oder Herodot zu einem Schwätzchen stehenblieb. Sprachbarrieren gab es nämlich, wie Jack zu seiner großen Freude festgestellt hatte, im Irgendwo nicht, da die Luft noch von der präbabylonischen Welteinheitssprache gesättigt war. Schließlich erreichen wir unseren Bestimmungsort, ein bescheidenes Gebäude in der Ursprungsstraße der Mythologischen Abteilung. Ich wies Jack an, zu klopfen und einzutreten.

»Stolper nicht rein, bevor deine Augen sich an das Dämmerlicht gewöhnt haben«, riet ich ihm. Mein eigener, natürlich anpassungsfähigerer Sehsinn zeigte mir ein mit glitzernden Spinnweben verhangenes, labyrinthisches Interieur, dessen Wände mit unglaublich lebensecht wirkenden Tapisserien geschmückt waren. Mitten in dieser Gazewelt standen ein großer, verstaubter Webstuhl und ein ähnlich unbenutztes Spinnrad.

»He, wer ist da?« beschwerte sich eine krächzende Stimme. »Werdet ihr Zauberer-Touristen es nie müde, uns arme gestrafte Kreaturen zu begaffen, die das Pech hatten, den Zorn der Götter auf sich zu ziehen?«

»Wie geht es Ihnen, Miss Arachne?« schnurrte ich. Von der Decke seilte sich geschwind ein Faden herab, an dessen Ende eine große schwarze Spinne in Jacks Augenhöhe baumelte.

»Nun, wen haben wir denn da? Du bist ein gutaussehender Bursche!«

»Danke«, würgte Jack.

»Ich sehe schon, du findest mich häßlich, weil ich eine Spinne bin«, sagte sie bitter.

»Oh, he, ich . . .«

»Nun, du hast ja recht«, schluchzte die Arachnide. »Du machst dir keine Vorstellung davon, was für ein hübsches Mädchen ich war, bevor Athena mir das hier angetan hat!«

»Sollte dir der Mythos gerade nicht präsent sein, Jack«, dozierte ich, »unsere Arachne hier hat die Göttin Athena zu einem Wettbewerb im Weben herausgefordert. Es scheint, daß Athena eine schlechte Verliererin ist.«

»Mensch, tut mir leid, Arachne«, entschuldigte er sich und streckte seine Hand aus. Die Spinne pendelte einen Augenblick kurz über seiner geöffneten Handfläche.

»Menschen mögen es normalerweise nicht besonders, wenn Spinnen auf ihnen herumkrabbeln«, argwöhnte sie.

»Aber Arachne, du bist doch eigentlich gar keine Spinne«, schmeichelte er.

»Wenn du es so sehen willst«, sagte sie und klappte ihre Mandibel auf und zu, »hast du natürlich recht. Aber was ist mit diesem Vogel da?«

»Blaumatz wird dir nichts tun. Rühr die Spinne nicht an, Vögelchen, sie ist eine Lady.«

»Tweet tweet tweet tweeee!« trällerte der Vogel, und die Spinne krabbelte vorsichtig auf Jacks Daumen.

»Wir haben ein Problem, das nur du mit deinen Fähigkeiten lösen kannst, Arachne«, setzte ich an. »Zeig ihr die Socke, Jack!«

Die Spinne zuckte mit all ihren Beinen und betrachtete mich von Jacks Daumen aus. »Na sieh mal einer an — ein Schildpattkater! Ist das dein Vertrauter, Zauberer Jack?«

Ich wollte ihr schon eine passende Erwiderung zuzischen, als Jack hastig erklärte: »Er ist nur ein Freund. Und ich, fürchte ich, bin nichts weiter als ein Zauberlehrling.« Er holte die Socken hervor und erklärte die Situation.

»Oh, das ist kein Problem«, versicherte Arachne. »Ehe deine Katze zweimal mit dem Schwanz hin und her gepeitscht hat, bin ich damit fertig.« Meine Schnurrhaare zuckten, aber ich schwieg. »Aber verdammt — ich hatte gehofft, du seist ein Magier und könntest mir dabei helfen, meine ursprüngliche Form zurückzubekommen.«

»Gegen Athena?« fragte ich skeptisch. »Noch nicht einmal ein Erzzauberer könnte es mit einer Göttin aufnehmen!«

»Na ja, mittlerweile ist sie ja nur noch eine Göttin im Ruhestand. Ich könnte mir vorstellen, daß es da gewisse Chancen gäbe«, schmollte Arachne.

»Natürlich werden wir dir helfen — das werden wir doch, Falter?« wandte Jack sich an mich.

Ich starrte ihn nur mit vor Erstaunen geweiteten Pupillen an, doch aus mir unbekannten Gründen konnte ich ihm keine passende Katerantwort entgegenschleudern. Bevor ich mich fassen konnte, machte sich die Spinne bereits an der Socke zu schaffen, und wir standen wieder auf der Straße.

»Wo lang geht's zu Athena?« wollte Jack wissen und glotzte in alle Richtungen, bis er die Akropolis erblickte. Die ganze verlorengegangene Pracht des Parthenons schimmerte auf ihrer Kuppe — die Ruinen, die in der gegenwärtigen irdischen Welt stehen, sind nur ein schwacher Abklatsch davon.

Mein Schwanz schnitt wütend wie eine wildgewordene Fliegenklatsche durch die Luft.

»Also gut, Jack«, erklärte ich. »Wir tun jetzt folgendes: In einer halben Stunde spazieren wir wieder in Arachnes gemütliches Heim, fordern unsere Socke ein und teilen ihr mit, daß sie sich nur eigenbeinig auf den Parthenon bemühen muß, um wieder entzaubert zu werden. Dann schnappen wir uns ein wenig verlorene Zeit und schlagen sie tot.«

»Falter!« Ich zuckte angesichts der Empörung in seiner Stimme zusammen. »Womit hätten wir wohl die besten Karten? Sollen wir versuchen, einen Handel mit Athena zu schließen, oder sollten wir ihr ein Schnippchen schlagen, so daß sie Arachne wieder in ihre ursprüngliche Form zurückverwandelt?«

»Die besten Karten hätten wir, wenn wir das Ganze vergessen und Fersengeld geben würden«, antwortete ich trocken.

»Ach, komm schon, Falter, so übel kann sie doch gar nicht sein. Wenn ich mich recht erinnere, gehörte Athena immer zu den besseren Olympiern.«

»Das will nichts heißen«, schnaubte ich, um sodann mein Radar auszufahren. Wenn irgendeine lokale Gottheit diesen meinen Ausspruch gehört haben sollte, steckten wir bis über beide Ohren in nasser Katzenstreu.

»Aber wir schulden Arachne etwas dafür, daß sie unsere Socke repariert«, fuhr Jack stur fort.

»Dein Problem, Jack, ist, daß du noch immer nicht gelernt hast, wie eine Katze zu denken. Versuch's mal, und du wirst sehen, daß alles viel besser aussieht, wenn du dich strikt um nichts als die Nummer eins kümmerst.«

Er starrte mich offenen Mundes an, um, wie Sie sich vielleicht vorstellen können, dann sehr ärgerlich zu werden. Es ist schon erstaunlich, welch verblüffenden Selbsttäuschungen so unbedeutende Wesen wie Menschen (und insbesondere ein so armseliges Exemplar wie ein pummeliger Teenager von einem Zauberlehrling!) bezüglich ihres moralischen Formats erliegen können.

»Weißt du, Falter, obwohl du ein Schildpattkater bist, bist du um keinen Deut besser als Samantha!«

»Wie bitte?« Ich saß kerzengerade. »Wie kann ein mäusehirniger Zweifüßer wie du es wagen, Vergleiche zwischen Katzen anzustellen?«

»Schon gut, ich denke wohl, ich darf einfach kein moralisches Verhalten von dir verlangen, nicht wahr? Ich dachte nur, du hättest zumindest so viel Stolz wie eine gewöhnliche Straßenkatze. Ich hätte nicht damit gerechnet, daß du dich vor einer Herausforderung verkriechen, geschweige denn dich vor einer einfachen Göttin fürchten würdest.«

Mein Schwanz durchschnitt die Luft wie die Schraube eines Helikopters. »Wenn du denkst, du könntest, nur weil du zufällig ein Tier-Empath bist, mit dem billigen Trick wegkommen, einen Schildpattkater bei seinem Stolz zu packen, dann hast du dich geirrt! Bis dann, Jack!« spuckte ich und verschwand —

nicht aus dem Irgendwo, aber doch aus Jacks Blick. Nur mit Mühe unterdrückte ich jenes befriedigte Grinsen, das, genau wie bei der Cheshire-Katze, meine ansonsten unsichtbare Erscheinung verraten hätte.

»Falter!« Jack suchte hektisch die Umgebung ab. »Komm her, du Lausekater!« Er bedachte mich einer Anzahl von weiteren Flüchen, aber da er nur meinen gewöhnlichen Alltagsnamen und nicht meinen geheimen Namen kannte, blieben die Verwünschungen selbstverständlich ohne jede Wirkung. »Mist! Wie komme ich jetzt nach Hause?« fragte er den Hund.

»Spur!« knurrte das ungeschlachte Wesen und demonstrierte sofort, wie es das meinte, indem es die Nase auf den Boden klebte und unsere Spur in Richtung von Arachnes Haus zurückverfolgen begann. Ich levitierte und schwebte einige Fuß über seinem Kopf in der Luft, so daß er plötzlich anfing, sich verwirrt im Kreis zu drehen. Selbst Jack konnte seinen Abscheu angesichts dieser Demonstration von Schwachsinn nicht mehr verhehlen.

»Du liebe Güte«, entfuhr es Jack. »Nun gut, Jungs, unser wichtigstes Anliegen ist es nun, Arachne zu unterstützen. Vielleicht kann sie mir hinterher dabei helfen, wieder nach Hause zu kommen. Ich schätze, daß wir ohne Falters subtile Hilfe den direkten Weg gehen sollten — wir werden Athena schlicht um Gnade bitten.«

Und mit diesen Worten begab sich die ganze dämliche Gruppe auf den Parthenon. Ich konnte kaum meinen Augen trauen.

Ich folgte ihnen dichtauf, immer noch unsichtbar — es war nicht etwa so, das müssen Sie mir glauben, daß ich das Erste Kätzische Gesetz der Selbsterhaltung mißachtet hätte; ich erging mich lediglich in einer weiteren kätzischen Angewohnheit, der Neugier. Behalten Sie es ruhig für sich — ich kenne den Spruch. Neugier ist eine erschreckend häufige Todesursache für Angehörige der Gattung Felidae.

»Hallo?« rief Jack in den leeren Tempel hinein — leer mit Ausnahme der gigantischen Götterstatue aus Elfenbein und Goldauflage.

»Athena? Bist du hier?«

»Selbstverständlich bin ich das«, erklang eine sanft tadelnde Frauenstimme. »Und wer ist sonst noch hier?«

Jacks Augen rollten von links nach rechts. Ich konnte sehen, wie sein Adamsapfel auf und ab hüpfte wie Quecksilber in einem Thermometer, und zog in Betracht, daß er möglicherweise doch nichts von einer Katze an sich hatte. »Eure Majestät? O Verzeihung, Eure Göttlichkeit, wollte ich sagen?« Er vollführte einen mißlungenen Kratzfuß. »Ich heiße Jack. Hoffentlich habe ich euch nicht gestört.« Seine Blicke schweiften immer noch auf der Suche nach der Stimmquelle durch den Tempel.

»Sieh auf der Statue, du Niete!« zischte ich. Erst dann fiel mir ein, daß ich Jack eigentlich noch ein wenig länger hätte schmoren lassen wollen. Aber gut.

»Falter!« setzte er an und blickte hoffnungsvoll um sich. Meine Unsichtbarkeit gab ich allerdings noch nicht auf.

»Bist du hergekommen, um mit mir oder mit der Luft zu reden, Sterblicher?«

»O Verzeihung, natürlich mit Euch, Ma'am«, stotterte Jack, der endlich erkannt hatte, daß die Stimme tatsächlich von den wenn auch unbeweglichen Lippen der Statue kam, die er nun mit seinen sich nur langsam adaptierenden (ganz und gar nicht kätzischen) Augen bestaunte. »Seid ihr wirklich diese Statue?«

»Nichts als ein blasser Schatten meiner wahren göttlichen Erscheinung, deren Anblick du, Sterblicher, mit Sicherheit nicht ertragen könntest«, versicherte sie ihm.

Plötzlich flatterte und sauste es mit Macht, und Jack schluckte schwer, als eine fünfzehn Fuß große Eule vor ihm auftauchte und ihm einen Kopf mit tellergroßen Augen zuwandte. Die Mäusekönigin kreischte laut und verschwand in Jacks Kleidern, während der beethovenbegeisterte Vogel sich an seine Schulter klammerte und der Hund winselte.

»Haltet den Mund, Kumpels«, befahl er ihnen. Sie gehorchten.

»Von der Primärwelt, junger Mann, nicht wahr?« fragte die Eule mit wackelndem Kopf, während sie Jack näher in Augenschein nahm. »Ich glaube, du bist mir sympathisch, auch wenn ich nicht weiß warum.«

»Das ist eine Art Talent, das ich besitze«, gab Jack zu. Ich hätte ihm die Oberschenkel zerfetzen können. Das war nun der endgültige Beweis, daß er nichts von einer Katze an sich hatte. Man stelle sich das vor: Legt er seine Karten auf den Tisch, bevor das Spiel auch nur begonnen hat!

»Soso«, murmelte die Eule, die Jack angesichts der Enthüllung nicht weniger gewogen zu sein schien. »Auch noch ehrlich?«

Jack wurde rot. »Ich glaube schon. Und ich kann dir auch ebenso gut anvertrauen, daß wir für einen Freund hergekommen sind.«

»Komm zurück, Poopsie, Liebes«, befahl die Göttin, und die Eule zuckte zusammen und räusperte sich.

»Aber Milady . . .«

»Sofort, Schätzchen. Ich möchte selbst mit dem kleinen Kerl reden.«

»Sehr wohl, Ma'am«, schnarrte die Eule und flatterte deprimiert zu einer schattigen Nische im oberen Bereich des Tempels zurück.

»Poopsie mag dich«, bemerkte die Göttin.

»Ja, Madam. Ich hatte gerade ausgeführt, daß ich mich gut mit Tieren verstehe.«

»Köstlich«, freute sich Athena, »Python würde dich auch gerne kennenlernen.«

»Python! Gluck!« machte Jack, als eine riesengroße goldene Schlange sich aus den dunklen Schatten von Athenas Gorgonenschild löste, sich auf ihn zu und verliebt um ihn herum wand.

»Cool bleiben!« gab er seiner nervösen Menagerie als Devise aus. Das Biest hatte einen Umfang, der beinahe an Jacks Größe heranreichte.

Python züngelte wild und stieß mit zischender Stimme hervor: »Ssie mag ess, wenn iccch Gottesslässsterer ersssschrecke. Aber du hasst keine Angsst nicccht wahr?«

»N-nicht besonders«, würgte Jack hervor.

»Das reicht, liebste Python«, flötete die Göttin milde, und die Schlange wand sich wieder in den Schild ein.

»Schlangen und Eulen sind die weisesten Tiere in der ganzen Welt, weißt du, und da ich nun einmal die Göttin der Weisheit bin — auch wenn ich mich sozusagen aus dem Geschäft zurückgezogen habe —, lege ich Wert auf ihre Meinung. Ich kann mich nicht daran erinnern, daß beide jemals so begeistert von einem Sterblichen waren. Also, was kann ich für dich tun?«

»Also, Ma'am, es hat etwas mit Arachne zu tun.«

»Arachne. Eine traurige Geschichte«, seufzte die Göttin.

»W-wie?« stammelte Jack.

»Ach ja. Sie war wirklich eine meiner Lieblingssterblichen, sonst hätte ich ihr ja auch nicht dieses überragende künstlerische Talent geschenkt. Doch sie konnte es einfach nicht ertragen zuzugeben, daß ich am Webstuhl die Bessere war. Nach dem dummen Wettstreit war sie so gedemütigt, daß sie sich selbst in eine Spinne verwandelte.«

»Was? Ich habe die Geschichte aber ein wenig anders gehört . . .«

Athena seufzte. »Wenn es irgend etwas gibt, dessen ihr Sterblichen noch häufiger verlustig geht als der Zeit, dann ist es die Wahrheit. Die Metamorphose war das direkte Ergebnis von Arachnes Demütigung. Ich habe sie nur einfach in ihrem eigenen Saft schmoren lassen.«

»Dann könntet Ihr sie also auch rückverwandeln?« fragte Jack hoffnungsfroh.

»Ich fürchte, das wäre nicht gut für sie. Sie hat immer noch keine Demut gelernt, weißt du.«

Jacks Mundwinkel klappten herunter. »Aber ich habe es ihr doch versprochen«, maulte er und fuhr fort, Athena seine Abmachung mit der Arachnide zu erläutern. »Könnten wir uns nicht etwas ausdenken? Vielleicht kann sie als Spinne gar keine

Demut lernen — vielleicht muß sie erst wieder einmal sie selbst werden, bevor sie überhaupt etwas lernen kann. Vielleicht wäre es gut für sie, etwas lernen zu müssen, wozu sie überhaupt kein Talent hat . . .« Jacks Stirn war in tiefe Falten gelegt, so angestrengt suchte er nach einer Lösung des diffizilen Problems.

Die Göttin lachte freundlich herablassend. »Junger Mann, wenn ich mich nicht aus der Welt zurückgezogen hätte, würde ich wohl gerne deine Schutzgöttin sein, auch wenn Magier normalerweise eher unter Artemis' Patronat gehören. Angenommen, ich würde dir Arachne in die Hand geben und es dir überlassen, sie Demut zu lehren?«

»Mir? Aber wie denn? Ich bin nur ein Lehrling!«

Wieder erklang das goldene Gelächter. »Nun, erst einmal wärst du selbst ein gutes Vorbild. Aber hör mir zu. Nimm Arachne mit dir in die Primärwelt, wo ich ihr gestatte, tagsüber Menschengestalt anzunehmen; nachts jedoch wird sie wieder zur Spinne werden. Wenn sie dann Demut gelernt hat, was ich bezweifle, wirst du sie zu mir zurückbringen, damit du mir Bericht erstatten und sie sich für ihr einstiges Benehmen entschuldigen kann. Dann werde ich den restlichen Teil des Fluchs lösen. Sag an, ist das nicht ein salomonisches Urteil für eine Weisheitsgöttin?«

»O ja, das ist es. Aber Eure Göttlichkeit, hättet Ihr wohl noch die Güte mir zu sagen, wo ich die verlorene Unsichtbarkeit für die Socke finden kann, bevor ich wieder abreise?«

»Ach, das ist einfach. Du begibst dich zum Meer der Verlorenen Sprüche, jenseits der Strände der Verlorenen Knöpfe, auf der anderen Seite des Tals der Verlorenen Socken. Poopsie Liebling, flieg Jack bei Arachne vorbei und laß ihn und seinen Zoo dann am Meer raus, ja? Ich denke, du kannst den Hund in deinen Klauen transportieren. Ach ja, und sei nett zu Jacks unsichtbaren Katzenvertrauten, wie verführerisch sein fetter kleiner Körper auch für dich sein mag!«

»Ich bin nicht sein Vertrauter!« Mit diesen Worten kehrte ich gekränkt zur sichtbaren Erscheinungsform zurück. Ich hätte es wissen müssen, daß eine Göttin mich würde entdecken können.

»Und ich bin nicht fett — mein Fell ist lediglich sehr dicht und lang!«

»Verschon mich damit«, entgegnete sie kalt. »Wenn du Glück hast, lege ich heute nachmittag beim Kaffeekränzchen der pensionierten Göttinnen ein gutes Wort für dich bei Bastet ein. Tata, Jack« sagte sie, und die Eule glitt auf Riesenschwingen zu uns hinunter und begleitete uns nach draußen.

»›Poopsie‹. Ein entzückender Name für eine Eule«, miaute ich, als wir die Akropolis hinunterstiegen.

»Für dich immer noch Poplios!« krächzte der Riesenvogel.

Jack befahl uns, mit dem Streiten aufzuhören und uns zu Arachne zu begeben, was wir auch ziemlich rasch taten, denn die Bürger des Alten-Griechen-Viertels verließen fluchtartig die Straßen, als sie Athenas Eule sich nähern sahen. Als wir ankamen, hatte die Arachnide tatsächlich ihre Arbeit bereits beendet.

»Demut!« kreischte sie, als Jack ihr den Ratschluß der Göttin mitteilte. »Athena kann ja das Wort noch nicht einmal richtig buchstabieren!«

»Das muß sie auch nicht. Schließlich ist sie eine Göttin«, warf Jack vernünftig ein. »Komm schon, Arachne, ist es nicht besser, wenigstens die Hälfte des Tages ein Mensch zu sein als gar nicht?«

Arachne stimmte widerwillig zu und krabbelte in Jacks Haar.

Draußen kletterte Jack auf den Rücken der Eule, während ich vor ihn sprang und meine Krallen wie Enterhaken in das Federkleid der Eule bohrte. Der Riesenvogel bäumte sich auf und schlug wie ein flatternder Falke mit den Flügeln.

»Paß auf, Poplios!« schrie Jack, der sich verzweifelt an den Federn festklammerte.

»Tut mir leid, Meister Jack«, entschuldigte sich die Eule und drehte ihren Kopf um hundertachtzig Grad nach hinten, um mir einen drohenden Blick zuzuwerfen.

»Warte, ich kann dafür sorgen, daß wir nicht herunterfallen«, warf Arachne ein und spann uns schnell einen Haltegurt. Als alles für einen erfolgreichen Start vorbereitet war, schlug Poplios mit den Flügeln und hob ab. Er drehte eine kleine Runde, bevor er noch einmal herunterstieß und sich den Hund krallte, der vor Entsetzen aufgellte (zum Beweis dafür ließ er ein oder zwei unerfreuliche Geschenke auf die Köpfe jener unglücklichen Bürger fallen, die unseren Abflug verfolgten).

Das Tal der Verlorenen Socken glitt rasch unter uns dahin, und bald landeten wir auf dem Strand. Er erstreckte sich schier unendlich nach beiden Seiten, eine ebenso ausufernde Sammlung von Knöpfen, wie die des Tals eine von Socken gewesen war. In der Nähe des Wassers häuften sie sich nicht mehr ganz so hoch, doch ging es sich immer noch recht rutschig auf diesem Untergrund. Der Hund schlitterte zwischen den kleinen Plastikplättchen und pilzförmigen Scheibchen herum, anmutig wie ein Elefant im Porzellanladen.

Als wir Arachnes Fäden entworren hatten und abgestiegen waren, begann ich auf dem Strand zu kratzen. Knöpfe waren zwar keine Katzenstreu, aber ich würde mit ihnen vorlieb nehmen müssen.

Jack starrte auf das Meer der Verlorenen Sprüche, dessen Wogen sich auf dem Strand ausliefen. Wenn eine Welle brach, lagerte sich anstatt von Schaum eine Masse durchsichtiger Spruchrollen auf dem schillernden Knopfsand ab, die man nur aufheben mußte.

»Das sind die Sprüche«, erläuterte Poplios.

Jack stierte auf den unermeßlichen magischen Reichtum, der sich zu seinen Füßen ausbreitete, bevor er sich eine Spruchrolle griff. »Falter, warum wimmelt es hier nicht von Magiern, die die verlorenen Sprüche wieder einsammeln?«

»Nun«, brummte ich, während ich mein Brustfell putzte, »ich nehme an, es ist wegen...«

Ein gewaltiges Wasserbrausen schlug uns um die Ohren, als die Seeschlange ihren Kopf über die Wellen hob. Ein Wasserschwall erwischte mich am Strand, so daß ich jaulend zehn Fuß hoch in die Luft hüpfte. (Natürlich hatte ich nichts gegen das

Meeresungeheuer, sondern nur dagegen, durchnäßt zu werden.)

Der Hund bekam einen Nervenzusammenbruch und flüchtete jaulend vom Wasser, während die Eule wie erstarrt stehenblieb und nicht den kleinsten Pfiff mehr von sich gab. Die Maus war schon längst in Deckung gegangen, der blaue Vogel erst einmal zum Schweigen gebracht. Arachne kreischte und kletterte in Jacks Ohr.

»Geh da raus«, verlangte er genervt, während er die Seeschlange im Auge behielt.

Ihr Kopf hatte die Ausmaße eines Mietshauses, und die Augen sahen aus wie von fluoreszierend roten Zeltdächern überwölbte Stadien. Die aufgeblähten Nüstern von den Dimensionen zweier U-Bahn-Tunnel saßen auf einer rosa beschuppten Schnauze, und als das Monster zu reden begann, öffnete sich ein schreckenerregendes Maul mit einer Masse von volkswagengroßen Reißzähnen.

»Thauberer, lath die Finger von meinen Thpruchrollen!«

»Natürlich«, lenkte Jack klugerweise ein und ließ zum Zeichen seines guten Willens die Rolle fallen.

»Herthlichen Dank. Bith dann«, lispelte die Schlange und schickte sich an, wieder in die Fluten einzutauchen.

»Warte!« brüllte Jack.

»Ja?« ließ sich das Ungeheuer mit einem purpurroten Augenaufschlag vernehmen.

»Also, ich bin nur wegen eines einzigen kleinen Spruchs hier, einen Spruch, den ich selbst verloren habe. Könntest du mir nicht den einen überlassen? Ich meine nur, was willst du mit dieser Spruchflut überhaupt anfangen?«

Der Schlangenkopf schnellte vor und landete mit einem Knirschen von Schuppen auf Knöpfen auf dem Strand, direkt vor Jacks Füßen.

»Ich ethe thie«, erklärte das Meerungeheuer. »Ich ethe auch Thauberer, die mich davon abhalten wollen. Eth itht nichth Perthönlicheth«, setzte es entschuldigend hinzu, »aber wenn ich eth nicht täte, wären bald Tauthende von Thauberern da, die

210

meine Thprüche thtehlen würden, und dann müthte ich hungern.«

»Oh, ich verstehe«, bemerkte Jack teilnehmend.

»Tatthächlich?« wunderte sich das Monster, und in seinen violetten Augen leuchtete es auf. »ThoThso! Für einen Thauberer bitht du thiemlich nett!«

»Ich bin ja auch nur ein Lehrling«, wandte Jack bescheiden ein. »Hölle, sieh dir doch mal nur dein Größe an!« fügte er, fast stumm vor Bewunderung, hinzu. Ich hörte einen kleines Schreckensgluckser aus der Kehle der Eule aufsteigen, während wir beobachteten, wie Jack den Arm ausstreckte, um das rotbärtige Monster unter dem Kinn zu kraulen. Arachne traute sich des besseren Ausblicks wegen auf Jacks Scheitel.

»Thag mal, dath itht ja phantathtith«, seufzte die Seeschlange mit geschlossenen Augen, ein Geräusch wie heruntergefahrene Düsentriebwerke.

»Ich thag dir wath«, sagte das Monster und öffnete ein Auge, »für dich mache ich eine Authnahme.«

»Wirklich?« jubelte Jack. »He, herzlichen Dank!«

»Nun ja«, erklärte ich und fuhr damit fort, meine Pfoten zu putzen, wobei ich das Ungeheuer höchstens noch aus dem Augenwinkel heraus beobachtete. »Nun müssen wir nur noch den richtigen Spruch finden.«

»Wir brauchen den Spruch, der dies hier wieder zu einer Socke der Unsichtbarkeit macht«, erläuterte Jack, indem er die frisch geflickte Fußbekleidung vor dem Ungeheuer in die Höhe hielt.

»Verzeihung, Sir, aber vielleicht kann ich behilflich sein, Sir«, ließ sich ein dünnen Stimmchen zu Jacks Füßen vernehmen. Meine Ohren stellten sich auf; lässig schlenderte ich hinüber, um das Ganze näher in Augenschein zu nehmen. Die Stimme stammte von einer Winkerkrabbe, die Jack zackig mit ihrer langen Schere grüßte.

»Käp'tn Crusty von der Strandpatrouille, zu Ihren Diensten, Sir. Habe Ihre Aura bemerkt, als Sie ankamen. Werden Ihnen mit Freuden jede Hilfe angedeihen lassen, die Sie wünschen, Sir!«

Meine Schnurrhaare zuckten. Diese vielen aufregend beweglichen Teile . . .

»Vergiß es, Falter«, warnte Jack mich. Ich starrte ihn wütend an, leckte meine Lippen und setzte mich mit um die Pfoten geschlungenen Schwanz hin.

Die Krabbe und die anderen Strandbewohner kürzten die Suche nach der Spruchrolle erheblich ab. Innerhalb von Minuten hielt Jack die unabdingbare Rolle in seiner Hand. Sie war durchsichtig wie Plastik, nichts war auf ihr zu erkennen — zumindest für menschliche Augen nicht.

»Öffne sie«, riet ich Jack, was er auch tat. Ich heftete mein linkes Auge — das bernsteinfarbene, mit dem ich im Infrarotspektrum sehen kann — auf das Dokument. »Die Runen auf der Socke werden auf die Vokalkomponente des Spruchs reagieren: Ihn anzuziehen ist die gestische Komponente. Die Materialkomponenten müssen in die Socke gewebt werden, um den Zauber zu vervollständigen.«

»Was sind das für Komponenten?«

»Eine Wimper und ein gewisses Gummiarabikum.«

»O nein«, ärgerte sich Jack. »Onkel Jacks Gummiarabikum zu Hause ist ausgegangen. Er wollte ein wenig davon auf der Magierversammlung einkaufen. Woher kommt Gummiarabikum überhaupt?«

Eins meiner Schnurrhaare zuckte. Hugh war offensichtlich ein denkbar ungeeigneter Lehrer für Jack; wenn wir zu Hause waren, würde ich daran etwas ändern müssen. Aber eins nach dem anderen. »Es stammt von einem Wüstenbaum, der Akazie.«

»Ich nehme doch an, daß es irgendwo im Irgendwo eine Wüste gibt?«

»O ja.« Ich fegte mit dem Schwanz durch die Luft und beobachtete das Seeungeheuer, das Jack immer noch verträumt anhimmelte. Dieses Jungen Talent bereitete mir langsam ernsthafte Sorgen.

Plötzlich piekste die Winkerkrabbe, die sich Jacks Körperzoo zugesellt hatte, die Maus in den Schwanz, was zu einer verrückten Jagd raus und rein aus Jacks Hemd führte. »Okay, das war's!« gellte er. »Jetzt hört mir mal gut zu, Kumpels! Von jetzt an bis in unbestimmte Zeit gilt für jedes Tier, das sich in oder an meiner Person oder meiner Kleidung befindet, absoluter Waffenstillstand — ohne Ausnahmen!«

Ich fuhr damit fort, mir das Gesicht zu putzen, und warf dem Hund einen bösen Blick zu, aber Jack ließ sich nicht provozieren.

»Alles an Bord von Poplios und ab in die Wüste«, kommandierte Jack.

»Ich würde auch tho gerne mit«, seufzte das Meertier.

»Die Wüste der Verlorenen was?« erkundigte sich Jack ungläubig, als Poplios sich zum Landen anschickte.

»Verlorenen Verstande«, erwiderte ich und sprang federnd leicht auf den harten, trockenen Grund. Auf der einen Seite erhob sich eine Klippe, auf der gelbblühende Bäume wuchsen, während man auf der anderen Seite das angenehme Rauschen eines im Sommer austrocknenden Flüßchens hörte. »Keine Sorge, viele davon irren hier nicht umher.«

»Du wirst dich hier sicher wohl fühlen, Katze«, bemerkte die Eule sarkastisch.

Ich bleckte meine Zähne, bevor ich ihm den Rücken wandte und zu den Klippen herüber ging, wo fünfzehn Fuß hohe Akazien aus Felsspalten herauswuchsen.

»Du liebe Güte, wir werden einen Monat brauchen, das Gummi zu sammeln«, schnurrte ich.

»Einen Monat!« Jack schrie gellend auf. »Was machen wir denn die ganze Zeit lang? Jetzt, wo ich daran denke — es ist schon ziemlich lange her, seit ich meine letzte Sardellenpizza gegessen habe. Und was . . .«

»Komm, wirf nicht gleich dein Fell ab«, tadelte ich ihn verärgert. »Wir müssen überhaupt nichts tun. Unser guter Poplios hier kann einfach in die Wolken hinaufliegen und uns einen Monat verlorene Zeit sammeln — was ihn einen Monat in die

Vergangenheit zurückversetzt, verstanden? Wir brauchen dann den Baum nur noch mit einer Kralle anzuritzen, und dann, voilà! Und in der Gegenwart können wir die Gummiarabikum-Exsudation von einem Monat einsammeln.« Ich leckte mir die Lippen, begeistert von meinem Plan.

»Willst du wirklich, daß ich das tue, Meister Jack?« fragte die Eule.

»Ja, ich würde das sehr schätzen, Poplios«, gab Jack mit gewinnendem Lächeln zur Antwort.

»Gut. Ich bin schon auf dem Weg. War nett, euch kennenzulernen!«

Jack winkte der Rieseneule nach, während ich mich zum nächsten Baum begab. »Wir werden nicht länger auf ihn warten müssen«, erklärte ich, »als er braucht, um in die Wolkendecke aufzusteigen.«

Jack ließ sich am Fuße des Baums nieder und begann, den Hund an den Ohren zu ziehen. Ich sprang auf seinen Schoß. Waffenstillstand oder nicht, ich mußte jetzt ein für allemal klären, wer hier der Oberkater war. Jack schob den Hund mit einem Seufzer sanft beiseite, woraufhin ich den Köter aus den geschlitzten Augen triumphierend ansah; er war jedoch zu stumpfsinnig, um die Beleidigung zu verstehen, saß statt dessen mit sabbernder Zunge herum und sah zu, wie Jack mich streichelte.

»Falter, wie kommt Poplios denn wieder zurück in die Gegenwart?«

»Auf die harte Tour«, erklärte ich und legte mich zurecht. »Er wartet einen Monat.«

Jack runzelte die Stirn. »Aber könnte er nicht noch ein wenig mehr Zeit einsammeln und —«

»Es funktioniert nur rückwärts, Jack. Zerbrech dir deinen Kopf nicht darüber — Zeitreisen sind etwas für Fortgeschrittene, nichts für einen Lehrling deiner Wissensstufe.«

»Wirklich? Sieh, Falter, ich habe nachgedacht. Da Onkel Hugh ja ganz offensichtlich verabsäumt hat, mir auch nur das Nötigste beizubringen, könnte ich doch eigentlich bei dir in die Lehre gehen, oder?«

Ich mußte mir erst einmal das Gesicht putzen, um mir eine passende Antwort für einen solch absurden Vorschlag zurechtzulegen. Ich wurde jedoch von Arachne unterbrochen, die aufkreischte: »Jack! Der Baum!«

Ein großer Schlitz hatte sich in der Rinde geöffnet, und aus ihm quollen mehrere hellgelbe, walnußgroße Harztropfen hervor.

»Da hast du es«, triumphierte ich. »Und jetzt zupf dir eine Wimper aus, knete sie in dem Kautschuk ein und laß Arachne das Ganze in die Socke weben.«

Es wurde ein wenig brenzlig, als Arachne nach Vollendung ihrer Aufgabe im Innern der Socke festzukleben schien, doch Jack befreite sie, ohne ihr auch nur ein einziges Haar auf ihrem kleinen Spinnenkopf zu krümmen und setzte sie wieder an ihren Lieblingsplatz hinter seinem Ohr.

»Okay, das war's«, erklärte er, als er die erste, unbeschädigte Socke überzog. Sogar der baue Vogel hielt den Atem an, als der Junge die zweite, reparierte Socke aufkrempelte und über seinen Fuß streifte.

»Esklappt esklappt esklappt klappt kläff!« bellte der Hund, und auch der Rest von Jacks Privatzoo, der natürlich zusammen mit ihm unsichtbar geworden war, fiel in den allgemeinen Jubel ein.

Jack zog die magischen Socken wieder aus und verstaute sie sicher in seinem Hemd. »Schön, Kumpels, jetzt ist endlich alles—«

Zu spät spürte ich das Kribbeln meines sechsten Sinns. Jack taumelte vorwärts, als habe ihn ein harter Stoß in den Rücken getroffen, und landete flach und ausgestreckt auf dem Boden. Sein Zoo zerstreute sich panisch in alle Winde.

Ich kniff mein bernsteinfarbenes Auge zu, so daß ich die Welt durch mein blaues Auge betrachten konnte. In Jacks Aura gab es heftigste Turbulenzen; Blau und Grün flammten hoch und lösten sich plötzlich auf, wonach sie durch ein ungesundes Glühen von der Farbe eines radioaktiven Gangräns ersetzt wurden. Als er wieder auf die Füße gefunden hatte, hatte sogar sein Gesicht einen vollkommen anderen Ausdruck.

Ich begann, meine Pfoten mit geübter Gleichgültigkeit zu waschen. Ich mußte Zeit gewinnen, um mir über die Einzelheiten klar zu werden. Was passiert war, war natürlich folgendes: Jack war von einem der namengebenden verlorenen Verstande, die durch diese Wüste irrten, übernommen worden. Die Frage war nur, von wessen Verstand. Und was genau beabsichtigte er oder sie damit? Und befand Jack sich noch immer in seinem Körper, wenn auch von dem Eindringling unterjocht und in seiner Aura beinahe zur Unkenntlichkeit reduziert, oder war er hinaus in die Wüste geschickt worden?

Ich fluchte im Geiste zahllose Katzenflüche, mit denen ich Sie hier aber nicht schockieren möchte. Ich hätte ihn niemals hierher bringen dürfen — als Lehrling des unfähigen Hugh hatte er natürlich noch nie etwas von psychischer Selbstverteidigung gehört. Die ganze improvisierte Jagd durchs Irgendwo war ja auch viel zu einfach gelaufen — bis jetzt. Zu allem Überfluß war dies eine Situation, in der Jacks Talent nutzlos war. Jetzt lag es an mir, die Dinge wieder ins Lot zu bringen.

›Jack‹ klopfte sich den Staub von den Kleidern. Die Mitglieder seines Miniaturzoos jedoch schienen keine Neigung zu verspüren, zu ihren früheren Aussichtspunkten auf seiner Person zurückzukehren. Der Hund, der sich offensichtlich nicht wohl fühlte, aber natürlich nichts begriff, winselte. ›Jack‹ schien von all dem keine Notiz zu nehmen.

»Nun, Jack«, sagte ich und tat so, als hätte ich nichts bemerkt, »Wenn du damit fertig bist, dich wie ein Tolpatsch zu benehmen — was machen wir nun?«

»Ich will zum Meer der Verlorenen Sprüche gehen.«

Er betrachtete mich aufmerksam, war sich offensichtlich noch im unklaren. Er konnte natürlich nicht wissen, daß wir gerade vom Meer gekommen waren, aber wer immer er auch sein mochte, er wußte über die Existenz des Meers Bescheid und gierte nach der Macht und dem Reichtum, die die Spruchrollen ihm verschaffen würden. Das paßte zu den unerfreulichen Tönen, die ich in seiner schmutzigen Aura festgestellt hatte.

Diese Aura bereitete mir ernsthafte Sorgen. Sie war nicht nur ausgesprochen feindlich, sie war mir auch bekannt.

»Aber Jack«, schnurrte ich. »Da kommen wir doch gerade her.«

»Egal, ich habe mich eben dazu entschlossen, zurückzugehen. Ich verlasse diesen Ort nicht, ohne mir ein paar Spruchrollen unter den Nagel gerissen zu haben.«

Meine Schnurrhaare zuckten. Ich verspürte ein Jucken hinter dem Ohr.

»Wisch mich nicht weg!« flüstere Arachne. Jacks andere Tiere hatten sich, nicht länger durch seine einzigartige Aura angezogen, in die verschiedensten Richtungen davongemacht.

»Nun, wenn Poplios die Eule nicht zufällig wieder hier vorbeikommt, haben wir einen recht langen Weg vor uns«, erläuterte ich ›Jack‹.

»Bei Beelzebubs Bauchblubbern!« fluchte er.

Meine Augen weiteten sich wiederholt. Kein Wunder, daß die Aura mir unbekannt vorkam — sie gehörte ja auch Jacks Onkel! Aber auf welche Weise hatte er den Verstand verloren? Und dann fiel es mir ein; natürlich, er war ja auf die Magierversammlung gegangen, und zweifellos hatte er sich auf einer der Partys dort sinn- und verstandlos betrunken. Am Ende müßte sein Geist Jacks Körper aber doch wieder verlassen, um in seinen eigenen Körper, wenn dieser genügend ausgenüchtert war, zurückzukehren. Danach würde ihm alles, was er noch vom Irgendwo erinnern mochte, als Alptraum aus seinem Delirium tremens erscheinen.

»Ich weiß, wer du bist«, sagte ich. Jetzt, da ich alles wußte, würde ich die Sache einfach aussitzen.

»Weißt du das, ja? Und ich weiß, wer du bist — die angebliche Hauskatze meiner Vermieterin. Zur Hölle mit diesem Jack — Lehrlinge! Während ich fort bin, stiehlt er meine magischen Socken und läßt sich mit einem Schildpattkater ein! Schön, ihr werdet es beide büßen müssen, denn ich beabsichtigte nicht, in meinen Körper zurückzukehren. Jacks Knochen sind ein gutes Stück jünger und frischer als meine, und ich kann mein langes

Leben dann damit zubringen, die Spruchrollen aus diesem legendären Meer zu studieren. Und verschwende keinen Gedanken daran, mich zu verlassen – ich halte Jacks Körper als Geisel. Ich könnte ihn die Klippe herunterstürzen und in aller Ruhe zu meinem Körper zurückkehren. Während er auf alle Ewigkeiten in dieser Wüste festsitzt. Ich wäre auf diese Art und Weise nicht schlechter dran als vorher.«

Ich erstarrte. Sogar mein Schwanz stellte seine peitschenden Bewegungen ein. Würde er das wirklich tun? »Gut«, lenkte ich ein, »du hast gewonnen. Aber es bleibt trotz allem ein langer Weg bis zum Meer. Wir sollten uns am Flußufer halten.«

Der Zauberer brummte, kam jedoch mit. Während wir wanderten, versuchte ich, mir einen Plan auszudenken. Ich fuhr meinen telepathischen Radar aus und entdeckte, wie ich gehofft hatte, daß eine schwebende Wesenheit uns folgte. Ich wußte, daß das Jacks Geist sein mußte. Er folgte uns zwar, besaß aber nicht die telepathischen Fähigkeiten oder Erfahrungen, um seinen Körper wieder in Besitz zu nehmen und seinen Onkel herauszuschmeißen. Zu dem Zeitpunkt, als der Zauberer anhalten und eine Pause einlegen wollte, hatte ich jedoch eine Strategie entwickelt.

»Versuch keine Tricks«, mahnte er und beäugte mich mißtrauisch, nachdem er sich mit einem Trunk aus dem Flüßchen gelabt und zurückgelehnt hatte.

»Ich? Ich mache jetzt ein Nickerchen!« erklärte ich gähnend, legte die Pfoten unter meinem Körper übereinander und schloß die Augen. Arachne hatte ich bereits flüsternd mitgeteilt, was ich vorhatte. Sie warte nur auf mein Zeichen. Nun kam der schwierige Teil.

Ich begann, mein Katzenmantra zu schnurren, und verfiel rasch in jenen meditativen Bewußtseinszustand, der die nötige Vorbereitung für ›paranormale‹ kätzische Aktivitäten darstellt. Alle Katzen können in dieser Richtung zumindest kleinere Wunder vollbringen, aber Schildpattkater sind natürlich absolute Experten auf diesem Gebiet. Ich tastete mit meinem Geist nach draußen, wobei ich behutsam darauf achtete, die Aufmerksamkeit des Magiers nicht zu wecken. Doch die psychische Wand, die er um sich aufgebaut hatte, um mögliche Gegenattacken Jacks abzuwehren, machte ihn in telepathischer Hinsicht erfreulicherweise blind; er bemerkte nicht das geringste, als ich meinen Geist über seine Präsenz hinaus ausschickte. Jacks Verstand umgarnte und ihn in meinen eigenen zog.

— Hör gut zu, Jack —, befahl ich ihm, als wir schließlich im sicheren Versteck meines Gehirns saßen. — Ich werde den Schutzwall, den er um deinen Körper errichtet hat, zerstören, und dich sozusagen mit meinem Schwanz hineinkatapultieren. Aber wenn wir einmal drin sind, liegt es ganz in deiner Hand, ihn zu überwältigen und rauszuschmeißen. —

— Sag mir nur, wann —, erklärte Jack grimmig.

Ich nieste — das Zeichen für Arachne. Sie seilte sich von meiner Schulter ab, und ich beobachtete durch schmalste Augenschlitze, wie sie über den Boden und in den Rücken des Zauberers krabbelte. Einen Augenblick lang war alles still, und dann sah ich, wie sie ›Jacks‹ Schulter hoch auf ihren früheren Lieblingsplatz hinter seinem Ohr kletterte. Sie fletschte ihre Mandibel.

— Es geht los, Jack —

Und schon zuckte ich für sie einmal mit den Schnurrhaaren. Arachne biß ihn herzhaft ins Ohr.

»Autsch!« Der Magier schnellte in die Höhe und wischte sich am Ohr herum, wodurch er die Spinne in die Luft katapultierte. Während er noch abgelenkt war, rammte ich ihm meine konzentrierte Geisteskraft wie einen Sturmbock zwischen die Augen. Die psychische Schutzmauer zerplatzte, und ich wirbelte Jacks Bewußtsein an den Platz, wo es hingehörte.

— Schlag ihn nieder, während er geschwächt ist, Jack! — feuerte ich ihn an und zog mich in meinen eigenen Körper zurück — nur für den Fall, daß Hugh dorthin zu fliehen beabsichtigte, wenn Jack ihn aus seinem Körper vertreiben sollte.

Ich beobachtete das recht seltsame Schauspiel, das ein Körper bot, um den zwei verschiedene Geister kämpften. Er versuchte sich aufzurichten, stöhnte vor Schmerz und preßte beide Hände auf die Schläfen. Noch spektakulärer war der blitzesprühende Zusammenprall der beiden Auren, die sich im erbitterten Kampf um den Körper gewunden hatten. Jetzt konnte ich nichts mehr tun. Es war ein harter Willenskampf zwischen Jack und seinem Onkel. Ich setzte meine Hoffnungen auf die (zugegebenermaßen rein hypothetische) kätzische Ader in Jack, und als das Ringen plötzlich endete und die Aura um den Körper wieder in den gewohnten Smaragd- und Saphirtönen leuchtete, wußte ich, daß ich (wie gewöhnlich) Recht gehabt hatte. Ich sprang an seine Seite und suchte die Umgebung im weiteren Umkreis ab, wobei ich einen völlig heruntergekommenen Bewußtseinsfetzen entdeckte, der sich entlang des Flußlaufes zurückzog.

»Süße Bastet!« keuchte ich. »Was im Namen aller neun Katzenleben hast du mit ihm angestellt, Jack?«

»Ich habe ihn umgekrempelt. Daran hat er noch ein Weilchen zu knacken!« erklärte er zornig.

Ich sah ihn voller Erstaunen an. Zu erleben, wie dieser zartbesaitete Tierfreund seinen eigenen Onkel mit wahrhaft kätzischer Bösartigkeit niederschlug, ließ mich ihn in einem völlig neuen Licht erblicken.

Ich leckte mir die Lippen. »Gut. Ich glaube, du brauchst jetzt kein psychisches Training mehr, um dich in Zukunft vor ihm zu schützen.«

»Er wird keine zweite Chance bekommen. Er hatte sich meine Kraft für seinen eigenen egoistischen Zwecke gestohlen. Wenn ich mich nicht auf diese Weise von ihm hätte befreien können, hätte er mich mit seiner Zaubermacht schon bald vollständig unterjocht.«

Obwohl sie nicht genau verstand, worüber wir redeten, war Arachne doch sehr besorgt um Jack.

»Geht's dir wieder besser, Jack?« fragte sie schüchtern, als sie seine Ärmel hinaufkletterte, auf wundersame Weise unverletzt von ihrem ›Flug‹.

»Danke für deine Hilfe, Arachne«, antwortete er. »Es geht mir gut, nur mein Verstand schmeckt immer noch ein wenig — faulig.«

»Das geht vorbei«, tröstete ich ihn. »In der Zwischenzeit wird der Geist deines Onkels schon bald in seinen Körper auf der irdischen Ebene zurückkehren. Ich vermute, daß die Bar auf der Magierversammlung ihn hierher befördert hat. Das bedeutet, daß er eigentlich immer noch dort ist, und so müssen wir auf dem Nachhauseweg noch nicht einmal anhalten, um verlorene Zeit einzusammeln.«

Jack erbleichte. »Muß ich ihm wieder gegenübertreten, wenn er nach Hause kommt?«

»Vermutlich nicht«, beruhigte ich ihn. »Leute, die ihren Verstand durch chemische Drogen verloren haben, erinnern sich normalerweise nicht an das Irgendwo, wenn sie ihren Rausch ausgeschlafen haben. Und nun laß uns gehen — du schuldest mir noch eine Sardellenpizza.«

Wir materialisierten uns kurz vor Sonnenaufgang im Waschsalon, wo wunderbarerweise niemand Jacks Wäsche von drei Wochen gestohlen hatte. Jack stöhnte über die bevorstehende Mühe, sie wegzuräumen, als hinter uns ein schriller Freudenschrei ertönte.

»Jack, Sieh doch nur! Ich bin wieder menschlich!«

Ich kann menschliche Schönheit nur schlecht beurteilen. Ich konnte jedoch beobachten, wie Jacks Kinnlade auf seine Brust hinunterklappte, als er der neuen Arachne ansichtig wurde, die etwa sein Alter und seine Größe zu haben schien. Mir persönlich mißfiel ihr glattes schwarzes Haar ziemlich, doch da Menschen bekanntlich keine Katzen sind, dürfte mein Urteil unerheblich sein. Ihr Körper war, wie Jack mich informierte, ›schön wie eine Statue‹ und kam unter dem altgriechischen Gewand, das sie trug, offensichtlich (in Jacks Augen) gut zur Geltung.

Arachne verlangte auf der Stelle nach einem Spiegel, doch der beste Ersatz, den wir auftreiben konnten, war die gläserne Tür der Waschmaschine. »Ich bin schöner als je zuvor!« quiekte sie begeistert.

Ich schniefte verächtlich, und Jack versetzte mir einen sanften Rippenstoß. »Falter, was meint sie?«

Da wurde mir bewußt, daß sie selbstverständlich griechisch sprach, was ich zwar perfekt, Jack aber überhaupt nicht beherrschte. Es war eine der vielen Unterrichtsfächer, die Hugh vernachlässigt hatte. An der Art, wie Jacks Augen Arachne folgten, war klar ersichtlich, daß er völlig ungeeignet sein würde, sie Demut zu lehren. Ich seufzte; das alles in Rechnung gestellt, gab es nur eine Lösung. Sobald wir es würden bewerkstelligen können, müßte Jack mein Lehrling werden. (Sie könnten jetzt zu der irrigen Annahme gelangen, daß ich diesen Entschluß nur faßte, weil ich den Jungen zufällig mochte oder weil sein emphatisches Talent nicht ohne Wirkung auf mich blieb; das Gegenteil ist der Fall – es handelte sich einfach um eine der berühmt-berüchtigten kätzischen Launen.)

»Komm, wir besorgen Arachne ein paar geeignetere Kleider«, schlug ich vor. »Und diese Wäsche sollten wir auch endlich loswerden.«

Die Probleme, was wir mit Jacks Onkel und was bezüglich Arachnes Verzauberung anstellen sollten, lagen allerdings weiterhin ungelöst vor uns. Doch fürs erste hatten wir alles ins Lot gebracht. Miss Parke hatten wir Arachne als eine soeben aus Griechenland eingetroffene Immigrantin vorgestellt, die eine Stellung als Haushaltshilfe suchte; sie schien die ideale Mieterin für Miss Parkes noch leerstehenden Raum im Erdgeschoß zu sein, in den Arachne nun ungehindert eingezogen war. Die Socken der Unsichtbarkeit hatten wir zusammen mit dem Rest der Wäsche sicher verstaut. Und aus der leeren Schachtel, die in der Morgensonne auf den Treppenstufen vor sich hin duftete, stieg immer noch der Geruch nach Sardellen. Ich sprang auf Jacks Knie und suchte mir dort ein bequemes Plätzchen.

Jack gähnte und kraulte mich dann hinter meinem rechten Ohr. »Sag mal, Falter, alter Junge, magst du mich eigentlich? So ein ganz kleines bißchen?«

Ich bedachte ihn mit einem angemessenen hochnäsigen Katzenblick und begann, mit meinen Vorderpfoten in seinem Schoß herumzutrampeln. Schließlich fand ich die perfekte Lage, um mich in Frieden zusammenzurollen.

»Was für eine höchst lächerliche Frage«, gähnte ich.

Ins Deutsche übertragen von Susanne Tschirner
Originaltitel: It must be some place
Copyright © 1989 by Donna Farley

C. S. FRIEDMAN

Träumer

Es gab einen Moment zwischen Sonnenuntergang und der Nacht, in dem die Wand zwischen den Welten dünn wurde. Wenn man genau hinschaute — und längst nicht jeder war dazu in der Lage —, konnte man sehen, wie die dunklen kleinen Gestalten aus der Traumwelt hindurchschlüpften.

Der Jäger der Finsternis konnte es sehen.

Es war der Zeitpunkt, bevor die richtige Dunkelheit hereinbrach, der Augenblick, in dem Tag und Nacht ineinander verschmolzen. Er dauerte nur wenige Sekunden (aber die reichten aus), dann war der Weg wieder unpassierbar, und alles, was den Weg von *drüben* nach *hier* gefunden hat, mußte für immer *hier* bleiben.

Er jagte niemals, bevor es vorbei war. Seitdem er gelernt hatte, es zu erkennen, beobachtete er immer, wie es geschah. Die seltsamen Schattenwesen und ihre Anwesenheit in seiner Welt faszinierten ihn. Natürlich kannte er diese Wesen aus der Traumwelt. Dort hatte er sie gejagt, wie es seit Anbeginn der Welt Katzenart ist. Aber hier wirkten sie irgendwie... falsch. Als ob der Übergang zwischen den Welten sie geschwächt hätte. Ihr inneres Licht flackerte nur schwach, und ihre Umrisse verschwammen wie Nebelfetzen, die der Wind vor sich hertreibt. Sie nahmen tausend verschiedene Formen an, keine ähnelte der anderen. Manche waren wie dünne Würmer aus gelbgrauem Nebel, andere wieder erschienen als tiefrote Krebse, die sich über unsichtbares Geröll auf ein unbekanntes Meer zubewegten. Und alle kamen ihm falsch vor. Früher, als er noch sehr jung gewesen war, hatte er sie gejagt, aber er hatte schnell die Vergeblichkeit dieser Versuche einsehen müssen. In der Traumwelt hatten diese Kreaturen Substanz, man konnte sie jagen, erlegen und fressen, doch in der realen Welt waren sie geisterhaft, weder mit Zähnen noch mit Klauen zu packen. Ein Kontakt mit ihnen ließ nur einen üblen Geschmack zurück, die bittere Erinnerung an einen entgangenen Fang. Man überließ diese nebelhaften Dinger am besten sich selbst und widmete seine Jagdzeit der Pirsch auf realere Beute.

Heute nacht würde er im Menschenland jagen. Die Nacht

war ideal dazu. Die Dunkelheit umfing ihn wie ein Mantel und verschmolz mit seinem schwarzen Fell. Ein kalter Herbstwind wehte. Er würde natürlich den Zaun überwinden müssen, aber der stellte kein ernsthaftes Hindernis dar. Wie die Duftmarke eines kastrierten Katers hatte er keine Bedeutung. Sein Volk war schon so oft unter ihm hergekrochen oder hatte ihn mit Hilfe von nahe stehenden Bäumen überwunden, daß er aussah — und roch — wie ein vielbenutzter Durchgang. Er fand eine Mulde unter dem Draht, schlüpfte mühelos hindurch und betrat das Gebiet der zweibeinigen Wesen, die einmal versucht hatten, ihn zu töten.

Und er fand dort Beute. Er sah sie, bevor er sie roch. Ein Lichtpunkt in der stockdunklen Nacht. Eine Maus? Er war schon im Gegenwind und begann vorsichtig seine Pirsch. Bald nahm er auch den Geruch auf, kühl und verheißungsvoll: eine Maus. Er setzte eine Pfote zwischen die Blätter auf dem Boden und verlagerte sein Körpergewicht nach vorne. *Vorsichtig. Lautlos.* Sie konnte ihn weder sehen noch riechen, nur ein Geräusch konnte seine Gegenwart vorzeitig verraten.

Die Maus richtete wachsam ihre kleinen Ohren auf. Er erstarrte. Die Minuten verrannen. Der Wind drehte sich, aber nicht vollständig. Er war ihm jetzt keine Hilfe mehr, würde aber auch sein Opfer nicht warnen. *Ruhig. Ruhig.* Die Feldmaus sah sich um und bewegte sich auf eine efeubewachsene Stelle zu. *Ruhig, Jäger!* Dann endlich entspannte die Maus sich und schnüffelte zwischen den Blättern nach Nahrung. Er wagte einen langsamen Schritt, dann einen weiteren. Der Geruch war nur schwach, aber die Maus war deutlich zu sehen, kleine Lichtflecken schimmerten über ihr braunes Fell. Sie war völlig arglos.

Er wußte, daß sie ihn hören mußte und Deckung suchen würde, wenn er sprang. Er würde die vermutliche Fluchtrichtung einkalkulieren . . .

Der Sprung. Die muskulösen Hinterläufe katapultierten ihn durch die Luft, wie ein Pfeil schoß er auf seine Beute zu. Sie rannte genau in die Richtung, die er vorhergesehen hatte . . .

dann hatte er sie. Er hieb ihr die Klauen in die Schultern und schloß seine Zähne begierig um ihren kleinen Hals. Ihr Körperlicht spiegelte sich in seinen Augen, während er sie niedergedrückt hielt und schließlich, als ihre Gegenwehr ihn langweilte, tötete. Er wußte aus Erfahrung, daß dieses Licht erst nach einiger Zeit verblassen würde. Erst in der Morgendämmerung würde es vollständig schwinden. Er fraß die Maus an Ort und Stelle und ließ ihre schwach glänzenden Überreste auf einem Haufen goldgeränderter Blätter zurück. Eine gute Mahlzeit. Jetzt würde er sich erst einmal putzen, und dann...

In diesem Moment bemerkte er, daß er beobachtet wurde. Mit angelegten Ohren und ausgefahrenen Klauen fuhr er blitzschnell herum, bereit, jeden Kampf aufzunehmen, den die Situation erforderte. Doch es war nur eine der Traumgestalten, deren Kontur sich schwach leuchtend in der dunklen Nacht abzeichnete. Ein abscheuliches Wesen, halb Fisch, halb Schnecke, mit einem klaffenden zahnlosen Maul. Er flüchtete aus dem Weg der Kreatur, denn er war sich nicht länger sicher, daß diese Dinger wirklich harmlos waren. Seine Haare sträubten sich. Er versuchte, sich zu beruhigen, aber auch sein Verstand sträubte sich. Das schreckliche Ding hatte ihm *angst* gemacht.

Es hatte jedoch kein Interesse an Katzengesellschaft. Es glitt an ihm vorbei, gegen den Wind, und bewegte sich an die Stelle seiner gerade beendeten Mahlzeit. Dort verharrte es, als müsse es überlegen. Er hörte sich knurren, voller Abscheu und Furcht. Obwohl das Wesen ihn gar nicht beachtete, wirkte es ausgesprochen bedrohlich. Er mußte sich sehr beherrschen, um nicht Hals über Kopf zu flüchten oder das Ding blindwütig anzugreifen.

Pulsierend schwebte es eine ganze Weile über dem Mäusekadaver. Dann ließ es sich darauf nieder wie ein Blutegel und schloß sein rundes Maul um die Reste des Kopfes. Entsetzt beobachtete der Jäger der Finsternis das schaurige Mahl. Die Traumkreatur fraß nicht wirklich, aber das Licht, das immer noch von dem Kadaver ausging, begann langsam zu verblassen. Lichtstrahlen flimmerten über das Aas und verlöschten dann. Nach kurzer Zeit war nur noch der Glanz der Traumkreatur — und die Strahlen des Jägers — zu sehen.

Schließlich siegte die Angst über die Neugierde. Der Jäger der Finsternis drehte sich um und rannte davon.

Miles stellte fest, daß das Haus genauso war, wie er es sich vorgestellt hatte. Nicht besser, aber auch nicht schlechter. Sein Freund und alter Zimmergenosse aus College-Tagen hatte sich entschlossen, das kleine Farmhaus zu renovieren, das seit fast zwei Jahrhunderten den harten Wintern hier im Norden getrotzt hatte. Jetzt war diese Arbeit halb getan, und das würde vermutlich immer so bleiben. Irgendwie war es ein Symbol für Wesley McGillis' einmalige Persönlichkeit. Wes neigte dazu, die Lust an einer Sache immer dann zu verlieren, wenn er sich alles angeeignet hatte, was zu ihrer Erledigung notwendig war. Dieses Haus bildete da keine Ausnahme. Eigentlich schade, dachte Miles. Man könnte etwas daraus machen. Vielleicht konnte ja Wes' Tochter, die vor kurzem bei ihm eingezogen war, ihn dazu bewegen, das Vorhaben zu Ende zu bringen.

Er holperte mit dem Wagen einen Feldweg entlang, zwischen dessen Fahrspuren dichte Grasbüschel wuchsen, und fuhr auf den von Unkraut überwucherten Platz vor dem Haus. Wesley erwartete ihn auf der Veranda; der alte Junge hatte sich seit ihrem letzten Zusammentreffen überhaupt nicht verändert. Das mußte jetzt fast zehn Jahre her sein, überlegte Miles. Eines war sicher: *Er* selbst hatte sich verändert.

»Wie gefällt es dir bei mir?« rief sein alter Zimmergenosse. Seine Armbewegung umfaßte nicht nur das Haus und die nähere Umgebung, sondern auch die leuchtendweiße Zitadelle des Bell & Hammond's Instituts für Grundlagenforschung, die einige Meilen entfernt lag. »Hübsch, was?«

»Kalt.« Er hatte seinen Mantel in Maryland in den Kofferraum gelegt. Jetzt holte er ihn schnell und zog ihn über, bevor er seinen Koffer auslud. »Der Süden ist mir allemal lieber.«

»Laß mich das tragen.« Wes griff nach dem Koffer, den er letztlich mit Gewalt aus Miles' Hand winden mußte. »Du klingst schon genau wie sie, weißt du das?«

»Wie wer?«

»Wie die Leute aus dem Süden. Hätte ich nie für möglich gehalten.« Er führte ihn die Stufen hinauf und über die Veranda zu einer offensichtlich neuen Gittertür. »Elsa läßt dich herzlich grüßen, es tut ihr leid, daß sie nicht hier sein kann. Sie hat am NMHJ zu tun. Ich erzähl dir davon, wenn du ausgepackt hast. Ist wirklich eine seltsame Sache.« Er öffnete die Tür und winkte Miles herein. »Paß auf die Katzen auf«, warnte er.

Wie auf ein Stichwort schoß eine graugetigerte Katze auf die Türe zu. Mit einer geübten Bewegung versperrte Wes ihr den Weg, schob Miles in die kärglich ausgestattete Küche und schlug die Tür hinter ihnen zu. Die Katze jaulte in vergeblichem Protest und verschwand dann in einer Ecke.

Neben der Küche befand sich ein Arbeitszimmer, in dem ein Kamin für eine halbwegs erträgliche Temperatur sorgte. Wesley zeigte auf einen mit Stoff bezogenen Schaukelstuhl und nickte in Richtung der Treppe, die sich auf der anderen Seite des Raumes befand. »Mach es dir bequem, während ich deine Sachen hinaufbringe. Dort steht heißes Wasser, falls du Kaffee oder Tee möchtest. Ich bin sofort wieder da.«

Miles hatte gerade festgestellt, daß die Beine des Schaukelstuhls völlig verschrammt waren, und der Bezug durch die wiederholte Begegnung mit Tierkrallen in Fransen hing, als er Wesley brüllen hörte. »Runter, verdammtes Biest!« schrie er, und ein kleines Pelzknäuel schoß die Treppe herab. Die kleine Katze war, abgesehen von den weißen Socken an dreien ihrer Beine, völlig schwarz. Sie sprang von der Treppe in die Mitte des Raumes und stoppte dort plötzlich, als müsse sie überlegen, was als nächstes zu tun sei. Zögernd steckte Mike ihr einen Finger entgegen; er war mehr ein Hundefreund und mochte Katzen nicht sonderlich, aber da es Wesleys Katze war, wollte er zumindest versuchen, sich mit ihr anzufreunden.

Die Katze drehte sich abrupt zu ihm um und starrte ihn mit

aufgerissenen Augen an. Fauchend wich sie ein Stück zurück. Ihre langen, dichten Haare sträubten sich. Es wirkte gleichzeitig lächerlich und furchteinflößend. Ein Krampf schien ihren dünnen Hals zu durchlaufen, und das Knurren, das die kleine Katze dann ausstieß, war ein klarer Beweis für ihre Verwandtschaft mit dem König der Tiere.

Erschrocken zog Miles die Hand zurück. Jedes Geräusch und jede schnelle Bewegung schienen das Biest noch mehr zu irritieren. Miles verhielt sich deshalb absolut ruhig, bewegte sich nicht und wartete darauf, daß Wes zurückkehren und ihn retten würde.

Oben hörte man jetzt Schritte, und jemand kam die Treppe herunter. »Ich habe dir das Zimmer noch vorne raus gegeben; es ist nicht sehr groß, aber dafür am besten renoviert. Ich glaube...«

Wes verstummte, als er der Szene im Wohnzimmer — *Katze gegen Philosophieprofessor* — angesichtig wurde. »Keine Panik, Miles«, sagte er amüsiert. »Sie wird dich nicht angreifen. Sie ist überhaupt nicht an dir interessiert.«

»Aber als ich ihr zu nahe gekommen bin...«

»Ja, aber sieh einmal genau hin. In ihre Augen, meine ich. Sie blickt dich nicht einmal an.«

Er sah sich die Katze noch einmal genau an und stellte fest, daß Wes recht hatte. Ihr Blick fixierte einen Punkt etwas links von ihm, näher zur Mitte des Raumes hin. »Was, zum Teufel, ist dann das Problem?«

Wes seufzte. »Eine schwierige Frage. Ich glaube, ich sollte dir von Elsas Projekt erzählen — schließlich mußt du für eine Weile mit den Ergebnissen ihrer Forschungen zusammenleben. Wir wissen selbst noch nicht alles darüber, deshalb ist Elsa ja unterwegs, um mit den Nervenärzten zu sprechen.«

»Wegen einer Katze?«

»Vier Katzen. Und vorher zwei Würfe, die wir sofort nach der Geburt getötet haben. Diese sind die ersten, die wir am Leben gelassen haben — und ich weiß nicht, ob das nicht ein Fehler war. Möchtest du Kaffee?«

»Ja, gerne.«

»Mit Sahne?«

»Schwarz.« Miles neigte zu Übergewicht und verzichtete in letzter Zeit aus Sorge um seine Gesundheit auf solche Dinge. Als Wes aufstand, um sich um den Kaffee zu kümmern, fragte er ihn nervös: »Es ist doch nicht gefährlich, oder?«

»Der Kaffee?« Wes lachte. »Nein, sie sind zu klein, um irgendwelchen Schaden anrichten zu können. Obwohl eine Maus das möglicherweise anders sehen würde.«

Die Katze war noch immer angespannt, obwohl ihr Knurren etwas leiser geworden war. *Ich wußte nicht, daß sie solche Geräusche machen können.* »Was beobachtet sie? Wovor hat sie Angst?« Für ihn befand sich sonst nichts in dem Raum, und doch verfolgte die Katze offensichtlich etwas. Wenn er sie genau beobachtete, konnte er feststellen, wo das *etwas* sich befand, aber er hatte keine Ahnung, was es sein könnte.

Wes kam mit zwei Tassen dampfenden Kaffees zurück und wollte gerade etwas sagen, als die Katze plötzlich senkrecht in die Luft sprang. Als ob irgend etwas sie gepackt hätte, dachte Miles. Oder sie sich verbrannt hätte. Sie schoß auf einen Sessel zu und verschwand unter ihm. Ihr Körper zitterte vor Furcht. Einen Moment später waren nur noch ihre Augen sichtbar, zwei gelbe Punkte in dem dunklen Schatten unter dem Sessel, die ängstlich den Raum beobachteten.

»Ich glaube, ich erkläre dir besser, was los ist«, meinte Wes, und Miles nickte. Das war auch seine Meinung.

Sloan-Ketterings Forschungsinstitut hatte schon seit einiger Zeit mit Katzen experimentiert (erklärte Wes). Es ging um Forschungen zur Entwicklung der Sehfähigkeit bei ungeborenen Kindern. Nachdem Genmanipulationen zu einer anerkannten Wissenschaft geworden waren, hatte man einige Fachleute auf diesem Gebiet angeheuert, die Katzenexemplare mit bestimmten Sehfehlern züchteten. Elsa war Mitte der neunziger Jahre dazugestoßen. Eines ihrer Projekte beinhaltete die genetischen Manipulationen an einem Wurf ungeborener Katzen zur Verbesserung der Fähigkeit, Farben zu sehen. Ein Routineeingriff, der Routineergebnisse hätte erzielen müssen. Statt dessen waren sein Ergebnis vier Kätzchen, die von dem Moment an, als sie zum ersten Mal die Augen öffneten, alle Symptome der menschlichen Schizophrenie zeigten.

»Sie wurden eingeschläfert«, berichtete Wes. »Und man versuchte es noch einmal. Mit dem gleichen Ergebnis. Inzwischen waren alle genetischen Faktoren wieder und wieder überprüft und Autopsien vorgenommen worden. Alle theoretischen Untersuchungsergebnisse und die Autopsien zeigten nur eines: daß man die Sehfähigkeit der Katzen verbessert hatte. Es gab keinerlei Anhaltspunkte für Veränderungen am Gehirn oder am Nervensystem, die ein so auffälliges Verhalten erklärt hätten.«

»Und so ließ man den letzten Wurf am Leben.«

Wes nickte. »Das Ergebnis hast du gesehen. Sie wurden sterilisiert, damit man sie großwerden lassen konnte. Allerdings erst im letzten Moment, weil man untersuchen wollte, ob die Veränderungen im Hormonhaushalt Einfluß auf ihr verrücktes Verhalten haben würden. Das war nicht der Fall. Elsa hatte mich schon vorher überredet, sie hier leben zu lassen, damit sie unter halbwegs normalen Umständen aufwachsen können.«

»Aber das hat auch nicht geholfen?«

»Sieh nur selbst.« Eine gestreifte Katze mit schwarzem Schwanz schlich sich in den Raum, auf der Pirsch nach etwas, das keiner von ihnen sehen konnte. Einen Augenblick später fauchte sie und rannte wieder hinaus. »Es kommt durchaus vor, daß Katzen imaginäre Spielgefährten haben, aber nicht in diesem Umfang. Und sie lösen normalerweise nicht eine solche Angst aus. Elsa hat sich deshalb an die Nervenklinik gewandt, um das Problem mit den Kollegen dort zu besprechen. Sie haben sie gebeten, einmal vorbeizukommen, um mögliche Ähnlichkeiten mit menschlichem Verhalten festzustellen und zu überlegen, was man mit den Tieren anfangen könnte. Inzwischen . . .« Er zuckte mit den Schultern und wies auf die kleine schwarze Katze, die sich erst jetzt langsam wieder aus ihrer schattigen Festung hervorwagte. »Ich muß mich mit drei Stück von der Sorte herumschlagen, und das ist nicht gerade das reine Zuckerschlecken.«

»Drei? Hast du nicht gesagt . . .«

»Es *waren* vier«, sagte Wes schnell. »Aber ein Kater entwischte uns aus dem Haus, bevor wir ihn kastriert hatten, und . . . wir hatten keine Wahl, Miles. Wir konnten ihn nicht zurücklocken, und die FDGA versteht keinen Spaß, wenn es um genetisch behandelte Tiere geht. Wenn er nicht zeugungsfähig gewesen wäre, hätte wir ihn laufen lassen können.«

»Und so?«

»Wir mußten ihn umbringen.« Er nippte nachdenklich an seinem Kaffee. »Ein Freund von Elsa hat es getan. Er hat ihn genau in den Kopf geschossen. Er war noch ein kleines Kätzchen, und wir haben die Sache für uns behalten. Sonst hätten wir Elsas Lizenz riskiert, verstehst du? Also ist es jetzt ein Dreier-Wurf, was die Berichte angeht, und immer schon gewesen.«

Die kleine schwarze Katze ging gemächlich zum nächsten Stuhl, kletterte darauf und begann, sich zu putzen, als ob nichts gewesen wäre. Wie eine richtige Katze, dachte Miles. Nur daß sie keine war. Die Wissenschaft hatte etwas anderes aus ihr gemacht. Eine *Nicht-Katze*. Eine *Anti-Katze*. Er war immer gegen genetische Eingriffe bei größeren Tieren gewesen, und jetzt wußte er, warum. Zuviel DNA und zuwenig gefestigtes Wissen. Bei Hunden konnte man vielleicht eine Ausnahme machen. Hunde waren berechenbar. Man konnte sie verstehen. Katzen waren . . . Er blickte die kleine schwarze Katze an und schauderte . . . *fremdartig.*

Sie sammelten sich im Menschenland. Es waren Dutzende von ihnen. Man konnte sie im Mondlicht deutlich erkennen. Schon vor vielen Jahren als kleines Kätzchen hatte er Traumwesen gejagt, allerdings ohne Erfolg. Seine Pfoten waren durch ihren Körper geglitten, und die Wesen flatterten schließlich durch die Wände des Menschenhauses. Die Kreaturen, die er jetzt beobachtete, waren anders als die von damals. Sie waren viel größer und grotesk geformt. Wie das Traumwesen, das sich über seine

Beute hergemacht hatte, stanken sie nach *Falschheit*, nach Fäulnis. Sie sammelten sich über dem weiß leuchtenden Menschenhaus. Ihr Anblick machte ihm angst, und widerstrebend mußte er zugeben, daß es Nacht für Nacht mehr von ihnen wurden und daß sie sich zu einem bestimmten Zweck zu sammeln schienen.

Es machte die Sache nicht leichter, daß es jetzt mit jeder Nacht kälter war. Sein Fell, das täglich dichter wurde, schützte ihn zwar ausreichend vor dem Winterfrost, aber seine Pfoten waren nicht daran gewöhnt, über den hartgefrorenen Boden zu laufen. Außerdem schmerzte die quer durch sein Gesicht verlaufende Narbe, die er einer Gewehrkugel zu verdanken hatte, wenn es zu kalt wurde. Seine Laune war aus diesen Gründen auf dem Tiefpunkt. Wenn eines der Traumwesen ihm zu nahe kam, schlug er mit ausgefahrenen Krallen nach ihm, obwohl er wußte, daß niemand aus der realen Welt ihnen etwas anhaben konnte. Er machte seiner Irritation und seinem Unbehagen Luft, indem er es trotzdem versuchte, und knurrte nur enttäuscht, wenn seine Pfote durch sie hindurchglitt. Er hatte sie im Traumland gejagt und nie verstanden, warum sie hier, in der Realwelt, unantastbar waren. Jetzt, da sie ihm auf der Jagd folgten, seine Beute für sich beanspruchten und er nicht in der Lage war, sie zu vertreiben, wurde die Situation unerträglich.

Die Antwort war im Menschenland, und er war entschlossen, sie zu finden. Aber da draußen auf den leeren Feldern, wo das Gras nach dem Willen der Menschen sehr niedrig und keine Deckung zu finden war, würde er sehr wachsam sein müssen. Er kannte die Macht der Menschen nur allzu gut und war keineswegs begierig darauf, sie auf die Probe zu stellen. Als kleines Kätzchen war er einmal von einer vertrauten Stimme angelockt worden. Er war auf sie zugegangen, durch ein Flußbett und durch Büsche ... und sie hatte mit einem donnernden Knall und einem durchdringenden Schmerz geantwortet. Er hatte nichts mehr sehen können und war weitergetorkelt, bis er mit dem Kopf an einen Felsen stieß und bewußtlos wurde.

Nein, er war wirklich niemand, der die Gesellschaft von Menschen suchte. Dennoch mußte er in das Menschenland.

Die Traumwesen waren dort. Und die mußten vertrieben werden. Das war eine Tatsache.

Den Körper dicht an den Boden gepreßt, glitt er langsam durch das Gras. Sein Ziel war das große weiße Menschenhaus, und er näherte sich ihm vorsichtig. Der Zaun sah genauso aus wie der, der das kleinere Menschenhaus umgab, allerdings standen hier keine Bäume mit überhängenden Ästen, und es gab auch keinen erkennbaren Pfad unter dem Zaun hindurch. Er beschloß, über den Zaun zu klettern, und nahm viel Anlauf, um möglichst hoch hinaufzuspringen. Als seine Pfoten den Zaun berührten, durchzuckte ein brennender Schmerz seinen ganzen Körper. Krämpfe durchliefen seine Beine, er verlor den Halt und fiel herab. Es war ein tiefer Fall. Er hatte zudem seinen Gleichgewichtssinn verloren, mit dessen Hilfe er den Sturz hätte abfedern können. Er jaulte laut, als er auf den gefrorenen Boden aufschlug. Seine Pfoten brannten wie Feuer, und er war vor Schreck wie gelähmt.

Die Ähnlichkeit mit dem anderen Zaun war wirklich nur äußerlich gewesen. In diesem hier war Menschenzauber, und genau wie der Donner, der ihn damals niedergestreckt hatte, war er ein Feind, der bereit war zu töten. Ihm wurde klar, daß er wahrscheinlich gestorben wäre, wenn er sich festgeklammert hätte. Nur der Sturz hatte ihn gerettet.

Gedemütigt rappelte er sich hoch. Seine Pfoten waren jetzt gefühllos, und seine Beine zitterten. Er zwang sie, ihm zu gehorchen, und ging in westlicher Richtung auf die nächsten Büsche zu. Dort, in der Deckung der Bäume, wollte er seine Wunden untersuchen und reinigen. Nicht hier, wo ihn Menschen finden konnten.

Er kam an einer Duftmarke vorbei, ignorierte sie aber. Er hatte nicht die Kraft, in sein eigenes Gebiet zurückzukehren, und mußte daher das Risiko eingehen, in fremdes Revier einzudringen. Er kroch in dichtes Unterholz und sah sich nach einem geeigneten Schlupfwinkel um. Er war nicht in der Lage zu klettern. Neue

Schmerzwellen durchliefen ihn bei jedem Schritt, und so ließ er sich schließlich entkräftet in eine efeubewachsene Mulde fallen. Hoffentlich war die Katze, die diese Gegend markiert hatte, gerade auf Patrouille an einer anderen Grenze ihres Reviers.

Er war gerade im Reich der Träume angelangt, als ein Rascheln ihn aufschrecken ließ. Die Schattenwelt wich langsam von ihm, und er fand sich knietief im Efeu wieder. Schmerz schoß durch seine Pfoten, aber er war kampfbereit — ja, das war er! Und wehe jeder Katze, die sich mit ihm anlegte, auch wenn er verwundet war.

Das Rascheln wurde lauter, und dann erschien ein Kopf zwischen Zweigen. Ein kleiner Kopf, der nur aus Augen und Barthaaren zu bestehen schien. Dann noch einer, genauso winzig. Der Wind brachte ihm den Geruch von Jungkatzen und seine Warnung: *Halt dich fern!*

Dann zeigte sich ein drittes Gesicht, und vor Staunen vergaß er alles um sich herum, denn das grüne Feuer, das in diesen Augen brannte, war wie sein eigenes Körperlicht. An der Art, wie dieses Kätzchen sich den Weg durch das Unterholz bahnte, konnte er erkennen, daß es im Dunkeln ebensogut sehen konnte wie er. Grünes Licht flimmerte über sein schwarzes Fell, als es verspielt und neugierig auf ihn zutapste. Er wollte gerade seinen Duft aufnehmen, als ein Traumwesen erschien. Fauchend attackiert das Kätzchen es und fiel bei seinen vergeblichen Angriffen immer wieder in die abgestorbenen Äste. Es vermochte diese Wesen in der realen Welt zu sehen! Der Jäger der Finsternis konnte es kaum glauben. In all den Jahren, die er schon hier draußen war, war er nie einer anderer Katze begegnet, die ebenfalls Jagd auf die Traumkreaturen machte.

Er hatte gerade beschlossen, dem Kleinen zu folgen, als er noch einen Geruch wahrnahm. Einen erwachsenen und feindseligen Duft. Er drehte sich um und erblickte ein wütendes Weibchen. Eine Pfote fuhr nur wenige Zentimeter vor seinem Gesicht durch die Luft, und er wich ein paar Schritte zurück. Er hatte keine Lust, sich mit einer aufgebrachten Katzenmutter anzulegen, und zog sich weiter zurück, als sie auf ihn zukam.

Schließlich wandte er sich um und rannte davon, ohne Rücksicht auf die Schmerzen und seine Würde zu nehmen. Er hatte keine andere Wahl.

Das Feuer brannte in seinen Pfoten, und als er nicht mehr weiterrennen konnte, hielt er an und blickte zurück. Sie war nicht mehr zu sehen. Zweifellos sammelte sie ihren Nachwuchs ein. Dankbar für ihren Mutterinstinkt ließ er sich fallen und begann wieder seine Wunden zu lecken.

Dieses Kätzchen . . . und seine Mutter. Warum war sie ihm so vertraut vorgekommen? Es war nicht ihr Duft gewesen, dachte er. Er war einmal mit einem Weibchen zusammengewesen, aber ihr Geruch war anders gewesen. Irgendwie einladender. Oder doch nicht?

Versunken in angenehme Erinnerungen an seine einstige Gefährtin streckte er sich gemütlich aus und ließ sich in die Schattenwelt gleiten, wo seine Wunden in Ruhe heilen konnten.

Miles betrachtete das leuchtend weiße Gebäude, auf dessen oberen Mauern das stahlblaue Morgenlicht spielte. Er nickte. »Das ist es also?«

»Das ist es«, bestätigte Wes. »Der Hort meines Lieblingsprojekts. Und Gott sei Dank gibt es Bell & Hammond, denn mit den staatlichen Zuschüssen hätte ich es nie finanzieren können. Nicht, wenn es zehn oder zwanzig Jahre dauern kann, bis die Resultate vorliegen.«

»Hast du es versucht?«

Wes zeigte dem Wachmann seine Ausweise. Es waren durchsichtige Plastikkärtchen, die die Wache durch ein Lesegerät schob und ihm dann zurückgab. Miles bekam etwas an sein Jackett geheftet, das aussah wie eine Kreditkarte.

»Natürlich habe ich es versucht. Aber ich konnte ihnen nicht die Garantien geben, die sie verlangen, und so . . . die freie Wirtschaft, letzte Bastion der wissenschaftlichen Neugier. Hier geht es lang«, sagte er und benutzte seine Sicherheitskarte, um eine fensterlose Tür zu öffnen.

Die Flure des Bell & Hammond-Gebäudes waren sauber und steril. Miles fragte sich, wie sein Freund, der zu einem unordentlichen Lebensstil neigte, in dieser Umgebung arbeiten konnte. Daß er es überhaupt aushielt, war ein deutlicher Beweis dafür, wie wichtig ihm das Projekt war.

Schließlich kamen sie zu einer letzten Türe, für die eine separate Ausweiskarte benötigt wurde. »Willkommen im Garten Eden«, sagte Wes und stieß die Türe schwungvoll auf.

Für das Paradies war es wenig eindrucksvoll. Zugegeben, überall standen Computer, an allen vier Wänden und auf einer schulterhohen Konsole in der Mitte des Raumes. Aber sie alle hatten das glatte, unscheinbare Aussehen, das den ganzen Komplex prägte. Es war unmöglich, zu sagen, warum sie hier standen und welche Aufgabe sie erfüllten. Miles wartete.

»Das ist das Eden-Projekt. Meine ureigenste Schöpfung, bereit zur Endphase. Wie findest du es?«

»Du hast eine Menge Geräte hier drin«, gab er zu. »Und nicht nur die solltest du mir mal erklären.«

»Natürlich. Aber wo fange ich an?« Stolz blickte der geistige Vater des Projekts sich in dem Raum um. »Vor etwa fünf Milliarden Jahren erschien das erste Leben auf der Erde. Hier in diesem Raum will ich diesen Vorgang wiederholen. Was sagst du jetzt?«

»Ein paar Details könnten ganz nützlich sein«, meinte Miles. Dann erst ging ihm auf, was Wes gesagt hatte. »Hier in diesem Raum? Ist das dein Ernst?«

»Genau das. Überleg doch mal. Wir wissen, daß eine bestimmte Verknüpfung von Umständen ungefähr zu dieser Zeit einen biologischen Prozeß in Gang gesetzt hat, den wir *Leben* nennen. Vielleicht nur ein einziges Mal. Vielleicht waren die Bedingungen nur einmal dazu geeignet, weil die statistische Wahrscheinlichkeit so astronomisch gering ist, daß es sich nie wiederholt hat . . . die Wissenschaft hat das nie ganz herausgefunden, obwohl wir der Sache schon nahegekommen sind. Wir haben unsere eigenen Viren gezüchtet, Bakterien verändert und mit einigen der höherentwickelten Tiere Gott gespielt. Aber immer gab es als Ausgangspunkt einen Funken Leben, auf dem alles aufbaute. Ich will bei Null anfangen. Ist dir das verrückt genug, Miles? Wirst du es als eine weitere Macke von mir abschreiben, oder willst du Einzelheiten hören?«

Es klang tatsächlich verrückt, aber ... »Wenn du einen Konzern wie Bell & Hammond davon überzeugen kannst, daß du nicht verrückt bist, kann ich dir auch zuhören. Erzähl weiter.«

Wes legte seine Hand liebevoll auf die Instrumentenkonsole in der Mitte des Raumes, und statisches Knistern ertönte, als er über einen Bildschirm fuhr. »Ich habe mir folgendes überlegt. Wir wissen ungefähr, zu welchem Zeitpunkt das erste Leben entstanden ist. Auf eine Milliarde Jahre mehr oder weniger soll es nicht ankommen. Wir kennen den Zustand der Erde in diesem Zeitraum, von der geologischen Beschaffenheit bis zur Oberflächentemperatur. Alle anderen wichtigen Daten wie zum Beispiel die Anziehungskraft, Umlaufbahn, Magnetismus können wir berechnen. Irgendwo in diesem Datenwust ist ein bestimmtes Zusammentreffen von Bedingungen verborgen, das es einer Kombination von Aminosäuren ermöglichte, sich selbst zu vermehren. Die Grunddefinition des Lebens, wie ich es verstehe. Nun, wir haben versucht, eine Formel zu finden, die diese Bedingungen in das geeignete Verhältnis bringt, und sind gescheitert. Wir haben versucht, die Evolutionsgeschichte zurückzuverfolgen, und hatten nicht den geringsten Erfolg. Meine Idee ist es, Computer das tun zu lassen, was sie am besten können: Schritt für Schritt die riesigen Mengen von Daten zu vergleichen. Wenn sie etwas Erfolgversprechendes finden, überprüfen sie es in allen denkbaren Varianten. Diese Maschinen...« Er zeigte mit einer Handbewegung auf die langen Reihen von Computern an den Wänden. »... reproduzieren mathematisch die Bedingungen auf der Erde in diesem Zeitraum. Jeder denkbare Umstand wird berücksichtigt. Sonnenflecken, Vulkanaktivitäten, Meteoriteneinschläge ... Du hältst das für ein umfangreiches Projekt? Das ist es auch. Darum können nur Maschinen es bewältigen. Und darum kann es Jahrzehnte dauern, bis wir eine Antwort gefunden haben.«

»Kein Wunder, daß du Probleme hattest, die Sache zu finanzieren.«

»Es hat mich selbst überrascht, daß Bell & Hammond mir grünes Licht gegeben haben«, gab er zu. »Aber ich bereue nichts. Es kann Jahrzehnte dauern, bis wir ein Ergebnis haben – aber es kann auch morgen sein. Es ist ein System, bei dem alle denkbaren Kombinationen durchgeprüft werden, auf Grundlage einer fast unendlichen Datenmenge. Ich habe versucht, alle menschlichen Erwartungen außen vor zu halten, weil alle von Menschen erarbeiteten Theorien versagt haben. Hier drin...« er strich zärtlich über die zentrale Datenbank, »... werden die praktischen Tests ablaufen. Sobald die Rechner eine Kombination herausfinden, die die richtigen chemischen Verbindungen ermöglicht, werden hier die errechneten Bedingungen exakt reproduziert. Zuerst natürlich rein mathematisch. Alles läuft automatisch ab.« Seine Augen leuchteten, und Miles konnte sich nicht erinnern, ihn jemals so lebhaft gesehen zu haben. »Ich träume davon, diesen Raum zu betreten und festzustellen, daß die Testphase angelaufen ist. Die Wahrscheinlichkeit spricht natürlich dagegen.«

Miles begann langsam zu verstehen, während er den Blick fasziniert durch den Raum schweifen ließ. »Man könnte sagen, daß, mathematisch gesehen, der Prozeß, neues Leben zu erschaffen, schon begonnen hat.«

»Das hoffe ich.«

Verblüfft schüttelte Miles den Kopf. Er konnte es kaum glauben. »Es ist gut, daß du nicht religiös bist, Wes. Oder ein Philosoph.«

»Warum? Glaubst du, dann hätte ich irgend etwas anders gemacht?«

»Wenn es so etwas wie eine Seele gibt und alle Lebewesen sie haben...« Er ging zu der Instrumentenplattform in die Mitte des Raumes und strich mit seiner Hand darüber. Kalt. Das überraschte ihn, obwohl nichts anderes zu erwarten gewesen war. Hatte er unterbewußt Leben mit Wärme gleichgesetzt? »Wo wirst du die Seele herbekommen, wenn du hier Leben schaffst? Machst du die auch selbst? Oder schlummert schon irgendwo eine Art Bewußtsein, das nur darauf wartet, sich mit deiner Schöpfung zu verbinden? Das dann sozusagen nur ein neues Haus bezieht? Ein religiöser Mensch würde sich darüber Gedanken machen — und auch über die Herkunft eines solchen Bewußtseins.«

»Du wirst langsam viel zu grüblerisch, Miles. Die Welt ist voll mit Seelen, alten und neuen. Das behaupten jedenfalls unsere Geistlichen.«

»Aber das war nicht immer so. Und deine Maschinen reproduzieren genau den Zustand, in dem es noch keine Seelen gab.« Er zuckte mit den Schultern. »Ich bin schon der Meinung, daß man darüber nachdenken kann.«

»Es steht dir frei, einen Artikel darüber zu schreiben.«

»Ich müßte lange warten, bevor ich ihn veröffentlichen kann.«

»Tatsächlich?« Wes zögerte, und seine Stimme wurde leiser. Fast flüsternd sagte er: »Manchmal spüre ich, wie es passiert. Ich stehe hier drinnen, und es ist, als könne ich fühlen, wie der Prozeß abläuft. Als würde nur ein kleiner *Faktor* fehlen. Als würde es jeden Moment beginnen, noch während ich hier stehe. Bin ich verrückt, Miles?«

»Das warst du schon immer.«

»Ich meine, ob du es nicht auch fühlen kannst. Den Anfang . . . den *Ursprung* des Lebens. Wenn, wie du gesagt hast, der Prozeß schon begonnen hat . . .«

»Alles was ich fühle, ist Müdigkeit. Und ein wenig Kopfschmerzen.« Er strich sich über die Stirn. Seine Hand war kalt, und er wunderte sich, daß er sich plötzlich so schwach fühlte. »Ich fürchte, du hast mich etwas überfordert, Wes. Ich brauche Zeit, um das alles zu verarbeiten, bevor ich darüber Spekulationen anstellen kann.«

»Bist du in Ordnung?« fragte Wes besorgt.

»Nur etwas müde. Glaube ich jedenfalls. Es war eine lange Fahrt. Und dein Projekt hier ist wirklich umwerfend.« Er rieb sich die Stirn, von der die schlimmste Müdigkeit auszugehen schien. »Die philosophischen Verwicklungen können einen schwindlig machen. Gib mir etwas Zeit, Wes. Und ein gutes Frühstück.«

Sein ehemaliger Zimmergenosse lächelte, als er ihn hinausführte. »Also ein kleines Nickerchen, was? Du warst ja noch nie ein Frühaufsteher.«

»Und du hast dreißig Jahre gebraucht, um das zu merken . . .«

Der Jäger der Finsternis beobachtete vom Waldrand aus, wie die beiden Männer das Gebäude verließen. Er blieb im Schatten der Bäume, so daß sie ihn nicht sehen konnten. Das Sonnenlicht blendete ihn, aber nicht so sehr, daß ihm der Umriß entgangen wäre, der auf den Schultern des kleineren Mannes saß. Eine Traumkreatur, ein schwarzer Schatten im hellen Morgenlicht. Es hatte Tentakel, die es dem Mann oben um den Kopf preßte. Von Zeit zu Zeit griff der Mann danach, als könne er die Gegenwart des Wesens spüren. Aber seine Hand fuhr einfach hindurch.

Der Jäger der Finsternis fröstelte trotz der warmen Morgensonne. Langsam zog er sich in den Wald zurück.

Er mußte nachdenken.

Lieber Daddy,
nun, ich bleibe länger, als ursprünglich geplant, aber wir haben uns ja schon gedacht, daß das passieren könnte. Es gibt soviel zu erzählen, daß ich gar nicht weiß, womit ich anfangen soll. Es sei nur soviel gesagt, daß wir einige interessante Hypothesen erarbeitet haben, die das Verhalten der kleinen Monster erklären könnten.

Die bisher plausibelsten Theorien geht von einer Art Traumstörung aus. Dr. Langsdon hat für mich ein Band aufgenommen mit Katzen, die so behandelt wurden, daß ihre motorischen Aktivitäten im Schlaf nicht — wie normalerweise — ruhen. Das Resultat war, daß sie ihre Träume ausgelebt haben, und — Du ahnst es schon — ihr Verhalten glich verblüffend dem unserer kleinen Hausgenossen. Außerdem ... aber ich erzähle Dir lieber alles, wenn ich nach Hause komme. Es ist alles so aufregend.

Auf jeden Fall werde ich nicht vor dem nächsten Sonntag abfahren können. Heißt das, daß ich Miles nicht sehen werde? Sag ihm, er soll hier in Maryland vorbeikommen, wenn er früher nach Hause fährt, dann werde ich ihn zum Lunch einladen. Oder zum Dinner.

Grüß die Monster von mir!
Elsa

Während dieser Schlafzeit war das Schattenland ungewöhnlich dunkel, und die Glitzerwesen wirkten dadurch noch unheimlicher als sonst. Und machten ihn noch verrückter. Der Jäger der Finsternis verharrte für einen Augenblick im Wald des Schattenlandes und beobachtete, wie die kleinen Feuerkobolde zum Leben erwachten und über die kahlen Äste glitten. Er versuchte, den Rhythmus ihrer Bewegungen auszumachen, um sie erwischen zu können. Manchmal gelang es ihm. Über ihm bildeten die Äste der abgestorbenen Schattenlandbäume ein gezacktes Dach wie ein Spinnennetz, auf dem sich die Glitzerwesen wie die Eichhörnchen tummelten. Sie flitzten einen Ast entlang, drehten sich um und zogen ihre feurige Spur über die Rinde eines anderen, sprangen in die Luft — und verschwanden dann plötzlich und unausweichlich in der Dunkelheit. Es waren heute nacht sehr viele von ihnen, und während sie vor dem dunklen Himmel ihr wildes Spiel trieben, leuchtete ihr Glanz in den Schatten des Waldes und durchlief die Dunkelheit wie ein Fieberschauer. Keine gute Schlafzeit zum Jagen, dachte er. Sogar die Bäume waren heute düsterer als sonst, und ihre Äste wirkten wie unheilvolle Risse im Himmel. Zudem lag ein Geruch in der Luft, der nicht aus dem Schattenland und nicht aus der realen Welt stammte. Der Wind trug ihm diesen schwachen Fäulnisgeruch zu. Unwillkürlich fletschte er die Zähne und stieß ein angewidertes Fauchen aus. Er drehte sich um, um dem Gestank zu entgehen und woanders Beute zu suchen.

Und erinnerte sich ...

An was?

Verwirrt schüttelte er den Kopf. Der Geruch zwang ihn, wegzugehen, *wegzurennen*, sich an irgendeinen anderen Ort zu begeben als diesen hier. Aber da war etwas, was ihn drängte hierzubleiben, etwas, was er nicht einordnen konnte, was aber seinen Drang zur Flucht noch überlagerte. Etwas aus der ... realen Welt?

Dann fiel es ihm ein, und die Erinnerung kam so plötzlich, daß er fast den Boden unter den Füßen verloren hätte. Sicher, er hatte schon oft versucht, sich zu erinnern, schon in so vielen Schlafzeiten. Aber jedesmal, wenn er zu träumen begann und das Schattenland betrat, hatte er sämtliche Erinnerungen an die reale Welt hinter sich gelassen. Diesmal war es anders. Diesmal hatte er eine Spur der Erinnerung mitgebracht, und er griff gleichsam mit allen vier Pfoten danach und versuchte zu begreifen, was es war.

Wie alle Katzen träumte er. Wie alle Katzen jagte er in dem immerwährenden Zwielicht des Schattenlandes, perfektionierte seine Fähigkeiten in einer Welt, in der es auf höchste Präzision und Konzentration ankam. Und wie alle Katzen war er bis zu dieser Nacht gedankenlos von einer Welt in die andere gewechselt. Er war aus dem Schattenland zurückgekehrt, aufgewacht und hatte sich das Fell glattgestrichen, um dann in das Reich der Träume zurückzukehren, wieder und wieder in dem Rhythmus, der so alt und natürlich ist wie der Schlaf selbst.

Aber heute nacht war es anders. Heute nacht wußte er, *verstand* er, daß er, während er hier unter den kahlen Bäumen jagte, gleichzeitig in einer laubgefüllten Mulde schlief. Zum ersten Mal in seinem Leben, ohne Worte oder Erfahrungen, die ihm hätten helfen können, versuchte er, das Wesen des *Träumens* zu verstehen. Und schließlich verstand er, woher dieses doppelte Bewußtsein kam, warum er mit einem klaren Bild vor den Augen eingeschlafen war.

Er wandte sich in die Richtung, aus der der faulige Geruch kam. Er nahm sich Zeit, ihn in sich aufzunehmen, sein Aroma sorgfältig zu kosten. Bilder von Traumwesen tauchten in seinem Kopf auf, Nebelfetzen, die den gleichen Geschmack in seinem Mund hinterlassen hatten. Es war ein Gestank von Gefahr, und er knurrte tief, als er ihn erkannte.

Unter normalen Umständen wäre er geflohen, aber jetzt befand er sich nicht mehr nur in einem Traum, und er war doppelt so wütend wie angstvoll. Angetrieben von der Erinnerung an mißgestaltete Traumkreaturen lief er auf die Quelle des Gestanks zu. In der Realwelt war er machtlos gegen diese Wesen, aber hier, in ihrer Ursprungswelt... er fauchte, um seine Furcht zu besiegen, während er lief. Seine Haare sträubten sich, aber es kam nicht mehr in Frage, umzukehren. Diese Dinger waren in sein Revier eingedrungen, hatten seine Duftmarken ignoriert und seine Jagdbeute verdorben. Entweder mußte sein Ich in der Realwelt sein Territorium aufgeben, oder er mußte diese Feinde in ihrer eigenen Umgebung bekämpfen.

Wie ein Jäger, der die Spur seiner Beute aufgenommen hat, schlich er sich an den Ausgangspunkt des Gestanks heran. Er setzte seine Pfoten jetzt so vorsichtig auf, als hinge sein Leben von absoluter Ruhe ab. Überall um ihn herum tauchten neue Glitzerwesen auf, zogen feurige Fäden durch die Nacht und verschwanden in der Dunkelheit. In ihrem Licht bahnte er sich seinen Weg durch die abgestorbenen Wurzeln, immer geleitet von seinem Geruchssinn. Langsam wurde der Gestank stärker, und die Botschaft, die in ihm lag, wurde deutlicher: *Kehre um. Geh zurück. Dieser Platz ist nichts für dich.*

Er mußte seinen Selbsterhaltungstrieb unterdrücken, um die Botschaft zu ignorieren, aber seine Erinnerungen trieben ihn vorwärts.

Er hätte nicht sagen können, wie lange er schon unterwegs war, als er den Schrei hörte. Seine große Aufgabe hatte ihn völlig gefangengenommen, und er war sich seiner Umgebung nicht mehr voll bewußt. Doch schließlich drang er in sein Bewußtsein, ein klagendes Miauen, das ihn wie angewurzelt stehenbleiben ließ. Es war der Schrei eines kleinen Kätzchens, voller Schmerzen und Schrecken.

Er kannte die Stimme. Aber sie gehörte in die reale Welt.

Wie ist das möglich? Für einen Moment blieb er unentschlossen stehen. Dann ertönte ein weiterer Schrei, ein schmerzerfüllter Hilferuf, der das Weitergehen unmöglich machte. Er lief, er rannte auf die Stelle zu, an der das Kätzchen gepeinigt wurde. In seiner Vorstellung sah er vor sich das kleine schwarze Katzenjunge mit den grünleuchtenden Augen, die glühten wie die Glitzerwesen. Was machte diese Katze aus der Realwelt hier? Kam nicht jeder Jäger alleine in die Schattenwelt?

Er rannte. Über gekrümmte Wurzeln hinweg, zwischen Glitzerwesen und Traumkreaturen hindurch. Das Geräusch wurde immer schwächer, er mußte es erreichen, bevor es ganz erlosch, mußte sich beeilen, wenn er . . .

Plötzlich öffnete sich eine Lichtung vor ihm. Er krallte sich fest in den Boden und stoppte.

Da war es. Das Kätzchen, dem er in der Realwelt begegnet war, dessen feuriger Blick ihn so beeindruckt hatte.

Und sie waren auch da. Die großen Traumkreaturen mit den Zähnen, den aufgedunsenen Körpern und dem fauligen Geruch, die ihn bei der Jagd verfolgt und seine Beute beansprucht hatten.

Sie hatten das Kätzchen zu Boden geworfen und sich über es hergemacht. Saugrüssel und Zähne hatten sich in seinen zitternden Körper gebohrt, und ihre seltsamen Umrisse glühten, während sie das Blut des Kätzchens aufsaugten. Ihr Licht war hell genug, daß der Jäger der Finsternis erkennen konnte, wo das Blut des Katzenjungen den Boden getränkt hatte. Seine Wunden glitzerten rot in dem pechschwarzen Fell.

Eine rasende Wut überkam ihn. Weit entfernt von vernünftigen Überlegungen stürmte er blindwütig vor. Mit einem Sprung hatte er das erste Traumwesen erreicht, ein fischähnliches Ding, das Krallen statt Flossen hatte und einen langen stacheligen Schwanz. Hier hatten diese Kreaturen Substanz, und genußvoll zerfetzte er es. Er hatte es so schnell erledigt, daß die anderen gerade erst anfingen zu reagieren, als er sich dem nächsten Opfer zuwandte.

Das war kein Jagen, sondern reines Töten, und es machte ihm keine Freude. Ein schlangenförmiges Traumwesen mit silbernen Stacheln stellte sich ihm entgegen. Er fegte ihm mit der Pfote durch das Gesicht, bevor es eine günstige Kampfposition einnehmen konnte, und das Blut seines Gegners spritzte ihm über Pfote und Brust. Er spürte Zähne an seinem Hinterlauf, aber er trat wild um sich, und sie verschwanden. Es waren mehr Traumwesen, als er zählen konnte, aber er hatte sich in einen Wirbelwind aus Krallen und Zähnen verwandelt, und schließlich zogen sich diejenigen, die seine Attacke überlebt hatten, wütend fauchend zurück.

Er hielt sich nicht damit auf, seine Wunden zu lecken, und sah sofort nach dem Kätzchen. Es hatte sich während des Kampfes davongeschleppt, wobei es eine dünne Blutspur hinter sich herzog. Sein Körperlicht war so schwach, daß er es fast nicht gefunden hätte. Aber er verließ sich auf seinen Geruchssinn und kam schließlich zu dem zitternden Kätzchen, ein kleines blutverschmiertes Fellbündel, das schwach fauchte, als er sich näherte. Es war schwer verletzt und stand unter Schock. Kein Wunder! Schließlich war es einer der Vorteile bei der Jagd auf die Traumkreaturen oder die Glitzerwesen, daß sie sich nicht wehrten. Man konnte ihnen ohne Verletzungsgefahr nachspüren, konnte risikolos seine Fähigkeiten für den Tag schulen, an dem sie in der Realwelt gebraucht wurden. Daß sie ihn angreifen konnten, war ... undenkbar. Daß sie es getan hatten, war alptraumhaft.

Vorsichtig stieß er das Junge mit der Nase an und begann, seine Wunden zu lecken. Zuerst reagierte es gar nicht, und er dachte, daß seine Hilfe zu spät kam. Aber dann durchlief ein Zittern den Körper des Kätzchens, und es begann, zaghaft zu miauen.

Er tat alles in seinen Kräften Stehende für den Kleinen und staunte, wie schnell dieser sich erholte. Schließlich ließ er zufrieden von ihm ab. Er war jetzt sicher, daß er überleben würde, und kümmerte sich um seine eigenen Wunden. Jetzt, nachdem die blinde Wut seines stürmischen Angriffs von ihm abgefallen war, erinnerte er sich seiner großen Aufgabe. Er mußte weiter, das Kätzchen konnte selbst auf sich aufpassen. Es würde ihm nichts anderes übrigbleiben.

Er wandte sich ab, lief drei Schritte, stoppte — und sah sich um. Das Kätzchen hatte sich aufgeplagt und stand genau hinter ihm. Bereit, ihm zu folgen. Er knurrte warnend, aber es klang wenig eindrucksvoll. Und wie die meisten Katzenjungen kümmerte sich auch dieses hier nicht um das abweisende Verhalten von erwachsenen Katzen. Den Blick nach hinten gerichtet, um die kleine Katze zu beobachten, lief der Jäger der Finsternis weiter ... und bemerkte staunend, wie sie hinter ihm her trottete. Ein leises Miauen zeigte an, daß ihre Beine schmerzten, aber sie würde mitkommen, würde es irgendwie schaffen, mit ihm Schritt zu halten.

Er schnaubte ungläubig und wandte sich wieder seinem ursprünglichen Ziel zu. Er fragte sich, warum es ihn freute, daß das kleine Kätzchen noch bei ihm war.

Da war es, in einiger Entfernung. Schwach, fast geisterhaft tauchten seine Umrisse in der Dunkelheit des Schattenlandes auf ... aber es war eindeutig da, obwohl es nicht hätte da sein dürfen.

Das weiße Menschenhaus.

Er kroch vor bis zum Waldrand, mißtrauisch, den Kopf dicht am Boden. Die Wand zwischen den Welten mußte wirklich dünn geworden sein, wenn solche Dinge sie passieren konnten. Dieser Gedanke ließ ihn erschaudern, und er blickte zurück, um zu sehen, ob das Kätzchen noch hinter ihm war. Da war es. Und merkwürdigerweise tröstete ihn das.

Überall um das Gebäude herum waren Traumwesen. Mutierte Traumwesen, die noch krankhafter wirkten als die, die das Kätzchen angegriffen hatten. Es kam ihm vor, als würden sie auf irgend etwas warten ... aber worauf?

Das Kätzchen setzte sich zuerst in Bewegung. Zu jung, um durch Furcht gehemmt zu sein, schlüpfte es zwischen zwei Wurzeln hindurch ins freie Gelände. In dem dunklen Gras war sein schmaler schwarzer Körper nur ein flüchtiger Schatten. Sein schwaches Körperlicht konnte man für den reflektierten Glanz eines Glitzerwesens halten. Vorsichtig folgte der Jäger der Finsternis ihm. Er war größer und heller, und der Mangel an Deckung beunruhigte ihn. Dennoch folgte er der kleinen Katze, und erst als sie zu dem Zaun gelangten, hielten sie an, um zu überlegen, was zu tun war.

Sehr vorsichtig, auf das Schlimmste gefaßt, streckte der Jäger der Finsternis eine Pfote aus und stieß damit gegen den Drahtzaun. Der Menschenzauber hatte diesen Platz schon einmal beschützt, aber das war in der Realwelt gewesen. Hier, wo es keine Menschen gab, war der Zaun vielleicht passierbar. Und wirklich, seine Pfote glitt durch den Zaun, als sei er eine Illusion. In der Schattenwelt hatte der Menschenzaun keine Macht, er konnte ihm nichts anhaben.

Er ging durch den Zaun, das Kätzchen folgte ihm auf dem Fuß. Ein paar Traumwesen flogen über ihnen her, und vielleicht sahen sie sie. Wenn das der Fall war, zeigten sie jedoch kein Interesse. Ebenso wie jede jagende Katze bevorzugten sie kleine, leichte Beute. Wahrscheinlich hatten sie noch genug vom Jäger der Finsternis und seiner Kampfkraft und ließen deshalb auch das Katzenjunge in seiner Begleitung in Frieden.

Sie hatten die Hälfte des Weges zurückgelegt, als die Veränderung begann.

Zuerst erkannte er es nicht. Das Schimmern in der Luft, das Verschwimmen der Umrisse, die Spannung, die den Körper erfaßte, als die Veränderung begann . . . zunächst waren diese Dinge unvertraut, und er ließ sich wachsam in das Gras sinken. Doch dann wurde ihm klar, was es war und was ihm gelingen konnte, wenn er rechtzeitig in das Haus gelangte. Sekunden später war er auf den Beinen und rannte los. Er kümmerte sich weder um die Traumwesen noch um das Kätzchen oder irgend etwas anderes aus dem Schattenland, einzig und allein beseelt von dem Gedanken, die Trennwand zwischen Welten zu erreichen, bevor sie wieder unpassierbar wurde.

Der Sprung durch die Trennwand war wie das Eintauchen in eine Schneewehe. Für einen Augenblick war die Kälte so groß, daß er sich kaum bewegen konnte, so durchdringend, daß er jede Erinnerung daran verlor, daß ihm jemals warm gewesen war. Und die Dunkelheit. Für einen Moment fürchtete er, in der Trennwand gefangen zu sein, eingeklemmt zwischen den Welten, ohne in eine von ihnen gelangen zu können. Dann blieben die Furcht und Kälte hinter ihm zurück, und er stolperte über einen von Menschen angefertigten Fußboden, schlitterte über ihn, bis er wenig würdevoll an eine Mauer prallte, die allzu schnell wieder fest geworden war.

Er befand sich innerhalb des Menschenhauses und war wieder in der Realwelt. Er hatte die Trennwand auf die gleiche Weise passiert, wie die Traumwesen es taten, und wenn seine Überlegungen stimmten... Er sprang in die Luft, schlug mit den Pfoten nach einer Traumkreatur, die über ihm schwebte, und spürte wie seine Krallen durch Fleisch fuhren, bevor er wieder zu Boden fiel. Ja! Er konnte sie jetzt in seiner eigenen Welt jagen. Zu seinen Bedingungen. Der Jäger der Finsternis, der den Weg aus dem Schattenland in die Realwelt gefunden hatte!

Ein dumpfer Aufprall erinnerte ihn an seinen Verbündeten, das Kätzchen. Er dreht sich um und sah das kleine Katzenbündel. Es war an die gleiche Wand geprallt wie er selbst. Er half ihm auf die Beine und bemerkte dabei, daß ein Riß in seiner Schulter wieder zu bluten begonnen hatte. Ein schwacher roter Blutfleck markierte die Stelle, an der das Kätzchen an die Wand gestoßen war, und als es jetzt an die Seite des Jägers kam, hinterließ es rote Fußabdrücke. Er zuckte mit den Schultern. Es gab nichts, was er noch für es tun konnte. Aber er war froh, daß es die Passage in der Realwelt glücklich überstanden hatte und leckte ihm die Flanke zur Begrüßung.

Dann wurde er auf ein leises Summen aufmerksam, und ein Schauder durchlief ihn, als ihm klar wurde, worum es sich handelte.

Das Geräusch von Traumwesen.

Das Kätzchen stand ebenfalls wie angewurzelt, die Ohren gespitzt. Es hörte es also auch und wußte, was es bedeutete. Es spielte keine Rolle, daß sie nie zuvor gehört hatten, daß eine der Traumkreaturen auch nur das leiseste Geräusch gemacht hatte. Das Geräusch war in ihrem Instinkt verankert und wurde sofort identifiziert. Irgend etwas an diesem Ort oder die Öffnung zwischen den Welten hatte diesen Kreaturen eine Stimme verliehen. Und sie waren hungrig. Das ging deutlich aus dem Klang ihrer Stimmen hervor; Angst griff dem Jäger ans Herz. Für einen Augenblick drohte sein Instinkt die Oberhand zu gewinnen, und fast wäre er geflohen. Doch dann fiel es ihm wieder ein: Er war der Jäger der Finsternis, ein Wanderer zwischen den Welten. Dieses Bewußtsein machte ihm Mut.

Mit steifen Beinen und gesträubtem Fell sah er sich nach der Quelle des Geräuschs um. Es gab keinen direkten Weg dorthin, aber eine offene Türe in der Ecke des Raumes gewährte Zugang in die ungefähre Richtung, aus der es ertönte. Später würde er die Richtung korrigieren können. Er hielt sich im Schatten, als er jetzt loslief, und vermied die Lichtflecken, die der Mond durch die vergitterten Fenster oben in der Wand warf. Es war nicht sehr hell, aber er benötigte nicht mehr Licht. Sein Körperlicht leuchtete hell in der Erwartung der Dinge, die bevorstanden, und das Schimmern des Kätzchens neben ihm verstärkte sich wieder mit jeder Minute. Der Spalt zwischen der Tür und dem Rahmen war kaum groß genug für ihn. Vorsichtig schlüpfte er hindurch.

Hinter der Türe lag ein Mann.

Instinktiv wollte er im ersten Moment umkehren. Menschen hatten ihn einmal schwer verletzt. Er hatte keine Lust, darauf zu warten, daß sie es ein weiteres Mal versuchten. Doch dann nahm er den Geruch des Mannes auf und registrierte, daß mit ihm etwas nicht in Ordnung war. Er stieß mit der Nase an den kalten Körper des Mannes und fragte sich, wie ein so mächtiges Wesen ohne eine sichtbare Wunde zu Boden gestreckt worden war. Es gab keinen Geruch von Blut, Angst oder Krankheit, der auf die Todesursache hinwies. Nur die Tatsache der absoluten Regungslosigkeit und das langsam verlöschende Körperlicht bewiesen, daß der Mann tot war.

Wenn die Traumkreaturen ihn gefällt hatten, wie konnte er — eine einzelne Katze — hoffen, etwas gegen sie auszurichten?

Als würde es seine Frage beantworten, miaute das Kätzchen neben ihm. Na gut, dann waren sie zwei Katzen. Das würde genügen müssen. Sie lebten von Natur aus nicht in Rudeln und hatte keine Möglichkeit, ihre Streitmacht mit weiteren krallenbewehrten Pfoten zu verstärken.

Er stieg über die Leiche und hinterließ dabei in seinen Fußspuren Licht auf dem Körper, der noch nicht lange tot war. Dann folgte er dem Geräusch der Traumkreaturen in die Tiefen des Gebäudes. Jetzt, da sie sich wieder in der Realwelt befanden, konnten sie die Mauern nicht mehr durchdringen, und es dauerte lange, bis sie genügend Schächte, Fenster und offene Türen gefunden hatten, um zu dem Platz zu gelangen, an dem die Traumkreaturen sich sammelten. Doch schließlich kamen sie an einen Ort, an dem das Geräusch so laut war und so viele Kreaturen von ihm angelockt wurden, daß der Jäger der Finsternis sicher war, daß sie ihr Ziel erreicht hatten. Noch eine letzte Türe . . .

Sie konnten das Geräusch jetzt sehr deutlich hören, konnten spüren, wie es ihre Körper vibrieren ließ. Es war ein tiefes Summen, das den Jäger an Menschendinge erinnerte und plötzlich mit unangenehmer Deutlichkeit Erinnerungen an seine Jugend auslöste. Wie klein damals die Traumkreaturen gewesen waren, wie harmlos und verspielt! Zweifellos hatten sie sich grundlegend geändert . . . und dieser Ort, das *Ding* hinter der Tür, war dafür verantwortlich.

Er nahm seinen ganzen Mut zusammen und stieß so kräftig gegen die letzte Türe, daß sie weit aufschwang. Das Kätzchen war dicht neben ihm; Schulter an Schulter erwarteten sie den Angriff. Aber es gab keinen Angriff. Langsam schwang die Türe zur Seite und gab den Blick auf die Stelle frei, an der die Rebellion der Traumkreaturen ihren Ursprung haben mußte.

Es waren Hunderte von ihnen. Tausende. Traumkreaturen von der gleichen Gestalt wie die, mit denen der Jäger der Finsternis in seiner Jugend herumgetobt war. Daneben solche mit verschwommenen Umrissen, die aufflackerten und wieder erlöschten, als hätte sich bei ihnen irgendeine lebenswichtige Kraft noch nicht voll entfaltet. Es waren Kreaturen dabei, die die Katze noch nie gesehen hatte, Fetzen von schwarzem Nebel, die andere Wesen umhüllten und Flecken auf ihnen hinterließen, die sich immer weiter ausbreiteten und ihre Opfer schließlich völlig aufzehrten. Hinten, in einer Ecke des Raumes, lag ein Mensch, der erst vor kurzem gestorben sein mußte. Ein Dutzend der schauerlichsten Traumkreaturen hing an seinem Körper wie Blutegel und saugte das letzte Körperlicht aus ihm heraus. Vielleicht hatten sie ihn getötet, so wie sie das Kätzchen getötet hätten.

Und in der Mitte des Raums... *dort* stand das Menschending, das sie alle angelockt hatte, das das tiefe Summen von Hunger, Nahrung und Tod hervorbrachte, welches sämtliche Traumkreaturen vor Erregung zittern ließ. Es war aus kaltem glatten Metall, und ein Licht wie von tausend Glitzerwesen schien an seiner Vorderseite. An der hinteren Seite waren dicke schwarze Schnüre befestigt, Menschenwurzeln, an denen es verankert war. Auf dem verspiegelten Glas der Vorderseite tanzten grüne Glitzerwesen in bestimmten Mustern und formten Wörter und Sätze, die keine Katze und kein Traumwesen lesen konnte.

ACHTUNG!
TESTSTART ERFOLGTE 19:53:01
ERSTE TESTPHASE IM ABLAUF
BITTE NICHT UNTERBRECHEN

Der Jäger der Finsternis haßte dieses Ding, wie er niemals etwas gehaßt hatte. Aber er hatte auch noch nie aus einem anderen Grund als aus Hunger oder aus der Freude an der Jagd getötet. Jetzt stand das Kätzchen neben ihm, und die mörderische Wut, die der Angriff auf das kleine Wesen bei ihm ausgelöst hatte, begann wieder aufzukeimen. Wenn man zuließ, daß solche abartigen Kreaturen immer größer wurden, sich ernährten und *vermehrten*, dann würde die Schattenwelt bald voll von ihnen sein. Wie lange würde es dann dauern, bis sie sich auch an ältere und größere Katzen heranwagten, an erfahrene Jäger, die mit ihren Krallen und Zähnen umzugehen wußten, die aber keine Chance gegen ein Dutzend oder sogar Hunderte dieser Parasiten haben würden? Wie lange würde es dauern, bis Katzen sich überhaupt nicht mehr trauen würden zu träumen, und es deshalb nicht wagen würden, zu schlafen? Dann würden diese Kreaturen, denen es schon gelungen war, in die Realwelt einzudringen, ihre Schwäche ausnutzen und sie so mühelos erledigen, wie sie es mit den beiden Menschen getan hatten. Nein, sie mußten jetzt und hier getötet werden, und er, der Jäger der Finsternis, mußte es tun.

Aber wie?

Er hielt sich dicht an der Wand und lief langsam daran entlang. Beobachtete sie. Sie schienen ihn kaum wahrzunehmen, sondern wendeten ihre ganze Aufmerksamkeit dem Menschending und seinem Geräusch zu. Gut so. Das Kätzchen war noch immer bei ihm, und es freute ihn, daß es seiner Angst nicht nachgegeben hatte. Eines Tages wird es einen guten Jäger abgeben, dachte er. Wenn es diesen Tag überlebt.

Die Kreaturen, die an dem Toten gesaugt hatten, ließen jetzt von ihrem Opfer ab und gesellten sich zu den anderen, die über dem Menschending schwebten. Gelegentlich stieß eine von ihnen gegen das Ding. War es der Versuch, es zu beschädigen oder zu bewegen? Oder versuchten sie hineinzugelangen? Was konnte in diesem Gebilde von Menschenhand verborgen sein? Ein reifes Weibchen vielleicht? Die Mutter dieser Kreaturen? Irgend etwas, das sie anlockte wie Mäuse eine Katze?

Eines war sicher: Er mußte das Menschending vernichten, und zwar schnell. Immer mehr Traumwesen kamen in den Raum und reihten sich in den pulsierenden Schwarm ein, der über dem Ding kreiste. Was auch immer es war, worauf sie warteten, es würde bald passieren, und dann würde die ganze Kraft des Menschendings frei werden. Die Kraft, zwischen den Welten zu verkehren, die Kraft, Katzen zu töten. Er mußte schnell etwas unternehmen.

Erinnerungen an die Kindheit: Er spielt mit seinen Brüdern und Schwestern in dem großen hölzernen Menschenhaus. Sie jagen hinter Geschirrtüchern, rollenden Bleistiften und dem Großen Feind her: den schwarzen Schnüren, dem wertvollsten Besitz der Menschen. Aus allen magischen Menschendingen kamen sie unten heraus und verliefen über den Boden wie Rinnsale aus Tinte. Sie konnten Geschirrtücher zerfetzen, Möbel zerkratzen, Bleistifte jagen und überwältigen, aber keine Katze hatte es jemals gewagt, die schwarzen Schnüre zu berühren. Er war strengsten verboten, und alle Katzen in dem Menschenhaus hatten das schnell gelernt. Die schwarzen Wurzeln wurden von den Menschen geliebt und waren für ihre Zauberdinge lebenswichtig.

Vorsichtig duckte sich der Jäger der Finsternis zum Sprung. Sein Schwanz zuckte nervös hin und her, während er die Entfernung schätzte, seine Chancen erwog . . . dann sprang er. Mitten in sie hinein. Zwischen die krallenbewehrten, die flackernden und die schwarzen, nebelhaften Traumkreaturen. Sie hatten jetzt Substanz für ihn, und er schlug wild um sich, als sie zwischen ihn und sein Ziel gerieten. Blut tropfte von seinen Krallen und verklebte sein Fell, als er den Boden in einigem Abstand von der richtigen Stelle berührte. Während seines Fluges hatte er ihnen beträchtlichen Schaden zugefügt, aber längst nicht genug.

Ungezählte Traumkreaturen drangen jetzt auf ihn ein. Tausende von *faulig* riechenden Wesen, ausgerüstet mit Zähnen, Krallen, Stacheln und einigen anderen Waffen, die der Jäger der Finsternis noch nie gesehen hatte. Er hielt ihnen tapfer stand, kämpfte sich zentimeterweise vor, aber es waren einfach zu viele von ihnen, und sie waren zu gut bewaffnet.

Ein Stachel traf eines seiner Hinterbeine und lähmte es, so daß er es hinter sich herschleppen mußte. Ein stacheliger

Schwanz fegte direkt auf seine Augen zu und zwang ihn einen Schritt zurück. Und einen weiteren. Er verlor den Kampf. Niemals würde er die Menschenschnüre erreichen und ihren Zauber vernichten. Die Schattenwelt würde überrannt werden, und dann kam die Realwelt an die Reihe. Er versuchte einen Sprung nach vorne, in dem verzweifelten Versuch, den verlorenen Boden wiedergutzumachen, aber er prallte mit dem Kopf gegen eine Traumkreatur und fiel benommen zu Boden. Eines der kleineren Wesen packte seinen gesunden Hinterlauf mit seinen krummen Zähnen. Er wagte es nicht, sich umzudrehen und zu vertreiben. Er verlor jetzt viel Blut. Es war vorbei.

Auf einmal zerriß ein Schrei die Luft. Er klang wie der Aufschrei einer zornigen Katzenmutter — nur viel, viel rauher. Irgend etwas, das kein Traumwesen war, landete hinter dem Jäger. Und plötzlich lösten sich die Zähne, die seinen Hinterlauf umklammert hielten. Das Blut einer Traumkreatur vermischte sich auf dem Boden mit dem des Jägers. Das Kätzchen war ihm zur Hilfe geeilt! Es stieß ihn mit der Nase in die Flanke, drängte ihn mit stummer Beharrlichkeit: *Geh weiter! Geh weiter!*

Eine weitere Kreatur, die den Jäger der Finsternis angriff, wurde von hinten niedergeschlagen. Die kleine Katze brachte Verderben aus einer Richtung, aus der die Traumwesen keine Gefahr erwartet hatten. *Geh weiter!* Die ältere Katze schleppte sich vorwärts, zog sich mit den Krallen über den von Menschen gemachten Boden, während das Kätzchen um sie herumfegte und ihr Schutz gewährte. Seine Hinterläufe waren ihm keine Hilfe mehr, aber das würde bald keine Rolle mehr spielen; es trennte ihn nur noch eine Körperlänge von den schwarzen Schnüren, er kam immer näher. Jetzt waren es nur noch Zentimeter . . .

Seine Zähne schlossen sich um das nächstgelegene Kabel, und er zog daran. Riß daran. Schlug seine Krallen in die weiche, nachgiebige Oberfläche. Er mußte es schnell durchtrennen oder sterben. Die Luft war voller Traumkreaturen, und Blut lief ihm in die Augen. Er konnte kaum etwas sehen und mußte sich auf seinen Tastsinn verlassen, um sich in dem Gewirr der schwarzen Wurzeln zurechtzufinden. Wild schlug er auf sie ein. Eine von ihnen wehrte sich und verbrannte ihn. Aber der Schmerz steigerte seinen Zerstörungswillen noch. Er hatte recht gehabt: Hier war der Ursprung des Zaubers.

Jetzt setzten sich immer mehr der Schnüre zur Wehr, und sogar die Traumwesen zogen sich zurück. Unterbewußt nahm er wahr, daß das Summen verstummt war und die Kreaturen damit die Orientierung verloren hatten. Gut. Dadurch würde das Kätzchen vielleicht davonkommen. Er schlitzte eines der Kabel auf, und ein schneidender Schmerz durchzuckte seine Pfote, aber das Kabel schien danach tot zu sein und ließ sich gefahrlos berühren. Es waren jetzt nur noch wenige da, die ihm etwas anhaben konnten, die meisten hatten ihre Macht verloren. Außerdem gab es nur noch wenige Stellen an seinem Körper, wo sie ihn noch verbrennen konnten...

Er glitt in die Schattenwelt, ohne daß ihm der Zeitpunkt noch bewußt wurde. Fiel in etwas, das tiefer war als der Schlaf, das kein Traum war, aber genauso zwingend.

Seine letzten Gedanken galten dem Kätzchen.

Der Anruf kam um zehn Uhr dreißig. Um zehn Uhr zweiunddreißig hatte er das Haus verlassen, und um zehn Uhr sechsundvierzig war er — Miles im Schlepptau — am Institut angekommen. Seine Besorgnis sprudelte nur so aus ihm heraus.

»Was zum Teufel ist hier nur los? Was meinte Davis, ein *Stromausfall?* Das Eden-Projekt hat ein eigenes Notstromaggregat. Wer sind all diese Leute hier, was machen sie hier?« Mindestens ein Dutzend unbekannte Personen stand vor dem Haupteingang des Gebäudes, darunter einige Uniformierte. Eine Frau weinte. Haskells Frau? *Was zum Teufel...*

»Hier entlang, Sir.« Ein Sicherheitsposten — er kannte ihn nicht — nahm ihn fest am Arm und führte ihn in die Tiefen des Gebäudes. Nicht auf dem normalen Weg. Dieser Weg war durch zahlreiche Wachen und Ärzte blockiert, die um den ausgestreckten, leblosen Körper eines technischen Assistenten der Nachtschicht standen. Jerry Haskell?

»Was ist passiert?« fragte er.

»Ein Herzanfall, soviel ich weiß.«

Aber er war kerngesund gewesen...

Fast hätte er angehalten, um weitere Fragen zu stellen. Was immer mit Haskell geschehen war, war geschehen und nicht mehr zu ändern. Er konnte nichts mehr für ihn tun. Das Eden-Projekt hingegen war vielleicht noch zu retten.

Er begann zu laufen, ohne sich darum zu kümmern, ob seine beiden Begleiter mit ihm Schritt halten konnten. Als er endlich den richtigen Sektor erreicht hatte, stürmte er mit einer Frage auf den Lippen und eiskalter Furcht im Herzen in den Projektraum.

»Was — o mein Gott...«

Blutspritzer befanden sich auf einem Teil des Bodens und auf zwei Seiten der zentralen Instrumentenkonsole. Menschenblut... oder Tierblut? War das ein Katze, die dort zwischen den verschmorten Leitungen lag?

»Was in aller Welt — Davis, was ist hier los?«

Sein Assistent löste sich aus der Gruppe von Sicherheitspersonal, die hinten im Raum zusammenstand. War es Casey, der tot zu ihren Füßen lag? »Wir wissen es nicht«, sagte er düster. »Die Stromversorgung wurde etwa um acht Uhr fünfzehn unterbrochen. Ich kam, um die Ursache festzustellen, und fand... das hier.« Er deutete auf den Raum, das Blut, die Leiche. »Ich hätte Sie früher angerufen, aber sie wollten, daß die Polizei zuerst vor Ort ist.«

»Da ist Casey, nicht wahr? Wie ist er umgekommen?« Er nickte zu der Leiche hin, aber sein Blick war auf die Instrumente gerichtet. Diese verfluchte Katze! Wie zum Teufel war sie in die Stromkabel geraten?

»Herzattacke, sagen sie.«

»Das bedeutet, daß sie es nicht wissen. Nun gut, wir werden auf die Autopsie warten müssen.« Er zögerte, wagte kaum die Frage auszusprechen, die ihm am meisten am Herzen lag.

Schließlich sprach er sie aus. »Wieviel haben wir verloren?«

»Fast eine Stunde Programmzeit und einige Daten. Es kommt darauf an, ob der Strom schlagartig unterbrochen wurde oder ob es vorher zu Stromschwankungen gekommen ist. Dann können wir tagelang die Folgen der Spannungswechsel ausbügeln. Richard ist gerade dabei, diese Testserie zu retten, aber einige Daten sind unwiederbringlich verloren. Sie sagt, wir haben diese Testphase mit Sicherheit verloren.«

Verdammt! Aber es hätte schlimmer kommen können. Das Programm würde bald weiterlaufen ... und wie groß war die Wahrscheinlichkeit, daß die eine Kombination von Bedingungen, die sie suchten, exakt in dem Moment im Programm getestet worden war, als das System zusammenbrach?

Er ging hinüber zu der Stelle, an die Katze lag, und hockte sich neben sie. Ja, es gab keinen Zweifel dran, daß sie den Schaden angerichtet hatte. Verdammtes Tier! Genau wie die Plagegeister zu Hause, die auch nie wußten, welche Dinge sie in Ruhe zu lassen hatten ...

Und dann bemerkte er die Zeichnung auf der Stirn und den einzelnen weißen Zeh an einer der Vorderpfoten, und er wußte Bescheid.

»Dr. McGillis?«

»Gehen Sie den Ärzten zur Hand«, sagte er zu Davis. Er war froh, daß seine Stimme ruhig blieb. »Fragen Sie, ob sie irgend etwas brauchen.«

Als Davis weg war, flüsterte er: »Sie nur, Miles. Erkennst du es?«

»Meinst du die Ähnlichkeit mit deinen Katzen? Ja.«

Wes nahm einen Kugelschreiber aus der Tasche und drehte damit den Kopf der Katze zur Seite. Die Narbe einer Schußwunde war trotz des verbrannten Fleisches und des zerfetzten Fells deutlich zu erkennen.

»Das ist das vierte aus diesem Wurf. Aber wie hat es nur überlebt? Mein Gott, was werden wir für einen Ärger bekommen ...« Er suchte mit einer Hand Halt an der Instrumentenkonsole. Miles registrierte, daß die Knöchel seiner Hand weiß waren. »Zeugungsfähig, genetisch manipuliert ... und so lange frei in den Wäldern. Wenn die FDGA das jemals erfährt ... Elsa wird ihre Lizenz verlieren, das wäre das erste, und was dieses Projekt hier angeht ...« Er schloß die Augen. »Es wird die angewandte Genforschung um ein Jahrzehnt zurückwerfen, wenn die Fundamentalisten davon Wind bekommen. All die alten Ängste werden wieder auftauchen!«

»Muß es denn jemand erfahren?« fragte sein alter Freund leise.

Wes sah zu ihm hoch, einen Hoffnungsschimmer in den Augen.

»Nein. Natürlich nicht.« Seine Hand an der Konsole entspannte sich, und er richtete sich langsam auf. »Sie werden genug damit zu tun haben, erst mal herauszufinden, wie die Katze überhaupt hier hereingelangen konnte. Niemand wird sich für die Hintergründe interessieren.«

Wes' rotgeränderte Augen sprachen Bände. *Vernichtet die Katze so schnell wie möglich. Rettet das Programm. Alles andere wird sich finden.*

Langsam ging er auf die Gruppe in der hinteren Ecke des Raumes zu, legte sich unterwegs schon Antworten zurecht. Nein, er hatte nichts von der ganzen Sache gewußt, bis er vor einer halben Stunde angerufen worden war. Nein, mit dem Projekt war nichts verbunden, das zu einer solchen Katastrophe hätte führen können. Überhaupt nichts. Er verstand das alles nicht ...

Miles blickte noch einmal auf den Boden — und dann schnell woanders hin. Er beschloß, niemandem zu verraten, was er gesehen hatte. Sollte Wes ruhig erst einmal glauben, es sei vorbei. Er hatte so schon genug um die Ohren.

Später, wenn die Aufregung sich etwas gelegt hätte, würde Zeit genug sein, seinem Freund von den Fußspuren eines kleinen Kätzchens zu erzählen.

Ins Deutsche übertragen von Michael Ritz
Originaltitel: The Dreaming Kind
Copyright © 1989 by C. S. Friedman

P. M. GRIFFIN

Trouble

Trouble schnurrte laut, um Dory wissen zu lassen, daß er zufrieden war und sie sich gut hielt.

Sie hatte das Lob verdient. Außerdem brauchte sie es. Diese Menschen waren bemitleidenswerte Geschöpfe. Die meisten schienen äußerst wenig angeborenes Selbstvertrauen zu besitzen, selbst diejenigen mit großen inneren Werten und einem echten ausgeprägten Talent wie dieses Menschenkätzchen.

Nun, dafür konnte man kaum seiner Dory die Schuld geben. Die Menschen in ihrem Umfeld hatten sich entweder absichtlich bemüht, ihr das Selbstbewußtsein zu nehmen und eine vernünftige Entwicklung zu verhindern, oder aber ihnen hatte der Mut gefehlt, etwas wirkliches Positives in ihrem Fall zu unternehmen. Dorys Seelenstärke hatte sie bisher aufrechterhalten und dafür gesorgt, daß ihr Geist nicht zerbrach und die Reinheit ihres Wesens erhalten blieb, aber selbst das würde nicht ewig ausreichen.

Das Schnurren brach unvermittelt ab. Trouble hatte schon vor einiger Zeit erkannt, daß diese schändliche Behandlung aufhören mußte. Es war ein Glück, daß dies alles passiert war, wie verstörend es auch sein mochte. Dory war gezwungen gewesen, augenblicklich zu handeln, ohne die Qualen und die Verunsicherungen, die einem geplanten Schritt vorausgegangen wären. Das war ein weiterer Punkt, in dem sich Menschen von Katzen unterschieden. Sie schienen sich ihres eigenen Willens nicht bewußt zu sein, und selbst wenn der richtige und einzig vernünftige Weg deutlich vor ihnen lag, bereitete es ihnen große Schwierigkeiten, ihn zu beschreiten, wenn damit irgendwelche größeren Veränderungen verbunden waren.

Trouble begann wieder zu schnurren, diesmal lauter, als er spürte, wie seine Zuneigung zu dem Mädchen in ihm wuchs. Er war Dory gegenüber nicht fair. Kein Kätzchen verließ sein Zuhause aus freien Stücken, wie unglücklich es auch sein mochte. Ob Katzen oder Menschen, alle Kinder brauchten die Fürsorge und die Erziehung, die ihnen die Erwachsenen ihrer jeweiligen Spezies geben konnten.

Er stieß ein kurzes Fauchen aus, so kurz, daß es kaum wahrzunehmen war. Von beidem hatte sie in ihrem Leben nur sehr wenig genossen! Selbst auf ihr körperliches Wohlbefinden hatte man nicht geachtet, und die Vernachlässigung eines solchen Geistes, einer solchen Begabung, war schlimmer als die, die sie so blaß und dünn hatte werden lassen.

Der beißende Wind wurde stärker, und der große Kater ließ zu, daß Dory ihn fester an sich preßte. Er brauchte die zusätzliche Wärme nicht, die sie ihm zu geben versuchte. Sie war es, die in ihrer fadenscheinigen Jacke fror, seinem dichten Pelz konnte der frische Herbstwind nichts anhaben. Aber das war egal. Sie wollte ihm Liebe und Schutz geben, Dinge, die man nicht zurückweisen durfte, und inmitten dieser Unsicherheit und Verwirrung, die ihr Leben im Augenblick beherrschten, war es wirklich tröstlich, ihre Arme um sich zu fühlen.

Rufe und vielstimmige Schreie zerrissen die frühmorgendliche Stille.

Trouble gähnte, wand sich aus dem Griff des Mädchens und streckte sich. Dumme Menschenhorde! Glaubten sie tatsächlich, sie würde zu ihnen gehen, wenn sie Dory riefen und im selben Atemzug Drohungen ausstießen?

Aber das Mädchen war verängstigt. Sie sprang auf die Füße.

»Oh, Trouble! Sie werden uns bestimmt finden! Sie sind auf der Straße, und es gibt keinen anderen Ausweg aus dieser Gasse!«

Die Mauer, du Dummchen. Deshalb habe ich dich zu diesem Schlafplatz geführt.

Natürlich konnte sie ihn nicht verstehen. Das würde noch ein paar Monate dauern; erst wenn sie körperlich zur Frau herangereift war, würden sich damit auch ihr inneres Ohr und die innere Stimme entwickeln, aber im Augenblick spielte das keine Rolle. Alle Menschen waren anstrengend, und manchmal fiel es ihm schwer, im Umgang mit ihnen seinen Sarkasmus im Zaum zu halten. Doch den konnte sie gerade jetzt nicht gebrauchen, das arme Kätzchen.

Dory blickte sich verzweifelt um. Dreistöckige Häuser ragten zu beiden Seiten der Gasse auf, und vor ihr versperrte eine fast fünf Meter hohe Ziegelsteinmauer den Weg in einen gut befestigten Hinterhof. Der einzige Ausgang lag hinter ihr, und der wurde von Jocko und seinen Kumpanen blockiert.

Sie mußte irgend etwas tun! Die Stimme der Meute wurde deutlich lauter, und die Leute suchten tatsächlich jedes mögliche Versteck nach ihr ab.

Es blieb nur die Mauer. Trouble saß bereits auf ihr und wartete geduldig auf sie.

Die Mauer war zu hoch, als daß Dory sie ohne Hilfe hätte erklimmen können, aber in der Gasse lag eine Menge Abfall herum, unter anderem große Holzkisten, die glücklicherweise leer, aber stabil genug waren, um ihr alles andere als erdrückendes Gewicht tragen zu können.

Von ihrer Angst getrieben, hatte sie es bald geschafft, die größte Kiste, in der sie auch geschlafen hatte, zur Mauer herüberzuschleifen und eine kleinere darauf zu stellen. Als sie auf die oberste Kiste geklettert war und sich zu ihrer vollen Größe ausstreckte, gelang es ihr, die Finger über die Mauerkrone zu schieben.

Stimmen! Ihre Verfolger würden sie bald erreicht haben! Halb kletterte sie, halb zerrte sie sich an der roh gemauerten Wand empor und rutschte über die schmale Mauerkante. Ohne sich die Zeit zu nehmen, einen Blick nach unten zu werfen, ließ sie sich auf der anderen Seite herabfallen, nachdem sie sich zuerst so weit wie sie konnte mit den Armen an der Mauer herabgelassen hatte, damit der eigentliche Sturz möglichst kurz ausfiel.

Dory setzte sich auf. Vor Schreck schlug sie die Hände vor den Mund. Der einen Gefahr war sie entkommen, aber nur um kopfüber in die nächste zu stürzen. Sie war in einem Garten gelandet, in einem Beet gelb und weiß blühender Sträucher, und der Gärtner stand keine sieben Meter von ihm entfernt.

Trouble saß in königlicher Haltung am Rande des Blumenbeetes und beobachtete sie mit dieser stummen Belustigung, die nur eine Katze empfinden und zeigen kann. Bevor seine Schutzbefohlene alles zunichte machen konnte, indem sie entweder schrie oder zu fliehen versuchte, stand er auf, ging lässig zu dem Mann hinüber, rieb sich an dessen Beinen und hob auffordernd den Kopf, um sich kraulen zu lassen.

Der Mensch kam seiner Aufforderung nach, aber seine Verblüffung darüber, daß ein spindeldürres Mädchen und ein prachtvoller, großer, schwarzweiß gezeichneter Kater buchstäblich aus heiterem Himmel in sein Refugium hereingeschneit waren, ließ nicht nach.

Er war geistesgegenwärtig genug, um fast auf den ersten Blick zu bemerken, daß das Kind völlig verängstigt war, seine Überraschung zu unterdrücken und ihm ein freundliches, offenes Lächeln zuzuwerfen.

»Alles in Ordnung mit dir?« fragte er mit aufrichtiger Besorgnis.

»Ich . . . ich glaube schon«, stotterte das Mädchen.

»Dann bleib, wo du bist. Ich werde dich da rausheben. Du hast schon genug Durcheinander um dich herum angerichtet.«

»Das tut mir leid, Sir«, versicherte ihm Dory ernsthaft.

»Zweifellos. Du siehst nicht gerade böswillig aus. Eigentlich hast du dir deinen Landeplatz sogar recht rücksichtsvoll ausgesucht. Chrysanthemen sind robust genug, um einiges zu vertragen. Meine Rosen da drüben wären in einem sehr viel bedauernswerteren Zustand, wenn du auf ihnen runtergekommen wärst, auch wenn sie schon verblüht sind.« Wieder lächelte er. »Und du auch. Ich bevorzuge Sorten mit vielen und starken Dornen, denn das sind gleichzeitig diejenigen, die eine Menge Blüten in den verschiedensten Farben tragen.«

Er machte einen langen vorsichtigen Schritt in das Beet, der ihn nahe genug an seine unerwartete Besucherin heranbrachte, hob sie ohne erkennbare Anstrengung hoch und trug sie auf den Gehweg, wo er sie wieder auf die Füße stellte.

»So, das ist besser. Und jetzt, glaube ich, wäre eine Erklärung angebracht.«

Während eines Essens, du Esel. Sie hat Hunger. Und ich auch.

Das war eine Aufforderung. Trouble wußte von Jasmin, daß

das innere Ohr und die innere Stimme dieses Mannes voll entfaltet waren. Das und die anderen Berichte der Katze hatten ihn dazu bewogen, Dory in ihrer Notlage hierher zu bringen. Er hätte es schon früher tun sollen, aber er war ja selbst noch ein sehr junger Kater ...

Zum richtigen Zeitpunkt. Überstürzte Freundlichkeit kann genauso erschreckend wirken wie Brutalität, erwiderte der Mensch auf die gleiche Weise, ohne sich nach außen anmerken zu lassen, daß sich irgend etwas zwischen ihnen abspielte.

Er streckte dem Mädchen die Hand entgegen. »Ich heiße Martin.«

Sie ergriff sie vorsichtig. »Dory.« Sie bückte sich und streichelte ihren Freund über den Kopf. »Das ist Trouble.«

Martins graue Augen funkelten, als sie auf dem Kater ruhten. *Das kann ich mir gut vorstellen.*

Trouble erwiderte nichts darauf. Das war unter seiner Würde. Außerdem hatte er die Retourkutsche durchaus verdient, weil er Martin gerade erst einen Esel genannt hatte.

»Und wird er seinem Namen gerecht?« fragte der Mann sanft. »Macht er Ärger?«

»O nein! Keine Katze könnte wunderbarer sein! Es ist nur so, daß er eine Menge Ärger hatte, als wir uns zum ersten Mal begegnet sind.«

Martin hatte Dory die ganze Zeit über genau beobachtet. Ihr Alter war schwer zu schätzen. Sie war so dünn, daß es einem in der Seele weh tat, und sie hatte ein sehr jung aussehendes kleines Gesicht, das im Augenblick bemerkenswert schmutzig war, aber er schätzte sie auf ungefähr zwölf Jahre. Ihre Haut war blaß, zu blaß in diesem Moment, ihr Haar, das schön aussehen würde, wäre es nur ein bißchen gepflegt, strähnig und von heller kastanienbrauner Farbe. Ihre Augen waren wirklich schön, grünblau, groß und von langen, kräftigen Wimpern von der gleichen Farbe ihres Haares eingerahmt.

Dorys Kleidung war unscheinbar, eine ziemlich verblichene blaue Hose, ein kariertes Hemd, ebenfalls verblichen, und eine Jacke, die sich dem Ende ihrer Lebenszeit näherte. Die anscheinend zierlichen Füße steckten in derben, festen Schuhen, die fast jeder in dieser Gegend trug.

Sie sah nach dem aus, wofür er sie auch hielt: eine böse mißbrauchte Gehilfin oder Dienerin. Von ihrer Sorte gab es mehr als genug, selbst in dieser nicht gerade wohlhabenden Gegend. Normalerweise achtete er kaum auf ihresgleichen, aber dieses Mädchen kannte er, wenn auch nur vom Sehen.

»Ich habe dich schon einmal gesehen«, bemerkte er. »Du sprichst immer mit Jasmin, wenn sie draußen im Vorgarten ist.« Dabei deutete er auf eine zierlich gebaute Katze, die mit geschmeidigen Schritten in den Hof gelaufen war und neugierig und ohne Scheu an Trouble herumschnüffelte, der ihre Aufmerksamkeit unverzüglich erwiderte.

»Jedesmal, wenn ich sie sehe. Sie ist so ein freundliches kleines Ding. Ich finde sie schöner als jede von diesen Blumen hier!«

Das Mädchen verstummte verlegen.

Martin seufzte. Wahrscheinlich hatte sie schon früh in ihrem Leben gelernt, nicht zu viel Begeisterung für irgend etwas zu zeigen.

»Es ist schön, einen anderen leidenschaftlichen Katzenliebhaber kennenzulernen«, sagte er beiläufig und deutete dann mit dem Kopf auf das große Haus, das den reichlich bepflanzten Hof auf der anderen Seite begrenzte. »Warum gehen wir nicht rein? Es ist gerade Frühstückszeit. Du kannst mir von euch beiden erzählen, während wir frühstücken.« Ihr Gesichtsausdruck war unmißverständlich. Trouble hatte recht, das Kind war hungrig. »Gut. Ich laufe schnell rein, bereite alles vor und bin gleich wieder da.«

Ja, er würde alles vorbereiten, dachte Trouble. Viele Leute wären über die Methode verblüfft gewesen, mit der Martin das versprochene Essen besorgen würde, aber der Kater hatte keine Einwände. Katzen sind pragmatische Geschöpfe, keine engstirnigen Trottel. Das Essen würde gut schmecken, gesund sein und ganz normal aussehen. Was konnte man mehr verlangen?

Eine hervorragende Idee. Laß dir nicht zu lange Zeit.

Das werde ich nicht, Sir Trouble. Wie dir meine kleine Lady bestimmt schon erzählt hat, behandle ich meine Gäste nicht schlecht.

Wie versprochen kehrte Martin schnell zurück, und schon bald hatten es sich alle vier, Menschen wie Katzen, in einem kleinen sonnigen Speisezimmer bequem gemacht.

Niemand sprach während des Essens. Dory war völlig auf ihren Teller konzentriert. Ihr Gastgeber sah mit gutmütigem Staunen zu, mit welcher Geschwindigkeit sie ihn leerte. So wie sie zulangte, schien sie seit einem Monat nichts mehr gegessen zu haben.

Seit einem Tag! Das ist lange genug.

Zu lange. Irgend jemand sollte einmal ein paar Takte mit ihrem Herrn reden.

Mehr als das. Du wirst es erfahren.

Trotz ihrer Hast ging das Mädchen gut mit dem Besteck um, und als sie schließlich aufgegessen hatte, legte sie es ordentlich beiseite und bedankte sich höflich.

Auch Trouble widmete sich seinem Essen voller Hingabe. Nachdem er seinen gut gefüllten Napf geleert hatte, säuberte er sich sorgfältig und rieb sich laut schnurrend an Martins Beinen. Gute Manieren zu zeigen, hieß nicht, sich zu erniedrigen, und für einen solch guten Dienst mußte man sich erkenntlich zeigen.

»Also, Dory«, sagte der Mann und lehnte sich in seinem Stuhl zurück, »erzähl mir etwas über dich.«

»Was würden Sie gerne wissen, Sir?«

»Alles. Wo du wohnst, wäre ein guter Anfang, denke ich.«

»Im Augenblick wohne ich nirgendwo«, erwiderte sie offen. »Ich habe bei Jocko, dem Hufschmied, gelebt, drei Häuserblocks nördlich von hier. Imelde, seine Frau, ist eine Cousine meiner Mutter. Damit ist sie auch meine Cousine, nehme ich an.«

»Und deine Eltern?«

»Sie sind gestorben, als ich drei war. Schnelle Pest. Mich hat sie irgendwie verschont.«

»Und das war das letzte Mal, daß dir etwas Gutes widerfahren ist«, murmelte er.

»Ich weiß nicht«, entgegnete sie ernst. »Imelde hat viel Aufhebens um Trouble gemacht und behauptet, ihn zu lieben, obwohl das nicht stimmte, nur damit ich ihn behalten durfte. Das war doch auch etwas Gutes, oder?«

»Das war es«, stimmte Martin langsam zu.

»Außerdem«, fuhr Dory in dem Versuch fort, fair zu sein und ihre Verwandtschaft einem völlig Fremden gegenüber nicht gänzlich anzuschwärzen, »bin ich zwar nicht gerade dick, aber ich habe immer genug zu essen bekommen, so daß ich nie krank geworden bin. Und ich habe immer ein gutes Kleid für die Kirche gehabt, auch wenn ich dafür viel arbeiten mußte.«

Hart arbeiten, dachte er, dem Zustand ihrer Hände nach zu urteilen. So etwas hatte kein Kind verdient.

Trouble seufzte. Diese Menschen! Sie schienen einfach kein Gespür dafür zu haben, wie man eine Geschichte richtig aus einem anderen hervorholte. Jetzt würde Martin sie fragen, warum sie weggelaufen war, und bis sie darauf geantwortet und weit ausgeholt hatte, um zu erklären, wie es überhaupt zu dieser Situation gekommen war, hätten sie das Dreifache der Zeit verschwendet, die erforderlich war, um eine einfache Geschichte zu erzählen.

Frag sie, wie sie mich getroffen hat, verlangte er geduldig. *Damit fängt alles an.*

Sehr gut, Sir Trouble. Danke für den Tip. »Wenigstens konntest du Trouble mitnehmen, als du dich aus dem Staub gemacht hast«, stellte er fest. »Wann habt ihr zwei euch zusammengetan?«

»Ungefähr vor einem Jahr.« Sie lächelte und begann, den Kater wieder zu liebkosen. »Er ist das Beste, was mir jemals zugestoßen ist.«

Ihre Miene verdüsterte sich. »Es gibt einen Brunnen hinter Jockos Haus. Er weigert sich, ihn abzudecken, obwohl in unserem Häuserblock ein paar große Familien wohnen. Er sagt, es wäre die Aufgabe der Eltern, auf ihre Bälger aufzupassen, und er wollte sie sowieso nicht auf seinem Grundstück haben. Daß auch Abfall in den Brunnen fällt, kümmert ihn nicht, weil es meine Aufgabe ist, ihn wieder rauszufischen. Das heißt, es war meine Aufgabe. Jetzt muß er sich selbst darum kümmern.«

»Ein rücksichtsvoller Nachbar und ein freundlicher Verwandter, wie ich sehe«, murmelte Martin trocken. »Die Cousine deiner Mutter hat entweder einen schlechten Geschmack bei der Wahl ihres Mannes bewiesen, Mädchen, oder aber ihr Vater hat eine schlechte Wahl für sie getroffen. Aber erzähl bitte weiter. Trouble hat es geschafft, in den Brunnen zu fallen?«

Sie nickte. »Ja. Ich weiß nicht, woher er gekommen ist, weil er noch zu klein war, um schon lange von seiner Mutter fort zu sein, aber in der Nähe treiben sich eine Menge Hunde rum. Einer davon muß ihm so viel Angst eingejagt haben, daß er in den Brunnen gesprungen ist. Ich wollte jedenfalls gerade Wasser holen, als ich ihn weinen gehört habe. Zuerst konnte ich da unten überhaupt nichts erkennen, aber dann habe ich den weißen Streifen auf seiner Nase gesehen. Er hatte sich an dem Sims festgeklammert, der sich an der Brunnenwand fast bis zum Wasser runterzieht und an dem sich der Eimer immer verhakt hat, wenn ich nicht aufgepaßt habe. Da mir keine andere Möglichkeit eingefallen ist, ihn raufzuholen, habe ich den Eimer losgebunden und mir das Seil um den Leib geschlungen.«

Martin runzelte die Stirn. »Du hast dich in das Loch abgeseilt?«

Sie wird wohl kaum geflogen sein! Zweifelst du daran, daß mein Kätzchen Mut hat?

Dein Kätzchen hätte Hilfe haben sollen, erwiderte er Martin scharf. *Das war eine Aufgabe für einen Erwachsenen.*

Dorys Blick verdüsterte sich. Sie nahm sein scheinbares Schweigen als Mißbilligung und hob trotzig das Kinn. »Was hätte ich denn sonst tun können? Ich konnte ihn ja nicht einfach da unten lassen.«

»Nein, jedenfalls nicht und dabei noch menschlich bleiben.

Ich hatte mir nur gerade gewünscht, es wäre jemand wie ich da gewesen und hätte dir etwas geholfen, das ist alles.«

»Oh, ich bin gewöhnlich immer auf mich allein gestellt. Daran habe ich mich gewöhnt.«

Martin seufzte. »Ich weiß. Dafür verdienst du Bewunderung, aber ich kann trotzdem nicht behaupten, daß mir die Vorstellung gefällt.«

Dory bemerkte den forschenden Blick, mit dem ihr Gastgeber sie musterte, und sie senkte die Augen. Sie hatte es wieder getan, dachte sie unglücklich, aber sie konnte es einfach nicht verhindern, daß sie sich manchmal eher anhörte, als sei sie vierzig und nicht erst zwölf, wie Imelde sich ausdrückte. Aber gegen ihren Verstand war sie einfach machtlos. Noch bevor diese verfluchte Pest ihre Eltern dahingerafft hatte, hatte sie lesen gelernt, und seither hatte sie damit fortgefahren, alles zu lesen, was ihr in die Hände fiel und die Mühe lohnte, und ihr Leben damit einigermaßen erträglich gestaltet. Unglücklicherweise hatte sie ihre Ausdrucksweise mehr der formellen Schriftsprache als der Umgangssprache ihrer Umgebung angepaßt. Jocko haßte das — wie sehr er es haßte! —, seine Freunde haßten es ebenfalls, und sie hatte gelernt, in ihrer Gegenwart nur sehr wenig zu reden, aber ihre Geschichte war lang, und noch bevor sie richtig damit begonnen hatte, hatte sie sich schon verraten.

Der harte, schmerzhafte Knoten aus Angst und Traurigkeit in ihrem Bauch löste sich, als sie die Augen wieder hob. Martin war ein gänzlich anderer Mann. Sie entdeckte keine Verärgerung und keine Ablehnung an ihm, nur leichte Überraschung, echtes Interesse und, wie sie meinte, gespannte Erwartung.

Martins Puls hatte sich beschleunigt, obwohl die Vernunft ihm riet, seine Hoffnung erst einmal zu dämpfen. Von einem solch hochintelligenten, sensiblen Kind konnte man erwarten, daß es seiner Einsamkeit durch Bücher entfloh, vorausgesetzt, es konnte überhaupt lesen, und es war durchaus nicht ungewöhnlich, daß einige Kinder in einer solchen Situation eine erstaunlich erwachsene Art zu denken und den entsprechenden Wortschatz entwickelten, um diese Gedanken auszudrücken. Möglicherweise war Dory nichts anderes als ein solches Beispiel.

Es war aber genausogut möglich, daß viel mehr in ihr steckte. Ein ausgeprägtes Talent wurde fast unweigerlich von einer sprachlichen und geistigen Frühreife begleitet, und er fieberte in freudiger Erwartung bei dem Gedanken, die Entwicklung einer derartigen Gabe zu beobachten und zu fördern. Es war schon so lange her, daß er das letzte Mal an einem solchen Aufblühen hatte teilhaben dürfen.

Vorerst verbannte er diese Träume jedoch aus seinen Gedanken. Dieser kleine geschundene Kieselstein mochte durchaus ein echter Diamant sein, aber sie hatten nicht die Muße, diese Möglichkeit jetzt zu erforschen. Außerdem hatte er das Gefühl, daß sie seine gespannte Aufmerksamkeit bemerkt hatte und sich fürchtete, eine ganz normale Reaktion in Anbetracht der Umstände, unter denen sie aufgewachsen war. Schlägertypen wie diesem Jocko, dem Hufschmied, gefiel es selten, in den schwachen kleinen Dingern, die sie terrorisierten, auch nur das geringste Anzeichen von Überlegenheit zu entdecken.

Er lächelte ermutigend. »Erzähl weiter, mein Kind. Ich möchte auch den Rest der Geschichte hören. Hat es dir Schwierigkeiten bereitet, ihn herauszuholen?«

»Nicht von Troubles Seite. Er hat sich hochheben lassen und sich ganz eng an mich gekuschelt, als ob ich der einzige sichere Fleck auf der Welt wäre.«

Plötzlich blitzte Wut in ihren Augen auf und ließ sie gleichzeitig älter und stärker erscheinen. »In diesem Augenblick ist das Seil runtergefallen. Jocko war oben und hatte es losgebunden. Er hat mir zugerufen, daß er ein anderes herunterlassen, aber nicht zwei Gewichte hochziehen würde und daß ich die Katze zurücklassen müßte.«

»Er . . . was?« stieß Martin scharf hervor.

Sowohl das Mädchen als auch Trouble warfen ihm einen schnellen Blick zu, erstaunt über die kalte beherrschte Wut dieses scheinbar so sanftmütigen Mannes.

»Es war eine leere Drohung«, sagte Dory schnell, um keinen

Wutausbruch zu provozieren, auch nicht einen, der sich nicht gegen sie richtete. Sie versuchte ständig, solchen Stürmen aus dem Weg zu gehen. »Wie ich schon gesagt habe, es ist ein Platz, auf dem viel los ist, und irgend jemand hätte uns schon in kurzer Zeit hochgezogen. Das war Jocko auch klar, und er wollte mich sowieso nicht umkommen lassen. Dazu habe ich viel zuviel für ihn gearbeitet. Er hat nur gedacht, ich würde in Panik geraten und nicht von allein darauf kommen.«

Ihre Hände ballten sich zu Fäusten. »Ich hatte keine Angst. Ich war nur außer mir. Ich bin noch nie in meinem ganzen Leben so wütend gewesen. Er hat tatsächlich versucht, mich dazu zu bringen, dieses arme, verängstigte, zutrauliche kleine Geschöpf allein zurückzulassen, damit es durchnäßt und frierend stirbt, er wollte, daß ich mich selbst dafür entscheide.«

Sie riß sich zusammen, bevor sie einen Wutausbruch erlitt oder in Tränen ausbrach.

»Ich weiß nicht, was über mich gekommen ist, nur daß ich völlig außer mir war und nichts anderes tun konnte, als das Seil anzustarren, das immer noch im Wasser unter uns schwamm, und ihm zuzurufen, wieder nach oben zu steigen, sich festzubinden und uns raufzuziehen.« Sie schluckte mühsam. »Und das hat es auch getan. Genau das hat es einfach getan.«

Der Mann atmete tief und scharf ein. Er warf dem Kater, der leise schnurrte und scheinbar ungerührt von den Gefühlen seiner menschlichen Gefährtin war, einen kurzen Blick zu, dann kehrten seine Augen zu dem Mädchen zurück.

»Ist dir früher schon einmal etwas Ähnliches passiert?«

»Nein, natürlich nicht! Ich wußte nicht einmal, daß solche Dinge überhaupt möglich sind, außer in Büchern.«

Trouble, hast du das gemacht?

Ich war es nicht, erwiderte der Kater fast verächtlich. *Es war die Kleine. Hör ihr zu.*

»Es sind eine Menge sehr viel merkwürdigere Dinge möglich, Kind«, sagte er sanft. »Wie hat Jocko darauf reagiert?«

»Oh, ich glaube, er war aufgebracht, aber das kam später. In diesem Augenblick hatte er einfach nur Angst, irgend jemand könnte gesehen haben, was passiert war.«

»Und hat irgend jemand etwas gesehen?«

Sie schüttelte den Kopf. »Soweit ich weiß, nein. Da hatte er Glück. Sonst hätte er eine Menge Ärger bekommen. Er ist in der Antimagie-Liga, müssen Sie wissen. Sogar Vorsitzender der Ortszelle . . .«

»Diese Bande! Also, wie es sich anhört, paßt er auch genau zu dem Haufen.«

»Die meisten sind ziemlich fanatisch«, stimmte sie zu. »Jedenfalls hat er mich ins Haus gezerrt und angefangen, mich zu verprügeln. Ich glaube, er hätte mich halb totgeschlagen, aber Imelde hat von ihm verlangt, mich in Ruhe zu lassen, und ihm gesagt, ich hätte schon Angst genug gehabt und das Kätzchen für sie geholt, und sie wollte es behalten.« Ihre Stimme wurde weicher. »Ich nehme an, sie hat an der Art, wie ich Trouble festgehalten habe, erkannt, wie sehr ich ihn geliebt habe. Außerdem hatte sie Mitleid mit ihm. Später hat sie mir gesagt, wir wären beide Waisen und sollten zusammenbleiben, aber wir müßten aufpassen, daß Trouble Jocko nicht in die Quere kommt, und das haben wir dann auch getan.

Danach wurde das Leben wieder einigermaßen normal, abgesehen davon, daß Jocko mir immer häufiger Fragen gestellt hat. Ich war schon immer gut darin gewesen, bestimmte Sachen zu erraten, zum Beispiel wie das Wetter wird oder daß irgend jemand zu Besuch kommt und manchmal sogar, was er will. Jetzt wollte Jocko wissen, wer ein Rennen oder einen Kampf oder so etwas gewinnen würde, und dann hat er auf den Namen gewettet, den ich ausgesucht habe. Natürlich hat er nie viel gewonnen, ich habe mich oft getäuscht, aber wenn er gewonnen hat, war es zu Hause friedlich. Wenn er verloren hat, hat er mir natürlich einen Schlag verpaßt, aber der war nie so schlimm. Ihm war klar, daß ich diese Sache nicht kontrollieren konnte.«

Sie kratzte sich am Ohr, und für einen kurzen Moment leuchteten ihre Augen auf. »Vielleicht hat er mir damit sogar einen

Gefallen getan. Heute mache ich längst nicht mehr so viele Fehler wie früher.«

»Die Übung hat dir geholfen, nicht die Schläge. Schläge bewirken nichts, sie hindern eher. Talent kann nicht durch Mißhandlungen erzwungen werden.«

»Talent? Es ist wohl kaum ein Talent, Sir.«

Er lächelte. »Großes beginnt oft im kleinen.« Dann verdüsterte sich seine Miene weiter. »Du hattest keine idealen Lebensbedingungen, aber es war nicht schlimmer als das, was du schon immer gekannt hattest. Wie ist es zum Bruch gekommen?«

»Durch Imelde, denke ich, auch wenn sie das nicht wollte«, antwortete das Mädchen sofort. »Sehen Sie, sie hat das Geld. Ihr Vater hatte gedacht, es wäre klug von ihm gewesen, sie mit einem Händler zu verheiraten, aber als ihm klar geworden war, was für einen Schwiegersohn er da bekommen hatte, was ihm nur recht geschieht, hat er dafür gesorgt, daß seine Tochter abgesichert ist, da sie Jocko nicht verlassen wollte.«

»Einige Menschen verlassen ihre Lebenspartner nicht, wie gemein die auch sein mögen«, erklärte Martin als Antwort auf das Unverständnis in ihrer Stimme. »Was hat er für sie getan?«

»Er hat etwas für sie eingerichtet, das sich Treuhandvermögen nennt. Daraus erhält sie alle drei Monate Geld, aber solange sie lebt, kann niemand an das gesamte Geld herankommen. Jocko ist der faulste Mann, den Sie sich vorstellen können, Sir. Er ist Hufschmied, wie ich schon gesagt habe, aber er sitzt viel lieber in der Kneipe und schwingt große Reden mit seinen Freunden, anstatt zu arbeiten. Deshalb konnte Imelde den Haushalt auch immer einigermaßen unter Kontrolle behalten, solange sie Jocko nicht zu sehr unter Druck gesetzt hat. Er weiß nur zu genau, daß sie auch sehr gut ohne ihn zurechtkommen kann und er auf ein bequemes Leben verzichten müßte, wenn sie ihn verlassen sollte.«

»Trotzdem hatte er immer seine Gespielinnen«, fuhr sie nach einer Weile geringschätzig fort, »entweder dumme kleine Dinger, vor denen er sich groß aufspielen kann, bis sie ihn durchschauen, oder solche, die sich für Geld mit ihm einlassen, aber seine letzte ist ein bißchen anders. Sie ist jung und hübsch und klug genug, um zu wissen, daß sie jederzeit etwas Besseres als Jocko finden könnte. Er weiß das ebenfalls, und er möchte sie nicht verlieren. Er ist nicht mehr so jung, und er wird nie mehr so etwas wie sie für sich gewinnen können. Das hat er früher natürlich auch nicht gekonnt.

Na ja, Imelde ist auch nicht dumm. Sie hat gesehen, was sich da abgespielt hat, und ist zu ihrem Vater gerannt. Sie hat ihm die ganze Geschichte erzählt und ihm erklärt, daß sie für niemanden tot mehr als lebendig wert sein will. Als sie zwei Tage später zurückgekommen ist, hatte sie alles so geregelt, daß das gesamte Geld an ihren Vater zurückfließt, falls sie kinderlos sterben sollte, so wie es im Augenblick aussieht, oder daß es von ihm oder ihrem älteren Bruder verwaltet wird, falls sie nach der Geburt eines Kindes stirbt. Ohne sie würde Jocko überhaupt nichts davon bekommen.«

Sie erschauderte. »Ich habe schon geglaubt, er würde völlig überschnappen, als er das erfahren hat, so schrecklich wütend ist er gewesen. Er hat gebrüllt und geflucht und so kräftig mit der Faust gegen die Wand gehauen, daß ich schon gehofft habe, er würde sich die Fingerknöchel brechen, aber Imelde ist ganz ruhig geblieben und hat nicht einmal geblinzelt. Ich hatte bis dahin noch nie erlebt, daß sie ihm gegenüber so standhaft geblieben ist. Sie hat ihn ganz einfach toben lassen und ist natürlich die ganze Zeit außerhalb seiner Reichweite geblieben. Als er sich müde gebrüllt hatte, hat sie ihm, bevor er seine Fäuste gebrauchen konnte, ganz ruhig gesagt, daß sie entweder wie bisher weiterleben könnten, oder sie würde zu ihrem Vater zurückkehren. Er hätte die Wahl. Wenn er sie weiterhin betrügen würde, müßte er sich mit ihrer Antwort abfinden. Ihre Sachen wären immer noch gepackt, und sie könnte einfach wieder gehen und ihn verlassen, aber diesmal würde sie nicht mehr zurückkommen.« Dory grinste. »Er hat einfach den Mund gehalten und ist verschwunden. Das war in der vorletzten Nacht.«

Sie zitterte, und ihr ganzer Körper spannte sich, als würde sie einen tödlichen Schlag erwarten.

Trouble hörte auf, Jasmine zu putzen, und sprang dem Mädchen auf den Schoß. Er leckte ihre Hand und sah zu ihrem Gesicht auf. Wie er es gewußt hatte, lächelte sie bei der rauhen Liebkosung seiner Zunge und begann, ihn beinahe unbewußt zu streicheln.

»Er ist erst am Morgen wiedergekommen«, fuhr sie mit leiser Stimme fort. »Er war betrunken. Jocko wird immer bösartig, wenn er getrunken hat, und so schlimm war es wohl noch nie gewesen. Ich habe gesehen, wie er zurückgekommen ist, und Sie können Ihr ganzes Geld darauf wetten, daß ich in der Dachkammer, in der ich geschlafen habe, geblieben bin, bis ich geglaubt habe, er wäre entweder ins Bett gegangen oder in der Küche umgekippt.« Ihre Hand zitterte auf dem schwarzen Pelz. »Ich hatte mich geirrt. Er hat auf mich gewartet.«

Jasmine spürte ihr Entsetzen und reagierte mit einem sanften, fragenden Miau, aber der Kater gab nur ein lautes, grollendes Schnurren von sich.

Sprich weiter, Kätzchen, ermutigte er sie, obwohl sie ihn nicht verstehen konnte. *Du machst deine Sache gut.*

Auch Martin spürte ihr Entsetzen. Er beugte sich vor und nahm ihre knochige Hand in die seine. Sein Griff war fest und beruhigend. Nur Trouble, dessen Rücken ebenfalls von den langen Fingern berührt wurde, wurde sich ihrer Kraft bewußt, eine für einen Gelehrten, der sein Leben zwischen Büchern verbracht hatte, überraschende Kraft. Er mochte den Geist eines Forschers haben, aber es war offensichtlich, daß er ebenfalls auf seinen Körper Wert legte und genug wußte, um ihn gesund und kräftig zu erhalten.

»Es ist alles gut, mein Kleines«, sagte er sanft. »Nimm dir Zeit und erzähl es, wie du willst.«

Er fühlte sich innerlich krank. War dieser Jocko, der Hufschmied, ein solches Ungeheuer, ihr auch sexuell Gewalt anzutun, wie er es mit den Händen getan hatte?

Nein. Vielleicht in nächster Zeit, aber noch nicht.

Martin beugte erleichtert den Kopf. *Dafür sei der Allerhöchste gelobt.*

Dory hatte das kurze Schweigen genutzt, um sich zu sammeln. »Er wollte sich rächen, aber er ist ein Feigling. Er hat sich nicht getraut, es direkt zu tun. Er hat geglaubt, Imelde würde Trouble lieben, und er hatte sie oft sagen hören, wie schön und würdevoll Trouble wäre, deshalb hat er mir befohlen, ihm Eselsohren zu verpassen. Ich habe ihm versichert, daß ich das nicht könnte, daß ich nicht gewußt hätte, was damals mit dem Seil passiert wäre, und daß ich solche Dinge nicht tun könnte, aber er wollte nicht zuhören. Er hat gesagt, wenn ich mich weigern würde, würde er mich so lange schlagen, bis ich es doch täte oder nur noch ein Haufen Brei wäre, und er hat es ernst gemeint, Sir. Er hat jedes Wort ernst gemeint.«

»Imelde . . .«

Dory schüttelte den Kopf. »Sie weiß, daß man Jocko aus dem Weg bleiben muß, wenn er betrunken ist. Alle tun das, und jeder weiß, daß er noch nie dauerhafte Verletzungen verursacht hat. Bis irgend jemand gemerkt hätte, daß das diesmal anders war, wäre es für mich zu spät gewesen.«

»Eins verstehe ich dabei nicht. Wenn er geglaubt hat, du könntest so etwas mit Trouble machen, woher hat er dann den Mut genommen, sich mit dir anzulegen? Du hast gesagt, der Mann wäre ein Feigling.«

»Ich weiß es nicht. Vielleicht war er zu besoffen, um darüber nachzudenken.«

Trouble knurrte tief in der Kehle und gähnte. Menschen! Wen scherte es schon, was dieses Vieh angetrieben hatte?

Schläger denken nie darüber nach, daß das, was sie austeilen, auch ihnen zustoßen könnte.

Das trifft auch in diesem Fall zu. Er hätte sie nach dieser Sache mit dem Seil umgebracht, wenn er sich bedroht gefühlt hätte.

Martin drückte erneut die Hand des Mädchens. »Das spielt jetzt keine Rolle. Was hast du getan? Bist du weggerannt, oder hast du dich verkrochen?«

»Ich konnte weder das eine noch das andere tun. Dazu hatte ich keine Zeit. Die Tür war zu, und Jocko stand zwischen mir und dem Fenster, deshalb wäre eine Flucht erst dann in Frage gekommen, wenn ich ihn dazu hätte bringen können, entweder aus dem Weg zu gehen oder zu vergessen, wie schnell ich rennen kann. Ich habe mir überlegt, ihm zu sagen, ich würde es versuchen, und wollte dann in der Gegend rumhüpfen und seltsames Zeug von mir geben, um ihn vielleicht so weit abzulenken, daß ich zum Fenster stürzen könnte, aber mir war gleich klar, daß das nicht funktionieren würde. Sehen Sie, Trouble war immer noch irgendwo im Haus, und ich konnte ihn einfach nicht allein lassen. Sonst hätte Jocko ihn garantiert auf der Stelle umgebracht oder sogar noch etwas Schlimmeres mit ihm angestellt.

Ich hatte Angst, ganz schreckliche Angst, aber der Gedanke an Trouble hat mich auch wütend gemacht. Schauen Sie ihn sich an, Sir. Er ist ein Prinz, er ist mehr ein Prinz, als irgendein Mensch, der eine Krone trägt, und er hat weder Jocko noch irgend jemandem sonst irgend etwas angetan. Alles, was er getan hat, war, mich zu lieben und mir zu vertrauen, und jetzt sollte ich es ihm so vergelten!«

»Er wäre immer noch ein Prinz gewesen, Dory«, versicherte Martin ihr.

»Das kann ihm niemand nehmen.«

»Ich weiß, aber ich wollte ihm nicht weh tun. Ich wollte nicht einmal so tun, als wäre ich damit einverstanden, ihn zu verletzen. Ich . . . ich habe nur gehofft, daß es nicht sehr lange weh tun würde, daß ich vielleicht ohnmächtig werden würde.«

Tränen schossen ihr in die Augen, aber sie blinzelte sie fort. Ihre Stimme nahm einen anderen Tonfall an, als sich Verwirrung zu ihrer Angst und Wut gesellte.

»Ganz plötzlich habe ich angefangen, an diese Ohren zu denken, große, haarige Schlappohren. Ich konnte sie richtig vor meinem inneren Auge sehen. Ich konnte fast die Hand ausstrecken und sie kraulen. Das nächste, was ich wieder weiß . . .«

Sie begann über irgend etwas zu weinen, und diesmal gelang es ihr nicht mehr, sich zusammenzureißen.

Noch bevor der Kater irgend etwas tun konnte, hatte Martin sie in die Arme genommen.

»Ruhig, Kind. Ganz ruhig. Es war nur eine Illusion. Das Talent kann nicht gegen den wahren Willen seines Besitzers erzwungen werden. Schau dir Trouble an. Es geht ihm gut, und er macht dir bestimmt keinen Vorwurf.«

Der Kater richtete seine grünen Augen auf ihn. *Die Ohren waren wirklich. Sie hat sie nicht mir aufgesetzt.*

Martin öffnete den Mund. Seine Lippen verzogen sich langsam zu einem Lächeln. Er ließ das Mädchen los.

»Dory, wem hast du diese Ohren aufgesetzt?« fragte er. Er wußte schon, was sie antworten würde, wartete aber voll freudigem Entzücken darauf, daß sie es ihm bestätigte.

»Jo . . . Jocko«, flüsterte sie.

Der Mann lachte los. Er lachte, bis er in seinem Stuhl zusammensackte und ihm die Tränen über die Wangen liefen. Als er schließlich seine Selbstbeherrschung wiedergefunden hatte, ergriff er Dorys Hand und küßte sie voller Begeisterung.

»Gut gemacht, kleine Zauberin! Das war die schönste und angemessenste magische Tat, von der ich seit langem gehört habe!«

Du wirst ihr also helfen?

Martin runzelte in Gedanken die Stirn.

Ich hätte ihr auch ohne das geholfen. Das weißt du, sonst hättest du sie nicht zu mir gebracht.

Reg dich ab! Sie lacht. Verdirb es nicht.

Martins Heiterkeit war ansteckend, und Dory lachte, als sie sich wieder an den Augenblick erinnerte, in dem ihr bewußt geworden war, was sie getan hatte.

»Es sind keine richtigen Eselsohren. Es sind Schlappohren, genau so, wie ich sie mir vorgestellt habe.« Sie kicherte. »Sie haben ihm bis zu den Augen runtergehangen. Sie hätten sein Gesicht sehen sollen, als er sie dort hängen gesehen hat. Er hat einmal daran gezupft und dann noch einmal richtig fest daran gerupft. Wie er geheult hat! Danach ist ihm völlig klar gewesen, daß sie wirklich waren!«

Ihr Gastgeber fiel in ihr Gelächter ein, doch dann wurden sie beide wieder ernst.

»Und dann bist du weggelaufen?« fragte er.

»Ein paar Sekunden später. In diesem Augenblick ist Trouble erschienen. Es war, als hätte er alles beobachtet und genau gewußt, wann er auftauchen mußte. Er ist Jocko in den Rücken gesprungen und hat ihm einen wirklichen Grund gegeben zu kreischen. Er hat sich an den Eselsohren festgehalten und sie mit seinen Krallen bearbeitet. Trouble hat nicht losgelassen, was Jocko auch versucht hat, um ihn in die Finger zu kriegen. Selbst wenn er nüchtern ist, ist er nicht so geschickt wie mein Kater, aber betrunken und mit Trouble im Genick hatte er nicht die geringste Chance!

Erst als ich durch das Fenster entkommen war, hat Trouble ihn losgelassen. Er ist nach mir ins Freie gesprungen, und dann haben wir uns beide schleunigst aus dem Staub gemacht. Wir wußten, daß wir verloren wären, wenn wir zurückkommen würden, also sind wir einfach weitergelaufen.« Sie seufzte. »Ich hatte Glück, daß ich kurz vorher gerade Wasser holen wollte, sonst hätte ich nicht einmal diese Jacke angehabt.«

»Du bist nicht weit gekommen.«

»Ich . . . ich habe Zeit gebraucht, um nachzudenken, um mir zu überlegen, wohin wir gehen sollten, welche Richtung wir überhaupt einschlagen sollten, und ich habe gehofft, heute nach dem Markt eine Kleinigkeit zu essen zu finden. Normalerweise findet man eine Menge übriggebliebene Reste, nachdem die Bauern nach Hause gegangen sind, wenn man nicht allzu wählerisch ist.

Ich bin bis hierher gekommen, um eine gewisse Entfernung zwischen mich und meine alten Verstecke zurückzulegen, weil ich mir gesagt habe, daß Jocko die wahrscheinlich kennt und sie durchsuchen würde, nachdem er sich die Ohren verbunden hat. Das mußte er zuerst tun, denn sie haben das ganze Haus vollgeblutet.

Es hat lange gedauert, bis hierhin zu kommen. Jeder kennt

uns. Wir wollten nicht gesehen werden, deshalb mußten wir uns von einem Versteck zum nächsten schleichen. Dann hat es nach Regen ausgesehen, und ich war müde. Ich wollte nur noch ein Versteck finden, in das ich mich verkriechen konnte. Trouble hat mich in die Gasse hinter Ihrem Haus geführt. Da war eine schöne, trockene Kiste, gerade groß genug für uns beide, und darin haben wir die Nacht verbracht. Sehen Sie, wir haben nicht einen Tropfen abbekommen, obwohl es ununterbrochen geregnet hat.«

Dory biß sich auf die Lippe. »Alles war gut, vom Hunger einmal abgesehen, aber vor einer Weile haben wir dann die Meute gehört und gewußt, daß wir in der Falle saßen. Da ist uns nichts anderes übriggeblieben, als über die Mauer zu klettern. Sonst hätten wir das nicht getan, Sir.«

»Zerbrich dir darüber nicht den Kopf, Kind. Es waren das Schicksal und der Wille des Allerhöchsten, die euch zu mir geführt haben.« Und Troubles Planung, fügte er zur Genugtuung des Katers in Gedanken hinzu. Wenn ihm der Verdienst oder zumindest ein Teil davon gebührte, dann genoß und erwartete Trouble das Lob dafür.

Das Mädchen verschränkte die Finger. »Ich habe gedacht, wir hätten Zeit. Ich habe wirklich nicht geglaubt, daß er die Liga zu Hilfe rufen würde, nicht . . .« Sie sprach den Satz nicht zu Ende.

»Er hat keine andere Wahl, als dich aufzustöbern und zu versuchen, dich dazu zu zwingen, deine Magie rückgängig zu machen. Wenn ihm das nicht gelingt, möchte er zumindest die Genugtuung, dich umbringen zu können.«

»Jetzt wird er mich sowieso töten«, sagte sie tonlos.

»Vermutlich. Wenn er dich erwischt. Kopf hoch, kleine Zauberin. Dazu wird es nicht kommen, und du hast ihm ein Teil dessen, was er dir angetan hat, zurückgezahlt. Von jetzt an wird er eine Witzfigur sein, ob er sein altes Aussehen zurückgewinnt oder nicht.«

»Das macht es nur noch schlimmer für uns«, sagte Dory düster. Sie atmete tief durch. Was ihr jetzt bevorstand, war das

Schwerste, was sie jemals getan hatte, aber sie durfte Trouble nicht in diese Sache mit hineinziehen.

»Sie mögen Katzen, Sir. Bitte behalten Sie Trouble. Es . . . es würde mich glücklich machen, wenn ich wüßte, daß er in Sicherheit ist und gut gefüttert wird.«

Martin starrte sie an. Beim Allerhöchsten, das Mädchen hatte Mut! Dieser Kater war ihr einziger Freund, der einzige, der sie geliebt hatte, seit ihre Eltern gestorben waren, und doch war sie bereit, sich von ihm zu trennen, nur um ihm die Not und die Gefahren zu ersparen, von denen sie wußte, daß sie ihr bevorstanden. Aber schließlich war ja schon ihre ganze Geschichte ein Beweis für diese innere Kraft gewesen.

Natürlich hat das Kätzchen Mut.

Der Mann betrachtete den Kater. Dory hatte ihn einen Prinzen genannt, und das war er auch, der angemessene Gefährte für eine solche Königin.

»Mach dir deswegen keine Sorgen, Dory«, sagte er mit unerschütterlicher Zuversicht. »Niemand aus dieser Meute wird irgend jemandem von uns oder meinem Besitz irgend etwas antun, wenn ich es nicht selbst zulasse.«

Das Mädchen legte den Kopf schief. »Es sind so viele. Wie . . .?«

Martin schnitt ihr mit einer Handbewegung das Wort ab. »Für wie alt hältst du mich?« fragte er.

Dory schüttelte den Kopf. Sie war immer noch so jung, daß ihr alle Erwachsenen alt erschienen, aber sie besaß genügend Wissen und Einfühlungsvermögen in die Gefühlswelt anderer, um das nicht laut auszusprechen.

Auch Trouble beäugte den Mann neugierig. Seinem Aussehen und Geruch nach war er ein Mann in den besten Jahren, aber sein innerer Duft spiegelte nichts davon wider, und Jasmine konnte Trouble keinerlei Auskünfte oder Erklärungen geben. Sie war selbst noch eine junge Katze, nur wenig älter als er, und von Natur aus schüchtern. Sie hatte nicht so viel über ihren Gefährten in Erfahrung gebracht, wie es ihr möglich gewesen wäre, nicht so viel, wie Trouble an ihrer Stelle mit Sicherheit entdeckt hätte.

»Ich weiß nicht, Sir«, erwiderte Dory.

»Ich war schon alt, als die Antimagie-Liga gegründet wurde.«

Sie blickte ihn an, als wäre er übergeschnappt. »Das ist mehr als fünfhundert Jahre her!«

»Es bringt gewisse Vorteile mit sich, wenn man das Talent besitzt und damit umzugehen versteht«, erklärte er nachsichtig, und seine grauen Augen wurden vor Belustigung fast silbern.

»Dann sind Sie . . .«

»Ein Zauberer? O ja. Genaugenommen bin ich sogar seit meiner Jugend der Führer unseres Großen Zirkels.«

»Also hat die Liga nicht alle von ihnen erwischt, wie sie das behauptet«, stellte Dory fest. »Ich bin so froh!« Nach allem, was sie von ihren Mitgliedern wußte, hatte sie kaum etwas für die Ziele dieser Organisation übrig.

Martin lachte humorlos. »Diese Halunken würden nicht einmal ihre eigenen Urgroßmütter von hinten erwischen können! Sie haben eine Menge Scharlatane eliminiert, das stimmt, und sie haben einigen unbedeutenden und ungeschulten Talenten das Leben ziemlich schwer gemacht, bis wir unauffällig eingeschritten sind und den Druck von ihnen genommen haben, aber einen echten, fähigen Zauberer ausschalten? Wohl kaum! Sieh dir nur an, was einem von ihnen passiert ist, als er sich mit dir angelegt hat, und du hast überhaupt keine Ausbildung erhalten.

Wir haben unsere eigenen üblen Mitglieder eliminiert. Soviel Gutes hat die Liga bewirkt. Wir waren gezwungen, uns selbst zu überwachen. Davor waren wir nachlässig, träge und feige gewesen, würde ich sagen. Ein Adept kann jederzeit eine Person erkennen, die den dunklen Pfad beschreitet, deshalb waren wir nie bedroht. Aus diesem Grund haben wir uns damit zufriedengegeben, diejenigen von uns im Auge zu behalten, die bösartig wurden, und dafür gesorgt, daß keiner von ihnen zuviel Kontrolle über die Untalentierten gewinnen konnte oder zu weit in die andere Richtung ging, aber das war auch schon alles. Die Entstehung der Liga hat uns zum Handeln gezwungen. Es war so etwas wie eine Bürgerwehr, und wir haben großen Wert darauf gelegt, daß nicht mehr daraus wurde, und deshalb die

Gründe, die zu ihrer Entstehung geführt haben, beseitigt, bevor sie richtige Gesetze gegen uns durchdrücken konnte. Wir haben uns gedacht, daß die Bewegung schon bald stagnieren und sich zu einem gesellschaftlichen Sammelbecken für Rabauken entwickeln würde. Das ist uns so gut gelungen, daß die meisten Liga-Mitglieder heute gar nicht mehr an die Existenz von Magie glauben.« Er lächelte flüchtig. »Von deinem Freund Jocko natürlich einmal abgesehen.«

Er schwieg einen Moment lang, als seine Gedanken in die Vergangenheit zurückwanderten. »Es war kein leichter Kampf, den wir gefochten haben. Einige von uns sind gestorben, und andere tragen heute noch Narben. Schmerzhafte Narben . . .«

Der Zauberer kehrte in die Gegenwart zurück. »Aber darum geht es im Augenblick nicht.«

Dory schüttelte den Kopf. »Ich bin so froh, daß Sie überlebt haben.« Sie zögerte kurz. »Es muß Hunderte und Tausende von Ihnen geben, wenn Sie alle Jahrhunderte alt werden.«

»Im Gegenteil. Wir sind nur sehr wenige. Große Talente sind selten, und oft vergehen Jahrhunderte, ohne daß wir neue Rekruten bekommen. Von denen, die mit der Gabe geboren werden, fallen einigen Unfällen, Krankheiten oder Gewalttaten zum Opfer, und es gibt jedesmal ein paar, die sich der dunklen Seite zuwenden und damit für uns verloren sind.«

Seine grauen Augen richteten sich auf die ihren. »Deshalb bist du so wertvoll, Dory, und gleichzeitig so gefährlich.«

Sie starrte ihn eine Weile verständnislos an, dann weiteten sich ihre Augen. »Sie glauben, ich besitze das Talent?« keuchte sie.

»Ich glaube, du bist ein großes Talent, möglicherweise eins der stärksten, dem ich jemals begegnet bin«, erwiderte er ernst.

»Und ich bin . . . gefährlich?«

Er nickte. »Ja, unglücklicherweise. Im Augenblick schlummert deine Kraft in dir noch. Sie wird zu voller Stärke erwachen, sobald dein Körper seine biologische Reife erreicht hat. Es wird dir nicht gelingen, die Manifestationen dieser Kraft völlig im Zaum zu halten, solange du nicht ordentlich darin geschult worden bist, damit umzugehen, und die Auswirkungen könnten nicht immer vorteilhaft für dich und deine Umgebung sein. Was bisher geschehen ist, beweist das nur zur Genüge.«

»Wo kann ich diese Ausbildung bekommen?« wollte Dory wissen. »Wer kann solche Dinge lehren? Ich kann nicht hier bei Ihnen bleiben, selbst wenn Sie das wollten. In dieser Gegend kennt man mich viel zu gut. Irgend jemand würde mich garantiert entdecken, und Jocko würde dafür sorgen, daß man mich ins Gefängnis wirft und Sie wahrscheinlich gleich mit.«

Martin beugte sich vor. »Ich wäre stolz, einen solchen Lehrling zu haben, und ich kann dich so beschützen, daß dich niemand erkennen wird, aber der Preis, den du für eine Zusammenarbeit mit mir bezahlen mußt, ist sehr hoch. Ich hätte vollstes Verständnis, falls du dich dagegen entscheiden solltest, und ich könnte dich zu einem anderen Zauberer schicken, dessen Wissen fast ebenso groß wie meines ist und der genauso begeistert wäre, dich und Trouble bei sich aufzunehmen.«

Dory versteifte sich. Ein Preis? Imelde hatte sie gewarnt, daß einige Männer ... Und da gab es noch die alten Geschichten über den Preis, den angeblich jeder zu zahlen hatte, der sich mit Zauberei einließ.

Martin konnte beide Gedanken leicht genug lesen, ohne auf irgendeine seiner besonderen Fähigkeiten zurückgreifen zu müssen.

»Deine Jungfräulichkeit ist nicht in Gefahr, Mädchen. Ich mag Frauen genauso gern wie alle Männer, aber sie müssen erwachsen und dürfen weder Opfer noch gekauft sein. Und deine Seele ist genauso sicher. Du kannst sie nur durch deine eigene Entscheidung gewinnen oder verlieren, nicht durch ein einfaches Handelsabkommen.«

»Was dann?« fragte sie verblüfft. Ihm war doch sicher klar, daß sie kein Vermögen besaß, ihm nichts Wertvolles geben konnte. Wenn er das nicht wußte, wollte sie ihn sowieso nicht als Lehrer haben!

Hab Geduld, Kätzchen, dachte Trouble griesgrämig. Warum mußte ihre Spezies immer gleich zu derart lächerlichen Schlußfolgerungen kommen und dann auch noch bei solch wichtigen

Fragen? Es wäre eine Tragödie, wenn sie jetzt zurückschreckte und die Möglichkeiten zunichte machte, die der Zauberer ihr bot, bevor ihre Zusammenarbeit überhaupt angefangen hatte.

Martin seufzte. »Deine Jugend, Kleines. Was von deiner Kindheit und deiner Jugend noch übriggeblieben ist. Niemand würde eine erwachsene Frau für ein zwölfjähriges Mädchen halten.«

Dory wollte ihn gerade fragen, ob er das wirklich zustande bringen könnte, aber sie verkniff sich die Frage noch rechtzeitig. Wenn er wirklich war, als was er sich ausgab, und so etwas vorschlug, dann konnte er es auch bewerkstelligen.

»Meine Kindheit ist nicht gerade glücklich verlaufen«, sagte sie, nachdem sie mehrere Minuten lang intensiv nachgedacht hatte.

»Nein, aber der Rest würde es werden. Denk sorgfältig darüber nach. Ich würde dich gut ausbilden und gut behandeln, aber der Schritt ist unumkehrbar, sobald du ihn einmal gemacht hast. Du wirst den Verlust als Erwachsene begrüßen, Dory, und du wirst ihn auch bedauern. Deshalb setze ich dich jetzt auch nicht unter Druck, so gern ich dich auch bei mir haben möchte.«

»Und was ist mit Trouble?« fragte sie nach einer Weile langsam. »Sie könnten ihn ebenfalls alt machen.«

»Nein. Er wird die nächsten zwei oder drei Jahre als völlig schwarzer Kater verbringen müssen. Dann müssen wir sowieso weiterziehen. Diejenigen von uns, die nicht altern, müssen in regelmäßigen Abständen ihren Wohnort wechseln, damit kein Gerede aufkommt. Sobald wir das getan haben, ist es ungefährlich für ihn, wieder seinen natürlichen Pelz zu tragen. Mir würde das jedenfalls gefallen. Er hat eine schöne Zeichnung. Bist du damit einverstanden, Trouble?« schloß er sowohl mit seiner akustischen als auch mit seiner geistigen Stimme.

Der Kater legte langsam den Kopf schief. *Ich ziehe meine natürliche Fellzeichnung vor, aber die Veränderung ist notwendig.*

Dorys Augen weiteten sich. »Es sieht so aus, als hätte er Sie wirklich verstanden und geantwortet!«

»Aber natürlich, Kind! Diese Tiere verstehen eine ganze Menge. Du wirst bald erfahren, wieviel sie verstehen, ob du mein Angebot nun annimmst oder nicht.«

Sein Angebot. Ihr Mund wurde trocken. Sie mußte Martin antworten, und zwar bald. So, wie die Dinge jetzt standen, stellte sie für sie alle eine Gefahr dar. Auf die eine oder andere Weise mußte sie ihren Feinden entkommen und lernen, mit ihren ungewollten, aber anscheinend unvermeidbaren Kräften umzugehen.

Sie fühlte sich innerlich hin- und hergerissen. Sie konnte bleiben und sich diesem fremden Magier anvertrauen. Sie konnte fliehen ... Doch dann würde sie ihm ebenfalls vertrauen müssen, ihm und noch einem anderen, der sie vielleicht genauso schlimm ausnutzen würde wie Jocko.

Das Mädchen warf Trouble einen verzweifelten Blick zu, aber der Kater saß nur reglos in ihrem Schoß, ohne zu blinzeln, und wirkte eher wie eine warme Statue als wie ein lebendiges Wesen. Noch nie war er so ungerührt geblieben, wenn sie ihn gebraucht hatte ...

»Er wird dir nicht raten, was du tun sollst«, sagte der Zauberer sanft. »Das kann er nicht. Er weiß, daß nur du eine für dich derartig wichtige Entscheidung treffen kannst.«

Von dem Kater kam kein Widerspruch, keine Bemerkung, nur Verständnis, Respekt und die Hoffnung, daß seine Gefährtin eine gute Wahl fällte.

Danke, mein Freund, flüsterte Martin.

Dory hob den Kopf. Aus beiden Möglichkeiten schien genausoviel Gutes wie Schlechtes erwachsen zu können. Sie würde die Entscheidung ihrem Herzen und ihrem Instinkt überlassen müssen.

»Ich hatte nie die Gelegenheit, eine richtige Ausbildung zu machen«, sagte sie. »Wenn ich jetzt damit anfange, dann kann ich es auch gleich mit dem Besten tun. Das scheinen Sie zu sein.«

»Bist du dir sicher, Kind?« fragte er mit einem merkwürdig scharfen Stich des Bedauerns. Es würde das letzte Mal sein, daß er sie so nannte.

»Ich bin mir sicher«, erwiderte sie mit einer überraschend

erwachsenen Festigkeit. Nachdem sie ihre Entscheidung getroffen hatte, stellte sie fest, daß sie keinerlei quälende Zweifel mehr verspürte.

Trouble gab eine begeisterte Mischung aus Schnurren und Miauen von sich. Er leckte ihr einmal mit seiner rauhen Zunge über die Wange, um seine Freude und Zustimmung zu unterstreichen.

Dory drückte ihn fest an sich.

»Ich habe mich nicht falsch entschieden. Trouble möchte es auch, und er mag Sie. Mehr brauche ich nicht, um zu wissen, daß es richtig ist, völlig richtig für uns alle.«

Ins Deutsche übertragen von Winfried Czech
Originaltitel: Trouble
Copyright © 1989 by P. M. Griffin

MERCEDES LACKEY

SPussy

»*Eklig*«, beschwerte sich SPussy in Dicks Kopf. Sie wickelte sich noch etwas dichter um seine Schultern und leckte mit leisem, mißbilligenden Miauen Tropfen des öligen Nebels aus ihrem Fell. »*Stinkig.*«

Dick mußte ihr recht geben. Die Raumhafengegend von Lacu'un war ziemlich widerlich, und das trübe, neblige Wetter tat ein übriges dazu, das Bild noch zu verschlechtern. Schäbig, billig und ungepflegt.

Die Bauweise aller zwanzig Gebäude, die hier standen, war importiert: ein minderwertiger Fertigbau, meist in schäbigem Grau und Industriegrün gestrichen, mit grellen neonhellen Holoschildern versehen, die (den Geistern des Alls sei Dank!) tagsüber meist bis auf ein schwaches buntes Geisterbild heruntergedreht waren. Es gab sechs Kneipen, zwei Spielhallen, eine Kapelle der Neo-Jesuiten und eine Absteige, die von der Reformierten Heilsarmee geführt wurde, fünf Regierungsgebäude, vier Kaufhäuser und ein Haus, das man besser nicht erwähnte. All das war wie ein kranker Pilz in dem Jahr aus dem Boden geschossen, in dem der Planet und das Volk der Lacu'un als offen für den Handel erklärt worden waren. Hier gab es nichts, was von hier stammte; dafür mußte man sich hinter den Zaun begeben —

Und um hinter den Zaun zu gelangen, ermahnte sich Dick, *brauchte man ein Visum, das von Mensch und Hund unterschrieben werden mußte.*

»*Katze*«, korrigierte SPussy.

Schon gut, schon gut, dachte er leicht amüsiert zurück. *Von Mensch und Katze. Auch wenn es hier außerhalb der Schiffe keine Katzen gibt.*

SPussy schnüffelte herablassend. »*Trottel*«, erwiderte sie, glättete ein widerspenstiges feuchtes Fellbüschel mit der Zunge und tat damit eine ganze Kultur in Bausch und Bogen ab, vor der zur Zeit die meisten Gesellschaften auf allen Knien herumrutschten und um eine Handelserlaubnis nachsuchten.

Nun, jetzt haben wir fast alles gesehen, was es hier zu sehen gibt, dachte Dick an SPussy und kraulte ihre Ohren, während sie zufrieden schnurrte. *Reicht es allmählich?*

»*Jetzt jagen?*« gab sie hoffnungsvoll zurück.

Nein, du kannst nicht jagen. Das weißt du sehr gut. Dies ist eine Welt der Klasse Vier; du brauchst eine Erlaubnis von den örtlichen Weisen, um zu jagen, und von denen haben wir nicht einmal die Erlaubnis, außerhalb des Zauns zu niesen. Und innerhalb des Zauns bist du ein wertvolles Handelsgut und läufst Gefahr, jederzeit entführt zu werden, wie du nur zu gut weißt. Ich habe schon einmal den Ritter in schimmernder Wehr für dich gespielt, Fellknäuel, und ich möchte diese Erfahrung nicht wiederholen.

SPussy schnaufte wieder. »*Mich nicht lieben.*« *Dich zu sehr lieben, du Landplage. Ich möchte nicht, daß du in irgendeinem Tramp-Frachter landest.*

SPussy drehte die Lautstärke ihres Schnurrens weiter auf und drapierte sich wie eine Schlange auf Dicks Schultern, bis sie einem unruhigen schwarzen Pelzkragen auf seinem grauen Schiffsanzug ähnelte. Wenn sie das Schiff verließ, war das stets SPussys bevorzugter Platz. Dick hatte schließlich beim Zahlmeister durchgesetzt, daß er Schulterpolster in all seine Schiffsanzüge bekam — manchmal war SPussy etwas unvorsichtig mit ihren Krallen.

Als die Menschen den Raum erkundeten, waren ihnen die Katzen gefolgt und hatten sich bald als Notwendigkeit herausgestellt. Denn nicht nur die alte Plage des Menschen, Ratten und Mäuse, begleitete ihn auf seinen Wegen — es schien auf allen neuen Welten noch vergleichbares Ungeziefer zu geben. Aber die Schiffskatzen unterschieden sich erheblich von ihren erdgebundenen Vorfahren. Ein Raumfahrer konnte sich nun einmal kein Tier leisten, um das er sich kümmern mußte — er brauchte etwas, das einem Partner näherkam.

Daher waren SPussy und ihre Art durch Gentechnologie zu etwas gemacht worden, das mehr war als ein Tier. SPussy war BioTech Typ F-021: Vorderpfoten wie ein Waschbär, die haarigen kleinen Händen mehr ähnelten als Tatzen; glattes, kurzes

Fell ohne Unterwolle, die ausfallen und Luftfilter verstopfen konnte; als Jäger unvergleichlich; Mittelohranpassung, damit sie nicht nur keine Angst vor den Schüben und der Schwerelosigkeit des Hyperraums hatte, sondern regelrecht ihren Spaß daran; und zum Schluß, als wichtigster Punkt, der vergrößerte Kopf, der die Steigerung ihrer Intelligenz erkennen ließ.

BioTech gab die Schiffskatzen im Alter von ungefähr sechs Monaten zur Adoption frei, wenn sie nicht nur stubenrein, sondern auch ausgebildet waren. Die Ausbildung umfaßte Körperbeherrschung im freien Fall, den Gebrauch derselben sanitären Einrichtungen, die die Crew benutzte, und das Verhalten in Notfällen. SPussy besaß wie jedes andere Mitglied der Crew ihren eigenen Raumanzug, eine transparente, harte Plexiglaskugel, die schon beinahe ein winziges Rettungsboot darstellte, mit einem einfachen Schaltpult darin, um sie zu schließen und Druck aufzubauen. Die Katze stellte sich furchtbar damit an, ihn ständig *bei sich* zu haben, sie zerrte ihn an seiner Leine hinter sich her, wenn es nötig war, so daß er sich immer im gleichen Abteil befand wie sie. Wie jeder andere gute Raumfahrer nahm auch Dick ihre Paranoia durchaus ernst.

Offiziell hieß sie ›Lady Sonnentänzerin von Greenfields‹. Greenfields war die BioTech-Station NA-73, aber für die gesamte Crew war sie SPussy, und nur Dick erinnerte sich noch an ihren wahren Namen.

Dick hatte auf der *Brightwing*, dem Schiff der Firma Cats-Eye angeheuert, als dort gerade die Schiffskatze in Pension gegangen war, um ihre letzten Tage mit anderen Veteranen des Raumhandels in der Tau-Ypsilon-Station für alte Raumfahrer zu verbringen. Als Unteroffizier war Dick losgeschickt worden, um den Ersatz abzuholen. SOP bedeutete für einen Techniker von BioTech eigentlich die Anweisung, einem zwei oder drei Kandidaten zur Auswahl vorzustellen, aber Dick hatte keine Wahl. ›Lady Sonnentänzerin‹ sah ihn und stürzte sich wie eine kleine schwarze Rakete aus den Armen des Technikers direkt auf ihn; sie landete auf seinen Schultern und begann aus Leibeskräften zu schnurren. Als man sie dann nicht entfernen konnte, ohne sie zu verletzen, hatte sich die ›Wahl‹ erübrigt, und Dick wurde in den Rang eines Offiziellen Betreuers erhoben.

In den ersten Tagen war sie ›Dick Whites Pussy‹ — der Rest der Crewmitglieder amüsierte sich königlich darüber, daß sie sich so vollkommen an ihn anschloß. Nach einiger Zeit wurde daraus kurz ›Dicks Pussy‹ und dann ›SPussy‹, ein Name, der schließlich haften blieb.

Telepathie war eigentlich keine Eigenschaft, die BioTech züchtete oder durch Genmanipulation hervorrief, und daher war Dick ein wenig verwirrt gewesen, als sie anfing, mit ihm zu sprechen. Da keiner der anderen jemals erwähnte, daß er sie hören konnte, hatte er schon vor langer Zeit erkannt, daß er der einzige war. Er behielt das für sich — wenn BioTech davon erfahren hätte, wäre sie für ihn verloren gewesen, denn die hätten natürlich wissen wollen, wie *diese* besondere Mutation zustande gekommen war.

»Ziemlich heruntergekommen«, teilte er Erica Makumba mit, dem weiblichen Sicherheitsoffizier, die zur Zeit Wache an der Luftschleuse hatte. Die dunkelhäutige Frau lungerte mit vorgeblicher Gelassenheit in ihrem Schleudersitz, beide Hände hinter dem Lockenkopf verschränkt, aber um ihr Handgelenk wand sich ein Betäubungsarmband, und Erica war darüber hinaus amtierender Karatemeister der *Brightwing*.

»Au ja«, erwiderte sie mit einer Grimasse, »habe letzte Nacht einen Blick da raus geworfen. Das sind vielleicht üble Kaschemmen! Es überrascht mich wirklich nicht, daß die Lacu'un einen Zaun ringsherum errichtet haben. So was möchte ich auch nicht in der Nachbarschaft haben! He, wir stehen vielleicht kurz vor dem Durchbruch: Drei Kapitäne haben eine Einladung zu Handelsgesprächen gekriegt. Scheint, als hätten die Lacu'un sich einen Anwalt besorgt.«

»So viel zu den ›echten Primitiven‹«, lachte Dick. »Ich dachte mir doch, daß TriStar in sein Verderben rennt, wenn sie diesen Weg einschlagen.«

Erica grinste; als frühere Angestellte von TriStar empfand sie für ihren ehemaligen Arbeitgeber keine große Liebe. »Ja. Der

Anwalt ist also hingegangen, hat die Aufzeichnungen jeder Gesellschaft verlangt, die ein Angebot gemacht hatte und sie mit der Lupe durchgesehen. Anscheinend kamen nur drei von uns durch: wir, SolarQuest und UVN. Wir erhielten Einladungen, und der Rest wurde verabschiedet. Wie man hört, macht sich ein Haufen Schiffe in den nächsten Stunden ins All auf.«

»Mir blutet das Herz«, meinte Dick. »Können sie das anfechten?«

»Ha! Ich habe dir nicht gesagt, wen sie sich als Sprecher beschafft haben: Lan Ventris.«

Dick pfiff durch die Zähne. »Da kümmert sich wirklich jemand um sie!«

»Terranischer Konsul; sie war der Scout, der den ersten Kontakt knüpfte. Sie lehnten jeden anderen ab, nahmen sie in die regierende Sippe auf und behielten sie im Palast. Nette Frau, ich habe ein- oder zweimal mit ihr ein Bier getrunken. Sie mag diese Leute offensichtlich, nimmt ihr Wohlergehen wirklich persönlich. Willst du einen kurzen Abriß zu den Einladungen?«

Dick lehnte sich mit verschränkten Armen gegen die Kabinendecke und gab acht, daß er SPussy dabei nicht störte. »Leg los.«

Sie streckte einen einzelnen Finger in die Höhe. »Erstens, Vena — also der Konsul — sagt, daß dieses Volk eine lange kriegerische Tradition hat; sie sind Krieger und bewundern Krieger — aber sie bewundern Ehre und Ehrlichkeit noch mehr. Es gibt Spuren von Primitivismus dort, aber das ist bloß Tünche über beträchtlicher Kultiviertheit. Wer immer sie aufsucht, muß sich auf der schmalen Linie zwischen Stolz und ehrenhaftem Verhalten bewegen, vergleichbar den alten japanischen Höfen auf Terra. Zum zweiten; sie nehmen ihre Religion sehr ernst, sie räumen uns einen großen Freiraum ein, weil wir unwissende Ausländer sind, aber Vena kennt die Strafen auch nicht genau, wenn man dabei zu weit geht. Man muß also nach Signalen Ausschau halten, der Körpersprache der Priesterkaste; das könnte einen warnen, daß man sich auf gefährlichem Boden bewegt. Zum dritten — und das kann uns einen Vorteil gegenüber den anderen zwei Punkten geben —, sie sind ganz wild auf ihre Totemtiere. Die Sippentotems machen einen großen Teil des Sippenstolzes und der Religion aus. Der Käpt'n hat daher vor, dich und Ihre Hoheit der Abordnung anzuschließen. Vena sagt, daß die Lacu'un drei Verträge abschließen wollen, so daß wir alle einen bekommen, aber die Leute die sie am meisten beeindrucken, haben eben die erste Wahl.«

Wenn Dick sich nicht gegen das Metall des Kabinendachs gelehnt hätte, wäre er gestolpert. Als jüngster der Crew war für ihn schon die Wahrscheinlichkeit, überhaupt auf die andere Seite des Zauns zu kommen, äußerst gering — aber daß er zu der ersten Handelsdelegation gehören sollte, haute ihn förmlich um!

Auch SPussy war den ganzen Weg zurück in seine Kabine sehr aufgeregt, wo sie sofort von seiner Schulter sprang, um in ihrer eigenen kleinen Koje zu landen, die über seiner an der Wand festgeschraubt war.

Dick begann seine Kiste nach den Uniformabzeichen zu durchwühlen, dem halbgeschlossenen Topasauge der CatsEye-Gesellschaft, den goldenen Schwingen der Schiffsabzeichen, die darunter getragen wurden, und den drei winzigen Sternen, die für die drei Missionen standen, die er bisher mitgeflogen hatte . . .

Dabei fing er Bruchstücke von SPussys persönlichen Gedanken auf, Gedanken der Freude, des Nestbaus —

Nestbau!

Oh, *nein!*

Er fuhr herum und blickte in ihre großen gelben Augen, während sie in ihrer Koje pfötelte.

SPussy, flehte er, *bitte sag mir, daß du nicht trächtig bist —*

»Junge«, bestätigte sie sehr zufrieden mit sich selbst. *Du hast mir geschworen, daß du aufpaßt, als ich dich zum Jagen hinausließ!*

Sie produzierte das Gegenstück zu einem mentalen Schulterzucken. »*Ich lügen.*«

Er ließ sich schwer auf seine eigene Koje fallen, seine ganze Aufregung war verflogen. Die Schiffskatzen von BioTech sollten eigentlich steril sein — nur eine von hundert war es nicht. Und man mußte einen Vertrag mit BioTech unterzeichnen, daß man seine Katze nicht kastrierte, wenn sie sich als fruchtbar erwies; sie wollten die Kleinen. Man konnte die Jungen auch selbst an andere Schiffe verkaufen oder behalten, vorausgesetzt, es lag keine BioTech-Station auf der unmittelbaren Reiseroute des Schiffes. Aber natürlich würde nur BioTech sie nehmen, bevor sie sechs Monate alt und ausgebildet waren ...

Dick seufzte. SPussy hatte ihm schon einmal einen Wurf untergeschoben — nur zwei, aber es hatte den Anschein gehabt, als wären es zweiundzwanzig gewesen. Mit Jungkatzen gab es ein Problem in Raumschiffen: die Spanne zwischen dem Punkt, ab dem sie anfingen, umherzulaufen, und einem Alter von ungefähr fünf Monaten, denn in dieser Zeit hatten sie nur zwei Neuronen in ihren niedlichen, kleinen Köpfchen. Ein Neuron, um den Körper bei Warp-Geschwindigkeit in Bewegung zu halten, und ein weiteres, um die Situation herauszufinden, in der sie den meisten Ärger verursachen konnten. Jeder in der Crew war gern bereit, mit ihnen zu spielen — aber niemand wollte sich den Ärger mit ihnen aufhalsen. Und da SPussy in Dicks Verantwortungsbereich fiel, war es auch *Dick*, der die Pfützchen aufwischen durfte, und *Dick*, der die kleinen Flaumbälle aus dem Steuerpult der Brücke fischen mußte, und *Dick*, der die anachronistische Katzentoilette in seiner Kabine hatte, bis SPussy ihre Babys ordentlich an die sanitären Anlagen gewöhnt hatte.

Eine Katzentoilette in der Schwerelosigkeit zu sichern war etwas, das er nicht noch einmal machten wollte. Niemals wieder.

»Wie konntest du mir das *antun?*« fragte er SPussy vorwurfsvoll. Sie schob nur den Kopf über die Kante ihrer Koje und schnurrte wunderschön.

Er seufzte. Jetzt war es zu spät, um etwas daran zu ändern.

»... und Sie können die Fresken sehen, die die Außenwand jeder Wohnung schmücken«, erklärte Vena Ferducci, die kleine dunkelhaarige Frau, die als terrestrischer Konsul hier war, und wies mit der Hand graziös auf die Mauern. Dick wäre am liebsten stehengeblieben und hätte Mund und Nase aufgesperrt, es war einfach *unglaublich*!

Der Zaun war eigentlich ein undurchsichtiges Kraftfeld, und nur *einer* der Gründe, warum die Gesellschaften unbedingt mit den Lacu'un ins Geschäft kommen wollten. Auch wenn sie den Raumflug nicht kannten, so gingen doch einige Anwendungen der Kraftfeldtechnologie, über die sie verfügten, weit über irdische Möglichkeiten hinaus. Auf der anderen Seite des Zauns lag im wahrsten Sinne des Wortes eine ganz andere Welt.

Diese Leute bauten für die Ewigkeit, in den wohlhabenden Gegenden mit Kalkstein, Alabaster und Marmor und in der Vorstadt mit Gips. Die Straßen waren sorgfältig gegossene Abschnitte aus Beton, die über raffinierte Fugen verfügten, um Temperaturrisse zu vermeiden, und sie wurden von einer kleinen Armee von Straßenkehrern so sauber gehalten, daß man davon hätte essen können. Auf den Straßen selbst waren nur wohlerzogene Haustiere erlaubt, und die einzigen zugelassenen Fahrzeuge waren elektrische Wagen mit Einzel- oder Doppelkabine, die nicht schneller fuhren als ein Mensch laufen konnte. Die Lacu'un kleideten sich entweder in durchscheinende Seidengewänder oder in praktischere kürzere Versionen der gleichen Kleidungsstücke. Sie waren eine gutaussehende Rasse, aufrecht gehende Zweibeiner, deren Hautfarbe zwischen allen Schattierungen von Braun und dunklem Gold variierte; die Gesichter waren vogelartig, mit einem Kamm wie bei einem Leguan.

Wie Vena hervorgehoben hatte, hatte man jede Mauer in Sichtweite üppig mit Fresken versehen, deren Themen alle der Religion der Lacu'un entlehnt waren.

Die meisten Fresken zeigten Darstellungen verschiedener Prozessionen oder Zeremonien, und keine zwei waren genau gleich.

»Das ist Erntedank«, sagte Vena und deutete im Vorbeigehen auf eine kunstvoll geschmückte Wand, die sich mehrere Meter weit erstreckte. »Das paßt besonders zu Kla'dera; er hat sein ganzes Geld mit der Landwirtschaft gemacht. Die meisten

Lacu'un lassen etwas anbringen, das ihren Dank für ›erwiesene Wohltaten‹ ausdrückt.«

»Ich glaube, das hier kann ich erraten«, sagte der Kapitän, Reginald Singh, mit einem Lächeln, bei dem in dem dunklen Gesicht erstaunlich weiße Zähne zu sehen waren. Das Bild, auf das er mit einem Kopfnicken hinwies, zeigte eine Reihe von Tafeln: zunächst eine Feier, bei der ein ganzer Kindergarten zu sehen war, dann diese Kinder — sie waren alle weiblich —, die am Altar einer sehr fruchtbar aussehenden weiblichen Lacu'un dienten, und schließlich die mittlerweile herangewachsenen jungen Mädchen, die lieblich und bescheiden aussahen und von denen jede verschiedene religiöse Gegenstände trug.

Vena lachte, und ihre braunen Augen funkelten amüsiert. »Nein, das hier ist wirklich nicht schwer zu verstehen. Es gibt ein geflügeltes Wort: ›So fruchtbar wie Gel'vaderas Frau‹. Jedes Kind war wiederum weiblich und übertraf sie noch bei weitem. Der Brautpreis für diejenigen, die heiraten wollten, und der Offizierspreis für diejenigen, die zur Armee gingen, machten aus Gel'vedera einen reichen Mann. Seiner Ersttochter gehört jetzt das Haus.«

»Ach, das bringt mich zu einer Frage«, sagte der Kapitän Singh. »Könnten Sie uns genau erklären, wer und was uns bei dem Treffen erwartet? Ich habe das Briefing gelesen, aber ich verstehe immer noch nicht, wer was ist bei der Regierung.«

»Es ist leichter für Sie, wenn Sie sich das Ganze wie eine unheilige Verbindung zwischen dem britischen Parlamentssystem und den mittelalterlichen japanischen Shogunaten vorstellen«, erklärte Vena. »Sie werden den ›König‹ treffen — das ist der Lacu'ara — und seine Gemahlin, die gleiche Macht besitzt und die Priesterschaft vertritt — das ist die Lacu'teveras — und seine drei gewählten Ratgeber. Die Ratgeber vertreten das Militär, die Beamtenschaft und den Wirtschaftsbereich. Der Militärberater ist immer weiblich, denn die Lacu'un glauben, daß Frauen nicht für sich selbst den Ruhm suchen und daher keine rücksichtslosen Befehle geben. Die anderen beiden können beiderlei Geschlechts sein. ›Ratgeber‹ ist nicht der beste Ausdruck, mit dem man sie bezeichnen kann; der Lacu'ara und die Lacu'teveras handeln selten gegen ihren Rat.«

Dick widmete diesem Monolog nur am Rande seine Aufmerksamkeit; er hatte all das schon den Faxen entnommen, die er aus der örtlichen Bibliothek angefordert hatte, nachdem er das Briefing gelesen hatte. Er war mehr an den Fresken interessiert, denn etwas kam ihm rätselhaft vor.

Auf allen waren seltsame kleine sechsbeinige Kreaturen zu sehen, die zwischen den Füßen der abgebildeten Lacu'un herumliefen. Sie hatten ungefähr die Größe einer stattlichen Maus und kamen Dick ziemlich selbstzufrieden vor . . . auch wenn er das vermutlich falsch interpretierte.

»Entschuldigen Sie, Konsul«, sagte er, als Vena ihre Ausführungen über die Feinheiten des hiesigen Regierungssystems zu Kapitän Singhs Zufriedenheit beendet hatte. »Ich frage mich die ganze Zeit, was das wohl für eidechsenartige kleine Viecher sind.«

»Kreshta«, antwortete sie, »*ich* würde sie eine Plage nennen; man sieht sie nicht oft in den Straßen draußen, aber sie sind der Grund dafür, warum die Straßen so sauber gehalten werden. Sie werden sie bald genug zu sehen bekommen, wenn wir erst einmal drin sind. Sie sind wie Mäuse, nur schlimmer, schnell wie der Blitz — sie stehlen einem das Essen direkt vom Teller. Die Lacu'un können oder wollen sie nicht loswerden, ich weiß nicht, was es ist. Als ich einmal danach fragte, rollte mein Gastgeber nur die Augen gen Himmel und sagte etwas, was sich mit ›es ist der Wille der Götter‹ übersetzen läßt.«

»Insh'allah?« fragte Kapitän Singh.

»Das kommt dem sehr nahe, ja. Ich kann nicht sagen, ob sie diese Plage dulden, weil es Gottes Wille ist, daß sie das tun sollen, oder ob sie sie dulden, weil die Götter die kleinen Ungeheuer vorziehen. Innerhalb des Zauns müssen wir die Regierungsgebäude einmal im Monat räumen, sie abschließen und ausräuchern. Es ist bloß gut, daß sie sich nicht allzu schnell vermehren.«

»*Jagen?*« fragte SPussy hoffnungsfroh von ihrem Sitz auf Dicks Schulter herab.

Nein! erwiderte Dick hastig. *Nur schauen, nicht jagen!*

Die Katze erntete verwunderte — und wie Dick glaubte — wohlwollende Blicke von den Passanten.

»Was genau ist eigentlich der Stellenwert eines Totemtieres?« fragte Erica neugierig.

»Wohl die Tatsache, daß ein solches Tier überhaupt gezähmt werden kann. Abgesehen von einer Handvoll domestizierter Pflanzenfresser, wurde die Fauna auf Lacu'un niemals abgerichtet. Wenn jemand fähig ist, einen Fleischfresser handzahm zu bekommen, dann müssen die Götter in mächtiger Weise mit ihm sein.« Vena lächelte. »Ich weihe Sie jetzt in ein großes Geheimnis ein: ehrlich gesagt, Lan und ich zogen die Aufzeichnung der *Brightwing* den anderen zwei Schiffen vor; Sie schienen den Lacu'un sympathischer zu sein. Darum haben wir Ihnen von den Totemtieren erzählt und warum wir Sie bis zuletzt aufgehoben haben.«

»Ohne Dick hätte es nicht funktioniert«, sagte Kapitän Singh. »SPussy hat sich in bemerkenswerter Weise an ihn angeschlossen. Ich glaube nicht, daß die Vorstellung halb so beeindruckend sein würde, wenn er sie an der Leine führen müßte.«

»Kaum«, bestätigte Vena und führte ihn um die Ecke herum. Am Ende der kurzen Gasse stand eine vier Meter fünfzig hohe Mauer, die von einem Torbogen durchschnitten wurde.

»Der Palast«, sagte sie unnötigerweise.

Vena hatte recht gehabt. Die Kreshta waren *überall*.

Dick konnte spüren, wie SPussy vor Jagdeifer zitterte, aber sie schaffte es, sich zu beherrschen. Nur der hin und her peitschende Schwanz verriet ihre Aufregung.

Dick stand bequem und wartete, bemühte sich, nicht der Versuchung nachzugeben, alle anzustarren, während der Kapitän und die Verhandlungsführerin, Grace Vixen, in einer komplizierten Zeremonie den fünf Regenten der Lacu'un vorgestellt wurden, die einem steifen Tanz ähnelte. Hinter der niedrigen Plattform, auf der die fünf Würdenträger in ihren schillernden Roben standen, warteten fünf nüchtern gekleidete Diener mit je einem der ›Totemtiere‹. Dick konnte jetzt sehen, was Vena gemeint hatte: Die Pfleger hatten ihre Tiere nur knapp unter Kontrolle. Da gab es etwas, das wie ein Vogel aussah; etwas, das einem kleinen Krokodil ähnelte; etwas wie eine Schlange, aber mit sechs winzigen Beinen; eine Kreatur, die vage an eine Katze erinnerte, aber ein Federkleid trug; und ein Tier, das aussah wie ein Teddybär mit Schuppen. Bis auf den mit dem Vogel hielt keiner der Pfleger sein Tier direkt. Die hingen an kurzen Ketten, und alle untermalten die Zeremonie mit leisem Knurren und Zischen.

Daher erntete SPussy, die frei auf Dicks Schultern hockte, eine beträchtliches Gemurmel der Bewunderung aus der Menge der Lacu'un.

Die Vorstellung näherte sich dem Abschluß, und die Lacu'teveras flüsterte hinter ihrem Fächer Vena etwas zu.

»Mit Ihrer Erlaubnis, Kapitän, die Lacu'teveras würde gern wissen, ob ihr Totemtier tatsächlich so zahm ist, wie es den Anschein hat.«

»Das ist sie«, erwiderte der Kapitän direkt an die Gemahlin des Königs gerichtet und verbeugte sich, wobei er seinen Charme spielen ließ, der schon früher oft die Barrieren zwischen Rassen überwunden hatte.

Auch diesmal wirkte der Zauber. Die Lacu'teveras wedelte mit dem Fächer und zwitscherte Vena erneut etwas zu, was die Zuhörerschaft der Gefolgsleute entsetzte.

»Sie fragt, ob es möglich wäre, daß sie das Tier anfaßt.«

SPussy? fragte Dick rasch, der wußte, daß das Tier die Bedeutung dessen, was gesagt wurde, aus seinen Gedanken erfaßte.

»*Nett*«, antwortete die Katze, und ihre Aufmerksamkeit wurde momentan von den huschenden Bewegungen abgelenkt, die alles waren, was man von den Kreshta wahrnehmen konnte. »*Nette Dame. Gutes Gefühl im Kopf, wie bei Dick.*«

Gutes Gefühl im Kopf? dachte er verblüfft.

»Ich glaube, das dürfte kein Problem sein, Kapitän«, murmelte Dick an Singh gewandt und beschloß, daß er sich später darüber Gedanken machen konnte. »SPussy scheint die Lacu'un zu mögen. Vielleicht riechen sie angenehm für sie.«

SPussy glitt von seiner Schulter herab in die Arme, als er vortrat und der Lacu'teveras die Katze entgegenhielt. Er zeigte Lacu'un den Punkt, an dem die Katze am liebsten gekrault wurde, direkt unter dem Kinn. Die langen Krallen, die von allen Lacu'un gepflegt wurden, eigneten sich wunderbar zum Katzenkraulen.

Die Lacu'teveras streckte einen Finger aus und folgte zögernd Dicks Beispiel. In der Versammlungshalle war es dabei vollkommen still, so als würde die gesamte Menge den Atem anhalten und auf das Unheil warten, das kommen mußte. Die Gefolgschaft rang zunächst nach Luft über diese Tollkühnheit, als die Katze den Hals lang machte — und dann noch einmal vor Vergnügen, als SPussys rasselndes Schnurren zu hören war.

SPussy hatte die Augen in sinnlicher Freude fast ganz geschlossen; Dick blickte auf und sah, daß die bernsteinfarbenen Augen der Lacu'teveras mit den Schlitzpupillen vermutlich aus dem gleichen Grund geweitet waren. Sie ließ die anderen sechs Finger dem ersten, zaghaften unter das Kinn der Katze folgen.

»So weich . . .« sagte sie schüchtern, ». . . so angenehm!«

»Danke, Hohe Dame«, erwiderte Dick lächelnd. »Danke, gleichfalls.«

»*Seeeeehr angenehm*«, echote SPussy. »*Kein Kopfsprechen wie bei Dick, aber gutes Gefühl im Kopf wie bei Dick. Nette Dame hat auch bald Junge.*«

Die Lacu'teveras zog widerstrebend die Hand zurück und gab Dick ein Zeichen, daß er an seinen Platz zurückkehren sollte. SPussy glitt wieder auf seine Schultern hinauf und machte es sich bequem.

Das war der Moment, in dem alles zerbrach.

Im nächsten Stadium der Zeremonie sollten die Regenten auf

fünf Thronen Platz nehmen, und der Kapitän, Vena und Grace sich vor die Throne auf Stühlen setzen, so daß jeder der Beteiligten darstellen konnte, was er sich von einer möglichen Verbindung versprach.

Aber die Lacu'teveras, die immer noch sehnsüchtig auf die Katze blickte, sah nicht hin, wo sie ihre Hand hinlegte. Und auf der Lehne des Thrones hockte ein Kreshta, zu atypischer Reglosigkeit erstarrt.

Die Lacu'teveras ließ ihre Hand direkt auf den Kreshta sinken. Das bösartig aussehende Ding kreischte, wand sich und biß so hart zu, wie es konnte.

Die Lacu'teveras schrie vor Schmerz auf, die Höflinge erstarrten, die Ratgeber machten abwehrende Bewegungen, und SPussy, die bei diesem Angriff eines *Ungeziefers* auf die Dame, die *Junge erwartete* plötzlich wilden, rächenden Zorn verspürte, sprang vor. Das Kreshta sah sie auf sich zuhechten und schoß davon – aber es war nicht schnell genug, um SPussy zu entkommen, diesem genmanipulierten Produkt der besten Labore von BioTech. Bevor es die Strecke, die zwischen ihm und der Sicherheit lag, auch nur halb zurückgelegt hatte, hatte SPussy es erwischt. Es gab ein Knirschen, das in der ganzen Halle zu hören war, und dann baumelte das häßliche kleine Ding reglos von SPussys Kiefern herab.

In einer Stille, aus der man Ziegel hätte schneiden und daraus eine Mauer bauen können, trug sie ihre Beute vor die Füße der verletzten Lacu'un und legte sie dort nieder.

»Erledigt!« hörte Dick in seinem Geist. »Nicht der Netten mit Jungen weh tun!«

Der Lacu'ara trat mit versteinertem Gesicht vor, jeden Muskel angespannt.

Ihr Geister des Alls! dachte Dick und wappnete sich für das Schlimmste, *damit ist alles hinüber* –

Aber statt die Wachen zu rufen und die Terraner ergreifen zu lassen, ließ sich der Lacu'ara auf ein Knie nieder und hob das Kreshta mit dem zerbrochenen Rückgrat auf, als wäre es ein kostbares Juwel.

Dann hielt er es hoch über den Kopf, während die ganze Versammlung der Lacu'un in Hochrufe ausbrach — und die Terraner sich bloß verständnislos ansahen.

SPussy putzte sich und nahm die Liebkosungen jedes Lacu'un hin, der an sie herankommen konnte — mit dem Ausdruck eines Wesens, dem schon lange ein derartiges Lob zusteht. Immer, wenn ein unglückliches Kreshta vorbeihüpfen wollte, verwandelte sie sich in einen schwarzen Blitz und führte aufs neue unter den immer stärker werdenden Applaus der Lacu'un ihre Kunst vor.

Vena übersetzte, so schnell sie konnte, während alle drei Ratgeber gleichzeitig sprachen. Der Lacu'ara verband behutsam die Hand seiner Gemahlin, aber gelegentlich warfen auch die beiden ein oder zwei Worte ein.

»Sie haben es offensichtlich nie geschafft, dieser Plage Herr zu werden, denn die natürlichen Feinde der Kreshta *können nicht* gezähmt werden und reißen normalerweise jeden, der es versucht, in Stücke. Und Fallen und vergiftete Köder bringen keinen Erfolg, weil die Kreshta sie nicht annehmen. Das einzige, was sie von jeher unternehmen konnten, ist, von Zeit zu Zeit die Gebäude zu räumen und auszuräuchern. Und auch das gibt Probleme — die Lacu'teveras reagiert zum Beispiel heftig allergisch auf die Rückstände, die nach der Ausräucherung verbleiben.«

Vena holte Luft.

»Ich vermute, sie hätten SPussy gern auf Dauer hier?« fragte der Kapitän ironisch.

»Geister des Alls, Käpt'n — sie glauben, SPussy ist ein fleischgewordenes Zeichen der Götter! Ich bin nicht sicher, ob sie sie wieder gehen lassen!«

Dick war in mehrfacher Hinsicht erschrocken, als er das hörte, denn SPussy war die beste Freundin, die er hatte.

Sich von ihr zu trennen — der Gedanke war unerträglich!

SPussy fuhr entsetzt herum, als sie aufschnappte, was ihm durch den Kopf ging. Mit einem verängstigten Jaulen hastete sie über den glatten Steinfußboden und segelte durch die Luft auf Dicks Schultern. Dort klammerte sie sich an und gab aus voller Kehle ihre Einwände gegen den bloßen Gedanken an eine Trennung von sich.

»Was in . . .« rief Kapitän Singh aus und wandte sich um, um zu sehen, was da wie eine Seele in der Verdammnis schreien konnte.

»Sie will mich nicht verlassen, Kapitän«, sagte Dick beschützend. »Und ich glaube, Sie werden sie nicht von meiner Schulter herunterbekommen, ohne ihr die Beine zu brechen oder sie zu betäuben.«

Kapitän Singh blickte zornig drein. »Verdammt noch mal, dann holt ein Betäubungs . . .«

»Ich fürchte, da muß ich Einspruch einlegen, Kapitän«, unterbrach Erica entschuldigend. »Der Vertrag mit BioTech besagt ganz klar, daß nur der offizielle Pfleger — und das ist Dick — oder ein Vertreter von BioTech eine Schiffskatze behandeln dürfen. Und darüber hinaus«, fuhr sie fort und bremste den Kapitän, bevor er sie unterbrechen konnte, »besagt er auch, daß das Aussetzen einer Schiffskatze ohne ihren offiziellen Pfleger BioTech zwingen wird, der *Brightwing* so lange eine Schiffskatze vorzuenthalten, wie Sie auf ihr Kapitän sind. Nicht daß ich ein Querulant sein möchte, Käpt'n, aber ich für meinen Teil weigere mich, auf einem Schiff ohne Katze Dienst zu tun. Periodische Säuberungsaktionen zur Ungeziefervernichtung sind nicht gerade ein Vergnügen für mich.«

»Na schön, dann befehle ich eben, daß der Junge . . . «

»Sir, ich bin die Rechtsberaterin der *Brightwing* — ich sage es nicht gern, aber Dick auf den Boden zu beordern, bedeutet eine eindeutige Verletzung *seines* Vertrages. Er hat noch nicht genug Raumstunden hinter sich, um ihn für eine Bodenposition zu qualifizieren.«

Dick sah, daß die Lacu'teveras Vena beiseite genommen hatte und in höchster Geschwindigkeit auf sie einredete, während sie mit der bandagierten Hand in der Luft herumfuchtelte.

»Kapitän Singh«, sagte sie, wandte sich von der Lacu'un ab

und zupfte an seinem Ärmel. »Die Lacu'teveras hat den Eindruck, daß etwas, das Sie gesagt oder getan haben, die Katze verstört, und darüber ist sie ganz und gar nicht glücklich.«

Kapitän Singh sah aus, als sei er bereit, auf der Stelle einen Eimer glühender Nägel zu essen. »Raummatrose, würden Sie bitte dieses Katzentier beruhigen, bevor man mich in den örtlichen Kerker schmeißt?«

»Ich versuche es, Sir . . . «

Komm schon, altes Mädchen, sie nehmen dich nicht weg. Erica und die nette Dame werden das nicht zulassen, schmeichelte er SPussy. *Du machst die nette Dame traurig, und das kann ihren Jungen schaden —*

SPussy beruhigte sich allmählich, aber sie klammerte sich immer noch an Dicks Schulter, als wäre er der einzige Felsen in der Brandung.

»Dick nicht wegnehmen.«

Erica wird das nicht erlauben.

»Liebe Erica.«

Plötzlich ging ihm ein Gedanke durch den Kopf. *SPussy, Liebes, wie lange würde es dauern, bis deine neuen Jungen für die Jagd ausgebildet wären?*

Sie überdachte die Frage. *»Nach Entwöhnen? Dreimal die Zeit«,* sagte sie schließlich.

Also ungefähr ein Jahr von der Geburt bis zu einem ausgewachsenen Jäger. »Käpt'n, ich habe vielleicht die Lösung für Sie.«

»Ich bin überglücklich, eine geboten zu bekommen«, erwiderte der Kapitän trocken.

»SPussy ist wieder trächtig — es tut mir leid, Sir, aber ich habe es erst heute erfahren und hatte noch nicht die Zeit, es zu melden — aber, Sir, das ist unser Vorteil! Wenn die Lacu'un darauf bestehen, könnten *wir* doch den ganzen Handelsvertrag abschließen, nicht wahr, Erica? Und es würde doch bestimmt ein Jahr dauern, bis alles ausgehandelt und aufgesetzt ist, nicht?«

»Bis zu anderthalb Standardjahren, ja«, bestätigte sie. »Und soweit es unsere Firma betrifft, werden die Lacu'un dabei alles bekommen, was sie haben wollen.«

»Wenn die Kätzchen erst einmal ein Jahr alt sind, dann sind sie genauso gute Jäger wie SPussy — wenn Sie also schon einmal alles vertraglich regeln und irgendwie darauf warten würden, bis wir die Kleinen ausgebildet haben.«

Kapitän Singh brach in Lachen aus. »Junge, hast du irgendeine Vorstellung davon, wie viele Credits auf das Konto der *Brightwing* laufen, wenn wir das gesamte Geschäft abwickeln? Hast du auch nur die mindeste Ahnung, was das für *meinen* Status bedeuten würde?«

»Nein, Sir«, gab er zu.

»Es reicht, wenn ich dir sage, daß ich mich zur Ruhe setzen könnte, wenn ich es wollte. Und — bei allen Geistern des Alls — Kätzchen? Jungkatzen, die wir legal an die Lacu'un verkaufen könnten? Du kannst mir nicht zufällig sagen, wie viele es diesmal wohl sein werden?«

Er sandte eine gedankliche Frage an SPussy. »Äh, ich denke, vier, Sir.«

»Vier! Was haben sie uns noch mal für die eine geboten?« fragte der Kapitän Vena.

»Eine mehr als beträchtliche Summe«, antwortete sie trocken. »Den Exklusivvertrag über die Kraftfeldanwendungen.«

»Und was würden sie zu vier Stück sagen, die wir ihnen in einem Jahr übergeben könnten?«

Vena wandte sich an die Ratgeber und übersetzte. Die aufgeregte Antwort, die sie erhielt, ließ bei niemanden einen Zweifel darüber, daß die Lacu'un überglücklich über diese Aussicht waren.

»Käpt'n, Sie haben die Lacu'un gerade davon überzeugt, daß Sie den Mond vom Himmel geholt haben.«

»Nun — warum setzen wir uns dann nicht zu einer kleinen ernsthaften Verhandlung zusammen?« schlug der Kapitän vor, und nur seine Charakterstärke bewahrte ihn davor, sich vor Freude die Hände zu reiben. »Ich glaube, daß sich all unsere zukünftigen Probleme mit einem Schlag lösen lassen! Kommen Sie hierher, Raummatrose. Sie und dieses Katze sind soeben zu Junior-Verhandlungspartnern befördert worden.«

»Okay?« fragte SPussy nervös.

Ja, Liebes, erwiderte Dick und nahm Ericas Platz ein. *Ziemlich okay!*

Ins Deutsche übertragen von Karin Koch
Originaltitel: Skitty
Copyright © 1989 by Mercedes Lackey

PATRICIA SHAW MATHEWS

Katze und
Kaninchen

Ein falscher Geruch durchzieht das Schiff. Wir liegen ange-
dockt im Raumhafen von Luna City, der Schwertransporter
Lady Day, sein Kapitän und die Crew. Das bin ich, Smitty,
Gute-Laune-Offizier und Ungeziefer-Kontroll-Offizier. Den
Schwanz hoch, streife ich durch die hinteren Druckkammern
und schnüffle mißtrauisch durch Schiff und Docker, Maschi-
nen- und Frachtraum. Ich bleibe stehen, um meine Bekanntschaft mit dem alten Kater zu erneuern, der den Raumhafen
bewacht; ein trauriger Fall. Er quittierte den Dienst, weil er null
g nicht aushalten konnte. Das kann nicht jede Katze. Aber er
und ich haben ein Junges an Bord der *Onward Bound*, das
jeden schnurren läßt.

Da kommt *sie*, stopft mich in eine Kleidertasche und sagt:
»Tut mir leid, Smitty, altes Mädchen«, während sie mit mir die
Rampe entlangtrabt. Mit der Nase am Luftloch heule ich meinen Zorn heraus. Weiß sie denn nicht mehr, wie sehr ich die
Katzentasche hasse? Sie befestigt sie in ihrer Halterung an der
Crash-Liege und bindet sie fest. Ich weiß genau, was passiert,
wenn sie das macht! Unser zusätzlicher Raketenantrieb erschüt-
tert das Schiff und gibt einen Krach von sich, bei dem mir
Zähne und Knochen schmerzen. Ich fühle mich zerquetscht, als
wäre *sie* selbst über mich hinweggerollt. Dann bricht der Lärm
und das Gefühl der Schwere plötzlich ab. *Sie* zieht den Reißverschluß der Tasche auf, und ich segele in die Kabine hinein, so
leicht und flauschig wie ein Junges in einem Zehntel g. Das
macht Spaß.

Sie kommt, um mich auf den Arm zu nehmen, so dreist, als
hätte sie niemals diesen Lärm verursacht und mich in dem Klei-
dersack eingesperrt und mir ein Gefühl gegeben, als sei ich zerquetscht. Es ist schon wieder passiert. Ich zeige meine Krallen.
»Arme Smitty«, sagt sie. »Der Start ist schrecklich hart für eine
kleine Katze, nicht wahr?«

So ist es besser. Mit einem hochmütigen Schnaufen gebe ich
ihr zu verstehen, daß ich meinen Stolz habe. Ich lasse zu, daß
sie mich unter dem Kinn krault, wo es sich so gut anfühlt.

Sie spricht wieder, mehr zu sich selbst als an mich gerichtet.

»Von Luna nach Ceres auf Sparkurs, knapp an Treibstoff, durch Mikrometeoriten und Strahlung bedroht, was soll da schon schiefgehen, Miss Weaver?‹ *Kapitän* Weaver für diese blöden Landratten! Nun, drei Energieausfälle in acht Stunden ist nicht schlecht!« Wäre sie eine Katze, würde sie jetzt einen Buckel machen und das Fell sträuben.

Ich denke an die Katzentoilette. Nach dem Start geht mir das immer so. Ich winde mich aus ihren Armen und husche hinüber zum hinteren Schott. Etwas riecht falsch. *Sie* stößt sich immer noch erst von dem einen Schott ab, dann von dem anderen und paßt dabei auf, daß sie keines der vielen schönen Verstecke oder der Forschungsbereiche trifft, die dort aufgestapelt sind. »Wieder ein verdammter Kurzschluß!« *Sie* heult auf. »Und, bei der Großen Katze, kein einziger verdammter Hinweis auf irgendeinem meiner Instrumente.«

Das ist Menschensache. Meine Sache ist es, mich um den falschen Geruch zu kümmern, der in der *Lady Day* herumhüpft und sich nie sehen läßt.

In meiner Katzentoilette ist kein echter Sand, es ist eine Art Plastik, das unter den Pfoten nachgibt, aber sich nicht zerstreut, wenn man darin gräbt. Ich benutze sie und gehe; eine kleine Tür unter der Kiste fängt an zu summen und saugt das Ding weg. Sie ist zu klein für eine Katze, um sie zu erforschen, und außerdem sowieso kein Platz für Katzen. *Sie* bleibt stehen, um meine Ohren zu kraulen. »Gute Smitty«, sagt sie. Der falsche Geruch hüpft direkt unter ihrem Stuhl herum; ich muß ihm ein Ende machen. Mit schmalen Augen schaue ich eine Weile hin, nehme die geringste Bewegung aus den Augenwinkeln wahr. Ich hebe meine Hinterbeine und richte sie auf, dann springe ich los. Ich bin direkt über dem falschen Geruch, aber seltsamerweise entschlüpft er mir. Na ja, das kommt schon mal vor. Die Vektoren sind schwer einzuschätzen, wenn man so oft die Schwerkraft wechselt.

Elegant stoße ich mich von einem Schott ab, hake eine Kralle in das Trageband einer Hängematte und lasse mich zu ausgiebigem Putzen nieder. Ungeziefer-Kontroll-Offizier auf einem

Raumtransporter wie der *Lady Day* zu sein ist ein leichter Job. Es wurde kein Ungeziefer nach Luna, den Habitaten oder dem Belt importiert, nur Haustiere, und das, was da herumschleicht, ist leicht zu schaffen. Wir jagen die Ratten ins All. Ohne Druckanzug, versteht sich. Und ich bin eine Ungeziefer-Kontroll-Katze. Auf zum fröhlichen Jagen!

Sie ist verärgert und spuckt und jault erneut. Sie bohrt mit diesen komischen Krallen der Menschen in den Steuer- und Instrumentenpulten herum, die auf beiden Seiten der Schotts liegen, und murmelt unterdrückt vor sich hin wie eine wütende Katze. Ich wünschte, ich könnte ihr eine schöne, fette, frische Maus bringen, damit sie sich besser fühlt. Was sie auch immer fangen will, ich kann es nicht riechen. Vielleicht versucht sie ja womöglich auch den falschen Geruch zu fangen? Aber jeder, der eine Nase hat, könnte ihr sagen, daß er dort nicht ist, wo sie ihn zur Zeit sucht.

Sie packt mich um die Mitte und stößt mich durch die Kabine. »Jetzt nicht, Smitty. Geh irgendwo anders spielen!« faucht sie und murmelt: »Am besten im Vakuum-Laderaum.«

Dieser Ort ist auch nicht für Katzen bestimmt, es sei denn, das blinkende Licht der Luftschleuse ist angeschaltet, und die Menschen kommen und gehen ohne Druckanzüge. *Sie* steckt nur in einer engen Haut aus künstlichem Fell, das sie bis auf die Pfoten ganz bedeckt. (Sie hält Menschendinger an ihren Hinterpfoten und spielt mit den Vorderpfoten an den Instrumenten und dem Steuerpult. Sie kann ihre Krallen wechseln und ihr Fell, aber sie hat kein eigenes, auch keinen Schwanz. Aber die Sachen, die sie wechselt, sehen lustig aus.)

Sie ist wütend. Das ist Menschensache. Meine Sache ist es, den falschen Geruch zu finden, und ich wäre keine Katze, wenn ich mich durch so eine Kleinigkeit wie *ihre* Laune davon abbringen lassen würde. Ich schnaufe und fauche, bis *sie* sich aufrichtet und sagt: »Schon gut, Smitty, schon gut! Ich gebe dir was zu fressen!«

Also, Jagd bedeutet Fressen, und Fressen bedeutet Jagen für meine Vorfahren. Mit einem weiteren Schnauben folge ich ihr zur Futtertasche. Der falsche Geruch ist hier sehr stark, aber es ist kein Geruch nach verdorbenem Futter. Es ist der Geruch einer fremden Beute. Die Futtertasche ist angefressen. *Sie* blickt mich ärgerlich an, aber ich fresse die Tasche doch nicht. Plastik schmeckt gräßlich.

Das Futter ist beinahe zu klebrig zum Fressen: es bleibt in meinen Barthaaren hängen, aber es schmeckt sehr gut. Mit dem Geschmackssinn passieren seltsame Dinge in der Schwerelosigkeit, aber die Menschen — schlaue Wesen! — mischen das Futter mit scharfen Sachen, die sie *Gewürze* nennen, damit es gut riecht. Ich putze mich wieder, und dann erblicke ich aus den Augenwinkeln ein Ding, drüben an meiner Futterschüssel. Das Ding riecht wie das, was ich den ganzen Tag rieche! Erneut stürze ich mich darauf.

Da fängt *sie* an zu lachen. »O Smitty«, sagt sie und hebt mich hoch, »es tut mir leid, daß ich dich angefaucht habe. Du hast eben bloß deinen Spaß, nicht wahr? Ich wünschte, ich wäre eine kleine Katze und könnte alles so leicht nehmen wie du.« Und während sie mich an sich drückt, verputzt das Schlimm-Riechende mein Katzenfutter, hüpft zum Steuerpult und beginnt die langen Schnüre zwischen den Lichtern anzufressen.

Es ist kalt im Schiff. Die Lichter sind schön gedämpft, aber sie flackern und werden seltsam und flackern wieder. Die Luft ist stickig, und das Wasser schmeckt schlecht. *Sie* macht sich große Sorgen. *Sie* stochert in all den summenden und flackernden Dingern herum, nimmt große Teile der Verkleidung ab und sieht sich die langen Schnüre dahinter an. *Sie* faucht und knurrt nicht mehr; *sie* sitzt gegen das hintere Schott gelehnt und jault mit Wasser auf ihrem Gesicht, wie es die Menschen tun.

Ich liebe *sie* und möchte ihr helfen, aber das übelriechende Ding ist sehr geschäftig. Es ist immer an den langen Dingern. Ich versuche es zu fangen, aber es ist sehr flink. Manchmal bewegt es sich überhaupt nicht, und dann kann ich es nicht sehen. Wenn ich es sehe, rennt es davon.

Es frißt mein ganzes Futter. Ich rufe *sie*, und *sie* hebt mich hoch und knautscht mein Gesicht. »Ich weiß gar nicht, wo das ganze Katzenfutter verschwindet, Smitty. Du bekommst bestimmt ein neues Fell«, sagt *sie* und hört sich äußerst verwundert an. Die Tasche ist nicht mehr allzu voll. *Sie* schüttelt den Kopf. »Das sieht nach halben Rationen für dich aus, bis wir Ceres erreichen«, sagt sie. »*Wenn* wir jemals dort ankommen!« Sie holt eine sehr kleine Menge heraus, gibt mir ein wenig aus ihrer eigenen Tasche ab und begibt sich wieder an die Arbeit. Ich fresse, schlummere ein wenig und gehe dann an meine eigene Arbeit.

Das übelriechende Ding hüpft dort herum, wo sie das Schott offen gelassen hat. Ich ziele sorgfältig und springe. Ich bin zwischen *ihr* und der Schnur, die das schlimme Ding gepackt hat. Ein Treffer! Ich habe das Maul voll weicher Haare und loser Haut, und meine Klauen spüren die Spitze eines langen, langen Ohrs. Ich hole tief Luft.

In Luna City gibt es Kaninchen. Die Menschen halten sie wegen Fleisch, Fell und Leder. Dies ist kein Kaninchen-Geruch, aber es ist ein Kaninchen-Gefühl unter meinen Pfoten. Jetzt habe ich dich, du Nagetier! Fröhlich beschleiche ich dieses langohrige Ungeziefer, folge ihm überall hin. Ich weiß, wo es ist, bevor es dort ankommt, und bin vor ihm da. Ich schneide ihm den Weg am Schott ab und ebenso an der Futterschüssel. *Sie* wischt sich das Gesicht mit einem langen Stück künstlichen Fells ab und schließt das Schott. Das Kaninchen-Ding ist dann da drin. Ich stürze mich drauf!

»Smitty!« schreit sie. »Paß auf!«

Ich höre ein Zischen, ein Reißen und Krachen und einen Knall! Es geht mir direkt durchs Fell und in den Körper hinein, der auch reißt und zischt. Ich überschlage mich ein- oder zweimal, während mir der Gestank von versengtem Fell in die Nase steigt. Ich bin verletzt!

Aber das Ding auch. Ich sehe, wie es mit letzter Kraft in die Hauptkabine kriecht und hinüber zu *ihrem* Druckanzug. Es fängt wieder an zu knabbern. Ich weiß gar nicht, warum es alles anknabbern muß, aber ich sehe um die Schnur herum, an der es kaut, dieses Glühen. Ich bin zu verletzt um das Ding jetzt zu jagen, und liege nur auf dem Boden und miaue. *Sie* bringt mir eine Flasche Wasser, denn im Weltraum trinkt man aus der Flasche wie ein Junges bei seiner Mutter. *Sie* ist meine Mutter im Weltraum, denke ich, und versuche zu schnurren. Sie lächelt − was ein menschliches Schnurren ist − und streichelt mich. Dann seufzt sie, legt mich auf die Crash-Liege und erhebt sich wieder.

Sie geht zum Druckanzug! Das übelriechende Ding ist da. Die Schnur, an der es knabbert, hat dieses Glühen, das anzeigt, daß sie weh tut. Mit letzter Kraft hechte ich zu dem Anzug und setze mich darauf. Ich fauche. *Sie* seufzt erneut und versucht, mich auf den Arm zu heben. *Sie* darf diesen Anzug nicht berühren! *Sie* wird sich daran weh tun, und das schlimme Ding wird entkommen! Ich zeige meine Krallen.

Sie sagt: »Ach, hör mit diesem Unfug auf, Smitty, das ist ein Notfall.« Dann versucht sie mich beiseite zu drücken.

Jetzt springe ich *sie* an! Meine Krallen sind alle ausgefahren, und ich beiße auch. *Sie* starrt mich an und fängt an zu heulen. Wasser rinnt aus ihrem Gesicht. »Smitty, jetzt reicht's! Ich tue dir das nicht gern an, aber ich muß dich einschließen. Du hast bei der ganzen Belastung ja einen regelrechten Raumkoller gekriegt. Und das schlechte Wasser, die schlechte Luft und die Angst und die Kälte . . .« *Sie* schüttelt sich. »Es kommt noch so weit, daß ich dich einschläfern muß, Smitty. Das willst du doch nicht!«

Sie meint ›töten‹. Ich will nicht, daß *sie* mich tötet. Aber ich muß auch meine Arbeit machen. Ich fauche und zeige *ihr* wieder die Krallen und bleibe auf dem Anzug hocken. *Sie* wird diesen Anzug nicht anfassen, bis ich mich um das schlimme Kaninchen-Ding gekümmert habe! Ich starre *sie* unverwandt an. *Sie* blickt bestürzt zurück und sagt: »Ich glaube, du versuchst mir etwas zu sagen, Smitty. Man sagt immer, Katzen hätten eine telepathische Begabung, aber um die Wahrheit zu sagen, ich habe keinen Schimmer, was hier los ist.«

Dann bewegt sich das Hoppel-Ding, und ich kann es wieder sehen. Ich stürze mich darauf. Dieses Mal habe ich es! Ich schüttele es hin und her, bis es wie ein Kaninchen in den Fängen eine Katze kreischt. *Sie* starrt mich an, und die Waffe baumelt von ihrer Pfote. »Vielleicht habe ich ja den Raumkoller?« fragt *sie* mich. Aber ich weiß es besser.

Ich schüttele und schüttele es und spiele damit, bis ich Blut aus ihm tropfen und durch die Kabine fließen sehe. Etliche Tropfen rinnen auf das Schott. *Sie* läßt die Waffe fallen und richtet sich auf. »Schon gut, Smitty, ab hier übernehme ich«, sagt *sie*. *Sie* nimmt das Ding in die Hände, ihre Augen werden sehr groß, und dann geht sie zur Katzentasche hinüber und zieht den Reißverschluß über ihm zu. Es wird dir bestimmt die Tasche fressen. Hoffentlich tut es das! Obwohl das selbst für ein nagendes Kaninchen eine schwere Aufgabe wird.

Sie sammelt das Blut in einer kleinen Pipette ein und eilt zu ihrem Labortisch hinüber. Als *sie* es in eine der Maschinen eingibt, erstarrt *ihr* Blick. Dann fängt *sie* an zu lachen.

»Ein Kaninchen! Das glaube ich einfach nicht!« *Sie* geht wieder zur Katzentasche, tastet vorsichtig darin herum und schreit auf. Ich hätte *ihr* sagen können, daß das Ding beißt. Trotzdem tastet *sie* noch einmal darin herum, bevor *sie* eine Lampe holt und hineinleuchtet. »Ich kann es nicht sehen«, sagt *sie* verwundert. »Aber ich fühle es.« *Sie* zieht die Katzentasche wieder zu und geht zum Labortisch zurück, während ich auf der Crash-Liege sitze und mich ausgiebig putze.

Dann läßt *sie* ein lautes, glückliches Geräusch erschallen. *Sie* hüpft und wirbelt herum und macht laute, glückliche menschliche Geräusche. Ich verstehe ein wenig was davon. *Sie* singt: »Du fingst mir ein Häschen, ein Häschen fingst du!« Diese Laute höre ich, wenn *sie* die Oper in Luna City besucht, aber da geht es gar nicht um Kaninchen. Trotzdem gefällt mir ihr Lied besser. *Sie* hebt mich hoch und drückt mich an sich. »Und Smitty, du bist eine kleine Katzenheldin, weißt du das? Und die Wissenschaftler werden dich zu Tode streicheln. Ich wüßte zu gern, wo dieses Biest herkommt.«

Die Leute in Ceres fanden allerdings nie das Geheimnis dieses Häschens heraus. Sie glauben, es ist ein Kaninchen aus Luna City, das entlaufen war, sich im Raumhafen einrichtete und dauernd die Fellfarbe wechselte, um sich der jeweiligen Umgebung anzupassen. Ich glaube, er geht auch ins Jenseits ein, aber nicht in eins, auf das Katzen hinsteuern. Ich bin sicher, daß es ebenso ein Jenseits für Kaninchen gibt wie für Katzen. Die Menschen haben auch eins, wenn sie sich auch nicht allzu viel damit befassen.

Ich sage, gehen wir zurück nach Luna City, fangen ein paar und finden es heraus. Auf zum fröhlichen Jagen!

Ins Deutsche übertragen von Karin Koch
Originaltitel: The Game of Cat and Rabbit
Copyright © 1989 by Patricia Shaw Mathews

ARDATH MAYHAR

Aus Hermiones

Tagebuch

Nur mit großem Zögern greift meine Pfote zum Stift, um diesen jüngsten Zwischenfall festzuhalten. Es fällt mir äußerst schwer, meinen Menschen überhaupt zu kritisieren, speziell wenn es sich, wie in diesem Falle, um seine Unfähigkeit handelt, in seinem eigenen Schaffensbereich zu arbeiten.

Wenn dies jedoch ein genauer Bericht des Lebens sein soll, das ich im Haus des Zauberers und Adepten Harlow Biddington führte, dann muß ich, wie ich befürchte, mein Feingefühl dem Interesse der Wahrheit opfern. Auf solche Dinge spiele ich allerdings nicht an, wenn ich mit meinen Kleinen spreche, denn sie sollen von Kindesbeinen an zu Respekt und Bewunderung für diejenigen erzogen werden, die sich in unserer Obhut befinden.

Da ich den Abschluß vom Zirkel der Hausgeister besitze, obliegt es selbstverständlich meiner Verantwortung, jeglichen Irrtum in Beurteilung oder Praktik, den ich den Angewohnheiten meines Hausgenossen bemerke, zu erkennen und zu korrigieren. Bis jetzt hatte dies für mich nie ein Problem dargestellt, denn Harlow Biddington mit all seinen Fehlern und sogar unter Berücksichtigung dessen, daß er lediglich ein Mensch ist, hat bislang sehr geschickt und hingebungsvoll die geheimen Künste ausgeübt. Seine Studien erstrecken sich über viele Jahre, und seine Bemühungen waren mehr als einmal von Erfolg gekrönt.

Davon zeugt schon der Teller, von dem meine Kleinen ihre Milch getrunken haben. Biddingtons kurzer Ausflug in die Alchemie gipfelte in der Transmutation von sämtlichen metallischen Gegenständen im Haus. Obgleich für meinen Geschmack ein wenig zu prahlerisch, das Ergebnis blieb dennoch eindrucksvoll, wenn man bedenkt, wie viele an dieser Transmutation jahrelang gearbeitet haben, ohne eine auch nur annähernde Wirkung zu erzielen.

Seine Erforschung der Natur des Universums schlug sich in einem Band von gewaltigem Umfang und Vielschichtigkeit nieder, voll mathematischer Formeln von höchst esoterischer Natur. Dieses Werk erbrachte ihm Ansehen unter den Menschen und mir Anerkennung auf meinem eigenen etwas subtileren Gebiet. Es ist allgemein bekannt, daß die von einem Hausgeist erschaffene Atmosphäre sehr viel zur Anregung des schöpferischen Prozesses derjenigen beiträgt, die sich mit den okkulten Wissenschaften befassen. Und mit einigem Stolz darf ich sagen, daß ich nicht zu den Schlechtesten gehöre.

Mit einer solch stattlichen Anzahl erreichter Dinge sollte man meinen, daß mein Zauberer sich nun zufrieden auf seinen Lorbeeren ausruhen würde, abgesehen vielleicht von ein paar kleineren Versuchen, sein früheres Werk zu verfeinern. Doch Biddington hatte in seinem ganzen Leben nie so etwas wie Zufriedenheit gekannt.

Nach seinen Triumphen über die Mathematik und die Natur beschloß er nun, daß er einen Dämonen rufen müsse. Obgleich ich selbst für dieses Vorhaben größte Zweifel hegte, lieh ich ihm meine kümmerlichen Fähigkeiten und Mühen. Jeder, der bereits Erfahrungen mit einem solchen Phänomen gesammelt hat, wird verstehen, daß ich die Durchführung seiner Bestrebungen nicht beschreibe. Einige Dinge eignen sich nicht dazu, von anständigen Wesen gelesen zu werden, und so decke ich einen Schleier darüber. Jedoch, ihm war Erfolg beschieden, und das stachelte ihn zu weiteren Leistungen an.

Zu diesem Zeitpunkt begehrte ich sanft dagegen auf und wies ihn darauf hin, daß er schon tiefer in die verbotenen Dinge eingedrungen war, als die meisten je berechtigt sind. »Sei glücklich mit dem, was du erreicht hast!« vermittelte ich ihm durch höchst einschmeichelndes Schnurren.

Er verstand meine Botschaft. Ich bin mir da ganz sicher, denn er ist weder ein Dummkopf noch ein Narr, egal wie einfältig er manchmal erscheinen mag. Er tätschelte mir den Kopf und strich mir verkehrt herum übers Fell, was mich immer ganz aus der Fassung bringt. Ich stellte ihm fest entschlossen eine Pfote auf seinen bestrumpften Fuß und gab ihm meine Krallen zu spüren, doch er ließ von seinen Forschungen nicht ab.

An diesem Punkt hätten sicherlich viele meiner Mitkatzen ihre Pflicht als erfüllt betrachtet. Aber ich bin aus härterem Holz geschnitzt. Ich sprang ihm auf den Schoß und legte den

Kopf auf die Tischkante. Meine Augen befanden sich auf derselben Höhe wie ein riesiges Buch, auf das er wie hypnotisiert starrte.

Man kann sich mein Entsetzen gut vorstellen, das mich packte, als ich die kolorierten Worte sah, die in roter Tinte auf diesen staubigen Blättern geschrieben standen!

Studierte dieser unvorsichtige Mensch doch einen Spruch zur Gestaltwandlung! Ich erkannte das Ritual, das einem ähnelte, welches ich an meiner Universität studiert hatte, und vor Verblüffung und Furcht blieb mir fast das Herz stehen. Von allen Sprüchen, die von Zauberern und Hexen angewandt werden, ist dieser derjenige, der am häufigsten zu Irrtum, Mißbrauch und zu höchst ungemütlichen Unfällen führt.

Ich wand mich auf seinem Schoß hin und her, bohrte ihm den Kopf unter das Kinn und miaute dabei äußerst mitleiderregend und bewegend. Er kraulte mich hinter den Ohren (im Extrem unwürdig, aber als Schwingung höchst erfreulich) und blätterte eine Seite um.

Überflüssig zu erwähnen, daß er in keiner Weise von seinem Vorhaben abzubringen war, auf welche Weise ich auch darum bettelte. Schließlich gab ich es auf und machte mich davon, um meine Kleinen zu säugen. Traurig grübelte ich dabei über die Starrköpfigkeit der Menschheit nach.

Als ich ins Studierzimmer zurückkehrte, legte der Zauberer gerade alle für den Spruch notwendigen Bestandteile zurecht. Mit wachsendem Unbehagen beobachtete ich, wie er Chemikalien mischte, die ... organische Teile ... dazugab und jene furchtbaren Worte sprach, die ich noch niemals zuvor von menschlichen Lippen gehört hatte.

Am Ende der Beschwörung erhob er die Phiole und schlürfte ihren unappetitlichen Inhalt. Ein Zischen ertönte, und für einen langen Augenblick zuckte das Feuer im Kamin blau. Die Gestalt des Zauberers, für den ich die Verantwortung trug, schien an den Rändern zu erbeben. Biddington stöhnte aus tiefster Seele, und seine Stimme wurde immer höher, ja, sie schien in ein Quieken überzugehen.

Er schrumpfte rasch, und seine Kleidung fiel in einem ungeordneten Haufen zu Boden. Einen Moment lang fragte ich mich, ob es ihm vielleicht gelungen war, sich gänzlich verschwinden zu lassen. Doch unter den verstreuten Kleidern regte sich etwas. Bei näherer Betrachtung erkannte ich, daß sich dieses Etwas seinen Weg aus dem Kleiderhaufen heraus ins Licht des Kaminfeuers suchte.

Das Wesen stand auf vier zerbrechlichen Beinchen und besah sich den Raum aus seiner veränderten Perspektive. Die Schnurrhaare zuckten in panischer Angst, und der lange dünne Schwanz wand sich in Krämpfen.

Ich empfand Mitleid für den bedauernswerten Zauberer. Er hatte mit dem von ihm angewandten Spruch versucht, in die Gestalt eines Bären zu schlüpfen, und statt dessen hatte er nun den winzigen Körper einer Maus.

In den kleinen Äuglein konnte ich den verzweifelten Schrei um Hilfe lesen, mit dem er sich an mich wandte. Ich seufzte und leckte mir die Pfoten. Das beruhigt mein Gemüt, während mein Geist schwerwiegende Probleme wälzt.

Die Situation war äußerst schwierig. Seinen Hausmeister hatte er in einen zweiwöchigen Urlaub geschickt, damit er allein und ungestört war, wenn er seinen Plan in die Tat umsetzte. Für viele Tage bestand also nicht die geringste Aussicht auf menschliche Hilfe. Mit anderen von seiner Art hatte er sich niemals zusammengeschlossen, denn es gibt auf der ganzen Welt keinen eifersüchtigeren Einzelgänger als einen Zauberer.

Noch einmal putzte ich mich von der Nase bis zur Schwanzspitze, denn noch nie zuvor in meinem Leben war ich mit einer solchen Schwierigkeit konfrontiert gewesen. Schließlich konnte ich mich zu einem einzigen Spruch entschließen, der aber sehr riskant war und voller Gefahren steckte.

Ich mußte unbedingt Tabitha aufsuchen, mit der ich gemeinsam das Lehrinstitut besucht hatte. Ihr Zauberer lebte auf einem Anwesen in unserer Nähe. Obgleich er ein Erzrivale meines teuren Biddington war, verspürte ich doch ein wenig Hoffnung, daß er, ungeachtet seiner Vorurteile, vielleicht doch einem Mitmenschen in Not zu Hilfe kam. Bevor ich mich aber auf diese zweifelhafte und verzweifelte Mission begebe, muß ich meine Kleinen noch einmal stillen, denn sie dürfen keinesfalls unter der Unaufmerksamkeit ihrer Mutter leiden.

Und da unterlief mir ein schwerer Fehler in meiner Beurteilung.

Die Kleinen waren hungrig geworden, während sie warteten, bis ich meinen Plan durchgeführt hatte. Alle drei, jetzt schon auf starken Beinchen, suchten im Arbeitszimmer nach mir, wie sie es zuvor schon immer wieder getan hatten. Unseligerweise hatten sie mich aber früher immer in Gesellschaft eines menschlichen Wesens von stattlicher Größe und abstoßendem Aussehen angetroffen.

Jetzt hütete ich eine Maus.

Wie alle anderen Wesen von einfühlsamer Natur tadelte auch ich meine Kinder nicht für ihre Unwissenheit und ihre Begeisterung. Von Geburt an hatte ich den Kleinen beigebracht, daß eine ihrer Hauptaufgaben in ihrem Leben sei, Mäuse zu fangen und zu vertilgen, wo und wann immer sie welche entdeckten.

Alle mir Gleichgestellten stimmten nach reiflicher Überlegung zu, daß Horatio, mein einziger Sohn aus diesem Wurf, nicht im Unrecht war, weil er die Lehren seiner Mutter befolgt hatte. Im tiefsten Inneren muß ich jedoch zugeben, daß dies eine äußerst harte Behandlung war für meinen gewesenen Zauberer, ganz egal, wie falsch sein Verhalten auch gewesen sein mag.

Selbstverständlich sind wir sogleich von diesem Ort der Katastrophe weggezogen. Durch den vorzeitigen Tod einer meiner Mitstudentinnen — Hortense lief einer Kutsche direkt vor die Räder — wurde unversehens eine Stelle frei. Ihre Verantwortung wurde uns übertragen, ein höchst liebenswürdiger Herr, der einzig und allein an der Bewegung der Gestirne interessiert ist.

Obgleich ich noch oft an den armen Harlow Biddington denke, finde ich die Atmosphäre hier doch wesentlich gesünder für meine Kleinen, die jetzt ins verspielte Alter gekommen sind, in dem so viele von unserer Art erste Bekanntschaft mit dem Kummer schließen. Das Erscheinen von Wesen dämonischer Art zu Hause ist nie nützlich, wenn man Kinder aufzieht.

So werde ich nun ein neues Tagebuch beginnen und diesen Bericht über meine frühen Jugendjahre und meinen ersten Zauberer zur Seite stellen. Doch bevor ich den Stift aus der Pfote lege, werde ich einen Schwur ablegen für den Fall eines Zwischenfalls:

Niemals mehr werde ich meine Kleinen lehren, eine Maus nach dem Fangen sofort zu verzehren. Zuerst müssen sie mir ihre Beute zeigen, damit ich bestimmen kann, daß es sich nicht um jemanden handelt, den ich kenne.

Gezeichnet: Hermione, Loge Oxbridge 1882

Ins Deutsche übertragen von Christiane Lotter
Originaltitel: From the Diary of Hermione
Copyright © 1989 by Ardath Mayhar

ANN MILLER und
KAREN ELIZABETH RIGLEY

Superkater

Leute aus der Gegend hatten einen riesigen Vogel gesehen.

Zur gleichen Zeit gab es wieder UFO-Meldungen. Ich beschloß, die ganze Sache diesmal zu ignorieren. Bei einer UFO-Landung in meinem Garten oder wenn ein Außerirdischer von einem Baum auf meinen Kopf fiele, würde ich *vielleicht* darüber reden. Ansonsten: Kein Wort darüber.

Wissen Sie, wie glaubwürdig ein Science-Fiction-Schriftsteller ist, der behauptet, UFOs gesehen zu haben? Überhaupt nicht. Keine Spur. Ich hatte schon einmal eins gesehen, aber die einzigen Reaktionen waren weises Nicken und verständnisvolles Grinsen gewesen. »Na klar«, hatten alle gesagt. »Die gute Jackie Carlson testet eine neue Geschichte, wie lustig.« Ich hatte das überhaupt nicht witzig gefunden.

Ich war von Houston hierher ins Rio Grande Valley gezogen, als meine Schriftstellerei endlich anfing, etwas abzuwerfen. Das kleine Landhaus mit dem großen Grundstück, das ich gekauft hatte, lag am Rande der Stadt und war ideal zum Schreiben. Im Kauf inbegriffen war anscheinend eine Katze, die am Morgen nach meinem Einzug auftauchte. Es war ein großer hellgrauer Kater mit dunkelgrauen Flecken. Seine grüngoldenen, blassen Augen waren von dunklen Streifen umgeben; es wirkte, als trüge er eine Brille. Aus diesem Grund und wegen seiner unauffälligen Farbe und seines furchtsamen Charakters nannte ich ihn Clark Kent.

Er kam zu mir, ließ sich mit einem zufriedenen Schnurren auf meinem Schoß nieder, während ich auf ein leeres Blatt Papier starrte und mich fragte, wo meine Kreativität geblieben war. Ich seufzte und lehnte mich zurück. Meine neue Geschichte ließ sich einfach nicht zum Leben erwecken. Allen Bemühungen zum Trotz lag sie einfach da wie ein alter nasser Lappen. Wie Pommes frites von gestern.

Ich streichelte Clarks silbriges Fell und blickte aus dem Fenster. Fahles Mondlicht fiel durch die Blätter des Apfelsinenbaums vor dem Haus und warf kunstvolle Schatten, als eine Brise die Äste bewegte. Merkwürdig, wie das Licht flackerte, fast die Farbe wechselte...

O NEIN!

Ich sprang auf, stieß den überraschten Clark zur Seite und stürzte ans Fenster. Mit jeder Faser meines Körpers weigerte ich mich, zu glauben, was ich durch das Laub des Apfelsinenbaums sah. Ein untertassenförmiger Gegenstand schwebte einige Meter über dem Boden am Rande meines Grundstücks. Mit wechselnden Farben liefen zwei Lichtbänder um den Rumpf des Objekts. Es hing da draußen unbeweglich in der Luft, während ich minutenlang wie angewurzelt dastand und es anstarrte. Dann wurde mir klar, was dort genau vor meinem Fenster schwebte: der Beweis!

Blitzschnell holte ich meinen Fotoapparat, stahl mich aus der Hintertür und schlich von Baum zu Baum auf das UFO zu. Ich wollte so nah wie möglich herankommen, ohne gesehen zu werden, denn die Vorstellung, entführt zu werden, gefiel mir ganz und gar nicht. Auch für eine Geschichte tue ich nicht alles — besonders wenn sie sowieso keiner glauben würde.

Ich machte mehrere Aufnahmen, bis ich ein lauter werdendes Summen hörte, das in den Ohren schmerzte, aber gleichzeitig angenehm war. Die umlaufenden Farbbänder beschleunigten sich, und die Untertasse schoß nach oben. Einfach so. Paff. Ich blickte auf die Stelle, wo sie verschwunden war und überlegte, ob meine Aufnahmen etwas geworden waren oder ob sie durch Anti-Foto-Strahlen ausgelöscht worden waren.

Der alte Jim Trammell hatte behauptet, daß genau das mit den Bildern geschehen sei, die er zur Zeit der letzten UFO-Meldungen gemacht hatte und auf denen statt der angeblich fotografierten Untertasse nur eine leere Wiese zu sehen war. Jim war wegen des Alkoholkonsums, dem er sein Gehirn in all den Jahren ausgesetzt hatte, nicht glaubwürdiger als ich. Andererseits hatte der alte Jim nach dieser Nacht aufgehört zu trinken und sogar angefangen, in die Kirche zu gehen. Wissen Sie, UFOs können ein Leben verändern.

Ich rannte zurück ins Haus in meine Dunkelkammer. Clark blieb dicht bei mir, fest entschlossen, nicht allein draußen zu bleiben. Ein wirklich tapferer Kater!

Nun, wie nicht anders zu erwarten, war auf den Fotos alles zu sehen — außer der Untertasse. Ich bemerkte an der Stelle, wo die Untertasse gewesen war, einen merkwürdigen Schatten und schloß daraus, daß sie eine Abschirmeinrichtung hatten. Soviel zu dem Beweis, daß ich nicht spinne.

»Warum kannst du nicht sprechen?« fragte ich Clark Kent. »Mein Zeuge sein?«

»Miau«, antwortete er zaghaft.

Ich packte meine Schreibsachen für diese Nacht weg, meine Kreativität war — wahrscheinlich an Bord dieser Untertasse — in weite Ferne entschwunden.

Am nächsten Morgen fuhr ich nach West Grove in die Redaktion und schrieb für einige Stunden Berichte über Hochzeiten und Wohltätigkeitsveranstaltungen. Das kleine Abenteuer der vergangenen Nacht behielt ich für mich. Ed hätte gewollt, daß ich darüber schreibe, doch das war keineswegs meine Absicht. Mein Boß hatte nichts dagegen, daß ich mich auf der Titelseite der *West Grove News* lächerlich machte, wenn es ihm nur Beachtung, mehr Leser und damit zusätzliche Anzeigenkunden einbrachte.

Nach der ersten Welle von Meldungen über UFOs und den großen Vogel hatten sogar Leute drüben aus Harlingen und McAllen unser kleines Wochenblatt gekauft, nur um zu sehen, was ich als nächstes bringen würde. Ed Watson, hochgeschätzter Herausgeber und Chefredakteur der *News*, war zufrieden. Ihm war es egal, ob ich an Kapitel sieben schrieb oder meine Nase in verbotene Substanzen steckte, solange nur meine Artikel die Auflage erhöhten. Vielleicht würde ich später, wenn andere ihre Beobachtungen meldeten, *ihre* Geschichte bringen, aber bestimmt nicht meine. Und solange Ed nichts wußte, konnte er mich nicht damit belästigen.

Als ich an diesem Nachmittag nach Hause kam, ging ich in den Garten hinter dem Haus, wo ich die Untertasse in der Nacht gesehen hatte. Clark folgte mir auf dem Fuß, wobei er kleine knurrende Geräusche von sich gab, wahrscheinlich um zur Vorsicht zu mahnen. Der alte Hasenfuß. Ich konnte auf dem Boden, über dem diese Untertasse geschwebt war, nichts entdecken und ging daher zurück zu dem Baum, unter dem ich mich in der Nacht versteckt hatte. Ich lehnte mich gegen ihn und dachte nach. In der Hoffnung, irgend etwas zu finden, das ich fotografieren konnte, hatte ich meine Kamera mitgenommen. Nichts.

Clark legte seine Krallen an den Baum und begann hinaufzuklettern. Er verschwand im Laub. Jetzt hörte ich ein Rascheln über mir und spähte durch die Äste, um zu sehen, was Clark dort oben trieb. In diesem Augenblick schlug ein großes, gigantisches Wesen mit seinen mächtigen schwarzen Schwingen und flog davon. Ich hörte einen gedämpften Schrei, und dann fielen Clark und noch etwas anderes aus dem Baum auf mich und brachten mich aus dem Gleichgewicht. Ich versuchte, meine Kamera zu schützen, und konnte noch verhindern, erschlagen zu werden, aber dabei stolperte ich und stürzte über den herabgefallenen Gegenstand.

Clark, der auf dem Opfer gelandet war, stieß einen Schrei aus und brachte sich hinter mir in Sicherheit. Ich blickte auf die hingestreckt liegende Gestalt und dachte: Was macht dieses Kind hier? Dann wurde mir klar, daß das verhutzelte Geschöpf, über das ich gefallen war, kein Kind war. Ich rückte ein Stück zur Seite und betrachtete es. Es hatte graue Haut, schmale Hände mit vier Fingern und einen haarlosen, leicht überproportionierten Kopf. Die großen, halbgeschlossenen Augen hatten dunkle Pupillen, die fast den ganzen Augapfel ausfüllten. Die Nase war nur ein winziger Vorsprung, und den schlitzförmigen Mund sah man kaum, wenn er geschlossen war. Bekleidet war es mit etwas, das wie ein schwach schimmernder Bodystocking aussah, dazu trug es um die Körpermitte einen breiten Gürtel mit vielen Taschen.

Ein zischendes, klagendes Geräusch verriet mir, daß das Wesen den Sturz überlebt hatte. Ich fragte mich, wie schwer ich es verletzt hatte. Es war nicht groß, seine Maße entsprachen etwa einem schmächtigen Zehnjährigen.

Was sollte ich jetzt tun?

Clark kroch heran und schnupperte an einer schlanken grauen Hand. Das Wesen öffnete seine großen funkelnden Augen. Die Bewegung der Lider erinnerte mich an Puppenaugen.

»Bist du verletzt?« fragte ich, ohne mit einer Antwort zu rechnen.

»Aaah, aaah«, klagte es weinerlich und versuchte, sich dem neugierig schnuppernden Clark zu entziehen.

»Keine Angst«, beruhigte ich. »Er tut dir nichts.« Meine Gedanken rasten, während ich versuchte zu glauben, was hier geschah. Anscheinend war das kleine Wesen ein Alien. Ein Außerirdischer. Es kam aus dem Weltraum. Ich blickte in die Richtung, in der der große Vogel verschwunden war, und betrachtete dann wieder den Alien. Er sah sehnsüchtig in die gleiche Richtung.

»Gehört dieser Vogel zu dir?« erkundigte ich mich freundlich. Ich wünschte mir wirklich, wir würden uns verständigen können.

»Schja«, seufzte das Wesen zu meiner Verwunderung.

»Hast du mich verstanden?« fragte ich ungläubig.

»Ein bißchen. Wenn tu mit mir sprischst, versteh isch besser.«

Ich starrte den Außerirdischen immer noch an, als ich antwortete: »Ich heiße Jackie. Ich schreibe Science-Fiction-Romane und Artikel für die Zeitung. Manche Leute behaupten, da sei das gleiche. Dieses Tier ist meine Katze, Clark Kent. Ach ja, einige Leute haben in der Gegend hier einen riesigen Vogel und sogar eine fliegende Untertasse gesehen. Ich habe auch eine gesehen, aber einer Science-Fiction-Schriftstellerin glaubt niemand. Ich habe das Raumschiff, das letzte Nacht hier schwebte, fotografiert, aber die Bilder sind nichts geworden. Bist du damit angekommen?«

»Schja. Isch gekommen, den Ba K'rah zurückzubringen.«

»Ba K'rah? Ist das der Riesenvogel?« Der außerirdische nickte, und ich fragte: »Wie heißt du?«

»Worl.«

»Worl«, wiederholte ich, aber mit der Aussprache haperte es noch.

»Und tu, Schockie, tu nicht ängstlich, als tu das Raumschiff siehst?«

Ich schüttelte den Kopf. »Ich habe dir ja gesagt, daß ich Science-Fiction-Schriftstellerin bin. Ich schreibe Geschichten über solche Dinge. Das stört auch niemanden. Aber als ich anfing, wahre Geschichten darüber zu schreiben, wurden die Leute skeptisch — um es vorsichtig auszudrücken. Verstehst du das?«

»Vill besser. Bitte sprisch weiter. Kann Clärk Kendt auch sprechen?«

»Miau«, erwiderte Clark und schnupperte wieder neugierig an Worl.

»Isch verstehe sein Spreschen nischt.«

»Katzen können nicht richtig sprechen. Sie sind Tiere. Kann der Ba K'rah sprechen?«

»Nein. Err iss dumm. Aber vill Ärger. Und sehr teuer. Isch *muß* den Ba K'rah zurückholen.« Er betastete seinen Kopf und zuckte zusammen. Ich bemerkte, daß er eine ordentliche Beule hatte.

»Gehen wir ins Haus«, schlug ich vor. »Wir können etwas trinken, es wird warm in der Sonne.«

Worl war einverstanden. Ich glaube, er war noch einigermaßen benommen von dem Sturz und dem Schlag auf den Kopf, sonst hätte er nicht so schnell zugestimmt. Ich legte meine Hand auf seine schmale Schulter und führte ihn zum Haus. Er befühlte seine Beule, während er neben mir ging. Im Haus sah er sich alles ganz genau an. Ich brachte ihn an den Küchentisch. Clark sprang auf seinen eigenen Stuhl und starrte Worl über den Tisch hinweg an. Noch nie hatte ich den alten Hasenfuß so freundlich und aufgeschlossen gegenüber einem Fremden erlebt. Und fremder als Worl konnte kaum jemand sein.

»Cola? Eistee? Was möchtest du?« fragte ich.

»Isch weiß nischt. Isch disse Sachen noch nischt probiert.«

Ich warf Eiswürfel in zwei Gläser und füllte sie mit Coca-Cola auf. »Willkommen auf der Erde«, sagte ich und stellte ihm das Glas hin. Er ergriff es mit seinen langen Fingern und hob es zum Mund. Dabei beobachtete er mich, um sich zu vergewissern, daß er alles richtig machte.

»Puh!« sagte er und blinzelte heftig, als ihm die prickelnde Kohlensäure in seine kleine flache Nase stieg. Ohne abzusetzen, nahm er einen weiteren Schluck.

»Diss schmeckt sehr gutt. Iss ein Vergnügungsgetränk?«

»Ja, aber alkoholfrei. Man wird nicht betrunken davon. Jedenfalls werden Menschen nicht betrunken davon. Ich weiß nicht, wie es mit dir ist. Was bist du überhaupt? Wo kommst du her?«

»Isch komme von Pra. Bin ein Praer. Und isch habe großen Ärger.« Niedergeschlagen ließ er den Kopf sinken.

»Was für Ärger? Und wieso sprichst du unsere Sprache so gut?«

»Isch werde erklären«, sagte er und griff wieder zu seinem Glas. »Die Praer sind serr sprachbegabt und haben eine Gerät, das disse Begabung noch verbessert. Isch habe ess benutzt, bevor isch herkam, um den Ba K'rah zu finden. Isch sollte eure Fernsehsendungen beobachten und aufzeichnen, um besser eure Sprache zu lernen. Aber hatte keine Zeit dazu. Also jetzt dein Spreschen muß disse Aufgabe erfüllen.«

»Das ist großartig. Aber was hast du denn für Ärger?«

Er mußte immer wieder nach den richtigen Worten suchen, doch es gelang ihm, mir zu erklären, daß er zur Besatzung eines Raumschiffs gehörte, das im ganzen Universum Tiere für einen Weltraumzoo sammelte. Worl war der für die Ladung verantwortliche Offizier. Die Tiere waren vorbestellt und schon zur Hälfte bezahlt. Ein Raumschiff, das Tiere transportiert, benötigt Wasser. Sie kamen gerade von einem Planeten namens Igroon, und da die Praer das Wasser auf Igroon nicht mögen, hatten sie die Erde angesteuert, um sich dort zu versorgen. Ein junger Assistent war der Ansicht gewesen, der Ba K'rah brauche Bewegung, und so war der Riesenvogel entkommen.

»Willst du damit sagen, der Assistent hat den Ba K'rah aus dem Raumschiff gelassen?« fragte ich, als Worl nicht weitersprach.

»Nein, nein. Jedenfalls nicht direkt. Aber der Ba K'rah iss serr groß. Wenn err nicht eingesperrt iss, geht err hin, wo er will. Wirr dürfen dissem teuren Tier keinen Schaden zufügen. Einige Fehler kamen zusammen, und der Ba K'rah iss entkommen aus Schiff.«

Ich stellte mir plötzlich eine hektische Horde von kleinen grauen Außerirdischen vor, die versuchten, den riesigen Vogel mit einem Netz einzufangen.

»Mein Assistent hat Pflicht verletzt, aber isch bin verantwortlich. Die Käufer des Ba K'rah wollen ihr Exemplar haben. Raumschiff liefert andere Tiere ab, dann kommen wieder hierher. Mein Kommandant läßt mich zurück, zu fangen den Ba K'rah.« Er seufzte und starrte in sein Glas, als hoffe er, die Lösung seines Problems zwischen den schmelzenden Eiswürfeln zu finden. »Jetzt noch mehr Ärger. Isch habe mit euch gesprochen. Vill Vorschriften übertreten. Und Ba K'rah viellleicht iss weit weggeflogen, als Clärk Kendt ihn erschreckt hat.« Er warf Clark einen vorwurfsvollen Blick zu, aber der Kater putzte nur ungerührt sein Gesicht.

»Wenn ich das richtig verstanden habe, mußt du also den Vogel wieder einfangen, darfst dich aber niemanden zu erkennen geben, stimmt's?« Ich seufzte bedauernd: Vor mir saß der unumstößliche Beweis für jedermann . . .

Worl sah mich mit einem unschuldigen Augenaufschlag an. »Du mir helfen?«

»Ja.« Ich gab mir einen Ruck, und mein Traum von der Superstory löste sich in Wohlgefallen auf. »Natürlich werde ich helfen. Hast du irgendeine Idee, wo der Vogel hingeflogen sein könnte?«

»Essen.« Er schüttelte den Kopf so traurig, daß ich ihn am liebsten in den Arm genommen hätte. »Ba K'rah zuerst Nahrung sucht.«

»Welche Art von Nahrung?« Ich hoffte inständig, daß Menschen nicht auf der Speisekarte waren.

»Auf eurem Planet, Zitrusfrüschte. Noch mehr Ärger.«

Clark hatte die Ohren gespitzt, als hörte er aufmerksam zu, und ich bemerkte, daß Worl sowohl zu mir als auch zu der Katze sprach. Ich grinste, als mir aufging, daß der kleine Alien annahm, Clark könnte der Unterhaltung folgen. Clark miaute mir zu, als hätte er meine Gedanken gelesen. Irritiert versuchte ich, mich wieder auf Worl zu konzentrieren, der weitersprach und gleichzeitig die Beule auf seinem Kopf rieb.

»Isch muß finden den Ba K'rah. Muß jetzt gehen.« Er stand auf und schwankte. Ich fing ihn auf. Er fühlte sich in meinen Armen sehr kalt an und war wirklich kein Schwergewicht.

»Du gehst vorläufig nirgendwohin«, sagte ich. Heftiges Mitleid für den unglücklichen Fremdling überkam mich. Vielleicht fühlte ich mich auch ein wenig schuldig. Schließlich war ich es gewesen, die über den kleinen Kerl gefallen war. »Es ist fast dunkel, und du bist verletzt. Ruh dich etwas aus, und dann überlegen wir gemeinsam, wie wir den Ba K'rah fangen. Einverstanden?«

Worl äußerte weder Zustimmung noch Widerspruch, sondern wurde einfach in meinen Armen ohnmächtig. Ich trug ihn in mein Schlafzimmer und legte ihn auf das Bett. Er wirkte sehr fremdartig und zugleich sehr verletzlich, wie er so dalag; die sonst so klaren Augen waren geschlossen. Er stöhnte leise.

Clark sprang auf das Bett und berührte mit seiner Nase die Beule auf Worls Kopf. Irgendwie mußte das geholfen haben, denn Worl hörte auf zu stöhnen, drehte sich auf die Seite und schmiegte sich an meine Katze. Clark schnurrte in einem so einschläfernden Rhythmus, daß ich mich fast zu ihnen gelegt hätte. Ich schüttelte meine Benommenheit ab und ging in die Küche, wo ich einen Salat im Kühlschrank bereitstellte. Wenn Worl Hunger bekäme, wäre Naturkost bestimmt für seinen außerirdischen Magen am besten geeignet.

Plötzlich klopfte es laut an der Haustür. Nur keine Panik, sagte ich mir. Ich rannte zum Schlafzimmer, wo Worl und Clark friedlich schliefen und schloß die Tür. Dann lief ich durch das Wohnzimmer, um die Haustür zu erreichen, bevor der unerwartete Besucher auf die Idee kam, auf die Klingel zu drücken. Ich öffnete einen Spalt breit, und mein Atem stockte, als ich Mike Harris erkannte. Seit ich hierhergezogen war, hatte ich gehofft, den blonden stattlichen Hilfssheriff einmal zu treffen. Aber doch nicht ausgerechnet jetzt! War es eigentlich strafbar, einem Außerirdischen Zuflucht zu gewähren?

»Hallo«, sagte ich mit mühsam kontrollierter Stimme. »Hallo, es tut mir leid, wenn ich störe, Miss, aber es gab Meldungen über merkwürdige Vorkommnisse hier in der Gegend. Kann ich für einen Moment hereinkommen?«

Er sah toll aus in seiner Uniform. Sie stand ihm fabelhaft, und er wirkte sehr männlich. Ich hätte mir nie träumen lassen, daß ich ihn einmal abweisen würde, aber jetzt hörte ich mich flüstern: »Sie kommen ungelegen, Officer.«

Er legte seine sonnengebräunte Hand auf den Türrahmen, sein Blick wurde streng, und sein Ton war jetzt dienstlich. »Sie sollten mich wirklich hereinlassen, Miss.«

Ich nickte und öffnete die Tür ganz. Lieber ließ ich es darauf ankommen, als den Hilfssheriff zu verärgern. Er entspannte sich und lächelte, als er mein Wohnzimmer betrat. Was für ein Lächeln! Mein Herz schlug höher, bis mir mein anderer ›Gast‹ wieder einfiel.

»Ich bin Mike Harris«, sagte er und reichte mir die Hand. Sein Händedruck war warm und fest.

»Setzen Sie sich, Mike «, erwiderte ich mit meinem freundlichsten Lächeln und wünschte mir, ich hätte mir die Haare nach dem Durcheinander mit Clark und Worl gekämmt. Er blickte kurz auf meine braunen Locken, und ich hoffte, daß sich kein Laub oder Gras darin verfangen hatte. »Ich bin Jackie Carlson.«

»Ich weiß.« Er lächelte wieder und zeigte dabei seine schneeweißen Zähne. »Die Schriftstellerin.« Er saß auf meinem Sofa und streckte gemütlich die langen Beine aus. »Miss Carlson, letzte Nacht liefen bei uns die Drähte heiß, es gab Anrufe aus dem ganzen Tal. Die Leute wollen alles mögliche gesehen haben, von fliegenden Untertassen bis zu Monstervögeln. Die meisten Meldungen kamen hier aus dieser Gegend. Haben Sie etwas gesehen?«

Er hob den Kopf und sah mich mit seinen blauen Augen durchdringend an, so als versuchte er, meine Glaubwürdigkeit als Zeugin einzuschätzen. Es gehört nicht zu meinen Angewohnheiten, Gesetzesvertreter zu belügen, aber jetzt konnte ich nur stumm den Kopf schütteln. Ein Teil von mir hätte ihn am liebsten an der Hand genommen und in das Schlafzimmer gezogen, um ihm meinen kleinen außerirdischen Freund zu zeigen, aber mein Widerstand dagegen überwog.

Kratz, kratz. Die Schlafzimmertür! Ich mußte Clark herauslassen, bevor er Worl weckte. »Entschuldigen Sie«, rief ich, lief zum Schlafzimmer und öffnete vorsichtig die Tür. Clark strich an mir vorbei, geradewegs ins Wohnzimmer. Ich warf noch einen Blick auf den ruhig schlafenden Worl und schloß die Tür leise wieder.

Clark verharrte in einigem Abstand zum Sofa und beobachtete Mike wachsam aus seinen grüngoldenen Augen. Mike beugte sich vor und lockte mit weicher Stimme. »Komm her, miez, miez.«

»Clark ist ziemlich scheu«, sagte ich und setzte mich in meinen Armsessel. Clark umkreiste mich und sprang dann auf meinen Schoß.

»Clark? Ein verrückter Name für eine Katze«, meinte Mike. Offensichtlich war er ein wenig verärgert darüber, daß meine Katze seinen Lockungen nicht erlegen war.

»Clark Kent, um genau zu sein«, antwortete ich und streichelte gehorsam das silbrige Fell meines Katers. Clark hatte mich schnell erzogen.

Mike fing an zu lachen. Ein schönes tiefes Lachen. »Ach so, weil er aussieht, als hätte er eine Brille auf der Nase, stimmt's?«

Clark hob verächtlich den Kopf. »Das ist einer der Gründe«, entgegnete ich. »Haben Sie noch Fragen? Wenn nicht, meine Geschichte ist schon überfällig . . .«

Mike verstand die Anspielung und erhob sich. »Nein, ich denke, das wär's erst mal. Oder haben Sie in der vergangenen Nacht etwas Ungewöhnliches gehört?« fügte er hoffnungsvoll hinzu.

»Nein, tut mir leid.« Ich nahm Clark auf den Arm und brachte Mike an die Tür. Es widerstrebte mir, mein erstes Zusammentreffen mit diesem anziehenden Mann schon zu beenden. Ich lächelte und sagte: »Es war schön, Sie kennenzulernen, Mike. Hoffentlich sehen wir uns bald mal wieder.« Nur nicht zu bald, dachte ich.

Mike sah mir tief in die Augen. »Das würde mich sehr freuen, Miss Carlson.« Er lächelte, und ich hätte ihn gerne eingeladen, noch zu bleiben. Clark sprang von meinem Arm, und mir wurde die Situation, in der ich mich befand, wieder bewußt.

»Nennen Sie mich bitte Jackie«, sagte ich, Mike schüttelte mir noch einmal die Hand. Er hielt sie etwas länger, als nötig gewesen wäre, verabschiedete sich dann und ging.

Clark schoß aus der Tür, als Mike weg war. Völlig ungewöhnlich für diese Katze. Er streunte so gut wie nie nachts draußen herum, doch ich ließ ihn ziehen. Zweifellos würde er schnell zurück kommen. Sehr schnell.

Ich holte mir einen Teller Salat und ließ mich auf dem Sofa nieder, um die Spätnachrichten zu sehen. Ich drückte gerade rechtzeitig auf die Fernbedienung, um zu hören, wie ein Nachrichtensprecher mitteilte, daß das angebliche UFO der vergangenen Nacht ein Kugelblitz gewesen sei. Danach kam die Geschichte mit dem großen Vogel. Da er für einen Habicht, Falken und sogar für einen Adler definitiv zu groß gewesen war, bot man einen losgerissenen Drachen als Erklärung an. »Na klar«, sagte ich leise zu mir.

Clark kratzte an der Tür. Ich ließ ihn herein, und zusammen sahen wir uns ein Interview an, das eine Reporterin mit dem alten Sheriff Tuffy aus West Grove führte.

»Warren Baily behauptet, daß einer seiner Konkurrenten seine Apfelsinenhaine abgepflückt hat. Gibt es dafür irgendwelche Beweise?«

»Keine Spur«, entgegnete Tuffy. Er blies seine dicken Wangen auf und blickte unverwandt in die Kamera.

»Wie bitte?« fragte die Reporterin überrascht. »Keine Reifenspuren, Fußabdrücke, Zeugen?«

»Keine Spur«, wiederholte der Sheriff. Er hatte die Hände in den Taschen, wippte in seinen Cowboystiefeln und fixierte weiterhin die Kamera.

»Wollen Sie damit sagen, daß Bailys Better Oranges seine

gesamte Ernte von fast reifen Früchten verloren hat, daß zweihundert Bäume leergepflückt wurden, ohne daß es den geringsten Hinweis auf die Täter gibt?«

»Genau«, sagte Sheriff Tuffy. Er blickte jetzt finster in die Kamera.

»Danke, Sheriff«, sagte die Reporterin nervös. »Zurück zu Ihnen, Bob.« Ich schaltete den Fernseher aus und streichelte Clark, der sich seit seiner Rückkehr merkwürdig ruhig verhielt. »Zitrusfrüchte? Clark, morgen fahren wir am besten mit Worl raus zu Bailys Plantage.«

»Miau, miau«, antwortete Clark, was ich als Zustimmung auslegte.

Ich mußte eingenickt sein, denn als ich die Augen aufschlug, sah ich den kleinen Außerirdischen mit Clark in den Armen vor mir stehen. Beide blickten auf mich herab. Helles Tageslicht fiel durch die Fenster.

»Schockie, jetzt aufwachen. Helfen finden den Ba K'rah«, sagte Worl. Clark befreite sich aus seinen Armen und sprang auf den Boden.

Ich rieb mir den Schlaf aus den Augen. Die Ereignisse des vergangenen Tages und Teile eines verblassenden Traums wirbelten mir durch den Kopf. Clark schob sich unter meine Hand, und ich streichelte ihn abwesend.

»Okay, ich stehe auf, aber bevor wir das Haus verlassen, müssen wir dich verkleiden. Nicht einmal ich kann mich im Tal mit einem kleinen grauen Weltraumbewohner sehen lassen.«

»Miau, miau«, stimmte Clark zu und lief ins Schlafzimmer. Ich folgte ihm, obwohl ich immer noch nicht richtig wach war. Mein Mund war wie ausgetrocknet, und so ging ich erst einmal ins Badezimmer, um mich frischzumachen. Als ich zurückkam, saß Clark auf einem großen, in Geschenkpapier verpackten Karton. Er streckte sich und schlug mit dem Schwanz.

»Komm da runter, Clark. Du wirst noch die Schleife auf Sues Geschenk ruinieren«, schimpfte ich und verjagte ihn von seinem Thron. Er fuhr mir mit seinen Krallen über den Arm. Es tat nicht weh, aber ich hielt plötzlich inne. »Na klar«, rief ich, während Worl das Schlafzimmer betrat. »Die Jeans und die Stiefel, die ich für meine Nichte gekauft habe, könnten passen! Sue hat ungefähr Worls Größe.« Ich drückte Clark fest an mich. Er versuchte, sich zu befreien, und ich ließ ihn los. »Clark, du bist der schlaueste Kater der Welt.«

Ich zog mich um und half Worl dann in die Geburtstagsjeans und die handgemachten Stiefel. Es sah nicht übel aus. Ich ergänzte seine Ausstattung noch durch ein altes Arbeitshemd von mir. Obwohl wir die Ärmel hochrollten, sah es immer noch riesig aus. Aber so tragen ja die Kids heute alle ihre Hemden. Ein alter Stetsonhut, der sich in einer Ecke eines Kleiderschranks fand, paßte perfekt auf Worls großen Kopf. Ich setzte meinem Freund noch eine Sonnenbrille auf und trat dann zurück, um ihn zu begutachten.

»Von weitem geht es. Wir dürfen eben niemanden zu nah an dich heranlassen, okay?«

»Okay, Schockie«, sagte Worl. Er stand vor einem Spiegel und klappte die Krempe seines Huts auf und runter. Clark rieb sich an meinen Beinen und miaute uns zu. »Ja, Clärk Kendt«, stimmte Worl zu. »Wir gehen jetzt finden den Ba K'rah.«

Worl, Clark und ich setzten uns in meinen Wagen. Ich zeigte Worl, wie der Sicherheitsgurt funktioniert. Clark saß auf seinem Schoß. Normalerweise duckte er sich während der Fahrt auf der Bodenmatte, aber an diesem Morgen legte er Wert darauf, aus dem Fenster sehen zu können. Worl hatte darauf bestanden, seinen breiten Gürtel unter dem geborgten Hemd zu tragen. jetzt schob er Clark beiseite, um einen zapfenförmigen Metallgegenstand aus dem Gürtel zu ziehen. Er drückte auf die Spitze des Zapfens, und der Zapfen verfärbte sich hellrot bis rosa und begann schwach zu blinken.

»Was ist das?« erkundigte ich mich und startete den Motor.

»Ein Finder. Er wird uns zeigen, wo wir den Ba K'rah suchen müssen.« Clark schnüffelte an dem Finder herum, zuckte dann aber plötzlich zurück, als hätte er sich verbrannt. »Ungezogen, Clärk Kendt.« Worl schüttelte den Kopf. Er sah schon komisch aus mit der Sonnenbrille und dem Stetson. Der Außerirdische schwenkte den Zapfen in einer Kreisbewegung, richtete ihn dann nach Norden und rief: »Dort hin, Schockie.« Der Finder pulsierte mittlerweile lavendelfarben. Wir waren jetzt auf dem Highway nach Norden, und ich gab Gas. Wir kamen an Obstplantagen und Mesquitebüschen vorbei, während der Finder sich zusehends verdunkelte. Er war schon fast violett, als er plötzlich ein unerträgliches Pfeifen von sich gab.

Ich wollte mir die Ohren zuhalten, mußte aber die Hände am Steuer lassen, bis ich rechts rangefahren war. Worl zappelte hektisch auf seinem Sitz herum und hantierte nervös mit seiner freien Hand am Schloß des Sicherheitsgurts, bis es endlich aufsprang.

»Stell den verdammten Finder ab«, schrie ich. Er gehorchte. Ich glaube, sogar Clark war erleichtert. Ich jedenfalls möchte nie wieder einen solchen Ton hören.

»Da drüben«, rief Worl. Er deutete zu einem Apfelsinenhain rechts von der Straße. »Der Ba K'rah! Fliegt! Gesehen?«

Ein gigantischer Vogel schwebte über den Bäumen. Sein Gefieder schimmerte pechschwarz, und er hatte einen blutroten Schnabel. »Was für eine Spannweite«, stöhnte ich und fragte mich, ob ich in einen japanischen Horrorfilm geraten war. »Das ist ja ein Monster.« Ich sah auf den kleinen Worl herab. »Wie in aller Welt willst du dieses riesige Biest einfangen?«

Er klopfte auf seinen Gürtel. »Mein Einfänger. Isch habe ihn hier drin.« Er öffnete eine der Gürteltaschen und entnahm ihr einen Zylinder. »Laß mich aus deinem Gefährt, dann kann ich ihn benutzen.«

Ich beugte mich über ihn und öffnete ihm die Tür. Er sprang hinaus, gefolgt von Clark. Ich stieg ebenfalls aus und gesellte mich zu ihnen.

Worl murmelte etwas und nahm den Einfänger in die rechte Hand. Er schwang den ganzen Arm, bis ich ein summendes Geräusch hörte. Ein blasses lavendelfarbenes Energiefeld ging von dem Einfänger aus und fiel wieder in sich zusammen.

»Viel Ärger, viel Ärger«, rief Worl. Er schlug den Einfänger ein paarmal heftig gegen seine linke Hand. Vergebens. Der nächste Versuch endete mit dem gleichen Resultat. Unter gräßlichen außerirdischen Flüchen holte Worl ein Werkzeugkästchen aus seinem Gürtel und begann, an dem defekten Einfänger herumzubasteln. In diesem Augenblick fing Clark an zu miauen, und ich bemerkte in der Ferne das Schimmern eines herannahenden Autos. Das Motorgeräusch wurde lauter, und ein Polizeiwagen kam in Sicht.

»Schnell, Worl, steig in das Auto. Halt den Kopf unten und sag keinen Ton. Wir werden versuchen, dich als meinen Neffen auszugeben.« Der kleine Alien, der noch immer mit seiner Ausrüstung beschäftigt war, stieg in den Wagen und beugte sich wieder konzentriert über seine Reparaturarbeit. Clark blieb bei mir. Er strich mir um die Beine, als sei auch er nervös.

Der Polizeiwagen hielt neben uns, und ich zuckte zusammen, als ich Mike Harris, den blonden Hilfssheriff, erkannte. Er stieg aus und sah sich um. Ich folgte seinem Blick. Mit gemischten Gefühlen registrierte ich, daß der Vogel nicht mehr zu sehen war. »Probleme. Miss?«

»Nein.« Ich schüttelte den Kopf. »Mike, bitte nennen Sie mich Jackie.«

Er grinste. Ich lächelte zurück, aber er sah jetzt zu meinem Wagen. »Was machen Sie hier draußen, Jackie?«

»Ich zeige nur meinem Neffen ein bißchen die Gegend. Er ist auf Besuch hier, aus Houston.« Mike ging zu meinem Wagen, und es gelang mir in letzter Sekunde, mich zwischen ihn und das Fenster zu schlängeln. »Willy ist sehr schüchtern. Vielleicht sprechen Sie ein anderes Mal mit ihm, wenn er sich etwas eingewöhnt hat. Okay, Mike?«

Mike sah mich verwundert an, ging aber wenigstens zurück zu seinem Wagen. Ich folgte ihm. Er blieb stehen und drehte sich um. Er musterte mich aus seinen blauen Augen, wie jemanden, der mindestens eines Bankraubs verdächtigt wird. Ich merkte, daß ich rot wurde, hielt seinem Blick aber tapfer stand.

»Jackie, ich muß mit jemandem reden, und ich glaube, Sie verstehen mich. Ich meine, Sie schreiben Science-Fiction-Geschichten und solche Sachen . . .« Er brach ab und sah mich hilflos an.

»Was ist los, Mike?« fragte ich. Clark stand wachsam neben mir, und ich hoffte, Worl würde sich ruhig verhalten.

»Ich habe letzte Nacht etwas gesehen. Ich kann nicht darüber reden — ich könnte meinen Job verlieren. Keiner würde mir glauben. Sie würden denken, ich wäre besoffen gewesen. Aber nachdem ich Sie letzte Nacht getroffen habe, glaube ich, daß Sie mich vielleicht verstehen würden. Sie würden mir doch glauben, wenn ich behaupten würde, ich hätte eine fliegende Untertasse gesehen?« fragte er fast ängstlich.

Ich sah ihn überrascht an. »Warum haben Sie gestern abend nichts davon gesagt?«

Er zuckte mit den breiten Schultern. »Glauben Sie, daß ich ein UFO gesehen habe?«

»Ja, natürlich.« Clark miaute, und ich fügte schnell hinzu: »Mike ich habe etwas Dringendes zu erledigen, können wir uns später unterhalten?« In diesem Moment stieß Worl eine Art Bellen aus, Clark knurrte, und ein großer dunkler Schatten glitt über uns hinweg. Ich hob den Kopf und sah den Ba K'rah über der Plantage schweben, orangenbeladene Äste in seinen riesigen Krallen.

Worl stürzte aus dem Wagen. Mike zog seinen Revolver und zielte auf den Ba K'rah, als Clark ihn ansprang. Die Katze krallte sich in dem Moment in Mikes Arm, als er abdrückte. Der Schuß ging vorbei, und die Kugel schlug mit einem häßlichen Geräusch rechts von uns in einen Baumstamm.

Mike fluchte. Clark landete auf dem Boden und miaute, als sei er geschlagen worden. Worl hüpfte umher und schnatterte in seiner seltsamen Sprache, bis ihm der Hut vom Kopf fiel. Mike wurde blaß. Mit offenem Mund starrte er auf Worls grauen Alienschädel. Dann taumelte er zurück und lehnte sich gegen seinen Wagen. Der große, starke Hilfssheriff von West Grove schien ohnmächtig zu werden.

»Worl, setz den Hut auf!« befahl ich. Ich war selbst völlig durcheinander. »Der Vogel haut ab. Was sollen wir jetzt tun?«

Clark sprang in mein Auto und miaute Worl etwas zu. Worl kletterte durch die offene Tür neben meinen Kater und sagte:

»Shockie, Clärk Kendt hat recht, wir müssen den Ba K'rah mit deinem Gefährt verfolgen.«

»Aber was ist mit dem Hilfssheriff?« fragte ich. Mike hatte sicher einen schweren Schock.

Mein Kater miaute, und Worl sagte: »Clark denkt, daß der Gesetzeshüter hokay iss, aber wir müssen los, bevor der Ba K'rah ein Nest baut.«

»Ein Nest?« Ich fragte mich, wo in diesem Teil von Texas ein so riesiger Vogel ein Nest bauen könnte. »Aber ich kann Mike nicht so zurücklassen.«

»Los jetzt!« Worl preßte die dünnen Lippen so fest aufeinander, daß sein Mund kaum noch zu sehen war. »Ein einsamer Ba K'rah will sich vermehren, Kann das alleine. Schnell!« fügte er hinzu.

Nach einer halben Meile tauchte Mikes Polizeiwagen mit aufgeblendeten Scheinwerfern im Rückspiegel auf. Wenigstens hat er seinen Schock überwunden, dachte ich. Wir verließen den Highway und folgten einem Feldweg, der zu einem großen Wasserturm führte.

Er sah aus wie ein silbernes, von Graffiti übersätes UFO auf langen Beinen. Oben auf dem Turm hatte sich der gigantische, schwarzglänzende Vogel niedergelassen.

Ich hielt an, und wir stürzten aus dem Wagen. Neben uns kam Mikes Auto schleudernd zum Stehen. »Ich hoffe, Sie haben keine Verstärkung gerufen, oder?« fuhr ich ihn an.

»Nein, zum Teufel«, antwortete er. »Was hätte ich sagen sollen? Kommt helft mir, ich verfolge eine junge Frau, ihre Katze und einen Außerirdischen, der aussieht wie John Wayne?«

»Ich möchte nur, daß Worl diesen Vogel zurückbekommt.« Ich bemühte mich, ruhig zu atmen. »Er ist ihnen aus dem Raumschiff entwischt, und er muß ihn unbedingt wieder einfangen.«

»Schja!« rief Worl und nickte heftig mit seinem großen Kopf. »Muß Ba K'rah fangen, bevor Eier ausbrütet. Sonst *großer* Ärger. Viele kleine Ba K'rah fressen dann alles Zitrus.«

»Eier?« Ich blickte zu dem großen flügelschlagenden Monster

empor. »Sie würden alle Plantagen im Rio Grande Valley kahl-
fressen.«

»Auf der ganzen Erde«, berichtigte Worl ernst.»Was jetzt tun?
Mein Einfänger kommt nicht so hoch. Funktioniert nicht richtig. Großer Ärger!«

Clark miaute, rieb sich an meinen Beinen und raste dann auf
den Turm los. »Clärk Kendt«, rief Worl und trabte hinter ihm
her. Er bückte sich und legte seine schmale Hand auf Clarks
Rücken, murmelte etwas und kehrte dann zu uns zurück.

»Der Außerirdische kann sich mit Ihrer Katze unterhalten?«
fragte Mike ungläubig.

»Ich glaube ja. Zuerst konnte ich es selbst nicht glauben, aber
sehen Sie!« Ich deutete auf meinen Kater, der begonnen hatte,
den Wasserturm zu erklimmen. Er nutzte dabei geschickt die
Verstrebungen und Sprossen und gelangte schnell höher. So, als
hätte ihm jemand genaue Anweisungen gegeben. »Clark muß
einen Plan haben«, sagte ich.

»Katzen haben keine Pläne«, spottete Mike.

»Normalerweise nicht«, gab ich zurück. »Aber normalerweise fallen auch keine Außerirdischen aus Bäumen und landen
keine UFOs in meinem Garten.«

»Was hat die Katze vor?« fragte Mike den kleinen Alien.
Seine tiefe Stimme klang ein wenig unsicher.

»Versucht, den Ba K'rah nach unten zu bekommen. Kann ihn
dann erwischen mit Einfänger. Muß fast bis zum Boden runter-
fliegen. Clärk kann es schaffen.«

Mike wischte sich den Schweiß von der Stirn. »Das wird mir
kein Mensch glauben.«

»Darum werden wir es auch niemandem erzählen, abgemacht?« Ich hatte nichts dagegen, mit dem attraktiven Hilfssheriff ein Geheimnis zu teilen. Außerdem entwickelte sich hier
vielleicht ein toller Stoff für meinen nächsten Roman. Mit klop-
fendem Herzen beobachtete ich Clark auf den Streben, die zum
Dach des Turms führten. Wenn er jetzt abrutschte . . .

Clark stieß ein schrilles Miauen aus, und der Riesenvogel
tauchte mit donnerndem Flügelschlag vom Turm, als sei der

Leibhaftige hinter ihm her. Auf dem Rücken des Vogels thronte Clark, er hatte die Krallen tief in den schwarzglänzenden Federn vergraben. Superkater persönlich! Er steuerte den Ba K'rah in die Reichweite von Worls beschädigtem Einfänger. Worl betätigte ihn genau in dem Moment, als Clark absprang. Das Energiefeld umfing den mächtigen Vogel. Die Füße voraus, landete Clark in einem Haufen Unrat und Gras.

Ich rannte zu ihm, nahm in den Arm, sprach beruhigend auf ihn ein und streichelte sein silbriges Fell. »Du hast es geschafft«, flüsterte ich stolz.

»Was für eine Katze!« stammelte Mike, der jetzt neben mir stand. »Wer hätte das gedacht!«

Worl sprühte dem Vogel etwas ins Gesicht. Das Tier taumelte, fiel hin und blieb regungslos liegen. »Dass macht Ba K'rah schlafen.«

»Wie sollen wir den Ba K'rah bloß zum Haus schaffen?« fragte ich bestürzt. In meinem Kofferraum würden wir ihn jedenfalls nirgendwo hinbringen.

»Err bleibt hier. Isch auch. Das Raumschiff kommen hierher, wenn es dunkel iss, nimmt uns mit, auch das Nest und die Eier. Clark sagt, sind viele Eier da droben.« Worl deutete auf den Wasserturm. »Werde Eier verkaufen. Viel Profit. Kein Ärger.«

Clark schnurrte und drehte den Kopf so, daß ich ihn kraulen konnte. »Kannst du dich wirklich mit Clark verständigen?« fragte ich Worl.

»Schja.« Worl nahm die dunkle Sonnenbrille ab und sah mich mit seinen großen blauen Augen an. »Isch möschte Clärk mitnehmen nach Pra.«

Mike stand nur da und starrte Worl an, den er zum erstenmal ohne die Brille sah. Clark hörte auf zu schnurren. Ich fühlte mich plötzlich traurig und verlassen. Das Haus würde so leer sein ohne ihn. »Das . . . das muß Clark entscheiden«, stammelte ich.

Worl nahm mir Clark aus dem Arm und sprach zu ihm zu einer merkwürdigen Mischung aus Schnalzen, Zischen und Miauen. Clark miaute ein paar Antworten. Ich wünschte mir, ich könnte die Katzensprache verstehen.

»Clärk Kendt wird bei dir bleiben, Schockie«, gab Worl dann bekannt. Er gab mir meinen Kater zurück. Clark rieb seine Nase an meinem Kinn, und ich begann plötzlich zu lachen, damit niemand bemerkte, daß mir die Tränen in den Augen standen. »Vielleicht sollte ich meinen Namen in Lois Lane ändern?« kicherte ich in Clarks Fell.

Mike warf den Kopf zurück und lachte lauthals. Wir lachten, bis uns die Tränen über die Wangen liefen. Der Außerirdische schüttelte erstaunt den Kopf.

»Ihr jetzt gehen müßt«, sagte er. »Wenn Raumschiff kommt, sieht sonst Kommandant, daß isch viele Regeln gebrochen habe. Großer Ärger. Geht jetzt nach Hause, das macht auch Worl glücklich.«

Ich gab meinem kleinen außerirdischen Freund eine Abschiedskuß, und Clark ließ sich von ihm streicheln. Dann setzte ich mich mit Clark in mein Auto. Mike stieg in den Polizeiwagen, und wir fuhren hintereinander nach Hause.

Am Abend saß Mike neben mir auf der Veranda hinter dem Haus, Clark hatte sich in meinem Schoß zusammengerollt. Gemeinsam beobachteten wir den Himmel. Bunte, rotierende Lichtbänder schwebten in der Ferne über dem Wasserturm, schossen dann in den Himmel und verschwanden zwischen den Sternen. Mit unseren Erinnerungen und einem Geheimnis, das wir für immer teilen würden, blieben wir zurück.

»Miau, Miau«, sagte Clark.

»Du hast recht, wir werden Worl vermissen«, stimmte ich zu.

Clark schloß die grüngoldenen Augen mit dem dunklen Rand und schnurrte zufrieden.

»Was für ein Superkater«, sagte Mike stolz. Er legte den Arm um mich und zog mich an sich, während ich meine Katze streichelte. Am liebsten hätte ich selbst geschnurrt.

Ins Deutsche übertragen von Michael Ritz
Originaltitel: It's a Bird It's a Plane It's . . . SUPERCAT
Copyright © by Ann Miller and Karen Elizabeth Rigley

ANDRE NORTON

Edler Krieger

Emmi betrachtete mit zusammengekniffenen Augen den Stich, den sie gerade in ihr Taschentuch genäht hatte. Ivy hatte schon die Hälfte der Vorhänge zugezogen, und nun lag das Zimmer in grünlichen Schimmer getaucht da. Viel zu lange würde sie das Tuch nun im Dämmerlicht ausmachen müssen. An solch grauen Tagen sehnte sie sich nach einer Kerze, doch schon der Gedanke daran war sicher eine Sünde. Miss Wyker war sehr schnell und gewandt im Ausschnüffeln von Sünden. Emmi kniff die Augen noch fester zusammen. In der Anwesenheit von Miss Wyker war es ja so einfach, eine Sünde zu begehen.

Zum unzähligsten Male frage sie sich, aus welchem Grunde Großtante Amely wohl Miss Wyker nach Hob's Green gebeten haben mochte. Wer würde sich wohl nicht krank fühlen beim Anblick dieser langen Nase, den zu einem Strich zusammengepreßten Lippen und den kleinen gemeinen Augen neben der langen Nase. Eine Elefantennase! Emmis Hände lagen ruhig da, während sie über Elefanten nachdachte, die die Größe von Jaspers Häuschen hatten. Vater erzählte, daß sie auf ihrem Rücken Sitze trugen, die so groß waren, daß mehrere Männer darin Platz fanden und mit ihm zur Tigerjagd ritten.

Sie rieb sich die schmerzende Stirn, während sie an Vater dachte. Wenn er da wäre, dann hätte er die alte Wyker in hohem Bogen hinausgeworfen.

Emmi fuhr sich mit der Zungenspitze über die Lippen. Sie hatte Durst — aber wenn sie ihre Pflichten zur Seite gelegt hätte, um sich auch nur ein Glas Wasser zu holen, dann hätte sie das in größte Schwierigkeiten gebracht. Sie machte ungeduldige, fahrige Bewegung, und der Faden riß. Bevor sie sich darüber allerdings Sorgen machen konnte, ertönten unter ihrem Fenster von der Einfahrt her Geräusche. Gleich kniete sie sich hin, um hinauszusehen. Kaum jemand benutzte mehr die vordere Auffahrt. Es war der Pferdewagen vom Gasthaus, und Jeb fuhr ihn. Neben ihm saß eine Fremder, ein kleingewachsener Mann mit einem buschigen braunen Bart.

Das Fahrzeug blieb stehen, und der kleine Mann kletterte von seinem Sitz herunter. Jeb reichte ihm eine Korb hinab, und der

Kleine nickte ihm zu. Dann verschwand er unter dem Vordach der Eingangstür. Als der Türklopfer ertönte, ließ Emmi ihr Nähzeug auf den Sitz am Fenstersims fallen und rannte durchs Zimmer. Ganz vorsichtig öffnete sie die Tür zum Salon einen Spalt, gerade so weit, daß sie hindurchspähen konnte.

Dreimal dröhnte der Türklopfer, bis das Dienstmädchen Jennie mit aufgeregter Miene herbeieilte. Unterwegs strich sie die Bänder ihre Haube glatt. Schon seit langer Zeit war niemand mehr kühn genug gewesen, den Türklopfer zu betätigen. Außer Dr. Riggs fand sonst niemand mehr den Weg hierher, und auch er immer nur vormittags.

Emmi vernahm eine tiefe Stimme, doch sie konnte keine einzelnen Worte ausmachen. Da erklang ein seltsamer Schrei, gleichsam wie als Antwort. Emmi sprang auf und öffnete dabei die Tür weiter, als klug war.

Zumindest konnte sie nun Jennie sehen, die dem Besucher den Weg zur Bibliothek wies. Dorthin begleitete im allgemeinen Miss Wyker Dr. Riggs, um ein Glas roten Bordeaux einzunehmen, wenn er die Visite bei seiner Patientin beendet hatte. Der Fremde hatte den zugedeckten Korb mitgenommen.

Jennie eilte die Treppe hinauf, um Miss Wyker zu holen. Wieder erklangen klagende Schreie, die Jennies Schritte nur noch beschleunigten.

Emmi zog die Tür wieder etwas zu, doch ihre Neugier war jetzt vollends geweckt. Wer war der Besucher, und aus welchem Grunde war er gekommen? Und was mochte sich wohl in dem Korb befinden?

Da vernahm sie den entschlossenen Schritt Miss Wykers. Schon erschien ihre steife Gestalt in einem ziemlich häßlichen grauen Kleid und verschwand ebenfalls in der Bibliothek. Sollte sie versuchen, den Flur zu überqueren, in der Hoffnung, mehr von dem Besucher sehen zu können? Sie hatte es so satt, daß ihre Tage stets so gleichförmig und eintönig verliefen, grau wie Miss Wykers Kleider. So empfand sie dieses Ereignis sehr aufregend. Noch bevor sie sich entschlossen hatte, kam Jennie wieder. Wahrscheinlich hatte man nach ihr geläutet. Sie blieb in der Tür zur Bibliothek stehen, dann wandte sie sich zu dem Salon, in dem Emmi ungezählte trübsinnige Stunden eingesperrt war, seit Großtante Amelie so schwer krank geworden war.

»Sie – Miss Emmi«, rief Jenni, atemlos wie immer, wenn Miss Wyker Befehle erteilte. »Man will Sie sehen – jetzt gleich – da drüben.« Sie wies mit dem Daumen zur Bibliothek.

Emmi rannte schon über den Flur und in die Bibliothek, noch bevor Jennie am anderen Ende des Flurs verschwunden war. Als sie den Raum betrat, war wieder jener verwirrende Schrei zu hören. Er kam aus dem großen zugedeckten Korb, der auf dem Boden hin und her schwankte.

»Das ist das Kind.« Miss Wykers scharf klingende Stimme drückte unüberhörbar Mißbilligung aus.

Der Mann mit dem braunen Bart sah auf Emmi hinunter, und ein breites Grinsen teilte das Dickicht in seinem Gesicht.

»So – du bist also das kleine Mädchen des Käpt'ns, was? Mußt ja ein ganzes Stückchen gewachsen sein, seit er dich das letztemal gesehen hat. Erzählte mir, daß du da noch 'n gutes Stück jünger warst.«

Der Käpt'n war Vater. Einen Augenblick lang vergaß Emmi Miss Wykers Anwesenheit und platzte mit einer Frage heraus, die ihr so sehr am Herzen lag.

»Wo ist er? Bitte, ist sein Schiff angekommen? Wirklich?« Es gab soviel, was Emmi noch sagen wollte, daß sich die Worte überstürzten und ganz undeutlich herauskamen.

»Emmiline, das ist Mr. Salbridge – zeige Manieren, wenn es dir möglich ist.«

Emmi schluckte und machte eine Verbeugung. Aus den Augenwinkeln blickte sie dabei zu Miss Wyker, denn sie wußte genau, daß eine Standpauke fällig war, sobald der Besucher wieder gegangen war.

»Sehr erfreut, Ihre Bekanntschaft zu machen, Sir«, leierte sie ihr einstudiertes Sprüchlein herunter.

Mr. Salbridge verbeugte sich. »Nun, Miss Emmi, anscheinend sind wir einander nicht fremd. Hab ich nicht erst neulich den Käpt'n über dich reden hören? Dein ergebener Diener, Miss Emmi ... Es tut einem gut zu sehen, wie wohl es dir ergeht, alles tipptopp und klar Schiff, um es mal so zu sagen. Vielleicht hast du ja noch nichts von mir gehört – aber ich segelte eine ganze Reihe von Jahren mit dem Käpt'n. Wäre immer noch an Bord der *Majestic*, aber ich hatte tatsächlich 'ne ordentliche Portion Glück, das mir 'ne dicke Brieftasche beschert hat. So habe ich beschlossen, wegen diesem unverhofften Geldsegen wieder heimzukehren. Wir sind alle nicht mehr so jung wie damals. Und ich habe was, das schon lange darauf wartet, daß ich wieder nach Hause komme.

Der Käpt'n hat mich ganz herzlich verabschiedet und mich noch um einen Gefallen gebeten, was mich ganz stolz macht. Ich sollte nach seinem kleinen Mädchen sehen und ihr etwas bringen, das ihm eine Prinzessin geschenkt hat. Er hat ihrem Vater einmal sehr geholfen, und um ihre Dankbarkeit auszudrücken, schenkte sie ihm etwas, das hier noch nie jemand zu sehen gekriegt hat – etwas, das mit ihr im Palast gelebt hat. Sieh mal, Miss Emmi, wie gefällt dir das?«

Ehrfürchtig ließ er sich auf ein Knie nieder, um den Korb zu öffnen. Eine lange Minute geschah nichts – dann sprang aus dem Tragekorb das merkwürdigste Wesen, das Emmi je gesehen hatte. Es ähnelte einer Katze, war jedoch nicht grau getigert. Statt dessen waren sein Gesicht, die Beine und der hintere Teil seines schlanken Rückens so dunkelbraun wie der Bart von Mr. Salbridge, während der Rest so milchig weiß war wie der dicke Rahm, den Mrs. Goode von der Milch abschöpfte. Und erst seine Augen – sie strahlten in reinem, hellem Blau!

Das Tier stand neben dem Korb, und mit einer langsamen Bewegung des Kopfes musterte es die Anwesenden – Mr. Salbridge, Miss Wyker, die ein paar Schritte zurückgetreten war und eine finstere Miene aufgesetzt hatte, und zuletzt und am längsten Emmi.

»Miss Emmi, ich stelle dir Thragun Neklop vor, das heißt Edler Krieger. Er stammt direkt aus dem Palast des Königs. Dort hält man mächtig viel von seiner Art. Keiner, würde sich dort eine von unseren Katzen ins Haus holen. Der Käpt'n wurde nun besonders bevorzugt, als man sagte, daß diese Katze ihn begleiten und bei seinem kleinen Mädchen in seinem Heimatland bleiben würde. Ja, das hier ist eine ganz besondere Katze.«

Die Katze öffnete das Maul und ließ einen kurzen hohen Schrei hören, der ganz sicher nicht dem Miauen glich, das Emmi erwartet hatte. Dann wandte sie den Kopf und sah Miss Wyker unverwandt und ohne zu blinzeln an und fauchte, wobei sie die Ohren leicht anlegte. Miss Wykers Gesicht war nun eine einzige verkniffene Maske.

Emmi hockte sich hin, damit sie fast Auge in Auge mit dem pelzigen Neuankömmling war.

»Thragun Neklop.« Sie versuchte, dir fremdartigen Worte so sorgfältig wie möglich auszusprechen. Die Katze wandte wieder den Kopf und blickte sie unerschrocken an. Diesmal fauchte sie nicht.

»Das ist ein großer Name, Miss Emmi. Sein Vater war Wache des Königs. Die Leute dort gehen nicht sehr liebenswürdig mit Hunden um — das ist da etwas wie eine Religion. Aber die Katzen erziehen sie zu ihren Wachen. Und wenn all die Geschichten, die ich gehört habe, wahr sind, dann machen sie ihre Arbeit ziemlich gut.«

Die Katze erhob sich und kam auf Emmi zu. Das Mädchen streckte die Hand aus, aber sie getraute sich nicht, den schlanken braunen Kopf zu berühren. Die Katze beschnüffelte ihre Finger, dann bohrte sie den Kopf in die Hand.

»Na, also, das schlägt ja alles bisher Dagewesene. Noch nie habe ich ihn das machen sehen, außer als sich die Prinzessin von ihm verabschiedet hat«, bemerkte Mr. Salbridge. »Das ist gut so. Und nun — Ihr Diener, Mistress, Ihr Diener, Miss Emmi.« Er verbeugte sich kurz. »Muß mich jetzt auf die Socken machen, weil ich die Kutsche nach York noch erwischen muß.«

»Oh.« Emmi sprang auf. »Bitte — ich danke Ihnen! Und Vater — kommt er auch bald heim?«

Mr. Salbridge schüttelte den Kopf. »Er muß die Fahrt noch

machen, und die *Majestic* sollte noch zwei Monate lang nicht den Anker lichten, als ich ihn verlassen hatte. Er kommt, sobald er kann ...«

»Das dauert ja so lange«, erwiderte Emmi. »Aber, ach bitte, Mr. Salbridge, ich danke Ihnen trotzdem, daß Sie mir Thragun Neklop hergebracht haben.«

»War mir ein Vergnügen, Miss ...« Der Rest seiner Worte wurde einem weiteren jener seltsam klagenden Laute übertönt.

Emmi eilte Mr. Salbridge nach, der auf die Tür zuschritt. Miss Wyker machte keine Anstalten, ihn hinauszubegleiten, wie sie es immer beim Doktor machte, wenn er zur Visite herkam. Emmi jedoch folgte ihm und stellte ihm eifrig mehr Fragen, die er munter beantwortete. Ja, dem Käpt'n ging es gut, und er kümmerte sich auch gut um sich. Und bald würde er wieder zu Hause sein. Er freue sich, daß er von Nutzen sein könne.

Während er wieder in die Kutsche stieg und die Auffahrt entlangfuhr, winkte Emmi lebhaft. Ein heftiger, durchdringender Aufschrei verschreckte sie, und sie rannte zurück in die Bibliothek.

Mit finsterer Miene und einem Schürhaken in der Hand näherte sich Miss Wyker Thragun. Die Katze blieb wie festgewachsen stehen; jetzt verwandelte sich das Schreien in ein warnendes Grollen. Der lange schlanke Schwanz war jetzt auf den doppelten Umfang aufgeplustert und die Ohren an den Kopf angelegt.

»Dreckiges Viehzeug!« Miss Wykers Stimme war ebenso zornig wie Thraguns Kriegsgeheul. »Raus mit dir, du verfilztes Untier!« Sie stocherte mit dem Schürhaken nach Thragun, der sich zusammenkauerte.

»Thragun!« Emmi rannte vor und stellte sich zwischen die kampfbereite Katze und Miss Wyker.

»Steck dieses eklige Ding in den Korb — sofort, hast du mich verstanden?«

Emmi war schon des öfteren Zeuge von Miss Wykers Wutausbrüchen gewesen, aber eine solche Szene hatte sie noch nie gemacht.

»Schlagen Sie ihn nicht!« Emmi griff nach der Katze. Eine Tatze fuhr ihr mit ausgestreckten Krallen über die Hand und hinterließ dort einen roten Kratzer. Trotzdem packte das kleine Mädchen ihn und steckte ihn in den Korb zurück. »Er hat niemandem etwas getan!« schrie sie, und für Thragun war sie mutiger, als sie es ja für sich selbst gewesen war.

Als Antwort hieb Miss Wyker mit dem Schürhaken den Deckel auf den Korb.

»Mach ihn zu!« befahl sie und war schon auf dem Weg zum Glockenzug an der Wand.

Emmis Hände zitterten. Sie hatte immer schon Angst gehabt vor zornigen Stimmen, und in letzter Zeit fuhr sie bei jedem Geräusch zusammen. Vor allem, weil sie nie sicher war, wann Miss Wyker wieder mit irgendeiner Strafe hinter ihr her war. Seit Großtante Amelie so krank geworden war, hatte Emmi so viele Fehler gemacht. Sie sah ihre Großtante nicht einmal mehr. Niemand schien Lady Ashely jetzt mehr viel zu sehen. Immer stand Miss Wyker an der Schlafzimmertür und nahm die Tabletts in Empfang mit einem besonderen Rinderaspik oder einem frischen Ei, zubereitet, wie Großtante Amelie es liebte.

Nicht einmal nachts rief man Jennie, um bei ihr zu sitzen. Miss Wyker hatte sich ein Feldbett ins Zimmer gestellt und verbrachte nun hier die Nachtstunden. Wenn Jennie oder Meggy kamen, um das Zimmer zu putzen, dann stand sie immer dabei und beobachtete sie. Meggy meinte: »Als ob man der alten Dame etwas antun wolle — als ob das je jemand tun wollte!«

»Ja, Ma'am?« Jennie stand jetzt in der halboffenen Tür.

»Nimm dieses Untier und bringe es in den Stall — auf der Stelle! Ich will es hier nicht mehr sehen!«

»Nein!« Emmi legte einen Mut in ihre Worte, den sie für sich selbst nie gefunden hatte. »Vater hat ihn mir geschickt. Das ist Thragun Neklop — und er ist ein Prinz! Der Mann hat es gesagt!« Sie ergriff mit beiden Händen die Henkel des Korbes und drückte ihn an sich, so fest es ging.

Miss Wyker war dunkelrot angelaufen. Jetzt legte sie den Schürhaken quer über den nächsten Stuhl, kam mit langen Schritten auf Emmi zu und blieb direkt vor ihr stehen. Dann holte sie aus und schlug Emmi so unerwartet und heftig auf die Wange, daß das Kind zurücktaumelte und unwillkürlich den Korb losließ. Miss Wyker hatte sie schon oft gescholten, eigentlich von der ersten Stunde ihre Ankunft an, als sie ihren helmartigen Hut abgelegt und die Herrschaft über Hobs Reich an sich gerissen hatte. Doch bis zu diesem Augenblick hatte sie nie Hand an Emmi gelegt.

»Bring das Tier hinaus in den Stall«, wiederholte Miss Wyker. »Und bitte rasch. Tiere sind schmutzig, und in einem ordentlich geführten Haushalt ist kein Platz für sie. Und du«, sie wandte sich Emmi zu, die wie angewurzelt dastand und sie anstarrte, eine Hand auf die schmerzende Wange gelegt, auf der die langen Finger sichtbare Spuren hinterlassen hatten, »du verschwindest sofort auf dein Zimmer, du ungezogenes Mädchen! Du bist vollkommen selbstsüchtig, ungehorsam, faul und eine Nervensäge! Sicher hat deine gedankenlose Frechheit die arme Lady Ashely aufs Krankenlager geschickt. Arme Lady, in den letzten Jahren lag eine schwere Last auf ihren Schultern, aber in Kürze wird es ein paar Änderungen hier geben — und dein Benehmen, mein Fräulein, wird dazugehören! Geh jetzt!«

Dieser Befehl war so schneidend und laut, daß die Worte Emmi aus dem Zimmer zu fegen schienen. Einen Augenblick lang blieb sie zögernd am Fuß der Treppe stehen und sah Jennie nach, die mit fliegenden Schürzenträgern und Rocksäumen am Ende des Flurs verschwand. Das Mädchen hatte den Korb an sich genommen. Was würde nun aus Thragun Neklop werden? Tränen quollen durch die Finger, die Emmi noch immer schützend über die Wange gelegt hatte, welche jetzt heftig zu pochen begann. Langsam und mit zögernden Schritten ging sie die Treppe hinauf.

Es roch streng nach Pferden, doch da waren noch andere Gerüche, die neu waren. Thragun streckte sich bäuchlings in seinem Korb, um einen Blick durch den Spalt in dem Korbgewebe werfen zu können. Der Spalt hatte ihm nun eine ganze Weile als Fenster zu einer sehr seltsamen und sich ständig verändernden Welt gedient. Er erblickte einen weiten gepflasterten Hof, und eine Schar Tauben flatterte um einen Wassertrog, aus dem ein junger Mann mit bis zu den Schultern aufgekrempelten Hemdsärmeln Wasser schöpfte. Thragun schnüffelte — Wasser. Noch niemals war er bei Essen und Trinken auf die Gunst und das Wohlwollen anderer angewiesen gewesen. Nun denn, wenn dies aus irgendeinem ihm noch verborgenen Grund der Fall war, dann mußten diejenigen, die ihn zu bedienen hatten, wie es sich gehörte, auf ihre Pflicht aufmerksam gemacht werden.

Er ließ einen rufenden Schrei vernehmen, der in seinem eigentlichen Zuhause mindestens zwei Dienstmädchen und wohl auch einen Diener-Sklaven des ersten Ranges hätte erscheinen lassen, um ihm reumütige Unterwerfung zu zeigen, ihn aus diesem eigenartigen Korbbehältnis zu befreien und ihn so zu behandeln, wie es Thragun Neklop zustand. War er denn nicht schließlich der zweitranghöchste Bedienstete in Prinzessin Saphorns Haushalt?

Der junge Mann wandte den Kopf in Richtung des Korbes. Er machte jedoch keinerlei Anstalten, zu ihm herüberzukommen und in der angemessenen Art und Weise zu behandeln. Diesmal schrie Thragun wirklich ärgerlich, um diesem eigentümlich aussehenden Sklaven begreiflich zu machen, daß sein Vorgesetzter wünschte, man käme seinen Wünschen nach. Der junge Mann trug zwei volle Wassereimer, die hin und her schwankten, als er herankam. Thragun wartete, doch der Knecht kam nicht zu ihm. Statt dessen machte er sich auf, an ihm vorbeizulaufen, als eine Stimme aus dem allgemeinen Dämmerlicht in Hintergrund erklang.

»Asa, du Schafskopf, hast bei Knight schon wieder gepfuscht?« Die Stimme wurde vom schrillen Wiehern eines aufsteigenden Hengstes übertönt. Dann war leises Wiehern und das unruhige Scharren von Pferdehufen zu hören.

Asa verschwand aus dem Sichtbereich der Katze, obgleich Thragun sich wand und drehte, um durch eine andere schmale Öffnung in seinem Korb einen Blick erhaschen zu können. Der Spalt war jedoch zu eng, obwohl er einige Tage lang mit forschenden Krallen daran gearbeitet hatte.

Er hörte, wie zwei Stimmen merkwürdige Geräusche von sich gaben, von denen er einige wiedererkannte. So sprachen die Stallburschen im königlichen Marstall beruhigend und zärtlich auf ihre Schutzbefohlenen ein. Offenkundig sorgte man sogar in diesem fremden Land ordentlich für die Pferde. Wenn man soviel Wissen besaß, warum kümmerte man sich dann nicht anständig um die Katzen?

Schwere Schritte näherten sich dem Korb. Thragun wartete. Jetzt markierte mehr als Hunger und Durst die Veränderung in seinem Leben — ein merkwürdig unbehagliches Gefühl bemächtigte sich seiner. Entlang seines Rückens und des Schwanzes standen die Haare ein wenig auf, und er legte die Ohren flach an.

Er war Thragun Neklop — der Edle Krieger, anerkannter Wächter einer Prinzessin. Es war seine Pflicht und Ehre gewesen, bei Anbruch der Nacht in den Palastgärten zu patrouillieren, um sicherzustellen, daß nichts Bedrohliches oder Finsteres es wagte, hier einzudringen. Hatte er nicht bereits in seinem ersten Dienstjahr eine der Schlangen getötet, die sich anschickte, der Prinzessin in die Hand zu beißen, als diese sie ausstreckte, um unter einem Stein nach ihrer Halskette zu suchen? Vielleicht wäre er nicht unbedingt einem Dieb an den Hals gesprungen und hätte ihm die Kehle aufgeschlitzt, wie Thai Shan es getan hatte, der mächtigste unter ihnen allen und vertrauter Krieger des Königs, doch er wußte, was sein mußte —

»Da ist also das Biest? Diese Wyker hat ein übles Mundwerk und einen bösen Blick. Jennie sagt, daß dieses Vieh da extra für Miss Emmi gebracht worden ist — ein Geschenk von ihrem Pa.

Wenn wir also tun, was die alte Hexe will, was sagen wir dann dem Käpt'n, wenn er heimkommt und wissen will, wo sein Geschenk abgeblieben ist? Und wer, möchte ich mal wissen, hat die hier zur Herrin gemacht? Mein Lohn wird mir von der Lady bezahlt, seit ich mit sechs Jahren hier angekommen bin, um meinem Pa bei der Arbeit zu helfen. Ich kriege die Befehle von Ihrer Lady, und damit basta!«

»Sie hat eben was gegen Katzen. Die Küchenkatze ist ja auch verschwunden. Die Katze zeigte ihr die Krallen, als sie das erstemal in die Küche kam und die Köchin mit Anweisungen eindeckte. Dann sind zwei Tage ins Land gegangen, und die Katze war weg. Habe gesehen, wie sie draußen im Garten mit Rog gesprochen hat. Der hat ja kein Herz für Tiere. Aber in jener Woche ist er mit einem Sixpence in die Kneipe gegangen. Und ein Sixpence wächst nicht gerade auf den Bäumen, die er hier im Garten pflegen soll.«

»Also . . .«

Einen Augenblick trat Stille ein. Thraguns Augen hatten sich zu Schlitzen zusammengezogen. Sein Ohren lagen so dicht am Kopf, daß er fast aussah wie eine der großen steinernen Schlangen im Garten, auf denen er sich zu sonnen pflegte in jenen guten alten Zeiten, als die Welt noch in Ordnung war.

Tief in ihm regte sich etwas. Schon einmal hatte er dieses Gefühl empfunden — als er das letzte Flecken seines Kinderfells abgestreift hatte. Eines Abends hatte die Mutter ihre Familie bei Einbruch der Dämmerung zusammengerufen — sie waren drei Kinder, Rannar, sein Bruder, und Su Li, seine Schwester. Sie waren ihrer Mutter in einen weit abgelegenen Teil des größten Gartens gefolgt. Bäume, Weinranken und üppiges Gesträuch wuchsen hier so dicht, daß sie eine Wand bildeten, die nur die wendigsten Katzen durchdringen konnten. Etwas war im Herzen dieses kleinen Dschungels, eine graue steinerne Stätte, geformt aus zwei Naga-Schlangen, die einander vor einer Mauer in die Augen sahen, darüber eine weitere Mauer, die sie mit den Köpfen stützten. Sie waren sehr alt, und auf ihren Schuppen wuchsen Grünpflanzen.

Mutter hatte sich vor ihnen hingesetzt, ihre Kinder ein Stückchen hinter ihr. Dann hatte sie gerufen. Das Geräusch, das sie hervorrief, ließ einem das Rückenhaar kerzengerade aufstehen und die Krallen schmerzhaft aus den Pfoten fahren. Etwas erschien zwischen den Schlangen, unter dem Dach, das sie auf den Köpfen trugen. Mutter war schweigend dagesessen. Sie waren nicht allein — die Katze mit den Kleinen. Etwas musterte sie mit kalten Blick und noch kälteren Gedanken — doch sie blieben mucksmäuschenstill sitzen und liefen nicht davon, obwohl sie alle die Angst rochen, die einen Teil dieser Zusammenkunft bildete.

Das Wesen, das gekommen war und das sie nie deutlich sehen konnten, ging wieder. Zusammen mit ihrer Mutter krochen die Kleinen zurück in die Freiheit des wirklichen Gartens. Doch von diesem Augenblick an kannte Thragun den üblen Atem der Furcht und jene Unechtheit, die ein Teil des Bösen ist und die diejenigen immer spüren, die ihm begegnet sind. Auch hatte er die Warnung kennengelernt, die jene, die zu Kämpfern und Beschützern geboren waren, vor jedem Kampf erhielten.

Die zwei Männer, die eben über den Korb gebeugt standen, hatten diesen Geruch nicht an sich. Aber die Frau in dem Haus verströmte ihn. Thragun wußte, daß die beiden über sie sprachen. Er war hierher gekommen, weil seine Prinzessin ihn darum gebeten hatte. Sie hatte ihm erklärt, daß sie eine große Schuld abzutragen habe, da der Mann aus dem fernen Land ihren Vater gerettet hätte. Als sie erfahren hatte, daß dieser Mann eine Tochter hatte, wünschte sie, daß Thragun zu dieser Tochter ebenso war wie zu ihr, eine edler Krieger, ihr Schutz und Schild. Thragun war sich bewußt, daß jede Schuld bezahlt werden mußte, und so war er hierhergekommen, obgleich es Zeiten gab, in denen er einfach nur dasitzen und seine Einsamkeit in die Welt hinaus klagen wollte.

Der Mann, der ihn auf Anweisung der Prinzessin an sich nahm, hatte ihn, wenn er in der Nähe war, immer ausfindig gemacht, wenn Thragun diese Zeiten überkamen. Er hatte mit ihm gesprochen, ihn gestreichelt, von seiner Tochter erzählt und von dem alten Haus, in dem sie mit einer Kinderfrau lebte und auf den Tag wartete, an dem der Mann seine Pflichten abgeleistet hatte und zurückkehren konnte, um bei ihnen zu sein. Und Thragun verstand — für den Mann bedeutete seine Tochter mehr als der kostbarste Schatz im Palast.

Jetzt verspürte er das alarmierende Gefühl, das vor der Gefahr entstand, und danach kam der schwache herbe Geruch des Bösen, des heimtückischen und verschlagenen Bösen, das durch die Welt glitt wie die Schlangen, die keine Nagas waren. Er war ein Krieger, und dies war Feindesland, durch das er so leise wie der Wind schreiten mußte. Nun mußte er den Anschein erwecken, als sei er harmlos, und durfte die Zähne nicht zeigen. Mit seinem Maul formte er einen Schrei, wie ein verirrtes Kätzchen ihn von sich gegeben hätte.

»Scheint, als hätte das Tierchen Hunger, Ralf . . .«

»Niemand sagt mir, was richtig und was falsch ist!«

Durch eine unvermittelte Bewegung schwang der Korbdeckel auf. Thragun setzte sich auf, ringelte den Schwanz ordentlich über die Vorderpfoten und betrachtete, ohne zu blinzeln, mit seinen blauen Augen die Männer vor ihm.

Der Mann neben Asa war kleingewachsen, dünn und roch durchdringend nach Pferdeschweiß. Mit dem schwarzen Haar und der dunklen Haut sah er fast aus wie einer der Stallknechte daheim in dem Land, in dem alles seine Ordnung hatte. Kein Geruch des Bösen haftete an ihm, auch nicht an dem Jungen.

Dem Mann entfuhr ein langgezogenes Geräusch — nicht direkt ein Wort, eher ein Ausruf schierer Überraschung. Er ging in die Hocke, und dann befand sich sein Gesicht ganz dicht über Thraguns Kopf.

»Blaue Augen«, sagte der Junge. »Der sieht nicht aus wie irgendeine von den Hauskatzen, die ich kenne . . .«

»Psss . . .« Der Mann streckte langsam die Hand aus, als habe er es mit einem seiner Pferde zu tun. »Du bist auf jeden Fall ganz anders als die anderen.«

Thragun schnüffelte an den Fingern, die ihm hingehalten wurden. Eine Menge Gerüche gab es da, aber keiner davon war kalt oder bedrohlich. Er brachte ein leises Geräusch tief in seiner Kehle hervor.

»Du bist was Edles, nicht wahr? Asa, geh rüber zu Misses Cobb. Die hat schon etwas übrig für Miezen, da gibt sie sicher eine Kleinigkeit zu futtern für diesen feinen Burschen hier.«

Der Junge verschwand. Thragun beschloß, einen Versuch zu wagen. Mit aufmerksamer Bewegung, den Blick ständig auf den kleinen Mann gerichtet, sprang er aus dem Korb. Den Mann ließ er nicht einen Moment aus den Augen.

»Ja«, das klang fast wie ein Schnurren, »du bist kein gewöhnlicher Straßenkater.« Der Mann zog die Augenbrauen zusammen. »Ich glaube, der Käpt'n hat sich schon überlegt, daß du das Rechte bist für Miss Emmi — wo sie doch Tiere so gerne mag. Und der Käpt'n nimmt es sicher nicht auf die leichte Schulter, wenn du uns abhanden kommst.«

Der Mann erhob sich und rieb sich die behaarte Brust.

»Das Problem ist nur, dieser alte Drachen da oben im Haus hat in letzter Zeit das Sagen. Wir sehen unsere Lady überhaupt nicht mehr. Man sagt uns immer nur — dieser feine Herr, der Doktor, und Mr. Crisp, der Agent —, daß man sie jetzt, wo sie so schwer krank ist, nicht belästigen darf. Und Miss Emmi, die kriegt nicht die kleinste Chance, irgendwas zu sagen. Der Käpt'n ist so weit weg, und keiner weiß, wann er wieder kommt. Das ist alles gar nicht gut so.« Er lehnte sich an die Wand einer Box. Ein stolzes Pferd hob den Kopf über seine Schulter und betrachtete Thragun ebenfalls.

»So . . .« sagte der Mann noch einmal und hob die Hand, um das Pferd zwischen den großen leuchtenden Augen zu kratzen, »jetzt müssen wir aber was überlegen. Jetzt mußt du erst mal raus aus diesem Korb«, Thragun gratulierte sich, auf einen solche feinfühligen Mann getroffen zu sein, »und dich aus dem Staub machen — wie sollte man dich hier auch finden, in diesem Stall mit seinen Löchern und Verstecken wie ein alter Käse. Und da draußen«, er wedelte mit der Hand zur offenen Tür hin, »da ist ein Garten und dahinter der Wald. Unsere Lady duldet das Jagen nicht. Und die beiden, die es nicht lassen können, die haben es noch nicht geändert. Ich vermute also, daß Rog vorbeikommt, um dich zu holen, und dann findet er nur den Korb mit dem aufgebrochenen Deckel, und du bist weg. Kann leicht sein, daß er sich dann einfach irgendwas in die Tasche steckt und behauptet, er habe alles getan, was man ihm aufgetragen hat . . .«

»Also.« Der Mann hob die Stimme und griff nach einem Besen. Damit zielte er wie mit einem Gewehr nach Thragun — allerdings weit daneben — und rief laut: »Verschwinde hier, du Viehzeug, wir können's nicht leiden, wenn solche Viecher hier rumschleichen, nein, können wir nicht.«

Mühelos sprang Thragun auf die Trennwand zwischen zwei Boxen, machte aber keinerlei Anstalten weiterzugehen. Dann schritt er gemächlich den schmalen Pfad entlang zu einer Stelle, von der aus er leicht auf einen Querbalken springen konnte. Im selben Moment kehrte Asa mit einem kleinen Bündel in der Hand zurück.

»Ralf, was hast du denn getan?«

Der Mann drehte sich zu ihm um. »Ich? Hab'n Biest verscheucht, das hier keinen Platz hatte. Und du tust gut daran, das nicht zu vergessen, Bürschchen.«

Asa lachte, dann schoß er blitzschnell in die Box, wo Thragun es sich bequem gemacht hatte. Er schlug sein Taschentuch auf und holte daraus ein Stück graufarbenes Fleisch heraus, von dem noch das Fett tropfte, und ein Stück Käse. Er schnitt mit einem Messer, das er aus seiner Tasche hervorzog, das Fleisch in große Stücke und zerkrümelte den Käse. Die Köstlichkeiten verstreute er auf dem Tuch und ließ es in Thraguns Reichweite liegen. Die Katze schleckte schon forschend an dem Fleisch, als Asa mit einer Tasse voll Wasser zurückkehrte.

»Konnte keine Milch bekommen«, erklärte er, als er die Tasse absetzte. »Misses Cob führt sich auf wie eine Kuh, die ihr Kalb verloren hat. Der alte Sauertopf verteilt schon wieder Anweisungen. Es gibt keinen Tee für Miss Emmi, weil sie nach der Katze gefragt hat. Als der alte Drachen ihr geantwortet hat, daß die Katze endgültig fort sei, da schlug sie die Alte und sagte, ihr Pa würde die Polizei auf sie hetzen, dafür, daß sie sich der Katze entledigt hat. Miss Emmi entschuldigt sich nicht für ihr Benehmen, und deshalb kriegt sie nichts anderes zu essen und zu trinken als trockenes Brot und Wasser, bis sie auf ihren Knien hinrutscht und um Verzeihung bettelt.«

»Ich werde das Gefühl nicht los, daß die kleine Miss es ziemlich schwer hat«, bemerkte Ralf. Thragun fauchte. Wieder hatte er diesen Hauch des Bösen wahrgenommen. Obgleich ihm die Worte der Stallknechte, die sie untereinander gebrauchten, völlig fremd waren, konnte er ihre Gedanken wie kleine Blitze auffangen. Nicht alle vierbeinigen Tempel- und Palastwachen konnten das. Doch für Thragun war es im Laufe der Jahre immer einfacher geworden.

Asa trat nach einem Haufen Lagerstroh und langte nach dem Besen.

»Meggy hat mir erzählt, wie sie *IHN* vor zwei Nächten gehört hat . . .«

Ralf blieb stehen, die Hand auf dem Griff der Stalltür, ohne sie zu öffnen. Sein Gesicht war plötzlich ganz ausdruckslos. Einen langen Augenblick entstand Schweigen, bevor er schließlich sprach. Thragun hob den Kopf, als er ein Stückchen Fleisch zerriß. Dort hinten in dem Dämmerlicht der Pferdebox leuchteten seine Augen nicht mehr blau, sondern schwach rötlich.

»Misses Cobb hat letzte Nacht ein Schüsselchen Milch rausgestellt«, fuhr Asa fort, während er den Blick auf den Boden gerichtet hatte, den er mechanisch schrubbte.

»Soo . . .« Ralf schob den Riegel der Stalltür hinauf. »Manchmal sieht sie mehr Dinge als alle anderen. Mein Großmama war genauso.«

»Es gibt welche, die sagen, daß *ER* nicht hier ist und auch nie hier war.«

»Sieh dir doch mal den Namen von diesem Ort an, mein Junge. Es war *SEINER*, sagt man, noch bevor irgendwelche Menschen hierher kamen. Man sagt auch, daß *ER* Glück bringt oder es nimmt. Lord Jeffrey, der hier in den Zeiten meiner Großmutter der Herr war, stand nicht auf *SEINER* Seite, und er hatte nie etwas Gutes vom Leben seither. Hat sich in jungen Jahren den Hals gebrochen, als sein Pferd in ein Kaninchenloch stolperte, und ist daran gestorben. Aber seine Lady, die stammte von rechtgläubigen Leuten, und man erzählt sich, daß sie mit einer Kerze in der Hand zu *SEINEM* Stein ging und einen Teller Kuchen und ein Schüsselchen richtigen Rahm dort abstellte. Sie hat um Verzeihung gebeten. Danach wurde alles recht, was vorher falsch gewesen war.«

»Das war doch alles schon vor langer Zeit«, wandte Asa ein.

»Es gibt Dinge, mein Junge, die ändern sich niemals. Du bekommst ein rechtmäßiges Stück Land und tust dein Pflicht dafür, und die, die es vor dir gewußt haben, werden recht an dir handeln. Aber wenn *ER* kommen sollte, dann in einer Zeit wie dieser.«

Er führte das Pferd in den Hof vor dem Stall, und Asa säuberte wieder die Box. Thragun schluckte den letzten Brocken seines Essens hinunter. Es war zwar nicht das gewesen, was man einem Thragun Neklop normalerweise vorzusetzen hatte, aber die beiden Männer hatten ihr Bestes getan. Er putzte sich die Schnurrhaare und machte sich bereit, den Stall näher zu erforschen.

Es gab hier eine ganze Menge auszukundschaften, zu erschnüffeln und im Gedächtnis zu speichern. Asa und Ralf liefen bei der Pflege der drei Pferde ständig hin und her.

Am späten Nachmittag betrat schließlich ein Mann in Begleitung von Asa den Stall. Er grinste und rieb sich die Hände an seiner fleckigen und mit Flicken besetzten Hose ab. Thragun zog die Lefzen zurück, doch er gab keinen Laut von sich. Da war wieder das Böse — wenn auch nicht so kalt und tödlich wie vorhin, als er diesen schwarzen Khon im Haus getroffen hatte.

Der Korb, in dem man ihn hierher gebracht hatte, stand noch immer am selben Fleck, doch Asa hatte sich schon vorher darum gekümmert. In der Tür mit dem Bambusrahmen befand sich ein Riß, dessen gezackte Ränder nach außen wiesen. Thragun beäugte das Werk kritisch. Hätte er selbst dies vollbracht, dann hätte er bessere Arbeit geleistet.

»Wie wir zurückgekommen sind«, erzählte Asa gerade, »da fanden wir alles hier so vor. Das Vieh hat sich davongemacht.«

Der andere junge Mann spuckte aus. »Schätze, du denkst dir was Besseres aus, wenn die Misses dich ausfragt.«

Asa zuckte mit den Schultern. »Ralf und ich sind nur angestellt, um uns um die Pferde zu kümmern. Und Ralf, der sorgt eigentlich nur für Black Knight. Die Alte kann uns gar nichts. Warum sollen wir's ihr sagen? Das Vieh ist getürmt, und damit basta, nicht wahr?«

»Und wenn es nun zurückkommt?« wollte der andere Mann wissen.

»Dann packst du ihn dir, was? Habe ich nicht gesehen, wie du dein Messer schneller wirfst als Ned Parzon schießen kann? Hast du nicht so einer Henne den Kopf abgehackt?«

»Schon möglich«, erwidert der andere und beförderte den Korb mit einem Fußtritt an die Wand. »Und du hältst die Klappe, verstanden?«

»Schon verstanden, Rog, du machst ja Lärm genug, um meine Pferde zu erschrecken.« In diesem Augenblick kam Ralf herein. »Du hast kein Recht, hier drin zu sein. Also verschwinde!« Der Jüngere machte ein finsteres Gesicht und stapfte aus dem Stall. Asa und Ralf standen da und sahen ihm nach.

»Noch einer, der im Stall nichts zu suchen hat. Wenn die Lady selbst da wäre, dann würde sie ihn in Null Komma nichts auf die Straße setzen, und zwar mit ganz leeren Händen.«
»Asa«, er sah den Jungen direkt an, »es gefällt mir ganz und gar nicht, was da drüben im Haus vor sich geht.« Er nickte zum Haus hinüber. »Sie und dieser blasierte Doktor haben wieder die Köpfe zusammengesteckt. Jennie sagt, daß sie ihm erzählt hat, mit Miss Emmi sei schwer zurechtzukommen, weil Miss Emmi nicht klar denken würde. Die haben nicht gemerkt, daß Jennie in dem kleinen Zimmer neben dem Flur war, als sie miteinander gesprochen haben. Die kleine Miss — niemand ist auf ihrer Seite, wenn die sie ruhigstellen wollen. Die alte Krähe redet immer mit Engelszungen, wenn Freunde von der Lady

kommen und sich nach ihrem Wohlergehen erkundigen.« Er hob die Stimme, bis er quiekte. »O Lady Ashely, der Armen geht es immer noch nicht besser. Ich fürchte, wir werden sie nicht lange sehen. Miss Emmi, ach, die liebe Kleine, sie ist so traurig. Viel zu traurig für ein Kind. Wir können sie einfach nicht trösten. — Nun habe ich doch gehört, wie Mrs. Bateman vorbeigekommen ist. Die Alte hat Mrs. Bateman erzählt, daß Miss Emmi nicht mit zum Picknick kommen könne, weil sie viel zu besorgt um ihre Tante sei. Dabei war Miss Emmi in ihrem Zimmer, wo der alte Drachen sie eingesperrt hatte, damit sie bereuen sollte, daß sie am Vormittag ins Zimmer ihrer Tante geschlüpft war, um nach ihr zu sehen.«

»Sollte nicht irgend jemand wissen . . .« meinte Asa.

»Aber wer? Angenommen, Misses Cobb selber geht rüber zu den Batemans und versucht, es ihnen zu erzählen — was hat sie denn tatsächlich in der Hand? Und der alte Drachen würde doch behaupten, daß sie lügt — dafür sorgt sie auch. Ich sehe keine Möglichkeit, wie wir ihr helfen könnten.«

»Das ist nicht recht«, rief Asa entrüstet.

»Mein Junge, auf dieser Welt gibt es eine Menge Dinge, die nicht in Ordnung sind. Und es gibt nicht viel, was man dagegen tun kann. Komm, wir müssen nach diesem Regal dort sehen.«

Thraguns gut ausgebildeter Sinn für Wachsamkeit hätte leicht durcheinandergeraten können bei der seltsamen Sprache, derer sich die Stallknechte bedienten, aber er glaubte, er könne alle Teile zu einem vollständigen Bild zusammenfügen. Die kleine Prinzessin, zu der ihn SEINE Prinzessin geschickt hatte mit der ehrenvollen Aufgabe, sie zu beschützen, wurde von diesem Khon des reinen Bösen bedroht. Irgendwo in diesem Haus wurde sie jetzt als Gefangene gehalten. Mit wissendem Blick maß er die Schatten im Stall. Die Dunkelheit kam rasch herein, und die Zeit der Dunkelheit half beiden, dem Übeltäter wie dem Wächter. Sein Geschlecht hatte schon viele Generationen lang in Palästen patrouilliert, hatte Gärten durchsucht und wußte um die Möglichkeiten, Sorge zu tragen. Hier handelte es sich um einen neuen Palast, und er wußte kaum etwas darüber.

Die Zeit war reif — nicht nur für ihn selbst, um zu lernen, sondern, was noch mehr zählte, um seine Prinzessin zu verteidigen. Thraguns Maul öffnete sich zu einem geräuschlosen Fauchen, und für einen Augenblick fuhren die gebogenen und ziemlich scharfen Krallen aus den pelzigen Pfoten.

Emmi kauerte sich hinter dem Vorhang, die Hände gegen die schmalen Fensterscheiben gepreßt, als sie zur Terrasse hinuntersah. Rog lief schwerfällig vorbei, und sie drückte sich so unauffällig wie nur irgend möglich an die Seite. Natürlich blickte er nicht in ihre Richtung, und außerdem war er sowieso ziemlich weit unter ihr. Aber vor Rog hatte sie immer Angst. Zweimal war er unvermittelt im Garten aus irgendeinem finsteren Loch aufgetaucht, stand grinsend vor ihr und lachte sie aus. Miss Wyker mochte ihn. Er machte für sie Besorgungen. Emmi hatte beobachtet, wie er Geldscheine genommen und das Haus auf Schleichwegen verlassen hatte — auf Wegen, wo man ihn nur sehen konnte, wenn man ihn gezielt beobachtet hätte. Mit schweren Schritten lief er jetzt, und es war nahezu dunkel. Vielleicht kehrte er nur zu der Hütte zurück, in der er lebte — ein widerlicher, übelriechender Ort. Am schlimmsten darin waren die Nägel, die dort in der Wand steckten und an denen kleine Leichen hingen, welche mit Pelz, einige mit Federn — Vögel, ein Wiesel und ... Emmi rieb sich die tränennassen Augen.

Ihre Augen schmerzten, weil sie geweint hatte. Sie versuchte, wenigstens die Zufahrt zum Stall zu erkennen. Was war da draußen mit Thragun Neklop geschehen? Irgendwie hielt sie jetzt alles für eine Illusion, er mußte da draußen irgendwo sein. Sie hatte einen Plan geschmiedet, doch es würde noch Stunden dauern, bis es dunkel genug war, ihn auszuführen. Mit Händen, die noch verschmiert waren von den Tränen, versuchte sie wieder mit aller Kraft, einen der beiden Fensterflügel aufzustoßen. Im Wind wehten Efeuranken hin und her, aber es gab nicht genug Wind, um etwas auszumachen, dachte Emmi. Diesen Einfall hatte sie schon vor einiger Zeit gehabt, und jetzt hatte sie einen guten Grund, ihn in die Tat umzusetzen.

Weiter unten im Flur klopfte Jennie an eine Tür, in der Hand ein Tablett mit einer Schüssel. Schwach drang der Duft nach Muskat herüber, aber sie konnte ihn wahrnehmen, obgleich ein Deckel auf der kleinen silbernen Schüssel lag, um den Inhalt warmzuhalten. Die Köchin hatte das Gericht extra zubereitet — einen Pudding aus Milch und Eiern, von dem sie sagte, daß sogar ein Neugeborenes ihn gefahrlos essen könne. Jennie trat etwas vor und warf einen Blick über die Schulter. Alte Häuser bringen nachts viele merkwürdige Geräusche hervor. Aber heute abend... Sie holte tief Luft. *ER* — dieses Tappen hinter ihr den ganzen Weg die Treppe herauf, als wolle man sie erschrecken, damit sie stürze oder zu Tode käme. Sie klopfte noch einmal, diesmal fester.

Die Tür ging so plötzlich auf, daß sie hineingefallen wäre, hätte sie sich nicht noch rechtzeitig gefangen.

»Was soll das bedeuten? Dieser ganze Lärm, wenn sie schläft! Du dummes, tolpatschiges Ding!« Miss Wykers Stimme klang wie das Zischen einer Schlange, und Jennie fuhr zusammen. Sie hielt das Tablett mit der Silberschüssel zwischen sich und Miss Wyker.

»Bitte, die Köchin dachte, daß der armen Lady das hier vielleicht schmeckt. Sonst hat sie's immer gemocht — nur aus guter Milch und Eiern von der braunen Henne, die die besten und größten Eier legt.«

Mit einer raschen Bewegung riß Miss Wyker das Tablett an sich und hielt es vor sich, als wolle sie damit Jennie aus dem Zimmer drängen.

»Die Köchin ist unverschämt«, entgegnete Miss Wyker finster — wie Jennie später erzählte, finster genug, um einem das Blut in den Adern erstarren zu lassen. »Lady Ashelys Nahrung muß sorgfältig ausgewählt werden, damit sie zu der Diät paßt, die Dr. Riggs zusammengestellt hat. Geh zurück in die Küche, und daß ich dich hier nicht mehr über die Hintertreppe herschleichen sehe. Sonst wird's dir schlecht ergehen.« Jennie war schnell in den Flur zurückgekehrt. Jetzt wurde die Tür zugeschlagen, und ganz deutlich hörte sie, wie ein Schlüssel im Schloß umgedreht wurde.

Einen Augenblick blieb sie stehen, dann wandte sie rasch den Kopf — sah den Flur entlang. Ihr Gesicht zog sich zusammen, und sie legte den Handrücken auf den Mund, als sie sich umdrehte und losrannte — rannte, so weit und so schnell sie konnte, um wegzukommen von diesem dünnen hohen Kreischen, das irgendwo in ihrem Kopf widerzuhallen schien.

ER! Wenn *ER* frei war, was konnte einer da schon anderes erwarten als Schwierigkeiten? Böse Schwierigkeiten. Sie würde achtgeben, o ja, das würde sie! Keine zehn Pferde würden sie dazu bewegen können, hierzubleiben. Ihre schweren Schuhe polterten über den kahlen Fußboden, als sie in die Küche drei Stockwerke tiefer eilte.

Emmi erhob sich. Sie hatte auf den Knien gelegen, um durch das Schlüsselloch sehen zu können. In den vergangenen Wochen hatte sie jede nur denkbare Methode benutzt, um so viele Dinge wie möglich erfahren zu können. Wie lange war es nun eigentlich her, daß sie Großtante Amelie zuletzt gesehen hatte? Drei, vielleicht sogar vier Wochen, und danach hatte sie nur noch einmal einen kurzen Blick durch die offene Tür auf sie werfen können, bevor Miss Wyker heraufgekommen war und sie fortgezerrt hatte. Mit harter Hand verfrachtete sie Emmi in ihr Zimmer, wo sie ebenfalls eingesperrt wurde. Es hätte wohl auch an jenem Abend für Emmi nichts mehr zu essen gegeben, doch nach Einbruch der Dunkelheit war Jennie mit süßen Rollen und einem kleinen Pflaumentörtchen heraufgeschlichen.

Einige Nächte zuvor hatte Emmi herausgefunden, daß man sie, egal ob sie nun bestraft wurde oder nicht, über Nacht einschloß. Damals hatte sie zum erstenmal angefangen, die Umgebung außerhalb ihres Fensters zu erkunden. Sie war aus einem ziemlich eigenartigen Traum erwacht. An keinem anderen Traum hatte sich Emmi je so gut erinnern können. Dieser Traum unterschied sich von den anderen. Sie bebte am ganzen

Körper, und doch war sie nicht so verängstigt, um nicht das zu versuchen, was sie in ihrem Traum gemacht hatte. Natürlich war im Traum noch jemand bei ihr gewesen — obgleich sie nie richtig erkennen konnte, wer es war —, sie wußte nur einfach, daß der Ungesehene sie wohlwollend beobachtete, und dadurch fühlte sie sich besser.

Jetzt stand sie mitten im Zimmer und knöpfte ihr Kleid auf. Mit einem Schulterzucken schüttelte sie es ab, so daß der Rock im Kreis um sie herum zu Boden fiel. Dann folgten die beiden Unterröcke. Sie sammelte die Kleidungsstücke auf und warf sie in einem unordentlichen Haufen aufs Bett. Dann, ohne weiter nachzudenken, rollte sie den Haufen zusammen und schob die Rolle unter die Bettdecke. Das Kopfkissen ordnete sie so darum herum an, daß es aussah, als schliefe hier jemand, erschöpft vom Weinen.

Emmi selbst hatte keine Tränen mehr zum Weinen. Sie ging an ihre Kommode und öffnete die unterste Schublade. Da lag der wunderhübsche Schal ihrer Mutter, den sie aus Indien mitgebracht hatte, als sie mit Emmi zu Großtante Amelie gekommen war. Noch andere Dinge, die ihre Mutter mitgebracht hatte, befanden sich hier. Von ganz unten kramte Emmi ein Paket hervor, das sie mit Mühe aufriß. Dann betrachtete sie das, was einmal vor langer Zeit ihrem Bruder gehört hatte, den sie nie kennengelernt hatte — ein Erinnerung. Er war in Indien gestorben, und deshalb hatte ihre Mutter sie hierhergebracht. Denn in den schlimmen Jahreszeiten waren viele Menschen gestorben.

Nur einen winzigen Moment zögerte sie. Mutter hatte diesen Anzug wie einen Schatz gehütet. Was würde sie wohl davon halten, wenn Emmi ihn trug? Aber nein, sie würde es verstehen! Es war wichtig — Emmi wußte nicht, warum sie sich dessen so sicher war, es sei denn, der Ungesehene in ihrem Traum hatte es ihr gesagt.

Sie zog die Hosen über und steckte das Hemd in den Bund. Die Sachen waren ihr ein wenig zu groß, und sie mußte sie mit einem Haarband festbinden.

Als sie sich fertig ausgestattet hatte, ging sie zum Fenster zurück. Jetzt war es dunkel genug, das stand für sie fest. Sie kletterte auf den Sims und schlüpfte durchs Fenster. Mit den Füßen fand sie einen Halt an dem Gesims, das direkt unter den Fenstern außen an der Wand entlanglief. Sie hielt sich so gut wie möglich am Efeugerank fest und begann, sich an dem schmalen Pfad entlangzutasten.

Wie ein Schatten glitt Thragun von einer Deckung zur nächsten. In einigen Fenstern war Licht zu sehen, und dann hörte er auch Stimmen. Die Knechte hatten sich alle in dem größten Raum entlang der Mauer eingefunden. Er konnte ihre rauhen Stimmen vernehmen. Doch jetzt befaßte er sich sehr aufmerksam mit der Tatsache, daß die Mauern vor ihm mit Ranken überwuchert waren. Natürlich kein Vergleich zu den dicken Ranken mit den festen Stämmen, wie sie die hervorragenden Wege im Palast und in den Tempelgärten ausstatteten. Trotzdem wollte er ausprobieren, welchen Halt sie seinen Füßen boten. Eigenartige Gerüche durchzogen die Luft, doch jetzt ließ er sich nicht von seinem festgefaßten Ziel ablenken.

Die Köchin stand da, die roten Hände fest auf den sauber geschrubbten Tisch gestemmt, und sah Jennie an. Ihr Gesicht war ebenso rot wie die Hände, und sie sprach überaus deutlich aus, was sie dachte.

»Die Lady ißt also nur, was dieser aufgeblasene Pfau von Doktor ihr vorschreibt, was? Ich sag es laut und deutlich: Diese häßliche Dame, die glaubt, sie könne sich hier ins gemachte Nest setzen, wird noch rauskriegen, daß sie hier nicht Herrin im Hause ist. Nein, das ist sie nicht«!

»Und wie, Misses Cobb, wollen Sie's schaffen, daß die Ihnen zuhört?« Ralf leerte seinen Bierkrug und stellte ihn polternd auf den Tisch zurück.

Einen langen Augenblick herrschte Schweigen. Unvermittelt

richtete Mrs. Cobb sich auf, und ihr massiger Körper trug dazu bei, daß sie durchaus respektgebietend aussah. Sie streckte die Hand aus und zog eine Schüssel zu sich heran. Dann wandte sie sich um, und ohne auf die Frage eine Antwort zu geben, langte sie nach einem Tonkrug. Dann goß sie einen guten Schwall Milch in die Schüssel. Die Milch war so rahmig und dick, daß man fast die Butterflöckchen darin herumschwimmen sehen konnte.

Die Schüssel füllte sie sorgfältig bis fast zum Rand, dann stellte sie den Krug ab, und unter ihrer weiten Schürze holte sie einen Bund klirrender Schlüssel hervor.

Ralfs Augenbrauen fuhren in die Höhe. »Die Schlüssel? Wie ist denn das zugegangen, daß die Madam je die Schlüssel aus der Hand gegeben hat?«

Die Köchin verzog spöttisch den Mund. »Oh, die hat die Schlüssel unserer Lady und spielt ihr kleines Liedchen damit, möge Gott sie dafür holen! Aber M'lady hat schon vor langer Zeit bemerkt, daß es für mich nicht sehr praktisch sei, wenn ich beim Kochen ständig um dies oder jenes fragen mußte. Sie hat mir auch nie geneidet, was ich haben mußte. Also habe ich schon seit fünf Jahren meine eigenen Schlüssel.«

»Und was machen Sie jetzt damit?« wollte Ralf wissen und zeigte auf die Schüssel.

»Ralf Sommers, du bist doch wirklich ein großer Dummkopf, stimmt's? Dies hier«, sie sah sich um, »ist doch Hobs Reich, das Koboldsheim. Und es trägt seinen Namen nicht umsonst.«

Ralf runzelte die Stirn. »*ER?* Sie wollen doch nicht etwa mit *IHM* was zu tun haben?«

Mrs. Cobb betrachtete einen Augenblick die Schüssel, als würde sie unsicher, dann erklärte sie mit fester Stimme: »Ich tue nichts, was nicht schon zuvor unter diesem Dach und auf diesem Land getan worden ist!«

Sie ging an Ralf vorbei zur Küche hinaus und den Gang hinunter, der zu der dunklen Treppe führte. Diese Treppe mündete in das weitverzweigte Netz von Kellerräumen, die niemand, nicht einmal bei Tageslicht, freiwillig betrat. Kam man doch einmal nicht darum herum, dann nur im Laufschritt und mit einer Laterne in der Hand, und ständig sah man sich dabei um.

Oben an der Treppe befand sich noch eine Tür in der Wand, die in den Küchengarten hinausführte. Allerdings benutzte niemand mehr diese Tür. Mrs. Cobb stellte die Schüssel vorsichtig auf dem Boden ab. Sie wählte einen Schlüssel aus, drehte ihn gewaltsam im Türschloß um und schob die Tür eine Handbreit auf.

Sie zog sich zurück. Der Weg war dunkel, so düster, daß sie kaum die Schüssel sehen konnte. Sie räusperte sich, dann sagte sie die Worte auf, als hole sie sie aus einer tiefverborgenen Schublade ihres Gedächtnisses hervor:

Koboldsloch — Koboldsheim,
vom Braten bis zum Knochen.
Die, die seh'n, soll'n nicht schau'n.
und den Blinden wird es grau'n.
Fege hin und fege her —
Kobold richtet's alles.
So soll es sein.

Mit einer für eine so massige Frau erstaunlichen Geschwindigkeit wirbelte Mrs. Cobb herum, und mit wehenden Röcken eilte sie den Gang entlang, bis sie die Küchentür mit einem lauten Knall hinter sich schließen konnte.

Thragun blieb, wo er sich zusammengekauert hatte, und beobachtete durch den Schlitz in der Tür, die die Köchin geöffnet hatte. Er schnüffelte den leckeren Duft. Der Inhalt der Schüssel zog ihn deutlich an. Er drückte sich durch den schmalen Türspalt und sah den engen, mit Steinen ausgelegten Weg entlang. Er witterte in jede Richtung und lauschte. Jetzt war er wieder drinnen im Haus, ohne daß ihn jemand gesehen hatte. Er roch den Inhalt der Schüssel, machte ein oder zwei Sprünge vor zur Schüssel und ließ sich dann nieder, um die Köstlichkeit zu schlürfen.

In einer einzigen Bewegung sprang er auf, schrie durchdringend und drehte sich um. Der schmerzvolle Tritt gegen seine Kehrseite war unverzeihlich. Thragun kauerte sich zusammen, um sich zu einem Sprung zu sammeln.

Ebenso hingekauert und mit Sicherheit ebenso wütend wie er selbst krümmte sich ein graubraunes Wesen. Thragun fauchte und knurrte. Trotz der trüben Dunkelheit des Durchgangs konnte er genau erkennen, was ihn da so unverfroren angegriffen hatte, indem es ihm gezielt eine Fußtritt auf sein Hinterteil verpaßt hatte.

Noch einmal fauchte Thragun. Blitzschnell holte er mit der rechten Vorderpfote aus, um mit ausgestreckten Krallen den Streich heimzuzahlen. Doch seine Pfote fuhr glatt durch Arm und Schulter des Wesens hindurch. Sein Körper sah massiv und echt aus, doch es war offensichtliche nur ein Schatten.

Er richtete sich auf. Thewada! Also gab es in diesem Land solche Schattenläufer und Störenfriede, vor denen man ihn seit seiner Kätzchenzeit warnte — obgleich er selbst noch nie ein solches Wesen gesehen hatte.

»Willst wohl aus Hobs Schüssel klauen, was?« Auch das Wesen richtete sich auf. Es sah wie ein Mensch aus, aber es war ziemlich klein, kaum größer als Thragun. Rund und dick war es, nur seine Arme und Beine waren fast so dünn wie Stecken, und es war fast ganz in graubraunen Stoff gehüllt. Lediglich das runzelige Gesicht mit dem häßlichen eckigen Mund und den kleinen grünen Augen, die wie Stecknadelköpfe an der langen und scharfen Nase (fast wie der Schnabel eines Raubtieres geformt) saßen, war nicht bedeckt. Jedoch war die Haut so dunkel, daß sie fast ein Teil des Stoffes hätte sein können.

»Das hier ist Kobold Hobs Reich!« Diese Worte trafen Thragun hart. »Vergiß das, Nachtwandler, und Hobs Blick wird dich in eine Kröte verwandeln, das schwör ich!« Er stampfte mit dem langen dünnen Fuß auf, dann mit dem anderen, daß es aussah wie ein wütender Tanz. Dann deutete er mit beiden Zeigefingern auf die Katze, und sein Mund begann seltsame Worte zu formen, die Thragun nicht verstehen konnte.

Thewadas konnten hinterhältig und zornig sein, Thragun hatte davon gehört, doch meistens fehlte ihnen die nötige Kraft, um ernsthaftes Unheil anzurichten. Thragun gähnte, um dem Wesen zu zeigen, daß sein Wutausbruch ihn nicht im geringsten beeindruckt hatte.

»Ich bin Hob der Kobold!« schrie der tanzende Wicht schrill. »Das ist mein Reich, jawohl!« Wieder stampfte er auf, diesmal so heftig, daß sein kugelrunder Körper auf und ab hüpfte.

»Ich bin Thragun Neklop — Wächter der Prinzessin«, erwiderte Thragun gemessen und würdevoll. »Du bist ein Thewada, und in der Nähe der Prinzessin ist kein Platz für dich...«

Jetzt war das Gesicht des Kobolds nicht mehr grau-braun, sondern verdunkelte sich zusehends, und Worte, die er zu bilden versuchte, verschluckte er, weil er fast am Schreien war.

»Die Schüssel steht dir zu«, fuhr Thragun fort. »Bitte entschuldige, daß ich davon probiert habe. Es schmeckt gut«, sprach er weiter, als befänden sie sich mitten in einem höflichen Gespräch. »Wie heißt das?«

Seine Haltung schien Hob den Kobold zu verwirren. Das Wesen hielt in seinem hüpfenden Getanze inne und streckte den Kopf vor, damit seine Augen diese pelzige Kreatur, die vor ihm keine Angst hatte, wie es allen ordentlichen Bewohnern dieses Hauses zukam, näher in Augenschein nehmen konnten.

»Das ist Sahne — Sahne für Hob den Kobold!« Er schlurfte einen Schritt zur Seite, so daß er jetzt zwischen Thragun und der Schüssel stand. »Sahne stellen sie immer hin, wenn sie mich rufen. Und es ist wahrhaft an der Zeit, daß Hob kommt — in diesem Haus geht das Schwarze Böse um!«

Thragun erhob sich, der Schwanz bewegte sich langsam hin und her, und er legte die Ohren ein wenig an.

»Thewada, du sprichst wahre Worte. Das Böse habe ich gerochen, seitdem man mich hierher gebracht hat. Und ich — ich bin der Wächter der Prinzessin. Was weißt du über dieses Böse hier und wo befindet es sich?«

Hob der Kobold hatte mittlerweile die Schüssel mit beiden Händen gepackt und den Kopf so weit auf die Schultern zurückgeworfen, daß er gleich herunterzukullern schien. Dann öffnete er den Mund, der wohl die Hälfte seines Gesichts einnahm, und schüttete sich den Inhalt der Schüssel in den Schlund.

»Wo ist dieses Böse?« wiederholte der Kater ungeduldig. »Ich muß dafür sorgen, daß es dem kleinen Mädchen, zu dessen Wächter ich ernannt bin, nicht nahe kommt.«

Hob schluckte ein letztes Mal, wischte sich mit dem Handrücken über den Mund und schmatzte mit den dünnen Lippen. Dann zeigte er auf die Decke über ihren Köpfen.

»Da oben, jawohl. Sie hat ein rabenschwarzes Herz und eine harte Hand, dieses Weib. Was sie wirklich will«, seine finstere Miene wurde mit jedem Wort immer grimmiger, »ist Hobs Haus. Und es wird ernst, wenn sie es in ihre Hände bekommt! Das sage ich, und ich bin Hob der Kobold!« Wieder stampfte er mit dem Fuß auf den Steinboden.

»Wenn das hier dein Reich ist, warum läßt du es dann zu, daß sie dir dein Haus wegnimmt?« erkundigte sich Thragun. Er starrte ständig zur Decke hinauf und überlegte fieberhaft, wie er hier davonkommen und dort hinauf gelangen konnte.

»Sie arbeitet mit dem Schwarzen Bösen«, erwiderte Hob der Kobold langsam. »Aber das Gesetz steht auf ihrer Seite.«

»Was ist das Gesetz?« wollte Thragun wissen. »Es ist der Wille des Königs. Hat er teil an diesem Bösen?«

Hob der Kobold schüttelte den Kopf. »Du hast ja komische Flausen im Kopf. Das Gesetz kommt von uns, die wir die Alte Magie besitzen. Nur ihr schadet es nicht, weil sie nicht glaubt. Die Wesen, die schon lange hier leben und jetzt in den Gängen wandern, wollen Furcht in ihrem Herzen säen. Aber bevor sie nicht glaubt, können wir sie nicht vertreiben. Das ist das Gesetz . . .«

»Es ist nicht mein Gesetz. Ich habe nur meine Pflicht als Wächter. Und Wache will ich halten!« Ohne Hob den Kobold noch eines Blickes zu würdigen, sprang Thragun wie der Blitz den Flur entlang.

Emmis Finger waren schon ganz zerstochen und verkratzt vom Festklammern an den Efeuranken. Sie wagte nicht nach unten oder zurück zu sehen, sondern konzentrierte sich nur darauf, sich Schritt für Schritt an dem Vorsprung entlangzuschieben.

Sie preßte sich an die Wand und getraute sich kaum, Atem zu schöpfen. Vom nächsten Fenster her ertönte ein Geräusch. Die Fensterflügel schlugen gegen die Mauer; dann vernahm sie Miss Wykers Stimme:

»Miss Emmi, Mylady? O weh, ich fürchte, Sie sind sicherlich recht enttäuscht von ihr. Sie ist so unverschämt und gefühllos. Nun ja, sie hat nie darum gebeten, Sie besuchen zu dürfen, noch hat sie sich nach Ihrem Wohlbefinden erkundigt.«

In Emmi stieg Hitze auf, trotz der ziemlich kühlen Brise, die in den Blättern rings um sie raschelte. Miss Wyker erzählte der Großtante nichts als Lügen über sie!

»Und jetzt, Mylady, ruhen Sie sich ein wenig aus. Dann komme ich wieder mit dem Schlaftrunk, den Dr. Riggs verschrieben hat.«

Darauf folgte eine Erwiderung, so schwach und leise, daß Emmi sie kaum verstand.

»Nicht heute abend, Miss Wyker. Ich wache dann immer so schwach und mit Kopfschmerzen auf. Bevor ich anfing, den Schlaftrunk einzunehmen, ging es mir viel besser.«

»Aber, aber, Mylady. Der Doktor weiß am besten, was er Ihnen geben soll. In Bälde sind Sie wieder ganz hergestellt. Ich komme wieder, so schnell ich kann.«

Eine Tür wurde geschlossen, und Emmi schob sich etwas schneller vorwärts. Dann hatte sie das geöffnete Fenster erreicht und glitt mit letzter Kraft ins Zimmer hinein. Auf einem kleinen Tischchen brannten zwei Kerzen, doch das übrige Zimmer war in Dunkelheit getaucht.

»Wer . . . wer ist da?« Aus den düsteren Schatten um das große Bett mit dem Vorhang ertönte dünn und zittrig Großtante Amelies Stimme.

»Bitte.« Emmi durchquerte das Zimmer, um sich eine der Kerzen zu nehmen. Sie näherte sich dem Bett und hielt dabei die Kerze so, daß sie die Großtante sehen konnte. Sie ruhte auf ein paar Kissen, und das schöne weiße Haar war unter einer Nachthaube verborgen, so daß nur ihr schmales bleiches Gesicht zu sehen war.

Der Zorn, der Emmi zu der kühnen Tat, in dieses Zimmer zu klettern, beflügelt hatte, brach sich jetzt Bahn. »Bitte, Miss Wyker hat dich angelogen. Ich wollte dich wirklich besuchen, und ich habe immer wieder darum gebeten, aber sie sagte mir, du wolltest nicht gestört werden und daß ich zu laut und zu sorglos sei. Aber das ist eine Lüge!«

»Emmi, Kindchen, auch ich wollte dich sehen. Aber wie bist du nur hier hereingekommen? Ganz sicher bist du nicht durch das Fenster hereingelangt.«

»Ich mußte«, bekannte Emmi. »Sie hat mich in meinem Zimmer eingesperrt. Und sie sperrt die Tür deines Zimmers ebenfalls zu. Schau her.« Sie ging durchs Zimmer und versuchte, die Tür zum Flur zu öffnen. Doch wie sie erwartet hatte, ließ sie sich nicht öffnen. Auf ihrem Rückweg zum Bett fiel ihr Blick auf das Tablett, das Jennie mit dem Pudding von der Köchin gebracht hatte.

»Wolltest du das nicht essen?« Sie trug das Tablett in der einen Hand und die Kerze in der anderen. »Die Köchin hat es extra für dich gemacht — aus ganz frischer Sahne und frisch gelegten Eiern. Sie sagte, als du noch gesund warst, hast du ihn immer so gern gegessen.«

»Pudding? Aber natürlich esse ich ihn gern. Gib ihn mir, Emmi. Dann setz dich hin und erzähle mir alles über das Zusperren von Türen und darüber, daß ich dich nicht sehen will.«

Hungrig nahm Lady Ashely den Pudding zu sich, während Emmi alles hervorsprudelte, was sich in Hobs Reich zugetragen hatte und das sie nicht verstand. Sie endete mit der Geschichte, wie Thragun Neklop ins Haus gekommen war und wie Miss Wyker sich in dieser Sache verhalten hatte.

»Und Vater hat ihn schließlich mir geschickt — er ist ein Geschenk von einer Prinzessin, und zwar einer echten Prinzessin. Jennie hat ihn weggebracht, und jetzt weiß ich nicht, was mit ihm geschehen ist!« Tränen liefen über Emmis Wangen und hinterließen feuchte Spuren in dem Staub, der sich dort aus den Efeuranken festgesetzt hatte.

»Emmi, liebes Kind, kannst du mir bitte mit den Kissen helfen, ich möchte mich aufsetzen.«

Emmi schob eilends die Kissen zusammen.

»Emmi, war Mr. Adkins in letzter Zeit hier?« Emmi war enttäuscht, daß Lady Ashely Thragun nicht erwähnt hatte, aber sie antwortete unverzüglich:

»Er war dreimal da. Aber Miss Wyker hat immer behauptet, daß du gerade schläfst oder daß es dir nicht gutginge, und dann ist er wieder gegangen.« Mr. Adkins war der Pfarrer. Emmi empfand ein wenig Scheu vor ihm, denn er war ziemlich hochgewachsen, und er lächelte nur selten.

»Aha.« Großtante Amelies Stimme klang schon viel kräftiger. Emmi nahm, ohne darum gebeten worden zu sein, die leere Schüssel und stellte sie auf die Kommode unter dem Fenster. »Ich begreife zwar noch nichts, aber wir müssen beginnen zu verstehen —«

»Aber was wird aus Thragun?« wagte Emmi ihre Großtante zu unterbrechen. »Jennie sagte, daß Rog die Katze der Köchin weggebracht habe, und die Katze ist nie wiedergekommen.«

»Ja, wir müssen ganz bestimmt herausfinden, was mit Thragun geschehen ist — und auch noch eine Menge andere Dinge. Geh an meinen Schreibtisch dort drüben und bringe mir meine Briefmappe und das Tintenfaß.«

Doch Lady Ashelys Hand zitterte und bebte beim Schreiben so heftig, daß sie sehr langsam vorgehen mußte. Einmal sah sie zu Emmi auf und sagte:

»Kind, siehst du diese braune Flasche dort auf dem Kaminsims? Ich möchte, daß du sie mitnimmst und versteckst — vielleicht in der großen Bänderschachtel im Schrank hinten im Zimmer.«

Kaum hatte Emmi das erledigt, da hörten sie, wie sich der Schlüssel im Türschloß drehte. Lady Ashely zwang sich, noch zwei Worte zu schreiben, dann faltete sie den Brief zusammen und schrieb Mr. Adkins' Namen auf den Umschlag. Dann nahm Emmi die Briefmappe und die beiden Schreibfedern, von einer tropfte gerade Tinte aufs Kissen, und warf alles unters Bett. Schließlich stöpselte sie das Tintenfaß zu und stellte es ebenfalls unters Bett. Lady Ashely schob Emmi das Briefkuvert zu, und das Mädchen steckte es vorne in die staubige und zerrissene Hose.

Das ging die Tür auf, und Miss Wyker stand da mit einer Kerze in der Hand. Ganz hoch hielt sie sie, damit das Licht das Bett erhellte.

»Mylady«, zischte sie. »Was hatten Sie vor? Was...«

Jetzt fiel das Licht auf Emmi, und Miss Wyker blieb kurz stehen. Ihr Gesicht war ziemlich bleich, und ihre Augen funkelten hart.

»Du grausames Kind! Was hast du hier zu suchen? Schäme dich, du!« krächzte sie, während sie die Kerze abstellte, um sich drohend über Emmi zu beugen. Sie packte das Kind bei den Haaren und stieß sie zur Tür. »Seien Sie versichert, dafür wird sie büßen!«

»Ich glaube nicht, Miss Wyker.« Lady Ashely sprach nicht sehr laut, aber ihre Worte klangen schneidend. Während Miss Wyker das Kind zur Tür zerrte, sah sie sich um, doch ihre Miene änderte sich nicht.

»Mylady, Sie werden wieder krank werden. Dieses grausame Kind hat Sie aufgeregt. Ganz sicher wird sie dafür bestraft werden.«

»Und wenn ich es verbiete?«

»Aber, Mylady. Alle wissen, daß Sie sehr krank sind und manchmal nicht ganz bei Sinnen sind. Selbst Dr. Riggs hat bemerkt, wie verwirrt Sie bisweilen sind. Sie werden seine Medizin einnehmen und dann ganz friedlich einschlummern. Und wenn Sie wieder erwachen, dann wird Ihnen das alles hier wie ein Traum vorkommen. Ja, Mylady ich versichere Ihnen, Sie werden äußerst gut versorgt.«

Emmi versuchte, sich an einen Bettpfosten zu klammern,

dann an eine Stuhllehne. Aber der Schmerz durch das Zerren an ihren Haaren war zu stark, und sie ließ los. Großtante Amelie betrachtete Miss Wyker, als sei sie ein scheußliches Ungetüm. Sie preßte die Finger auf den Mund, und Emmi sah, daß sie wirklich entsetzt war.

Krachend flog die Schlafzimmertür auf, und Emmi wurde hinaus auf den Flur gestoßen.

»Du.« Miss Wyker schüttelte Emmi. Sie ließ ihr Haar los und vergrub die Finger in den Schultern des Kindes und schüttelte es hin und her, bis Emmi schlaff und hilflos in ihrem Griff hing. »Hinunter in den Keller mit dir, mein Kind. Das Ungeziefer und die Ratten werden dir ein wenig zum Nachdenken geben! Komm schon!« Jetzt packte sie Emmi im Nacken und drängte sie im Laufschritt vorwärts.

Sie langten oben an der kleinen Hintertreppe an, welche die Dienstboten benutzten. Da schoß ein dunkel und hell bepelzter Blitz herauf und an Emmi vorbei. Miss Wyker ließ das Kind los und versuchte vergebens, sich von etwas zu befreien, was ihr scheinbar hinten in den Röcken hing. Das gelang ihr jedoch nicht, und sie wollte sich nun so weit herumdrehen, damit sie sehen konnte, um was für ein Wesen es sich handelte. Dort kauerte etwas Kleines und Düsteres.

Ein Gebrüll ertönte, dem eine Angstschrei von Miss Wyker folgte. Jetzt schlug sie mit den Händen in die Luft und versuchte den Dämon, der sich in ihren Nacken verkrallt hatte, zu packen. Sie kreischte vor Grauen und Qual, als eine Pfote von hinten um ihren Kopf fuhr und mit den Klauen über ihr weißes Gesicht kratzte, über das sofort rotes Blut quoll. Miss Wyker wirbelte wieder herum und fuchtelte wild nach der Katze, um sie festzuhalten. Sie taumelte, als der Schatten sich vor ihren Füßen breitmachte und nun seinerseits zu einem Schlag ausholte. Mit einem letzten Aufschrei stürzte die Frau zur Seite. Thragun flog in der entgegengesetzten Richtung durch die Luft und landete auf dem Boden des Flurs, nicht weit entfernt von Emmi, die sich an die Wand gedrängt hatte und nicht das leiseste Geräusch hervorbrachte.

Die Katze stapfte auf sie zu und stieß dabei kleine Schreie aus, als spräche sie zu ihr. Die Kerze, die Miss Wykers Hand entfallen war, rollte jetzt, noch immer brennend, die Treppe hinab bis zum Treppenabsatz. Ganz reglos lag Miss Wyker da.

Doch da war noch etwas anderes, etwas, das an ihrer Seite herumtanzte und dabei hoch und leise vor sich hinpfiff. Nur einen Augenblick lang hatte Emmi es gesehen, dann war es verschwunden. Thragun strich an Emmis Beinen hin und her und schnurrte dabei laut. Emmi bückte sich und hielt ihn fest an sich gedrückt. Obgleich dies nicht die würdevolle Art des Dankes war, die dem Edlen Krieger zustand, ließ er es zu. Schließlich war er ein Wächter, und er hatte seine Pflicht edel und gut erfüllt, auch wenn er es mit einem Röcke tragenden Thewada zu tun gehabt hatte. SEINE Prinzessin war in Sicherheit, und nur das zählte.

Ins Deutsche übertragen von Christiane Lotter
Originaltitel: Noble Warrior
Copyright © 1989 by Andre Norton

ELIZABETH ANN SCARBOROUGH

Bastets Segen

In Erinnerung an Shuttle, einen treuen Gefährten, geschickten Jäger, passionierten Sonnenanbeter und Archäologen

Sein Fell hatte die gelbbraune Farbe einer Wüstendüne. Fahlgelbe bis goldenen Streifen zierten Beine und Schwanz und ließen sein von Chrysolithaugen beherrschtes Gesicht wie das eines Tigers aussehen. Wenn er sich bewegte, schien es, die Sphinx habe sich erhoben, um sich an die Wege der Menschen zu schleichen. Die Länge seines Schwanzes und die Höhe seiner Ohren zeugten von mehr als gewöhnlicher Abstammung. Wenn er jedoch fauchte, klang es in Anbetracht seiner Größe wie ein krächzendes Miauen, aber damit mußte man sich abfinden. Mit seinem Fauchen hätte er wohl kaum Aufmerksamkeit erregt, um hinein- oder herausgelassen zu werden, eine andere Mahlzeit zu erhalten oder eine neue Kiste zu bekommen.

Aber um ehrlich zu sein, hätte Fauchen nicht zu ihm gepaßt, denn er war eine freundliche, gebildete Kreatur von stiller Würde und Selbstsicherheit. Oder er glaubte es, und so zeigte er sich auch Dr. Mercer an dem Morgen, als er ihre Bekanntschaft machte. Sie fand ihn in armseligem Zustand, eingekerkert in einem Drahtverhau.

»Armer Kater«, sagte sie und kniete nieder, so daß ihre Augen auf einer Höhe mit seinen waren. Er war unsicher, ob es ihre intelligenten und freundlichen Augen waren, die sie sympathisch erscheinen ließen, oder nur die feine Art, wie sie in seiner Gegenwart niederkniete. Er erhob sich in eine sitzende Position und richtete sich ein wenig auf. Sein ungewöhnlich langer Schwanz schwang leicht auf und nieder und zeigte an, daß er ihre Aufmerksamkeit begehrte.

»Madam, bitte übersehen Sie meine gegenwärtige Behausung. Ich wurde durch fremdenfeindliche Tendenzen gegenüber meiner Rasse seitens Miss Rosamunds neuem Gönner zur Räumung meiner früheren Unterkunft genötigt. Sorgen Sie sich aber nicht um mich. Dies Arrangement entsprach niemals wirklich meinem Geschmack. Neben meiner Mutter und meinen Geschwistern hielt sich Miss Rosamund fünf weitere meiner

Artgenossen. Ich bin ein Wesen, das ein gewisses Maß an Zurückgezogenheit und Einsamkeit bevorzugt.«

Er versäumte zu erzählen, daß er gerne grub, weshalb er allein von Miss Rosamunds Gästen durch die Absätze des Gönners zur Räumung gezwungen worden war.

Dr. Mercer fragte nicht nach. Sie ließ einige Münzen in ihrer Börse klingeln und wählte eine für den Aufseher. »Ich nehme diese Katze.«

Der Aufseher verhandelte nicht. Die Tierpräparatoren zahlten nicht so gut, und Dr. Mercer strahlte Autorität aus.

Ihre Sicherheit kam nicht daher, daß sie eine tadellose Hausfrau war. Sie brachte die Putzfrau, die alle zwei Wochen kam, zur Verzweiflung. Dabei waren die Voraussetzungen eigentlich gut. Die Teppiche waren alt, reich an exotischen Mustern und rötlichen Farben. Tiefe lederne Polstersessel standen in der Wohnung in solcher Anzahl, daß sie eine sonntägliche Teerunde mit Sitzgelegenheiten versorgt hätten. Ein geschnitzter Kirschholztisch nahm das halbe Wohnzimmer ein. Das Schlafzimmer wurde von einem Bett mit samtenem Baldachin beherrscht, beherbergte aber auch Couch, Frisiertisch und Garderobe. Der Eßtisch war ein schönes, altes Erbstück, das aus dem Besitz von Dr. Mercers Vater stammte. Die großen Bücherregale aus Walnußholz, die die Wände mit alten Bänden in schweren Leinen- oder Ledereinbänden füllten, hatten ebenfalls zum Erbe gehört. In den Regalen hätten die Bücher die Putzfrau nicht gestört. Aber sie fielen auf den Frisiertisch, ergossen sich auf das Sofa, quollen auf die ausgeblichene Couch, stürzten auf die Stühle, beschwerten das Bett, überfluteten fast den Eßtisch. Zwischen den Säulen von Büchern befanden sich Stöße von Papieren, Doktorarbeiten, Notizen, Grafiken und Illustrationen. Daneben lagen Überreste, wie Scherben von Töpfen und Fetzen von alter Kleidung. Diese Ausstattung, beschloß der Kater nach der Inspektion, war ihm angemessen.

Als Dr. Mercer ihn heimbrachte, füllte sie zuerst eine alte Tonschüssel mit Wasser, eine andere mit Dosenfisch und stellte beide mit seiner Einwilligung auf die Erde. Sie legte ein altes Kissen nahe bei den Tellern neben den alten Kohleofen. Dann schob sie eine Forschungsarbeit auf die Seite, setzte sich auf die Couch, sah dem Kater zu und erwartete seinen Urteilsspruch. Der Kater schnüffelte am Fisch, am Wasser und am Kissen, dann schritt er die Grenzen seines neuen Domizils ab.

Blätter rutschten unter seinen Krallen, der muffige Geruch alter Tinte und ein Hauch von grünem Schimmel stiegen in seine Nase. Seine Krallen glitten über das Linoleum und den Parkettboden, bis er auf den Teppich tappte. Er schlenderte durch alle Zimmer, dann zurück zum Schlafzimmer. Dort sprang er leichtfüßig auf den Tisch, das Bett, das Sofa und die Stühle, wobei er Bildung und Weisheit, aber auch viel Unwissenheit und Irrtümer unter seinen Tatzen spürte.

Dr. Mercer beobachtete seinen Rundgang mit derselben amüsierten Toleranz, die der Anblick ihrer Wohnung in ihm hervorrief. »Du gibst das Tempo, nicht wahr? Hin und hr, hin und her, wie ein Weberschiffchen oder ein Federball. Also gut, Shuttle, warum nicht?« Niedergelassen auf der schwankenden Spitze eines Turms von Bänden zur Archäologie des alten Ägypten, betrachtete sie der Kater einen Augenblick lang gedankenvoll, dann zeigte er sein Einverständnis.

Miss Rosamund hatte ihn niemals anders als ›Katze‹ gerufen. Sein vorheriger Name war längst vergessen, sogar von ihm selbst. Daß er jetzt ›Shuttle‹ gerufen wurde, gefiel ihm.

In kurzer Zeit entwickelten Shuttle und Dr. Mercer eine außergewöhnliche Beziehung, die auf gegenseitigem Respekt und Interessen beruhte.

An den kalten, windigen Tagen, wenn Dr. Mercer in die graue Welt außerhalb ihrer gemütlichen Wohnung auszog, um zu ihren Studenten zu gelangen und ihrem Beruf nachzugehen, döste Shuttle auf den Büchern und versank in Traumbilder von sonnengewärmtem Sand und großen, blattreichen Bäumen. Er sah den schweren, grünen Nil, der sich an den staubigen Grabmälern von Königen und Königinnen vorbeiwand, an den alten Begräbnisstätten, in denen Mumien wie verdorrte Herbstblätter lagen, in ihren Tüchern vertrocknet, so daß ihre eigenen Katzen sie am Geruch nicht mehr erkannt hätten.

Er erfuhr etwas über die Klassifizierung von Tonscherben und deren zeitliche Zuordnung anhand der Verzierungen, die Geheimnisse von Hieroglyphen, die Entwürfe von Gräbern, die interessanten Dinge, die bestimmte Gefäße enthielten, und über ›Ka‹, die Seele.

Dr. Mercer half bereitwillig, sein Wissen zu vertiefen. Ungefähr zu der Zeit, als er auf jedem Bücherstapel im Haus gedöst hatte, kam sie mit einem neuen Problem nach Hause, und eine komplette neue Schicht von Wissen wurde aufgetürmt.

Auf diese Art wurde Shuttle gründlich, wenn auch nicht unbedingt systematisch, zum Ägyptologen ausgebildet.

Nicht alle Zeit widmeten sie den Studien. Gelegentlich schauten auch Kollegen oder Studenten herein, und es ergaben sich lange Diskussionen und Streitgespräche, während sie Sherry und Catnip-Tee tranken. Shuttle liebte es, auf der Oberkante der Couch zu liegen, sich unter der Leselampe zu räkeln und sich vorzustellen, es wäre die heiße Sonne von Theben. Er streckte sich, damit die Wärme sein Fell durchdringen konnte, und kitzelte mit dem Schwanz den Nacken von Dr. Mercer. Gelegentlich machte er Anmerkungen, aber selbst Menschen, die Hieroglyphen lesen konnten, waren seiner Sprache unkundig, obwohl Dr. Mercer, sein persönlicher Zögling, mehr als das meiste verstand.

Er fühlte sich, als ob er sie schon als Katzenjunges oder sogar noch länger gekannt hatte, so gut paßten und so angenehm lebten sie zusammen.

Auf jeden Fall gewann er sie lieb, und wenn sie vor ihm nach Hause kam, setzte er sich auf ihren Schoß und erlaubte ihr, die Hände in seinem Fell zu wärmen. Nachts kroch er an ihren Kopf, um sie mit seinem Schnurren in den Schlaf zu singen. Dann lag er an ihren Füßen, damit sie sich gegenseitig wärmen konnten. Sie war sehr rücksichtsvoll und bewegte sich sogar im Schlaf vorsichtig, schlug nicht um sich, wie Miss Rosamund es getan hatte. War sie einmal fast eingeschlafen, setzte er oft seine eigenen Recherchen fort, entwarf Ausgrabungspläne im Sand seiner Kiste oder lag auf den Büchern auf der Fensterbank, wobei er über die Dächer auf die tosende See blickte und den Wind beobachtete, wie er die Wolken über dem matten Lächeln des Mondes auseinandertrieb.

Selbst wenn sie in ihre Arbeit vertieft war, rieb Dr. Mercer seine Ohren oder kniff ihn gefühlvoll in den Schwanz, wenn er an ihrem Stuhl vorbeikam. Manchmal, wenn er in der Nähe ihres Buches lag, suchte sie sein Fell mit den Fingern oder las ihm Passagen vor, um dann mit ihm zu streiten, als ob sie erwartete, daß er mit ihr übereinstimme. Gewöhnlich tat er dies, denn sie war eine ungewöhnlich kluge Frau.

Und dann kam der Frühling, eine Jahreszeit, die er stets mit Freude erwartet hatte. Dr. Mercer nahm merkwürdig riechende Gefäße aus dem Schrank und begann in großem Stil zu packen: praktische Kleidung, die er nie zuvor gesehen hatte, Gegenstände in Wüstenfarben und einen Hut. Sie trug niemals Hüte. Er saß eine Weile auf den Koffern und beobachtete sie interessiert. Er fand, daß die Koffer ein wenig wie die Bücher nach Ägypten rochen. Der Staub schien ihm wie alter Staub, Sand und Mumien.

Eines Tages schloß sie die Kofferschnallen, beugte sich nieder und hob ihn hoch. Sein Gesicht war so nahe an ihrem, daß sein Atem ihre Brillengläser beschlug. »Tut mir leid, alter Freund, aber die Pflicht ruft. Monica Thomas wird hier sein, um nach dir zu sehen. Du erinnerst dich doch an sie? Ich glaube, du mochtest sie.« Unsinn. Er kannte das Mädchen kaum, obwohl er natürlich zu allen ihren Gästen höflich war. »Ich werde dich vermissen, aber wenn ich dich mitnähme, müßtest du auf dem Rückweg durch die Quarantäne und all diese Dinge, das würdest du nicht mögen. Ich werde oft an dich denken. Ich werde bei Bubastis graben. Bubastis würde dir gefallen. Kluge Menschen. Sie hielten Katzen für heilig.«

Dann war sie fort, und Monica Thomas kam. Monica Thomas war bei weitem weniger an Katzen interessiert als an der schönen Wohnung der Professorin, die weit vom Studentenwohnheim entfernt lag und in der sie Shuttles und Dr. Mercers Bücher zu ihrer Entspannung lesen konnte oder, was häufiger vorkam, ihren privaten Vergnügungen nachging. Sie stellte alle Bücher zurück in die Regale und schrie Shuttle an, wenn er auf dem Tisch saß oder seine Krallen die Polster berührten.

Viele Nächte schloß sie ihn aus dem Schlafzimmer aus, weg vom Fenster. Manchmal ließ sie sich dazu herab, ihn zu streicheln aber sie mochte es nicht, wenn seine Haare in ihren Kleidern hingen. Sie ließ sein Futter schal werden oder vergaß, es herauszustellen.

Zuerst war er geduldig, denn was bedeutet Zeit für ein Wesen mit neun Leben? Aber bei der zweiten Wiederkehr des Mondes spürte er Ägypten durch das Muster des Teppichs und das polierte Parkett. Er spürte es in seinen Krallen und Knochen, in den hochstehenden Haaren an Nacken und Schwanz und in den Barthaaren. In Ägypten war irgend etwas nicht in Ordnung.

Monica war nicht seiner Meinung. Sie kam herein, schwenkte einen Brief und rief Shuttle fröhlich zu, daß sein Frauchen ihn grüßen lasse. Als sie in dieser Nacht zu Bett ging, hüpfte Shuttle auf den Tisch und schnüffelte an dem Brief. Das Papier trug ihren Duft, salzig und schwach, aber unverwechselbar. Er legte sich auf den Brief, wärmte sich den Bauch und sog die Neuigkeiten in sich auf. Wäre er ein Mensch, hätte er sich beruhigt. »Wir haben einen Fund gemacht. Natürlich ist es noch zu früh, um zu sagen, wie bedeutend er ist, aber wir haben bereits den Zugang zum Grab und zum Schrein gefunden. Leider verzögert sich die Arbeit, weil unsere Fellachen uns verlassen haben. Einige von ihnen klagen über seltsame Geräusche in der Nacht. Die Verhandlungen gehen voran.«

Was sie sagte, war nicht so bedeutend wie ihr Duft und der des Papiers. Er enthielt Gefahr und Verhängnis. Shuttle scharrte an der Schlafzimmertür und versuchte Monica zu erklären, daß er aus dem Fenster schauen müsse, um Ägypten zu sehen, um die Natur des Problems zu deuten. Sie warf einen Pantoffel gegen die Tür, aber am Morgen gab sie ihm frisches Futter und kraulte ihn unter dem Kinn, als ob er ein miauendes Katzenjunges wäre. »Heul nicht, Kumpel. In ein paar Monaten ist sie wieder da.«

Monate! Er hätte darauf bestehen sollen, sie zu begleiten!

Er verbrachte Tage damit, hinaus auf die See zu starren. Erst abends verließ er seinen Aussichtsplatz. Er kratzte am Fensterbrett und an der Tür. Er mußte nach Ägypten. Aber es war sinnlos. Er war eingeschlossen. Zuletzt fiel er erschöpft auf den Tisch, den Brief und das Buch und schlief ein.

Um Mitternacht erhob er sich, trat durch das Fenster und überquerte mit einem mächtigen Satz die See und alle Länder, die ihn von Dr. Mercers Zelt trennten. Sie schlief unter einem Moskitonetz, ihr Haar war mit Schweiß verklebt. Sie roch wundervoll nach sich selbst, aber sie zuckte und stöhnte im Schlaf. Shuttle schnurrte, und sie beruhigte sich, dann tappte er hinaus in die Nacht.

Selbst als eine Katze aus Fleisch und Blut wäre es leicht für ihn gewesen, in die Zelte einzudringen. In seiner Ka-Erscheinung boten sie ihm weniger Widerstand als die Hitzewellen, die aus dem Sand aufstiegen. Die meisten der Zelte beherbergten schlafende Professoren und Studenten. Die eingeborenen Arbeiter waren in ihren Dörfern, wie Shuttle aus Erzählungen wußte. Er schnüffelte weiter, wobei er auf seiner Suche kaum das Gewebe eines Zeltes durchdrang. Bis er die fand, die er suchte.

In seiner höheren Form konnte ihn das Küchenzelt natürlich nicht interessieren, besonders weil der Geruch alt und abgestanden war und sich mit dem eines Desinfektionsmittel vermischte, das zweifellos ein sorgsamer Wissenschaftler dem eingeborenen Koch aufgezwungen hatte.

Nein, Shuttle interessierten die Zelte, in denen die Funde katalogisiert und aufbewahrt wurden. Er wußte, daß die Erklärung für das Verhängnis hier liegen mußte.

Er sah sie durch das Segeltuch, so daß er zögerte, einzutreten. Er fauchte, und seine weichen Haare stellten sich wie Stacheln auf. Hier waren die Tonscherben, unbeachtet auf einem Seitentisch, zusammen mit einer Schreibmaschine, die den wackeligen Tisch mit ihrem Gewicht in der Mitte durchhängen ließ. Auf dem mittleren Tisch lagen Gefäße, Protokolle, Teile von Schmuckstücken und ganze Töpfe. Er nahm sie kaum wahr. Es war der Stoß von länglichen, runden Gegenständen, die über und unter dem dritten Tisch wie Feuerholz aufgestapelt waren, die ihn vom Kopf bis zur Schwanzspitze zusammenzucken ließen.

Er schritt auf den Tisch zu und schnüffelte, aber er sah bereits an den Umrissen der Ohren und den Schatten der Schnauzen auf dem Zelt, daß es Katzen waren. Tote Katzen. Sehr alte, tote Katzen. Vertrocknet, verformt, ihrer Schönheit beraubt. Shuttle brummte unsicher, sein Schwanz wippte. Plötzlich rührte sich etwas in der hinteren Ecke des Zeltes, raschelte wie eine Maus und trompetete wie ein Elefant. Er schreckte hoch und verschwand durch die Zeltwand. Als er draußen in Sicherheit war, hörte er ein Schnarchen und erkannte, daß Maus und Elefant zusammen nichts anderes als ein weiterer schlafender Wissenschaftler waren. Vorsichtig schlich er Schritt für Schritt in das Zelt zurück und stahl sich an ihm vorbei. Er erkannte ihn sofort: Es war Dr. William Parsons. »Ein guter Mann für Töpferei«, hatte Dr. Mercer gesagt. Offensichtlich aber nicht für Katzenmumien, so unordentlich, wie diese aufeinandergestapelt waren. Sosehr die Mumien ihn abstießen, war Shuttle fasziniert von den Stoffen, die in verschlungenen Mustern um die Körper, Tatzen und Schwänze gewickelt waren. Eine klebrige schwarze Substanz, wie sie auch für menschliche Mumien verwendet wurde, bedeckte die Katzen. Was war mit diesen Kreaturen geschehen? fragte Shuttle sich. Und was ließ sie so seltsam erscheinen? Er hörte auf, darüber nachzudenken, und starrte einen Augenblick lang vor sich hin. In seinem Kopf hörte er einen Chor aus einem fernen Jahrhundert klagend miauen. Er öffnete die Schnauze und jaulte, wobei ihn ein Schauer durchfuhr.

Er sprang vom Zelt weg und ließ Bill Parsons zurück, der fest schlief.

Die Expedition hatte ungewöhnliches Glück gehabt und die

ersten Funde gleich zu Beginn der Ausgrabungen gemacht. Dr. Mercers Brief hatte Monica erst nach einem Monat erreicht. Das Grab stand jetzt offen, ein Wächter schlief an der Tür. Eine Reihe von Gräben und Pfählen markierte die Lage des Tempels und des Schreins. Die Zeltstadt der Wissenschaftler und Assistenten stand im Halbkreis um die Fundstelle.

Die Grabstätte war wenig mehr als ein kleiner Steinhügel am Ende des Halbkreises. Der Hügel war hohl wie ein Ofen, und die Tür stand einen Spaltbreit offen. Shuttle konnte sich nicht dazu überwinden, hineinzugehen. Der Geruch von Mumien und Elend hing schwer über allem, und die Echos des Miauens, das er in seinem Kopf gehört hatte, hallte durch das Grab.

Dies war nun die Ruhestätte jener unglücklichen Mitglieder seiner Rasse, die jetzt wie vom Fischhändler verpackte Makrelen in Dr. Parsons Zelt lagen.

Das Grab öffnete sich zum anderen Ende des Halbkreises. Shuttle beschloß, daß dieses weniger grausige Objekt seine wissenschaftliche Aufmerksamkeit mehr verdiente. Man konnte kaum von ihm erwarten, daß er Dr. Mercer bei ihrem Problem hilft, bevor er sich einen Überblick verschafft hatte.

Er schwebte hinein, passierte den Wächter, dessen Kopf an einer Ecke lehnte, die Shuttle, einem Experten für Bequemlichkeit, äußerst unbequem erschien.

Das Grab lag an der Seite eines Hügels. Im Inneren führte ein Pfad abwärts. Die Ausstattung war nicht so erlesen wie in den Pharaonengräbern, aber für Tote allemal bequem genug. Shuttle versuchte, die Deckel der verzierten Kisten mit dem Kopf herunterzustoßen, merkte aber rasch, daß selbst die härtesten Stöße nichts bewirkten. Er stand auf den Hinterpfoten und hatte die vorderen auf die Ränder der Urnen gesetzt, um nach Ölen, Parfüm oder Eingeweiden zu schnüffeln. Selbst nach so vielen Jahrhunderten waren die Gerüche noch so stark, daß er seine Lippen verzog, wie ein vornehmer Mensch, der sich ekelt.

Seine Pfoten machten kein Geräusch auf den Fliesen, auf denen Sandkörner sprangen wie verängstigte Insekten, die es auch gab. Vom Geist der Wissenschaft erfüllt, mißachtete er sie geringschätzig.

Der Deckel eines Topfes war entfernt worden, und Shuttle hatte gerade seinen Kopf in die Öffnung gesteckt, als er ein Kratzen, Schlittern und ein schlurfendes Geräusch hörte. Er erstarrte, als ein Hauch von Kälte in die Wüstenhitze fuhr, die vorher das offene Grab erfüllt hatte.

Über dem Kratzen, Schlittern und Schlurfen lag das traurige Miauen, das jetzt wieder in seinem Inneren erklang. Shuttle schoß so schnell aus dem Zelt, daß er sich beinahe in den Bandagen der Gestalt verheddert hätte, die zielstrebig auf Bill Parsons Zelt zuhinkte. Das alarmierte ihn noch mehr, so daß er durch Zelt und Moskitonetz schoß, um auf Dr. Mercers Taille zu landen. Er setzte so hart zwischen ihrem Brustkorb und ihrer Hüfte auf, daß sie, falls er den Weitblick besessen hätte, seinen Körper mitzubringen, sein Zeichen für Wochen getragen hätte.

Das wäre ihr eigentlich recht geschehen. Was stimmte nicht mit ihrer schönen Wohnung und ihrer Professur, daß sie ihn bei Monica Thomas zurücklassen mußte, um an diesen schrecklichen Ort zu kommen? Er zitterte wie ein welkes Blatt im Sturm und drängte sich nach an Dr. Mercer. Dieses schreckliche Miauen! Wie konnte sie taub dafür sein?

Aber plötzlich drang ein anderes Geräusch an seine angelegten Ohren. Tief und gewürgt, gequält und gurgelnd, voller Abscheu und Furcht. Dann herrschte Todesstille. Die Ruhe dauerte nur einen Moment, dann bemerkten Shuttles empfindliche Ohren das langsame Schaben, Schlittern und Schlurfen, Schleifen, SCHABEN, SCHLITTERN, SCHLURFEN, SCHLEIFEN – und dann erfüllte der staubige Gestank vermoderter Bandagen das Zelt. Hände krallten sich in das Moskitonetz und waren bereit, Dr. Mercer zu töten, ebenso wie sie bereit gewesen waren, Bill Parsons und wer weiß wie viele andere zu töten. Dr. Mercer zuckte und murmelte im Schlaf. Sie erwachte halb durch die Gegenwart der Mumie und begann, einen erstickten Schrei auszustoßen.

Ein Mumienfluch. Es war offensichtlich das gleiche Phänomen, das schon mindestens zwei Expeditionen befallen hatte und nun die eigenen Kollegen heimsuchte. Auch Shuttle war zuweilen griesgrämig, wenn er aus einem tiefen Schlaf unsanft geweckt wurde. Aber das hier war zuviel für ihn. Dieses Zelt war sein Revier und Dr. Mercer seine Begleiterin. Mit angelegten Ohren, gesträubtem Fell, gefletschten Zähnen, blanken Krallen und einem vierfach vergrößerten Körper stürzte er sich durch das Moskitonetz auf das Gespenst, bereit, ihm die Bandagen einzeln abzureißen.

Dazu kam es nicht. So mordlustig die Mumie auch war, sie war dennoch eine außergewöhnlich gutrerzogene Spukgestalt. Von übernatürlicher Art nahm sie Shuttles Verärgerung sofort wahr. Sie fiel mit einer Geste der Unterwerfung und Demut zu Boden, die Shuttle von Bildern in Dr. Mercers Büchern kannte. Dieses schauderhafte Wesen hatte wohl Dr. Parsons umgebracht. Aber Shuttle, der sich nachdenklich ableckte, während er die Mumie beobachtete, während sie auf die Knie fiel, brachte es trotzdem nicht über sich, diese intelligente und höfliche Vertreterin des ewigen Ägypten anzugreifen.

Er sprang auf sie zu, um sie zu verscheuchen, verfolgte sie dann aus Dr. Mercers Zelt und schlug nach den Bandagen, die sie hinter sich herschleifte, um zu zeigen, daß er es ernst meinte. Dann kehrte er zum Grab zurück und passierte die Wache, die nun eine leere Hülle war, deren Ka-Seele offensichtlich größere Sorgen als die Bewachung eines Grabes hatte.

Die Mumie kehrte zu ihrem Sarkophag zurück und bestieg ihn mit einem Seufzer, ohne den Deckel zu schließen. Das beruhigte Shuttle nicht. Sicher war die Mumie jetzt gefügig, weil ihr ein Katzen-Ka ihren Platz zeigte. Shuttle wußte aber nicht, wie lange er in diesem Zustand bleiben würde. Sicher mußte sein Ka bald in seinen Körper zurückkehren, und dann war Dr. Mercer wieder der Mumie ausgeliefert. Natürlich wäre auch der Rest der Expedition in Gefahr, aber Shuttle konnte sich nicht um alles gleichzeitig kümmern.

Das klägliche Miauen wurde lauter und kam näher, aber Shuttle erschien es mehr ein Hilferuf denn als Klage. Er hüpfte auf den Rand des Sarkophags und streckte sich, bis er über das Kopfende hinausschauen konnte. Er sah einen kleinen Hügel, der aus wenig mehr als Sand und Erde zu bestehen schien. Dieser Hügel zog ihn an, und er begann zu kratzen. Seine körperlosen Tatzen warfen Geistersand nach beiden Seiten fort, bis der wirkliche Sand eine kleine Schatulle freigab. Er wich zwei Schritte zurück, als deren Deckel zu wackeln anfing. Die Intensität des Miauens nahm zu. Er streckte eine Pfote aus und schlug das verdammte Ding weg, wobei er sich selbst erschreckte, denn er hatte sich daran gewöhnt, keine Substanz zu haben. Im Sarg lag eine zweite Mumie, die goldene Ringe in den Ohren trug und deren Körper, Pfoten und Schwanz mit Stoffstreifen zusammengebunden waren. Eine schöne Arbeit, die möglicherweise viel über Datierung, Handwerkskunst und die Leute verriet, die dies alles geschaffen hatten. Aber aus dem Inneren kam der beschwörende Schrei: »Befreie uns!«

Shuttle setzte zaghaft eine Pfote auf die Bandage.

»Befreie uns«, wiederholte die Stimme. Er griff ein Ende mit der Pfote und nahm es zwischen die Zähne. Es fühlte sich wie Gummi an und schmeckte nach Staub und alten Kräutern. Zu Shuttles Überraschung zeigte seine Arbeit Wirkung. Zuerst zerriß er die Bandagen mit seinen Zähnen und Pfoten, aber als er zu den unteren Schichten kam, fielen sie von ganz selbst ab. Die klebrige Substanz löste sich auf, als er weiter in die Mumie drang. Er war so vertieft in seine Arbeit und die Absicht, den Schrei verstummen zu lassen, daß er nicht sogleich bemerkte, wie der vom Körper der Mumie aufsteigende Staub sich in Dunst und der Dunst in eine Katzen-Ka verwandelte.

Er zerstörte gerade die letzte der Bandagen, als die Stimme, die nun schnurrte und nicht mehr miaute, ihn ansprach.

»Du hast wohl gehandelt, Nachfahre und Jünger. Bleibe und mache dich zurecht.« Er schaute auf und sah erschreckt eine andere Katze, keine elegante Ebenholzfigur mit der majestätischen Haltung der Statuen, sondern ein bildschönes, vierfarbiges Tier mit Schildpattmuster im Fell. Das saphirblaue rechte und das smaragdgrüne linke Auge betrachteten ihn mit Wohlwollen.

Dennoch, es war ihr Territorium. »Ich bitte um Verzeihung«, sagte er. Etwas an ihr ließ ihn unterwürfig auf den Rücken rollen. Ihre Zunge leckte seinen Pelz, bis er verstand, daß man keine Unterwerfung von ihm erwartete. Statt dessen gab er vor, sein rechtes Hinterbein zu putzen. »Ich wußte nicht, daß in diesem Abschnitt noch jemand ist . . .«

»Du wußtest nicht?« fragte sie. »Weshalb bist du gekommen, wenn nicht zu unserer Befreiung? Du kannst offen sprechen.«

»Es ist meine Aufgabe, wißt ihr?« sagte er, während er sich zwischen seinen Krallen säuberte. »Ich bin Ägyptologe. Meine Leute haben Eure schon seit vielen Jahren ausgegraben. Bitte entschuldigt mein Unwissen, aber wer seid Ihr selbst?«

»Wir sind eine Verkörperung der Gottheit Bastet. Wir hoffen, daß du nicht Anubis erwartet hast? Gut. Was deine Entschuldigung angeht, so ist sie überflüssig, weil du uns befreit hast.«

»Ja« sagte er. »Ja, das habe ich. Und es war wirklich gut von mir, etwas zu tun, als Euer Günstling hier — das ist doch Euer Günstling?« Er zeigte mit seinem Schwanz auf die größere Mumie.

»Ihre letzte Inkarnation war unsere Priesterin.«

»Eure Mumie hat einen meiner Kollegen umgebracht und versucht, meine Freun . . . meine Priesterin zu töten. Ich dachte, es wäre geschehen, weil wir Euer Grab entweiht haben.«

Die Edelsteinaugen schlossen sich einen Moment, dann öffneten sie sich wieder, und das Schnurren wurde lauter. »Sie ist sehr gewissenhaft, unsere Priesterin, aber leider ein Produkt der Wahnvorstellungen unserer Gesellschaft. Sie weiß, daß unser Geist ruhelos ist, und nach ihrem Glauben sind Opfer das einzige Mittel, uns zu beruhigen. Das ist gut und schön, solange man lebt und nach Fisch und Soße hungert, aber wenn Pfoten und Schwanz eingewickelt sind, bringen solche Dinge nur deine Leute um — und mit ihnen meine unglücklichen Kinder.«

»Eure Kinder?«

»Meine Nachfahren aus dieser Inkarnation, als Menschen uns verehren wollten, indem sie unsere Ka-Seelen in diesen weltlichen Stoffetzen schnürten.« Sie legte ihren Schwanz an die zerfallenen Bandagen. »Zu unseren Lebzeiten wurde unsere Rasse sehr verehrt. Nicht nur Fisch und Soße, sondern Sicherheit und Schutz wurden uns allen zuteil. Eine Sandale auf uns zu setzen wurde mit dem Tod bestraft. Die Menschen bauten uns zur Ehre Statuen und beteten uns nach unserem Tode an. Aber dann entwickelten sie die Vorstellung, daß wir ebenso wie sie in unseren Körpern bleiben wollten, und begannen uns so zu begraben, wie du es hier siehst. Es war eine schreckliche Idee, und da sie trotz ihrer sonstigen Ergebenheit zu dumm sind, unsere Sprache zu lernen, gab es keine Möglichkeit, ihnen mitzuteilen, daß sie uns lebendig begruben. Viele von uns versuchten zu fliehen, indem sie in offene Feuer sprangen, um so in die nächste Inkarnation zu fliehen. So erschreckt waren wir von dem Gedanken, für alle Ewigkeit an einen Körper gefesselt zu sein.

Weil wir stets verehrt wurden, hatten wir keine Möglichkeit, dem Schicksal zu entgehen, zu dem uns unsere Anbeter ahnungslos verurteilten. Obwohl wir uns vor ihnen verbargen, fanden sie uns und richteten uns so zu, wie du uns nun findest.«

»Entsetzlich«, räumte Shuttle ein, »aber meine Leute sind nicht dafür verantwortlich.«

»Deine Leute würden uns aus unserer Heimat, unserer Erde vertreiben«, sagte Bastet. »Da ihnen der Respekt unserer Diener fehlt, würden sie unsere gefesselten Seelen mißachten, und wir wären niemals wieder frei, um auf vier Pfoten über die Erde zu wandeln.«

»Aber ich habe Euch befreit. Ihr seid frei.«

»Ich bin eine Gottheit und habe meine Pflichten. Meine Nachkommen sind noch immer gefesselt.«

Shuttle starrte in die meerestiefen Augen, erhob seinen Schwanz und ließ ihn fallen. »Ich würde sie für Euch mit einem Schlag befreien, das gebietet schon die Höflichkeit. aber vor Euch ist nicht mein wirkliches Ich, sondern mein Ka, wie Ihr wißt.«

»Dein Ka, Befreier unseres Geistes, ist dein wirkliches Ich. Aber wir sind neugierig, wo sich dein Körper befindet und weshalb sich dein Ka von ihm trennte.«

»Mein Körper liegt schlafend jenseits des Meeres. Ich träumte von der Gefahr für Dr. Mercer und unsere Kollegen, und da mein Körper nicht mitkommen konnte, kam ich ohne ihn. Ein Glück, daß ich es tat. Ich fürchte, diese Priesterin hat zwei von unserer Gruppe getötet und hätte auch Dr. Mercer umgebracht, wenn ich sie nicht daran gehindert hätte.« Bei den letzten Worten knurrte er.

»Unsere Dienerin ist etwas ungestüm. Aber das macht nichts. Wirst du uns behilflich sein, wenn wir es ermöglichen?«

Shuttle blinzelte langsam. »Das sagte ich bereits.«

»Du kannst nun gehen. So wie dein und mein Geist zusammengewirkt haben, um uns zu befreien, so verleihen wir deiner Ka-Seele eine Gestalt, deinen Ka-Krallen Schärfe und deinen Ka-Zähnen Kraft, damit du unsere Gefangenen befreien kannst. Geh nun.«

Shuttle ging so selbstverständlich, als ob es seine eigene Idee gewesen wäre. Er versuchte durch die Wand des Zeltes zu gelangen, in dem die Mumien lagen, aber er stieß mit der Nase an und mußte durch den Vorhang eintreten. Bill Parsons war fort. Er vermutete, daß er dort war, wo sie tote Menschen aufbewahrten. Das kam Shuttle gelegen, denn nach all den Studien, die er über Konservierung, Restauration und Aufbewahrung von Kunstgegenständen absolviert hatte, wollte er nicht vom Kollegium bei seinem zerstörerischen Werk beobachtet werden. Es gab keine Möglichkeit, seinen Wissenschaftlerkollegen klarzumachen, daß es sich hier nicht um reine Kunstgegenstände, sondern um die lebenden Ka-Seelen von Katzen handelte, die schon lange für die Wiedergeburt bestimmt waren. Vielmehr nahm er an, daß Menschen selbst dann nichts begriffen hätten, wenn sie die Worte verstanden hätten.

Etwas in der Nähe schrie und lachte verrückt, und Shuttle zuckte zusammen. Sein Schwanz stellte sich auf. Als der Lärm anhielt, wurde ihm klar, daß er den Schrei eines Schakals hörte. Verfluchter Hund, dachte er mit Abscheu und machte sich an die Arbeit.

Das Leben auf der Straße zwischen den Häusern von Miss

Rosamund und Dr. Mercer war eine exzellente Vorbereitung für die Befreiung mumifizierter Katzen. Zuerst bearbeitete er jedes Leichentuch mit seinen Krallen, um die Bandagen zu öffnen, dann nahm er das Ende zwischen die Zähne und zog, wie er einst an dem scharlachroten Wollknäuel aus Miss Rosamunds Nähkorb gezogen hatte. Die Wickel schmeckten fürchterlich, und der Gummi klebte in seinem Fell, aber nachdem er einen Anfang gemacht hatte, lösten sich die Bestandteile zu Staub auf. Der Staub stieg auf, und die Ka-Seelen nahmen Katzenform an, streckten sich, leckten sich ein- oder zweimal und verschwanden. Shuttle befreite so viele, daß er schließlich erschöpft war. Aber schließlich löste sich die letzte von Bastets Katzen in Nichts auf, und Shuttle sank mit seinem Bauch auf die zerstörten Bandagen.

Gerade rechtzeitig, um das Schlittern und Schlurfen, Schleppen und Schleifen entlang der Zeltwand zu hören.

Shuttle vergaß seine Müdigkeit, sprang auf die Beine und eilte aus dem Zelt in die rauchige, graue Dämmerung. Gerade, als die Mumie Dr. Mercer Zelt erreichte, sprang er vor sie. Diesmal gab er ihr keine Zeit, auf die Knie zu fallen, er stieß sie so, daß sie rücklings strauchelte. Er schob sie den ganzen Weg zurück zum Grab und stand knurrend da, während sie in ihren Sarkophag zurückwich.

Plötzlich aber stand Bastet vor ihm, den Rücken in Kampfhaltung gekrümmt, ihr gesprenkeltes Fell aufgerichtet. Die Edelsteinaugen leuchteten.

»So also belohnt Ihr also Eure Diener?« fauchte er. »Dieses Ding hat schon wieder versucht, Dr. Mercer zu töten. Laßt es mich aufreißen — laßt es mich befreien wie Euch und die anderen.«

»Unsere Priesterin ist ein menschliches Wesen. Dies ist ihre unsterbliche Verkörperung. Dies ist ihre Existenz, ihre Mission. Widerspenstig wie sie ist, wir können sie nicht bestrafen, indem wir sie von ihrer Bestimmung entfernen.«

»Schön, dann sagt ihr, daß sie sich von meinen Leuten fernhalten soll.«

»Die erfüllt ihre Bestimmung ebenso, wie du deine erfüllt hast«, sagte Bastet und setzte sich dabei in ihren Sarkophag. Shuttle glaubte durch die Bandagen zu sehen, wie sich das Gesicht der Gottheit zu einem Grinsen verzog. »Nun verschwindet auch die Kraft, die wir dir verliehen haben. Kehre in deinen Körper zurück, Befreier, und nimm deine Dienerin mit.«

Shuttle spürte, wie die verbliebenen Kräfte seine Pfoten, Klauen und Fänge verließen. Sein Schnurrbart und der Schwanz sanken nieder, und er konnte wieder den Fliesenboden durch seine eigenen Füße hindurch sehen. Er miaute. »Wenn ich nur könnte! Aber sie wird bleiben!«

»Dann soll sie für ihre Ungläubigkeit bestraft werden«, sagte Bastet.

»Ihr versteht einfach nicht, wie Wissenschaftler denken«, erklärte ihr Shuttle. »Dr. Mercer und ich sind in dieser Hinsicht einer Meinung. Es ist nötig, in diesem Land zu graben, zu arbeiten. Dr. Mercer muß graben, wie Ihr und ich graben und jagen müssen. Aus diesem Grund bitte ich: Laßt mich nicht verschwinden und überlaßt sie nicht dieser Mumie. Dr. Mercer ist mehr als eine Dienerin für mich. Sie ist meine Kameradin, meine Kollegin, mein Trost. Wie könnt Ihr von mir verlangen, alles zu verlieren, indem ich tue, was Ihr sagt und sie aufgebe?«

»Nun, wenn du deswegen jammerst«, sprach die Gottheit eingeschnappt, »zeigen wir uns erkenntlich.«

»Könnt Ihr die Mumie zurückhalten?«

»Das können wir nicht. Aber wir haben eine andere Idee. Du magst es ein wenig hektisch finden, aber wenn du auf unpassenden Gefühlen bestehst, mußt du dir einige Unannehmlichkeiten gefallen lassen. Laß uns sehen. Du hast siebzehn befreit, unsere eigene Göttlichkeit nicht eingerechnet. Das macht mal neun . . . hundertdreiundfünfzig Katzenleben. Wir denken, daß eines davon für dich übrig ist. So soll es sein. Du hast unseren Segen.« Der sanfte Druck einer Hand auf seinem sonnengewärmten Fell weckte Shuttle. Schwerfällig hob er den Kopf und blickte in Dr. Mercers verschwitztes Gesicht.

»Und wo kommst du her, mein Freund?« fragte sie.

»Er hat die gleiche Farbe wie dein Kater zu Hause, Jane«, sagte Bill Parsons. »Ich frage mich, wie er in das Grab gekommen ist.«

»Wahrscheinlich auf dem gleichen Weg wie der Schakal, der ins Zelt gekommen ist und die Mumien der Katzen zerstört hat.«

»Es tut mir leid, Jane. Aber mein Alptraum war zu real, als daß ich für den Rest der Nacht im Zelt hätte bleiben können. Du weißt sehr gut, daß ich ein schwaches Herz habe.«

»Ich weiß sehr gut, daß du eine Schwäche für Sherry hast. Genau wie Achmed, und deshalb ist auch die Katze an ihm vorbeigekommen.«

»Gib acht auf das Vieh. Es wird dich beißen.«

»Unsinn. Er ist sehr freundlich. Nicht wahr, mein Bester?«

Shuttle schnurrte und stieß an ihre Hand. »Wenn ich nicht wüßte, daß es unmöglich ist, könnte ich schwören, daß es Shuttle ist. Sicher hat er nichts gegen einen Namensvetter einzuwenden.«

Und so gesellte sich der Kater zu ihnen. Auch er grub, forschte und studierte. Abends schlief er auf Dr. Mercers Knien, und nachts patrouillierte er im Lager, um seine Kollegen vor Schaden zu bewahren.

Als für die Wissenschaftler die Heimkehr nahte, zahlte Dr. Mercer viel Geld an eine einheimische Familie, damit man sich bis zu ihrer Rückkehr um Shuttle kümmerte. Aber sobald sie abgereist war, schlich er sich in eine versteckte Höhle und schlief einen langen Schlaf.

Als Dr. Mercer heimkehrte, raste Shuttle zur Tür, um sie zu begrüßen. Monica Thomas schaute die Professorin verwundert an, als diese ihr Gepäck abstellte und die Finger dem Kater entgegenstreckte. Als er sie anstieß, nahm sie ihn in die Arme und streichelte ihn, während er schnurrte.

»Also«, sagte Monica Thomas, »ich bin froh, zu sehen, daß der alte Kerl sich noch bewegen kann. Er schlief viel und hat schlecht gefressen. Ich glaube, er hat Sie vermißt.«

Wie gewöhnlich irrte sich Monica Thomas. Von dem Augenblick seiner Segnung durch Bastet reiste Shuttles Ka-Seele von
seinem Körper in Ägypten zum anderen in Amerika und wieder zurück, je nach Jahreszeit. Auch wenn er in Ägypten vielleicht seine Bücher entbehrte und in Amerika nicht im Wüsten-
sand graben oder Eidechsen durch das Lager jagen konnte — er
mußte niemals mehr Dr. Mercer vermissen.

Ins Deutsche übetragen von Jürgen Roth
Originaltitel: Blastet's Blessing
Copyright © 1989 by Elizabeth Ann Scarborough

Band 20 174
Michael Peak

Das Katzenhaus

Die schöne Halina läßt bitten.
Sie und ihre Katzendamen stehen jedem Kater der höheren
Gesellschaft gern zu Diensten. Schließlich ist die Nacht nicht
nur zum Mausen da. Kein Wunder, daß die gewöhnlichen
Straßenkatzen Halinas Clan mißtrauisch beäugen. Doch
Halina begegnet allen Anfeindungen mit Würde und Gelas-
senheit – bis eine viel größere Gefahr auftaucht. Ein Rudel
grausamer Kojoten und ein wildgewordener Puma streifen
durch die lauen Katzennächte. Halina muß sich ihrer Haut
erwehren – und sie zeigt, daß auch eine wahre Lady scharfe
Krallen haben kann.
*Ein wunderschöner, poetischer Fantasy-Roman. Nicht nur für
Katzenliebhaber!*

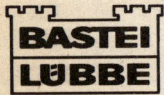

**Sie erhalten diesen Band
im Buchhandel, bei Ihrem
Zeitschriftenhändler sowie
im Bahnhofsbuchhandel.**